LES RÉCITS

D'UN VIEUX

GENTILHOMME POLONAIS

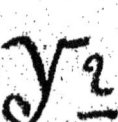

LE PRINCE CHARLES RADZIWIL.
D'après une ... belle contemporaine de Nathnagel

LES RÉCITS
D'UN VIEUX
GENTILHOMME POLONAIS

traduction, préface et notes de

LADISLAS MICKIEWICZ

Avec eaux fortes et illustrations de Bronislas ZALESKI et Elvire ANDRIOLLI

PARIS
LIBRAIRIE DU LUXEMBOURG
J. B. VASSEUR ET Cie, ÉDITEURS
10, RUE DE TOURNON

TABLE DES MATIÈRES

PRÉFACE

La Pologne a suivi dans son développement des phases très-différentes de celles que traversait la société occidentale. Un étranger, qui veut s'initier aux chefs-d'œuvre de la littérature polonaise, aborde un champ tout nouveau ; il rencontre des personnages qui contredisent les types auxquels il est habitué ; il se trouve en présence de mœurs presque sans analogie, avec celles qu'il a connues jusqu'ici. Cette originalité a son prix. Une excursion à travers l'ancienne Pologne, ressuscitée pour un moment par la magie d'un récit qui participe à la fois du roman et de l'histoire, a son charme. Nous y convions le public français. C'est presque un voyage au milieu de contrées vierges où l'on peut être arrêté par des obstacles, mais où les plus saisissantes découvertes sont la récompense des difficultés vaincues.

Les *Récits d'un vieux Gentilhomme polonais* sont un tableau fidèle de notre société des anciens jours ; on y revoit telle qu'elle était au moment où elle fut détruite. Cervantès a tracé avec un art inimitable un portrait de l'ancienne Espagne ; mais c'est la critique corrosive d'une chevalerie dont on avait souffert et dont on craignait le retour. Le présent ouvrage est en quelque sorte l'oraison funèbre d'une société qui avait entrevu un grand idéal, qui n'avait plus la force de le réaliser, mais qui mourut plutôt que de le renier. Ceux qu'émeuvent les nobles passions n'auront sans doute pas moins de plaisir à lire Séverin Soplica qu'à lire Don Quichotte ; notre héros, nous l'espérons, recevra, lui aussi, du temps sa consécration.

Le volume dont nous donnons la traduction a paru en polonais, à Paris, en déc. 1837, sous le titre : *Pamiatki J. Pana Seweryna Soplicy Czesnika Parnawskiego*, c'est-à-dire souvenirs de M. Séverin Soplica, échanson de Parnawa. Le personnage est censé vivre en plein dix-huitième siècle, lors de la patriotique Confédération de Bar, et il nous fait assister à la vie intime de cette époque. Point de récits de batailles, point de mièvreries amoureuses, mais une société qu'on sent agir. Des mémoires qui nous redonnent ainsi l'âme d'un siècle, le font souvent mieux connaître que de savantes dissertations historiques.

Le comte R... a voulu garder un anonyme que nous respecterons. C'est vraiment une âme du dix-huitième siècle égarée dans le nôtre; il a adoré le dix-huitième siècle au point d'en pratiquer jusqu'aux défauts. Il appartient à une famille de magnats, alliée à la plupart de celles qui figurent dans ses récits. Lui-même a connu les débris de la Confédération de Bar. Conteur merveilleux, il a eu le don particulier de reproduire avec une verve inépuisable le style et les mœurs de nos ancêtres. En 1829, le comte R... se rencontra à Rome avec plusieurs de ses compatriotes, entre autres Adam Mickiéwicz, qui le décida à rédiger ses éblouissantes causeries. Plus d'une fois, depuis, mon père exprima le regret qu'un sténographe n'aie pas été aposté à l'insu du conteur pour saisir et noter ses récits dans le mouvement même de l'improvisation. Le nom de Soplica est emprunté au roman poétique d'Adam Mickiéwicz, intitulé : *Thadée Soplica*. Esprit rétrospectif, le comte R..., finit par des concessions aux faits accomplis. Il n'en reste pas moins un classique polonais *sui generis*.

Il nous a laissé le daguerréotype d'un monde qui n'est plus et qui ne doit pas renaître; car la Pologne, après ses terribles épreuves, ne se relèvera que transfigurée. Notre auteur a montré ses compatriotes tels qu'ils étaient à l'époque de la plus grande décadence de la nation. Aux vertus qu'on leur voit encore, il est possible de se faire une idée de ce qu'ils étaient dans la splendeur des seizième et dix-septième siècles. Au dix-huitième, ce n'est ni la perversion des esprits, ni la corruption des mœurs qui menaçaient la République, mais le bien être qui détrempait les énergies. Jamais il n'y eut moins de crime', la sécurité la plus parfaite existait sur les chemins, les tribunaux n'avaient presque jamais à juger de vols ni d'assassinats. La république semblait en fête perpétuelle. Certes, le luxe des équipages, la profusion des festins, joints à l'insouciance des affaires publiques sont reprochables à la noblesse d'alors. Mais au milieu de la dissipation, il y avait encore du feu sacré.

Les nobles en Pologne passaient, il est vrai, des semaines à chasser dans la profondeur de leurs forêts; du moins ils ne s'énervaient pas dans les intrigues de boudoir. Ils ne s'occupaient point du gouvernement; du moins ils ne s'inoculaient pas le poison du ministérialisme. Ils buvaient trop et dégaînaient vite; mais comment comparer ces combats devant témoins et en plein soleil aux embuscades des gentilshommes à épée, ou aux coups de stylet donnés dans l'ombre; la cordialité, les épanchements qui régnaient dans les banquets, aux orgies splééniques des anglais, ou aux soupers de la régence?

Ils dépensaient sans compter; mais ils n'avaient point la fièvre des spéculations comme les habitués de la rue Quincampoix. C'était une noblesse entraînée par le plaisir sur une pente fatale, mais dont le cœur avait gardé une naïveté et une sensibilité rares et la faculté de l'enthousiasme. Ce ne sont pas seulement ses vices qui ont perdu notre république. Si un bossu est assassiné par trois brigands, sera-t-on admis à dire : « Il est mort de sa bosse »?

Il y a toujours du danger à mêler le roman à l'histoire, parce que le lecteur ne sait où l'un finit ni où l'autre commence. Notre auteur a en partie réussi à éviter cet inconvénient, en côtoyant, pour ainsi dire, le domaine de l'histoire. Les héros de l'époque vivent dans son œuvre, ils en sont l'âme, mais en général ils demeurent hors la scène. Pas plus que dans un drame, il ne faut chercher dans ce roman historique la rigueur de l'histoire, mais on peut dire que drame et roman sont bons, s'ils ont rendu les caractères et les situations, fait revivre le sujet. Or, rien n'est plus exact que la peinture des mœurs polonaises, dans les *Récits d'un vieux Gentilhomme*. L'auteur n'essaye pas de nous apprendre tout ce qui se passe dans l'âme des personnages, il se borne à les laisser parler et agir sous nos yeux. Il ne se perd pas en descriptions minutieuses de pays et de maisons, et pourtant aux quelques traits qu'il donne, nous voyons maisons et pays et nous pourrions en dessiner la physionomie.

Le comte R... a écrit comme eût écrit son aïeul, naturellement, sans effort, je dirai presque sans étude. Au dix-huitième siècle écrire était encore un art. Les moindres billets des grands seigneurs d'alors avaient une forme soignée, originale. Les causeries polonaises, par suite du développement de l'éloquence dans un pays où le chant était mêlé à la danse, où la parole influait le plus sur les affaires publiques, étaient aussi étincelantes et aussi ciselées que les productions littéraires des autres pays.

Sans doute il s'en trouvera plus d'un parmi nos rares, mais persévérants accusateurs publics, qui s'appuyeront de ce volume pour dénoncer de rechef la cause polonaise comme cléricale et nobiliaire. A quoi nous répondrons de suite : Le clergé polonais fut toujours patriote, jamais il n'a séparé la religion, la patrie et la liberté. Notre noblesse a été frappée, non par la main du peuple, mais par celle de l'étranger.

« On compare toujours, a dit Adam Mickiewicz, la noblesse polonaise à la noblesse française ou anglaise. Il faut au contraire se figurer un spahi turc ou un homme franc du temps des Mérovingiens. (*Slaves* IV, p. 490.)

En effet, il n'y eut dans aucun pays un corps de noblesse aussi nombreux, d'un million d'hommes, tous égaux entre eux. La féodalité germanique et sa hiérarchie ne s'implantèrent jamais sur le sol de la république. Chaque noble était un petit roi qui avait des sujets au-dessous de lui, et au-dessus des institutions toujours consenties par lui.

C'est surtout de la petite noblesse qu'il s'agit dans ces récits. Au dix-huitième siècle, la grande noblesse était la plus dégénérée. Sauf quelques illustres, mais rares représentants, elle resta neutre dans la dernière lutte. L'initiative des affaires publiques ne lui appartenait plus. Les Pulawski, ces pères de l'immortelle Confédération de Bar, étaient de petits gentilshommes. Les grands noms qui se joignirent au mouvement obtinrent les hautes dignités, mais sont à peu près oubliés aujourd'hui.

Indépendamment des grands hommes qui se sont inscrits dans l'histoire, il était bon que l'on nous conservât les types d'une classe nombreuse, militante et souffrante , car il s'y rencontrait de très-fortes individualités. Lutter avec une poignée de patriotes contre les intrigues de deux cours, et l'occupation armée d'une troisième, s'exposer au sort le plus affreux sous la seule impulsion du devoir à remplir, était sublime. Peu de noms nous sont parvenus ; beaucoup de confédérés ont péri, aucun ne se souciait de sa renommée ; l'ensemble de ces martyrs obscurs méritait d'être glorifié.

Il règne dans le cours des *Récits* une gaieté plus forte que les malheurs qu'ils retracent. Quel fond de gaieté naturelle n'a-t-il pas fallu à une nation pour conserver le don du rire au milieu de tant de larmes et de calamités ! C'est que nulle part la foi dans la justice de Dieu n'a été plus vive ; chacun à la force de son énergie, à la chaleur de son cœur, sentait la vérité de cette strophe du chant des légions : « *Tant que nous vivons, la Pologne n'est pas morte.* »

Certes, dans ces *Mémoires* tout est polonais. Cependant les Français peuvent très-vite saisir le profil de notre société. Le développement religieux et législatif n'y eut rien de commun avec ce qui se passa en France. Mais la ressemblance existait dans la trempe des esprits, dans la sympathie confessée par les anciens auteurs à une époque où cette expression française ne signifiait pas encore : je ne puis rien pour vous.

« La noblesse polonaise est affable aux estrangers, lesquels toutes fois ils n'aiment pas trop, ny ne les communiquent volontiers, comme sont les Turcs et Tartares, qui ne se voyent guère qu'en guerre et l'espée à la main. Quand est des Moscovites à cause de leur brutalité, ils n'ont point d'association, ny ne veulent conuerser auec eux, non plus qu'auec les Suédois et Allemans, pour lesquels ils ont une forte auersion, telle qu'ils ne s'aiment point du tout, ains hayssent tres fort, et si les Polonais s'en seruent quelque fois des Allemans, c'est par grande nécessité. Au contraire ils appellent les Français leurs frères, auec lesquels ils ont une affinité de mœurs et de sympathie, tant en la liberté de parler sans dissimulation qu'en leur naturel franc et gay, qui les porte à rire et à chanter sans aucune mélancolie. Aussi les Français qui conuersent auec cette nation les estiment et les honorent très-fort, car en général ils sont bons, libéraux, sans malice, nullement vindicatifs, sont beaux esprits, et ceux qui sont cultivés réussissent à de grandes choses ; ils sont de grande mémoire, magnifiques, honorables, sont somptueux en leurs habits, portant des fourrures de grand prix, dont j'en ay vue de martre zibeline qui excédaient la valeur de deux mil escus, enrichis de gros boutons d'or garnis de rubis, d'émeraudes, de diamants et autres pierres précieuses ; ils mènent quantité de valets après eux ; ils sont très-vaillants, courageux et adroits aux armes, en quoy ils surpassent tous leurs voisins comme personnes qui s'y exercent ordinairement, car ils ne sont jamais sans guerres, qu'ils ont presque toujours contre des puissants princes de l'Europe, comme sont les Turcs, les Tartares, les Moscouites, les Suédois, les Allemans et

quelquefois contre deux ou trois d'iceux ensemble. » (*Description de l'Ukranie,
par le chevalier de Beauplan.*)

Ce n'est pas ici le lieu d'expliquer en détail l'ancienne organisation polonaise.
Nous en dirons seulement ce qui est nécessaire à l'intelligence des *Récits*.

L'élection était la base des institutions polonaises. La Pologne était une république à la tête de laquelle il y avait un roi élu à vie. Le pouvoir législatif était
exercé par la diète présidée par le roi, et la diète comprenait le sénat et la chambre des nonces ou députés. Quand les citoyens croyaient leurs droits lésés ils
pouvaient légalement former une confédération qu'ils essayaient d'étendre de
proche en proche, et quand elle arrivait à être générale elle devenait l'autorité
régulière de la république.

« Les palatins sont, par leur établissement, les généraux nés des palatinats
dont ils commandent l'arrière-ban, ou le *pospolite ruszenie*. C'est là l'origine de
leur nom de *woydwodie*, du mot *wodzic* qui signifie conduire ; ainsi le nom,
la dignité et l'office des palatins revient absolument à celui des anciens ducs
d'Allemagne, tels que nous les trouvons dans les dixième, onzième et douzième
siècles. Outre cette fonction militaire, les palatins convoquent leur noblesse pour
l'élection des chambellans et autres officiers terrestres ; ils sont les juges souverains des juifs établis dans leurs provinces, ils fixent le prix des denrées, et rè-
glent tout ce qui regarde les poids et les mesures. Tous ces soins sont ordinairement confiés aux vice-palatins que les *woydwodes* choisissent eux-mêmes parmi
la noblesse du palatinat.

« Les castellans, dans les premiers temps de la monarchie, commandaient
dans les forteresses dispersées dans les provinces et administraient les biens qui
en dépendaient, c'est-à-dire que leur charge a été analogue à celle des burgraves
d'Allemagne ; mais leurs fonctions ont cessé depuis longtemps, et les titulaires
n'ont conservé que le rang dont ils ont joui autrefois, et surtout la haute prérogative d'avoir voix et suffrage dans le sénat du royaume.

« Les dignitaires des palatinats sont de deux espèces : les uns prennent le nom
d'une terre entière, et les autres d'un château ou d'une capitainerie. La plupart
des terres de Pologne ont les dignitaires suivants. Un chambellan *podkomorzy
ziemski* : cet officier est chargé de la confection des terriers des palatinats ; il
pose les bornes des biens nobles, et juge tous les différends qui s'élèvent sur leur
plus ou moins d'étendue. Un juge terrestre *sendzia ziemski*, et son collègue le
sous-juge terrestre *podsondek ziemski*, forment un tribunal où les causes civiles
de la noblesse possessionnée doivent être décidées. Leur greffier porte le nom
de notaire terrestre, *pisarz ziemski*. Ces quatre emplois sont électifs : la noblesse des terres où il en vaque un s'assemble à l'invitation du palatin ou du castellan, ou à leur défaut, du chambellan terrestre ; elle choisit dans son corps
quatre candidats qu'elle propose au roi, et Sa Majesté confère la place à celui des
quatre qui lui agrée le plus. Les dignités terrestres qui suivent dépendent de la

nomination du roi. Le porte-étendard *choronzy* est l'enseigne de la terre, et en porte le drapeau toutes les fois que la noblesse s'assemble militairement. Le tribun *woyski*, le vice-tribun *woyski mneyszy* veillent en temps de guerre à la tranquillité publique de leur district. Le maître d'hôtel (ou panetier) *sto'nik*, l'échanson *poïczaszy*, le sous-maître d'hôtel *podstoli*, le premier officier du gobelet *czesnik*, le veneur *lowczy*, le porte-glaive *miecznik*, et le trésorier *skarbnik* possèdent des dignités sans fonctions et sans autorité.

« Le chef des dignitaires titrés d'une capitainerie, s'appelle *Starosta* : il ressemble aux anciens comtes d'Allemagne jusque dans l'étymologie de son nom, qui dérive de la vieillesse des starostes d'autrefois, comme les *Groven* ont eu le leur par rapport à leurs cheveux gris.

« L'on trouve en Pologne deux sortes de starostes. Les uns sont *starostowie grodowi* ou *sondowi*, starostes à gród ou jurisdiction ; les autres n'ont point de jurisdiction, *Nie sondowi*. Les causes qui ressortissent au tribunal des starostes, sont tous les crimes publics et toutes les causes personnelles des nobles. Ils sont chargés de l'inspection des grands chemins, de la haute justice, et de l'exécution des sentences que les tribunaux suprêmes leur envoient. Enfin ils ont le droit de nommer tous les officiers de leur gród, comme le vice-staroste, *Pod starosta* le juge du gród, le notaire, le régent, le subdélégué et le bourgrave. Ils peuvent aussi les déposer à leur gré, excepté dans les gróds de *Mazovie*, dont le notaire est en même temps notaire terrestre, et par conséquent électif à vie.

« Les starostes sans gród sont des nobles, investis d'un château et de ses dépendances, pour en jouir leur vie durant, mais sans jurisdiction.

« Pour devenir sénateur séculier, staroste à gród ou dignitaire terrestre, les lois de Pologne exigent qu'on soit *terrigena ziemianin*, noble terrestre, noble possessioné dans le palatinat, et dans la terre dont on sollicite les dignités. » (*État de la Pologne*, avec un abrégé de son droit public. Amsterdam 1770, page 93 et 118.)

Les titres et les décorations étaient contraires à l'esprit polonais. Ceux que les empereurs et les rois accordaient aux gentilshommes, dans le cours de leurs ambassades, devaient être par eux déposés à la frontière. Sous Ladislas IV en 1638, en 1641 et plus tard 1673, on déclara infâmes ceux qui accepteraient des distinctions quelconques de l'étranger. Ladislas IV fonda l'ordre de l'*Immaculée Conception*, porté sur une chaîne d'or et qui devait compter 72 chevaliers. Le pape Urbain VIII confirma cet ordre en 1634, mais l'opposition générale le fit abandonner. Ce n'est qu'au déclin de la république qu'Auguste II, pour se faire des amis, créa à Tykocin l'ordre de l'*Aigle-Blanc* dont les statuts furent définitivement arrêtés en 1713. On le portait en sautoir sur un ruban bleu passé de l'épaule gauche au côté droit. Stanislas-Auguste créa, le 7 mai 1765, l'ordre de *Saint-Stanislas*, suspendu sur un cordon rouge à liserés blancs, et passé de l'épaule droite au côté gauche. Le même roi créa en 1792, la décoration militaire pour ceux qui se distingueraient dans la défense de la patrie. On la portait au cou à un ruban bleu à liserés noirs, la croix avait en exergue les mots : *Virtuti militari.*

Les familles nombreuses qui descendaient de Kniaz lithuaniens ou ruthéniens se regardaient comme princières quoiqu'elles n'en portassent pas le titre. On finit par admettre les titres octroyés par l'empereur des Romains, ce dont donnèrent l'exemple les Radziwil, les Jablonowski, les Sapieha, les Sulkowski, les Czartoryski. Sous Stanislas-Auguste la diète autorisa les maisons princières à porter ces titres, dont elle gratifia les princes Poniatowski et Poninski.

Les majorats, importation étrangère toujours mal vus en Pologne, y étaient peu nombreux. Il y eut en 1470 celui des Jaroslaw, qui passa aux Tarnowski et fut aboli par Sigismond Ier; celui des Lubranski, en 1520, aboli par Sigismond-Auguste; celui des Zamoyski, fondé par Jean Zamoyski en 1589, sous l'obligation d'entretenir la forteresse et la garnison de Zamosc, et, de plus, l'université pour les terres ruthéniennes; celui d'Olyka et celui de Nieswiez, que la république autorisa en 1587 dans la maison des Radziwil, le fameux majorat d'Ostrogski fondé en 1609, qui passa dans la maison des Zaslawski, avec la condition qu'à l'extinction de cette famille il serait donné à l'ordre de Malte sous la condition d'entretenir un régiment pour la défense de la république; à la mort cependant, en 1673, du dernier des Zaslawski, sa fille hérita du majorat, épousa un prince Lubomirski et laissa elle-même une fille qui apporta ces biens aux Sanguszko. Son fils, Jean Sanguszko, dissipa cette colossale fortune, en partagea les restes en 1753, ce qui amena un célèbre procès interrompu en 1758. Mais en 1766, 1773 et 1774, diverses dispositions des diètes adjugèrent ces biens partie à la république, partie à l'ordre de Malte. Enfin il y eut le majorat des Miroszewski en Silésie, celui des Sulkowski en Grande-Pologne et des Myszkowski à Pinczow.

Prononciation polonaise. — Pour faciliter la prononciation des noms propres polonais, nous croyons devoir indiquer que :

c se prononce	—	ts,
ck	—	sk
sz	—	ch (dans château),
cz	—	tch,
g	—	gué,
h final	—	ne
rz	—	j,
si	—	chi,
w	—	v simple.

PREMIER RÉCIT

—◆◆◆—

LE

SERMON AUX CONFÉDÉRÉS

CAPTAIN PULAWSKI

I

C'était en l'année 1769, le 4 novembre, le jour de la Saint-
Charles, et je m'en souviens comme d'hier. Nous entendions
la sainte messe dans l'église des Bernardins, sur le Calvaire;

l'église était, pour ainsi dire, bourrée de noblesse, et il y avait en tête une foule de grands seigneurs. On remarquait dans les bancs : le prince Charles Radziwil, woyéwode de Vilna, de qui l'on célébrait la fête, et Potocki, échanson de Lithuanie, et Potocki, woyéwode de Kiew, et Pac, staroste de Ziolow, maréchal général de la confédération, et Rzewuski, porte-étendard de Lithuanie... mais comment les nommer tous ? Aux diètes mêmes, on n'en voyait pas davantage. Ils étaient assis, et nous nous tenions debout, et non-seulement nous, mais encore les dignitaires, car il n'était pas facile de pénétrer jusqu'aux bancs. A la fin de la messe, le P. Marc, carmélite, des miracles de qui d'honnêtes gens rendaient témoignage, entonna le *Te Deum laudamus*, et nos voix l'accompagnèrent ; nous chantions de bon cœur, parce qu'en effet il y avait de quoi remercier Dieu. Quatre jours auparavant, le jour même de la Toussaint, comme pour offrir un succès en cadeau à Leurs Excellences les seigneurs, sans nous oublier, nous autres gentilshommes, M. Casimir Pulawski, staroste de Zuzelnice, avait bel et bien battu les Russes à Lanckorona, et pourchassé Suwarow jusqu'à Myslenice : pour moi, je n'y ai pas nui aux nôtres, ce qui me valut un peu d'honneur et assez de désagréments, ainsi qu'il sera dit en temps et lieu. Après le *Te Deum*, le P. Marc monta en chaire ; tous, nous tendîmes les oreilles : d'abord, parce qu'il faut être altéré de la parole de Dieu, puis nous étions curieux de savoir ce qu'il dirait de l'anniversaire de la naissance de Son Altesse le prince Charles Radziwil, qui était un grand seigneur, pieux, bienfaiteur de la noblesse, le pilier de notre confédération de Bar, et dont nous ne pensions pas qu'il fût convenable d'omettre le nom en pareil jour.

Le P. Marc fit le signe de la croix et parla ainsi : « Saint Jean l'Évangéliste disait : « Mes enfants, aimez-vous les uns les autres. » Je vous le dis aussi et vous ne le faites pas. Vous vous glorifiez

d'aimer la patrie, mais vous vivez dans de continuelles discordes !
Bel amour en vérité, d'aimer le sol et non ceux qui l'habitent. Et
vous, messieurs les chefs de cette confédération, qui s'est formée
au nom *de la foi et de la liberté*, alors que vous devriez donner le
bon exemple à la noblesse, vous allumez vous-mêmes le feu ou bien
vous l'attisez. Avez-vous donc juré de lasser la patience et la miséricorde de Dieu, afin de montrer aux nations combien il faut de
péchés pour perdre sa patrie? Vous vous réjouissez de votre victoire de Lanckorona, et moi j'en gémis, car ce don du Seigneur
vous sera un nouveau motif de péché; vous en accroîtrez votre
orgueil, votre insubordination, votre licence! Et si le malheur ne
vous corrige pas, qu'y pourra le succès? « Nous craignons Dieu,
« dites-vous; nous combattons et versons notre sang pour notre
« foi, pour nos évêques captifs (1). » Plût à Dieu que cela fût!...
Mais que s'est-il donc passé chez toi, à dîner, maréchal de Lublin,
quand deux chefs d'escadron de ta suite, dans l'oubli de Dieu, en
arrivèrent, de propos légers, à s'échauffer et à tirer le sabre? Toi,
maréchal, qui, sinon en fidèle catholique, du moins en bon maître,
aurais dû t'interposer, les concilier, les sauver d'eux-mêmes,
quelle conduite as-tu tenue? Tu n'as rien trouvé de mieux que
de t'en faire un jeu! Tu invitas d'autres seigneurs à venir voir
comment les Lubliniens savaient manier le sabre. Et pourquoi se battaient-ils? Était-ce pour l'honneur de la très-sainte
Vierge, ou pour chasser un intrus que le schisme a imposé à
notre capitale (2)? Non, mais pour une niaiserie, messieurs, pour
vous servir de passe-temps! Eh bien! que le sang des nobles
coule pour vos amusements seigneuriaux. C'est ainsi qu'autrefois
dans Rome, avant que les papes n'y fussent, les seigneurs
païens s'amusaient à voir comment les gladiateurs mouraient.

(1) Voir la note A placée à la suite de ce récit, p. 12. — (2) Voy. note B, p. 14.

Mais eux, du moins, ils respectaient le sang noble : car les gladiateurs étaient des prisonniers de nations odieuses aux Romains, et non point des enfants de la noblesse romaine. Voilà donc votre liberté, votre égalité, votre foi! Bientôt je vous dirai adieu, je retournerai au couvent de Berdyczew. Plût à Dieu que je n'en fusse jamais sorti! Et là je prierai la très-sainte Vierge pour moi, oui, pour moi! car seulement à voir vos péchés, mon âme s'en est souillée. Et vous appelez Marie votre reine (1)!... Elle a en vous de beaux sujets! La Vierge très-pure et au cœur très-chaste aurait à régner sur des batailleurs et des débauchés!

(1) On lit dans la *Relation du Voyage de la reine de Pologne, Marie de Gonzague*, par Jean Le Laboureur, imprimée à Paris, en 1647 : « Il n'y a point d'années que la Reine des cieux ne récompense la ferveur et la constance de la foi de ce peuple. Le prince Stanislas-Albert Radziwil, chancelier du grand-duché de Lithuanie, aujourd'hui vivant, témoigne, dans un discours panégyrique qu'il a fait d'elle, qu'elle affectait à cause de cela le titre de reine des Polonais. » (3ᵉ partie, p. 24.) Cependant ce ne fut qu'en 1656 que le roi Jean-Casimir plaça la République, délivrée miraculeusement de la triple invasion suédoise, brandebourgeoise et russe, sous la protection de la très-sainte Vierge qui fut proclamée reine de Pologne. Clément XI approuva cette élection par une bulle, et envoya une couronne qui fut solennellement placée au couvent de Czenstochowa par Szembek, évêque de Chelmno, le 8 septembre 1717, en présence de cent cinquante mille personnes, accourues de toutes les provinces.

Ce n'est point la seule nation qui ait eu cette inspiration.

Ainsi Louis XIII mit sa personne et son royaume sous la protection de la sainte Vierge par un acte solennel du 10 février 1638, et dont voici un extrait : « A ces causes, nous avons déclaré et déclarons que, prenant la très-sainte et très-glorieuse Vierge pour protectrice spéciale de nostre royaume, nous luy consacrons particulièrement nostre personne, nostre Estat, nostre couronne, et nos sujects, la suppliant de nous vouloir inspirer une sainte conduite, et défendre avec tant de soin ce royaume contre l'effort de tous ses ennemis que soit qu'il souffre le fléau de la guerre ou jouisse de la douceur de la paix, que nous demandons à Dieu de tout nostre cœur, il ne sorte point des voyes de la grâce qui conduisent à celles de la gloire. Et afin que la postérité ne puisse manquer à suivre nos volontez à ce sujet, pour monument et marque immortelle de la consécration présente que nous faisons, nous ferons construire de nouveau le grand autel de l'église cathédrale de Paris, avec une image de la

Bientôt elle déposera une couronne indigne d'elle, et vous, vous ferez bien de prendre Luther pour roi, et l'hérésie pour reine ! Ce vous seront de dignes maîtres : tels sujets, tels monarques. Et je ne vous en dirai pas davantage, moi l'indigne serviteur de Dieu. »

En achevant ces paroles, il descendit de la chaire, s'agenouilla devant le maître-autel, et se mit à entonner l'hymne : *Devant tes yeux, Seigneur.* Tous se tinrent comme cloués à leur place ; je ne pus voir ce que faisait alors S. Exc. M. Granowski, maréchal de Lublin ; mais, à ce que m'a dit plus tard M. Nicolas Morawski, alors vice-panetier du prince Radziwil, qui était près de son banc, M. Granowski suait comme s'il eût été dans une étuve, bien que ce fût le 4 novembre et qu'il gelât très fort au dehors : tant il avait de honte ; et non sans motif, car nous savions tous de quoi il s'agissait. Le jour des Morts, il avait invité à un banquet militaire les seigneurs, les magistrats et tous ceux qui s'étaient le plus distingués à Lanckorona, ce qui me mérita de prendre place à sa table, ainsi que tous ses Lubliniens. Au nombre de ces derniers se trouvait M. Snarski, bon cavalier, on ne peut dire le contraire, et crâne à la bataille, mais grand querelleur, surtout après boire. Déjà il me lançait des mots à table ; mais moi, par respect pour notre hôte et ses dignes convives, je dédaignais d'y répondre, aimant mieux écouter des discours sensés que de prêter l'oreille à un insipide bavardage. Désespérant d'avoir maille à

Vierge, qui tienne entre ses bras celle de son précieux Fils, descendu de la croix ; nous serons représentez aux pieds et du Fils et de la Mère, comme leur offrant nostre couronne et nostre sceptre. »

Nous lisons en outre, dans les *Dictées de Sainte-Hélène* « La Corse formait le douzième royaume reconnu en Europe, titre dont ces insulaires étaient glorieux, et auquel ils ne voulurent jamais renoncer. Dans les moments où ils étaient le plus exaltés pour leur liberté, ils concilièrent ces idées opposées en déclarant la sainte Vierge leur reine. On en trouve des traces dans les délibérations de plusieurs consultes ; entre autres, de celle tenue au cou vent de Vinsolasca. » (*Mémoires de Napoléon*, IV, p. 32, édit. de 1824.)

partir avec moi, et l'ayant vainement tenté avec d'autres, il reçut enfin de l'un des siens ce qu'il désirait. M. Bolesta, surnommé *le Gaucher*, assis loin de Snarski, l'entendit pourtant qui criait : « Vive le district d'Urzendow, c'est le premier de la woyéwodie de Lublin ! » et comme il était de Lukow, cela lui sonna mal aux oreilles, et il répliqua. De propos en propos on en arriva aux insultes. Quand S. Exc. le maréchal et S. A. le woyéwode se mirent à les exciter, on en vint à des gros mots tels que c'était une horreur de les entendre, et notre hôte n'en riait que davantage. Ils sortirent de la salle, et, ayant tiré le sabre, ils se battirent sous nos yeux. Ceux d'Urzendow et ceux de Lukow excitaient chacun le leur, et S. Exc. le maréchal les encourageait tous deux. Ils s'escrimaient délicieusement, et, pardonne-le-moi, mon Dieu, c'était plaisir à les voir. A la fin, Snarski reçut un terrible coup sur la tête et tomba tout de son long, baigné dans son sang. Nous pensions que c'en était fait de lui ; il reprit néanmoins ses esprits, je ne sais comment ; ensuite, le chirurgien du lieu ayant appliqué à sa blessure une compresse de pain et de sel et l'ayant saigné au bras, il souffrit comme au purgatoire ; je le revis néanmoins, une quinzaine d'années après, aux contrats (1) de Dubno, tribun d'Urzendow, fortement balafré, mais bien portant et ayant toute sa mémoire. D'après ce qu'on disait, il était très-estimé dans son district. Pour Bolesta, ce qu'il devint, je l'ignore, en vérité, jusqu'aujourd'hui ; il doit être mort depuis longtemps.

Je reviens au P. Marc. Il chantait, mais tout seul, car nous étions plongés dans de si profondes réflexions qu'on aurait

---

(1) On appelle *contrats* la réunion à une date fixe des propriétaires d'une province dans certaines villes pour procéder à toutes les transactions que rend difficultueuses en temps ordinaire non-seulement la distance qui, en Pologne, sépare les habitations seigneuriales mais encore l'absence de communications rapides et commodes.

entendu une mouche voler, et, quoiqu'il y eût foule, personne n'était sorti de l'église. Le P.Marc, après avoir chanté son cantique, remonta en chaire : cela étonna même les vieillards, car personne n'avait jamais vu prêtre ni moine prêcher deux fois dans une même matinée. Toujours est-il que le P. Marc, remontant en chaire, parla ainsi : « Je dois me frapper la poitrine, moi qui, le jour de ta naissance et de ta fête, prince woyévode de Vilna, illustre chef de notre ligue, ai paru t'oublier un instant. Tes services et ceux de tes ancêtres, ton dévouement à la patrie, ton amour pour le corps de la noblesse et la foi vive que Dieu te laisse malgré tes égarements, méritent que je me repente devant tous de cet oubli. Je te ferai donc, en ce jour si solennel pour toi et encore plus pour nous tous, le présent le plus cher, car tu ne le recevras nulle part, sinon dans la maison de Dieu! Il est vrai qu'en bon Polonais, ton cœur serviable et hospitalier ne veut jouir d'aucun agrément s'il ne peut le partager avec d'autres. Tu me sauras donc gré de ce que tes dignes collègues auront aussi leur part de la vérité que je vais t'offrir en présent. Et si je ne persuade pas, à toi et à tes collègues, que ce que je dis est la vérité, libre à chacun de m'en faire reproche, de me regarder comme un menteur. Souvent, pour le bien d'autrui, Dieu découvre de grandes choses à ses indignes serviteurs. Sous ce rapport, moi aussi j'ai éprouvé sa grâce. Il y a sept ans de cela, dans ma cellule, je priais pour ma patrie, en pleurant amèrement; j'aperçus l'ange de la Pologne (1). Je le voyais comme je vous vois, et Dieu permit que j'eusse la force de supporter la vue d'un prince des cieux. Il me dit beaucoup de choses qu'il ne m'est pas permis de vous révéler; mais ce qu'il est convenable de vous dire vous sera répété sans détour; car, des actes d'un ange, nul ne peut s'of-

(1) Voir la note C, p. 14.

fenser, ni noble, ni grand seigneur, ni roi même; chacun n'est-il pas un paysan à ses yeux? — « Mare, me dit l'ange, les affaires de « ta patrie tournent mal, l'anarchie la perdra. Chacun désire un « gouvernement et aucun honnête citoyen ne veut gouverner. Le « roi saxon, que tout le monde aime et que personne n'aide, échan- « gera d'un jour à l'autre sa couronne temporale contre une cou- « ronne éternelle, et cela n'en ira pas mieux ; le pouvoir gît à terre « et personne ne veut se baisser pour le ramasser. Sous différentes « formes, je me suis présenté chez tous vos seigneurs : partout la « même réponse, toujours leurs exécrables goûts casaniers, leur « paresse accoutumée. J'allai chez Radziwil, woyévode de Vilna, je « parlai, je suppliai : pars pour Varsovie; occupe-toi du gouver- « nement! Toute la Lithuanie est à toi ; sauve la patrie!...Il fut si « attendri qu'il pleura : — « J'irai la besace au dos, dit-il, et que la « patrie reste entière. — Mais il ne s'agit pas de sacrifier ta for- « tune ni d'exposer ta vie; demeure à Varsovie et occupe-toi du « gouvernement. » Et sais-tu ce que j'en tirai à la fin? «— *Monsieur* « *l'ami*, moi je gouvernerai à Varsovie, et à Naliboki, M. Michel « Reyten me tuera tous mes ours. » J'ai été ensuite chez le woyé- « wode de Kiew; seigneur de vastes villages, et qui les aurait vo- « lontiers sacrifiés pour la patrie ; mais, *sauf votre respect*, com- « ment demeurer à Varsovie, quand on est accoutumé à passer « des journées entières à boire avec M. le porte-glaive Ciesielski, « à Szorstyn, pendant que madame la woyévode croit que son mari « fait sa tournée dans ses fermes. Puis j'allai chez le maréchal « Muiszech. Il ne peut! Il aime sa patrie, mais, *swinia bura* (1), « en gouvernant on ne peut avoir de procès, et comment vivre

_____

(1) Au dix-huitième siècle, la plupart des grands seigneurs avaient chacun leurs dictons favoris qui sont restés populaires en Pologne, comme l'est, par exemple, en France le ventre-saint-gris d'Henri IV. Ces dictons n'ont souvent aucun sens. Ainsi *swinia bura* signifie porc brun, et *bala bala* ne signifie rien.

« sans de quotidiennes conférences avec les gens de loi ? —
« M. Wielopolski, écuyer tranchant de la Couronne, aime sa
« patrie, mais, *bala bala*, il fit cette objection : « Quand je serai
« établi à Varsovie, qui donc, à chaque session (1), poussera les
« intendants au travail? » — Et Monseigneur de Cracovie? —
« *Mademoiselle*, souffrez que je fortifie Bialystok, alors je pen-
« serai à la patrie. » Et le prince Sanguszko, staroste de Czerkassy?
« — *Beau sire*, moi je siégerais à Varsovie, et mes troupeaux
« attrapperont la gale! » — Voilà donc votre amour de la patrie!
aussi menez-vous une vie errante pour regagner ce que vous
avez perdu volontairement. Que cela vous serve de leçon pour
l'avenir, à vous et à vos descendants. Voguez donc sur une plan-
che, puisque, par votre insouciance, vous avez laissé votre bon
vaisseau s'éloigner du rivage. Et maintenant du moins, je vous
en conjure par Jésus-Christ, ne persévérez pas dans vos errements.
Peut-être Dieu vous récompensera-t-il par le succès; et même,
dans le cas contraire, aucun de vos efforts pour la patrie ne sera
perdu. Espérez de Dieu un avenir meilleur pour votre patrie, mais
agissez comme si cela dépendait uniquement de vous. »

Le père Marc dit encore beaucoup de belles choses. Nous pleu-
rions et nous réjouissions en même temps. Je pensais que les seigneurs qu'il avait nommés se déchaîneraient contre lui; loin de
là, chacun d'eux, en sortant, le salua gracieusement et lui baisa
la main; celui dont on célébrait la fête l'invita à dîner, et, comme
je l'ai dans la suite appris des domestiques, tous les seigneurs y
vidèrent tour à tour leurs coupes à la santé du P. Marc.

(1) On appelait ainsi la réunion des intendants et des anciens de chaque village, etc., pour distribuer le travail aux paysans et régler leurs redevances.

(A) L'enlèvement, par les Russes, de trois sénateurs et d'un nonce, dans la nuit du 13 au 14 octobre 1767, fut l'un des outrages le plus vivement sentis par la nation, et qui hâta l'explosion de la confédération de Bar. Rulhière raconte ainsi cet événement :

« Le dessein d'enlever l'évêque de Cracovie était déjà public... La plupart des Polonais ne pouvaient croire qu'une puissance étrangère osât exercer, chez eux, un droit que le roi même n'y peut exercer dans aucun cas, ni la République avant la conviction d'un crime. On disait que non-seulement la sûreté personnelle des citoyens est le droit le plus sacré, mais que les députés d'une nation assemblée en Diète y sont revêtus de la puissance souveraine ; par un attentat sur leurs personnes, l'ambassadeur russe violerait et le droit des gens, qui faisait sa propre sûreté, et les droits de souveraineté qui font celle même des rois... Stanislas-Auguste concerta lui-même l'enlèvement. Ce prince qui, dans les malheurs de son pays, n'avait point interrompu ses amusements ordinaires, entretenait une troupe de comédiens français ; il invita l'évêque de Cracovie à une représentation. Les mœurs polonaises permettent aux hommes les plus austères cet amusement auquel la bienséance des spectacles français ne laisse pas l'ombre d'une faute. Le roi se flattait néanmoins que l'enlèvement d'un évêque, défenseur zélé de la religion, à la sortie d'une comédie, prendrait une sorte de ridicule qui en diminuerait l'horreur aux yeux du reste de l'Europe. L'évêque, simple comme le sont toutes les grandes âmes, et calme au milieu des dangers qui le menaçaient, partait pour se rendre à cette invitation. On remarqua parmi les troupes russes des mouvements extraordinaires. On les vit placer des détachements aux postes les plus importants de la ville, et l'évêque de Cracovie, retenu par les instances d'une foule de bons citoyens, évita le piége qui lui était tendu. Gaëtan Soltyk, évêque de Cracovie, duc souverain de Sévérie, était à souper chez le comte Mniszech, maréchal de la cour. La nouvelle que les troupes russes étaient en mouvement de toutes parts y fut précipitamment apportée, et aussitôt celle que toutes les rues voisines se remplissaient de soldats. Cet hôtel d'un ministre de la République fut enveloppé, la porte enfoncée, des sentinelles, à mesure qu'on avançait dans l'hôtel, placées à toutes les fenêtres. Il restait encore un passage facile et sûr dans une maison inviolable pour les Russes mêmes, celle du ministre de la Prusse ; on accourt, on presse l'évêque de s'évader, en lui représentant la facilité de cette évasion et la sûreté de cet asile ; mais la fuite la plus assurée lui parut indigne de lui. Les Russes entrèrent à la fois par trois portes opposées dans le lieu où il était ; il se lève, et, s'approchant de la cheminée, il jette au milieu du brasier les papiers importants, que, dans l'attente de cet événement, il portait toujours sur lui, et, se retournant alors vers l'officier, il lui dit : « Me connaissez-vous? Savez-vous que je suis souverain, sénateur et prêtre? » Le Russe ayant répondu que ses ordres étaient de l'arrêter, l'évêque lui répliqua alors d'un ton plus doux, que, dans la persuasion où il était que cet enlèvement se ferait chez lui, il y avait destiné une boîte d'or pour celui qui serait chargé de cette commission; qu'il était fâché de se trouver surpris sans l'avoir, et aussitôt, après avoir embrassé le comte Mniszech, qui paraissait également frappé d'indignation et d'épouvante, il suivit sans émotion l'officier russe. L'évêque de Kiewie, Joseph Zaluski, réveillé par le bruit, fut trouvé à genoux, un crucifix en main. Après avoir prié Dieu d'agréer le sacrifice de sa vie, il donna sa bénédiction à tous ses gens en pleurs, pria Dieu de pardonner à ceux par les ordres de qui il était arrêté, et partit nu-pieds comme il se trouvait; mais le Russe, qu'en ce moment la superstition prépara à la pitié, lui dit de se vêtir davantage. Wenceslas Rzewuski, palatin de Cracovie, et petit général de la Couronne, après un moment de silence dit aux officiers russes : « Je regarderais ma mort comme une grâce; il me serait glorieux de perdre la vie par les mains des assassins pour avoir défendu la religion et la liberté, au lieu qu'étant sénateur et général on humilie, on déshonore ma nation en m'arrêtant. » Séverin Rzewuski croyant, quand il fut arrêté, que ce malheur lui était personnel, s'occupait uniquement du soin de ne point troubler le repos de son père, infirme et malade. Ils furent tous conduits séparément et sans domestiques de l'autre côté de la Vistule, au camp des Russes. Dès le lendemain on leur fit prendre le chemin de la Russie, sous une escorte d'environ deux cents hommes, sans qu'ils eussent la liberté de se parler ni de communiquer d'aucune manière l'un avec l'autre. Depuis, on montrait, avec un attendrissement mêlé de respect, les misérables chaumières qui, sur la route, servaient de prison à ces illustres victimes. La dureté naturelle aux Russes, quand on n'y eût mêlé aucune vengeance, aurait paru cruelle envers des vieillards que l'habitude des richesses avait accoutumés à toutes les commodités de la vie; on y ajouta encore toutes sortes de rigueurs; on leur refusa non-seulement les soulagements que l'âge et les infirmités de quelques-uns leur rendaient nécessaires, mais ce qu'on ne refuse jamais ailleurs aux plus grands criminels. L'impératrice leur fit offrir à Vilna, la liberté, s'ils voulaient s'engager par écrit à ne pas s'opposer à ses volontés, et aux opérations de son ambassadeur. Cette offre fut faite à chacun séparément dans sa prison et fut rejetée par tous. Aussitôt ils furent transférés à Smolensk, où il fut défendu de parler d'eux ni de prononcer leurs noms; et de là, quand les confédérations éclatèrent en Pologne, ils furent transférés en Sibérie. Le sénat et les nonces en corps se rendirent chez le roi pour se plaindre de cette violation du droit des gens. Pendant que la ville entière était dans le deuil et l'épouvante, ceux qui entrèrent dans le cabinet du roi le trouvèrent paisiblement assis à son bureau, dans l'attirail d'un dessinateur, entouré de pots de carmin, de gomme-gutte et d'encre de la Chine, occupé à imaginer le dessin d'une livrée, pour l'anniversaire de son couronnement. Il ne put cependant refuser de nommer trois sénateurs pour se rendre chez l'ambassadeur russe, et lui demander la raison de cet attentat. Repnin répondit qu'il n'avait à rendre compte de ce qu'il avait fait qu'à sa souveraine. Il accusait les sénateurs et le nonce enlevés d'avoir manqué, par leur conduite, à la dignité de la tzarine et d'avoir tâché de rendre suspecte la pureté de ses intentions. » (*Histoire de l'anarchie de Pologne*, II, liv. VI l.)

(B) La Russie schismatique avait imposé et installé deux intrus dans Varsovie, l'un comme roi, Stanislas-Auguste Poniatowski, ancien amant de Catherine II ; l'autre comme archevêque primat du royaume, l'intrigant Podoski.

Stanislas-Auguste avait été mendier le secours d'une armée étrangère pour briser toutes les résistances. « La diète de son élection fut la moins nombreuse qui eût jamais été. De cette foule de quatre-vingt mille gentilshommes qui avaient toujours concouru à l'élection des autres rois, il n'y en avait pas quatre mille au champ électoral. Ce beau spectacle que les seuls Polonais pouvaient encore, dans notre siècle, offrir à l'univers, cette élection du chef d'une nation libre, ne paraissait en cette occasion, suivant l'expression des Polonais eux-mêmes, qu'une pompe funèbre sous laquelle on ensevelissait toutes leurs lois. »(*Relation hist. de l'anarchie de Pol.*, t. II, liv. VI.) Quant à Podoski, voici ce qu'en dit Rulhière : « Destiné à l'Église dès ses premières années, ses mœurs peu ecclésiastiques, son abandon à la mollesse, sa passion pour les chevaux, et surtout pour les plaisirs de la table, irritèrent ses parents... Mais il développa un esprit d'expédients et de ressources qu'aucune difficulté n'étonnait. Le prince Repnin, ambassadeur de Russie, ne tarda pas à lui abandonner presque entièrement la conduite des affaires. Le primat vint à mourir. Repnin enlevait au roi toutes les nominations, Podoski accourut et fut agréé par lui. Le roi, après avoir tout tenté, soit pour fléchir Repnin, soit pour engager Podoski à se désister, céda et l'éleva à une dignité à laquelle appartient et le droit de publier l'interrègne et l'exercice de la royauté pendant la vacance du trône. (*Hist. de l'anarchie de Pol.*, II, liv. VII et VIII.)

(C) « Il est souvent parlé dans l'Écriture sainte des esprits des Églises et des peuples, que les prophètes et l'apôtre saint Jean appellent les anges des Églises et des nations. L'esprit d'une nation, c'est sa personnalité éternelle. » (*Slaves*, d'Adam Mickiewicz, V, p. 254.)

———•◦•———

M. DZIERZANOWSKI

II

Il faudrait des volumes pour dire combien de fois et de combien de manières les confédérés de Bar se sont distingués. Partout où il n'y eut pas de canons, les Russes nous abandonnèrent le champ de bataille. Les hommes étaient si habiles alors qu'aujourd'hui même on n'en voit pas de pareils. Et parmi les plus habiles, comment ne pas compter M. François Dzierzanowski, de la maison

2

Grzymala, colonel du régiment de Gumbin, près de qui j'étais en
grande faveur ayant réussi à lui sauver la vie ou au moins la
liberté ; et je puis dire aussi la vie, car il n'était pas de ceux
qu'il est aisé de prendre vivants. Comme j'ai vécu avec lui et que
c'était un personnage, je pourrais écrire tout au long sa chronique. Son père était serviteur et ami des Zamoyski, les posses-
seurs de majorats, et en avait reçu la jouissance de Sulowice, sous
Zamosc. Ils étaient plusieurs fils, qui, ayant reçu une bonne éducation dans des cours seigneuriales, finirent par devenir eux-mêmes
des hommes. L'aîné, surnommé Ba, fut chez nous maréchal, et on
disait même qu'il avait été roi quelque part (1). Quant à M. François, il se sauva de la classe de grammaire et entra comme simple
soldat dans le régiment de Mir. Il savait à peine lire et le faisait
à la grâce de Dieu ; pour son écriture, le diable même ne l'aurait
pu déchiffrer ; mais à cheval, d'un coup de pistolet, jamais il ne
manquait un as de cœur à vingt pas. Le grand échanson Mniszech,
colonel du régiment de Mir, éprouvait un singulier plaisir à le
voir s'escrimer avec des bâtons huilés et blanchis de craie : il soutenait jusqu'à six assauts, et marquait ses six adversaires, sans
être atteint lui-même : ce qui ne lui tourna pas à mal, car le colonel lui acheta une lieutenance dans ce régiment. Mais, dès
que la confédération de Bar se fut déclarée, alors après s'être
assuré de son bataillon, avoir enlevé la caisse de son régiment et
saccagé la maison de son colonel, Larzak, auquel il en voulait, il
se joignit aux confédérés. En récompense de son amour pour la
bonne cause, le conseil général le nomma colonel-commandant du
district de Gumbin, l'autorisant à faire des enrôlements et à remonter tous ses officiers ; et bientôt M. François se trouva à la
tête d'un très-beau régiment, qui ne cessa de se signaler pendant

(1) Voir la note (A) placée à la suite de ce récit, p. 23.

toute la durée de la confédération. Quel bel uniforme c'était ! Des habits et pantalons bleus, des revers jaunes, et le colonel lui-même, outre ses pistolets d'arçon, en portait encore deux à sa ceinture, et de plus un sabre au côté, et sur l'épaule un fusil tel que, quand il en tirait, les Russes tombaient comme des hannetons. Aussi, combien il fatigua l'ennemi ! On dit même que Drewicz (1) avait déclaré, au nom de la tzarine, que celui qui l'amènerait vivant serait nommé gouverneur de Saint-Pétersbourg, ne fût-il que simple kozak; mais il n'en tenait aucun compte et s'exposait autant que si personne n'avait offert de lui un denier rogné. Dumouriez (2) l'estimait beaucoup, lui et son régiment, et

(1) Drewicz, colonel qui ne se montrait jamais au feu et que Pulawski battit plusieurs fois, mais qui à cette époque fut le héros des Russes comme l'a été le général Murawiew contre l'insurrection de 1863, était fameux par des dilapidations éclatantes et les raffinements de la plus atroce cruauté. Voici ce que dit de lui un témoin oculaire, M. le chevalier Thesby de Belcour, colonel au service de la confédération de Bar : « Mon cheval fut blessé et moi tout à coup investi par une troupe de cosaques auxquels il ne me fut pas possible de résister, seul comme j'étais. Je fus donc pris et en un clin d'œil ces habiles valets de chambre me mirent en état, comme on dit dans le pays, de me mettre au lit à la française. Ils me maltraitèrent beaucoup à coups de pique et me livrèrent ainsi au caporal, qui me conduisit au lieutenant-colonel Drewicz. Il me reçut avec autant de barbarie au moins que les cosaques qui m'avaient fait prisonnier. Il débuta par les injures les plus humiliantes et des infamies que l'on ne pardonnerait pas au plus vil goujat, et finit son compliment par me dire qu'il me ferait pendre. Il avait fait couper les mains aux uns, les pieds aux autres. Il sacrifiait à ses cosaques ceux dont la figure ne lui plaisait pas. Toutes ces horreurs s'exécutaient en sa présence, et il semblait y prendre plaisir. Ces faits sont connus de toute la Pologne et l'on voit encore actuellement, en 1774, dans les rues de Varsovie des malheureux mendier les uns sans pieds, les autres sans mains. »(Relation ou journal d'un officier français pris par les Russes et relégué en Sibérie. Amsterdam, 1776, p. 25.)

(2) L'auteur, partout où il est question de ce général français, que le duc de Choiseul avait envoyé en Pologne avec mission d'entrer au service de la confédération pour l'aider, s'exprime comme le faisaient la plupart des confédérés, qui prononçaient Démoulière. Nous rétablissons pour le lecteur français la véritable orthographe.

regrettait de ne pouvoir causer avec lui que par interprète. Dumouriez parlait le latin comme un jésuite et s'entretenait toujours
avec nous dans cette langue; mais M. François n'aurait pas su
nommer le bon Dieu en latin, et à plus forte raison entamer une
discussion latine. Il réparait un peu cela à force d'imagination,
tout honteux qu'il était d'être seul d'entre tous les officiers à ne
savoir pas un petit mot de latin et sans y pouvoir mais. Nous
étions campés sous Tyniec. Dumouriez nous commandait et était
obéi même de M. Casimir Pulawski.

Un jour on publia une ordonnance qui interdisait, sous les
peines les plus sévères, de s'éloigner du camp après la retraite,
parce que les Russes pillaient les environs et que leurs cavaliers
saisissaient tout confédéré isolé. Mais M. François n'avait point
cette ordonnance en tête : à une demi-lieue de Tyniec, à Burzymow, demeurait la veuve de M. le juge Sulejowski, née Boner,
fille du premier échevin de Cracovie, dame d'un certain âge,
belle, de bonne maison (car l'on sait que : *civis cracoviensis
nobili par*) et riche. Outre son douaire de Burzymow, elle avait
cent mille livres de son apport dotal, plus, de nombreuses économies. M. François, ayant fait sa connaissance à Cracovie, soupirait
après ses bonnes grâces. Étant campé sous Tyniec et ayant appris
de l'aubergiste juif (1) que la respectable dame demeurait tout près,
il éprouva un désir extrême de mettre son amour à ses pieds, d'autant plus qu'il avait bon espoir, du moins du côté de la dame, car
pour la famille elle lui restait toujours contraire. Un jour, à dîner,
comme il s'ouvrait à M. l'échevin et lui demandait son appui,
M. Boner usa de politique, disant : « Ma fille dépend d'elle-même

(1) Toutes les auberges étaient et sont encore tenues par les juifs, qui sont
maîtres du commerce entier, et que le prince Potemkin appelait spirituellement
« la navigation de la Pologne. » Mot cité par le comte de Ségur dans ses Mémoires,
II, 155.

« et puis vous autres, messieurs les militaires, aimez à plaisanter. »
Et vu qu'aux demandes réitérées du prétendant il ne répondait
toujours ni blanc ni noir, il impatienta M. François au point que
celui-ci dit : « Ma foi je ne changerai pas mon épée contre une
aune, car je suis entièrement et non à moitié gentilhomme. » Ce
propos acheva de gâter ses affaires. Mais quand même il se
fût montré en vrai mouton, cela ne lui eût servi de rien, car
la famille de la femme du juge exerçait sur elle une grande
influence et n'aurait jamais consenti à ce mariage, tenant
M. François pour un joueur incorrigible. A Cracovie, il passait
des nuits entières au jeu, et avec tant de malheur, que, si
M. Zaremba ne lui avait pas avancé trois cents tymfes (1), il n'aurait pas eu de quoi commencer la guerre en automne. M. Dzierzanowski s'esquiva donc si habilement de notre camp pour s'en aller
à Burzymow, qu'à l'exception de ses Gumbiniens, personne ne
s'en aperçut. Mais, un peu avant le jour, des soldats entendirent
des coups de fusil. Son escopette faisait presque autant de bruit
qu'un canon ; et comme c'étaient des soldats de son détachement,
ils savaient à quoi s'en tenir. Ils s'en allèrent donc réveiller M. le
régimentaire Zaremba, auprès duquel j'étais de service. Le régimentaire me dit. « Voilà que cet écervelé me fait des siennes ;
prends vingt soldats du régiment de Gumbin et secours-le comme
tu pourras. » Je pars au galop avec mes hommes ; on n'entendait
rien ; mais nous courions depuis une demi-heure à peine, quand
nous entendîmes de nouveau une vive fusillade ; les balles sifflaient
à nos oreilles ; tout à coup nous aperçûmes un nuage de cavaliers. Quand je criai : « Chargeons ! Dieu est avec nous ! » les
kozaks s'enfuirent, et il ne resta plus que M. François, seul, à

(1) Tymfes, florins de Pologne, appelés ainsi du nom de Jean Tympf, habitant de Thorn, qui les frappa, en 1662, à la monnaie de Posen.

cheval, et près de lui plusieurs chevaux, au milieu desquels il ressemblait à un cocher sur son siége. — « Colonel, comment
vas-tu ? » lui criai-je. Et lui me répondit : « Que Dieu te le
rende ainsi qu'à vous tous, mais le diable m'a caressé de sa lance :
regarde ! » Il avait en effet l'épaule transpercée, et le sang coulait à flots. A ses pieds gisaient trois kozaks, dont un remuait
encore. — « Achevez ce chien, qu'il ne puisse plus mordre... »
mot qu'il ne fallut pas répéter deux fois à ses soldats. — « Je te
félicite, colonel, tu en as déjà abattu trois. — Oh ! va donc, frère,
à une demi-lieue plus loin, il y en a quatre autres, voici leurs
chevaux. Et pour cette misère, peu s'en est fallu que je n'y aie
laissé ma peau. »

On apprit que lorsqu'il s'en revenait au camp, et la nuit, de Burzymow, quatre kozaks lui avaient dressé une embuscade ; mais
comme un kozak est plus grand qu'un as de cœur, il les abattit
tous les quatre ; il aurait donc pu rentrer au camp sans encombre,
mais il eut regret d'abandonner les chevaux kozaks ; aussi les
attacha-t-il au sien par leurs brides ; heureusement il rechargea
son arme, mais il n'avançait vers Tyniec qu'à pas lents, et les autres
kozaks eurent le temps de le rattraper. Embarrassé de ses chevaux, il ne se mouvait point à l'aise ; il pouvait encore tirer, mais
la fuite était impossible. Si je n'étais accouru à son secours, je ne
sais ce qu'il serait devenu ; aussi m'en a-t-il sincèrement aimé.
Pendant que, déjà hors de tout danger, nous nous en revenions :
« Sévérin, mon ami, me dit-il, que fera-t-on de moi au camp pour
avoir filé malgré l'ordonnance ? — Monsieur le régimentaire
est grognon, mais il t'aime, colonel. » — Et lui à moi : « Peu
m'importe le régimentaire, car il est gentilhomme comme toi et
moi, et l'on peut facilement s'entendre avec lui ; mais ce bourreau
d'Allemand ou de Français, pourvu qu'il ne me fasse pas mettre
sur le cheval de bois pour l'exemple. Dis-lui donc que s'il m'y fait

asseoir, il veille à ce que je n'en descende, car je lui casserais la tête comme à un chien. — Colonel, lui dis-je, jamais l'on n'a vu de semblable folie; tu te perdrais et discréditerais la cause. » — En somme, cela ne finit pas si mal, car le général Dumouriez lui confisqua les chevaux qu'il avait pris, et le condamna à dix jours d'arrêt, ce qui lui fut profitable, puisqu'il eut le temps de guérir sa blessure. Il voulait me faire capitaine dans son régiment, ce qui m'allait assez, car l'uniforme était joli et j'avais près de lui des titres tout trouvés; mais on m'en dissuada, surtout M. Korsak, lieutenant de Platyhory, qui me protégeait et me témoignait constamment de l'amitié. Il me dit : « Vis avec Dzierza-nowski comme avec un compagnon, mais ne passe point dans son régiment, car tu perdrais ton âme; il ne craint pas Dieu, pille amis et ennemis, et aime le désordre à faire peur. » Il faut avouer que parfois cela allait un peu loin; mais qu'il était catholique, je puis en rendre témoignage, car il portait un chapelet et disait ses prières; seulement, comme il avait horreur des livres et que d'ailleurs il ne pouvait durer en place, il les disait trop courtes; aussi le tenait-on pour hérétique, quoique sans raison.

(A) On lira sans doute avec plaisir ce que M. de Rullhière dit du frère de ce Dzierzanowski :

« Il y avait parmi les chambellans du roi de Pologne un homme que les hasards de sa vie avaient porté dans presque tous les pays du monde. Dzierza-nowski avait quitté sa patrie pour venir en France, au temps où le célèbre Lowendall venait d'entrer au service de cette puissance, et composait de Polonais le régiment qu'il commandait. La frégate sur laquelle Dzierzanowski s'était embarqué à Dantzick avec un grand nombre de ses compatriotes, fut prise par les Anglais. Il fut mené à Londres, y obtint sa liberté, et vint faire en

Flandre deux campagnes dans les armées françaises, qui, sous deux généraux étrangers, étaient alors la meilleure école de guerre.

« Dzierzanowski, à la paix, revenu en Pologne, trouva sa famille en désordre. Un sentiment d'équité dominait en lui au milieu des plus terribles passions. Il ne put voir sans fureur une belle-mère ruiner sa famille et dépouiller ses sœurs. Il alla reprendre de vive force une somme de 15,000 florins que son père avait donnée à cette femme, ne s'en appropria rien, porta à ses sœurs cet unique reste de leur fortune, et, troublé cependant par des remords sur cette révolte contre l'autorité paternelle, il partit pour s'en aller à Rome en pèlerin. Il revint par la France sous le même habit; mais l'extrême police qui règne dans ce royaume n'y permettant pas de pareils voyages, il fut arrêté et enfermé comme un homme sans aveu. Quelques-uns de ses compatriotes le réclamèrent, et les protections qu'il trouva lui obtinrent de la cour de France un emploi aux Indes orientales. Il y parvint au grand étonnement de tout le pays, à faire combattre de pied ferme et manœuvrer à la manière européenne un corps de cipayes, dont il avait le commandement. Il les mena plusieurs fois au feu, sans que jamais ils aient plié; et les Anglais reconnurent en plus d'une occasion combien ces cipayes étaient supérieurs aux leurs, qu'ils s'étudiaient à former à la même discipline. Mais il se brouilla bientôt avec le commandant, et revint en France pour y suivre un procès contre lui. Le vaisseau qui le ramenait ayant touché aux îles de l'Amérique, il y eut, comme officier français, une grande liberté, dont il se servit pour lever tous les plans et noter tous les ancrages. Son procès en France n'ayant pas eu le succès qu'il en attendait, le ressentiment le fit passer en Angleterre où il traita avec le ministre Pitt de tous ses mémoires sur la Martinique. Un Portugais célèbre, qui était alors à Londres, l'engagea à passer en Portugal pour y servir dans l'artillerie qu'on envoyait au Paraguay. Mais à peine arrivé à Lisbonne, la licence de ses discours le fit mettre à l'inquisition. Une telle sévérité révolta son esprit naturellement indépendant; il passa en Espagne, où le gouvernement paraissait s'adoucir et favoriser les étrangers. Le frère d'un favori du comte Brühl y était résident de Saxe; Dzierzanowski, mécontent de quelques propos que le Saxon tenait contre les Polonais lui donna un soufflet. Malgré les traverses que cette vivacité lui occasionna, il obtint de cette cour un brevet de colonel, et partit pour aller lever un régiment en Pologne. Cet homme, content et amusant, y plut au nouveau roi, qui se l'attacha par un emploi de chambellan; mais un violent amour pour sa patrie se mêlait à toutes ses vertus et à tous ses vices, et la hardiesse des discours qu'il tenait à ce prince fut bientôt remarquée. Un jour, entre autres, il prétendait avoir été élu roi en Amérique par des sauvages. — « Comment,

« lui répondit le roi, avez-vous perdu cette couronne? » Il reprit : « Sire,
« j'avais été élu par un peuple libre : il s'aperçut que je pensais à l'as-
« servir, je fus chassé comme tous les tyrans doivent l'être. » Stanislas-
Auguste lui parlant un jour de l'espèce de captivité où le retenait l'ambassadeur de Russie Repnin, Dierzanoswski lui représenta que le droit des gens
n'existait plus à l'égard d'un tel homme, proposa de l'enlever et se chargea
de l'entreprise. Le roi lui demanda son projet par écrit. A cette proposition,
Dierzanowski le regarda fixement. Le roi sentit tout ce que ce regard lui expri-
mait de défiance ; il rassura le chambellan par les promesses les plus sacrées.
Le projet fut écrit et confié au roi : tout était prêt pour l'exécution. Dzierzanowski avait eu l'adresse de tirer de Repnin lui-même une somme d'argent
assez considérable. Repnin devait être enlevé dans la nuit, mais Dzierzanowski,
ce même jour, étant à dîner dans une maison ouverte à toute la noblesse, un
gentilhomme arriva avec empressement et dit, comme une nouvelle répandue
dans la ville, « qu'il y avait un complot pour enlever Repnin; que ce complot
était découvert et l'ordre donné pour en arrêter l'auteur. » Dzierzanowski, sur
ce récit, sentant tout le péril où il se trouvait, demanda une bouteille de vin
de Champagne, la but tout entière, s'échauffa encore de plusieurs tasses de café
qui donnassent à ses esprits toute l'exaltation dont ils pouvaient être susceptibles, et sortit pour aller aux nouvelles. Il alla dans une promenade publique,
y rencontra un de ses amis qui se promenait avec un général russe. Ce général
était celui même qui avait ordre de l'arrêter. Les plus sûres précautions étaient
déjà prises pour l'enlever à l'entrée de la nuit. Dzierzanowski les aborda en
disant qu'il méditait un projet utile et pressé, pour lequel il avait besoin d'un
passe-port. Il était connu pour un des favoris du roi; son ami le l'appelait,
suivant l'usage du pays, que du nom de son emploi, et le hasard voulut qu'il
obtint le passe-port dont il avait besoin de cet officier même chargé de
l'arrêter. Sur la nouvelle de son évasion, Repnin fit afficher la promesse de
5,000 ducats à quiconque amènerait Dzierzanowski vif ou mort. Celui-ci avait
choisi, sur toute la troupe dont il s'était assuré, les sept hommes qu'il crut les
plus déterminés, et s'étant sauvé avec eux, il rassembla bientôt une troupe de
vingt ou trente hommes. En passant dans une ville où la noblesse du voisinage
était assemblée pour quelque onction de judicature, il entra le sabre haut, et
prenant en main le crucifix qui était devant les juges, il força cette noblesse
assemblée de l'élire maréchal, et fait serment entre leurs mains dans la même
forme que les confédérés de Bar. Ayant ainsi acquis une autorité dans la
République, il se fit suivre de quelque noblesse. Les Russes le poursuivaient
avec acharnement et l'atteignirent bientôt. Il chargea les sept hommes déterminés, qu'il avait choisis, de défendre le passage d'un pont. Ils le défendirent

avec un courage héroïque et lui donnèrent le temps de sauver sa troupe en la dispersant. Il ordonna à un homme de chaque peloton de dire qu'il était Dzierzanowski. Ceux-ci en acquéraient plus de considération dans leur fuite, et lui plus de sûreté dans la sienne. On écrivait de tous côtés à Repnin, l'un qu'il avait pris Dzierzanowski, l'autre qu'il l'avait tué, un autre qu'il était près de le prendre ; et lui, déguisé en moine, traversait la Pologne pour aller se mettre à la tête de quelque autre parti ; ne doutant pas qu'il n'eût été trahi par le roi, et nourrissant contre ce prince une haine capable de se porter à toutes les extrémités, il publia un manifeste où il rappelait que Jean-Casimir, voyant combien son règne était funeste et désespérant d'apporter remède aux maux de la patrie, avait mieux aimé abdiquer la couronne, que de rester roi pour le malheur public. » (Vol. III, livre IV).

TROISIÈME RÉCIT

———◆◆◆———

M. BIELECKI

111

Autrefois tout allait mieux que maintenant. Telles fautes, qu'on regarde aujourd'hui comme une plaisanterie, scandalisaient alors le monde et attiraient évidemment sur les hommes les punitions de Dieu ; mais maintenant le mal s'est tellement multiplié, il a tant de laideurs dont jadis on n'entendait même point parler, que le bon Dieu s'est lassé de punir ; il semble dire aux hommes : Faites ce que vous voudrez. Et à quoi cela servirait-il que Dieu envoyât des châtiments publics, quand on ne croit pas en lui, ou tout autrement qu'il ne le faudrait ?

Ainsi il y avait chez nous un confédéré nommé Bielecki, déjà d'un certain âge, mais encore vert; je ne rappellerai point son prénom. Qu'il fût de bonne noblesse, son titre de juge de Grod en fait foi; qu'il fût riche et puissant, c'est ce qu'attestent les trente cavaliers armés qu'il nous amena du district de Mscislaw, et qu'il fût instruit, on le croira aisément, quand je dirai que je l'ai entendu de mes propres oreilles converser en français avec le général Dumouriez. En outre, il était pieux comme un prêtre, et d'un abord étonnamment doux, et, quoique riche propriétaire et même juge, il était humble comme un frère quêteur; nous nous serions tous fait tuer pour lui; et voyez par quelles étranges vicissitudes passa ce citoyen. Il était courtisan d'Auguste II et possédait ses bonnes grâces. Ce roi, d'ailleurs plein de grandes qualités, avait manifestement, de sa première éducation luthérienne, apporté (que Dieu lui pardonne), dans l'giron de l'Église catholique, tant soit peu de goût pour une vie relâchée. La femme d'un certain woyéwode avait attiré son attention; bien que son nom me soit connu, je ne le dévoilerai point, parce que ses neveux, qui vivent encore et sont universellement respectés, n'aimeraient pas qu'on sût qu'ils descendent d'une personne à qui il est arrivé de faire un faux pas; je dirai seulement que cette dame était belle, spirituelle, et fut même assez longtemps vertueuse; or le roi, sentant ses feux redoubler pour elle, se servait de son courtisan Bielecki pour lui frayer, par ses démarches, un chemin à la propriété d'autrui; et M. Bielecki, comme s'il n'eût pas su que ce que Dieu défend, le roi même n'en peut donner l'absolution, aidait son maître avec la fidélité d'un serviteur. Il s'impatronisait dans la maison du woyéwode, qui n'était jamais fermée aux nobles, et, à force de paroles, car ordinairement tout dépend beaucoup de la manière dont la chose est exposée, il contribua, autant qu'il était en son pouvoir, à affaiblir les résolutions vertueuses de la dame ; et de là beaucoup de mal. M. le woyéwode, très-soucieux de sa réputation, comme il convient à un sénateur chrétien, commença à soupçonner sa femme et à prendre des précautions. Une fois donc, voyant M. Bielecki sortir du palais, il le fit saisir par ses hajduks (1), et l'on secoua ses habits tant et tant qu'il en tomba une lettre de la woyéwode au roi. Le woyéwode l'ayant lue découvrit ainsi tout : aussitôt, sans s'arrêter aux protestations de M. Bielecki, qui criait qu'il était né noble, et qu'il était gentil-homme de la chambre du roi, il ordonna qu'on le battît comme plâtre, puis il le fit jeter à moitié mort dans la rue, au delà de la cour de son palais ; quant à sa femme, il l'emmena immédiatement de Varsovie dans ses terres, et l'y mit dans un couvent de reli-gieuses qu'avait fondé sa maison, et où elle acheva ses jours dans une grande piété et humilité.

M. Bielecki, guéri de ses blessures, mais n'ayant pas même un moyen de poursuivre son offense, était vainement consolé et comblé par le roi, la cause première de son malheur ; il trouva chez tout le monde (car pour personne son histoire n'était un secret) un mépris tel que non-seulement la cour, mais la société même lui étaient en horreur, et, s'il n'avait pas été marié, il se serait en-fermé dans un monastère. Le bon roi, ayant pitié de son infor-tune, lui donna un beau domaine royal dans la woyéwodie de Mscislaw, et lui ménagea cette faveur que S. Exc. le woyéwode Pociej, l'institua juge au Grod ; M. Bielecki, avec sa fortune et sa

(1) Les hajduks étaient originairement une cavalerie légère formée par les ducs de Transylvanie et dont le roi Étienne Batory eut un détachement à sa solde. Plus tard les grands seigneurs entretinrent sous ce nom, pour leur sû-reté, des gens armés, choisis en général, parmi les montagnards des Carpathes et très-redoutés, mais non à l'égal des *bravi* italiens, car ils n'assassinaient pas. Ils finirent par tomber dans la domesticité ordinaire et furent conservés jusqu'au partage dans les maisons polonaises où ils ne se distinguaient plus guère que par leur haute taille.

position toute faite, se transporta dans cette woyéwodie éloignée, où l'on apprenait, Dieu sait quand et même pas du tout, ce qui advenait à quelqu'un à Varsovie. Aussi le bon Dieu le favorisa-t-il longtemps; de sorte qu'il augmenta considérablement son avoir et arriva à un certain crédit parmi les propriétaires de l'endroit, ce qui prouve en faveur de ses lumières, car il est avéré que dans notre Lithuanie si lointaine, les nobles s'accoutument malaisément aux nouveaux venus. Mais après bien des étés, car le mal mûrit toujours pour le malheur de l'homme, voilà qu'arriva, je ne sais plus par quelle voie, le détail de tout ce qu'il avait enduré à Varsovie; aussitôt cette histoire entra dans toutes les oreilles et se nicha dans toutes les mémoires; des malveillants, et les meilleurs en rencontrent, elle passa aux indifférents, puis aux amis, même les plus chauds, et fut tant de fois et si haut répétée, qu'à la fin il ne pouvait plus se montrer nulle part: ni on ne l'invitait, ni on n'allait chez lui; et quand il arrivait à une diétine comme juge de Grod, alors le malheureux, quoiqu'il n'ouvrît pas la bouche, que ne lui fallait-il entendre de tous ceux qui avaient perdu leurs causes au Grod; tantôt on lui demandait: « Où la courroie est-elle meilleur marché, à Varsovie ou à Mscislaw? » tantôt on lui parlait du titre XXVII de la 11ᵉ section du statut lithuanien (1). « Quand un arbre est ployé, dit le proverbe, les chèvres même y sautent. » A la longue, M. Bielecki, voyant qu'il avait perdu toute considération publique; que pour ses enfants, et il en avait plusieurs, il lui serait difficile de les établir en les mariant convenablement, encore plus difficile de leur frayer la voie parmi les gentilshommes, s'attrista grandement. Il finit par donner sa démission de sa place de juge, et fit vœu, comme jadis le prince Radziwil

(1) Il y est traité, entre autres, du châtiment qu'entraînent tous sévices envers un gentilhomme, et nommément les coups de bâton.

l'*Orphelinet* (1), de visiter le tombeau du Christ, espérant qu'en retour le Sauveur lui effacerait sa honte. Il ne s'occupa plus que des préparatifs de ce lointain voyage et réunit force argent, au point qu'il aurait pu en acheter autant de terres qu'il en possédait déjà, et il n'en possédait pas peu. Il allait se mettre en route, lorsque justement se forma la confédération de Bar.

Or, certain dominicain des environs, qui était à la fois un profond théologien et un saint moine, et en qui M. Bielecki avait une grande confiance, changea son vœu de cette manière : il lui ordonna d'employer tout l'argent qu'il avait amassé à armer des hommes pour la confédération et d'y accéder lui-même. Il l'assura qu'en combattant pour la foi et la liberté, il obtiendrait l'absolution aussi bien que par un pèlerinage. En quoi l'on voit, à ce qu'il me semble, que le dominicain était inspiré, d'abord parce qu'il changea en une seconde une résolution de dix et peut-être de quinze ans, ensuite parce que le résultat l'a justifié. M. Bielecki amena donc ses trente hommes, armés et montés sur de robustes chevaux, au quartier général qui se tenait à Mohilew sur le Dniester. Et, quoiqu'il eût été dès sa jeunesse soit courtisan, soit juge, et qu'il fût arrivé à l'âge mûr sans aucune expérience des armes, il fit vœu au bon Dieu de se trouver en personne au moins à trois combats. En effet, dans le cours de notre confédération, il se trouva trois fois où cela chauffait, et de chacune de ces trois rencontres il porte sur lui un témoignage irrécusable. Il fut d'abord à la prise de Jaroslawice (2), avec M. Rudnicki, qui se

---

(1) Nicolas-Christophe Radziwil l'*Orphelinet*, né en 1549, prince de Nieswiez et d'Olyka, fut l'un des ambassadeurs envoyés à Paris en 1573 ; maréchal en Lithuanie en 1570, il exécuta, de 1582 à 1584, en terre sainte, un pèlerinage dont il publia le récit, devint au retour castellan de Troki, puis woyévode de Vilna. Il eut quatre de ses fils au sénat, et mourut en 1616.

(2) Bourgade importante non loin de Luck.

déshonora dans la suite, mais alors se conduisit bien, et il y reçut
une balle dans la jambe; une fois guéri, il combattit avec nous à
Lanckorona, où nous éprouvâmes une joie si grande, mais mêlée
pour lui de douleur, car il y reçut une balle dans la paume de la
main. Si ce fût arrivé à l'un de nous, certainement sa main se
serait desséchée, mais il avait remède à tout. Ayant en toute hâte
pansé sa blessure, il fut conduit sur une mauvaise charrette, à
Bielsk (1), où des Allemands firent si bien qu'il conserva en partie
l'usage de la main.

Après cette seconde cure, quoique ses hommes allassent avec
nous partout où il fallait, il se rappelait son vœu et calculait qu'il
manquait encore une bataille à son compte. Enfin, à Czenstochowa (2), sous l'œil même de la très-sainte Vierge, il accomplit
jusqu'au bout la promesse qu'il avait faite au bon Dieu, car un
jour que M. Casimir Pulawski (3) nous faisait faire une sortie,
il nous suivit de son propre gré et s'avança, selon son habitude,

(1) Bielsk, en allemand Bilitz, ville de Silésie, très-proche de la frontière
polonaise.

(2) Czenstochowa, située dans l'ancienne woyéwodie de Cracovie, sur la rive
gauche de la Warta. Le peuple fait dériver l'étymologie du nom de cette ville
des mots *czensto*, souvent, et *chowac*, préserver, et elle a en effet arrêté en plus
d'une circonstance les invasions ennemies. Elle renferme un monticule qu'on
appelle Jasnagora (*Clarus mons* ou Clermont), sur lequel s'élève un couvent de
moines de Saint-Paul, où l'on voit une image de la Vierge, que la tradition
attribue au pinceau de saint Luc et qui est en grande vénération dans les pays
slaves. En 1655, les Suédois avaient occupé tout le territoire de la République;
le roi Casimir était en fuite, Czenstochowa tenait encore. Le 19 novembre, le
général suédois Mœller s'avança avec douze mille hommes et une nombreuse artillerie pour la soumettre. Le prieur Kordecki, par l'héroïsme de sa résistance,
électrisa le pays entier. Le 27 décembre, le général Mœller dut honteusement lever le siége, et ce premier désastre fut suivi de beaucoup d'autres,
ainsi que de la prompte et totale expulsion des Suédois du sol national. Enfin,
lors de la confédération de Bar, Casimir Pulawski défendit cette place jusqu'au
dernier moment : elle ne capitula que le 15 août 1772.

(3) Voir la note A à la suite de ce récit p. 37.

comme vers le roi dans une fête. Il avait une taratatka (1) ponceau à franges d'or et une ceinture en soie entre-tissue d'or massif (2). M. Pulawski, qui s'habillait simplement, n'aimait pas le luxe, et plaisantait assez volontiers ; il lui dit : « Tu es tout d'or comme un brochet au safran la veille de Noël (3) ; tu veux, à ce que je vois, qu'on te prenne pour l'hetman de toute la chrétienté. Frère, va te changer et n'apprends pas aux balles ennemies qui elles doivent saluer d'abord. » Mais lui : « Monsieur le staroste, dit-il, je ne suis pourtant point un nouveau-né. Les hommes tirent et le bon Dieu dirige les balles ; s'il le veut, les balles me trouveront, quand je me cacherais sous terre ; s'il ne le veut pas, je sortirai du combat sans accident, les tireurs

(1) Espèce de redingote à brandebourgs.

(2) La ceinture contribuait beaucoup à la richesse du costume polonais. On y employait les étoffes les plus précieuses d'abord de l'Orient, et plus tard des fabriques lyonnaises ou nationales. On voyait des ceintures d'une laine si fine que, quoiqu'elles fussent larges de deux aunes, on pouvait les faire passer à travers une bague. Les ceintures étaient assez longues pour qu'on les enroulât deux ou trois fois autour de la taille, et terminées par des franges qu'on faisait retomber des deux côtés. Il y en avait de toutes les couleurs, pour toutes les saisons, pour l'ordinaire et pour les jours de fêtes : le prix variait de 12 à 60 ducats. Une ceinture de gala, large de trois aunes et longue de neuf, coûtait jusqu'à 500 ducats : elle était tissue, par exemple, de fils d'or d'une part et de fils d'argent de l'autre ; l'envers comme l'endroit n'ayant aux deux moitiés ni la même teinte ni le même dessin semblaient former chacun deux ceintures juxtaposées, et, selon qu'on les pliait, c'était tantôt la couleur amarante, tantôt la bleue, tantôt la noire, etc., qui apparaissait. Les Radziwill avaient à Sluck, spécialement pour ces ceintures, une fabrique, dont les produits n'étaient pas inférieurs aux plus beaux échantillons de la Turquie, de la Perse ou des Indes. Après le partage, on a précieusement conservé comme une relique du passé ces ceintures nationales, dont les siècles n'ont pu ternir la fraîcheur ni l'éclat. Cependant elles deviennent d'une grande rareté, étant souvent transformées en ornements d'église, et beaucoup plus souvent encore dérobées dans les visites domiciliaires qu'opèrent avec un zèle infatigable les autorités russes.

(3) Plat de rigueur, ce jour-là, sur toute table polonaise.

fussent-ils bien plus adroits que les Russes. » M. Pulawski lui répondit : « Tu parles comme un prêtre, mon juge ; puisque tu as une foi aussi vive, que ma recommandation s'en aille aux bois ! Quiconque fait son devoir peut s'habiller à sa guise. » Et l'on vit que chacun d'eux avait raison ; un dragon lui transperça, sous nos yeux, la mâchoire ; en effet, ainsi que l'en avertissait M. Pulawski, il était facile de le prendre pour but ; mais, comme l'avait dit le juge, cela ne pouvait arriver sans la volonté de Dieu ; ce dont ni M. le colonel, ni aucun confédéré de Bar, ni aucun honnête gentilhomme polonais ne peut douter. Or, M. Bielecki, après s'être longtemps fait soigner à Czenstochowa, ajoutait en nous racontant tous ces événements : « Je suis enfin content, car tout s'est accompli ; j'ai péché par le pied en allant où il ne fallait pas ; par la main, car j'ai porté des lettres pour induire à mal, et par la bouche, car mes paroles ne poussaient pas au bien ; et où j'ai péché, Dieu m'a frappé, ce dont son saint nom soit béni : je retournerai maintenant tranquillement chez moi. » C'est pourquoi, ayant laissé ses hommes et de quoi les payer à M. Pulawski, il se lança avec un seul paysan vers Mscislaw, après nous avoir dit tendrement adieu.

Il arriva précisément au moment où la diétine allait élire un chambellan. Il y avait plusieurs partis et la noblesse ne pouvait s'accorder, mais à peine M. Bielecki le confédéré parut-il qu'on le nomma chambellan à l'unanimité. Et n'est-ce pas un miracle évident ! il était auparavant si peu considéré qu'il voulait aller jusqu'au tombeau du Seigneur, et finalement les mêmes personnes l'ont élevé à la première dignité du district ; il était, il y a quelques jours, errant, et le voilà une Excellence, *Princeps nobilitatis*, charge dans laquelle il mourut ; et qu'il mourut avec beaucoup de piété, il me semble que personne n'en doutera.

(A) Casimir Pulawski né en 1749, troisième fils du promoteur de la confédération de Bar, fut l'un des héros de cette lutte glorieuse. Rulhière a dit de lui : « A vingt et un ans, Casimir Pulawski commença à développer ses talents, qui le rendirent bientôt si célèbre et si redoutable. Dans cette extrême jeunesse, il avait déjà l'expérience de ses difficiles épreuves, la seule école où l'on apprenne à devenir véritablement homme. Attaché au duc Charles de Courlande, il avait passé dans Mitau tout le temps où le prince y avait été bloqué par quinze mille Russes. Ses premiers sentiments avaient été ceux d'une haine violente contre les oppresseurs de son prince, devenus maintenant les oppresseurs de son pays. En voyant pendant six mois les exercices et la discipline de ces quinze mille Russes, il y avait acquis quelque usage des armes et une connaissance réfléchie des ennemis qu'il avait à combattre. Sur la fin de la confédération, il était resté seul de cette famille qui, la première, s'était armée pour la cause de la nation. Il avait passé l'hiver dans les Carpathes, sur des pointes de rochers, et quelquefois dans des retranchements de glace et de neige. Comme il s'attendait à être attaqué, il avait, au défaut de chausses-trappes, rassemblé de tous les villages où il pouvait étendre ses incursions, une grande quantité de râteaux de fer ; et, après avoir nettoyé les avenues les plus accessibles de son camp, il avait fait placer ces râteaux les pointes en l'air. La neige les avait recouverts, et la cavalerie était venue souvent s'y renverser. Souvent aussi il descendait du sommet des montagnes avec la rapidité d'un oiseau de proie, enlevant des vivres pour ses troupes et faisant des prisonniers. Il envoyait ensuite proposer des échanges aux généraux russes et les forçait, par la terreur de son nom, à observer avec lui le droit de la guerre. Jamais homme de guerre n'eut une plus grande dextérité dans le maniement de toute espèce d'armes. Il se prévalait de ce don de la nature, accru par un perpétuel exercice, pour charger toujours de sa personne, avec une intrépidité qui donnait l'exemple à tous ceux qu'il commandait. Une jeunesse déterminée s'attachait à le suivre ; et lui-même, trouvant les vieux Polonais trop amollis, accordait plutôt sa confiance à des jeunes gens qui se formaient par ses leçons et devenaient les émules de son adresse et de sa force. Il n'y en avait aucun parmi eux qui ne se fût signalé par quelque singulier exploit. Tel d'entre eux était renommé pour avoir tué de sa main plus de cent Russes. Leur extrême vitesse et la justesse de leur coup d'œil pour juger des distances et couper dans les plaines ou à l'entrée des bois de petits détachements russes, leur valaient toujours un grand nombre de prisonniers. Le péril était leur plaisir ; et un combat où pouvait s'exercer leur dextérité semblait être le délassement de leurs fatigues. Pulawski, par un ascendant naturel, était le maître de ses égaux. Tous le secondaient avec ardeur, tous se précipitaient avec lui dans les périls, tous veillaient à se secourir mutuellement ; Pulawski, plus adroit, avait toujours ce dernier avantage. Il y avait peu de ses officiers qu'il n'eût arrachés à quelque danger, qu'il n'eût cherchés et enlevés au milieu des ennemis, et qui ne reconnussent lui devoir la vie ou la liberté. La plupart des autres maréchaux, incertains de ce qu'ils devaient faire, consultaient leurs subalternes, et risquaient de s'adresser quelquefois à des traîtres. Mais, dans l'armée de Pulawski, le chef seul prenait ses résolutions ; personne n'était dans son secret ; la confiance que tous avaient en lui, leur inspirait une aveugle obéissance et leur interdisait toute curiosité indiscrète. Cette troupe, la plus valeureuse, la plus déterminée de celles qui servaient la confédération, était aussi la plus pauvre. Casimir Pulawski négligeait de lever des contributions. Sa générosité naturelle lui rendait cette nécessité odieuse. Dès qu'il pouvait recouvrer quelque argent, il l'employait à payer des espions. Casimir, intrépide dans les combats, était ailleurs doux, liant, sociable, sans défiance personnelle contre ceux dont il connaissait les sentiments patriotiques, ne se mêlant jamais dans aucune des intrigues qui troublaient les confédérations. Son nom obscurcit bientôt tous les autres, et devint une des plus sûres espérances de la nation. Son arrière-garde, ayant été une fois vivement poussée, il entendit un officier russe demander à quelques prisonniers : « Où est Pulawski ? » Il se retourne et lui dit : « Me voici, » en le jetant mort sur la place. Sa vigilance ne laissait aucune occasion aux surprises. Après quelques entretiens avec ceux mêmes dont les mauvais desseins auraient pu justement l'irriter, il les amenait à l'engagement réciproque de concerter dorénavant leurs opérations avec lui, et de saisir toutes les occasions de se seconder mutuellement. Les Russes, qui n'hésitaient jamais, quel que fût leur petit nombre, à marcher au premier avis contre tout parti polonais, étaient plus retenus à son seul nom. Ils rassemblaient alors de plus grandes forces. Casimir, instruit de la terreur qu'il inspirait, prenait quelquefois à dessein le nom de quelque autre chef, afin que ses ennemis fussent moins précautionnés et marchassent avec plus de négligence et moins d'avantages. » (*Hist. de l'anarchie de Pol.*, vol. III et IV, liv. IX, X et XII).

Après le partage de la Pologne, Casimir Pulawski alla soutenir la cause de l'indépendance américaine et fut tué le 9 octobre 1779, au siège du fort de Savannah, auquel les Américains reconnaissants ont donné son nom.

QUATRIÈME RÉCIT

LE PRINCE RADZIWIL

MONSIEUR L'AMI

IV

L'année 1781 fut une année mémorable pour Nowogrodek, il
s'y tint en effet cette année-là une diétine très-orageuse. Plusieurs
milliers de nobles s'étaient réunis pour l'élection d'un notaire au
tribunal. Après la mort de M. Thadée Dancyko, le prince
woyéwode de Vilna appuyait la candidature de M. Reyten, frère
de ce grand Thadée, universellement aimé dans la woyéwodie, et
vu que chez nous les élections se faisaient ordinairement à l'una-

nimité, il ne vint à l'esprit de personne que quelqu'un pût lui disputer cet emploi. Cependant le contraire eut lieu. Il était très-désagréable à L. Exc. MM. Niesiolowski et Jelenski, l'un, woyéwode, l'autre, castellan de Nowogrodek, de n'avoir pas la moindre influence dans les diétines de la woyéwodie, et d'être obligés, pour conserver un semblant d'autorité, de faire, bon gré mal gré, des courbettes au prince Radziwil. Or, comme les Reyten, avec leurs nombreux parents et alliés menaient le branle dans le parti des Radziwil, S. E. M. Niesiolowski, dans le but de les diviser, persuada à M. Casimir Haraburda, mari de la propre sœur des Reyten, de se mettre lui-même sur les rangs, ce qui ne fit pas un petit scandale dans la woyéwodie, en montrant deux beaux-frères acharnés à se nuire réciproquement. Des amis de l'une et l'autre partie s'efforcèrent de persuader à M. Haraburda de ne point causer ce désagrément à son beau-frère, dont on avait déjà mainte fois porté la santé comme notaire au tribunal, puisque lui-même à l'origine ne lui avait pas été opposé; que ces divisions entre frères peinaient tout le monde, et enfin qu'il était peu vraisemblable qu'il l'emportât sur M. Michel. Ces tentatives furent vaines. Lorsque tous les gentilshommes, à leur arrivée à Nowogrodek, descendirent au couvent des Bernardins pour la fête de la sainte Vierge, les deux beaux-frères étaient du nombre. On essaya de les réconcilier; mais quand M. Haraburda se mit à reprocher à son beau-frère de l'avoir lésé dans le payement de la dot, lui disant qu'il ne savait pas le droit, qu'il lui convenait mieux de jouer aux cartes que de se rompre la tête sur des papiers, et ajoutant que, quoique M. Michel fût une créature de Nieswicz (1), il avait espoir dans ses amis, qui n'étaient soumis à personne, alors

(1) C'est-à-dire créature de Radziwil, propriétaire de Nieswicz, l'une des villes du majorat des Radziwil, qui y avaient leur résidence la plus habituelle.

M. Michel tira son sabre, et si les Bernardins n'avaient pas fait sortir M. Haraburda pendant que les gentilshommes cherchaient à faire entendre raison à M. Michel, le réfectoire aurait été ensanglanté.

Il n'y avait donc plus de réconciliation possible, et le temps de la diétine approchait. Il se présentait justement une circonstance sur laquelle S. Exc. le woyéwode de Nowogrodek fondait de grandes espérances et qui ne contribua pas peu à rendre inflexible M. Haraburda ; c'était la conduite du prince woyéwode de Vilna à l'égard du respectable J. Tryzna, écuyer tranchant en second de Nowogrodek, conduite qui avait indigné beaucoup de chauds partisans de Radziwil, et qu'exploita habilement le parti qui lui était hostile. Tryzna était pauvre, mais dernier descendant d'une ancienne maison alliée même aux Radziwil. En effet, une Tryzna apporta Naliboki dans la maison des Radziwil, et la majeure partie des revenus du couvent de Zurowice étaient une donation d'un Tryzna, ancêtre de l'écuyer tranchant en second. Dans les cantiques de Zurowice, il en est fait mention : *Qui n'avouera que M. Tryzna n'ait été un homme pieux*, etc. Or M. l'écuyer tranchant ne possédait rien qu'une créance sur les Radziwil, en nantissement de laquelle ceux-ci lui laissaient la jouissance de leur propriété de Koldyczow, et cela aux meilleures conditions ; mais l'argent lui fondait dans les mains. Ainsi que dit le proverbe, ce que Mathieu gagna, Mathieu le mangea, et souvent il mangea plus qu'il ne gagna. Certes il a bien emporté un ou deux mille des miens ducats avec lui dans l'autre monde, mais il est sûr que je ne les lui réclamerai pas au jugement dernier, car avec lui j'ai mangé un minot de sel et bu plus d'un minot de vin. Comme il n'avait, sauf une fille unique, aucune postérité, et qu'une demoiselle belle et d'aussi bonne souche n'avait besoin d'aucune dot pour se marier très-convenablement (elle épousa en effet dans la suite le très-

puissant Syruc de Witebsk, staroste de Czuchlow), il allait
pour ainsi dire de soi que notre écuyer tranchant ne s'occupât
en rien de l'avenir. M. Tryzna était humain, gai, mais souvent
emporté. Un beau jour, en pleine moisson, Son Altesse le prince
woyéwode de Vilna, sans l'avertir, tomba tout à coup comme
le tonnerre, avec force chasseurs, pour faire une battue dans les
bois de Koldyczow. M. Tryzna donnait ses ordres au sous-staroste pour les travaux des moissonneurs, et lui-même allait partir
aux champs quand survinrent les piqueurs du prince, exigeant
qu'on envoyât aussitôt du monde au bois pour la battue ; et en
gens simples et irréfléchis, ils le pressèrent si impérieusement
qu'ils finirent par l'impatienter. Il leur refusa des hommes, les
rembarra, et leur dit, à ce qu'ils rapportèrent, qu'il fallait avoir la
tête fêlée pour chasser pendant la moisson. Quand les piqueurs
revinrent, leur récit commença à monter par tous les échelons
de la cour, mais toujours en s'amplifiant, d'autant plus que
M. Mikuc, secrétaire du prince, avait une dent contre M. Tryzna
qui l'avait éconduit, quand il avait recherché la main de sa fille.
Pour se venger, il raconta tout au prince. Le prince ressentit si
vivement cette offense, qu'au dire de témoins oculaires, il ne
put articuler une seule syllabe durant le temps de plusieurs *Ave
Maria*, puis il se mit à rugir que les bois de Koldyczow en
tremblèrent; et, dans le premier élan de sa colère, il ordonna
de retirer aussitôt à M. Tryzna le domaine qu'il tenait de lui et de
l'en chasser. Cela fut accompli dans l'instant, et même sans humanité; car, craignant pour sa peau, M. Tryzna ne se sauva qu'avec
ce qu'il avait sur lui. C'est encore un bonheur que sa respectable
femme et sa fille fussent allées à Pinsk pour y gagner des indul-
gences et faire leurs dévotions au bienheureux Bobola (1), puisque

_____

(1) André Bobola, d'une famille originaire de Bohême, naquit dans le pala-

M. Tryzna, s'étant esquivé, dut courir à pied jusqu'aux environs de Racow. S'y étant procuré une charrette, il se rendit à Nowogrodek, où il porta plainte au tribunal et en même temps assigna le prince pour violation de contrat et expulsion illégale.

Dès que l'affaire fut engagée, je dus travailler pour le prince. Je fondis en larmes devant l'écuyer tranchant lui-même, le suppliant de me pardonner que mon devoir fût, en quelque sorte, d'essayer de lui nuire. Je savais très-bien en effet que notre cause était mauvaise, mais quoi? il faut défendre celui dont on mange le pain. Du reste M. l'écuyer tranchant ne s'en offensa pas, et une fois tout fini, il ne cessa de m'honorer de son amitié, et peut-être son estime pour moi doubla-t-elle en voyant qu'afin de payer mon tribut de reconnaissance à mon maître et bienfaiteur, je sacrifiais mes propres convictions. Je sus aussi faire la part de celles-ci, car, assistant aux conférences qui précédèrent les démarches légales, je déclarai devant l'honorable Radziszewski, porte-étendard de Staroduh et chargé de pleins pouvoirs du prince, que je n'avais pas grande confiance dans la justice de notre cause; il me remit de suite dans le droit chemin en disant : « Votre affaire, monsieur, est d'instrumenter et de défendre la cause du prince et non de la dénigrer, vous êtes payé pour cela. » Il me ferma ainsi la bouche. Quand on en vint au procès, nous nous efforçâmes uniquement d'amener la cause devant le tribunal terrestre, car le tribunal de Nowogrodek était dans la juridiction du woyéwode, qui y jugeait par ses délégués, ce qui nous laissait quelques espérances.

---

tinat de Sandomir en 1592. Il entra dans la compagnie de Jésus, adopta la carrière de l'enseignement, et fut massacré par les Kozaks à Pinsk le 10 mai 1657; Auguste II demanda sa canonisation au saint-siége. La sacrée congrégation des rites fut saisie de cette cause en 1727; le 9 février 1755 Benoit XIV le déclara martyr, et le 4 juin 1853 un décret de Pie IX le mit au rang des saints.

Mais il n'y eut pas moyen de l'arracher du tribunal de district, qui avait reçu les assignations motivées. Du reste, les cas d'expulsion et de voies de fait appartiennent en réalité à la juridiction du tribunal de district, et quoique je me fondasse sur ce que nous avions déjà introduit une instance devant le tribunal *pro determinatione fori*, les juges de district, sans y faire attention, ordonnèrent d'appeler la cause. Je me retirai faisant défaut, et M. l'écuyer tranchant obtint contre le prince une condamnation par contumace. Mais qu'en résulta-t-il?... Il se réjouissait de la condamnation, le malheureux qui battait le pavé, et le prince, une fois Koldyczow occupé, ne lâchait pas prise. A l'audience suivante, voyant qu'il n'y avait pas moyen de nous maintenir dans la dénégation de compétence, j'usai d'un autre stratagème. Voulant rendre le tribunal incomplet, je récusai un des juges comme parent de la partie adverse. La parenté était éloignée, car M. Gaëtan Uzlowski, le juge que je récusais, avait pour femme une Ancuta, et feu madame Tryzna, belle-mère de l'écuyer tranchant, avait été mariée en première noce à un Ancuta. Cependant une telle récusation fut suffisante pour rompre le tribunal, car M. le juge déclara que, comme le prince woyéwode de Vilna n'avait pas confiance en lui, et que, d'un autre côté, il ne rejetait pas l'honneur de l'alliance qu'on lui objectait, il ne jugerait pas, et il quitta sa place; et vu qu'il n'y avait plus de complet, la cause tomba dans le *non sunt* et la séance n'aboutit à rien. Il y eut un peu de bruit contre le juge, et à la sortie de l'audience l'écuyer tranchant lui reprocha d'avoir cédé parce que sa femme voulait à la Saint-Charles produire ses filles à Nieswiez. On dit aussi que M. Léon Borowski lui offrit pour cela une pelisse en peau de léopard au nom du prince, mais l'on reconnut plus tard que c'était un cancan.

Sur ces entrefaites, arriva la diétine pour l'élection d'un notaire terrestre, à laquelle vint, selon son habitude, le prince woyévode, d'autant plus qu'il voulait appuyer la candidature de M. Michel Reyten, qui était radziwilien de corps et d'âme. Il s'arrêta avec une quinzaine de voitures au couvent des Bernardins, dont il était syndic (1), et sa suite l'occupa tout entier, sauf quelques cellules où les moines s'entassèrent comme ils purent. Le prince lui-même occupa la cellule du frère gardien, la plus vaste de toutes; et pourtant la nuit un chat n'aurait pu y passer; car, outre le prince, il y couchait pêle-mêle M. Michel Reyten, l'officier de la garde-robe Dukowski, le P. Gilles, qui était un grand exorciste et que, pour ce motif, le prince, qui craignait les mauvais esprits, décida de faire coucher près de lui, dans sa cellule, et en plus Nepta, énorme chienne braque, favorite du prince. M. Reyten nous a raconté qu'il ne ferma l'œil tout le temps de la diétine, tellement les ronflements du prince, du P. Gilles et de Nepta étaient affreux. La noblesse des environs, qui avait suivi à pied le prince, dormait dans la cour du couvent, où l'on voyait une soixantaine de voitures de gruau, de farine, de lard, des tonnes d'eau-de-vie, et des chaudrons qui ne cessaient de chauffer. A la boucherie on tuait chaque jour deux bœufs pour le prince. Le prince dînait deux fois par jour : une fois avec la noblesse des environs, il mangeait du gruau et des tripes préparés dans le chaudron commun et une seconde fois au réfectoire avec quelques gentilshommes qu'il traitait chez lui, ou chez maint fonctionnaire à la table duquel il s'invitait.

M. Michel, qui aurait été content de voir la fin de l'affaire de Tryzna (car la noblesse criait beaucoup, mais qui n'osait lui-

(1) Le syndic d'une communauté était le mandataire délégué pour prendre soin de ses affaires. Mais souvent les couvents obtenaient que ce titre fût pris par quelque haut personnage qui, tout en ne remplissant aucune fonction, les couvrait de la protection de son nom.

mé ne en ouvrir la bouche devant le prince, persuada au P. Gilles d'en toucher un mot, si l'occasion s'en présentait, pour que le prince se laissât convaincre et fût juste à l'égard de Tryzna. Comment le bernardin s'y prit et ce que je vais écrire, c'est mot pour mot le récit de M. Bukowski, écuyer de la garde-robe, qui en fut témoin. Après la prière, quand tous se furent couchés, on garda un moment le silence; le prince l'interrompit en disant : — « Père Gilles, que Jésus-Christ soit glorifié. — Dans les siècles des siècles (1). Quels sont les ordres de Votre Altesse? — N'entendez-vous pas, comme ma Nepta grogne? Sans doute feu Wolodkowicz me visite. » A cela M. Michel Reyten, en se signant : — « A quoi rêve Votre Altesse? Des hommes traversent le corridor, et Nepta grogne après eux; aussitôt il faut que cela soit M. Wolodkowicz! — *Monsieur l'ami* (2) tu aurais mieux fait de te taire. Parce que tu sais jouer aux cartes françaises, tu te crois déjà un savant. Ce n'est pas à toi que je parle, mais au père Gilles. Père Gilles, n'est-il pas vrai que les âmes sortent du purgatoire, afin de demander secours à leurs parents et amis? Pour le nier il faut être le prince-évêque Massalski (3) ou Martin Luther. —Oui, oui, Votre Altesse a raison, cela arrive quelquefois. — Vous l'entendez monsieur Michel... c'est agréable de dormir avec un théologien; il vous

(1) En Pologne, on se salue souvent par ces paroles.

(2) Le prince Radziwil répétait si souvent ce dicton *Monsieur l'ami,* qu'il est devenu inséparable de son nom. A une audience du roi, il lui dit : « *Panie Kochanku najjasniejszy Panie,* » c'est-à-dire : *Monsieur l'ami* Votre Majesté.

(3) Le prince Massalski, évêque de Vilna, fut une créature de la Russie, et à la diète de Grodno, l'un des signataires du traité d'alliance conclu soi-disant par la Pologne avec la Russie (23 juillet 1793). Dès que la révolution de 1794 eut éclaté, Massalski fut arrêté comme traître. Le peuple, soupçonnant dans la lenteur de la procédure une intention de le dérober au châtiment, l'arracha de la prison où il était enfermé et le pendit à Varsovie devant le palais de Brühl le 27 juin 1794.

éclaire et il vous calme. Père Gilles, j'ai toujours devant les yeux feu Wolodkowicz; quel ami c'était ! pour le ressusciter, je donnerais tout ce que j'ai et j'entrerais comme frère chez vous. Du vivant du défunt prince, mon père, je pénétrai, étant un peu ivre, à main armée sur les terres de M. Pierre Kotwicz et mis le feu à sa maison. M. Kotwicz éleva contre moi mille prétentions extravagantes et me fit dire que si je n'y faisais pas droit, il me citerait devant le tribunal. J'étais sans le sou et le défunt prince était avare, et avec cela si sévère qu'il me fit administrer une fois cinquante coups de bâton, quoique je fusse déjà porte-glaive de Lithuanie et chevalier de plusieurs ordres (1); s'il eût appris une telle folie, il m'aurait peut-être fait rendre l'âme sous le bâton. Qu'y avait-il à faire?... Mon Wolodkowicz engagea deux de ses propres fermes et apaisa Kotwicz (on entendit les sanglots du prince). Est-ce qu'il ne se sacrifia qu'une fois pour moi?... Un jour, comme s'il eût eu un pressentiment que nous ne resterions pas longtemps ensemble, il me dit : « Prince Charles, tu vivras plus longtemps que moi ; n'oublie pas mon âme. » Or quand le parti que conduisait ce coquin mitré, cet escroc de Massalski, s'empara de Wolodkowicz, par fraude et par trahison, et ensuite le fusilla ici, à Nowogrodek, où j'arrivai le même soir, mais trop tard, je jurai de venger son sang sur l'indigne évêque et je voulais partir pour Vilna afin de lui ôter son sacre sur le premier pin hors la ville ; puis je serais parti pour Rome demander pardon au Saint-Père (2). Déjà j'allais vers Vilna, mais à la première station Wolodkowicz m'apparut pour

(1) Le respect pour le père était tel qu'un fils, occupât-il un rang élevé dans l'État, et fût-il lui-même père de famille, ne s'asseyait jamais devant lui sans en avoir demandé la permission et lui baisait la main en l'abordant ; aucun déshonneur ne s'attachait à la correction paternelle : seulement on étendait un tapis sous le gentilhomme qui la recevait.

(2) Voir la note A à la suite de ce récit p. 63.

4

la première fois en songe, m'implorant en faveur dudit évêque, et il me dit distinctement qu'il en souffrirait davantage dans l'autre monde. Père Gilles, est-il encore jusqu'à présent dans le purgatoire? — « Et qui peut éviter le jugement de Dieu, monsieur le prince? Sa justice et sa miséricorde sont grandes. Nous savons seulement, que quand l'âme quitte le corps, Dieu l'envoie aussitôt au ciel, au purgatoire ou en enfer, dont sa miséricorde veuille bien nous préserver! » — « Pour cela, *monsieur l'ami*, Wolodkowicz n'a pas été en enfer. Que Dieu vous donne, à vous autres moines, d'être aussi fervents que lui dans la foi! Encore du vivant du défunt prince, dans le district de Sluck, il convertit trois popes (1) à l'Union (2), et le quatrième, un entêté, mourut sous le bâton. C'était avant que cette abominable confédération de Sluck et de Thorn (3) n'eût arraché des priviléges pour les dissidents, priviléges dont moi, en qualité de premier sénateur de la province de Lithuanie, je ne répondrai pas devant Dieu, car je me suis opposé sept ans, les armes à la main, à ce blasphème; mais il plut alors au bon Dieu de ne pas nous donner la victoire. Père Gilles, ce que j'ai fait pour le repos de l'âme de Wolodkowicz suffirait pour vider le purgatoire entier. J'ai enterré en Valachie, de mes propres mains, à son intention, les cadavres de gens morts de la peste, et

(1) Pope ou prêtre de la religion gréco-russe.

(2) Le peuple appelle ainsi un rite adopté par plusieurs pays slaves et notamment par plusieurs provinces polonaises. C'est en 1439 que le concile de Florence, respectant certaines traditions locales, admit comme trait d'union entre les deux Églises d'Occident et d'Orient que les catholiques du rite uni ou uniate auraient la langue slavone dans leur liturgie, le mariage des prêtres, etc. Cette forme a prédominé le plus dans les contrées où la religion romaine et le schisme grec étaient le plus immédiatement en contact.

(3) Confédération formée dans ces deux villes le 19 mars 1767 pour, au nom de la tolérance et avec l'appui des armées étrangères, désorganiser la République de Pologne.

j'observe le maigre les anniversaires de sa mort. J'ai donné un village aux Dominicains de Wolkowysk, dans le couvent desquels est
le tombeau de Wolodkowicz ; et pour les messes, bouts de l'an,
aumônes, lampes, M. Reyten, quoique fort calculateur, ne les
pourrait compter ; cependant son âme ne cesse de me visiter. Ma
Nepta le connaît si bien que, dès qu'il approche, elle grogne comme
pour le gros gibier. Père Gilles, donne-moi un conseil et je cou-
vrirai votre couvent d'un toit d'or. » — « Que Dieu rende à Votre
Altesse sa munificence pour nous ; chaque présent est agréable à
Dieu, mais plus le sacrifice est grand, plus il est efficace. Que Votre
Altesse fasse, à l'intention du défunt, un sacrifice de sa colère ; par
exemple, qu'elle donne la main à quelqu'un qui l'a offensée,
c'est le meilleur moyen, prince, de délivrer l'âme de votre ami. »
— « Voilà que vous parlez déjà le langage du prêtre Katembryng,
qui passe sa vie à plaider près de moi les plus misérables causes.
La semaine dernière, mon meilleur lévrier creva par la négligence
de Grégoire, le valet de chiens ; j'avais ordonné de le charger de
chaînes ; en toute bonne justice, il méritait qu'on l'écorchât, et
quand le prêtre Katembryng se mit à me déclamer des an-
tiennes, à me supplier, à m'effrayer, à m'attendrir (et le diable
avait voulu que quelqu'un me parlât de lui comme d'un grand
théologien), quoique j'eusse dit : « Je ne pardonnerai pas, foi de
Radziwil, » il m'importuna tant que je lâchai le rustre sans punition. Mais, en revanche, je lavai convenablement la tête au prêtre
Katembryng ; il aurait été content qu'on me pillât dans ma propre
maison. Et voilà que vous aussi vous prenez ce chemin ! Les Bernardins intriguaient donc comme les Jésuites ?. Seulement ne bavardez
pas de cela devant le prêtre Katembryng ; c'est heureux que chez
moi il y ait absence de bile et que je n'aie de colère contre personne. »
— « Moi, je dirais bien quelque chose, si j'osais. » — « Parle hardiment, parle hardiment, père Gilles ; les éclats de bois vous frappent

bien dans votre propre cour; or, moi, je reçois de vous l'hospitalité;
c'est à moi de me concilier vos bonnes grâces et non à vous d'essayer
de vous concilier les miennes, et puis il faut dire la vérité à son
syndic. » — «Prince, puisque vous autorisez cette hardiesse, que
Votre Altesse se rappelle si elle n'a fait de tort à personne.» — «Moi,
monsieur l'ami, je n'ai fait de tort à qui que ce soit; tous m'en
font, et je pardonne à tout le monde pour l'amour de Dieu. Je n'ai
égratigné personne, quoique ce singe de Poznanie, ce Poméra-
nien Sulkowski (1), m'appelle à Varsovie ours lithuanien; il
sentira mes griffes quand j'irai à Grodno pour la diète (2). Mais
tout cela, père Gilles, ne vous regarde pas, car vous n'êtes pas un

(1) Il s'agit ici du prince Auguste Sulkowski, maréchal du conseil permanent institué en 1775 pour mettre la Pologne dans la dépendance du cabinet
de Saint-Pétersbourg. Il était d'une famille de noblesse relativement nouvelle,
établie en Poznanie, où elle avait acheté une partie des biens que le roi Stanislas Leszczynski avait été forcé de vendre en s'exilant. Dans les *Mémoires de
Joseph Sulkowski*, son neveu, aide de camp du général Bonaparte, qui releva
ce nom, comme le prince Joseph, maréchal de France et neveu de Stanislas-
Auguste, réhabilita celui de Poniatowski, se trouve une anecdote qui montre à
quel point le culte du cérémonial avait envahi certaines gens : « Un frère du
prince Auguste, y est-il dit, voulant rendre un solennel hommage à la forme
du chapeau à trois cornes qui accompagne ordinairement l'habit de cour, fit
bâtir un palais sur ce singulier modèle. La construction achevée, il imagina
une consigne pour interdire l'entrée du palais à quiconque se présenterait en
chapeau rond (p.32). » Il est facile d'imaginer l'effet que devaient produire l'un
sur l'autre ces deux hommes, l'un chez qui l'étiquette avait remplacé tous
autres sentiments, toujours en habit français et ayant fait de longs séjours à
l'étranger, l'autre, qui n'était jamais sorti de son pays, qui avait la rudesse de
ses ancêtres et chez qui tout était polonais, jusqu'à ses défauts. Aux yeux de
Radziwil, Sulkowski était une caricature; aux yeux de Sulkowski, Radziwil
était un sauvage. Mais malgré sa simplicité, le prince Charles sut reconnaître
les intrigues des Russes, s'y opposa et fut persécuté par eux, tandis que le
prince Auguste, en dépit de son vernis de civilisation, n'hésita jamais à leur
vendre sa patrie.

(2) Les diètes depuis 1673 se tenaient, deux à Varsovie et la troisième à
Grodno. Celles de 1780 et de 1782 ayant siégé à Varsovie, la diète n'eut lieu à
Grodno qu'en 1784.

Bernardin de la Grande-Pologne (1). Or en Lithuanie, à qui ai-je fait tort? Moi, *monsieur l'ami*, je suis aussi doux qu'un enfant; le prêtre Katembryng m'interpelle toujours du haut de la chaire, et je ne me fâche pas contre lui; et M. Léon Borowski m'a-t-il assez joué de tours? et M. Georges Bialopietrowicz a-t-il assez empiété sur mes champs? et M. le philosophe qui dort ici, Michel Reyten, a-t-il assez tué d'ours à Naliboki et pris de bisons à Lachwa? Pourtant je ne réclame pas : seulement, je pleure quelquefois devant Dieu. De la colère, je n'en ai contre personne; tous me font souvent du tort, je n'en fais jamais à autrui. Père Gilles, tu as fait feu, mais manqué ton coup. Écoute, Bernardinot, ma ceinture t'a plu, celle que je portais hier soir; tu disais que cela ferait une chasuble comme il n'y en a pas à Vilna dans la sacristie de la cathédrale; si tu me prouves que j'ai de la colère contre quelqu'un (bien entendu en Lithuanie), je te l'abandonne; et si tu ne me le prouves pas, tu te donneras cinquante coups de discipline à l'intention de Wolodkowicz. » — « D'accord, prince! la ceinture sera à nous, et je ne m'en appliquerai pas moins les cinquante coups de discipline à l'intention du défunt : seulement je crains qu'au premier mot Votre Altesse ne prenne feu. » — « Parle hardiment, je ne me mettrai pas en colère, foi de Radziwill! » — « Puisque Votre Altesse m'enhardit, je dirai qu'il y avait un honnête gentilhomme qui, il n'y a pas un an, nous montrait beaucoup de bienveillance. Souvent des voitures arrivaient de ses greniers au couvent, et maintenant nous sommes forcés de lui faire sa part des aumônes, car il mourrait de faim; et cela parce que Votre Altesse l'a fait chasser du bien qu'il tenait d'elle, de façon qu'il s'est sauvé à Nowogrodek presque avec une seule chemise. Il plaide

(1) La Pologne comprenait trois parties principales : la Petite-Pologne avec Cracovie et Kiew, la Grande-Pologne avec Posen et Varsovie, la Lithuanie avec Vilna, plus les annexes de la Lithuanie.

maintenant contre Votre Altesse, et n'a pas un morceau de pain : c'est M. l'écuyer tranchant en second, Tryzna. »Là, le prince l'interrompit. — « Pourquoi, mâtin, vous mêlez-vous de choses qui ne vous regardent pas ? J'y perdrai toute ma fortune, mais j'en arriverai à mes fins. Lui, couvert de mes bienfaits; lui qui tient presque pour rien Koldyczow, il m'a refusé des gens pour la battue, a bafoué mes domestiques et m'a traité d'imbécile ! Ou lui ou moi irons la besace au dos. » — «Déjà il est parti la besace au dos, prince; mais que Votre Altesse se rappelle qu'elle dit au moins deux fois par jour au bon Dieu : *Pardonnez-nous nos péchés, comme nous les pardonnons à ceux qui nous ont offensés.* » —«Eh bien ! je préfère dès aujourd'hui ne plus dire mes prières, et ainsi je ne pardonnerai pas. » — «Mais, prince... » — « Tais-toi à l'instant ! Hors d'ici, Bernardinot ! ne me casse pas plus longtemps la tête !... » (Il y eut alors un silence de quelques moments, puis l'on entendit un bruit de pas.) — « Tout esprit loue le Seigneur !... » dit le prince. — « Je le loue également; c'est moi, Altesse, qui sors comme vous me l'avez ordonné, et ce sont mes sandales, j'en demande pardon à vos oreilles, qui ont causé ce léger bruit. » — «Je te prie, *monsieur l'ami*, ne quitte pas la cellule; dors près de moi; lorsque viendra Wolodkowicz, sans toi, mon prêtre, j'en serai malade de chagrin. Moi, je ne veux rester la nuit seul à seul avec cet hérétique de Reyten, qui plaisante des revenants, et avec Bukowski qui dort comme un trépassé. Couche-toi, père Gilles, et ne te fâche pas. » Ensuite, selon la relation de M. Bukowski, succéda un profond silence, que suivit bientôt le concert habituel du prince, du père Gilles et de Nepta. Mais M. Bukowski, qui connaissait le prince par cœur et qui souhaitait du bien à M. l'écuyer tranchant, avait déjà bon espoir, ainsi que M. Michel Reyten : il ne s'agissait plus que de décider M. Tryzna à faire quelque démarche près du prince, ce qui n'était pas facile, car, quoique déchu, il se savoit allié à des magnats et n'était pas disposé aux courbettes.

Mais la chose finit par se bien arranger. Le lendemain de cette conversation, dont M. Michel Reyten et, à ce qu'il paraît, le père Gilles lui-même avertirent M. Tryzna, quand Son Excellence Rdultowski, porte-étendard de Nowogrodek, ouvrit la session de la diétine (parce que Son Excellence Niezabitowski, chambellan, ayant été appelé *de malo gesto officio* par le woyéwode Niesiolowski, ne pouvait, sous le coup d'une accusation de ce genre, remplir ses fonctions), et lorsqu'ensuite il invita, dans la forme accoutumée, les juges terrestres, ceux du grod, l'ordre équestre et la noblesse à élire un maréchal de la diétine, dans toute l'église éclatèrent les cris : « Nous voulons pour maréchal Son Altesse le prince woyéwode de Vilna ! » — « D'accord ! d'accord ! » se mirent à crier les gentilshommes. Mais voilà que M. Casimir Haraburda s'approchant du cercle : « Il n'y a pas accord ! Quoique j'eusse été trop heureux de contribuer de ma voix à gratifier la woyéwodie d'un maréchal aussi grand et aussi éclairé que Son Altesse le prince woyéwode, je dois, en conscience, subordonner mon propre désir à la volonté de la loi ; et la loi dit clairement qu'un citoyen sous le coup d'une condamnation ne peut remplir aucun emploi. » A ces mots, nous tous, serviteurs et amis du prince, tirâmes nos sabres et nous aurions réduit en poudre le parti de M. le woyéwode de Nowogrodek ; mais M. Georges Bialopietrowicz, qui était universellement estimé, nous pria de remettre nos sabres au fourreau et d'éclaircir l'inculpation de M. Haraburda. Nous commençâmes à crier : « Nous prions M. Haraburda de déposer la condamnation qu'il a obtenue contre le prince woyéwode ! » A quoi il répondit : « Moi je n'ai point obtenu de condamnation, ni ne l'ai jamais dit ; mais le respectable Tryzna, notre écuyer tranchant en second, que je vois dans ce cercle, en a obtenu une du

tribunal. » M. Michel Reyten, en colère, répliqua à M. Haraburda :
« Si la condamnation ne vous appartient pas, déposez la procuration
du respectable Tryzna, et si vous ne l'avez pas, ne faites point
montre de la condamnation d'autrui, mais taisez-vous ! » —
« Taisez-vous vous-même, beau sire, puisque la langue vous dé-
mange, et n'enseignez pas le bon sens à ceux qui en ont autant que
vous ! Moi, de ma place, je prie M. le porte-étendard de demander
à M. Tryzna qu'il dépose la condamnation qu'il a obtenue contre
le prince. » Nous nous mîmes tous à crier que la proposition de
M. Haraburda était illégale, puisque M. Tryzna connaissait ses
droits et saurait réclamer lui-même. Le prince se tenait au milieu
de nous, fort ému, et il relevait sa moustache. Voilà que le respectable Tryzna, qui, en qualité d'écuyer tranchant en second, siégeait
dans le cercle et s'était tu jusqu'à ce moment, se leva et, d'une voix
tremblante qui trahissait son profond chagrin, dit ces paroles : « Il
est vrai que j'ai une condamnation contre Son Altesse le prince
woyéwode de Vilna, et je la dépose ici ; je sens cruellement que
je suis opprimé ; mais, comme citoyen, je suis tenu de sacrifier
mes sentiments particuliers au bien public, et étant persuadé
que rien ne peut être meilleur à notre woyéwodie que de confier
la direction de la diétine au prince, qui la mènera à bonne fin,
mettant de côté mon offense et sans penser aux retards onéreux
qu'il m'en peut advenir, je déclare à Son Altesse le prince que je
renonce au bénéfice de la condamnation que j'ai obtenue contre
lui. » Le prince woyéwode s'approcha du cercle, et il était tellement attendri, qu'il put seulement dire : « Quoique je me sois senti
offensé par le respectable écuyer tranchant, cependant j'essayerai
de me montrer reconnaissant de cette démarche qui prouve ses
bonnes intentions et sa confiance. » Dans toute l'église se firent
entendre les cris mille fois répétés de : « Vive le prince, maréchal
de la diétine ! Vive l'écuyer tranchant Tryzna ! » Le prince entra

en fonctions, mais comme il était déjà une heure après midi, il remit la séance au lendemain huit heures du matin, et lui-même alla dîner chez le porte-étendard Rdultowski, dans la cour duquel il y avait quantité de tables servies et où s'était assemblée une nombreuse noblesse; M. l'écuyer tranchant y était aussi, et le verre en main on commença à le réconcilier avec le prince. Le prince dit : «Moi j'aime M. Josaphat; il a du sang dans les veines, et non de l'eau. *Monsieur l'ami*, la mère de mon bisaïeul était une Tryzna. Je lui rends Koldyczow, et que des amis soient juges des prétentions qu'il peut élever à cause de la rupture du contrat. Mais j'ai contre lui une offense personnelle. Il a maltraité mes gens et m'a fait dire que j'avais la tête fêlée. Nous sommes tous deux gentilshommes, que le sabre décide donc entre nous deux et sur l'heure. » En vain M. Tryzna expliqua-t-il qu'il ne l'avait jamais dit, et M. le porte-étendard avec M. le juge Rewienski tentèrent-ils de le dissuader; il fallut que M. Tryzna tirât son sabre, et ils commencèrent à se battre en notre présence. La lame de M. Tryzna vola en éclats, tellement le prince woyéwode avait frappé avec force ; et M. le juge couvrit de son sabre M. Tryzna désarmé. Le prince s'écria : «Je suis complétement satisfait ! » et il embrassa Tryzna ; il regarda son sabre et dit : « Ce sabre est à moi, je l'ai conquis de mon sang; avouez, monsieur Josaphat, que je sais faire des armes, et buvons à notre bonne amitié. » Le prince était d'une merveilleuse humeur. — «Monsieur Michel, disait-il, sois tranquille pour ton notariat, moi seul, avec ma batorowka (1), je disperserai tout le parti du woyéwode de Nowogrodek. » Le prince et M. Tryzna souscrivirent à un compromis, confié aux soins de M. Bialopietrowicz, et nous ne nous occupâmes plus que de la diétine.

La noblesse, enchantée de la conduite du prince, n'en pouvait

(1) Sabre recourbé, ainsi appelé du roi Étienne Batory.

revenir de joie. On les entendait se dire entre eux : « Ah ! notre prince n'est-il pas un bon sabreur ? il a tranché la lame comme du beurre. Et pourtant M. Tryzna est aussi un rude jouteur, il coupe d'un seul coup douze chandelles de suif ; mais qui peut tenir tête à notre prince ? » Il faut néanmoins savoir que M. Tryzna, qui ne s'attendait pas à se battre, avait un sabre turc d'un acier faible ; mais il ne sortit pas mal de ce duel, car le prince l'en aima beaucoup, et le taquina ensuite en répétant toujours que, n'était M. Ignace Rowienski, il lui aurait coupé la tête.

Après le dîner, nous allâmes dans la cour des Bernardins, où, quoique nous eussions tous une pointe de gaieté, nous bûmes *de noviter reperta*. La confusion y régnait déjà. Magistrature et noblesse, magnats et gentilshommes campagnards, nous étions tous de frère à frère (1). Le prince, ayant rencontré un gentilhomme en czapka déchirée, la lui arracha, la mit sur sa tête et lui donna la sienne, qui était en velours. A ce signal nous commençâmes tous à échanger nos czapkas et à boire, de façon qu'en un moment chacun eut une autre czapka sur la tête. Puis le prince, parfaitement ivre, se mit à se déshabiller, en interpellant de bon cœur la noblesse. Il donna à l'un sa ceinture, disant : « Je t'en fais cadeau... » ; à un autre son kontusz (2): « Voilà... » ; à celui-ci son

(1) Voir la note B à la suite de ce récit, p. 64.

(2) Kontusz, habit de dessus assez étoffé et à manches ouvertes nommées *wyloty*, qu'on portait souvent retroussées. En les rejetant en arrière, on pouvait aisément atteindre un voisin, à moins qu'on se fût assuré auparavant qu'on n'en avait point de trop proche ; c'est pourquoi ce geste n'était souvent qu'un prétexte pour dégainer. Quand cet incident n'était pas cherché, on ne manquait pas de faire des excuses. Un jour, dans les appartements royaux, le prince Radziwil ayant ainsi touché du bout de ses manches le prince Primat, frère du roi, quelqu'un croyant à une maladresse, l'en avertit pour lui donner l'occasion d'exprimer un regret. « Non, *monsieur l'ami*, je l'ai voulu, » répliqua le prince, et le Primat dut dévorer cet affront.

épingle en diamant : « Tiens... » ; à celui-là son zupan (1) :
«Prends...»; si bien qu'il resta en caleçon amarante et en chemise,
sur laquelle pendait un énorme chapelet, et il monta ainsi sur un
tombereau qui portait déjà une grande tonne de vin. Il s'assit
sur la tonne et les gentilshommes traînèrent le tombereau à travers les rues de Nowogrodek. Tous les quelques pas, le tombereau
s'arrêtait, et qui voulait tendait un verre ou un pot; le prince retirait le bondon de la tonne et pérorait, et priait la noblesse de le
seconder pour élever M. Reyten au notariat et ne pas livrer Radziwil en pâture à ses ennemis. « *Monsieur l'ami*, disait-il, vous
voyez ce chapelet, moi je le porte après une suite d'aïeux; Lizdeyko (2), mon ancêtre, s'en servait avant même la conversion de
Ladislas Jagellon; l'*Orphelin* et l'avait avec lui à Bethléem. Le scapulaire est grand, car l'union de la Lithuanie et de la Couronne y est
cousue (3). Moi, *monsieur l'ami*, j'aime nos frères de la Couronne,
mais pas autant que nos Lithuaniens. J'ai aussi dans la Couronne
un petit morceau de terre, mais du diable si j'y voudrais demeurer. On y trouve plus facilement un pelletier qu'un piqueur. Quand
nous tuons ici des ours, là-bas on s'en va par bandes pour tuer des
cailles. Dans la Couronne, les sousliks (4) sont du gros gibier.

(1) Zupan, habit de dessous, espèce de justaucorps fermé par un rang de
boutons ou six rangs de brandebourgs, avec des manches collantes et un col
droit et peu élevé. En général les étoffes les plus précieuses, telles que la soie,
le satin, etc., servaient à la confection du zupan comme du kontusz, que
l'hiver on doublait de fourrures magnifiques et qu'on ornait encore de passe-
menteries élégantes, de boutons en pierres fines, etc.

(2) Lizdeyko, grand-prêtre de la Lithuanie païenne, duquel les Radziwil
faisaient dériver leur origine.

(3) Une ordonnance de l'année 1551 avait accordé aux Radziwil le droit de
conserver, dans leurs archives particulières, tous les priviléges accordés à la
Lithuanie. Aussi Casimir Kognowicki, dans sa *Vie de Léon Sapieha*, publiée à
Vilna, en 1790, a-t-il avancé que l'acte original de l'union de la Lithuanie à la
Pologne devait se trouver à Nieswiez.

(4) Espèce de marmotte, de la taille des rats.

Lorsque je me vis persécuté par le prince évêque de Vilna, beau-
frère du woyéwode de Nowogrodck qui s'acharne maintenant
contre nous pour que ce ne soit pas M. Michel Reyten, mais M. Ha-
rahurda qui écrive nos actes, je voulais, de désespoir, abandonner la Lithuanie pour la Couronne; on m'y offrait une grasse
abbaye parce que j'écris de beaux vers. J'étais déjà établi en
Ruthénie; mais une fois que je priais le Seigneur Jésus à Bo-
remle, il me dit : « Radziwil, retourne en Lithuanie, tu ne feras
« rien ici, parce que la noblesse est puante. *Ostende patrem*
« *patris,* c'est une grande philosophie pour la noblesse de cette
« contrée, et non comme dans notre Lithuanie (car ma bisaïeule
« fut une Lithuanienne), où de bisaïeul en aïeul chacun occupe
« son champ. Retourne donc en Lithuanie et salue de ma part
« la noblesse de Nowogrodck. » — Et moi, en tombant la face
contre terre : « Hé ! Seigneur, si je reviens en Lithuanie, ton
« évêque m'y persécutera. » — « Ce n'est point mon évêque, c'est
« un vaurien. Radziwil, retourne en Lithuanie, et je veux que
« le... si tu ne seras pas Radziwil comme par le passé, et lui
« comme il a toujours été... il sera... » Voilà, *monsieur l'ami,*
que rassuré par la promesse du Seigneur je suis revenu à vous,
et ma foi a été récompensée, car je n'ai jamais douté de sa parole; et mes vers je les cédai au prêtre Naruszewicz (1), qui est

(1) Célèbre comme poëte et comme prosateur, il a traduit Tacite et compose
des fables, des idylles et une histoire de Pologne qui est son œuvre capitale.
Né le 20 octobre 1733, il mourut le 6 juillet 1796. Quoique Smolensk fût tombé
aux mains des Russes, la République n'en nommait pas moins à cet évêché.
Naruszewicz fut longtemps coadjuteur de l'évêque Wodzinski, et évêque
d'Emmaüs *in partibus.* A la mort de celui-ci, en 1788, il devint évêque de
Smolensk, prit place en cette qualité au sénat et se démit de l'évêché d'Emmaüs. L'attachement qu'il professait pour Stanislas-Auguste n'empêcha pas le
prince Charles Radziwil de lui montrer beaucoup d'amitié et d'ouvrir à ses
recherches sa riche bibliothèque de Nieswicz, avant que Catherine II ne la
lui eût ravie, en 1772, pour enrichir, à Pétersbourg, celle de son Académie des

Radziwilien de sang et de race, et il reçut pour mes vers l'évêché de Smolensk.» A ce moment, quand la noblesse se mit à se rassembler, à tendre les oreilles, à ouvrir la bouche, non-seulement les nôtres mais ceux du parti contraire, jusqu'aux voisins de Woroncza (1), on pouvait voir que notre cause était gagnée et que les dépenses des sénateurs de Nowogrodek s'en étaient allées en fumée.

Jusqu'à neuf heures du soir la foule assistait le prince, buvant, s'amusant et chantant dans les rues, tellement que les amis du woyewode de Nowogrodek craignaient qu'on ne mit le feu à leurs maisons. Mais tout se passa paisiblement et l'on ne violenta personne. Nous reconduisimes le prince, toujours sur sa tonne, mais déjà vide, au couvent, où il fit encore des siennes dans la cour; il se plaça près du puits, ôta son scapulaire, mit bas ses caleçons et sa chemise et se fit arroser d'eau froide. S'étant ainsi dégrisé, il regagna sa cellule et après y avoir mangé une collation et dit ses prières avec le père Gilles, il se coucha et s'endormit, se souvenant qu'il devait être le matin à l'église (2).

Le lendemain, à huit heures précises, nous nous réunîmes pour délibérer, et le prince, ayant invité au cercle (3) tous les juges terrestres et de district, ouvrit la diétine par ces mots: «Excellences, respectables messieurs et chers frères! ayant pris, par votre ordre, la présidence de la diétine, dans le but d'élire un notaire terrestre, j'ai l'honneur de vous annoncer qu'il se présente deux candidats:

Sciences. Les Radziwil reformèrent à Nieswiez une bibliothèque qui fut saccagée en 1812 par les Kozaks sous le commandement du général Touczkow.

(1) Propriété des Niesiolowski, à quelques lieues de Nowogrodek.

(2) En Pologne les réunions politiques avaient lieu dans les églises.

(3) On appelait cercle la place qu'occupaient les nonces dans le champ électoral. Après avoir désigné le lieu des délibérations, ce terme finit par désigner aussi ceux qui y prenaient part. Ainsi, par exemple, se rendre au cercle signifiait se rendre à la diète ou à la diétine.

l'un, M. Michel Reyten, chambellan du roi, naguère notre député au tribunal de Lithuanie ; l'autre, M. Casimir Haraburda, staroste de Wiladymow. Veuillez donc déclarer, messieurs mes frères (1), auquel des deux vous donnez vos suffrages. » — « Nous demandons M. Michel Reyten ! » s'écrièrent les Odyniec, les Mickiewicz, les Siemieradzki, les Czeczot, et nous tous. » — « D'accord ! d'accord ! » répondirent les gentilshommes de beaucoup de villages environnants, « nous demandons M. Michel Reyten ! » — « Il n'y a pas accord ! » s'écrièrent les Jesman, les Sluszko, les Kobylinski, « nous demandons M. Haraburda ! » Mais les voix étaient plus faibles. Aucun de nous ne tira le sabre, car le prince nous conjura tous de ne pas donner prétexte à des violences, voulant remplir ses fonctions dans le plus grand ordre. C'est pourquoi le prince dit en se levant : « C'était une coutume dans notre woyéwodie, que tout se fît non-seulement *unanimitate*, mais encore *nemini vox deneganda* ; je vous prie donc, messieurs mes frères, de voter. » La noblesse commença à procéder à cette opération ; mais M. Haraburda se convainquit qu'il lui était impossible de se maintenir, qu'on l'avait induit en erreur. Ne désirant pas mettre au grand jour la faiblesse de son parti, il s'approcha du cercle et prit la parole pour déclarer que, ne voulant faire de tort à personne, il se retirait. Et aussitôt il sortit de l'église et partit pour sa campagne, non sans colère contre Son Excellence le woyéwode de Nowogrodek qui l'avait sacrifié. Mais peu de temps après, ce même woyéwode le fit élire juge au tribunal de district. Cela valait toujours mieux que rien ; il fut ainsi calmé, et M. Michel Reyten demeura notaire terrestre.

La diétine dura en apparence encore six jours, mais en réalité ce n'était plus qu'une fête. Et pourtant cette fête ne fut pas sans

(1) Les gentilshommes polonais se disaient l'un à l'autre : Monsieur mon frère, comme le font les rois.

utilité ; plus de trente causes, surtout par les conseils du prince woyéwode, furent jugées entre arbitres ; et il y en avait de très-arriérées et envenimées. Dans la majeure partie des cas l'arbitre suprême fut Georges Bialopietrowicz, le pacificateur réel de la woyéwodie.

————————

(A) Rulhière, en parlant des diétines qui, en Pologne, doivent se tenir avant l'élection des rois et s'ouvrirent lors de la vacance du trône par la mort d'Auguste III, explique la situation respective des Radziwil et des Massalski. Les détails qu'il donne viennent à l'appui de ce récit : « A ces diétines, dit-il, on choisit des députés chargés d'examiner dans la diète générale l'état de la République, de proposer les changements que l'on croit nécessaires dans la constitution et de décider le temps et la forme de la prochaine élection. On y choisit aussi des juges, chargés de tenir les tribunaux au nom de la nation, pendant qu'elle n'a point de chef. Ces cours de justice qu'on nomme les tribunaux du deuil, ont ensuite et pendant toute la durée de l'interrègne une grande influence. Les violences ont toujours été inévitables dans ces diétines, composées d'une noblesse en armes, rassemblée par de si puissants intérêts. Dans le grand duché de Lithuanie, où le prince Radziwil et la maison Massalski étaient chefs de deux factions opposées, on avait cru prévenir les troubles en concertant d'avance et d'un commun accord, le choix des députés et des juges. Mais pendant que Radziwil, chef des républicains, se fiait à ce traité, les Massalski, dont l'un était grand-général de cette province et dont l'autre était évêque, répandirent à propos des sommes considérables ; ils envoyèrent les troupes, dont ils étaient maîtres, environner les diétines dont ils se croyaient les moins assurés. Aucun des gentils-hommes que le prince avait proposés ne fut élu ; et ceux-ci, dans quelques districts, ayant fait une double élection, furent dispersés et poursuivis. A cette nouvelle, Radziwil accourut à Vilna, suivi de deux cents gentilshommes, son cortège ordinaire. Il force la maison de l'évêque, principal auteur de ces manœuvres, en chasse les juges choisis par cette faction. Il joint de sanglantes ironies à de violents outrages, et nommant à ce prélat les évêques tués par des princes pour s'être mêlés à des affaires publiques : « Quand vous serez pris une seconde fois de la même tentation, rappelez-vous, lui dit-il, que j'ai cent mille ducats en réserve pour aller à Rome demander mon absolution. » Cet évêque qui joignait une extrême timidité à un extrême empressement de se mêler dans toutes les affaires, précipité dans ses desseins et irrésolu après en avoir entrepris l'exécution, toujours intrigant et toujours dupe, aussitôt que le prince l'eut quitté, fit armer le peuple au son du tocsin, se barricada dans sa cathédrale, envoya réclamer le secours des Russes et commença une confédération contre Radziwil, en la prêchant comme une croisade et en la faisant signer d'abord par son clergé. De son côté, Radziwil fit tenir les tribunaux par les députés que son parti avait élus et reprit toute l'autorité dans tous les districts de la Lithuanie. » (*Hist. de l'anar. de Pol.*, t. II, livre VI.)

(B) Un passage de la relation déjà citée de Jean Le Laboureur, sire de Bléranval, peut servir d'éclaircissement à la scène décrite ici : « Les gentilshommes polonais sont très-magnifiques dans leurs habits, dans leur suite et dans les festins. On leur reproche qu'ils sont grands buveurs; mais c'est moins un vice d'ivrognerie que d'excès de générosité : c'est que le vin est très-cher dans leur pays, qui n'en produit point; ils en font venir d'Allemagne, de France, d'Espagne et de Grèce même; mais le meilleur et le plus ordinaire est celui de Hongrie, dont la voiture est beaucoup plus chère, quoique le pays soit plus proche, parce qu'elle ne peut se faire que par charrois, et avec beaucoup de difficultés et de dangers pour les montagnes et pour les partis de soldats et de voleurs que l'on rencontre. Telle pièce leur coûtera cent ou deux cents écus, et quelquefois ils traiteront cinquante, soixante et cent personnes, qui en videront jusqu'à deux, et si les valets se mettent de la partie, comme quelquefois il plaît à celui qui traite, ils épuiseront un cellier. Ces régals sont ordinaires : plus on boit, plus on les oblige; et c'est pourquoi ils contraignent à boire avec quelque sorte de violence ceux qu'ils traitent, afin de faire voir que leur affection est au delà de l'intérêt et de la dépense : toutefois, ils se contentent, à présent, que l'on fasse quelque effort, et j'ai obtenu d'un gentilhomme avec qui j'avais amitié que j'en userais à ma liberté; mais peut-être n'en bus-je pas moins autant de fois que je le visitai. Ils sont fort fidèles et fort reconnaissants de pareilles amitiés; tout leur bien est à la disposition de celui qu'ils aiment, et plus particulièrement encore à l'étranger, auquel ils prennent à tâche de témoigner la grande générosité de leur nation. S'il est homme de présents, ils le chargeront de ce qu'il y a de plus beau dans leur pays, parce que c'est non-seulement gloire, mais coutume de ne point le laisser partir du royaume sans de pareilles marques d'affection. Il n'a tenu qu'à moi d'apporter en France les marques d'une pareille reconnaissance. » (2° partie, p. 47.) — Cent ans après, les mœurs, sous ce rapport, n'avaient point changé.

CINQUIÈME RÉCIT

LE PÈRE MARC

V

Que se passe-t-il en ce monde ! En vérité la patience échappe, quand on considère les actions des hommes et qu'on entend leurs discours. Un tel oubli de Dieu, une telle indifférence pour ses lois ! Oh ! gens d'esprit ! qu'il vous sera difficile de vous justifier de-

vant Dieu, vous qui avez reçu tant de dons éclatants de la miséricorde divine, et les tournez contre lui, empirant l'état de têtes folles
dont vous ne faites qu'embrouiller davantage les idées ; et, le plus
souvent, dans la crainte de passer pour des imbéciles, ils aiment
mieux approuver votre légèreté d'esprit que de s'en tenir à ce que
la foi leur a enseigné.

Selon eux, les miracles sont des rêveries accréditées par l'ignorance : « Dieu, ayant une fois réglé l'ordre de la nature, ne le changera pas : prie cent fois ; ce que tu n'obtiendras point par ta raison
ou ton travail, la prière ne te le donnera pas. Les saints étaient
d'honnêtes gens, ils se conformaient à l'esprit du temps, aux idées
d'alors ; les hommes leur ont reconnu quelque chose d'extraordinaire, mais ce qu'ils ont fait doit disparaître devant le simple bon
sens. Les cérémonies, les sacrements sont des institutions salutaires pour le vulgaire, et qu'un homme éclairé doit respecter :
rien de plus ! » — C'est ainsi qu'ils battent la campagne en expliquant la manière dont Dieu gouverne, comme si Dieu était sans
cesse assisté d'un conseil et qu'ils en fissent partie.

J'ai bien souvent entendu de semblables raisonnements, mais
ils n'ont fait sur moi aucun effet. Honnête homme et de plus gentilhomme, comment me serais-je laissé dominer au point d'abandonner ce que tant de siècles, tant de traditions, tant de sages et
merveilleux héros, tant de sang innocent, ont confirmé dans le
monde ? J'aurais mérité qu'on m'envoyât à l'hôpital des fous.

Au temps de la confédération de Bar, M. Auguste Sielnicki, fils
du woyéwode de Podlachie, citoyen dévoué à la patrie, et notre compagnon, mais auquel les voyages dans les pays étrangers avaient
obscurci la raison, au point qu'il chicanait sur tout sans nécessité, voulait quelquefois nous tout expliquer à sa manière ; souvent
nous nous bouchions les oreilles, tellement il impatientait. Parfois
il attrapait ce qu'il méritait. S. Exc. M. Krasinski, maréchal géné-

ral (1), le rabroua convenablement pour de semblables discours :
« Eh ! quel prophète êtes-vous, monsieur, lui dit-il une fois, pour
nous enseigner une foi nouvelle? Nous nous en tenons à la nôtre et
nous battons pour elle; et si cela ne vous va pas, allez au parti Poniatowski ; vous y trouverez assez de francs-maçons et de juifs
baptisés qui abonderont dans votre sens. » Eh bien ! ce M. Sielnicki
contait ces balivernes afin de passer pour savant plutôt que par
conviction réelle, c'est ce dont j'ai pu me convaincre. Il s'accro-
chait au père Marc, qui, avec la plus grande douceur, lui démon-
trait sa sottise; mais enfin celui-ci se fatigua de combattre toujours et toujours la même chose, d'autant plus qu'il est pénible à quelqu'un très-versé dans une matière d'accepter la con-
troverse avec une personne qui n'a que des connaissances super-
ficielles et qui fait arme de tout. Une fois donc il engagea une discussion avec lui, selon sa coutume, soutenant qu'il ne croyait
qu'en Dieu et en rien d'autre. D'abord, le père Marc se mit à lui
expliquer que ce n'était pas suffisant; puis, le voyant s'entêter, il
lui demanda tout à coup s'il y avait longtemps qu'il n'avait été à
confesse. A cela, le fils du woyévode répliqua quelque chose qui
n'était ni blanc ni noir, et le père Marc lui répondit : « Demain,
vous viendrez à l'église, je vous confesserai, monsieur; et maintenant retournez chez vous vous préparer : c'est mieux que de
corner des sornettes aux oreilles de ceux qui comprennent ces
questions-là plus que vous. » Le fils du woyévode se troubla; nous

(1) Michel Krasinski, frère du célèbre évêque de Kamieniec, Adam Krasinski,
fut, pendant la confédération de Bar, dont il avait été l'un des premiers pro-
moteurs, maréchal général du royaume entier. Comme il demeura longtemps
en Turquie pour décider cette puissance à attaquer les Russes, on lui donna
pour substitut, pendant son absence, le comte Pac, déjà maréchal général de
Lithuanie, d'une très-ancienne famille et qui, après le partage, s'exila en France
et mourut à Strasbourg en laissant un fils unique, général de brigade sous Napoléon Ier et dernier de ce nom.

étions curieux de voir ce qu'il résulterait de tout ceci. Nous allâmes le matin à l'église et le trouvâmes près du confessional, qui se confessait au père Marc. Il ne discutait plus, mais il se frappait la poitrine, et pourtant, combien il avait paru impie ! Il est heureux qu'il ait rencontré un saint homme qui l'a ramené dans le droit chemin ; mais est-il raisonnable, pour satisfaire sa langue, de plaisanter sur le salut? Quant à moi, à défaut de tant d'autres motifs sérieux, la vue seule de ce qu'a fait le père Marc m'aurait convaincu qu'il y a des hommes à qui Dieu accorde un pouvoir surnaturel. Ce que je vais décrire était connu de tous les confédérés de Bar, et aujourd'hui même il en est beaucoup qui l'ont ouï raconter à leurs pères, témoins oculaires.

C'était déjà un homme extraordinaire pour avoir discipliné les plus orgueilleux seigneurs et la plus turbulente noblesse, et avoir imprimé une confiance telle que là où il était, il n'y avait pas de désunion possible; et ce qui est surtout étonnant, c'est qu'il fit persévérer tout le monde sans donner aucune fausse espérance. Au contraire, moi-même je lui ai entendu dire que Dieu ne nous accorderait pas le succès, que de grands malheurs fondraient sur notre patrie, mais qu'il fallait faire son devoir. «Il n'y a pas grand mérite, ajoutait-il, à soutenir une cause prospère; qui ne navi- guerait pas avec le vent? Mais celui qui se sacrifie pour une cause sainte, quoique malheureuse, celui-là est aimé de Dieu, et ses efforts ne seront pas perdus, car il les bénira. »—« Il en est de votre pa- trie, » prêchait-il, quand, après avoir reçu la nouvelle de la défaite de Stolowicze, beaucoup des nôtres étaient déjà fort refroidis, « comme de vous que Dieu a créés hommes sans votre concours, mais qui devez concourir vous-mêmes à votre salut. Combien de saints ont passé leur vie dans la pénitence, ne voulant penser qu'à Dieu seul, et qui cependant ne pouvaient trouver la paix et dont Dieu ne daignait point désaltérer la sécheresse inté-

rieure? Ont-ils dit alors : « Il n'y a plus de ressource, toute notre
« peine est vaine; nous préférons nous donner au diable»? Non!
non, mes frères! ils n'entreprenaient que davantage de ces travaux en apparence sans résultat, et Dieu, au temps qu'il avait fixé,
les en récompensait largement. Qu'il en soit de même pour la patrie! Que ses fils supportent des contrariétés pour elle, qu'ils travaillent, qu'ils redoublent d'ardeur, qu'ils ne s'irritent pas contre
Dieu, qui ne leur envoie aucune consolation, et qu'ils ne se donnent
pas à Satan : Dieu trouvera du temps pour tout. Or, dire qu'un
pur sacrifice fait pour la patrie ne pèse rien à ses yeux, c'est un
blasphème aussi grand que d'assurer qu'il n'existe pas. » Par de
telles paroles, il ralluma le zèle des confédérés, qui déjà s'éteignait.

Une fois il fit un sermon, je ne sais dans quelle circonstance,
où il dit : « Mes frères, c'est à peine si vous ne vous enlevez pas
le pain de la bouche pour augmenter les revenus de vos fils et de
vos neveux; je n'ose même pas vous en faire un reproche, car la
richesse aussi est un don de Dieu; amassez pour vos descendants,
pourvu que cela soit honnêtement, et un travail honorable dans
ce but sera béni de Dieu. Mais ayez la même patience pour les
choses importantes. Vous vous réjouissez de l'idée que vos fils et
vos neveux seulement profiteront de vos efforts; eh bien, ré-
jouissez-vous également de ce que, quoique maintenant vous n'é-
prouviez que soucis et désastres, vos descendants seront libres;
car sans patrie, sans liberté, à quoi leur serviraient leurs richesses?
Celui-là n'est pas riche à qui la propriété peut être arrachée violemment d'un moment à l'autre. »

Nous campions près de Jendrychow, où demeurait S. E. M. Ank-
wicz, castellan de Sandek, digne seigneur et qui nous favorisait.
Dieu ne l'a pas béni en son fils, qui ne marcha pas sur ses traces;
mais paix aux morts! Or, ce digne sénateur invita nos chefs à un
grand dîner dans son château, et des tables étaient dressées dans

la cour, car il n'y avait pas moyen de nous mettre tous ensemble. Nous nous réjouissions en Dieu ; et le père Marc était assis dans la salle, à table, au milieu des seigneurs ; le castellan avait entendu parler de lui et savait quel homme c'était. On portait différents toasts aux chefs de la bonne cause ; après chaque toast les vivat se faisaient entendre ; enfin le père Marc se leva, et emplissant son verre : « Messieurs, dit-il, permettez-moi de porter un toast » ; et il les invita tous à l'accompagner sur le perron : là, levant les yeux au ciel, il resta quelques instants comme en extase, puis s'écria : « Gloire éternelle à la très-sainte Trinité ! » Et, vidant son verre, il traça de la main un signe de croix sur le nuage suspendu au-dessus de nos têtes. Aussitôt nous vîmes briller les éclairs, nous entendîmes les éclats de la foudre, le tonnerre tomba sept fois coup sur coup, si bien qu'effrayés nous commençâmes à nous presser contre le prêtre, le priant d'en finir et avouant notre effroi. Le père Marc répondit : « Ne craignez rien, mes enfants, Dieu bénit vos amusements ; » et ayant tracé le signe de la croix sur le nuage avec le crucifix de bois du chapelet qu'il portait à la ceinture, selon l'habitude des carmélites, l'orage se dissipa, et le temps devint plus beau que jamais. Cela se passa sous nos yeux.

Ce qui arriva à Rzeszow fut plus surprenant encore. Notre camp touchait Rozwadow. Les Russes furent tentés de nous déloger, et firent une expédition dans ce but, mais nous les rossâmes d'importance, au point qu'ils durent rétrograder honteusement jusqu'à Przeworsk ; nous en fîmes plus de cent prisonniers, sans compter ceux que nous tuâmes. Le père Marc, à cheval et une croix en main, à la place de sabre, se trouva partout, tant que dura la lutte, et fut entouré plusieurs fois par les kozaks.

C'était pour eux une précieuse conquête ; car ils n'ignoraient pas ce que valait sa présence, qui était pour nous plus qu'une batterie de cent canons. Ils avaient une telle dent contre lui, que si le père

Marc et n'importe lequel de nos chefs, fût-ce M. Casimir Pulawski
lui-même, avaient fui devant eux, chacun d'un côté, je ne sais
lequel des deux ils auraient poursuivi le plus volontiers. Néanmoins ce peuple d'infidèles ne connaissait pas sa sainteté, mais il
pensait qu'il avait soumis un diable, et que, sur l'ordre du prêtre,
ce diable accomplissait les grands miracles dont ils avaient été
témoins. Les kozaks l'entourèrent; nous, de notre côté, nous le
défendions bravement ; mais il nous dit: « Ne vous occupez pas
de moi, et faites ce que vous avez à faire : ils n'auront pas raison
de moi aujourd'hui. » Nous l'écoutâmes, et comment ne pas écouter un tel homme ! Et cela nous servit, car beaucoup d'entre eux
s'acharnaient après lui, et nous en venions plus facilement à bout.
Chaque fois qu'ils se précipitaient sur le prêtre pour l'enlever à
la pointe de leurs lances, les lances perçaient l'air sans toucher
le froc, et le prêtre souriait seulement, de sorte que les kozaks en
perdaient la raison de colère; à la fin, voyant que ni le fer ni
le plomb ne lui nuisaient, que pourtant il ne leur arrivait aucun
mal à eux-mêmes, les voilà qui s'efforcent de le saisir de leurs
mains, d'autant plus que le cheval du père Marc n'était pas fort
agile, et que lui-même, comme c'est la coutume des moines, le
montait en *latin* (1); dès que l'un d'eux s'approchait, il le signait
de sa croix, le kozak tombait par terre tout de son long, et son
cheval partait au galop, non en arrière, mais vers les nôtres;
il en coucha de cette manière une quinzaine; chacun se releva
sans le moindre mal, mais ils avaient perdu leurs chevaux.
Alors les kozaks commencèrent à se sauver au plus vite du
côté des leurs, et à crier en se signant à leur manière : *Czart
Lachow broni !* le diable protège les Lechs (2); et nous de voler à

(1) Locution qui équivaut à l'expression française : Monter à la diable.
(2) Nom sous lequel certains peuples, les Turcs par exemple, désignent
encore les Polonais.

leur poursuite, tellement que, sans leurs maudits canons, leur camp serait tombé en notre pouvoir.

Mais tout finit là : nous retournâmes vers les nôtres avec gloire et butin. M. Casimir Pulawski fit sonner la retraite, après laquelle il n'était plus permis à personne de sortir du camp, et il se retira lui-même sous sa tente avec M. Gorecki, qui en sa qualité de quartier-maître ne le quittait jamais. Il se préparait au repos, quand le père Marc, ayant achevé son bréviaire près du bivouac, se rendit auprès de notre chef, et le trouvant déjà couché : « Je demande pardon à Votre Excellence, M. le staroste, de venir l'importuner à pareille heure; mais j'ai une grande faveur à vous demander. »—« Parlez, ce que nous avons et ce qui m'appartient est à vos ordres. »—« Je vous demande la permission de sortir du camp.»—« Et où voulez-vous aller? »—«Il me faut courir à l'instant au camp russe. »—«Au nom du Père, du Fils et du Saint-Esprit, qu'allez-vous faire là-bas, mon père? quelle affaire y avez-vous?» «— Une grande affaire, M. le staroste, car Dieu m'a ordonné d'y aller; mais il ne permet de sortir ni du couvent sans la permission du prieur, ni du camp sans la permission du chef. Dieu m'a dévoilé que dans la rencontre d'hier un de leurs colonels a reçu une blessure mortelle et qu'il expirera avant le matin. Il est de notre religion et, quoiqu'il se soit sali dans leur milieu, Dieu, dans sa miséricorde, a permis qu'il désirât un prêtre. Il me faut le disposer à la mort. » — « Mon père, tu connais mieux ton affaire que moi; mais permets-moi seulement de te dire qu'il y a environ six lieues d'ici au camp; s'il doit mourir avant le jour, tu ne pourrais arriver à temps, même si tu avais des ailes. Tu ne serviras en rien à un cadavre, et tu tomberas aux mains de gens qui te feront mourir dans les tourments. Que le diable emporte ton Russe! tu feras mieux de dormir. »—« Ah! il ne convient pas de parler de la sorte, M. le staroste. Jésus s'est

laissé mettre en croix aussi bien pour ces coquins que pour nous.
Et quant au peu de moments qui restent, si Dieu m'ordonne de
marcher avec lui, je dois arriver à temps; et je n'en dirai pas
moins la messe demain dans notre camp. » — «Mais reviendras-tu
seulement? » — « Je sortirai avec l'hostie sainte à l'heure où tu
me l'ordonneras, seigneur. Quand t'ai-je jamais désobéi? » —
«Puisqu'il en est ainsi, j'ordonne qu'à huit heures du matin tu me
fasses connaître ton retour. Vas avec Dieu où il t'appelle : mais
souviens-toi que tu me laisses dans une grande inquiétude. Prends
au moins l'un de mes chevaux, car avec ton bidet tu n'irais pas
loin. » — « J'arriverai à pied, pourvu que tu me fasses conduire au delà des avant-postes, afin qu'aucun de tes gens ne
m'arrête, car ici, seigneur, toi seul as droit d'ordonner. » —
« M. Janus, » dit M. Pulawski en se retournant vers M. Gorecki,
présent à cette conversation, « fais conduire le père Marc au delà
du camp. » Mais M. Janus, qui ne s'en rapportait à personne, le
conduisit lui-même, pour s'assurer par la même occasion si les
sentinelles remplissaient bien leur devoir. Le père Marc, ayant
dépassé la dernière sentinelle, adressa ses adieux à son digne conducteur; et attendu qu'il faisait noir comme dans un four, il
disparut aussitôt à ses yeux.

De quelle manière il arriva là-bas, c'est ce que Dieu et lui savent;
toujours est-il qu'il y avait des sentinelles dans le camp ennemi.
Ceux qui vinrent visiter le colonel mourant furent grandement
étonnés de trouver le père près du malade, qui l'écoutait avec
beaucoup de piété et de contrition ; saisis d'une crainte involontaire, ils se tinrent à l'entrée de la tente pour ne point les
gêner. C'est ainsi que le père Marc, d'après la volonté de Dieu
et escorté par elle, sauva l'âme du malade, le munit des sacrements et ne l'abandonna point avant qu'il n'eût rendu l'âme, ce
qui ne tarda pas à arriver. Alors seulement, les Russes qui entou-

raient la tente allèrent à lui, car ils l'avaient reconnu, d'autant
mieux qu'il y en avait là qui l'avaient vu la veille à cheval, quelques-uns même que d'un signe de croix il avait renversés de cheval; en outre, le nom du père Marc était célèbre parmi eux.

— « Eh quoi! tu attires sur notre camp les mauvais esprits!
Nous verrons s'ils pourront t'arracher de nos mains! »

Et ils approchèrent de lui, avec crainte pourtant; mais comme
il ne disparaissait pas et qu'il n'arrivait de mal à aucun d'eux, ils
s'enhardirent et le prirent. Quelle joie ce fut pour eux d'avoir
réussi!

— « Eh! disaient-ils, le diable ne te tient pas toujours parole.
Le Dieu des Russes est grand, plus ancien et plus fort dans
l'action. Tu apprendras en Sibérie quelle récompense attend ceux
qui charment les lances et les balles de la tzarine. »

Tout le camp était dans la joie d'avoir fait un tel prisonnier. On expédia le P. Marc pour Lwow (1), où se trouvait le
prince Repnin (2); on lui lia les pieds, les mains et on le plaça

---

(1) L'une des premières villes de Pologne. Lwow signifie lion; les chroni-
queurs l'ont traduit par Léopol, ville du Lion, et les Allemands, possédés du
désir de germaniser jusqu'aux dénominations géographiques, en ont fait
Lemberg. C'est la capitale actuelle de la Galicie.

(2) Nicolas Wasiliewicz, prince Repnin, feld-maréchal russe, né en 1734.
« Repnin, a dit Rulhière, était né dans le temps de la dernière élection, celle
d'Auguste III, au milieu d'une armée russe qui ravageait la Pologne. Les Polonais dispersés, l'incendie de leurs châteaux, le pillage de leurs terres furent les
premiers objets qui frappèrent ses regards. Il comptait parmi ses grand'mères une
tartare Kalmouke et les traces de cette origine se reconnaissaient dans ses
mœurs aussi bien que dans ses traits. Son caractère altier et féroce se trouva entièrement incompatible avec le caractère d'une nation encore fière et présomp-
tueuse. L'attachement aux lois était pour lui un mot sans idée, et il ne parvint pas, même après quelques années de séjour parmi ces républicains, à entendre ce que c'est qu'un homme libre. Les débauches avaient fait la seule
occupation de sa jeunesse; et son activité ne lui avait servi qu'à accumuler
des dettes et à se plonger dans tous les genres de désordre. » (Hist. de l'a-
nar. de Pol., vol. II, livre VI.) Repnin, envoyé comme ambassadeur de

sur une charrette, entre deux sotniks (1) du Don, les plus expérimentés qu'on put trouver, et cinquante chevaux entouraient le
char pour que nous ne pussions le voir en route ni le délivrer,
quoique entre Lwow et Przeworsk il n'y eût aucun des nôtres.
Mais la peur a de grands yeux. Le père Marc n'avait aucune envie
de causer avec les sbires, mais ils le molestaient sans cesse ; car
c'était une fable accréditée chez les Russes, que toutes les fois
qu'il avait l'air de réfléchir, il causait avec le diable et savait
se changer en oiseau ; donc, dès qu'il était pensif, les sotniks
le tiraillaient, de crainte qu'il ne s'envolât, et ils serraient sans
cesse ses menottes, au point qu'il en avait les poignets bleus.

Ils avançaient donc du côté de Lwow ; ils avançaient... Ne
voilà-t-il pas qu'à peine sept heures avaient-elles sonné, que le détachement et la charrette entraient... Où?... Peut-être à Lwow?...
Point du tout, mais droit dans notre camp. Ce jour-là, la garde
était confiée aux hommes de M. François Dzierzanowski. Les

Russie à Varsovie, fut la cheville ouvrière des intrigues qui facilitèrent le partage. Il aida à l'élection de Stanislas-Auguste, suscita la question des dissidents,
ordonna l'enlèvement des évêques, l'incendie des habitations, le massacre ou
la déportation des confédérés de Bar. Après son ambassade, il fit plusieurs
campagnes contre les Turcs, tomba dans la disgrâce et se retira à Moscou. Là,
cet homme, dont l'existence avait été une violation des idées morales les plus
élémentaires, tomba dans le mysticisme et forma un club de *Martinistes*, c'est-à-
dire de disciples des théosophes Martinez Pasqualis et Saint-Martin. Catherine en
exila les membres dans leurs terres ou en Sibérie, mais elle réemploya Repnin,
sentant sans doute qu'il pouvait encore lui servir d'instrument docile. Ce fut
lui en effet qui, en qualité de gouverneur de Lithuanie, remit à Grodno, en
novembre 1795, à Stanislas-Auguste, la lettre de Catherine II qui ordonnait au
roi d'abdiquer. En 1798, il eut une mission secrète à Berlin, dont l'objet était
de préparer le partage de la France, en faisant entrer la Prusse dans la deuxième
coalition que méditaient contre la République française la Russie, l'Angleterre
et l'Autriche. La Prusse voulut rester neutre. Le prince Repnin, pour avoir
échoué, trouva à Saint-Pétersbourg l'ordre de se retirer à Moscou. Cet agent
du despotisme y mourut dans la disgrâce en mai 1801.

(1) *Sotnik* ou centenier, officier préposé à cent kozaks.

kozaks ne reconnurent leur position que quand le colonel,
s'approchant, salua le père et cria d'une voix tonnante, en
montrant les sotniks : « Jetez-moi de suite ces coquins à bas
de la charrette. » Les kozaks à cheval se sauvèrent au galop.
Le colonel, qui ne quittait jamais son escopette, tira, mais
manqua son coup. Il ordonna de les poursuivre ; or, avant que
les nôtres ne fussent réunis, les kozaks disparurent à tous
les yeux ; le vent seul pouvait les atteindre. Il fit conduire les
sotniks à M. Pulawski, qui, au bruit, était accouru lui-même
pour voir ce qui se passait, et nous avec lui. Là, nous apprîmes
tout et vîmes les sotniks liés et tellement troublés qu'ils promenaient à droite et à gauche un regard hagard, et ressemblaient
plus à des bêtes qu'à des hommes. Le père Marc dit à M. Pulawski :
« Je te prie, M. le staroste, de faire délier mes conducteurs et de
les laisser aller en toute liberté ; ils méritent ma reconnaissance ;
ne m'ont-ils pas amené ici ? » Et comme chez nous personne ne
s'opposait au père Marc, M. le staroste ordonna de les relâcher,
au grand désespoir du colonel Dzierzanowski, qui ne cessait
d'expliquer que c'étaient des prisonniers faits par ses hommes et que, par conséquent, ils lui appartenaient. Mais avec
M. Casimir Pulawski tout se terminait vite. On leur rendit la
liberté selon le désir du père Marc, et eux de se jeter aux
pieds de tous, et surtout aux siens, lui demandant pardon d'avoir
osé s'emporter contre un homme qui avait le don des miracles ;
puis ils se mirent à le supplier avec larmes de leur donner
sa czapka, disant qu'ils se la partageraient et éviteraient ainsi
la punition qui les attendait au camp, pour n'avoir pas accompli les ordres qu'ils avaient reçus (1). Le père Marc ne put s'y

(1) Ils espéraient qu'un objet qui avait touché à quelqu'un qui avait le don
des miracles leur servirait de talisman pour éviter la punition qu'ils savaient
les attendre.

refuser et leur remit ce qu'ils demandaient; mais dès qu'il se fut éloigné pour se préparer à la messe, M. François Dzierzanowski leur fit reprendre la czapka. « Eh quoi! disait-il, nous donnerions encore à ces vauriens des armes contre nous? » Il leur prit aussi le rapport qu'ils avaient pour le prince Repnin; mais il les relâcha eux-mêmes ainsi qu'il en avait l'ordre. Nous sûmes plus tard qu'on bâtonna toute la journée le détachement, et cela n'eut point d'autre suite. Quelles monstrueuses absurdités dans ce rapport que nous traduisit un Basilien qui se trouvait dans notre camp. C'était à ne pas croire à quelle ignorance et barbarie nous avions affaire.

Voilà quel homme était le père Marc, dont les prophéties circulent aujourd'hui encore parmi le peuple, et dont le nom est si intimement lié à notre confédération de Bar, que toute personne consciencieuse et éclairée qui écrira de l'une devra mentionner l'autre. Il y aura des gens qui, en entendant ceci, hausseront les épaules et déploreront que j'aie osé répéter de semblables choses. Qu'est-ce que les hommes ne contredisent pas? Mais il est difficile de ne point croire ce que l'on a vu, non pas seul à seul, non pas dans un songe ou dans la fièvre, mais publiquement, devant tant de témoins sains de corps et d'esprit. Je me soucie peu de l'opinion de ces prétendus sages; soit dit entre nous, j'ai pitié d'eux; et je ne cesserai de bénir le Seigneur qui, par son serviteur Marc, a fait de si grandes choses.

Il ne sera pas sans intérêt de voir, au sujet du P. Marc, l'appréciation de Rulhière, c'est-à-dire d'un homme du dix-huitième siècle.

« Un moine renommé dans ces cantons, sous le nom du P. Marc, homme de quarante-cinq ans, dont les mœurs avaient toujours été austères, l'imagination échauffée, et qui jouissait d'une grande réputation de sainteté, sortit de son cloître sous l'escorte d'une troupe de dévots, croix, bannières et chapelets à la main. Il parcourut les campagnes pour y prêcher cette confédération comme une croisade. Il vint s'établir à Bar et tous ceux qui se confédéraient allaient y recevoir sa bénédiction. Lors du siége de Bar, le P. Marc monta sur le rempart au moment où les Russes eurent établi leur première batterie ; et avec une sainte confiance, il saisit l'instant où ils mettaient le feu à un canon et fit un signe de croix. Le canon creva. Tous les assiégés crièrent miracle et crurent voir la main de Dieu s'armer pour leur défense. Une sortie qu'il conduisait et qui avait en première ligne des prêtres en chape et en surplis, portant des images de saints et des hosties consacrées, fut repoussée avec un grand carnage. Le P. Marc disait alors aux confédérés que leurs divisions empêchaient le ciel de les bénir. Il tomba entre les mains des Russes. Son air inspiré en imposa à ce peuple superstitieux. Les généraux ordonnèrent sa mort; les soldats se prosternèrent en lui demandant sa bénédiction. Il se mit à leur faire des prophéties. Ils ne tardèrent pas à raconter des prodiges arrivés dans sa prison. » (Vol. III, liv. IX.)

« L'homme le plus remarquable de ce temps, moins par ses actions que par l'idée qu'il représente, est sans contredit le père Marc. De même que Pulawski et sa famille, ce moine était en butte aux soupçons et même aux persécutions de ses compatriotes : car malheureusement il y avait parmi les confédérés des gens qui, tout en voulant mettre en œuvre l'idée énoncée par l'évêque de Cracovie et par le moine Marc, n'en étaient pas entièrement pénétrés. On s'étonne de voir, dans des mémoires écrits par des hommes remarquables de cette époque, des accusations de fanatisme dirigées contre le père Marc et contre les Pulawski. Les écrivains élevés dans les idées du siècle ne pouvaient pas comprendre le fanatisme, bien qu'ils eussent servi dans la confédération. Mais comment, sans ce fanatisme, aurait-on pu concevoir l'idée d'écraser, avec de petites bandes mal armées, des puissances comme la Russie, l'Autriche et la Prusse, et ériger en système la résolution de résister toujours et de ne céder jamais ?

« Le père Marc, resté seul sur les remparts d'une forteresse qu'il défendait opiniâtrément, fut fait prisonnier par les Russes et condamné à subir le dernier supplice. Les soldats russes, si obéissants, formés à une discipline si sévère, résistèrent à leurs officiers et ne permirent pas qu'on punît le saint homme. Le colonel, consterné d'une résistance imprévue, envoya à Varsovie pour demander des ordres concernant ce moine; en attendant, il le fit garder à vue.

Les soldats parlèrent des miracles qui se faisaient dans la cellule du père Marc. Enfin le général russe, pour éviter des embarras, le laissa fuir. Pour la première fois depuis qu'on connaît l'histoire des guerres entre les Russes et les Polonais, on voit ces deux peuples s'unir dans un même sentiment d'admiration pour le patriotisme revêtu d'un caractère de sainteté. Par quel secret ce moine a-t-il gagné la sympathie des soldats russes? Son caractère religieux, les soldats russes, comme schismatiques, ne le lui reconnaissaient pas; quant à son éloquence, dont parlent quelques écrivains, et Rulhière lui-même, il suffit d'observer que le père Marc ne parlait pas le russe. Le grand homme en a imposé à l'ennemi par la force de son âme, par sa sainteté! Le paysan slave conserve dans sa simplicité ce sens intime qui fait découvrir à l'homme la voix de Dieu, conserve l'organe indispensable pour sentir ce qui est réellement grand, ce qui est réellement inspiré et divin. Les soldats anglais ou allemands auraient probablement massacré le père Marc; les Russes, et même ce qu'il y a de plus abruti parmi les Russes, avaient cependant assez de sentiment pour reconnaître et pour apprécier un tel homme....

« La figure du P. Marc, de ce poëte-prophète, caractérise le temps : le P. Marc, calomnié par ses contemporains, est devenu maintenant le héros favori de tous les écrivains de notre pays. Il n'y a pas de roman, de poésie où l'on ne parle de lui; on cite ses paroles, on l'introduit sur la scène comme homme d'action, comme prédicateur. Il a été mis de mille manières sous les yeux de la nation ..»
(*Les Slaves* d'Adam Mickiewicz, III, p. 81, 85 et 101.)

SIXIÈME RÉCIT

— ⋆ —

M. OGINSKI

VI

Autrefois un gentilhomme pouvait toujours, avec de la patience
et une bonne conduite, assurer son existence. Servir dans la maison d'un grand seigneur n'était pas déshonorant : un maître
était en même temps un protecteur; et s'il punissait son serviteur
comme un père, comme un père aussi il le dirigeait et s'occupait
de son sort. Mais il n'était pas donné à chacun d'arriver dans une
maison seigneuriale : il fallait avoir pour soi ou les services de son
père ou ceux de quelque parent, ou encore quelque bienfaiteur

qui voulût vous recommander. Quant à moi, c'est la Providence qui a veillé sur moi. Qu'y avait-il en effet pour parler en ma faveur ? Mon père mourut quand j'étais encore au berceau, et même s'il eût vécu, simple gentilhomme campagnard, vivant tranquillement sur son petit coin de terre, comment aurait-il pu pénétrer jusqu'à un grand seigneur ? Ma mère se remaria, et mon beau-père se soucia peu de me garder à la maison, étant pauvre et d'ailleurs chargé d'enfants d'année en année ; mais Dieu n'abandonne pas les orphelins. J'avais pour oncle un huissier qui possédait une maisonnette et un jardin à Nowogrodek ; bien qu'ayant lui-même deux enfants, il eut pitié de moi et m'emmena demeurer chez lui quand j'eus sept ans accomplis. Aussi plus tard, lorsque, tant bien que mal, j'arrivai à être un homme, je rendis à ses enfants, du moins en partie, ce que je devais à leur père, et Dieu bénit tellement mes faibles efforts que si les petits-enfants de mon oncle saluent quelqu'un, c'est par politesse ou par bon cœur et jamais par nécessité. Mon oncle vivait de sa place d'huissier ; chaque jour quelque tymfe nous tombait à la maison, quelquefois même on y voyait apparaître un ducat (1). Ma tante logeait des étudiants. Moi, tantôt nettoyant les bottes des répétiteurs, tantôt chantant à l'église avec les frères, ou arrachant les mauvaises herbes au jardin, je m'accoutumai de bonne heure au travail, ce qui plus tard me servit grandement. Un répétiteur demeurait chez nous avec plusieurs élèves, et il était lui-même élève dans la quatrième classe (2). Il m'apprit à lire et à écrire, de façon que les

(1) Ducat, monnaie d'or valant environ 12 francs.

(2) Les élèves peu fortunés se faisaient répétiteurs de leurs camarades plus jeunes et plus riches, afin de trouver les ressources nécessaires à l'achèvement de leurs études. En France on commence ses classes par la neuvième. C'était l'inverse en Pologne où l'on commençait par la première. Les classes étaient aussi nombreuses et la quatrième correspondait à la rhétorique dans un lycée français.

pères jésuites me reçurent dans l'*Infima* (1) sans passer par la *Proforma* (2), J'apprenais d'abord dans le livre de M. le gouverneur, mais ensuite ma tante acheta Alvarez (3), et je pus étudier dans un livre à moi ; je le fis avec beaucoup d'ardeur, car mon oncle me disait tous les jours : « Séverin, étudie bien, car tu n'as pas le moyen de paresser. Tant que tu es petit, je t'habille et je te nourris, mais quand tu seras grand, ce que tu n'auras pas gagné, il te le faudra mendier. » Et moi, j'avais alors une telle frayeur de devenir mendiant d'église, que j'apprenais et apprenais Alvarez par cœur jusqu'à en pleurer ; si bien qu'avant les vacances je fus admis à monter dans la classe de grammaire. Dans la suite notre répétiteur entra au couvent, et je devins répétiteur à sa place, ce qui me rapportait trente tymfes par trimestre. Bientôt, par mon propre travail, j'arrivai à avoir un kontusz de pout de soie, un petit zupan de bazin et une ceinture mi-soie ; de plus mon oncle me remit le sabre de mon père, de sorte que le dimanche je pouvais me montrer honnêtement dans le monde. Je ne mangeais plus gratis le pain de mon oncle, car je lui copiais la minute des sommations, ce qui m'initia de bonne heure au droit ; et si je ne passai pas de la rhétorique à l'étude du droit, c'est que l'événement suivant me transporta dans un monde tout différent.

Les jésuites de Nowogrodek avaient établi depuis longtemps la confrérie de Marie ; j'en faisais aussi partie et jusqu'à ce jour je récite les prières du rituel. Après la mort du prince Radziwil, propriétaire du majorat de Kleck et castellan de Troki, Oginski (4),

---

(1) L'*infima* ou dernière classe, la plus basse.
(2) La *proforma* ou classe, préparatoire.
(3) C'était la grammaire la plus en usage alors, comme celle de Lhomond dans les écoles françaises. (R. P. Emm. Alvari e soc. Jesu, de Inst. Gramm.)
(4) Voir la note A à la suite de ce récit, p. 98.

woyéwode de Witebsk, devint préfet de la congrégation; et le père recteur, en récompense de mon travail et de ma déférence pour les professeurs, me nomma maréchal de la congrégation, car nous étions deux maréchaux, l'un pour les internes, l'autre pour les externes. Notre devoir était de porter la canne devant le préfet et de rester debout auprès de lui pendant l'office. Quand le woyéwode arriva à Nowogrodek, le jour de l'Assomption de la très-sainte Vierge, les pères jésuites lui remirent avec une grande solennité le préfectorat de la congrégation. En ma qualité de maréchal, je lui adressai un discours latin que j'avais composé moi-même (le père Narwojsz, professeur de rhétorique, n'avait fait que le corriger un peu). Le sachant par cœur, je le récitai hardiment et (comme dit le monde) avec une bonne déclamation : aussi le woyéwode me distingua-t-il avec bienveillance. Il s'informa auprès du père recteur, qui, à ce qu'il parut, lui donna de moi une opinion assez favorable. Après l'office, il me fit venir chez lui, m'examina sur ce que je savais et m'ordonna de prendre une plume pour savoir si j'avais une belle écriture. Je lui écrivis quelques vers de Kochanowski (1), et au-dessous, comme le woyéwode se nommait Boguslaw, j'ajoutai en latin, de ma propre composition : « *Ingentem Boguslao defero cultum, a me minimo excelsus tibi honor.* » Cela lui plut tant qu'il envoya chercher mon oncle et lui dit qu'il voulait me placer dans sa maison. A ces mots, mon oncle et moi nous jetâmes à ses pieds, et de suite, avec la permission de mon maître, j'allai prendre mon pauvre bagage et dire adieu à ma tante. Cela ne se passa pas sans pleurs, surtout de mon côté, car je fondis deux fois en larmes, une fois

(1) Jean Kochanowski, le prince des poëtes polonais, a composé un drame antique, des poésies latines, de touchantes élégies et des chants en polonais, et traduit les psaumes de David dans des vers inspirés, dignes de la Bible. Né en 1530, il mourut le 22 août 1584.

de sensibilité, une autre de douleur ; mon oncle, en me donnant sa bénédiction et quatre ducats pour cadeau d'adieu, me dit ces paroles : « Séverin, tâche d'obtenir trois grâces : d'abord la grâce de Dieu, ensuite la grâce de ton maître, puis celle de tout le monde. Je transmets au woyéwode ton maître tous mes droits de tuteur, et afin qu'à son service tu n'oublies pas quel est le pouvoir d'un tuteur, je vais en user pour la dernière fois. »

Il m'ordonna de m'étendre par terre et me compta trente coups de bâton que je n'oublierai de ma vie, tant ils me furent donnés de bon cœur. Je revins donc, les yeux fort rouges, au couvent, où se trouvait le woyéwode, qui, en voyant mes larmes, les prit pour la marque d'un cœur sensible, quoique ce ne fût pas la sensibilité seule qui me les eût fait verser. Le woyéwode commanda à son écuyer de me donner un cheval, afin que j'accompagnasse son carrosse. Excepté les deux petits bidets de mon oncle que je menais quelquefois à la rivière, il ne m'était jamais arrivé de monter un cheval, surtout un bon cheval ; mais, grâce à mon sang polonais, je me tirai d'affaire. Lorsque nous étions déjà à un quart de lieue hors de la ville, le woyéwode s'aperçut qu'il avait oublié ses lunettes au couvent ; je tournai bride, et, m'élançant au galop du côté de la ville, je tombai comme la foudre dans la cour du couvent ; je retrouvai l'objet perdu, je m'arrêtai même pendant un demi *Ave Maria* devant l'hôtel de ville pour acheter des obarzanki (1), et je revins lestement vers mon maître, ses lunettes à la main ; il me fit cadeau, à cette occasion, de ce même cheval sur lequel j'avais eu le bonheur de lui rendre mon premier service. Arrivé à Slonim, où le woyéwode résidait souvent comme staroste du lieu, il fit appeler M. Szukiewicz, le maréchal de sa maison (qui portait alors le titre de grand veneur

(1) Espèce de craquelins.

de Venda et mourut plus tard vice-staroste de Slonim), me plaça sous sa surveillance en qualité de gentilhomme de la chambre, et déclara en même temps que je travaillerais dans sa chancellerie privée. M. le veneur Szukiewicz était un gentilhomme de vieille roche et possédait deux fermes patrimoniales dans les environs de Slonim; il était le confident de mon maître, qui l'employait souvent, même dans les affaires publiques, comme un homme consciencieux et éclairé, et il savait entretenir dans cette nombreuse maison un ordre rigoureux. On me fixa pour gages trois cent tymfes par an, la pitance d'un cheval, le logement avec deux autres gentilshommes de la chambre, fils de propriétaires, et une place à la table du maréchal de la maison. C'était l'usage, que ce maréchal revêtît de l'uniforme des amis de la maison d'Oginski le noble reçu pour gentilhomme de la chambre : un kontusz gris-perle de serge fine, un zupan de satin vert, une ceinture de soie de la même couleur à fleurs et à franges d'or, une czapka verte, garnie de peau de mouton marron et des bottes rouges. Il fallait toujours porter ce costume dans l'appartement, et, une fois reçu, l'entretenir de son propre argent. Mais au début je dus payer la bienvenue de mon uniforme en traitant les courtisans et gentilshommes de la chambre ; et il ne me resta plus qu'un seul des quatre ducats que m'avait donnés mon oncle.

Je connus donc de près la maison d'un magnat, j'appris très-vite mon service, et, me trouvant le plus pauvre des courtisans et des gentilshommes de la chambre (ils étaient tous fils de propriétaires, et il y en avait qui étaient propriétaires eux-mêmes), je tâchai de me rendre agréable à chacun, et je gagnai l'amitié de tout le monde, en commençant par M. le veneur de Venda, qui prodiguait souvent les coups de baguette à mes compagnons étendus sur des tapis, mais à moi ne m'adressa jamais un seul reproche. Quoiqu'il fût ménager comme un père pour ses enfants, il me fit don d'une ceinture de soie entretissue d'or massif qui n'eût point fait honte à un sénateur. Une fois que j'étais allé avec lui à la foire de Stolowicze, afin d'acheter du drap pour la livrée de la cour, un cuirassier du régiment du prince Sapieha, woyéwode de Troki, qui y était en cantonnement, s'accrocha à lui et se mit en ma présence à lui chercher noise; je pris instantanément fait et cause pour mon supérieur. J'avais cru devoir employer la douceur, mais il persista dans son insolence, et loin de cesser, il l'agaçait encore davantage. J'étais plutôt un compagnon qu'un serviteur; mais, me sachant gentilhomme, quoique pauvre diable, je sentis qu'attaché à la cour d'un grand seigneur, j'en devais soutenir la réputation; nous dégainâmes donc. Je porte un souvenir de lui sur la figure, et il reçut aussi à l'épaule un coup de sabre fort convenable. M. le veneur n'oublia jamais que j'avais vengé son honneur et que j'y avais gagné une blessure; aussi parla-t-il de moi avec éloge à notre maître. L'estime de mes collègues pour moi en fut augmentée; me connaissant d'humeur douce et me voyant travailler de la plume, ils avaient cru longtemps que mon sabre n'était qu'un ornement, d'autant plus que m'étant bien promis de ne point faire d'éclat à la cour, je supportais souvent avec patience leurs taquineries; mais, quand il se fut répandu que mettre à la raison un cuirassier n'était pas pour moi prendre la lune avec les dents, ils me considérèrent comme un homme paisible par tempérament, et non par crainte.

En travaillant ainsi sous la main du woyéwode, et n'ayant personne de mal disposé à mon égard, j'acquis, quoique jeune, la confiance de mon maître, et, s'il ne fût pas mort au commencement de la confédération de Bar, je serais peut-être à mon tour devenu une Excellence. Je prie chaque jour pour l'âme de mon ancien maître, car je sais ce qu'il pensait faire de moi, et je lui dois par-dessus tout d'avoir servi ma patrie. Le souvenir du premier service que j'ai rendu à la Pologne ne cessera de réjouir mon âme, et Dieu donne que mon récit, intéressant un jour mes arrière-neveux, augmente dans leurs cœurs l'amour de la patrie, amour dont je n'ai cessé d'être animé jusqu'au jour d'aujourd'hui.

Après la mort d'Auguste III (1), mon maître désirait, comme presque tous les grands seigneurs et nous autres gentilhommes, que le prince son fils fût élu roi; on écrivait sans cesse que les Auguste étaient des fainéants, qu'ils avaient introduit la gloutonnerie en Pologne, qu'ils ne savaient pas notre langue nationale, que, pour nous, il valait mieux avoir un Piast (2) qu'un étranger. J'en conviens moi-même maintenant; mais alors la noblesse s'était en quelque sorte accoutumée à cette famille, qui régnait sur elle depuis plus de soixante ans. Du temps de nos rois saxons, nous avions la liberté; à côté du mal existait quelque bien; d'ailleurs, derrière eux était la nation; or, avec les Piast triomphèrent les intrigues de l'étranger. N'était-il pas plus convenable que les gentilshommes et les grands seigneurs suivissent les errements ordinaires au lieu d'adopter une conduite habile en s'appuyant sur les soldats moskowites? Quand la Russie fit irruption dans Varsovie pour élever au trône le panetier de Lithuanie (3), presque tous les seigneurs qui y étaient contraires résolurent d'étendre la confédération par tout le royaume de manière qu'aucun étranger ne pût désormais faire la pluie et le beau temps en Pologne. Ils se réunissaient, s'envoyaient les uns aux autres des messagers sûrs, et tout se préparait pour un soulèvement. Mais il n'était pas facile de commencer, car la Russie remplissait le pays au point qu'on

(1) Il fut frappé d'apoplexie à Dresde, le 5 octobre 1763.
(2) Voir sur la signification de ce mot, la note B à la suite de ce récit, p. 98.
(3) Stanislas-Auguste Poniatowski, depuis roi de Pologne, né le 17 janvier 1732, élu le 7 septembre 1764, mort à Saint-Pétersbourg le 12 février 1798.

ne pouvait se rendre d'un district dans un autre sans rencontrer des détachements russes, et ceux-ci arrêtaient les courriers et les secouaient pour voir s'ils ne trouveraient pas sur eux quelque lettre. Il fallait agir avec prudence; or le prince Radziwil, woyéwode de Vilna, et le comte Pac, staroste de Ziolow, pressaient à outrance mon maître de prendre l'initiative, le tenant pour un grand homme d'État et se laissant mener par lui; et ils avaient raison, car c'était une forte tête. Mais il eût voulu qu'on attendît qu'il eût reçu de l'Ukraine et du khan de Crimée (1) les nouvelles qu'il en espérait d'un moment à l'autre. M. Bohusz (2), qui de-

(1.) Le khan de Crimée était Crim Gueray. Voir pour ce qui le concerne la note C placée à la suite de ce récit, p. 100.

(2) Voici les détails que donne, au sujet de Bohusz, un homme qui rend rarement justice aux confédérés : « La cour de Varsovie, dirigée par l'ambassadeur russe, avait voulu élever une confédération contre celle de Bar. Ce projet n'ayant point réussi, on imagina de faire accéder le roi à la confédération résidant à Epéries : c'était ainsi qu'on avait déjoué celle de Radom; c'est ainsi qu'en 1792 on vient de déjouer celle de Targowica. Si le roi se joignait aux confédérés, il fallait qu'ils allassent le joindre, et ils n'avaient ni places de sûreté ni armée : c'était les livrer aux Russes. Si, après avoir accepté son adhésion, appelés auprès de lui, ils refusaient de le joindre, il aurait représenté la république confédérée avec les faux frères qui se seraient réunis à lui; alors leur légalité tombait. La confédération, comme toute grande assemblée, avait ses désorganisateurs et ses traîtres, et le roi aurait été déclaré chef de la confédération, si Bohusz ne s'était avisé d'un coup de génie aussi sublime qu'audacieux. Il composa un discours dans lequel il exposa tous les griefs des Polonais contre l'illégalité de l'élection de Stanislas-Auguste et contre son entier asservissement à la Russie; il l'accusa d'être gouverné par l'ambassadeur de Russie et d'être la cause de tous les malheurs de sa patrie, qui ne pouvaient cesser qu'en le faisant descendre d'un trône usurpé. Il composa aussi l'acte de déchéance. Il ne parla de ce travail à personne. Bohusz gouvernait alors despotiquement cette assemblée. Une figure mâle, un grand courage, un bel organe, un style correct, une éloquence de feu, une discussion tranchante, quand on voulait combattre son opinion, le rendaient l'oracle des confédérés. On devait le lendemain mettre sur le tapis l'affaire de l'admission de Stanislas. Bohusz, après avoir traité les affaires courantes, réveille leur attention en leur annonçant qu'il va leur lire un travail important, sur

puis fut secrétaire général de la confédération de Bar, passait tout
son temps chez mon maître ; ils se consultaient entre eux ; et
quoiqu'on m'employât pour les écritures, je devinais à peine le
sujet de leurs conférences , tant ils y apportaient de secret. Voilà
qu'une fois, à quatre heures du matin, arrive dans l'antichambre
de mon maître, où j'étais de service, un kozak qui me pria de le
faire parler à l'instant même à M. le woyówode. — « Dis-moi,
frère, que lui veux-tu ? » — « Je lui apporte un présent de mon
maître, Potocki, échanson de Lithuanie, qui lui envoie deux tombe-
reaux de pruneaux. J'ai eu beaucoup de mal à parvenir jusqu'ici,
les Russes occupent tous les chemins, et c'était à qui m'arrêterait
et me demanderait : « As-tu une lettre ? » — « Voici, disais-je,
la lettre de mon maître. » Ils me l'arrachaient et couraient à grand
bruit la remettre à leur supérieur. Cela m'est arrivé au moins
vingt fois ; et combien ne m'ont-ils pas volé de pruneaux! Il
m'en reste à peine la moitié. » — « Eh bien, attends, mon
ami, que mon maître s'éveille. » — « Mon bon seigneur, laisse-
moi entrer chez Son Excellence, car je suis très-pressé. » —
« Mais, mon cher, as-tu perdu la tête, de vouloir, que je l'é-
veille pour tes pruneaux? Attends une couple d'heures, mange
et bois un peu, plutôt que de me presser ainsi d'interrompre
avant le temps le sommeil de mon maître. » — « Merci

lequel il faut qu'ils prennent un parti décisif avant de sortir de la séance. Il
leur lit son discours avec feu, il y ajoute des arguments pris dans les objections
qu'on lui fait. Ce coup inattendu atterre les partisans du roi, et d'une voix
unanime on déclare le trône vacant et Stanislas déchu. « J'étais si sûr, leur
dit Bohusz, que votre patriotisme vous ferait adopter cet avis à l'unanimité,
que j'ai dressé d'avance l'acte de la déclaration de l'interrègne. » Il leur
lit rapidement cet acte, qui est une pièce sublime ; il est adopté et signé aussitôt, sans qu'aucun membre ose s'opposer à l'enthousiasme général : tant un
homme éloquent a de pouvoir sur les assemblées ! Il n'y a eu, depuis Bohusz,
que Mirabeau et Fox dont on puisse citer de pareils traits. » etc. (La vie et les
mémoires du général Dumouriez, édit. de 1822 vol. I, p. 100.)

mille fois de tes offres obligeantes, mais je ne mangerai ni ne boirai avant d'avoir eu le bonheur de voir le visage du woyé-wode. Au nom de Dieu, laisse-moi entrer. Il faut que je parte de suite pour Bocki. Réveille Son Excellence, je jure par le nom de Dieu que je vais me mettre en colère contre toi, si tu te refuses plus longtemps à me laisser entrer. Au cas que je mente comme un chien, je consens à être battu à mort, je tendrai moi-même le dos. » Je pris sur moi de pénétrer dans la chambre à coucher de mon maître. « Qu'y a-t-il? » s'écria celui-ci. — « Un kozak envoyé d'Ukraine à Votre Excellence et qui a pour elle une lettre de l'échanson de Lithuanie. » Mon maître dit : « Appelle-le-moi de suite ». Et lui-même se leva, jeta sa robe de chambre sur ses épaules, et avec une telle hâte qu'il oublia de se signer en sautant à bas de son lit.

Moi, j'appelai le kozak; celui-ci entra, tomba aux pieds du woyewode et lui présenta la lettre sur sa czapka. « Soplica, me dit le woyéwode, prends la lettre et lis haut. » Je lus, et il n'y avait rien qu'une demande au woyéwode de prendre le fermage de la starostie de Bobrujsk, qui appartenait à l'échanson, en garantie d'une somme dont il avait un besoin pressant; et il avait ajouté en post-scriptum : « A ta prière je t'envoie deux voitures de pruneaux hongrois de Muraf. » Le woyéwode me dit : « Va chercher Bohusz et reviens avec lui; » et il resta avec le kozak. Lorsque je m'acquittai près de lui de cette commission, M. Bohusz était déjà habillé et écrivait quelque chose à son pupitre. Nous partîmes à la hâte et nous trouvâmes le woyéwode qui versait un verre d'eau-de-vie au kozak. Dès que M. Bohusz entra, le woyéwode le prit à part dans l'embrasure d'une fenêtre, et ils se mirent à s'entretenir tout bas, me désignant de la main à plusieurs reprises. Puis Son Excellence me dit : « Soplica, entre dans ce cabinet, tu y trouveras de l'eau dans une bouilloire, et auprès une savonnette, du savon, un blaireau, des rasoirs. Apporte tout cela et prépare-toi à raser quelqu'un. » Étonné, mais obéissant aux ordres de mon maître, j'apportai tout ce qu'il fallait, et je me mis à repasser les rasoirs en attendant qu'il se fût assis ; mais très-effrayé, car de ma vie je n'avais rasé personne.

Son Excellence me dit : « Pose ce que tu tiens à la main sur cette table, et maintenant jure-moi sur les saints Évangiles que tu ne raconteras à personne ce que tu vas voir et entendre. » J'en prêtai aussitôt le serment. Son Excellence fit un signe, le kozak s'agenouilla au milieu de la chambre, dont Bohusz avait fermé toutes les issues, et le woyéwode dit : « Soplica, rase la tête de ce kozak. » De plus en plus étonné, je me mis à le raser, et, quand la peau fut à nu, j'aperçus des lettres écrites à l'eau forte sur sa tête. Mon maître et M. Bohusz s'approchèrent et lurent les mots suivants : «Le premier septembre, nous nous soulevons, soulevez-vous aussi; quand la Couronne et la Lithuanie seront soulevées, la Porte donnera des secours. » Mon maître envoya immédiatement le veneur de Venda à Nieswicz (1) avec une lettre insignifiante, mais avec des instructions détaillées. M. Bohusz, déguisé tantôt en juif, tantôt en bohémien, quelquefois reprenant son propre costume, courait le pays et visitait la noblesse : avant qu'il se fût écoulé trois semaines, toute la Lithuanie était debout. Mais qu'en résulta-t-il ? Le divan resta vendu à la Russie, la Porte ne donna pas de secours, et tout retomba sur nous. Des prodiges de valeur ne purent rien contre le nombre et les circonstances. Cependant nous réussissions quelquefois. A Swisłocz, où, pour la première fois, je

(1) Nous avons vu que c'était la résidence de Radziwil. Un vaste château s'y élève entre deux étangs, c'est là que sont tous les tombeaux des Radziwil. Il s'y trouve encore aujourd'hui une porte surmontée d'une chapelle dans le genre de celle d'Ostrobrama à Vilna et avec l'inscription : « *Erecta dominante principe Carolo secundo.* »

fis connaissance avec les balles russes, nous tombâmes sur un régiment d'infanterie ; le général Lüders le commandait : il capitula
et jura par écrit et sur l'honneur que ni lui ni aucun de ses soldats
ne servirait en Pologne jusqu'à la fin de la guerre. Ayant cru à
son serment, nous lui rendîmes la liberté, et quelques jours
après il se battait contre les nôtres. Toutes ses explications se
bornèrent à dire qu'on n'était point obligé à tenir parole à des
rebelles. J'étais à Kleck, où, avec la milice de Radziwil, quelques gentilhommes et leur suite, nous tînmes huit heures contre
tout le corps de Podhoryczynin ; c'est là que les deux sœurs du
prince Radziwil, le sabre en main, chargèrent à la tête de la cavalerie ; mais l'artillerie ennemie était si forte, qu'il n'y avait pas
moyen de l'enlever. C'est à cette bataille qu'Alexandre Odynice,
fils du porte-glaive de Wolkowysk, qui, plus tard, périt à Stolowicze, eut un cheval tué sous lui et trois doigts de la main emportés par un éclat d'obus. S'il n'eût pas prématurément terminé
sa carrière, certes il serait devenu un grand général. Quelques
jours auparavant, à Stolpce, il était tombé sur une brigade russe,
l'avait totalement dispersée, lui avait pris deux canons, et, ne pouvant les emmener, les avait encloués. M. Thadée Reyten, bientôt
après notre nonce immortel (1), l'avait sous ses ordres à Stolpce, et il
y commença à l'apprécier. Quand, sous Kleck, il le vit désarçonné,
il conjurait chacun de lui offrir un cheval et de le sauver des mains
de l'ennemi ; mais personne n'était désireux de se sacrifier ; alors
M. Reyten, au milieu du feu le plus terrible, lui donna son cheval,
et s'en remettant lui-même au hasard, il disait : « Odynice vous
est plus utile que moi, car nul ne vous conduira comme lui ;
que l'on me tue ou que l'on me prenne, qu'importe à la patrie !
Si toutes les mains qui ont palpé des doublons russes perdaient

(1) Le nonce était le député à la Diète, du latin *nuntius*, envoyé.

trois doigts au lieu de cet honnête Odyniec, ce serait un plus équitable arrêt du sort. » En ce moment, quand les boulets se mirent à pleuvoir et pleuvoir, ayant perdu la moitié des nôtres, nous commençâmes à reculer en désordre. C'est encore un bonheur que les Russes, craignant le soulèvement de Minsk, ne nous aient pas poursuivis et nous aient laissé plusieurs jours de repos; cela donna le temps au prince woyéwode de Vilna de nous reformer et de nous mener en Ukraine rejoindre l'échanson de Lithuanie.

(A) La famille des Oginski, fort nombreuse au dix-huitième siècle, remplissait plusieurs des premiers emplois de la République. Ses deux plus illustres représentants furent Michel-Casimir et son neveu Michel-Cléophas.

Michel-Casimir Oginski, né en 1731, grand général de Lithuanie, possesseur d'une fortune immense, en employa une partie à faire creuser, pour ouvrir une communication de la mer Baltique à la mer Noire, un canal qui porte son nom. Pendant la confédération de Bar, il se prononça contre les Russes, eut d'abord des succès, puis fut surpris et battu à Stalowicze, le 23 septembre 1771. Il mourut à Varsovie le 31 mai 1800.

Michel-Cléophas Oginski fut le dernier grand trésorier en Lithuanie. Chargé de missions diplomatiques lors de la constitution du 3 mai 1791, il prit ensuite une part des plus actives à l'insurrection de Kościuszko, forma un corps de chasseurs à ses frais et opéra une incursion en Lithuanie. L'insurrection écrasée, il émigra et devint l'agent des patriotes polonais à Constantinople et à Paris. Il se défia de Napoléon Ier, mais s'abandonna aux promesses d'Alexandre Ier, dont il essaya longtemps d'arracher des concessions. Il est mort à Florence en 1831. Il a laissé de précieux *Mémoires*.

Quant à Boguslas Oginski, il fut nonce, maréchal de Kowno, porte-glaive de Lithuanie.

(B) On désignait sous le nom de Piast les candidats au trône qui étaient Polonais. Savoir s'il était préférable de choisir le souverain parmi les nationaux ou parmi les étrangers fut pendant des siècles une des plus grandes questions qui divisassent les esprits en Pologne. A l'abdication de Jean-Casimir, une brochure éloquente, qui contribua à faire donner la couronne à Michel Wisniowiecki, et dont il existe une traduction française de la même époque, s'exprime comme il suit : « Je n'ay pas une simple amitié pour Piast, je l'aime éperduement, son nom me flatte. Piast ou Porteur est celui-cy qui portera dans son sein et dans ses bras nostre patrie esbranlée et chancellante, et il aura un grand soin de nostre bonne mère. J'ay pour guide de mon amour l'Escriture saincte, qui dit à Moyse : « Tu ne pourras élire un étranger pour ton Roy, « parce qu'il n'est pas ton frère. » La nature, tout ce qu'elle produit, le droict, les coustumes des gens, et tout ce qui en provient, les loyx et les exemples prouvent que pour avoir des chefs et des persuadeurs favorables, il les faut choisir d'entre son peuple. Les troupeaux des animaux, et les troupes des oiseaux ne sont pas gouvernez par leur dissemblable, ils suivent toujours un conducteur de leur espèce. Est il vray, Polonais, que la nature nous aurait condamnez à une éternelle sujection; souffrirons-nous éternellement le domination d'un étranger; un de nos compatriotes ne nous gouvernera-t-il jamais? Serons-nous marris que nostre teste soit ornée du diadème, dont à bon droict le monde s'enorgueillit, et avec lequel l'usage et les exemples des gens couronnent des roys de leur sang? Tandis que Rome estait esclave, elle prenait indifféremment des roys d'entre les estrangers. Après qu'elle eut chassé les Tarquins, qui estaient les derniers des estrangers, après qu'elle eut establi sa liberté, elle ne permettait les faisceaux de verges qu'aux seuls citoyens de Rome. Le fondement de la liberté estait d'estre gouverné par des hommes deiliez. Entre les Mèdes, les Perses et les Grecs, c'étaient des naturels qui étaient roys. L'Empire romain ne peut estre donné qu'à un Allemand; la raison qu'en donne la Bulle d'or est : « De peur que l'honneur de la couronne ne soit transféré aux es- « trangers. » La France, par la loy salique, esloigne les estrangers de son throne; c'est par ce pivot comme par un bouclier qu'elle rabaisse l'ambition des estrangers. L'ancien statut des Portugais dit : « Nous ne voulons pas que nostre em- « pire aille jamais hors de Portugal. » Le saint-siége de Rome et du monde est fermé aux ultramontains. Les Piasts ont esté nos roys, qui incontinent après qu'on eut receu la lumière de l'Evangile, fondèrent des eveschez, des abbayes et des églises, qui par l'illustre renom plus outre de leur valeur donnèrent de la terreur à nos ennemis et en remplirent tout l'Univers. Proche le Tibissa, le Boristhène, l'Elbe, la Sale et la mer Baltique ils ont dressé à Mars des colomnes de fer, pour marques de leurs trophées; après avoir triomphé des Ottomans, leurs mains royales et victorieuses mirent dans la forteresse de Cracovie leurs cimeterres et szczerbiec [sabre qu'en 1018 le roi Boleslas ébrécha contre la porte d'or de Kiew en entrant en maître dans cette ville] pour y estre gardez entre les monuments triomphaux des anciens roys; dès le premier Piast jusqu'à Casimir le Grand ils n'estoient obligez par nul serment, ou par quelques traictés, mais le seul lien de l'amour les étreignait, neanmoins la religion, la justice et la vaillance ont régné avec eux; ils n'ont pas songé aux noms de sujets et d'esclavage, mais à ceux de citoyens et de liberté. » (A. O. [initiales d'André Olszowski]. *Censure ou discours politique touchant les prétendants à la couronne de Pologne*, Cologne, 1670, p. 97 à 99.)

(C) Crim-Gueray, khan de Crimée, fut lors de la confédération de Bar un des alliés de la Pologne. Un danger commun réunissait d'anciens ennemis. La Russie, longtemps soumise aux Tartares, imbue de l'esprit mongole, occupée à mettre la science moderne au service de nouvelles invasions de barbares, travaillait à subjuguer ses anciens maîtres en se parant de la croix. Les Polonais qui, pendant des siècles, avaient maintenu la croix contre l'islamisme, ne reculaient pas devant l'idée de chercher dans ce dernier un moyen de salut, tels que ces voyageurs qui, en Amérique, lorsqu'une incendie de la prairie menace de les dévorer font place nette où ils sont et ensuite allument les herbes autour d'eux : les deux murailles de flammes se rencontrent, se neutralisent et le feu se trouve avoir éteint le feu.

« Ces peuples pasteurs et belliqueux, dit Rulhière, connus sous le nom de *Petits Tartares*, qui occupaient alors toutes les côtes septentrionales de la mer Noire, sont un reste des armées de Gengis-Khan. Ils ne combattent qu'à cheval et ce fut dans tous les siècles la plus rapide cavalerie connue dans l'univers. La dévastation suit leurs armées, et ils se vantent « que l'herbe ne doit plus croître « où ils ont passé en ennemis. » Un Tartare regarde comme sa patrie la horde vagabonde dans laquelle il est né. Des traditions fidèlement transmises conservent parmi eux le souvenir de tous les pays qu'ont parcouru leurs ancêtres, et chacun d'eux, sans se tromper jamais sur le but auquel il veut atteindre, peut traverser sans route et sans indications précises, comme sans gîte et sans vivres les plus immenses solitudes. Ils ont un visage large et plat, des yeux bridés par les paupières, mais vifs et brillants, les dents du plus éclatant émail. On se souvient encore dans ces contrées qu'ils s'étaient plu à réduire l'orgueil moskowite aux humiliations les plus abjectes. Lorsque les envoyés du khan arrivaient à Moskou pour chercher le tribut, le grand-duc sortait de la ville à leur rencontre, à pied, la tête nue, tenant en main un vase rempli de lait de jument, boisson la plus agréable à toutes les nations tartares, et pendant que l'envoyé buvait, si quelque goutte tombait sur la crinière du cheval, le prince russe était obligé de l'essuyer avec sa langue. En 1768, le khan régnant, Crim-Gueray, était un prince qui aimait la guerre, qui l'avait faite avec succès, que les Tartares suivaient avec confiance et qui, par son ressentiment personnel contre les Russes, était devenu pour eux un ennemi irréconciliable. Il trouva en Bessarabie quinze cents confédérés de Bar, tous gentilshommes de quelque nom et dépouillés de tout. Il se mit à la tête de son armée dès la fin de 1768, et, malgré la rigueur de l'hiver, il entra enfin dans la nouvelle Servie, cette province envahie par les Russes contre la foi des traités. Tout fut détruit par le fer et le feu. Les Tartares emmenèrent trente-cinq mille prisonniers, malheureux Européens trafiqués en Hollande, déserteurs français et allemands, paysans arrachés à leur sol natal par la séduction. Tout fut vendu à quatre-vingts piastres par tête. Le khan choisit deux cents belles filles, les fit revêtir d'habillements turcs et les envoya en présent au Grand Seigneur et à quelques autres de ses amis à Constantinople. Pendant cette expédition, qui dura six semaines, les chevaux des Tartares n'eurent pour nourriture que ce qu'ils trouvèrent sous la neige ; et l'on sait, par des témoins oculaires, qu'il n'en périt aucun... Crim-Gueray, sans prendre aucun repos à son retour, annonça à ses troupes le dessein d'aller aussitôt chercher les Russes en Pologne. Le bonheur qui avait toujours accompagné l'impératrice Catherine II dans toutes ses entreprises, ne l'abandonna pas dans ces conjonctures, s'il est vrai qu'il ne faille donner que le nom de bonheur à l'événement qui suivit. Crim-Gueray fut attaqué d'une fièvre jaune, non sans soupçon de poison, et mourut dans la ville de Cantcham, qu'il avait bâtie. L'émissaire de France vit ce prince mort. Son visage et son corps étaient couverts de taches livides ; les poils de sa barbe restaient à la main dès qu'on y touchait ; ses ongles tombaient ; tout marquait le poison ; on montrait publiquement le Russe soupçonné de ce crime. Mais enfin ce descendant de Gengis-Khan, cousu dans un sac de maroquin et lié de grosses cordes, fut mis sur un petit chariot, et sous l'escorte de six Tartares, fut conduit à Baktchiseraïl ; et toute cette armée, qu'il allait conduire à la délivrance de la Pologne, resta en proie aux divisions qu'y firent naître la vacance du trône et les factions en faveur de différents concurrents. » (*Hist. de l'anarchie de Pologne*, vol. III et IV, livres IX et XII.)

SEPTIÈME RÉCIT

—◆—

THADÉE REYTEN

VII

On se moque de nous autres vieillards, parce que nous aimons
à parler des temps anciens et des hommes d'autrefois. Mais c'est
que le temps et les hommes, tout était meilleur que maintenant.
Grands sont les jugements de Dieu! Dieu était prêt à pardonner à
Sodome, si seulement il s'y trouvait dix hommes justes, ne s'est-il
donc point trouvé dix justes pour que notre patrie fût sauvée?
C'est ce dont je ne conviendrai jamais; il est évident que notre
chute n'est que momentanée, que c'est une suspension de l'existence, non un anéantissement; un évanouissement et non la mort;
après quoi doit nécessairement revenir une vie plus forte et plus glorieuse, comme une graine qui, jetée en terre, y fermente et pousse
décuplée. La misère et l'oppression sont souvent les présages de

grandes prospérités. Aussi les hommes instruits dans les sciences divines, lesquelles on ne peut approfondir que par une grande innocence de cœur, ont-ils une grande crainte quand tout leur réussit à souhait; ils gémissent, pour ainsi dire, sous l'infatigable prospérité, et sont contents si quelque chagrin imprévu vient interrompre un instant le fil d'une vie que dévidait toujours une destinée amie.

Tel était M. Reyten, chambellan de Nowogrodek, que j'ai souvent eu le bonheur de voir dans ma jeunesse, ayant été aux écoles avec tous ses fils, sauf M. Michel, qui fut élevé à Nieswiez avec le prince Charles Radziwil, fils du grand hetman de Lithuanie. M. le chambellan fut un magistrat comme il n'y en avait pas beaucoup, même autrefois; car, par sa raison extraordinaire et sa justice, il est presque à la hauteur de l'exemple que nous ont laissé les saints Juges du peuple de Dieu. Quelle piété et quelle foi! N'eût été son humilité, il aurait ressuscité des morts. Il fut particulièrement le bienfaiteur des RR. PP. jésuites de Nowogrodek, et le pauvre couvent des dominicains de l'endroit devint, par ses largesses, un des plus riches de la Lithuanie. Presque chaque mois, il faisait venir des moines à Gruszowka pour se mettre en retraite avec eux, et alors il se fatiguait à coups de discipline comme un grand coupable, et obligeait toute sa maison à en faire autant.—« Vous qui mangez mon pain, disait-il, faites donc pénitence avec moi. » Aussi dès qu'un dominicain ou un jésuite venait à se montrer, ses gens étaient terrifiés. Cependant aucun de ses serviteurs ne l'abandonna, ils vieillissaient et mouraient chez lui, ils lui étaient attachés à se jeter au feu pour lui, quoiqu'il fût si sévère que non-seulement ses serviteurs, mais sa femme et ses enfants n'osaient respirer en sa présence. Il avait un bonheur extraordinaire : né de parents peu riches, il agrandissait continuellement son bien, sans qu'il parût en avoir souci. Il ne demandait même pas où en étaient ses défrichements, ses intendants régissaient tout à leur guise, et lui, il disait : « Chez moi, l'économe c'est le seigneur Jésus, et la ménagère la très-sainte Vierge. » Il s'en remettait à eux si complétement qu'il avait ses biens de Berezdow dans la woyéwodie de Polock, non loin de Wielke-Luki, où il n'alla qu'une fois en sa vie passer une semaine ou deux ; ce domaine n'avait que six fermes à la mort de son père ; il en laissa quinze à ses enfants. Il possédait encore le patrimoine de Gruszowka, où il demeurait, et trois cents feux à Mozyr, de ses acquisitions propres, plus la propriété viagère de Rubiezewicze, don de la femme du chancelier, princesse Radziwil, à qui ses bons conseils avaient sauvé des millions. Il ne connaissait pourtant pas les brigues, ne demandait rien et s'inquiétait peu de son avoir ; il dédaignait aussi les honneurs. On l'élut deux fois nonce, une fois ambassadeur, puis juge terrestre ; on l'éleva enfin à la plus haute dignité de la woyéwodie : or il ne se trouvait à aucune de ces diétines. C'étaient les voies et les distinctions qui l'allaient trouver à Gruszowka, et non lui qui les cherchait à Nowogrodek ou à Varsovie. Il se tourmentait de se voir sans cesse favorisé par la fortune. Un jour, le feu lui détruisit un magasin d'eau-de-vie où était sa provision de plusieurs années ; on n'en sauva rien, il y perdit plus de trente mille écus ; son monde était dans le chagrin, lui seul tout joyeux s'écria : « Il m'est donc enfin arrivé une fois malheur, je suis content que Dieu pense à nous. » Et ce n'était qu'un jeu de la Providence, il reçut au même moment le brevet de la starostie de Krzyczow, qui en un an rapportait plus que ce qu'il venait de perdre. Tous se réjouissaient dans la maison, excepté lui ; cela lui était tombé comme une pierre du ciel, car il n'avait fait aucune démarche et n'avait aucune relation avec la cour. Et qu'il était heureux dans son intérieur ! Sa femme était un ange dans un corps humain, tellement elle était vertueuse et belle ; ses fils, des cavaliers si accomplis, que chaque père les enviait ; et ses filles, trois belles demoiselles, près de leur mère semblaient ses trois jeunes sœurs. De son vivant, il les maria aux descendants des premières maisons de notre woyówodie. Il accorda l'aînée à M. Pierre Iesman, porte-étendard de Slonim, dont l'aïeul fut woyówode de Smolensk ; il donna la cadette à M. Casimir Haraburda, staroste de Wiladymow, d'une famille qu'il n'y en avait pas de plus ancienne dans la Lithuanie entière ; et la plus jeune épousa M. Joachim Ildultowski, castellan de Nowo-grodek, qui, après la mort de son beau-père, devint notre chambellan. Il avait outre cela une si bonne santé, qu'à l'âge de près de quatre-vingts ans, il ne connaissait pas une médecine. Or, lorsqu'il fut pris de la maladie qui le tint quatre ans au lit et lui coûta la vie, couvert de cicatrices et souffrant de grandes douleurs (au dire des médecins, car personne n'aurait pu le deviner à sa mine), pendant que tous pleuraient, il répétait, plus gai que jamais : « Combien je suis heureux qu'enfin le bon Dieu m'ait touché au vif ; je commence à bien croire à une vie future seulement depuis que je souffre ici-bas ; auparavant il me fallait me mortifier moi-même, et maintenant le Seigneur miséricordieux me mortifie. » Aussi Dieu, qui a probablement appelé à lui son âme, bénit sa mémoire sur cette terre, puisqu'au milieu de tant de dignes enfants il lui donna Thadée, l'un des plus grands hommes de notre patrie.

Si la plus éclatante vertu d'un homme pouvait l'emporter sur les décrets de Dieu, M. Thadée aurait à lui seul sauvé la patrie. Et, quoique à regarder la surface des choses, il n'ait point réussi, ce qui est certain, c'est que tant que battra le cœur du dernier Polonais, son souvenir ne périra pas. Grâce à lui, nous n'avons à envier ni aux Grecs un Aristide, ni un Caton aux Romains. Et nous, habitants de Nowogrodek, réjouissons-nous de l'avoir eu pour concitoyen : son nom, la patrie expirante l'a fait inscrire en lettres d'or dans la salle de ses délibérations (1). Nos neveux verront Nowogrodek élever à Reyten une statue de bronze. L'anniversaire de sa mort, les magistrats de district, l'ordre équestre et la nation le sanctifieront. Ce que la religion a de plus saint dans ses cérémonies, ce que l'esprit de la nation pourra trouver de plus parfait pour témoigner les sentiments de tous, se réuniront afin d'éterniser la mémoire de notre héros. Plusieurs demoiselles pauvres, dotées par la générosité publique, chaque année au pied de cette statue s'uniront à des soldats qui, ayant déjà fait leur temps, s'établiront sur le morceau de terre que leur auront mérité leurs services. Les mères, en montrant ses traits à leurs fils, leur expliqueront comment dans les nations libres on triomphe de la mort. Souvent malgré moi l'orgueil gonfle ma poitrine, car j'ai passé avec lui mes premières années, j'ai reçu l'enseignement des mêmes professeurs, j'étais assis près de lui sur les bancs de l'école, j'ai partagé ses jeux. La vertu a je ne sais quelle étrange puissance. A l'école, nous reconnaissions tous à M. Thadée une supériorité sur nous, bien qu'il étudiât avec difficulté, qu'au jeu il fût le plus souvent rêveur, soucieux même, et qu'il n'eût point cette souplesse, cette sociabilité, sans laquelle les autres ne peuvent se rendre populaires. Si quelque gentilhomme, en rendant visite aux jésuites, venait à parler des anciens Polonais, de leur genre de vie et de ce qu'ils avaient fait, M. Thadée quittait nos amusements, écoutait ces récits dans un profond silence, et rien ne pouvait plus l'arracher à ses pensées. Comme le couvent avait été fondé par Jean-Charles Chodkiewicz (2),

(1) Voir la note A à la suite de ce récit, p. 120.

(2) Ce fut l'un des plus grands hommes de guerre de la Pologne. Il s'illustra surtout dans la lutte contre la Suède, et défit à Kircholm, avec 3,700 Polonais, plus de 14,000 Suédois (27 septembre 1605). Il arrêta une formidable invasion turque, et expira le 24 septembre 1621, deux semaines avant la paix dont la conclusion était le fruit de ses succès.

son portrait était suspendu dans l'église; il y attachait ses regards que ses camarades en riaient, et le professeur était obligé de le secouer fortement avant qu'il ne revînt à lui et se souvînt qu'à l'église il faut regarder le maître-autel et nulle autre chose. Et ce n'était pas ce portrait seulement qui lui donnait de telles distractions! Dans le corridor du couvent était une carte de Pologne; eh bien! va-t-il en récréation, s'il y arrête ses yeux, il se tient devant elle comme cloué en place; et cette vue le plonge dans de si profondes méditations qu'il n'entend plus rien de ce qui se passe autour de lui; cependant les étudiants poussent des cris à réveiller un mort, et souvent, la récréation finie, ils le retrouvent où ils l'ont laissé, toujours devant la carte. Les RR. PP. jésuites s'efforcèrent longtemps de le déshabituer de ces perpétuelles méditations; mais, s'étant convaincus qu'ils y perdraient leur peine, ils le laissèrent en repos, d'autant plus qu'il était très-doux dans ses actions et très-soumis aux directeurs de l'école.

Quoique les jésuites fussent assez rigoureux dans la conduite de la jeunesse, plusieurs années se passèrent sans que M. Thadée fût jamais réprimandé. Il reçut une seule fois une punition très-forte, et voici pourquoi : parmi les élèves déjà dans la quatrième classe se trouvait M. Ladislas Oskierko, fils du castellan de Nowogrodek, dont la mère, la dernière de la maison des Gonsiewski, avait apporté aux Oskierko son beau patrimoine. C'était un garçon d'une grande réserve et d'une étonnante facilité pour l'étude. Voilà qu'à une récréation du mois de mai on se mit à parler de l'hetman Gonsiewski, de sa gloire et des services qu'il avait rendus. L'un des élèves observa qu'étant entré dans la confédération de Tyszowce (1), il avait dès cet instant effacé la tache de son union

(1) Confédération formée le 29 décembre 1655, dont Étienne Czarniecki fut l'âme, et qui délivra le sol polonais des envahisseurs suédois, brandebourgeois et russes.

avec les Suédois. Le fils du castellan défendait son ancêtre de cette inculpation, quand M. Thadée, qui écoutait cette discussion, sortit de son silence : « M. Ladislas, comment n'avez-vous pas honte de défendre une mauvaise cause, quoiqu'elle soit celle de votre aïeul. L'hetman a par ses derniers services effacé sa trahison, je le reconnais, mais tant qu'il est resté à l'ennemi, qui ose nier qu'il ait été traître à la patrie ? » M. Ladislas répondit que céder aux circonstances n'est pas trahir, et que l'homme voyant qu'il se perd lui-même sans sauver sa patrie, agit très-prudemment en traitant avec l'ennemi et en se conservant ainsi pour des temps meilleurs. Ces paroles indignèrent M. Thadée, au point que, ramassant une pierre, il la lui lança avec une telle force que le fils du castellan tomba baigné dans son sang. Ce procédé de M. Thadée parut d'autant plus violent que son adversaire s'expliquait avec beaucoup de douceur. Le recteur lui-même fustigea M. Thadée, et lui ordonna de se mettre à genoux et de demander pardon au camarade qu'il avait offensé. Mais M. Thadée, qui sous les verges n'avait pas versé une larme, dit : « Je ne regrette pas ce que j'ai fait, et je ne demanderai point pardon quand on devrait me tuer, mais je frapperai quiconque me dira qu'il est permis de pactiser avec l'ennemi de la patrie. » On le battit dix fois peut-être, mais rien ne put triompher de lui. Une fois son parti pris, il se tint inébranlable comme un rocher. Le père recteur cessa de le battre, de peur que la santé du patient n'en souffrît trop, mais il le jeta au cachot, d'où il ne sortait que pour les classes, voulant par ce moyen le forcer à s'humilier. Quatre semaines il supporta tout avec fermeté, jusqu'à ce qu'enfin M. Oskierko, castellan de Nowogrodek, étant arrivé à l'école et ayant tout appris, obtint lui-même sa grâce. Quand on le lui présenta, il se mit à l'embrasser : « Que Dieu te pardonne d'avoir marqué mon fils d'une telle cicatrice, mais heureuse la mère qui t'a mis au monde ! Tu n'as pas à demander pardon à mon fils, c'est moi qui te prie d'être dès aujourd'hui son ami, comme je suis celui de ton père. » Alors seulement M. Thadée s'attendrit, et il se jeta dans les bras du fils du castellan, lui promettant une amitié qu'il lui a fidèlement gardée.

Dans les écoles, les pères jésuites avaient introduit différents jeux appropriés aux us et coutumes de Pologne, et qui étaient fort de notre goût; entre autres des luttes au bâton. Derrière le couvent il y avait un vaste espace libre, et à chaque extrémité un tertre que nous appelions *Tabor* (1). L'école se divisait en deux partis, soi-disant deux armées qui se rencontraient. La victoire consistait à s'emparer du *Tabor* ennemi, nous nous battions furieusement pour défendre le nôtre et prendre celui de l'adversaire. D'ordinaire on se divisait en Polonais et en Russes, et on tirait au sort le parti auquel chacun devait appartenir. Or, M. Thadée était un des plus forts au bâton, et, dans ces combats simulés, il frappait sans miséricorde sur ceux qui se frottaient à lui; mais dès qu'il lui arrivait d'être Russe, il se laissait battre même par le plus faible. Quand nous nous étonnions de ce qu'il supportait les coups de ceux qui savaient à peine tenir un bâton, lui si connu par sa force et son adresse : « Que voulez-vous, répondait-il, moi je ne puis souffrir que, même en jouant, les Russes battent les Polonais. Si un Russe de convention reçoit un coup, il me semble que la patrie en profite un peu, et cette idée s'empare de moi si violemment que je ne sais plus me défendre. »

Il y avait de fréquentes contestations entre les étudiants, les marchandes et les juifs, et de là de si nombreuses plaintes que les professeurs ne savaient où donner de la tête, puisqu'un millier

---

(1) On appelait *tabor* les chariots dont certains peuples se couvraient comme d'un rempart mouvant lorsqu'ils cheminaient en rase campagne. Ziska donna ce nom à une forteresse qu'il éleva en Bohême, de là l'appellation de Taborites que prirent ses partisans.

de jeunes gens allaient aux écoles. Les jésuites eurent une heureuse idée dont ils obtinrent l'exécution de S. E. Jablonowski, alors woyéwode de Nowogrodek, c'est qu'il y eût un tribunal d'étudiants, nommés par les étudiants eux-mêmes, qui jugeât sans appel toutes les affaires entre eux et les bourgeois. Quand le tribunal entra en fonction, les marchandes craignaient d'abord d'être à la discrétion des étudiants; mais bientôt elles bénirent cette institution, car sous le soleil on n'aurait pu trouver de justice mieux rendue. Les après-midi du jeudi étaient fixés pour les séances du tribunal, qui se composait d'un président, de quatre juges, de deux greffiers et d'un régent. Les étudiants instruisaient l'affaire, et on donnait même à la partie plaignante un étudiant pour défenseur. Tout se passait avec autant d'ordre qu'au tribunal du district, et par ce moyen la jeunesse se familiarisait avec la connaissance du droit et avec les discours en public. Chaque année nous nous assemblions en diétine pour l'élection des magistrats, mais quand nous eûmes une fois nommé président M. Thadée, il ne cessa d'être élu jusqu'à sa sortie des écoles. Un jour il obtint plus de voix que le prince Radziwil, fils du maréchal de la cour, et qui fut ensuite grand-écuyer de Lithuanie, quoique les jésuites appuyassent cette dernière candidature. Pour M. Thadée il arrivait que les professeurs lui arrachaient les livres des mains, tellement il étudiait le droit pour y conformer ses arrêts. Un de ses frères, M. Joseph, par espièglerie, avait cassé je ne sais quels pots à une marchande, et cela en vint à un procès. M. Thadée se leva, mais la marchande avait une telle confiance en sa justice, qu'elle voulait absolument qu'il jugeât; il s'y refusa, disant : « Il n'est pas question ici de confiance, mais il faut agir comme la loi l'ordonne; or la loi ne permet pas qu'un parent juge un parent. Je préfère observer la loi, que me réjouir de l'éloge d'avoir justement jugé contre mon propre frère. » Et

8

comme une fois qu'il avait dit une chose, rien ne l'eût fait changer, il se démit donc de la présidence pour le temps que dura cette affaire (1).

De même que dans les écoles il était ardent Polonais, ainsi quand il en sortit il fut un citoyen zélé, et l'on peut dire que non-seulement chacune de ses pensées, mais son souffle même n'était que pour la patrie. Ayant à peine vingt ans et étant simple cava-lier dans le régiment du prince Radziwil, il eut quelque velléité de mariage, mais il ne tarda pas à abandonner cette idée. Mademoiselle Jelwaczeska, fille du tribun de Wolkowysk, et qui plus tard épousa M. Prot Chmara, maréchal d'Oszmiana, lui avait plu. C'était une belle demoiselle et de vieille noblesse, (car il y avait cent ans qu'un de ses ancêtres avait été woyéwode de Brzese), et, comme fille unique, ayant des centaines de milliers d'écus en expectative. Voilà qu'après avoir fait sa connaissance dans la maison d'une tante, la respectable Mᵐᵉ Bernowicz, femme de l'échanson de ce nom, à la famille de laquelle étaient alliés les Rey: n, il commença à lui faire tant soit peu la cour (ce dont sa mère à lui était contente, son père ne vivant plus). Il partit donc avec son beau-frère Jesman, le porte-étendard, pour la maison du tribun, en apparence pour lui rendre ses devoirs de poli-tesse, en réalité pour mieux connaître la demoiselle avant que Dieu ne resserrât plus étroitement les liens qui les unissaient tous deux. Mais à son arrivée, quand il vit dans la salle de réception le portrait de Pierre le Grand, cela l'indisposa si fort, qu'il changea aussitôt de résolution. Que de peines M. le porte-étendard s'est ensuite données pour le faire revenir à ses anciens projets ! Tout fut inutile. « Pierre, disait-il, a été notre plus

(1) Dans l'ancienne Pologne, les enfants trouvaient à l'école une république de Pologne en miniature : ce qui était la base d'une véritable éducation nationale.

grand ennemi. C'est lui qui a entraîné notre défunt roi dans la guerre contre la Suède; il lui promit la Livonie, qui est nôtre selon les lois divines et humaines; et, une fois hors d'embarras, non-seulement il ne tint pas sa parole, mais grâce à lui on licencia notre armée, cette armée l'effroi des infidèles, qui sous Vienne délivra toute la chrétienté du plus grand danger (1). J'aime mieux rester toute ma vie célibataire que de prendre femme dans une telle maison, où la mémoire de l'ennemi de la Pologne est honorée au point que son portrait orne la chambre même où l'on reçoit des compatriotes. »

La destinée de chaque homme est marquée par la Providence, la sienne fut d'être martyrisé pour sa patrie, et en effet il n'était content que quand il souffrait pour elle; et il comprenait si bien sa vocation, qu'il était toujours prêt à se sacrifier pour elle. Après la mort d'Auguste III, la Russie, n'ayant plus aucun frein, étendit ses violences par toute la Pologne, y étant autorisée en partie par quelques citoyens égarés (2), qui croyaient pouvoir restaurer leur patrie par l'injustice, et espéraient que l'ennemi amené par eux serait dans leurs mains l'aveugle instrument de leurs projets, peut-être libérateurs. Le prince Charles Radziwil, ne partageant pas ces illusions et se souvenant de son serment de sénateur, appela, en sa qualité de woyévode de Vilna, les nobles à se lever en masse et à s'unir à lui pour défendre les lois foulées aux pieds, et pour nettoyer le sol de la patrie de la souillure qu'y imprimait le triomphe des envahisseurs. M. Thadée, alors *towarzysz* (3), comprit le premier quel était le devoir du sol-

(1) Jean III Sobieski battit et repoussa les Turcs qui assiégeaient Vienne, 13 septembre 1683.

(2) Les princes Czartoryski, oncles du comte Poniatowski, qui devint le roi Stanislas-Auguste.

(3) *Towarzysz* ou compagnon. C'était un soldat appartenant au corps de la

dat et du citoyen, et exhorta aussitôt ses compagnons d'armes à ne pas balancer à accomplir le leur. Le chef d'escadron, homme honnête mais avancé en âge, père de famille et craintif, lui expliquait que dans ces sortes de choses ceux qui commencent prennent sur eux la responsabilité ; qu'il était plus prudent d'attendre une force armée à laquelle on pût se joindre ; que, quoique l'élan fût généreux, la prudence avait des lois qu'il n'était pas permis de mépriser. Cette maudite prudence, même en ce moment, troublait les cerveaux faibles. Mais M. Thadée lui répondit : « Quels raisonnements veux-tu opposer à notre devoir? Advienne que pourra, faisons ce que nos lois et notre conscience nous ordonnent, et remettons-nous-en à Celui qui ne nous demandera pas si nous avons épargné notre bien et notre santé, mais si nous avons jusqu'au bout fait notre devoir. Forts de la victoire nous sauverons la patrie ; en persistant à souffrir pour elle, nous mériterons de Dieu. » Et, malgré l'opposition du chef, il persuada l'escadron entier ; et de Sluck il l'amena à Nieswiez.

Devenu régimentaire de Nowogrodck, il montra dans toutes les rencontres une fermeté à toute épreuve et un courage indomptable. Près de Kleck, voyant blessé et renversé sous son cheval M. Alexandre Odyniec, qu'il avait sous ses ordres et dont il connaissait la capacité, il se sacrifia pour lui ; en effet, il lui donna son propre cheval, et lui-même fut fait prisonnier ; il souffrit deux ans de martyre, et il ne fut rendu à la liberté que quand la Russie eut vaincu toutes les résistances et consolidé Stanislas-Auguste sur le trône. Après la dissolution de la confédération de Nieswiez, on donna à tout le monde un moment de répit, on prit le

noblesse. Il amenait avec lui en campagne plusieurs roturiers qui combattaient à ses côtés, un peu comme les écuyers au moyen âge assistaient dans les combats le chevalier leur maître. Chaque *towarzysz* pouvait être de but en blanc élevé par le roi au commandement de l'armée.

masque de la modération; tout retomba uniquement sur le prince Charles Radziwil, qui, privé de ses emplois et de ses biens, dut errer seul, n'ayant d'autres revenus que les secours que ses amis se procuraient à grand'peine et lui envoyaient de Lithuanie (1).

Comme il arrive chez nous la plupart du temps, à cette grande explosion d'élan et de patriotisme succéda l'indifférence pour les choses publiques, assaisonnée de cette soi-disant pieuse maxime, qu'il faut s'incliner devant la volonté de Dieu, et par conséquent abdiquer sa raison; on commença à s'accoutumer au gouvernement imposé et à ne plus s'occuper que de soi. M. Thadée fut du petit nombre de ceux qui n'oublièrent pas un instant les outrages faits à la République; il se retira de tout, refusa le siége qu'on lui offrait, au nom du roi, dans le conseil permanent, ne voulut même plus assister aux diétines. Il restait à Gruszowka; D'abord il fréquenta ceux qui le venaient voir, mais la gaieté par laquelle on voulut chasser ses sombres pensées lui devint si insupportable, qu'il finit par sortir rarement de sa solitude, et seulement le temps qu'il fallait pour ne point manquer à l'hospitalité. Il répétait toujours à ses frères : « Comment me réjouirais-je, quand notre chef est en exil? » Et bientôt il se mit à les fuir eux aussi. Mais sa carrière n'était pas terminée. La Russie, qui en voulait bien plus à notre honneur qu'à nos biens, ne s'endormait pas longtemps. Elle avait déjà avili une partie de la nation, il lui fallait en outre déshonorer ce qu'il y avait chez nous de plus

---

(1) Lorsque les Russes pénétrèrent en Pologne dans le but d'imposer à la nation Stanislas Poniatowski pour roi, les patriotes, sous la direction du grand-général Jean-Clément Branicki et du prince Charles Radziwil, résolurent de s'y opposer. La fortune se prononça contre eux. Vainqueur des Russes à Slonim, Radziwil fut bientôt forcé de traverser le Dniester à la nage avec 500 chevaux et de se réfugier en Turquie. Il fut dépouillé de ses dignités, condamné à une prison perpétuelle et à la confiscation de ses biens. Ses amis furent déclarés infâmes, les uns condamnés comme lui, les autres bannis.

noble, il lui fallait envelopper dans un tissu d'iniquités nos plus
vertueux citoyens. Les leurrant donc de trompeuses promesses,
elle les excita à former une confédération pour renverser du
trône ce Stanislas-Auguste qu'elle y avait établi par la force,
malgré le mépris de toute la nation ; et quand cette confédération de Radom (1) fut formée, elle voulut encore que son maréchal
fût ce même prince Radziwil, errant à l'étranger, et que son attachement inflexible pour les libertés de la nation, et sa haine
implacable de la Russie lui avaient fait sans cesse persécuter. On
révoqua son bannissement, on lui rendit les emplois dont on
l'avait illégalement dépouillé, on le fit, pour ainsi dire, le chef de
la nation, on lui confia même le commandement de l'armée russe.
La confédération se changea en diète, tout se faisait comme si la
voix de la conscience eût parlé à nos ennemis, comme s'ils eussent
voulu être justes envers nous. Qui ignore aujourd'hui à quoi
aboutirent toutes ces belles espérances? L'enlèvement et la déportation en Sibérie de trois sénateurs et d'un nonce firent connaître
au monde quels étaient les principes, quelle était la base du gouvernement russe, comment il entendait les droits des nations, et
ce qu'était l'apparente civilisation de cet empire. Mais cette injure
réveilla la nation comme d'une longue léthargie. Dans beaucoup
de woywodies on courut aux armes, et ainsi naquit la Confédération de Bar.

(1) Catherine II, qui venait de porter au trône Stanislas-Auguste, feignit de
vouloir le renverser. Alléchée par cet espoir, la noblesse forma, le 27 juin 1767,
une confédération à Radom, sous le maréchalat du prince Radziwil. Mais les
Russes ne tardèrent pas à entourer cette ville et à prétendre imposer la signature d'un manifeste dont le premier article était le maintien du roi. Sur 178 maréchaux confédérés, il n'y en eut que 6 qui signèrent sans faire de réserves. La
confédération de Radom qui n'eut bientôt qu'une existence nominale, fut dissoute le 5 mars 1768. La noblesse dupée allait prendre quelques jours après sa
revanche à Bar.

M. Thadée se trouvait alors à Berezdow, où il pouvait vivre seul plus facilement qu'à Gruszowka. Là, son unique distraction était de chasser dans des steppes sans fin. Mais dès que la nouvelle lui arriva des efforts de la nation, il voulut être du nombre des premiers insurgés. S'étant mis en rapport avec ses voisins, il s'efforçait de ranimer en eux un reste d'amour de la patrie et de faire des forêts de la Russie-Blanche (1) le théâtre d'une guerre acharnée; mais il ne put communiquer aux habitants de ces localités sa force d'âme. La plus grande partie, il est vrai, souhaitait le triomphe de la cause nationale, mais les uns auraient voulu plus de chances de réussite, et il y en avait d'autres qui penchaient en faveur des Russes. Somme toute, malgré ses efforts il ne réussit qu'à armer quelques centaines d'hommes, la plupart levés sur ses terres. Quant aux nobles, il y en avait quelques-uns qui lui avaient donné leur parole, et plusieurs même qui, au début, s'étaient joints à lui; or quand les Russes eurent brûlé à l'un d'eux village et maison, aussitôt l'amour de la patrie se refroidit chez tous, et c'est à peine s'il resta cinquante gentilshommes autour de lui. Il tint cependant dans les steppes; lorsque la Russie envoya contre lui de nombreux soldats, et que ceux-ci trouvèrent des gens qui leur montrèrent le chemin afin d'effacer dans la mémoire de la tzarine les premiers symptômes de leur mauvais vouloir, la situation de M. Thadée devint critique. Néanmoins il fit encore ce qu'il put: il supplia, les larmes aux yeux, qu'on se défendît jusqu'à la mort, qu'on ne déshonorât point le nom polonais; il leur disait: « Dans les forêts, un seul en vaudra dix;

(1) On appelait Russies ou Ruthénies les provinces de la Pologne qui avaient appartenu aux princes de la maison de Rurik, qui dépendaient pour la plupart du duché de Lithuanie et s'étaient trouvées incorporées avec ce duché à la République. La Russie-Blanche était composée des woyévodies de Polock, de Witebsk, de Mscislaw et de la partie nord de la woyévodie de Minsk.

est-ce qu'ils savent nos forces? » — « Ah bah! il les ignorent peut-être? » répondirent les gentilshommes qui étaient avec lui ; « c'est nous qui ne savons pas combien ils sont ; eux, ils peuvent nous compter jusqu'au dernier : plus d'un déjà ne le leur a-t-il pas appris? » M. Thadée, aussi torturé que s'il se fût nourri de reptiles vivants : « Souffrez, leur dit-il, que je les compte ; peut-être n'y en a-t-il qu'une poignée pour faire peur, et vous épouvantez-vous en aveugles. » Et ne s'en remettant à personne, leste qu'il était à monter aux arbres, il grimpa avec l'agilité d'un chercheur de miel sur un pin immense. En réalité, ainsi qu'il nous l'a raconté dans la suite, il n'y en avait pas tant qu'on ne pût leur résister, mais la misérable noblesse de l'endroit, dès qu'il ne fut plus là pour leur crier leur devoir aux oreilles, se dispersa aussitôt. Les seuls gardes-forestiers attendirent au moins que les Russes fussent en vue ; eux aussi, se voyant abandonnés, prirent la fuite au galop. Voilà donc les Russes dans le bois et M. Thadée sur son pin.

C'est heureux qu'ils ne l'aient pas aperçu, car ils l'auraient abattu comme un coq de bruyère. Il ne descendit du pin que fort tard dans la nuit. Il n'avait que faire à Berezdow ; car il avait déjà là-bas des hôtes qui pillèrent d'abord sa maison, puis y mirent le feu ; les étables, les magasins, les bâtiments que le défunt propriétaire avait mis peut-être vingt ans à construire, furent en une heure réduits en cendres. M. Thadée se fraya un chemin vers Gruszowska, comme gibier à travers bois. Dieu le conserva pour de plus grandes choses et ne permit point qu'il tombât entre les mains des Russes, qui, sans aucun doute, l'auraient massacré. A Gruszowska, ce fut une autre histoire : chaque gentilhomme de Nowogrodek lui fournit autant d'hommes qu'il put ; en un instant il arma à ses frais plusieurs centaines de kozaks, la plupart seigneuriaux, et descendit ainsi dans la plaine avec son vieil ami

Alexandre Odyniec. Il assista à la malheureuse rencontre de Stolowicze où l'hetman Oginski fut défait, grâce à la trahison de
M. Gielgud. Là un biscaïen cassa la tête d'Odyniec, dont la cervelle rejaillit sur M. Thadée. Cette mort fut pour lui une rude
croix à porter, car il y voyait un grand malheur pour le pays, et
non sans raison. Dans plus d'une bataille, il combattit encore
jusqu'au bout; enfin, la confédération de Bar fut dissoute : le
crime et la violence triomphèrent de l'indignation et de la justice.

La Diète était convoquée, mais l'on savait déjà que par elle on
devait porter à la patrie un coup affreux et inouï dans nos fastes.
M. Thadée, qui n'avait jamais demandé aucun emploi, et qui
avait même évité jusqu'à ce jour les Diétines, s'offrit pour nonce,
afin de défendre la gloire de la nation avec la dernière arme de la
légalité. Dans la députation de Nowogrodek, Michel Korsak (1) fut

(1) Korsak, d'une ancienne famille lithuanienne originaire de Corse, selon
l'héraldiste Niesiecki. « C'était, dit Ferrand, un très-jeune homme : son père,
vieillard infirme, l'avait fait élire dans le district de Minsk, et lui dit, au
moment de son départ : « Mon fils, je vous fais accompagner à Varsovie par
« mes anciens domestiques. Je les charge de m'apporter votre tête, si vous ne
« vous opposez de tout votre pouvoir à ce qu'on entreprend contre votre patrie. »
Il y déclara que, puisqu'on voulait le dépouiller de ses biens, qui pour la plus
grande partie se trouvaient sur le territoire dont les russes s'étaient emparés,
il n'était pas besoin de tant de détours; qu'il les cédait, dès à présent, avec
tout ce qui lui appartenait, en meubles, en argent, sans en excepter sa vaisselle, et qu'il y joindrait le sacrifice de sa vie, si on l'exigeait. En effet, il se
rendit chez l'ambassadeur russe, auquel il remit un état exact de ses biens et
même des sommes placées; il y joignit celui de son mobilier. « Je n'ai que
« cela, lui dit-il, à sacrifier à l'avidité des ennemis de ma patrie; ils peuvent
« aussi disposer de ma vie. Je ne connais point sur la terre de despote assez
« riche pour me corrompre, ni assez puissant pour m'épouvanter. » Les
Romains ne parlaient pas mieux, aux temps des Fabricius. (*Hist. des trois
démemb. de la Pol.* II, p. 72.)
« Korsak s'écriait souvent dans ses discours prononcés dans la diète constituante de 1788 : « De l'argent et une armée! voilà les deux seuls objets dont
« nous devons nous occuper! » Il avait raison, mais on ne l'écouta pas. »
(*Mémoires de Michel Oginski sur la Pologne et les Polonais*, Paris 1826, I, p. 52.)

élu collègue du Caton polonais. Une assemblée de gens endurcis ou avilis se réunit à Varsovie. O jour le plus honteux et en même temps le plus glorieux pour la Pologne! dans lequel notre députation de Nowogrodek a écouté la voix de la patrie outragée et expirante. Toutes les rues de la ville sont occupées par les Russes en armes ; les mèches allumées, ils menacent de la mort quiconque n'a pas étouffé les derniers cris de sa conscience; l'efféminé monarque se rend en larmes à la salle des nonces et les prie de ne pas perdre, par un entêtement inutile, la patrie et lui-même ; les nonces prennent leurs places ; les uns veulent voiler d'un étrange sourire leur trouble intérieur, d'autres trahissent par leurs larmes l'honnêteté de leurs sentiments et la faiblesse de leur âme, un petit nombre témoignent, par la sérénité de leur figure que, sauf Dieu, ils sont prêts à tout sacrifier, qu'ils ont laissé à la porte tout ce qui pouvait les attacher à la vie, qu'ils ne reculeraient devant aucune lutte, devant aucun sacrifice. Le chancelier lit la proposition du roi de convertir la Diète en confédération, et propose Poninski (1) pour maréchal. « D'accord, » répondent (pourtant

(1) Le comte Poninski était, l'a remarqué Adam Mickiewicz, « un homme de beaucoup d'esprit, parfaitement bien élevé, mais qui vendait son pays à la Russie, s'enrichissait de l'argent russe et gaspillait sa fortune en folles dépenses. » (Les Slaves, III, p. 120.) Voici quelques-uns de ses titres au mépris de la postérité : Le 19 avril 1773, Poninski, malgré l'opposition de Reyten et des nonces patriotes, proclama que la diète se confédérait, et il s'empara de la présidence. Selon le mot de Ferrand, « il en remplissait moins les fonctions que celles de quatrième ministre des trois puissances. » (Histoire des trois démembrements de la Pologne, II, p. 82.) A force de violences et d'intrigues, il fit adopter le projet de la nomination moitié par le roi, moitié par la diète, de députés, munis de pouvoirs sans bornes, qui réglassent avec les trois cours les nouvelles limites de la Pologne, c'est-à-dire ratifiassent le premier partage. En 1790, la grande diète marqua ce traître d'infamie. Ferrand, dans l'ouvrage que nous venons déjà de citer, raconte ainsi cet épisode : « Nous avons vu la honteuse conduite qu'avait tenue Poninski, maréchal de la fatale diète de 1773. Les jours de vengeance étaient arrivés : il présidait encore la commis-

d'une voix tremblante) les nonces vendus. « D'accord, » répètent d'une voix encore plus faible les nonces intimidés. — « Il n'y a pas d'accord, » s'écrie Reyten, « nous sommes convoqués pour une diète

sion du trésor ; le nonce Suchodolski observa que cette présidence était un scandale national : l'observation était juste, et intéressait l'honneur du nom polonais. Une accusation criminelle fut donc intentée contre Poninski ; et la Russie ne voulant point se compromettre pour un si petit intérêt, abandonna l'être vénal qu'elle avait acheté, qu'elle avait payé et à qui, en effet, elle ne devait plus rien que le mépris. Poninski fut arrêté. On toléra cependant qu'il fût traité avec des égards que son personnel ne méritait pas. Plusieurs officiers préposés pour le garder, lui laissèrent une liberté dont il profita pour s'évader. Le capitaine qui commandait au moment de son évasion fut mis en prison ; mille ducats furent promis à quiconque l'arrêterait : un jeune officier parvint à le rejoindre, le ramena à Varsovie, et, au lieu de mille ducats qu'on voulait lui donner, obtint la liberté de celui qui avait été emprisonné pour avoir laissé échapper l'accusé. Une commission fut établie et ouvrit ses séances le 29 août ; plus de soixante personnes furent impliquées dans l'instruction du procès ; il en résulta beaucoup de longueurs. Les amis de Poninski s'autorisèrent de ces délais pour demander que sa captivité fût adoucie. Il promit de ne pas fuir, donna une caution ; et manquant également tant à la caution qu'à l'honneur, il s'évada encore, et fut encore repris par le capitaine même qui le gardait le jour de sa première évasion. Ce dernier trait n'était point étonnant de sa part ; il détermina les juges à prononcer promptement sur son sort. Le roi se borna à demander qu'on lui sauvât la vie, ce qui fut accordé. Le jugement, rendu après deux jours de séance, le déclarait traître à la patrie, déchu de sa noblesse, privé de toutes ses dignités et fonctions, et dépouillé de ses ordres. Il était condamné à quitter Varsovie dans les vingt-quatre heures, la Pologne dans quatre semaines ; passé lequel temps tout juge qui le trouverait sur le territoire de la république pouvait l'arrêter et le punir de mort : il devait assister à la publication du jugement, avoir ses ordres arrachés, et être conduit par les principales rues avec un crieur public, qui répéterait à chaque carrefour : *C'est ainsi qu'on punit les traîtres à la patrie.* La sentence devait être enregistrée dans les différents grods de Pologne et de Lithuanie, gravée sur le marbre à Varsovie, et placée dans la salle des nonces, comme une menace contre ceux qui seraient tentés de l'imiter. Ce jugement eut son exécution. Poninski se retira en Galicie, dans la Pologne autrichienne. Le choix seul de cet asile ajoute encore, ce me semble, à la honte qui devait peser sur le coupable. Il fallait qu'il fût bien insensible pour se retirer dans une des provinces dont il avait lui-même consacré le démembrement, et où tout ce qu'il pouvait voir et entendre déposait contre lui. Il s'était ôté la consolation qui reste au malheureux, celle d'être plaint :

libre et non pour une confédération (1) ; procédons à l'élection du maréchal de la Diète. » — « Thadée Reyten est par nous nommé maréchal, » s'écrient Korsak, Bohuszewicz et trois autres nonces, en se groupant près de Reyten. Tous sont stupéfaits ; Reyten saisit

aucun sentiment de commisération ne pouvait s'étendre jusqu'au criminel, qui s'entourait volontairement des victimes mêmes de son crime ; qui pour se rendre en Galicie, traversait le territoire de la république, décoré d'un ordre russe et revêtu de l'uniforme de lieutenant général de la Russie. Aucun sentiment de repentir n'entra dans cette âme avilie. Quatre ans après, en 1794, Poninski eut le honteux courage de demander à la confédération de Targowica la révision de son procès ; et ce tribunal, digne d'un tel accusé, ne rougit pas de lui accorder l'humiliant bienfait qu'il n'avait pas rougi de demander. » (II, pages 398-402.)

La famille de Poninski n'apparut sur la scène politique qu'au xviiie siècle. Adam Poninski, qui n'était sous Auguste III qu'écuyer tranchant de la couronne, obtint, grâce à la Russie, une centaine de starosties, fut nommé à la diète de 1773 prince, grand trésorier de la couronne et grand prieur de l'ordre de Malte en Pologne, ce qui lui donnait 42,000 florins de revenus. Les registres de la paroisse de Sainte-Croix, à Varsovie, mentionnent qu'il mourut le 23 juillet 1798, « sine sacramentis obiit, quæ voluit nulla recipere. »

(1) Dans une diète libre, il fallait l'unanimité pour qu'une décision fût valable ; la majorité suffisait dans la confédération. Or les Russes craignaient ici un mode qui nécessitât l'unanimité, assurés de ne pas l'avoir. Tant qu'il s'agissait, en effet, de réorganiser les armées et les finances de la République, Catherine II s'était faite au nom du respect qu'on devait, disait-elle, aux anciennes constitutions, la protectrice en Pologne du *liberum veto*, c'est-à-dire du droit dont était investi chaque gentilhomme polonais, nonce à la diète, d'annuler, par sa seule opposition, les résolutions de l'Assemblée délibérante de son pays. Mais les nonces, s'ils étaient unanimes sur ce point, pouvaient renoncer au *veto* : cela s'appelait se confédérer. Lorsque le cabinet de Saint-Pétersbourg crut avoir intérêt à obtenir d'un semblant de diète, un simulacre d'adhésion au partage, elle s'efforça de faire que la diète se confédérât, certaine alors d'intimider une majorité née d'élections où la plupart des choix avaient été imposés par les généraux de son armée d'occupation. La résistance de Reyten déjoua ce calcul des Russes : en retournant contre eux pour le bien de sa patrie, le *veto* que les Russes y avaient maintenu ces dernières années pour sa ruine, il ôta jusqu'à l'ombre de la légalité à leurs entreprises subséquentes. Le lecteur a vu dans l'introduction le mécanisme de la constitution polonaise. Il trouvera à la suite de ce récit, à la note B, p. 130 l'origine et la signification du *veto*.

le bâton de maréchal et ouvre la séance. Pendant quelques instants, le chancelier Poninski et les autres salariés russes se turent; la plupart des membres de l'assemblée sentirent quelque envie de revenir à leur devoir, mais d'un côté les traîtres endurcis, de l'autre les mèches allumées qu'on approchait des canons, étouffèrent cette faible étincelle de courage. Un affreux bourdonnement s'éleva comme dans une réunion d'esprits infernaux. « Nous ne nous laisserons pas mener par cinq nonces, nous voulons une confédération et Poninski pour maréchal. » Ces hommes avilis arrachent à Reyten le bâton de maréchal; mais les cinq s'opposent à tout. « Il n'y a pas accord pour la confédération, » s'écrie Reyten. « Au nom de Dieu et par les blessures du Christ, je vous en conjure, frères, ne souillez pas le nom polonais. Rappelez-vous votre serment, n'oubliez pas que le partage du pays suivra de près la formation de la confédération. » Des mains sacrilèges frappent Reyten et ses collègues. Poninski ose déjà, le bâton en main, présider la diète. Korsak et Bohuszewicz, se débattant contre les sbires, s'écrient : « Nous ne sortirons de cette salle que morts, mais nous ne permettrons pas la trahison de la patrie. » Reyten s'accroche au dernier moyen légal : « *Sciso activitatem*, dit-il, j'arrête l'activité de la diète, elle est rompue, il n'y a plus de diète. » — « Il n'y a plus de diète ! » répétèrent les fidèles martyrs. « Messieurs mes frères, dit Poninski, il paraît que ces messieurs sont fous, ne faisons pas attention à eux, et poursuivons nos délibérations. Je vous invite, messieurs, à rédiger l'acte de confédération. » — « Traître ! s'écrie Reyten, comment oses-tu te proclamer maréchal quand il n'y a plus de diète ! » Poninski remit la séance au surlendemain, et les nonces se dispersèrent, sauf les six fidèles, qui restèrent pour protester. Ils siégèrent trois fois vingt-quatre heures, enfermés là, sans manger; on les relâcha à demi-morts. Il n'est pas d'offres dont on ne les

ait tentés pour les faire se désister de leurs protestations et adhérer à la confédération. On donnait à Reyten le petit bâton de maréchal de Lithuanie et la starostie de Borysow; à Korsak et à Bohuszewicz des castellanies et de gros revenus dans la Couronne;
aux trois autres, d'autres récompenses. L'infâme Poninski osa
lui-même en parler à Reyten et put supporter sa vue. « Vil misérable, répondit Reyten, j'ai sur moi trois mille ducats, je te les
donnerai, mais reviens à toi. » On les menaça de les priver de
leurs emplois et de confisquer leurs biens : ces héros répondirent à ces menaces par un silence méprisant. On les emmena
enfin hors de la ville, et M. Gurowski (1), à qui on avait confié le
soin de les conduire aux premiers relais, ajoutant la raillerie à l'in-
sulte, leur dit ces mots : « Portez-vous bien, messieurs, et tentez

(1) Adam Gurowski, fut l'un des plus vils instruments de la Russie. « L'impératrice Catherine II, dit Rulhière, pour avoir entre les mains les sommes
nécessaires à son dessein (d'imposer un roi à la Pologne) fit suspendre dans
tout son empire le payement des gages et la solde même des troupes. Les
Russes n'en murmuraient pas, espérant s'en dédommager par le pillage des
provinces polonaises, habitués depuis quelques règnes à regarder le choix d'un
roi de Pologne comme un droit que leurs souverains exercent avec quelque
effort. Le grand-duc, à peine âgé de neuf ans, était élevé dans cette persuasion, et ayant été amusé quelques instants par un Polonais aventurier, escroc
et bouffon, nommé Gurowski, il dit, en apprenant la vacance du trône, qu'il
voulait que Gurowski fut roi. Par un sentiment pareil à celui de cet enfant,
l'impératrice voulait donner cette couronne au jeune Polonais qu'elle avait aimé
(Stanislas Poniatowski). A la mort du primat, Repnin manqua de donner à l'Europe un étrange scandale. Il voulait choisir parmi les laïcs un des plus vils
espions à ses gages, un de ses parasites les plus assidus et nommer à la dignité de primat, ce même Gurowski. Amusé par ce bouffon, il voulait lui faire
donner la tonsure le jour-même, la prêtrise le lendemain et le surlendemain
la primatie. » (Hist. de l'anarch. de Pol., II, liv. VII et VIII.) — Nous avons
vu que Podoski lui fut finalement préféré.

« Le comte Gurowski avouait publiquement en pleine diète et avec un
cynisme incroyable qu'il était vendu à la Russie. » (Les Slaves, d'Adam Mickiewicz, III, p. 124.)

de former contre nous une confédération nouvelle, si vous trouvez des écervelés de votre force. Mais souvenez-vous que la très-sainte Vierge ne réussira point à effacer ce que la tzarine a décidé. »

M. Thadée s'établit à Gruszowka; la lutte continuelle qu'il venait de soutenir, ces atteintes à ses sentiments les plus intimes, avaient notablement affaibli sa santé, d'autant plus que dans cette séance monstrueuse, l'un des brigands, en lui arrachant son bâton de maréchal, l'en avait frappé sur le haut du crâne. Au milieu de toutes ses douleurs, il avait de fréquents vertiges et passait des nuits sans sommeil, dans d'incessantes méditations, toutefois sans qu'il y eût trace d'aliénation mentale. Mais quand lui arriva la nouvelle du premier partage de sa patrie avec le consentement unanime des États confédérés, il ne put supporter ce coup, et sa raison fut écrasée de l'opprobre public. Il ne se laissait approcher par personne, appelant chacun traître et lâche de ne pas courir à Varsovie sauver la patrie. Lorsqu'il laissa entendre qu'il ne voulait pas survivre à la gloire de sa nation, ses frères commencèrent à le surveiller activement. Toute la noblesse de Nowogrodek courait à Gruszowka visiter son nonce sur son lit de douleur, l'esprit usé au service de la patrie et abîmé dans le dernier désespoir. Il ne voulait pas les voir, disant : « Je ne les connais pas. Les citoyens de Nowogrodek sont à Varsovie, ils songent à tailler en pièces les ennemis de la patrie et non à bavarder avec un malade.» Je m'enhardis à y aller; quand on m'annonça, il se souvint de moi. « Séverin Soplica, dit-il, mon camarade à l'école et au camp, bien ! qu'il entre. » Il me salua cordialement, et d'abord causa tranquillement, mais, s'étant pris à réfléchir, il brodouilla en russe : « Eh quoi ! Séverin, tu ne me félicites pas du bonheur que j'ai eu de monter en grade. Je suis Russe. Bérezdow est déjà dans le gouvernement de la Russie-Blanche. Je suis sujet de la tzarine. Je te prie de ne me point enlever cet honneur : la diète me l'a accordé. Je lui en suis reconnaissant, puisque là-bas il n'y a pas de Poninski. » Il commença à déchirer tout ce qu'il avait sur lui et à se démener de telle sorte que si ses serviteurs ne l'eussent retenu, il se serait jeté sur moi. Je lui fis mes adieux en pleurant. Sa mère, la respectable veuve du chambellan, abandonna Gruszowka, de chagrin, et se transporta jusqu'à Mozyr, ne pouvant supporter l'aspect des souffrances de son fils. Pourtant il acheva promptement son pèlerinage dans cette vallée de larmes. Il vit par la fenêtre descendre de voiture le général russe qui occupait Nowogrodek et venait rendre visite à M. Michel, alors propriétaire de Gruszowka. M. Thadée voulait absolument pénétrer dans les appartements et proférait des menaces contre le général; ses gens le retinrent et l'enfermèrent. Saisi subitement d'un accès de rage, il brisa ses vitres et s'en enfonça le verre dans les entrailles. Deux jours après, il rendit son âme à Dieu. Je dis à Dieu, car quelques heures avant d'expirer, la raison lui revint complétement, et il se prépara de la manière la plus exemplaire à la mort qu'il avait tant de fois et si intrépidement cherchée. Il fit à M. Michel diverses prophéties sur nos destinées futures, que ce respectable frère ne voulut découvrir à personne, disant : « Je ne veux point vous attrister; car ce qu'il y aura de bien est si éloigné qu'aucun de nous ne le verra, et le mal est déjà sur nos épaules. » Ensuite il ne fut plus occupé que de notre Sauveur et de sa très-sainte Mère, leur offrant aussi ces douleurs qu'il venait de s'imposer dans un moment d'oubli : « Volontairement, dit-il, je n'ai jamais offensé mon Créateur, ni n'ai eu le moindre doute sur la foi. J'espère en sa miséricorde et dans les mérites de son très-cher Fils; ces souffrances, moi pauvre pécheur, je les offre à mon Dieu pour ma malheureuse patrie. » Et ce furent ses dernières paroles.

(A) Thadée Reyten, d'une famille suédoise qui avait été naturalisée. « Son père sans fortune, dit Ferrand, avait été attaché aux Radziwil. Reyten, un des plus beaux hommes de l'Europe, avait alors quarante-deux ans : il jouissait d'un grand crédit dans son palatinat. » Au commencement de l'année 1773, les patriotes, certains qu'on violenterait la diète, n'en voulaient pas. Tous ceux qui, ayant gardé quelque amour de la patrie, s'étaient obstinément nourris d'illusions, au sujet de la prétendue habileté du roi et du soi-disant désintéressement des cours voisines, voyaient, trop tard, que la résistance à main armée avait été la seule voie de salut. « L'effroi, lisons-nous dans Ferrand, fut universel, excepté parmi ceux qui déjà s'étaient vendus ou se disposaient à se vendre aux copartageants. On reconnut trop tard la nécessité de revenir aux principes. Les plus grands ennemis de la confédération de Bar allaient en emprunter les plus sévères maximes, et les soutenir contre celles qu'eux-mêmes avaient trop longtemps professées ; et, au milieu de ces dispositions de la grande majorité de la nation, la tenue des diétines, devait presque partout rencontrer des obstacles. Dans plusieurs palatinats, les gentilshommes ne vinrent point aux diétines. « Comme la diète, disaient-ils, sera purement passive et par consé-« quent inutile, il ne faut pas y envoyer de nonces ; et par conséquent il n'y « a point de diétines à tenir. » Trente-deux furent rompues sans avoir nommé de nonces ; quelques-unes en s'abstenant aussi d'en nommer, publièrent un manifeste de protestations contre ce qui se ferait à la diète. Les palatinats de Kiowie et de Wolhynie en donnèrent deux. Celui du palatinat de Cracovie est remarquable par sa sagesse : « Comme il n'y a, porte-t-il, de liberté ni pour « les lieux destinés aux délibérations publiques, ni pour les personnes qui « doivent s'y trouver, les citoyens, assemblés pour l'élection des nonces, ne « veulent en nommer aucun, pour ne pas exposer ceux qui seraient élus au « malheur de confirmer et d'accélérer la perte de la patrie. » Le petit nombre de nonces qui devaient composer la diète, dans la plus grande crise où se fût jamais trouvée la république, était seul un motif suffisant pour autoriser les protestations. Suivant les anciens usages, lorsque les diétines donnaient lieu à de grandes dissensions, ou lorsqu'on ne pouvait rassembler que peu de nonces, on ne prenait point de résolutions importantes.

« Les Russes craignaient une diète où le *liberum veto*, non-seulement arrêtait toute délibération, mais encore dissolvait l'assemblée. Ce n'était assurément pas par respect pour les formes constitutives. Mais celle du *liberum veto*, dans le nouveau plan, devant être conservée, par cela même qu'elle était vicieuse, il eût été par trop dérisoire de s'exposer à être obligé de l'enfreindre dans la diète même qui devait la remettre au rang des lois. On exigea que la diète se tînt *sub neau confœderationis*. Après avoir combattu contre les confédérés, que l'on traitait comme des brigands, on rendit au droit de confédération un hommage perfide... L'ouverture de la diète fut et devait être agitée. Le 19 avril, le bâton de maréchal allait être remis à Poninski, comme maréchal de la confédération, lorsque Reyten, nonce de Nowogrodek, et les autres nonces de Lithuanie s'y opposèrent fortement. La séance fut avec beaucoup de peine continuée au lendemain. Le 20, la salle fut entourée par les troupes de la Couronne. Reyten y entra. Un député de la confédération vint lui demander s'il reconnaissait Poninski pour maréchal ; il répondit que sa résolution était prise et qu'elle ne changerait pas. Il insista pour que les troupes sortissent de la salle, et ne put l'obtenir. Lorsqu'on fut au moment de sortir, il vint se placer à la porte, où il déclara à haute voix qu'il voulait toujours ignorer l'existence d'une prétendue confédération ; et que quelque parti qu'on prît, il soutiendrait son opinion au péril de sa vie. Korsak ne parla pas avec moins de force. Le 21, Reyten parut dans la salle, « déterminé à y rester, disait-il, comme dans « un lieu sacré où l'on n'oserait pas exécuter ce que la confédération décré-« terait contre lui. » Lorsqu'on lui objecta que la confédération, étant en pleine activité, serait en droit de punir de mort sa désobéissance : « Il vaut mieux, répondit-il, « mourir glorieusement pour sa patrie que d'attendre une mort « ordinaire avec la honte et les reproches de n'avoir pas rempli les devoirs d'un « bon citoyen. » Il fut en effet décrété par le tribunal de la confédération. Les autres nonces lithuaniens protestèrent contre cet abus de l'autorité : leur protestation fut refusée au dépôt de la chancellerie. Reyten avait soutenu jusqu'à la fin son opposition. Le 22, depuis trente-six heures, il n'avait pas quitté la salle des nonces. Reyten ne conserva plus que quatre compagnons de son malheur et de sa constance. Ils sortirent après avoir, jusqu'au dernier moment, défendu la liberté dans le temple même où elle allait être immolée. En 1790, la diète constituante ordonna que dans la salle de ses séances, à côté du marbre sur lequel serait gravé l'arrêt qui flétrissait Poninski, et destiné à transmettre à la postérité le crime et la punition, on élèverait un monument pour consacrer la mémoire du courage que le jeune nonce Reyten avait montré dans les séances des 19 et 20 avril 1773 ; on cassa le décret que les partisans de la Russie avaient fait rendre contre lui, et l'on biffa sur les registres ce décret. » *(Hist. des trois démembr. de la Pol., II, p. 73, 74, 402 et 403.)*

Thadée Reyten, né le 20 août 1742, mourut le 8 août 1780 ; il est enterré dans l'église de Luchowieze.

(B) « Le veto n'avait pas été inventé par les Polonais, mais datait de la plus haute antiquité slave. Ce droit de *veto* était en plein exercice dans toutes les communes slaves, où la propriété, les droits et les devoirs étaient en commun :

chacun faisait valoir sa portion de droit commun absolu. On remédiait cependant à ce *veto* par la violence, en obligeant l'opposant, à force de coups de bâton, à voter avec la masse de la nation. Le *veto* existait aussi en Russie et en Bohême, dans la vie des communes.

« Après l'établissement de l'État polonais, la théorie du *veto* subit plusieurs transformations par suite de l'intervention des idées étrangères, et surtout des idées romaines. On confondit alors le pouvoir d'un nonce polonais avec ceux d'un tribun romain, ce qui falsifia les idées nationales. Quelle est la signification philosophique de ce *veto*? Comment l'accorder avec l'existence sociale d'un peuple ? La société politique est regardée par les philosophes comme le résultat d'un accord commun des individus, qui abandonnent certains droits personnels en faveur de la société. Ceci est accepté par tous les théoriciens. Mais ici commence la divergence des opinions. Les philosophes de l'école qu'on nomme légitimiste, supposent que cet abandon des droits des particuliers s'est fait en faveur d'une famille quelconque qui devient régnante et représente la société. Cette famille, une fois établie comme souveraine, est chargée de surveiller les intérêts de la société ; ces individus n'ont plus le droit de réclamer leurs libertés, qu'ils lui ont sacrifiées, jusqu'à ce que, la famille étant éteinte, la Providence appelle les individus à en choisir une autre. D'après une autre école philosophique, les intérêts de la société doivent plutôt être représentés par les individus eux-mêmes. La majorité de ces individus, comme souveraine, exerce un pouvoir despotique. La minorité n'a pas le droit de se détacher de la société, elle est pour toujours la sujette de la majorité. D'après les idées polonaises, un individu qui entre comme partie intégrante dans l'association politique n'en conserve pas moins ses droits primitifs ; il est toujours libre de sortir de cette société. C'est donc une liberté poussée à l'extrême. Dans chaque discussion politique, l'individu peut sacrifier sa liberté personnelle, comme aussi il est libre de la réclamer. Cela suppose donc un sacrifice continuel de la liberté, un sacrifice semblable à celui que la religion exige de la conscience des individus. On n'est pas sujet de la société parce qu'on a été inscrit sur la liste des sujets par ses ancêtres, mais parce qu'on accepte cette société comme la plus juste, la meilleure et la plus belle. L'individu conserve le droit, non-seulement de sortir de cette société, mais même de l'arrêter dans sa marche, s'il voit qu'elle s'égare et qu'elle ne remplit pas sa mission. C'est une théorie logique, plus logique que celles qui ont été acceptées comme base des institutions par les philosophes légitimistes et démocrates. En effet, quelques écrivains très-avancés de l'école démocratique s'aperçoivent déjà que la majorité ne peut pas faire des lois absolues, qu'il est déraisonnable de supposer que la majorité d'un pays ou d'une association quelconque soit en possession de la science et de la lumière absolues, et que chaque individu doive se soumettre sans appel à ses décisions. Mais les droits immenses que la constitution polonaise laissait à chaque individu supposaient aussi des devoirs immenses et des vertus extraordinaires ; ce qui explique pourquoi les sages de la Pologne, les évêques, les sénateurs et même l'écrivain Rey, dans son tableau du gentilhomme polonais, regardent toujours les diètes, les diétines, les réunions et les discussions politiques comme des espèces de sacrifices ; qu'ils recommandent à chaque individu d'y préparer sa conscience, chaque député et chaque gentilhomme exerçant une espèce de sacerdoce. Les hautes vertus devenues rares, et le perfectionnement moral arrêté, l'association devait nécessairement se dissoudre. Le premier qui fit usage de ce redoutable droit de *veto* fut un certain Sicinski, nonce d'Upita. On raconte des détails extraordinaires sur sa mort. En rentrant chez lui, il fut tué par la foudre (1652) ; sa seigneurie passa dans d'autres mains ; on conserva son cadavre dans une chapelle déserte de son château, et il n'y a pas longtemps qu'on le montrait aux voyageurs comme une curiosité. Ce qui est également extraordinaire, c'est que la diète, ayant entendu prononcer le *veto*, se dispersa consternée, saisie d'effroi. On n'osa plus forcer ce malheureux Sicinski à rétracter son *veto*. Nous ajouterons que la constitution nationale polonaise ressemblait beaucoup à celle de l'Église de Rome. Le conclave, même tel qu'il existe aujourd'hui, modifié par plusieurs ordonnances papales, exige aussi l'unanimité, et elle est toujours supposée si elle n'existe pas réellement. C'est aussi l'unanimité qui consacre, en Angleterre, les décisions du jury. Malheureusement, les Polonais n'ont pas pris de précautions pour pouvoir exercer sans danger ce droit terrible. L'Église de Rome enferme ses cardinaux, leur diminue les subsistances, les affame, s'ils ne peuvent pas s'accorder ; on procède de même, en Angleterre, avec le jury. Au contraire, les Polonais permettaient à leurs seigneurs de donner des fêtes à la noblesse, toléraient l'ivrognerie et les meurtres publics. L'élection devint synonyme de désordre. » (*Les Slaves*, d'Adam Mickiewicz, II, p. 370 à 382.

———❧———

M. REWIENSKI

Andriolli 1865

VIII

Je ne puis jamais penser sans pleurer à feu M. Ignace Rewienski, d'heureuse mémoire, que la volonté unanime de toute la noblesse du district de Nowogrodek éleva à la dignité de juge terrestre, et qui fut le modèle des bons magistrats. Il vivait presque en grand seigneur, quoique avec une certaine économie. Ses revenus y suffisaient, il ne laissa pas de dettes, cependant sa maison n'était fermée à personne ; il recevait fréquemment les gentils-hommes des environs, et chacun mangeait, buvait, était traité convenablement.

Or le juge, à la fin de la séance du jour des Rois, me dit aprè l'audience : « M. Séverin, venez, je vous prie, passer le carnaval à Omniewieze, mais amenez-nous votre femme, » Je m'inclinai devant le juge, le remerciant d'avoir bien voulu penser à nous. Est-ce que les juges d'alors étaient comme ceux d'aujourd'hui ! Je me lançai donc vers Omniewieze avec ma Madelon, en bryczka couverte, que M. le tribun Jablonski m'a donnée *pro honorario*, pour une enquête judiciaire faite sur les lieux, contradictoirement avec les pères dominicains de Nowogrodek. Il faut savoir que dans ce temps-là une bryczka couverte n'était pas chose commune, et que notre barreau, tout composé qu'il fût de fils de propriétaires, roulait délicieusement dans des carrioles; mais puisqu'on m'avait donné une bryczka, pourquoi ne pas nous en servir, ma femme et moi? La maison du juge n'était pas un palais : combien d'hôtes y trouvaient place! aujourd'hui personne ne saurait loger tant de monde. Et quelle affabilité, quelle sincérité, quelle gaieté! Je descendis avec ma petite femme à la ferme, chez l'intendant, qui, comme cela arrivait souvent alors, était moins le serviteur que l'ami de son maître : ils étaient même alliés à je ne sais trop quel degré. Trois autres ménages s'étaient installés avec nous dans la chambre, et deux dans l'alcôve avec l'économe. Qu'était-ce dans la cour! la salle à manger seule logeait cinq couples. La jeunesse s'était nichée chez les paysans. Chaque matin le respectable juge faisait sa tournée et donnait le bonjour à chaque gentilhomme, demandant pardon des incommodités, bien qu'il n'y eût pas de quoi demander pardon. Certes personne n'était réveillé avant le juge, car c'était chez nous une chose malséante que l'hôte fût sur pieds avant le maître de la maison. La respectable femme du juge, avec ses filles, visitait toutes les dames, et en trouvait plus d'une au lit, tandis qu'elle-même avait déjà dit ses prières et eu le soin de faire porter à ses hôtes du café à la crème. Sur les neuf heures du matin, nous nous réunissions tous dans les appartements, où déjà la femme du juge et ses filles se tenaient habillées pour amuser leurs hôtes, que le maître de la maison recevait dans le vestibule et présentait à sa femme, sans considération de rang ni de fortune. En effet, quoique nous autres petits gentilshommes sussions respecter la dignité des grands seigneurs, nous n'ignorions point non plus qu'en qualité de gentilshommes nous étions tous égaux. Ainsi moi, qui ne faisais que débuter, quand M. le juge, citoyen si opulent et si distingué, me salua dans le vestibule, en me faisant de profondes révérences et m'introduisant devant lui dans l'appartement, je sus reconnaître sa bienveillante politesse et l'embrassai aux genoux ; et pourtant, s'il m'eût reçu autrement, je me serais regardé comme grièvement offensé. Après nous être donc réunis dans le salon, nous baisâmes la main de toutes les dames, en commençant par la maîtresse de la maison et ses filles. Un domestique entra avec les liqueurs et des viandes fumées. Le juge dit : « Je vous prie, messieurs, de vous mettre à votre aise, » et il détacha son sabre ; nous suivîmes tous son exemple, et les plaçâmes dans les coins, mais de manière que chacun se rappelât l'endroit, car dès qu'un sénateur ou tout autre haut fonctionnaire arrivait, il nous fallait reprendre nos sabres, courir avec le maître de la maison dans le vestibule, et n'ôter nos ceinturons que quand il avait ôté le sien. Cette politesse n'était obligatoire qu'envers les ministres, les sénateurs, les dignitaires et les chambellans ; nous autres du barreau, la rendions aux magistrats, comme à nos supérieurs. Dès que le juge nous vit tous à notre aise, il versa de l'eau-de-vie dans un verre et, l'ayant vidé, le tendit, ainsi que le flacon, à celui de ses hôtes qu'il considérait davantage ; celui-ci fit de même, si bien que chacun but du même verre ; enfin le dernier qui avait bu remplit le verre et le donna au domestique ; celui-ci, l'ayant vidé, replaça l'eau-de-vie dans le buffet, et nous nous attaquâmes ensemble aux viandes fumées. Il faut savoir que s'il y avait un prêtre, ce qui ne manquait jamais, on commençait par lui la distribution de l'eau-de-vie, à moins qu'il n'y eût un sénateur, et encore ce dernier faisait-il quelques cérémonies avec le prêtre. C'est un louable usage : le prêtre nous introduit en ce monde, et Dieu veuille qu'il nous aide à en sortir; puis, vous ne savez ce qu'était un prêtre de notre temps ! Ainsi le prince Charles Radziwil, woyéwode de Vilna, que j'ai souvent examiné, et jamais sans terreur, quoique je l'aimasse de cœur, comme tous ceux qui le connaissaient, avait neuf mille hommes dans sa milice, et vu que personne n'est sans défaut, il était colérique : eh bien! s'il s'emportait contre quelqu'un, soit à cause d'un cancan, ainsi que cela arrive à la cour des grands, soit par caprice, Dieu sait ce qu'il ordonnait qu'on lui fît, et un gentilhomme n'aurait pas été en sûreté sous terre; quel moyen avait-on de lui faire entendre raison? essayer de le persuader c'eût été faire deux malheureux au lieu d'un. On s'adressait au prêtre Katembryng, chapelain de Nieswiez : « Le prince, excité par de mauvaises gens, veut me faire tort, lui disait-on, secourez-moi! » Et lui aussitôt au prince : « Prince, doit-on se conduire de la sorte? Votre Altesse n'est pas le premier qui ait possédé le majorat de Nieswiez ; prince, vous aussi, vous irez où ont été vos ancêtres, et comment se montrer au bon Dieu, couvert des larmes des hommes? Cessez ces éclats, donnez la main, je vous en conjure au nom du Sauveur, à ce malheureux transi de peur, que la colère de Votre Altesse a si fort épouvanté qu'il ne sait plus où se fourrer. » Le prince, bon gré, mal gré, finissait par se laisser convaincre, comblant encore le pauvre hère de présents, pour le dédommager de sa frayeur, et tout se terminait convenablement.

Après l'eau-de-vie, on passa aux jeux d'avant le dîner. M. le castellan de Nowogrodek Jelenski, qui honorait notre compagnie de sa présence, se mit à jouer au mariage (1) avec le maître de la maison et avec Rdultowski, porte-étendard de Nowogrodek, dont la femme était nièce du prince Radziwil, et qui lui-même était chevalier de plusieurs ordres. L'enjeu de ces seigneurs si puissants n'était que d'un ducat ; c'est qu'il y avait chez nous grande honte à perdre son argent au jeu ; il n'en est pas de même aujourd'hui, où le premier gentilhomme venu, avant d'être établi, couvre ses cartes d'or. Il est vrai que, déjà de notre temps, quelques seigneurs devinrent à Varsovie des joueurs effrénés, mais on ne les en louait pas. Le prince-évêque Massalski passait des nuits entières à jouer avec des cartes françaises ; aussi a-t-il eu une belle fin (2). Mais à Nieswiez on n'aurait pu trouver de cartes françaises, en eût-on besoin comme médicaments (3), parce que le prince avait sévèrement défendu cette marchandise aux juifs, et pour ce délit, les faisait bâtonner sans miséricorde. On était donc occupé, les seigneurs à jouer au mariage, et nous à écouter la conversation des vieillards. On parlait des diètes, de ceux de nos nonces qui s'y étaient distingués, des lois, de nos libertés, de la confédération de Bar, à peine dissoute, de ceux de nos malheureux frères qui subissaient, pour nos péchés, l'occupation étrangère, de la diète honteuse qui avait ratifié leur esclavage, de nos nonces, qui s'y étaient couverts de tant de gloire, ce qui n'est pas étonnant, car notre woyéwodie à aucune époque n'a commis de bassesse. De notre woyéwodie étaient et Reyten, et Korsak, et Bohusz, le secrétaire

(1) *Mariage*, jeu de cartes où le principal avantage est de réunir dans sa main un roi et une dame de la même couleur, ce qui s'appelle avoir un mariage. existe quelques différences dans la façon de jouer ce jeu en France et en Pologne.

(2) Voir la note de la page 48.

(3) Proverbe qui équivaut à la locution française : « Pour tout l'or du monde. »

et l'âme de la confédération de Bar, et dans cette noblesse si nombreuse il ne s'en est pas trouvé un qui se soit joint à l'affreuse confédération de Targowica. Dans ces temps malheureux on ne pouvait être honnête sans de grands sacrifices, ces sacrifices, les gens les offraient à Dieu pour le bien du pays ; je ne serais pas chrétien si j'hésitais à croire que leurs mérites et leurs souffrances, qui sont aux pieds de Dieu et ne peuvent être perdus, ne nous reconstruiront un jour l'édifice. Quand? Celui-là le sait qui est immuable et qui a dit que les nations injustes tombent par l'injustice. Et moi, Dieu merci, j'ai souffert avant d'atteindre la vieillesse ; j'ai reçu plusieurs blessures ; on a deux fois pillé ma maison de fond en comble ; on m'a envoyé en Sibérie, et né gentilhomme libre, dans une nation libre, j'ai été plusieurs fois pendant leurs prétendues enquêtes de Smolensk, bâtonné à en perdre connaissance ; cependant aucune de mes larmes n'est tombée à terre ; je les ai toutes envoyées dans le sein de Dieu, le suppliant de permettre que mes souffrances profitassent à la patrie, et je suis sûr que pendant mes ardentes prières il n'a pas détourné de moi son visage ; cette conviction affaiblit en moi la crainte de la mort, qui, à l'âge où je suis, est près, très-près de moi.

On parla ensuite de la gestion des biens, des soins du ménage, et les femmes se mêlèrent à la conversation. La femme du juge commença à faire montre de son habileté, en apportant différentes sortes d'écheveaux et de la toile de sa façon. Nous fûmes unanimes à louer son travail, et le père gardien d'Iwieniec, qui, tenant sur ses genoux le plus jeune fils du juge, l'amusait en lui montrant des images, prit la parole : « *Laus tibi Christe!* de m'avoir amené à Omniewicze. Justement notre sacristie est bien pauvre ; en aube rapiécée, elle vient prier pour les bienfaiteurs de Dieu, et ici de belles toiles de lin soupirent après l'Église et demandent elles-mêmes à partir avec moi pour Iwieniec. » Et madame : « Prends-en ce que tu veux, père gardien, tu y as droit ; ne suis-je pas votre débitrice pour les oignons de tulipe que vous m'avez donnés cet automne. » Le juge ajouta : « Mais choisissez les cinquante aunes les plus lourdes, car si vous ne vous en tirez pas bien, je me plaindrai au chapitre de nous envoyer des gardiens qui n'entendent rien au ménage. » En ce moment entra le maître d'hôtel, Laurent, une serviette au bras ; il marmotta quelque chose à l'oreille du juge, et le juge dit à sa femme : « Ma chère, prie le castellan de passer à table ; » à l'exemple de la première paire, chaque cavalier offrant le bras à une dame, nous nous rendîmes dans la salle où le dîner était servi. Nous nous assîmes à table, sauf le juge lui-même qui, en sa qualité de maître de maison, allait de l'un à l'autre, surveillant le service. J'ai nommé le maître d'hôtel Laurent, car tout le barreau de Nowogrodek connaissait ce serviteur. Il avait porté le juge dans ses bras, été piqueur chez feu le tribun Rewienski, qui était grand chasseur, puis quelques années cocher ; il le conduisit une fois à Varsovie (1). C'était la

(1) Pour l'intelligence de ces derniers mots, il faut savoir qu'autant les Russes ont toujours eu dans leur caractère national l'amour des déplacements, autant les Polonais étaient attachés au terroir natal. Le gros de la noblesse ne se déplaçait qu'à l'époque de l'élection royale. Sauf ce cas extraordinaire et sauf le voyage des nonces à Varsovie lors des diètes, la masse des gentilshommes ne quittaient guère leurs woyëwodies respectives. Aller à Vilna, c'était encore dans le dix-huitième siècle, aux yeux d'un noble lithuanien, accomplir un grand voyage : il ne l'entreprenait pas sans avoir réglé ses affaires et écrit son testament. Un cocher qui avait été à Varsovie en était aussi fier et y gagnait la même considération parmi ses camarades que si de nos jours il avait fait le tour du monde. Depuis le partage, les choses ont bien changé. Des malheurs inouïs ont dispersé successivement nos générations. D'entre les Polonais, les uns ont parcouru, en émigrés, toutes les parties du globe, les autres, restés dans le pays, trouvent pis que cet exil volontaire, arrachés qu'ils sont du foyer domestique pour être lancés et relancés dans toutes les directions, internés sur un point, employés ailleurs le lendemain, et poussés sans cesse à travers voies et chemins par l'esprit d'inquiétude et de persécution du gouvernement russe, comme une feuille détachée de l'arbre et que le vent entraîne dans son tourbillon.

chronique vivante de la maison Rewienski. Il se rappelait, que quand la défunte femme de son ancien maître portait le juge dans son sein, une bohémienne lui avait prédit qu'elle aurait un fils qui dépasserait son père en honneurs, ce qu'il répéta souvent dans la suite au jeune homme. Or, la première chose que celui-ci fit à sa nomination de juge terrestre, fut de dispenser des corvées la famille de Laurent, et de l'élever lui-même du poste de cocher à celui de maître d'hôtel. A chaque session, Laurent arrivait avec son maître à Nowogrodek; or nous allions presque chaque jour chez le juge, afin de remplir nos devoirs de politesse. Laurent nous régalait d'eau-de-vie, même quand M. Rewienski se trouvait absent, et lui-même, je ne sais s'il en connaissait le goût, tellement il était frais et dispos. Il n'aimait parler que des choses passées, notamment des chasses du défunt. Se tenant derrière la table pendant le dîner, il se mêlait à la conversation; le juge, en effet, lui permettait une grande familiarité, parce qu'il était très-attaché à ses maîtres et savait merveilleusement son service. Quelquefois, chez le juge, une cinquantaine de convives avaient une bonne pointe de vin, sans que certainement il eût mis de côté aucune bouteille. Avec cela il avait le secret de guérir les chiens de la morve et les chevaux des vers, ce dont j'ai été témoin en plusieurs occasions. Au dîner, après les premiers plats, on s'amusa à faire circuler la coupe. La petite coupe fit le tour de la table; on portait différentes santés avec du vin, avec de l'hydromel. Le maître de la maison commença par porter au porte-étendard Rdultowski la santé du castellan, et bientôt au castellan celle du porte-étendard; ensuite le castellan porta la santé du maître de la maison, et le porte-étendard celle de la maîtresse de la maison, et le maître de la maison d'autres gentilshommes présents et pleins de mérite; les coupes passaient de main en main, et chacun vidait scrupuleusement la sienne, sans rien répandre à terre, sans y mêler d'eau et sans d'autres subterfuges semblables qui se multiplièrent, jusqu'à ce qu'on en arrivât en dernier lieu à recevoir l'hôte même le plus distingué sans boire à sa santé, ce qui est une belle preuve qu'il y a maintenant plus de politesse que de notre temps! Après le dîner, pour varier, on en vint aux sauts, aux danses, à la mazurke. Et jeunes et vieux s'amusaient, les coupes circulaient que c'était un plaisir. Les jeux étaient innocents, sincères; chacun avait le cœur sur la main, car quel besoin de dissimuler? Quand, un peu mis en train, nous commençâmes à chanter, que nous arrivâmes aux derniers couplets et que nous nous écriâmes tous : *Aimons-nous* (1), ce n'était pas un mot seulement, mais l'on pouvait être sûr que chacun pour tous, tous pour chacun, auraient été même au purgatoire. Et cela se passait ainsi à Omniewieze. Les monarques du monde auraient porté envie au gentilhomme polonais, s'ils eussent été témoins comme il savait s'amuser et amuser ses hôtes sur le pied de l'égalité.

Le dernier lundi au matin, nous étions réunis chez madame, quand le juge tomba rayonnant de plaisir, et dit : « Ma chère, égaye tes hôtes ; il faut que je cours à l'instant, à cheval, au-devant de l'hôte distingué qui veut honorer de sa présence notre modeste demeure. Son Altesse le prince Radziwil, woyéwode de Vilna, sera ici cette après-midi; il faut donc que je le reçoive aux limites de mon domaine. » A peine eut-il fini, que, sauf le castellan de Nowogrodek, qui, comme sénateur, resta à la maison, et de plusieurs vieillards, nous réclamâmes tous l'honneur d'accompagner M. le juge. Quelques-uns trouvèrent des chevaux de selle en suffisance ; le reste de la compagnie, saisissant chacun un cheval d'attelage, lui mettant sur le dos la première selle ou bois de selle

(1) Voir la note A, à la suite de ce récit, p. 155.

qui leur tombait sous la main dans l'écurie du juge, s'élancèrent à la rencontre du prince, et plus d'un montait sa bête à nu; car, quoique l'écurie fût convenablement approvisionnée, comment aurait-elle pu suffire à tous? Nous partîmes, à cheval, plus de cinquante. Le chemin était couvert de neige; nous avancions en file. Cela me rappela la confédération de Bar, d'autant plus que je courais au-devant d'un de ses chefs les plus illustres. Non loin de Nacz, près de la ferme appelée Noire-Couvée, parce que le peuple raconte que jadis une sorcière aurait mis bas près de cette ferme, à l'endroit même où se trouve maintenant Saint-Jean Népomucène, nous rencontrâmes les premiers traîneaux de la suite du prince; les derniers, l'œil ne pouvait les apercevoir. Nous quittâmes donc la route, attendant que le traîneau du prince lui-même arrivât. La neige montait au poitrail des chevaux. Le juge, avec les dignitaires, se tenait devant et nous derrière. Quand le prince s'approcha, nous criâmes ensemble : « Vive notre prince, l'ornement de la province de Lithuanie! » et nous sautâmes tous à bas de nos chevaux pour le saluer. Le juge débita un discours, et le prince, attendri jusqu'aux larmes, répéta plusieurs fois: «Monsieur l'ami, est-ce que je mérite que vous me receviez ainsi?» Malgré les prières du juge et sans faire attention à la neige, il descendit et nous salua tous, appelant chacun de nous par son nom de baptême. Ces saluts durèrent plus d'une heure. Enfin, ayant embrassé et serré dans ses bras ses frères les gentilhommes, le prince cria à son écuyer de lui amener un cheval de selle; et le juge insistant pour qu'il continuât sa route en traîneau, il s'impatienta et dit : « Voilà quel ami vous êtes, monsieur Ignace; quand les gentilhommes sont à cheval, vous voulez que Radziwil reste dans un chariot comme un juif? » et, quoi qu'il eût assez d'embonpoint, il sauta à cheval aussi lestement que dans le bon temps, et le mania, qu'aucun de nous n'eût mieux fait. Puis il se mit au pas pour ne pas déroger à sa dignité, et s'avança vers Omniewicze, ne cessant de raconter quelque chose au juge et à ceux qui l'entouraient. Il m'a été désagréable d'être resté en arrière, car j'aurais été heureux d'écouter, d'autant plus que tout ce que notre prince disait était digne d'être gravé sur la pierre. Le prince était d'une taille raisonnable, avait de l'embonpoint, une tête d'une énorme grosseur, et si bien rasée, qu'il restait seulement quelques cheveux au sommet; une moustache grande et pendante, qu'il caressait, s'il était de belle humeur, et retroussait, s'il était mécontent ou agité; la peau blanche, comme chez une femme; le nez long, les yeux grands, d'un bleu clair, et le plus souvent pleins de gaieté. Sa propreté était excessive : il changeait au moins deux fois de linge par jour. Il était vêtu de son uniforme favori de la woyéwodie de Vilna : un kontusz grenat très-court, la doublure, le zupan, les parements des manches, amarantes; une ceinture d'argent à fleurs amarantes, un sabre monté en peau de léopard, des bottes jaunes à talons d'argent; sur tout cela, un manteau en gros drap gris, doublé de frise, et par-dessus, une pelisse agrafée sous le cou avec l'aigle des Radziwil. Il portait encore de larges pantalons de toile attachés au-dessus de la ceinture, afin de ne pas salir son kontusz pendant le voyage. Sa czapka cramoisie, bordée d'agneau, doublée de taffetas et non ouatée, était posée de côté, sur le sommet de la tête, ne touchant pas l'oreille, bien qu'il gelât fort; une sorte de galoches fourrées en drap recouvraient ses bottes; il ne connaissait pas les gants, quoiqu'il passât à ciel découvert et à la chasse la plus grande partie de l'hiver. Doué d'un esprit vif, d'une compréhension facile, il était très-versé dans l'histoire nationale et parfaitement au courant, non-seulement de l'origine et des alliances de sa maison, mais encore de celles des familles nobles. Quiconque était vraiment gentilhomme, si pauvre qu'il fût, était par lui traité en égal et

même avec familiarité. En revanche, il se sentait de la répugnance pour les gens d'une noblesse douteuse, tels que les nouveaux convertis, les Allemands et les fils de popes, et ne leur donnait pas accès près de sa personne. Il possédait bien les lois du
pays, et il se montra, les deux fois qu'il présida le tribunal de
Lithuanie, actif, modéré, mais inébranlablement attaché à l'opinion qu'il avait émise. Dans les délibérations publiques, il prenait
souvent la parole sans s'y être préparé, et il réussissait toujours à
convaincre. Dans l'intimité, plein de bons mots et aimant à plaisanter les autres, il ne s'offensait jamais des répliques. Il était
excellent maître et avait des sentiments de père envers ses serviteurs, qui, d'autre part, se seraient fait tuer pour lui. En dépit de
ses emportements, son cœur était si tendre, qu'un rien désarmait
sa colère; il ne ressemblait point en ceci au prince porte-étendard
son oncle, qui laissait une quinzaine d'années enchaînés en prison
ceux de ses serviteurs fautifs. Dès qu'un gentilhomme avait servi
chez le prince woyévode, il pouvait être tranquille sur le sort de
ses enfants. Il témoignait de la politesse aux dames au point de
leur baiser respectueusement la main à toutes, même aux femmes
d'intendants, pourvu qu'elles fussent de sang noble. Il observait
rigoureusement ses devoirs religieux; chaque jour, avec son aumônier, il chantait les heures de l'Immaculée Conception, faisait
maigre le samedi et, même se fustigeait de sa discipline le vendredi saint; aussi éprouva-t-il grandement la bénédiction de Dieu.
Il buvait beaucoup, et il n'était pas facile de lui tenir tête. Seulement il ne put venir à bout de M. Léon Borowski, qui, le verre
en main, le battait toujours; victoire que nul autre des serviteurs
et amis du prince ne réussit jamais à obtenir (1).

Quand la cavalcade fut près de la cour d'Omniewicze, le juge

(1) Voir la note B, à la suite de ce récit, p. 155.

lança son cheval au galop pour recevoir le prince devant sa maison ;
nous le retrouvâmes au bas du perron, avec quelques-uns de ses
hôtes. La femme du juge et les autres dames sortirent à la rencontre
du prince. Celui-ci, après être descendu de cheval et avoir encore
embrassé plusieurs fois le maître de la maison, baisa la main de
toutes les dames, en commençant par la maîtresse de la maison ;
ma Madelon aussi en eut sa part. Ensuite, étant entré dans l'appartement et y ayant aperçu Laurent : — « Comment allez-vous,
compère? » lui dit-il. Il y avait trois ans de cela, il lui avait, en
effet, tenu un garçon sur les fonts de baptême. Laurent tomba
de son long aux pieds du prince et se mit à pleurer comme un
veau. Le prince le releva et le questionna avec bienveillance sur
sa femme et son enfant ; puis, ayant ordonné à son secrétaire
Mikuc de lui compter cent florins, il ajouta : « Porte-les, de ma
part, à ta femme. » Laurent manqua d'en devenir fou, et courut
toute la journée en faisant la roue ni plus ni moins qu'un dindon.

Le prince ne cessait d'être d'une admirable humeur, et il exci-
tait à boire, tellement que le juge en pleurait d'attendrissement.
Entre autres santés, Son Altesse porta celle du très-illustre barreau, et dit à chacun de nous quelques mots aimables ; et lorsque
je m'approchai de lui, avec les autres : « Séverin, mon collègue,
me dit-il, tu étais jadis *de hayda* (1) et tu es aujourd'hui *de jure*.
Jadis nous brisions des crânes ennemis, nous brisons aujourd'hui
des verres amis. » Moi, tombant à ses pieds : — « Que Votre Altesse siffle seulement, les bons temps reviendront, et M. le panetier de Lithuanie ira faire le pied de grue. » Le prince retroussa
sa moustache : il avait déjà promis au roi de ne plus faire de

---

(1) *Hayda* est la racine d'Haydamack, qui signifie brigand. Être *de hayda*,
puis *de jure*, c'est comme qui dirait devenir docteur ès droit, après avoir été
docteur ès plaies et bosses.

confédération contre lui, et il disait souvent : « On a fait ce qu'on
a pu ; maintenant, que celui qui aime la patrie, garde sa foi au
roi ! *monsieur l'ami*, mieux vaut peu que rien. »

Au milieu de la joie générale, l'incident suivant souleva un
léger nuage : le castellan de Nowogrodek, Jelenski, s'était rendu,
il y avait quelques semaines, en qualité de membre de la cour
souveraine, à Nieswiez pour terminer l'affaire pendante entre le
prince et la communauté juive, et il l'avait jugée probablement
d'une manière équitable, ou du moins selon sa conviction ; mais
le prince ne l'aimait pas, car pendant l'interrègne il avait été
du petit nombre des Lithuaniens adhérents au parti Poniatowski,
ce qui lui avait fait octroyer, par le roi, un poste élevé dans
la province. Le prince, donc, le verre en main, faisant allusion
à cette décision récente, lui dit : « Avouez la vérité, *monsieur
l'ami*, quel pot-de-vin avez-vous pris aux juifs? » Ces mots irritèrent fortement le castellan, et, nonobstant les prières du maître
de la maison, il voulait s'en retourner aussitôt chez lui ; le
prince, voyant le chagrin du juge, apaisa le castellan, en disant :
« Monsieur mon collègue, pardonnez-le-moi, je l'ai dit en plaisantant, » et le castellan s'en tint là. Les excuses du prince pou-
vaient-elles choquer quelqu'un ? Nous comprîmes tous que si le
prince avait paru s'abaisser, il l'avait plus fait pour le juge que
pour le castellan lui-même. Voilà la raison qui, peu de temps
après, nous fit bousculer vivement Adamowicz, le plénipotentiaire
du castellan, qui racontait l'événement à sa manière et au détri-
ment du prince, mais seulement par ouï-dire, car il n'avait pas été
avec nous à Omniewicze. Le résultat de cette affaire fut qu'on cita
en justice une douzaine de nous autres juristes, et que je payai
pour tous ; il était visible qu'on avait arraché une partie du toupet
d'Adamowicz, celui-ci me reprocha que ses cheveux étaient restés
dans ma main ; je n'en avais nul souvenir, néanmoins je n'osai

jurer le contraire, puisque dans un moment d'entraînement, il était possible que cela se fût passé de la sorte; je fus donc condamné à rester six semaines dans la tour et à payer mille marcs. Les marcs, le porte-étendard Rdultowski les paya pour moi, mais je ne pus éviter la tour; je ne le regrettai point, du reste. Le prince se rappela que j'avais souffert pour sa gloire et me fit abandonner le domaine de Doktorowicze à un fermage si modique, qu'à ce prix, quand l'homme ne le voudrait pas, sa fortune se ferait d'elle-même. C'est aussi avec l'aide du prince (que Dieu l'en récompense dans l'éternité) et avec l'assistance divine, que les choses en sont venues où elles sont. Le castellan ne tarda pas à sentir le poids des excuses du prince, qui, pour comble de gracieuseté, alla avec sa cour lui rendre visite à sa résidence de Dunayczyce; le castellan, qui avait la réputation d'être très-économe, ne fut que médiocrement flatté d'avoir à héberger pendant quelques jours un hôte aussi magnifique avec une aussi nombreuse compagnie, et tout cela à ses frais; il dut, bon gré, mal gré, paraître joyeux. J'ai entendu dire que cette visite lui coûta environ trente mille florins, parce qu'étant orgueilleux il voulut se montrer grand seigneur. Il paya donc cher sa susceptibilité, et il n'y avait pas à le plaindre. Il possédait, outre un patrimoine raisonnable, plusieurs domaines royaux de grand rapport.

Le nuage se dissipa de la sorte, rien ne gênait plus nos amusements; le bon accord rétabli, les verres circulèrent plus rapidement; à la fin on prit les bâtons de verre. C'était, dans nos anciennes coutumes, le moment du plus grand entrain. Le bâton de verre était creux; quand l'ayant rempli de vin on l'approchait des lèvres, il fallait le vider d'un seul trait, ou celui qui s'arrêtait en buvant était tout éclaboussé, et pour punition on lui versait un verre d'eau derrière le cou. Le prince seul resta dans son bon sens, et n'ayant plus avec qui boire, il vida encore, en signe de victoire, une coupe en l'honneur de Laurent, la lui remit, après l'avoir remplie de sa propre main, se rendit, sans secours aucun, près de la femme du juge, récita avec elle les litanies de la très-sainte Vierge, puis, tout cela fait, il mangea un énorme plat de choucroute et se coucha en aussi bonne santé que s'il n'eût rien bu (1).

Le lendemain, dernier mardi du carnaval, eut lieu une cérémonie importante pour les maîtres de la maison et leurs amis : les fiançailles de M. Siméon Mogilnicki, fils de l'échanson de Nowogrodek, et de mademoiselle Agnès Haciska, la propre nièce du juge et sa pupille. Son père, porte-enseigne de cuirassiers, citoyen honorable, avait hérité d'un beau domaine, mais dans le temps de la confédération de Bar, il s'endetta considérablement en levant à ses frais une compagnie, à la tête de laquelle il succomba à Sochaczew. Ses propriétés furent affreusement dévastées par les Russes, de sorte qu'il laissa presque sans aucune ressource sa femme et quatre enfants en bas âge ; sa veuve, sans pleurer longtemps le défunt, se remaria à quelqu'un de digne d'elle, remettant les pauvres orphelins aux soins de son frère, qui, tout jeune encore, possédait déjà l'estime des plus vieux. Elle n'eut en quelque façon pas tort, car certes le juge n'aurait pas eu plus à cœur le bien de ses propres enfants qu'il n'eut celui de ses neveux et nièces. C'est lui qui dégagea la dot de leur mère, quand tout l'héritage paternel eut passé à désintéresser les créanciers ; il paya même à échéance une quinzaine de milliers de florins dus par le défunt, et cela avec son argent à lui et pour alléger l'âme de son beau-frère ; il fit donner une éducation soignée à ses enfants. Le fils aîné, ayant approfondi le droit, devint régent près du tribunal de Nowogrodek ; le plus jeune était gentilhomme de la chambre chez

_____

(1) Voir la note C, à la suite de ce récit, p. 157.

le prince woyéwode. Catherine, la fille aînée, quoique un peu contrefaite, jouissait d'une grande faveur près de tous. Plus d'un cavalier de bonne maison recherchà son amitié ; mais elle dédaigna les plus brillants partis et offrit à Dieu sa virginité. J'assistai moi-même à sa prise de voile dans le couvent des bénédictines de Nieswicz. Le juge voulut y figurer en qualité de parrain ; il ne put y tenir jusqu'à la fin ; il ne s'était pas opposé à sa vocation pour le cloître, cependant son cœur fut saisi d'une telle émotion qu'on dut l'emmener hors de l'église. La plus jeune était mademoiselle Agnès, à peine âgée de dix-sept ans, dont nous étions en train de célébrer les fiançailles avec le fils de l'échanson. Dès qu'au matin, le monde fut réuni, M. l'échanson Mogilnicki déclara que, témoin de l'attachement de son fils envers mademoiselle Agnès, fille du porte-enseigne, et convaincu qu'en l'unissant à jamais à elle il lui assurait une félicité parfaite, autant à cause des vertus et de l'éducation de mademoiselle Agnès que de l'alliance avec une famille honorablement connue dans la woyéwodie, il demandait donc pour son fils la main de cette demoiselle au juge, comme à son second père, et priait en même temps le prince woyéwode de s'entremettre et de daigner appuyer d'une bonne parole la demande de son serviteur. On ne pouvait faire de plus grand plaisir au prince : ce qu'il aimait le plus, c'était de mener à bien un mariage. Aussi se leva-t-il à l'instant et, serrant le juge dans ses bras, il lui dit : « Monsieur Ignace, ce qui se présente pour Agnès est on ne peut plus heureux : un bon sang coule dans les veines des Mogilnicki ; que les amis des Radziwil s'unissent entre eux. Donne ton consentement, et au plus vite ; si le carême nous attrape, nous voilà sur les bras quarante jours de retard. » Le père et le fils embrassèrent les genoux de l'illustre fianceur pour son bienveillant patronage ; et quand M. le juge déclara à son tour que lui et sa femme étaient fort honorés qu'un citoyen aussi distingué que l'échanson eût cherché dans leur maison le bonheur de son fils, et que dans l'espoir qu'Agnès n'éprouverait aucune répugnance, il donnait volontiers sa bénédiction, en sa double qualité d'oncle et de tuteur, le fils de l'échanson tomba de son long à ses pieds, puis à ceux de la femme du juge. Le prince prit par la main la fille du porte-enseigne, agitée comme la feuille du tremble, et lui demanda si sa volonté s'accordait avec celle de son oncle et si elle acceptait pour mari le fils de l'échanson. La demoiselle, toute rouge, remua les lèvres, mais l'on ne put rien entendre. Le prince : « Plus haut, Agnès ; » mais celle-ci se troubla encore davantage. Alors le prince : « Puisque tu es si timide, dis-le moi à l'oreille, je le répéterai tout haut, et l'on me croira. » Il l'entraîna à part et approcha son oreille des lèvres de la jeune fille. Après quelques instants, elle s'enhardit à murmurer tout bas quelques mots. Le prince dit enfin : « Elle consent. » La pauvre fille de l'enseigne manqua de s'évanouir, lorsque le fils de l'échanson tomba à ses pieds. On commença à parler de l'établissement du jeune couple, et la fiancée se glissa hors de la chambre. M. l'échanson déclara que des deux villages qu'il possédait il en abandonnait un à son fils. « En ce qui concerne ma nièce, dit le juge, sa dot est constatée par les actes : elle a vingt-cinq mille florins que, les garanties signées, je donnerai à M. l'échanson ; et je me démets de ma charge de tuteur. » Le prince prit la parole : « Pourquoi M. Charles surchargerait-il son bien d'une hypothèque ? Moi j'accepte la somme, et pour les intérêts j'abandonnerai un village à la future échansonne. » Tous saluèrent humblement ; le prince dit à M. Mikuc de donner à mademoiselle Agnès Haciska un des villages non grevés, en nantissement de sa dot, qu'il prenait, et il ajouta : « Ne pas oublier, en dressant l'inventaire, que cela se fait entre amis. »

M. Mikuc montra le registre des fermes non louées (registre

qu'il portait ordinairement avec lui), et quand M. l'échanson eut choisi Borowicz, ferme près de Sluczyn, avec trente paysans, le prince dit : « Jusqu'à l'époque du rachat de la propriété, j'abandonne à Agnès la moitié de la somme annuelle qui sera due à mon trésor. » Le juge remercia très-humblement et dit : « Altesse, et vous tous mes respectables hôtes, permettez-moi de rédiger moi-même, en leur présence, leur contrat de mariage. Je suis heureux de laisser, en souvenir de moi, cet écrit à mon Agnès. » Et prenant une plume, il se mit aussitôt à écrire le contrat, en commençant, d'après la coutume, par la généalogie du jeune couple. Le juge avait une singulière facilité pour écrire : rien ne pouvait l'interrompre ; souvent en écrivant il se mêlait à la conversation, sans jamais faire une faute. Il citait de mémoire toutes les lois, et en une demi-heure il acheva un assez long contrat. Après la lecture à haute voix de cet acte et la signature des parties contractantes, nouvel embarras pour mademoiselle Agnès. La femme du juge la ramena : il lui fallait échanger les anneaux avec son fiancé, se mettre à genoux devant sa tante et devant son oncle et second père afin de recevoir leur bénédiction, puis devant le prince, le contrat à la main, pour le remercier de sa générosité et le prier de signer comme témoin : ce que le prince fit, non sans avoir taquiné la demoiselle par ses plaisanteries. Le castellan Jelenski et le porte-drapeau Rdultowski signèrent aussi. On ne lit pas chaque jour pareil contrat de mariage : il s'y trouvait un bon morceau de pain et il était orné de mitres princières, de chaises sénatoriales et de décorations. Les fiançailles achevées, on fixa le mariage au jour de l'Assomption, d'après la volonté de la femme du juge, et malgré de nombreuses prières pour en avancer la date, et cela parce que c'était le jour où elle et son mari avaient reçu la bénédiction nuptiale.

Elle embrassa son mari et lui dit : « C'est un jour heureux, mon

Igrace. Voilà déjà près de seize ans que nous demeurons ensemble, et je n'ai pas éprouvé un moment de chagrin. » Le juge se jeta dans ses bras et fondit en larmes; nous étions tous attendris, et le prince woyéwode laissa tomber quelques larmes sur ses moustaches. Nous n'étions pas encore revenus de notre attendrissement, quand l'heure du dîner nous réunit tous à table. La joie seule y régna. Le premier toast fut porté au bonheur futur du jeune couple ; nous bûmes aussi à l'union des deux maisons. Le prince donna le signal des danses en ouvrant le bal avec la fiancée. La bonne humeur générale s'accrut de minute en minute; nous bûmes dans le soulier de la fiancée, nous bûmes également dans la botte du prince woyéwode, et les danses allaient se succédant les unes aux autres, mazurkas, krakowiaks, le tout entremêlé de verres de vin. A minuit, pour la fin du carnaval, le prince ayant offert la main à la femme du juge, et chacun de nous à sa dame, nous dansâmes le drabant(1), puis la musique se dispersa, et d'après la coutume d'alors le père gardien, un bernardin, nous fit une exhortation.

Nous ayant avertis qu'il fallait oublier les plaisirs, car déjà le temps du carême et de la pénitence était venu, il nous invita tous à prier. Les serviteurs commencèrent à lâcher les moineaux de leurs cages, et nous à chanter avec le prêtre : « Douleurs amères, » que les murailles en tremblèrent. Les voix éclatantes du prince woyéwode et du père gardien dominèrent les nôtres. Nous restâmes plusieurs heures agenouillés, jusqu'à ce qu'enfin nous nous rendîmes avec le père gardien au temple uniate qui était proche. Là, le père gardien officia à quatre heures du matin, et le juge servit la messe. Quand on en arriva à ces mots : *Cum jejunalis nolite fieri sicut Pharisaei*, nous tirâmes tous à moitié nos

_____

(1) Voir la note D, à la suite de ce récit, p. 100.

sabres du fourreau et remîmes les czapka sur nos têtes, et cela
en signe que nous étions prêts à combattre pour les saintes paroles de notre Sauveur. La messe finie, le prince woyéwode et
S. Exc. le castellan Jelenski, après eux l'ordre équestre, les dignitaires en tête, puis nous autres gentilshommes, puis les serviteurs,
nous approchâmes deux par deux de l'autel pour recevoir les
cendres ; vinrent ensuite les femmes. Nous ne fûmes pas de retour à la maison avant six heures du matin.

Comme c'était le premier jour du carême, nous allâmes reposer quelques heures sans avoir pris aucune nourriture ; nous
nous retrouvâmes ensemble dans la salle à manger. Nous nous
assîmes à un dîner maigre : tout était à l'huile ; une partie des
hôtes et les maîtres de la maison, ayant la coutume de s'abstenir
alors de tout aliment cuit, ne se soutinrent qu'avec des tranches de
pain grillé. Quand nous nous aperçûmes que le prince woyéwode
se privait aussi de toute autre nourriture, animés par ce bel
exemple, nous ne pensâmes pas à satisfaire notre appétit, et chacun était content de plaire au Sauveur, au moins par ce petit
sacrifice. Ce jour-là, on ne vit pas de vin sur la table, seulement
de l'hydromel et de la bière. Le dîner terminé, tous repartirent.
Moi, avec ma Madelon, je me lançai vers Nowogrodek, et nous
descendîmes assez tard à notre logis.

(A) *Aimons-nous*, l'un des toasts que l'on ne manquait jamais de porter à la
fin des festins et qui caractérise essentiellement l'esprit qui y présidait.

(B) Voici le portrait que M. de Rulhière a tracé du prince Radziwil : « C'était,
dans l'Europe entière, le seul qui restait encore de ces grands seigneurs si
renommés dans l'histoire des siècles derniers, et véritablement égaux à la

plupart des souverains de ces temps-là. Il possédait cinq millions de revenus, plusieurs forteresses, et entretenait près de six mille soldats. On sait que ces fortunes exorbitantes s'étaient formées, dans les autres pays, à la faveur du gouvernement féodal. On demandera sans doute comment il s'en était formé de semblables en Pologne, où la féodalité ne s'est point introduite? Quand la Lithuanie, presque toute sauvage, reçut volontairement les lois, la religion et les mœurs polonaises, et s'associa au même gouvernement, quelques maisons, telles que les Czartoryski, les Radziwil, les Oginski, portaient de temps immémorial les titres de princes ou de comtes; et, quoique ces distinctions fussent contraires à un gouvernement fondé sur l'égalité absolue de toute la noblesse, ces titres furent cependant conservés à ce petit nombre de maisons lithuaniennes, avec la restriction qu'elles ne pourraient en inférer aucune espèce de prérogative. Les mœurs publiques ont toujours ramené ces maisons, ainsi distinguées, à l'état général; et toutefois ces titres devinrent dans la république la source d'une émulation dangereuse. Les rivalités des maisons lithuaniennes ont souvent été l'occasion des troubles de l'État. Dans la suite, quelques maisons, et entre autres celle du prince Radziwil, obtinrent, contre l'usage général des Polonais, de faire une substitution de leurs biens d'aîné en aîné; et le chef des Radziwil était devenu, par cette substitution, déjà ancienne, le plus riche particulier non-seulement de la Pologne et de la Lithuanie, mais de quelque pays que ce fût. La fortune des Radziwil était, malgré son immensité, dans un extrême désordre; leurs terres, ne pouvant être vendues à cause de la substitution perpétuelle, servaient d'hypothèques et de gages à de fréquents emprunts. Cette maison s'était attaché un très-grand nombre de clients, parce qu'une multitude de gentilshommes tenant d'elle des terres considérables pour de vieilles créances que l'augmentation progressive de l'argent avait rendues très-modiques, elle privait de ces avantages ceux dont elle avait à se plaindre, et en laissait jouir, au contraire, ceux qui se dévouaient à ses intérêts. C'est ainsi que dans le sein d'une république où tous les nobles sont égaux, cette maison avait acquis autrefois et conservait tant de richesses, de considération et de puissance. Le prince Radziwil n'était jamais sorti des forêts de la Lithuanie. Étranger à tous les arts, à toute politesse, il avait une confiance féroce dans sa force corporelle, dans le nombre de ses amis, dans la valeur de ses soldats, et surtout dans la droiture de ses intentions, car un sentiment de justice et de grandeur le conduisait dans sa férocité.

« Presque toute la jeune noblesse de Lithuanie lui composait une cour toujours prête pour attaquer ou se défendre. Armés de larges sabres, vêtus de peaux d'élan et d'épaisses fourrures, moins pour se garantir du froid rigoureux de ces contrées que pour s'en former des espèces de cuirasses, toujours coiffés de grands bonnets que recouvraient des lames de fer, ils parcouraient la Lithuanie et répandaient l'épouvante. Troupe qui semblait digne du pays où la nature conserve en toute saison un air agreste et sauvage, où les forêts sont immenses, où les marais ne sont point desséchés, où les rivières sont encore embarrassées de roseaux et de rochers. Un grand nombre de gens de la province s'attachaient à la fortune de ce jeune prince, dans l'espérance que ses richesses et ses forces seraient un jour employées à défendre la liberté publique. Lui-même sentait vivement ce qu'il devait à son nom et à la patrie, et cherchait les bons conseils. La grandeur de ses entreprises, sa constance dans ses revers et dans sa ruine, ses ressources pour s'en relever, ont fait justement regretter qu'une éducation meilleure n'eût pas cultivé un esprit naturellement droit et des sentiments si courageux et si nobles. » (*Hist. de l'anarchie de Pol.*, vol. II, livre V.)

(C) Pour comprendre ce qu'était encore le luxe de la table des grands seigneurs au dix-huitième siècle, il faut remonter à la profusion qui s'était introduite dans les siècles précédents. Nous citerons le tableau que trace des festins, sous Jean-Casimir, un Français, le chevalier de Beauplan, officier au service de Pologne, dans son ouvrage, publié en 1660 : « Leurs festins et ce qu'ils y observent est tout autre que ce qui se pratique pour la pluspart des autres nations du monde ; car les seigneurs, qui sont ceux qui se piquent le plus en ce point, et les très-riches, et de moyens médiocres, se retraitent fort splendidement en esgard à leur pouuoir, et peut asseurer auec verité que leurs repas ordinaires surpassent de beaucoup en abondance de toutes choses nos festins. Les grands seigneurs du royaume et autres associez de la Couronne, les jours vacquans auxquels ils sont dispensez d'aller au senat lorsqu'ils tiennent leur diette à Varsovie, où il est fait des festins dont la despence est montée iusques à cinquante, voire soixante mil liures. Or enfin que dès l'eschantillon vous puissiez cognoistre la valeur de toute la pièce, ie vous diray, et en parle de certain, que plusieurs fois il s'est trouué des articles qui faisoient mention en un seul festin de 100 écus de verres, et si ils n'estoient point précieux, car ils ne valoient qu'un sol pièce. Or, quand ils commencent ils ne sont le plus souuent que quatre ou cinq seigneurs sénateurs auxquels quelquefois se ioignent les ambassadeurs qui sont en cour, qui seroit un bien petit nombre pour une si grande despence que celle qui a esté cottée ci-dessus ; mais qui est augmentée par la suite de leurs gentilshommes que chacun dit seigneur, aduenu au nombre de douze ou quinze qui font en tout bien souuent une compagnie de 70 à 80 personnes, qui se mettent à table, faites de trois tables ioïntes ensemble par le bout, et disposées en forme de double équerre et longues en leur contenu de bien cent pieds, lesquelles sont ordinairement couvertes de trois beaux doubliers fins et d'un service entier de vermeil doré, et sur chaque assiette un pain couvert d'une serviette très-petite, qui n'est pas pas plus grande qu'un mouchoir, avec une cuiller, sans cousteau, et ces tables ainsi disposées sont ordinairement placées dans une grande et spacieuse salle, au bout de laquelle est un buffet orné d'une quantité magnifique d'argenterie, qui est entourné de balustre en forme d'un petit paraferme, et dans lequel personne ne peut entrer, que le sommelier et ses serviteurs. Sur ce buffet se voient assez souvent huit ou dix piles de plats d'argent, et si grande quantité d'assiettes qu'elles esgalent la hauteur d'un homme, qui n'est pas de petite stature dans ce pays-là; vis-à-vis dudit buffet et ordinairement au-dessus de la porte, il y a un théatre sur lequel se mettent les musiciens; tant ceux qui jouent de toutes sortes d'instruments que ceux qui chantent, lesquels ne se font pas ouyr tous ensemble et confusément, mais commencent par les violons, qui sont suivis des cornets en aussi grande quantité qu'il en faut, qui ayant achevé sont suivis de voix humaines que poussent assez mélodieusement des enfants gagez pour cela, et tous ces divers sons recommencent alternativement et durent jusques à la fin du festin, lesquels musiciens ont toujours mangé et beu avant que le festin commence, durant lequel ils ne pourroient pas s'occuper à manger et à boire; toutes ces choses ainsi disposées l'on met sur table lesquelles on couvre de toutes sortes de mets, alors les dits seigneurs sont introduits en ladite salle. Ils sont servis par des escuyers-tranchants, qui sont trois en chacune table, et regalez des mets qui sont dessus, accomodez et assaisonnez à leur mode; c'est assavoir, les unes avec du sâfran, dont la saulce est jaulne, les autres avec du suc de cerises qui fait la saulce rouge, d'autres avec le marc et suc de pruneaux, qui fait la saulce noire, et enfin les autres après deux ressaulces du suc d'oignons cuits et passez par le tamis qui fait la saulce grise, laquelle est par eux nommée gonche. Toutes ces viandes, chacune à part dans leur saulce, sont coupées par morceaux gros comme une pelotte, afin que chacun puisse prendre son morceau suivant son appetit, qui ne les porte jamais à manger du potage, que l'on ne sert point sur table, parce que ladite viande est accompagnée de son bouillon dans lesdits plats, parmy lesquels on entrelace quelques pâtez de ces viandes. Chacun des conviez mange suivant l'appetit qu'il a pour ces saulces, qui ne sont jamais que quatre. Outre ces mets, l'on sert aussi du bœuf, du mouton, du veau, et des poules sans saulces, comme il se pratique en ce pays, fort bien assaisonnez de sel et d'espices, et si bien qu'il n'est besoin de salière, aussi n'en servent-ils jamais; et à mesure qu'un plat est vide, ils en servent un autre, comme de choux salés avec un morceau de lart salé ou du millet, ou de paste bouillie, qu'ils mangent par grande délicatesse, comme aussi une autre saulce qu'ils font d'une

racine qu'ils appellent cresen, laquelle ils ratissent et détrempent auec du vinai-
gre, qui est d'un goust de moutarde très-friand et excellent, et propre à manger
auec le bœuf tant frais que salé, et auec toutes sortes de poisson. Ce premier seruice étant ainsi usé et les plats vuidés, il est desseruy, ensemble le premier dou-
blier ; et puis on sert le second, qui est tout composé de viandes rosties, comme
veau, mouton et bœuf, dont ils seruent des pièces qui sont plus grosses qu'un
demy quartier d'iceluy, des chapons des poulets, poules, oysons, canards, liè-
ures, cerf, biches, cheureuil, sanglier, etc., et tout autre gibier, comme perdrix,
allouettes, cailles et autres petits oyseaux, qu'ils ont en abondance : tous lesquels
mets ils seruent en confusion, entremeslant les uns parmy les aultres, pour les
diuersifier auec plusieurs salades de diuerses façons ; ce second est suiui d'un
entremets composé de plusieurs et différentes fricassées de purée de pois auec
un gros morceau de lart gras, dont chacun prend une pièce qu'il coupe par
petits morceaux gros comme des dez à iouer, lesquels ils mangent auec leur
cueiller dans ladite purée, qui leur est un mets très-friand, qui s'auale sans
mascher et leur est si considérable qu'ils ne croient pas auoir esté bien traitez
s'il ne leur en a pas été serui, et s'ils n'en ont pas mangé à la fin de leur repas,
comme aussi du millet auec le beurre, de l'orge mondée assaisonnée de mesme,
qu'ils nomment *cacha*, et les Hollandais *gru*; des pastes fricassées auec du beurre
en forme de macarons remplis de fromage, et d'autres pastes de sarrazin en
forme de galettes fort minces, qu'ils plongent dans le suc de graine de pauot
blanc, choses qu'ils mangent, à mon advis, pour les parremplir entièrement et
pour les mieux disposer à dormir. Ce second seruice osté de la manière et
façon du premier, on leur présente le dessert tel que l'occasion et la
saison le peut permettre, comme laict cresmé, fromage et autres choses
que la mémoire ne me fournit presentement.

« Pendant leur disner ils boiuent peu afin de faire un bon et ferme fondement ;
ce qu'ils boiuent n'est que de la bierre, qu'ils font verser dans des verres longs
en forme de cylindre, de la grandeur d'un pot d'icy, parmy laquelle ils meslent des
roties de pain arrousées d'huile. Après donc que les dits maistres ont bien mangé
à table sans beaucoup boire, ils commencent tout de bon à boire à la santé
les uns des autres, non de la bierre comme auparauant, mais de leur vin
qui est le meilleur et le plus [généreux du monde, qui, quoy qu'il ne
soit que blanc, ne laisse de faire monter bien haut le prix de leur festin : attendu
qu'ils en font grand dégast, et qu'il couste quatre liures le pot. Et après
que l'un a beu à la santé de son amy, il luy présente le mesme verre plein
de semblable vin, afin qu'il luy fasse raison, ce qui leur est très aisé, et sans
aucune aide de seruiteurs, puisque leurs tables sont couvertes de gros flacons
d'argent et de verres, lesquels sont aussitost remplis que vuidez, ce qui est cause

qu'une heure ou deux après que ce ioly exercice a commencé, il y a un singulier plaisir à voir tant le nombre de verres que chacun a devant soy, qui sont en une si prodigieuse quantité qu'il est impossible qu'il les boiue, que les formes et les figures qu'ils en font, car tantost on voit un carré, tantost un triangle, tantost une figure longue, et tantost une ronde, et ces verres sont meuës si diuersement et en tant de façons que ie ne me peux persuader que les planetes ayent en leurs mouvements plus d'irregularité et plus d'anomalie, ce qui procède de la vertu inconceuable de ce bon et agréable vin blanc. » (*Description de l'Ukranie, depuis les confins de la Moscovie jusqu'aux limites de la Transylvanie.* Edit. du pr. A. Galitzin ; 1861, p. 110 à 200.)

(D) « *La mazure* ou *mazurka,* dans sa forme primitive et comme les gens du peuple la dansent, n'est qu'une espèce de krakowiak, seulement moins vive et moins sautillante. Les agiles Cracoviens et les montagnards des Carpathes n'appellent la mazurka dansée par les habitants de la plaine qu'une cracovienne rapetissée. La mazurka a été adoptée par les classes supérieures, qui, en lui conservant ses allures nationales, l'ont perfectionnée jusqu'à la rendre, sans contredit, une des danses les plus gracieuses de l'Europe. Elle offre beaucoup de ressemblance avec le quadrille français, selon ce qu'il y a d'analogue entre les caractères des deux nations. En voyant ces deux danses, on pourrait dire qu'une Française ne danse que pour plaire, et que la Polonaise plaît tout en s'abandonnant à une sorte de gaieté virginale. Comme la danse moderne prête surtout au triomphe des femmes, puisque le costume des hommes leur est si peu favorable, on doit remarquer que la mazurka fait ici exception ; car un jeune homme, et surtout un jeune Polonais, remarquable par une certaine aimable hardiesse, devient bientôt l'âme et le héros de cette danse. Une mise légère et en quelque sorte pastorale pour les femmes, et le costume militaire polonais, si avantageux pour les hommes, ajoutent aux charmes du tableau que la mazurka présente à l'œil du peintre. Cette danse permet à tout le corps les mouvements les plus vifs et les plus variés, laisse aux épaules une pleine liberté de se plier parfois avec cet abandon qui, accompagné d'un laisser-aller joyeux et de certain mouvement du pied, frappant le sol, est on ne peut plus gracieux.

« *La krakowiak,* danse nationale des environs de Cracovie, est très-gaie, et porte les caractères d'un peuple dont les mœurs sont encore peu éloignées de la nature. Avec moins d'art et de galanterie, cette danse a cela de commun avec le *bolero* espagnol, qu'on l'accompagne de chants, et qu'également les danseurs marquent la mesure, en Espagne, à la vérité, avec des castagnettes, en Pologne avec des talons ferrés et des ronds de métal attachés à la ceinture ; du reste la *krakowiak* est loin du *bolero,* quant à l'art ; elle permet de déployer plus de cha-

leur et de force que d'habileté. Une cinquantaine de ronds de métal sonnant autour de la ceinture, à laquelle pendent aussi un couteau et d'autres objets pareils,
l'habitude de faire jaillir des étincelles en frappant les talons ferrés l'un contre
l'autre, rappellent des coutumes qu'on trouve surtout chez des peuplades guer-
rières et encore peu civilisées. Les mouvements, les attitudes, le costume et la
musique particuliers à cette danse sont d'une si parfaite originalité, que l'on
trouverait fort difficile de les imiter exactement. Le costume des Cracoviens et
des Cracoviennes, beau quoique trop bariolé, va bien à la danse dont nous parlons. Les longues tresses de cheveux des Cracoviennes, entremêlées de nombreux
rubans flottants, sont surtout d'un effet pittoresque au fort d'une danse animée.
Ces rubans représentent encore, en quelque sorte, la biographie des danseuses,
car ce sont d'ordinaire des présents et des souvenirs de toute espèce. » (*De la
danse*, article traduit de l'illustre Casimir Brodzinski, dans le journal *le Polonais*,
1834, III, p. 241.)

Le *drabant* est une danse en partie empruntée aux Allemands et en partie formée de la polonaise et de la mazurka. Le drabant est, comme la krakowiak,
accompagné de chansons. On commençait le bal par une polonaise, on le terminait par un drabant. C'était la danse d'adieu, après laquelle les invités montaient
en voiture.

Casimir Brodzinski, en parlant de la *polonaise*, dit : « C'est la seule danse
qui convient à l'âge mûr, qui ne messied pas aux personnes d'un rang élevé ;
c'est la danse des rois, des héros, des vieillards même ; elle seule convient à l'habit guerrier. Elle ne respire aucune passion, mais paraît n'être qu'une marche
triomphale, qu'une expression de mœurs chevaleresques et polies. Une gravité
solennelle préside à la polonaise. Outre ces caractères principaux, la polonaise
porte un cachet singulièrement national et historique, car ses lois rappellent une
république aristocratique avec des dispositions à l'anarchie ; découlant moins du
caractère d'un peuple que de sa législation particulière. Dans les vieux temps, la
polonaise était une sorte de cérémonie solennelle. Le roi, tenant par la main le
personnage le plus important de l'assemblée marchait en tête d'une nombreuse
suite de couples composés d'hommes seuls : cette danse, relevée de l'éclat de
costumes chevaleresques, n'était, à vrai dire, qu'une marche triomphale. Si une
dame était l'objet de la fête, c'était à elle à ouvrir la marche en tenant par la
main une autre dame : toutes les autres suivaient jusqu'à ce que la reine du bal,
ayant offert sa main à un des hommes rangés autour de la salle, eût engagé les
autres dames à imiter son exemple.

« La polonaise ordinaire est ouverte par la personne la plus distinguée de la
réunion, à qui il appartient de conduire toute la file des danseurs ou de la
dissoudre ; cela s'appelle en polonais *rey wodzic* : au figuré, faire le chef, en quel-

que sorte le roi (du latin *rex*). Danser en tête s'appelait aussi faire le maréchal, en raison des priviléges d'un maréchal aux diètes. Toute cette forme se lie aux souvenirs et aux habitudes de la levée des bans, ou plutôt de la réunion des assemblées nationales en Pologne ; c'est pour cela que, malgré la déférence pour les chefs, qui ont le privilége de conduire à volonté la chaîne des danseurs, par un singulier caprice, érigé en loi, il est permis de détrôner un chef toutes les fois que quelqu'un de hardi crie *odbijanego*, ce qui est une espèce d'acte de *liberum veto* auquel tout le monde est obligé de céder. (*Odbijanego* veut dire repris de force, ou reconquis ; celui qui prononce ce mot est censé vouloir reconquérir la main de la première dame et la direction de la danse.) Le chef abandonne alors la main de sa dame au nouveau prétendant ; chaque cavalier danse avec la dame de la paire suivante, et ce n'est que le cavalier de la dernière paire qui se trouve définitivement évincé, s'il n'a pas la hardiesse de faire valoir son privilége d'égalité, en demandant *odbijanego* et en se plaçant à la tête. Mais, comme un privilége de cette nature, trop souvent employé, jetterait tout le bal dans une complète anarchie, deux moyens sont consacrés pour obvier à cet abus, c'est-à-dire, ou le chef use de son droit de terminer la polonaise, à l'imitation d'un roi ou d'un maréchal qui dissout une diète, ou bien, d'après le vœu dominant, tous les chevaliers laissent les dames seules au milieu, qui, alors continuent à danser en choisissant de nouveaux danseurs, et en excluant les perturbateurs et mécontents, ce qui rappelle les confédérations employées pour faire prévaloir la volonté des majorités. Il y a eu en Pologne des musiques de mazurkas et de polonaises, qui sont devenues historiques par les événements qu'elles rappellent. C'est ainsi que la polonaise de Kosciuszko et celle du prince Joseph Poniatowski, la mazurka de Dombrowski et celle de Chopicki, sont de précieux souvenirs de l'insurrection de 1794, des légions polonaises en Italie, des campagnes sous Napoléon et de la révolution de 1830. » (*Idem*).

—◦◦—

LE TRIBUNAL DE LUBLIN

IX

PREMIÈRE PARTIE

Voici plus de quatre-vingts ans que je traîne ma misérable existence dans cette vallée de larmes, et je vivrais deux et trois fois plus d'années, que je n'oublierais jamais l'impression qu'a faite sur moi le tribunal de Lublin (1), et pourtant quand je l'ai

(1) C'est à Lublin qu'en vertu de la constitution de 1578, se tenaient les tri-

vu, je n'étais ni un enfant ni un tout jeune homme. Malgré mon grand âge, je n'envie point le sort de la jeunesse qui me survivra, puisqu'elle ne verra pas ce que nous autres avons vu. L'époque qu'elle traverse lui léguera à son tour quelques avantages, mais ce que nous avons connu était de beaucoup meilleur et ne reviendra plus.

Nos tribunaux inspiraient, il est vrai, un respect universel et valaient la peine d'être vus; cependant le tribunal de la Couronne était, sans comparaison, plus magnifique, et cela parce qu'il était de fondation plus ancienne et que sa juridiction embrassait une plus vaste étendue de pays. En Lithuanie, dix woyéwodies dépendaient d'un même ressort, tandis que dans la Couronne peu s'en fallait qu'il n'y en eût trente. Or, lorsque la confédération de Bar fut dissoute, on effectua le premier partage; mon maître ne vivait plus, et je me trouvai, comme l'on dit, assis sur la glace (1). J'eus quelque envie de servir dans l'armée de la république, et fis même des démarches dans ce but; le département de la guerre recevait, hélas! les confédérés avec la prévenance du chien pour le hérisson. Qu'y avait-il à faire? Je me rappelai les anciens temps, la façon dont autrefois, chez mon oncle, je copiais les minutes des citations. Je vais aller, me disais-je, servir les citoyens dans la carrière du barreau. On se souvenait un peu de son droit; le reste était à apprendre : ce ne sont pas les saints qui façonnent

bunaux de la Couronne, qui avaient dans leur ressort toute la Petite Pologne. La salle de l'hôtel de ville était ornée des armes des woyéwodies et chapitres, ainsi que des portraits des rois, maréchaux du tribunal et autres personnages célèbres. Le fameux poëte Jean Kochanowski y termina ses jours, y ayant été frappé d'apoplexie, le 22 septembre 1584, pendant qu'il plaidait devant le roi Étienne, pour Podlodowski, frère de sa femme.—Lublin est encore célèbre par l'union définitive de la Lithuanie à la Pologne, que la diète y prononça en 1569.

(1) Proverbe polonais qui correspond à l'expression française : être Grosjean comme devant.

les pots de terre (1). Les hommes m'aidèrent aussi. En Pologne, qui s'est battu pour la patrie et a en outre attrappé à son service quelque bon coup, ne mourra pas de faim parmi les siens. M. Fabien Woynilowicz, régent terrestre, me prit en qualité de clerc ; sous un tel homme, on apprendrait le droit malgré soi, à plus forte raison en se donnant toutes les peines imaginables. On sut bientôt se tenir comme il faut, et vu qu'on ne forçait pas les clients à trop mettre la main à la poche, la noblesse vous confiait ses intérêts. Juste à cette époque, il me revint aux oreilles que M. Étienne Oborski, l'un des plénipotentiaires du prince woyéwode, ayant épousé madame Chrapowicka, riche veuve dont il débrouilla les affaires, tant soit peu compliquées, avait dû aller s'établir en Russie Blanche, et par conséquent quitter le service du prince. Nombre de gens s'efforçaient d'avoir sa place, et il y avait beaucoup d'intrigues. Le prince, s'étant rappelé qu'il m'avait vu dans les batailles et que je lui avais été plusieurs fois envoyé avec des instructions secrètes par S. Exc. Oginski, woyéwode de Witebsk, mon ancien maître, prit en considération mes services tels quels envers ma patrie, et me chargea, de son propre mouvement, de suivre toutes les causes qu'il pouvait avoir, tant devant le tribunal terrestre que devant le grod de Nowogrodek.

Je m'occupais depuis quelques années déjà des affaires du prince, lorsqu'il me donna l'ordre de me rendre à Biala avec une partie de sa cour et de l'y attendre. Le prince, arrivé à Biala, n'y séjourna pas longtemps et partit pour Lublin, où devait être définitivement jugé un de ses procès attardés, et qui avait nécessité de sa part les plus grands efforts. Il remontait encore au temps du prince Radziwil l'Orphelinet, et les circonstances qui l'ont fait naître ne sont jusqu'à présent ignorées de personne en Li-

(1) Proverbe qui signifie qu'il ne faut pas de génie pour être potier ni avocat.

thuanie. Le prince l'Orphelinet vivait dans d'étroits rapports avec S. Exc. Iliniez, woyéwode de Brzesc, en Lithuanie, et posses-seur de propriétés importantes, entre autres de Biala, où il demeurait; quand il conçut donc le projet d'accomplir un pèle-rinage en terre sainte, il le confia à son ami. Or, vu que dans ses contrées, où règnent la barbarie et le paganisme, où la peste est toujours dans l'air, où l'on ne peut pénétrer qu'en franchissant les montagnes, les mers, les déserts, un voyage est tellement pé-rilleux qu'on aurait pu parier qu'il n'en reviendrait pas, le prince, étant célibataire et sans autres héritiers que ces Radziwil, obstinés calvinistes, qui l'avaient persécuté de tout leur pouvoir à cause de son abjuration, se sentant peu d'amitié pour eux et ne désirant nullement qu'après sa mort ses immenses domaines enrichissent de malveillants parents, se mit en tête de distribuer entre ses amis la totalité de ses biens. Il expliqua ces diverses circonstan-ces à son ami et lui demanda conseil. M. Iliniez lui dit: « Mon prince, si tu fais un testament et que Dieu ne te ramène pas au pays, ceux que tu favoriseras ne profiteront pas de ta générosité. Tu sais que dans notre législation aucun testament n'est assez fort pour ne pas donner lieu *interpretationi;* tes parents les Radziwil de Birze sont puissants; ils mènent le branle parmi les dissidents de Lithua-nie et de Pologne, et en Lithuanie, après ta mort, un catholique même ne les abandonnera pas; ils annuleront ton testament, s'em-pareront de tes biens et les rempliront de mécréants. Moi je te con-seillerai de disposer de tes biens, non par un testament, mais par une transaction formelle. — Et cela par quel moyen? demanda le prince. — Tu es célibataire, répondit S. Exc. M. Iliniez, moi je n'ai pas d'enfants : faisons donc entre nous une donation au survivant. Si je meurs le premier, tous mes biens sont à toi; Dieu te rappellera-t-il à lui avant moi, Slusz-cyzna, Koydanowszczyzna, Siebiez, tout ce que tu possèdes maintenant, sera à moi; et les calvinistes avaleront le diable s'ils m'arrachent un arpent de tes terres. — D'accord, » dit le prince. Les deux seigneurs partirent aussitôt pour Brzesc, afin de réaliser leur transaction.

Le prince l'Orphelinet s'engagea dans son pèlerinage. Une année s'écoula, puis une autre; aussi S. Exc. M. Iliniez n'attendait plus que la nouvelle certaine de la mort du prince : car il circulait le bruit, une fois que le vaisseau quile portait avait sombré, une autre fois qu'il était mort de la peste ou que les musulmans l'avaient tué. Le woyéwode était gourmand, et il devait attendre bien impatiemment la confirmation de ces détails : cinq principautés et treize comtés ne se trouvent pas dans le pas d'un cheval. Mais l'homme propose et Dieu dispose. Le prince l'Orphelinet échappa à toutes les fatigues et à tous les dangers, et avec l'aide de son ange gardien, il revint en bonne santé; il avait cherché la mort à travers ce vaste monde et ne l'avait pas rencontrée, et la mort dépista M. Iliniez dans ses propres domaines. En effet, lorsque le prince l'Orphelinet s'en retournait déjà vers Nieswicz, et qu'après quelques jours passés à Cracovie il se dirigeait vers Biala pour embrasser son ami, ne voilà-t-il pas qu'en entrant dans la ville il croise un convoi magnifique, s'informe qui l'on mène en terre, et apprend que c'est S. Exc. M. le woyéwode Iliniez, qu'à la chasse un ours avait mis en pièces deux jours auparavant. Le prince lui rendit les derniers devoirs et le pleura sincèrement, car il avait un cœur sensible, puisqu'on a eu raison d'écrire de lui qu'il n'est pas de vertu qu'il ne possédât. Mais la transaction étant aussi claire que le soleil, il reçut de quoi essuyer ses larmes et donner aux indigents pour le repos de l'âme du défunt. Biala, Slawatycze, Zabludow, Mir et tant d'autres biens d'Iliniez entrèrent alors dans la maison des Radziwil. C'est ainsi que son pèlerinage lui fut profitable en ce monde et dans l'autre, et il le méritait. La femme du woyéwode Ilinicz, née Tarlo, avait sa dot hypothéquée sur les biens de son mari ; le prince l'Orphelinet, quoiqu'elle n'eût pas l'usufruit de ses biens, ne toucha pas, tant qu'elle vécut, à ses revenus et les lui laissa ; en reconnaissance de cette faveur, elle assura le prince, par une lettre autographe, que ni elle ni ses successeurs n'élèveraient de réclamations à cause de sa dot, ayant été payée et au delà. Dans la suite les Tarlo commencèrent à chicaner le prince, disant que ces renonciations de femme devaient se faire non par lettre, mais par transaction avouée et en présence de parents. Pendant quelque cent cinquante ans, les procès s'engagèrent et cessèrent. Le prince Michel Radziwil, grand hetman de Lithuanie, père du prince woyéwode, se rencontra devant le tribunal de Lublin avec Tarlo, woyéwode de Lublin, qui ne lui donna pas médiocrement d'ennuis, étant le plus hardi des hommes ; rien n'aboutit alors, et bientôt S. Exc. le woyéwode de Lublin, le dernier des Tarlo par les hommes, fut tué en duel par S. A. le prince Poniatowski, chambellan de la Couronne, lequel duel fit beaucoup parler (1). L'affaire échut par succession à S. A. le prince Lubomirski, grand maréchal de la Couronne. Si ces faits sont présents à mon esprit ce n'est pas miracle, puisque j'ai lu d'un bout à l'autre, cent fois peut-être, tous les documents qui se rapportaient à cette affaire.

Nous nous rendîmes donc à Lublin à la suite du prince. On fit monter dans ma bryczka M. Barthélemy Chodzko, courtisan du prince, bon garçon, mais ferrailleur, tel que le monde et le royaume de Pologne n'en ont jamais vu. Son père, juge terrestre d'Upita, avait une belle fortune et fut plusieurs fois délégué au tribunal. Il aurait lui même dirigé la carrière de son fils, mais il ne put en avoir raison, tellement il était d'humeur batailleuse. Il le plaça à

(1) Voir sur ce duel fameux la note A, à la suite de ce récit, p. 190.

l'école de droit, afin de ne pas le perdre de vue; son fils, soignant plus le sabre que la plume, ébrécha tant de têtes qu'il dut payer pour ses bourdes trente mille florins en une année. Son père finit par se dégoûter, et comme il était héréditairement ami de la maison des Radziwil, et que le prince Radziwil aimait la noblesse prompte à dégaîner, il l'envoya donc à Nieswiez. Il était de petite taille, gringalet et de piètre figure : néanmoins peu d'hommes l'égalaient en force et en habileté dans le maniement du sabre. Il avait un sabre fort exigu, qu'il appelait archet. Son plus doux passe-temps était de tomber au milieu d'inconnus, et, se posant en nigaud, de s'attirer quelque querelle. Il se laissait d'abord tourner en ridicule, puis lâchait quelque gros mot pour être provoqué; alors, prenant une figure de lâche, il essayait d'éviter le duel par ses excuses; enfin il se battait, soi-disant malgré lui, et estropiait ceux qui n'avaient pas su le deviner. Moi qui étais déjà père de famille et de plus honoré de l'amitié du juge d'Upita, j'avais une grande influence sur M. Barthélemy, qui s'en rapportait à moi. Je lui faisais souvent entendre raison quand, à son arrivée à Nowogrodek, il s'était fait quelque mauvaise affaire; car il descendait toujours chez moi, en sa qualité de serviteur du même maître. J'étais donc assis avec lui dans la bryczka, et lui qui n'était jamais jusqu'à ce jour sorti de la Lithuanie, m'interrogeait en route sur la Couronne. Une fois il me dit : « Pardon, monsieur Séverin, mais mon archet doit fraterniser aussi avec ceux de la Couronne; je serais surtout heureux qu'il fît la connaissance de quelque habitant de Lenczyca. — Et pourquoi cela? — Parce que, dans le temps où l'on me tourmentait dans les écoles, j'ai lu dans Troc (1) que les Français disent : se battre en diable, et les Polonais : se

(1) Michel Troc, de Varsovie, auteur du premier dictionnaire franco-polonais. Leipzig, 1740.

battre en Lenczycien. C'est tout ce qui m'est resté de mon français.
Eh bien, je serais fort aise de savoir si l'on joue mieux du sabre
à Lenczyca qu'à Poniewiez. — Cesse donc, monsieur Barthélemy, de me conter des billevesées; ne sais-tu point que, commettre une bourde à deux pas du tribunal, c'est s'exposer à voir,
avant le temps, la très-sainte Trinité. Tu cherches un mauvais
coup; je dirai au prince quelles enquêtes tu veux faire à Lublin;
il défendra de laisser sortir monsieur de sa chambre. — Monsieur Séverin, je ne plaisante ainsi que pour passer le temps. Sois
tranquille, je me tiendrai à tes côtés; seulement, pour Dieu, ne
souffle pas un mot de cela au prince. »

Je pensais que le jeune homme s'était calmé; nous rencontrâmes, dans les auberges, des nobles de Lukow, attablés et buvant; et pourtant M. Barthélemy n'accrocha personne. Nous
arrivâmes à Lublin un samedi soir. J'étais heureux que le lendemain fût un dimanche, parce qu'en approchant de Lubartow, à
une descente rapide, les chaînes du timon s'étaient rompues et
les chevaux nous avaient emportés. M. Barthélemy en avait ri, tandis que j'avais eu grand'peur et fait le vœu, si Dieu me sauvait de
ce danger, de me confesser et de communier le lendemain de mon
arrivée à Lublin. Et, en effet, quoique la bryczka eût versé sur la
chaussée, nous nous relevâmes tous sains et saufs, par un véritable
miracle. Mais, le dimanche, je pus à peine remplir la moitié de
mon vœu, vu que le prince nous ordonna de nous rendre chez lui
de bon matin, pour aider M. Radziszewski à expliquer l'affaire
devant MM. Hryniewiecki et Kozmian, qui devinrent, dans la
suite, l'un woyévode, l'autre castellan de Lublin, et qui étaient
alors les premiers avocats de la ville et grands amis du prince.
Heureusement que le prince avait un chapelain et un autel de
voyage, avec de grands priviléges du nonce; autrement, c'en était
fait de la messe. La conférence ne se termina qu'un peu après

midi. Je me rendis chez les Basiliens avec M. Barthélemy, et nous arrivâmes quelques instants avant la fin de la messe. J'obtins du prêtre qu'il me confessât, mais je dus remettre la communion au lendemain. Le tribunal, cette année, était sous le maréchalat de S. Exc. M. Choloniewski, staroste de Kolomyja, qui avait je ne sais quelle parenté avec le prince. Le président était le chanoine Wodzicki, abbé de Hebdow, chez lequel, pendant l'exercice de ses fonctions, il se but tant de vieux vin, qu'il eût suffi pour faire tourner une roue de moulin un dimanche ou deux. C'est lui qui disait « que le vin devait être d'un an au moins plus vieux que le maître de la maison. » Or S. Exc. M. le maréchal du tribunal avait une telle estime pour son noble parent, qu'il lui rendit le premier visite et l'invita à dîner. Le prince le reçut sur le pas de la porte, se plaignant d'avoir été devancé; puis tous deux se rendirent chez M. le président. Comme M. Kozmian invita à dîner chez lui MM. Radziszewski et Rupeyko, bailli d'Eyragola, qui, par amitié pour le prince, remplissait, par intérim, la charge de maréchal de sa cour, j'eus, en ma qualité de plénipotentiaire spécial, la préséance sur le reste de la suite, et fis les honneurs de la table de mon maréchal. Après dîner, j'allai parcourir la ville, et, ne me fiant pas beaucoup sur la promesse de se bien conduire que m'avait faite M. Barthélemy, je l'engageai à me tenir compagnie. Nous partîmes donc; mais, attendu que le dimanche toutes les juridictions étaient fermées, que les fonctionnaires, les avocats et les clients banquetaient, qu'eux excepté, nous ne connaissions personne, je sortis donc de la ville, avec M. Barthélemy, par la grande route de Lwow, afin de visiter les environs.

Ayant fait quelques centaines de pas, nous trouvâmes quelques vieux tilleuls, derrière ces tilleuls, une auberge, et devant ces tilleuls, sur la route même, une grande pierre meulière. M. Barthélemy me dit : « Il ne serait pas mauvais de nous asseoir à l'ombre, sur cette pierre, et de vider un pot de bière. — Tu parles d'or; attends-moi, je vais entrer dans l'hôtellerie et en faire apporter. » Près de l'hôtellerie je rencontrai une vingtaine de jeunes gens appartenant au barreau, je le présumai du moins en voyant leur kontusz ponceau de Lublin. Je les saluai, ils me rendirent mon salut et j'entrai. Le juif alla dans la glacière me tirer un pot de bière fraîche, et moi, en l'attendant, je me mis à lire sur les fenêtres et les murs les bons mots qui y étaient écrits. Quand le juif revint avec la bière, nous nous rendîmes sous les tilleuls : je vis Barthélemy assis sur la pierre où je l'avais laissé, et près de lui tous ces messieurs que j'avais trouvés sur le banc de gazon, devant l'hôtellerie. Ils se tenaient à côté de lui et il les regardait comme un nigaud. Je compris à l'instant qu'il allait y avoir du grabuge; je m'approchai, et lui, avec une mine de pleurnicheur : « Monsieur Séverin, qu'est-ce que ces messieurs disent en langue de la Couronne; expliquez-moi ce qu'ils me veulent? » Et l'un de ces messieurs ponceaux : — « Vous ne savez peut-être point, messieurs, qu'ici finit la juridiction du tribunal : ceci est le moulin du barreau; voici la pierre, nous sommes la roue. Quiconque touche cette pierre doit sortir farine ou gruau. Messieurs, vous êtes deux : dites-nous lequel des deux il faut réduire en farine, lequel en gruau. » Je leur répondis : « Messieurs, je suis déjà bien vieux pour que vous vous moquiez de moi, et Dieu m'est témoin que demain j'approche de la sainte table. De plus, je suis ici pour l'affaire du prince Radziwil, woyévode de Vilna, à la suite duquel j'ai l'honneur d'appartenir, et je ne puis disposer de moi avant la fin du procès. Et voici M. Chodzko, fils du juge terrestre d'Upita, courtisan de S. A. le prince woyévode; soyez donc assez bons, messieurs, pour nous laisser aller à la grâce de Dieu. » Parmi eux se trouvait, ainsi que je l'ai appris plus tard, un clerc de M. Kozmian nommé Czarkowski, de Braclaw, qui savait que son patron s'occupait des inté-

rêts du prince. Il prit la parole : « Messieurs mes collègues, c'est
le fondé de pouvoir du prince, je demande grâce pour lui, d'autant plus qu'il n'a pas touché notre pierre; mais nous allons moudre sans cérémonie le fils du juge d'Upita, qui y est assis. —
Est-ce que vous m'avez pris dans votre grenier, que vous voulez
me moudre? dit-il. — Tu as touché notre pierre, maintenant
tu nous appartiens. — Et comment allez-vous me moudre?
— Dis donc, frère, ne portes-tu ta carabelle (1) que comme
ornement? — Es-tu donc un prêtre pour que je me confesse
à toi? — Nous n'allons pas disputer avec toi sur les mots:
lève-toi, tire ton sabre, et tu devineras le reste. — Oh! puisque
je me trouve bien sur cette pierre, ne feriez-vous pas mieux
de boire de la bière avec nous, de vous détacher de moi, et de
moudre quelqu'un des vôtres, car le blé lithuanien est dur et
desséché. — Nous allons voir! s'écria l'un d'eux, s'il est plus
dur que le nôtre. Je suis le maréchal de la roue; c'est par
moi qu'il faut commencer; lève-toi donc, frère. — Eh mais!
j'ai peur de toi, j'aime mieux demander pardon que me battre.
— Il n'est déjà plus temps; il faut que tu te battes, à moins que
tu ne permettes que nous te fouettions. — Ah! si vous êtes enra-
gés à ce point, ne se trouve-t-il pas parmi vous un Lenczycien; »
et il se mit soi-disant à essuyer ses larmes avec son mouchoir, en
répétant : « Aïe! ma pauvre maman, comme tu vas pleurer ton
petit Barthélemy. » Et moi : « Écoutez-moi, je suis votre supérieur en âge, n'est-ce pas dans ce même Lublin que s'est faite la
réunion de la Couronne et de la Lithuanie; les ossements de
vos aïeux s'agiteront dans leurs tombes quand les Polonais provo-
queront des Lithuaniens dans cette ville. Ne vaudrait-il pas

(1) Carabelle, nom que les Polonais donnaient à leur sabre, de l'italien *cara
bella,* chère belle.

mieux vider à la mémoire de Louis, père de la reine Hedwige et beau-père de notre Jagellon (1), des bouteilles de vin de Hongrie, afin qu'elles nous réconcilient. Laissez ce garçon en paix, et permettez que j'envoie chercher du vin et que je vous traite en cette hôtellerie. » Le barreau commença à mollir et quelques-uns interpellèrent le maréchal : « Laisse cet honnête Lithuanien à la grâce de Dieu : il ignorait les lois de notre moulin. » A ce moment, Barthélemy commença à craindre que cette dispute ne s'en allât en fumée, et toujours assis sur la pierre, il dit en se grattant la tête : « Ah! c'est Votre Excellence qui est maréchal de ce moulin? Je l'en félicite; mais en Lithuanie on ne rencontre dans les moulins que des meuniers et des porcs, et non des maréchaux. — Écoute, mon frère l'étourneau, par égard pour ton respectable compagnon, je te lâche tout entier; mais tiens ta langue et ne plaisante qu'avec tes semblables. — Ne vous fâchez pas respectable maréchal, je ne plaisanterai pas avec vous, je parlerai sérieusement. Savez-vous pourquoi je préférerais, au pis-aller, me mesurer avec un Lenczycien qu'avec Votre Excellence? C'est qu'on dit que les Lenczyciens ont de l'esprit; et voici mon compagnon qui peut témoigner qu'en me rendant de Lithuanie à Lublin une bohémienne m'a prédit que je dois périr de la main d'un grand imbécile; aussi, au premier coup d'œil jeté sur Votre Excellence, ai-je été fort effrayé. »

Il n'y avait plus moyen de rien arranger à l'amiable. C'est à peine si le maréchal n'éclata pas de colère; il tira son sabre et se jeta sur Chodzko avec la plus grande impétuosité. Celui-ci n'eut que le temps de sauter de la pierre; il tira son archet, cracha

(1) Hedwige qui succéda comme reine de Pologne, à son père, Louis Ier, lequel était né d'un père hongrois et d'une mère polonaise, épousa le grand-duc de Lithuanie, Jagellon, qui à cette occasion, se convertit au christianisme. Ce mariage opéra l'union des deux pays, (1386).

dans sa main, et dès la première passe lui donna si bien sur la
patte, que le sabre tomba à terre. On se mit à panser la main du
maréchal, qui se tenait comme cloué en place, moins encore par
douleur que par confusion. « Ah! ma foi, s'écria M. Barthélemy,
je pensais que se battre avec un homme de la Couronne était une
grande affaire, et voilà que pour accommoder un maréchal il faut
moins de temps que pour déboucher une bouteille. — Attends,
rustaud, je vais t'en donner! » s'écria un autre, en s'élançant sur
lui avec un sabre énorme. Mais à peine s'était-il fendu une ou
deux fois, qu'il reçut un coup d'archet sur la tête. Un troisième
se présenta : « Tu voulais avoir affaire à un Lenczycien, en voilà
un. » Cela dura un peu plus longtemps, mais celui-ci aussi attrapa
un coup sur la nuque. « Eh ! c'est le diable, et non un Lithuanien, »
dirent les gens de la Couronne. « Écoute, frère, tu t'es moqué de
nous ; tu feignais d'être un lourdaud et tu es un sabreur émérite. D'après les lois de notre moulin, celui qui a vaincu trois fois
est libéré de toute tribulation. Si tu y consens, nous t'offrons notre
amitié; si tu la méprises, quoique tu sois un rude jouteur, nous
serons tous à tes ordres, l'un après l'autre. — Accepte-le :
Omne trinum perfectum, dis-je à M. Barthélemy, et embrasse
ces dignes seigneurs. — D'accord, répondit celui-ci; si je
regarde comme un honneur pour moi de vous avoir amusés de
mon archet, je regarde votre amitié comme un plus grand honneur encore. » Il se mit à les embrasser, s'excusant auprès de ceux
qu'il avait offensés, principalement du maréchal. Moi, pour les
consoler, je leur dis : « Ne soyez pas humiliés, messieurs, de n'a-
voir pas été heureux contre mon collègue, car c'est le premier
sabreur de la Lithuanie. » Ils ne tardèrent pas à se réconcilier sincèrement; nous reconduisîmes à son logement le maréchal lui-
même et ses collègues blessés, nous à pied et les blessés dans un
chariot loué chez les juifs. Le barreau nous invita à festoyer, si

12

bien que nous étions assez gais en revenant chez nous. En route j'admonestai un peu M. Barthélemy, mais je l'en aimai encore davantage, car il avait ainsi soutenu l'honneur de la province de Lithuanie.

Le lendemain, après m'être exécuté à l'église, je me rendis avec M. Barthélemy au tribunal, où nous rencontrâmes plusieurs de ceux dont la veille nous avions fait la connaissance près de la meule. Ils attendaient l'arrivée des membres du tribunal; il y avait quantité de membres du barreau et de clients dans la salle voisine : plus de mille personnes, à ce que je pus compter des yeux. Nos amis nous menaient partout, nous expliquant chaque chose. Dans la salle où l'on jugeait s'élevait une croix de pierre avec l'image du Sauveur, surmontée de cette inscription en lettres d'or : *Justitias vestras judicabo.* Ce qui nous frappa, c'est que le Christ avait le visage tourné de manière qu'on ne pût voir ses traits; or, nos amis nous dirent que le sculpteur ne l'avait point placé ainsi, et qu'au contraire, le Christ regardait d'abord le tribunal; mais depuis nombre d'années, un événement avait causé ce changement. Il y avait une veuve d'un bien petit avoir qu'opprimait dans un procès je ne sais quel magnat. Son affaire était claire comme de l'ambre, pourtant le magnat, ayant gagné les membres du tribunal, obtint un arrêt au mépris du droit et de la conscience. Quand on le prononça, la malheureuse veuve s'écria à haute voix dans la salle : « Si les diables m'avaient jugée, l'arrêt serait moins injuste. » Leur conscience inquiétant un peu les juges, ils ne la citèrent point à leur barre; ils feignirent de n'avoir rien entendu. Or la session touchait à sa fin; le maréchal et les juges, tant ecclésiastiques que laïques, se dispersèrent : il ne resta que la chancellerie et les greffiers du tribunal. Ne voilà-t-il pas que des calèches s'arrêtent en foule devant le tribunal; il en descend des seigneurs, on ne sait trop lesquels, les uns en kontusz, les autres en roquet, avec des cornes sur la tête et des queues qui passaient sous leurs habits ; et ils commencent à monter les escaliers. Arrivés dans la salle du tribunal, ils occupent les siéges, celui-ci du maréchal, celui-là du président, les autres ceux des juges. Les greffiers et la chancellerie virent bien que c'étaient des diables ; et, assis à leurs tables, fortement effrayés, ils attendirent ce qui allait advenir de tout ceci. En ce moment, le diable qui remplissait les fonctions de maréchal ordonna d'appeler l'affaire de cette veuve. Deux diables avocats parurent à la barre ; l'un plaidait *pro*, l'autre *contra*, mais avec un esprit étonnant et une grande connaissance de nos lois. Après une courte délibération, le diable maréchal appela le greffier de la woyéwodie de Wolhynie (car cette affaire était de Wolhynie), mais le vrai greffier, non un diable, et lui ordonna de s'asseoir derrière la table et de prendre la plume. Le greffier s'approcha, à moitié mort de peur, et, les yeux à demi fermés, commença à rédiger l'arrêt qu'on lui dicta et qui était tout à fait en faveur de la veuve opprimée.

Jésus, à cet horrible spectacle de diables plus justes qu'un tribunal racheté de son sang archi-saint et où siégeaient tant d'ecclésiastiques, détourna son visage attristé, et il ne montrera pas sa face (comme il a été révélé à un vénérable basilien de Lublin) avant que la nation ne se délivre de la vénalité des juges, de la gloutonnerie des prêtres et de l'ivrognerie des nobles. Cet arrêt, les diables le signèrent (à la place des signatures étaient tracées au feu de petites pattes de différentes formes) ; et, l'ayant placé sur le tapis qui recouvrait la table du tribunal, ils disparurent. A la session suivante, le tribunal trouva cet arrêt diabolique à la place où il avait été mis ; car l'on comprend que personne de la chancellerie n'avait osé le toucher. On le déposa aux archives, et, la communication des actes n'étant refusée à personne, chacun peut le lire et même en demander un extrait.

Pendant que nous méditions sur un événement aussi extraordinaire, nous entendîmes les huissiers répéter sur différents tons : « Messieurs, faites place, faites place ! Voici Son Excellence de Sandomir. » Et puis de nouveau : « Faites place, voici Son Excellence de Poznanie ! » Et ils ne cessaient de nommer des excellences. Nous nous en retournâmes au plus vite dans la première salle, à travers laquelle, entre deux lignes d'avocats et de clients précédés par les huissiers, les juges s'avançaient gravement vers la salle du tribunal, répondant par une légère inclinaison de tête aux profonds saluts qu'ils recevaient de droite et de gauche. Tout à coup un roulement prolongé de tambours et une bruyante décharge de mousqueterie annoncèrent l'arrivée de S. Exc. le maréchal, et tous les huissiers de s'écrier d'une seule voix : « Silence, messieurs, silence ! Son Excellence le maréchal du très-éclairé tribunal arrive. » Et il est vrai de dire que, dans une aussi nombreuse assemblée, un tel silence accompagna l'entrée de Son Excellence le maréchal, qu'on aurait entendu une mouche voler. A droite et à gauche, les rangs au milieu desquels il passait s'inclinaient presque jusqu'à terre, et seulement quand il était de quelques pas en avant, les têtes se relevaient l'une après l'autre avec la même régularité que si elles eussent été mues par quelque ficelle. Après le maréchal arrivèrent quelques magnats, et au milieu d'eux S. A. le prince woyéwode de Vilna et S. Exc. le grand maréchal de la Couronne allaient ensemble, causant en amis, quoiqu'ils plaidassent l'un contre l'autre, car ils s'estimaient mutuellement beaucoup ; puis, outre plusieurs liens de famille, S. Exc. Rzewuski, petit général de la Couronne et beau-frère du prince woyéwode, devait bientôt se lier pour la vie à la fille du prince maréchal, la princesse Constance, demoiselle qui charmait tout le monde par sa beauté et son esprit. S. Exc. le maréchal du tribunal invita le prince grand maréchal de la Couronne, le prince woyéwode de Vilna et les autres sénateurs, présents de l'autre côté de la barre, à daigner prendre place dans l'enceinte du tribunal, et les huissiers leur offrirent des fauteuils; les ministres et les sénateurs n'étaient pas priés de sortir pendant que le tribunal se retirait pour délibérer, à moins qu'ils ne s'en allassent d'eux-mêmes par délicatesse. Quand le tribunal eut pris place, le très-honorable président entonna le *Veni Creator*, et tous les juges ecclésiastiques, quelques-uns des laïques, ainsi que beaucoup d'avocats et de clients, l'accompagnaient, de sorte que l'hymne s'entendait de la place entière. S. Exc. le maréchal frappa de son bâton et ordonna à l'huissier de proclamer l'ouverture de la session; celui-ci, debout sur le seuil de la première salle, s'écria d'une voix retentissante : « Messieurs, le très-éclairé tribunal vous invite à suivre les causes et à écouter les débats. On va juger les procès à tour de rôle, et c'est maintenant le tour de la woyéwodie de Cracovie. Messieurs, préparez-vous ! » Le régent du tribunal lut à haute voix la liste des citations, et l'affaire de S. Exc. M. Wielopolski, maréchal de la cour de la Couronne, contre les Dembinski, fils du porte-étendard de Cracovie, à cause des *avulsa* du margraviat de Pinczow, fut appelée. M. Kozmian se présenta pour la partie plaignante, et M. Plichta défendit les Dembinski. Quoique ce ne fût qu'une exposition, ni Démosthène ni Cicéron n'auraient mieux parlé. On inscrivit au rôle plus d'une affaire, car S. Exc. le maréchal était actif, et à chaque session il rendait plusieurs arrêts. Et quelle magnificence ! les juges députés ecclésiastiques en roquets de dentelles, les juges députés laïques dans les uniformes de leurs woyéwodies, et le barreau en uniforme lublinois, avec kontusz ponceaux, doublures et cols verts, et zupans blancs. C'est également cet uniforme que portait ce jour-là notre prince, comme citoyen de la woyéwodie de Lublin, dans laquelle, outre d'autres biens, il possédait le comté de Woszczatyn, lui venant aussi des Iliniez, et que lui disputaient les successeurs des Tarlo. Il y en avait dans les antichambres, des hajduks, des serviteurs turcs et hongrois, et des chasseurs, et de la valetaille et des kozaks, qu'on ne pouvait les compter; sur la place, des calèches, et des carrosses, et des chevaux que le pape n'aurait pas eu honte de monter; et de l'or, il en coulait partout. Au tribunal, un gentilhomme apprenait à connaître la grandeur de sa nation. Aussi, après la session, en retournant chez moi, quand je passai sous les magasins où les Allemands et les Français trafiquent avec les marchandises étrangères et s'enrichissent avec notre argent, eh bien, je les regardai avec pitié, et je pensai : Je ne vous envie pas le bonheur que chacun de vous a, comme vous dites, de naître dans une maison de pierre, ni l'abondance de brimborions de métal et d'ivoire qu'il y a chez vous. A quoi vous servirait votre esprit sans notre argent? Vous n'avez ni ne pouvez avoir la même chose que nous. Partout où paraît un de nos seigneurs, il a peine à se débarrasser des Français, Italiens et Allemands, et aucun de nous ne se fourre chez vos seigneurs à vous.

Ce jour-là, il y eut un grand dîner chez le président, auquel assistèrent notre prince et son antagoniste : là aussi se fit un commencement d'accord entre eux. Le prêtre Bykowski, député du chapitre de Luck, et qui possédait un évêché de la collation du prince woyéwode de Vilna, invita chez lui à dîner M. Radziszewski et nous tous, courtisans du prince, ainsi que quelques juges, députés et avocats. Sans cesse nous entendions le vivat des canons de ceux dont on portait la santé chez le président.

Ce soir-là j'allai au théâtre, et j'avoue que je m'y impatientai fort; car on aurait été content de savoir la pièce que l'on jouait; puis, enfin, l'on avait payé pour cela; mais il n'y eut pas moyen.

A peine essayais-je d'écouter, qu'à droite et à gauche, le tapage était tel, que je ne savais plus où j'étais. Quand un député ou la femme de quelque député apparaissait au bel étage, on criait d'en bas des vivats, que les murailles en tremblaient; et d'autres se faisaient apporter du vin et criaient aux comédiens d'interrompre leur jeu jusqu'à ce que le verre eût passé de main en main. Ce n'est qu'ensuite qu'ils laissaient ces malheureux continuer leur affaire jusqu'à une nouvelle interruption. C'est ainsi que la pièce se termina sur les onze heures, et j'en savais autant en revenant du théâtre que si je n'avais pas mis les pieds hors de ma chambre. Je résolus, pendant mon séjour à Lublin, de ne plus aller au théâtre, et de ne plus jeter quatre florins dans l'eau.

Nous ne demeurâmes pas longtemps à Lublin; car, lorsque arriva le frère de S. Exc. le maréchal, S. Exc. de Cracovie, avec le petit général de la Couronne, cette affaire, qui durait depuis deux cents ans, se termina en quelques heures. Le prince woyéwode de Vilna se désista, en faveur des princes Lubomirski, de tous les droits qu'il avait, avec eux, à la succession des Szydlowiecki, et les princes renoncèrent à la dot de la veuve du woyéwode Ilinicz, S. Exc. le maréchal du tribunal écrivit de sa main l'accommodement, et les parties, l'ayant signé, l'approuvèrent en personne. Les fondés de pouvoir des princes Lubomirski apportèrent le double de l'accommodement au prince, qui leur fit distribuer jusqu'à mille ducats; et nous portâmes une semblable copie aux princes Lubomirski, ce qui fut pour moi une grande joie, car je n'avais encore jamais vu un castellan de Cracovie, qui, par sa charge, est *princeps senatus* des deux nations. Ce que reçurent M. Radziszewski et les autres, c'est ce dont je ne me suis pas occupé. Je sais seulement que M. Husarzewski, maréchal de cour du prince Lubomirski, me remit en mains propres une tabatière en papier, mais lourde: elle contenait soixante ducats, dont j'employai ce jour même vingt-quatre à l'achat d'un baril de vin, chez Jokisz, le Hongrois, et de la première goutte, car cette même année il m'était né une fille. J'expédiai ce baril en Lithuanie, avec les bagages du prince; par ce moyen, il arriva à Doktorowieze sans que personne le sût jusqu'à ce qu'aux noces de cette même fille, mes gracieux amis l'aient mis à sec avec moi.

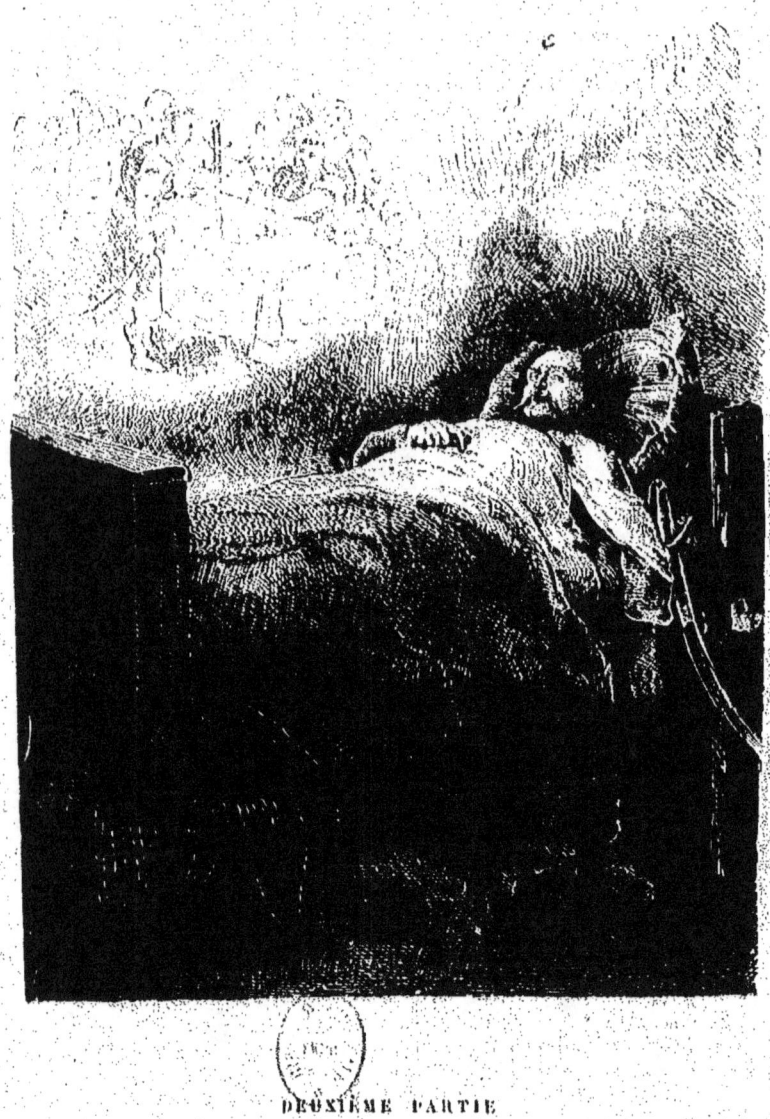

DEUXIÈME PARTIE

Pendant notre séjour à Lublin, il arriva un événement extraordinaire. M. Kurdwanowski, riche propriétaire, qui donnait le branle
au parti de cet hetman Branicki, qu'on vit dans la suite aller livrer
sa patrie là où il avait été chercher la main de sa femme (1),

(1) Voir la note B., à la fin de ce récit; p. 191.

aimait particulièrement la chicane. A chaque session, aussi bien à Zytomierz qu'à Wlodzimierz, où se trouvaient ses biens, il avait toujours une quinzaine de causes pendantes; il en était de même au tribunal. Les chargés d'affaires de l'hetman suivaient ses procès; il avait les reins très-forts : malheur au gentilhomme qui habitait dans son voisinage! En outre, tel était son emportement, qu'il ne savait ce que c'était qu'une réconciliation, et écumait de rage à en perdre connaissance. Une veuve possédait un petit village situé au milieu des biens de M. Kurdwanowski, et que celui-ci désirait vivement acquérir. Il l'avait témoigné à plusieurs reprises; mais cette veuve, nommée Glinka, ne voulait pas se dessaisir de ce village, quoiqu'il ne valût certainement pas la somme qu'on lui en offrait. Or M. Kurdwanowski, furieux de ce qu'il appelait l'obstination de la veuve, se mit en tête d'enlever au moyen d'un procès ce qu'il n'avait pas réussi à obtenir à prix d'argent. Il s'était attaché un certain Ramowicz, juif converti, qui, ayant tâté de la jurisprudence, était propre à toute vilaine affaire, et qui, dans le fait, par ces procédés-là, était devenu propriétaire, au point qu'il possédait déjà sous Berdyczew plusieurs villages, et cependant il continuait à ne rien lâcher sans qu'il lui en restât quelque chose. S'étant associé à ce fripon, il imagine avec lui la machination suivante. Le grand-père de madame Glinka avait acheté aux prédécesseurs de M. Kurdwanowski ce village qui maintenant le tentait si fort; et la donation, le contrat de vente et la quittance *de pretio* étaient dans les actes de Zytomierz. Ils achètent donc M. Pazurkowski, qui avait la procuration de madame Glinka, pour qu'il soutire de ses papiers les pièces originales et les leur donne; une fois qu'ils les ont, ils se rendent aussitôt à Zytomierz, et là, pour mille ducats, ils obtiennent de M. Royecki, alors notaire terrestre, de déchirer le double de ces documents. Ayant ainsi effacé toute trace de l'acquisition de ce village, M. Kurdwanowski fait comparaître madame Glinka comme possédant illégalement son bien, *sine nullo dato et accepto*. La veuve attaquée, confiante dans la sainteté de sa cause, non moins que dans les lumières et l'amitié de Pazurkowski, attend l'arrêt qui doit lui rendre sa tranquillité. Le tribunal ordonne aux parties de produire les pièces. M. Ramowicz jure comme plénipotentiaire, car la conscience de M. Kurdwanowski le tourmentait, et il n'assistait pas au procès ; M. Pazurkowski jura également qu'il produirait les documents qu'il avait dans les mains, et dont il avait justement détruit ceux qui établissaient tout le bon droit de sa cliente. Et le tribunal terrestre, près duquel le notaire Royecki appuya M. Kurdwanowski, et qui du reste jugeait peut-être en conscience, car en pareil cas les documents écrits prévalent sur tout témoignage oral, adjugea à M. Kurdwanowski le village et rétrospectivement les revenus depuis une dizaine d'années. La riche veuve, menacée par cet arrêt de rester avec ses trois enfants sans un morceau de pain, en appela au tribunal, et le tribunal confirma l'arrêt de la chambre terrestre. Mais dans la Couronne deux arrêts de tribunaux rendus *conformiter* ne sont pas sans appel (1). Justement, pendant notre séjour à Lublin, cette affaire était sur le tapis. M. Kurdwanowski arrivait pour la suivre et plein d'espoir, appuyé qu'il était par un arrêt terrestre et un arrêt du tribunal. De plus, il avait pour lui beaucoup de juges députés, de quoi en acheter, et il avait déjà fait taire sa conscience.

Pendant sa route vers Lublin, comme il passait par hasard la nuit à Piaski, il lui sembla en rêve, mais aussi distinctement que s'il le voyait en réalité, qu'il se trouvait dans la salle du tribunal. Il y voit les sièges du maréchal et des députés occupés, mais

(1) Voir sur l'organisation des tribunaux en Pologne, la note C, à la fin du récit, p. 195.

par des personnes à lui inconnues ; le maréchal proclame qu'on va juger les causes inscrites et fait lire la liste des citations. La première affaire qui vient est celle de M. Pazurkowski. Quel fut l'étonnement de M. Kurdwanowski de l'entendre exposée avec tous les détails de sa vénalité et la présentation des documents originaux soustraits pour la perte de sa partie adverse ! Les débats terminés, M. le maréchal prononce en peu de mots un arrêt de mort contre M. Pazurkowski, et après la lecture de l'arrêt, ordonne d'appeler l'affaire suivante. On introduit la cause de M. Royecki. M. Kurdwanowski (fortement effrayé, quoique en rêve) entend le procureur général prouver que le notaire a reçu mille écus d'or des mains mêmes de M. Kurdwanowski, qu'il a falsifié les actes, etc., et le maréchal rendre un arrêt aussi bref que le précédent, condamnant également à mort M. Royecki. Il attend donc (toujours en rêve) ce qu'il va y avoir encore. Il entend le régent appeler successivement les deux causes des gentilshommes Ramowicz et Kurdwanowski. Le maréchal les réunit et les fait juger. M. Kurdwanowski entend le procureur dévoiler toute cette intrigue et prouver, avec une éloquence peu commune et qui lui donnait la chair de poule, que le tribunal, ayant condamné à mort l'avoué Pazurkowski et le notaire Royecki, ne pouvait punir d'une moindre peine Ramowicz, qui était le ressort principal de cette criminelle entreprise ; et à plus forte raison de quelle peine ne devait-il point frapper Kurdwanowski, qui, par son argent, comme un véritable diable, avait tenté tous ces misérables et les avait amenés à la plus laide action ? Lui, d'une ancienne famille de Podlachie, qui aurait dû, par son exemple, pousser chacun à la vertu, il s'était uni à des juifs baptisés et à des gentilshommes de noblesse douteuse, afin de perdre une pauvre veuve, son égale en naissance. Quelle serait la justice du très-éclairé tribunal, si cette conduite de M. Kurdwanowski passait impunie, et si celui auquel le crime aurait le plus profité demeurait seul exempt de tout châtiment ? Le réquisitoire terminé, sans attendre la réplique, car, à vrai dire, il n'y avait pas quoi répliquer, le maréchal s'exprima en ces termes : « Je remets la session à Pâques. » Il frappa fortement de son bâton, et M. Kurdwanowski s'éveilla. Il se sentit fatigué par ce rêve étrange, se prépara à continuer sa route et monta en voiture grandement inquiet. Mais quand le diable commença à plaider dans son esprit contre le bon Dieu, et à lui insinuer qu'un songe n'est qu'une chimère ; qu'il avait rêvé de ce qui le préoccupait ; et que l'ambition ordonne de finir ce qu'on a une fois entrepris ; que la loi est une sorte de guerre où tout stratagème passe, pourvu qu'on ait la victoire ; que celui qui achète les gens ne les prend pas aux cheveux ; que c'est donc à ceux qui ont vendu leur conscience de penser à eux, il se demanda bientôt en quoi il avait tant péché. Il avait même fait preuve d'une conscience assez délicate, puisque ce n'est pas lui-même, mais son plénipotentiaire qui avait juré en ce qui concernait les documents ; enfin un jour, quand en viendrait le temps, il pourrait trouver le moyen de dédommager madame Glinka. C'est avec ces pensées qu'il arriva à Lublin tout tranquillisé, et qu'il commença aussitôt à faire des démarches pour son procès, se démenant d'une manière inimaginable pour le gagner. Ne voilà-t-il pas qu'il reçoit une estafette avec la nouvelle que M. Pazurkowski, conduisant, il y avait quelques jours, M. Royecki à une enquête, un pont avait croulé sous eux ; qu'on avait retiré de dessous le pont M. Pazurkowski sans vie, et que M. Royecki avait expiré quelques couples d'heures après cet accident.

Alors seulement M. Kurdwanowski fut bouleversé au point que, pour la première fois de sa vie, il rechercha la paix. Non-seulement il renonça à toutes ses prétentions au bien de madame Glinka, mais encore la dédommagea avec le plus grand scrupule de toutes les dépenses et de tous les dommages qu'elle avait supportés à cause de lui, et il lui demanda pardon à genoux, en présence de nous tous, racontant publiquement le rêve que Dieu avait daigné lui envoyer, et qui s'était déjà en partie accompli. Cela lui concilia une haute estime ; car, avouer publiquement sa faute, en éprouver une contrition véritable et faire une satisfaction volontaire, sont choses surhumaines que ne peut accomplir qu'un favori de Dieu.

De cette manière, le tribunal, les seigneurs et nous autres gentilshommes, fûmes grandement édifiés de la conduite de M. Kurdwanowski ; ce nouvel exemple des incompréhensibles et mystérieux décrets de Dieu ne fut certes perdu pour personne. Depuis ce moment, Kurdwanowski changea complétement de conduite, cessa toute chicane et mena une vie chrétienne. Mais ces paroles entendues dans son rêve : « Je remets la session à Pâques, » s'implantèrent en son esprit ; il comprenait par là qu'il devait forcément mourir à Pâques. Dans la suite, chaque année, pendant le carême, il se préparait à la mort, examinant scrupuleusement sa conscience. Comme je l'ai appris dans la suite, il mourut en effet pendant les fêtes de Pâques, dans un âge avancé, puisque déjà, quand je l'avais vu à Lublin, il n'était plus jeune, et sa mort fut digne d'envie, car il s'y prépara plus de trente ans.

(A) « Le 16 mars de cette même année 1744, fut tué en duel, à Marimont, moulin connu par la qualité de sa farine, à un quart de lieue de Varsovie, Adam Tarlo, woyéwode de Lublin, seigneur fameux par sa réputation et son courage ; et voici dans quelles circonstances : il avait une femme beaucoup plus âgée que lui, établie dans ses terres et avec laquelle il ne vivait pas. Ce sénateur, jeune et dissipé, suivant l'impulsion d'un cœur corrompu, aimait une certaine Annette, fille naturelle de Lubomirski, woyévode de Cracovie et de Christine, bourgeoise de Cracovie, que Lubomirski avait d'abord enlevée à son mari, dont il avait ensuite obtenu le divorce à beaux deniers comptant, et que finalement il avait épousée deux ans après la naissance d'Annette. Annette (c'est sous ce nom qu'elle était connue partout), étant devenue une belle demoiselle, inspira une honteuse passion à Tarlo, woyévode de Lublin, qui, n'osant délaisser publiquement sa femme, dont il convoitait la fortune et qu'il espérait enterrer d'un jour à l'autre, vu son grand âge, travaillait néanmoins à s'assurer à l'avance de la main d'Annette, à laquelle en société il rendait les premiers honneurs.

« A un bal chez Bilinski, grand maréchal de la Couronne, il invita à la première danse son Annette ; il s'adressa ensuite à mademoiselle Poniatowska, fille du woyévode de Mazowie et depuis mariée au grand général Branicki. Les dames, blessées de la préférence témoignée à Annette, s'étaient donné le mot de toutes refuser les invitations de Tarlo. Ce dernier reçut donc pour réponse : « Dansez de nou- « veau avec celle que vous avez invitée la première. » Tarlo, qui était plein d'im- pétuosité, s'écria à haute voix : « Je considérerai comme un misérable quiconque « dansera avec la fille du woyévode de Mazowie ! » La mère de la jeune personne, femme orgueilleuse et d'un cœur viril, ordonna aussitôt à son fils Casimir, chambellan de la Couronne, de danser avec sa sœur. Dès qu'il se fut mis sur les rangs, Tarlo lui cria : « Tu es un misérable ! » Le chambellan renvoya cette épithète au woyévode ; il y eut un grand tumulte, et voilà les deux adversaires qui tirent leurs épées (car ils étaient vêtus à la française). Le maître du bal les menaça de les faire arrêter pour avoir tiré leurs armes si près du roi, et leur enjoignit de quitter la salle puisqu'ils lui avaient manqué de respect. Ils obéirent, car il eût été dangereux de manquer à Bilinski, et en sortant ils convinrent des conditions d'un duel, qui eut lieu le troisième jour, à trois lieues de Varsovie, à cheval et au pistolet. Le woyévode tua le cheval du chambellan ; ce dernier en tombant à terre, jeune et d'autant plus effrayé que c'était sa première affaire, s'écria : « J'aime monsieur le woyévode. » Par l'entremise de leurs témoins, ils s'embrassèrent sur le terrain et partirent, en apparence très-satisfaits. Ils n'avaient pas regagné leur logis que chacun savait comment les choses s'étaient passées. Lorsque le chambellan se présenta à sa mère pour lui baiser la main, au lieu de lui témoigner de la joie de le voir sain et sauf, elle l'accueillit avec un soufflet et lui dit en guise de salut : «J'aimerais mieux qu'on m'eût rapporté ton cadavre que de te « voir me revenir couvert d'une telle honte ; tu ne l'appelleras point mon fils avant « d'avoir lavé cette injure. »

« Le chambellan, qui se sentait une fois moins habile à toute espèce d'armes que le woyévode, ne tenait point à prolonger cette querelle ; mais, bon gré mal

gré, il dut le faire pour sa mère. Après s'être réconcilié et avoir renoncé au bénéfice de toute offense antérieure au premier duel, il lui fallait donc chercher
noise. Les libelles que l'on faisait circuler de part et d'autre servirent de prétexte. Le woyévode, cruellement blessé dans l'honneur de son Annette, que ces
libelles n'épargnaient pas, provoqua de rechef le chambellan, lui laissant le choix
de l'arme et du lieu. Le chambellan choisit un endroit près de Pulawy, propriété
de son oncle Czartoryski, woyévode de Ruthénie, et le pistolet. Ce duel n'about-
tit pas, le roi y ayant mis obstacle, averti, à ce qu'on prétend, par la famille du
chambellan, qui commençait à douter du résultat en voyant le parti du woyévode
s'accroître. Il y eut donc une nouvelle réconciliation sous les auspices du roi,
mais elle n'était qu'apparente et devait ne durer que le temps nécessaire pour
combiner la perte du woyévode. Dès que le roi Auguste III se fut rendu en
Saxe, le chambellan envoya à son tour un cartel au woyévode, fixant le terrain
à Marimont, et laissant deux semaines pour trouver des témoins et amis. Le
malheur voulut qu'il n'y eût alors à Varsovie aucun membre de la famille du
woyévode, tandis que toute la parenté du chambellan se trouva réunie. Les
gens du woyévode et ses confidents le déconseillaient de toutes leurs forces
d'accepter ce terme, afin qu'en en reculant l'époque il pût avoir un égal cor-
tége d'amis et de parents. Le woyévode, qui était d'un bouillant courage, ne
voulut entendre à rien. Il prit comme second un hussard et ne se fit accompagner que de quelques-uns de ses serviteurs. Il n'oublia pa ... son testament
et régla ses affaires. Lorsqu'on lui amena son cheval, cette bête, fort docile
d'ordinaire, se cabra et creusa de son sabot un véritable trou; les serviteurs le
suppliaient de rester, disant que l'inquiétude de son cheval augurait qu'il serait
tué. Le woyévode, sans se soucier d'aucun pronostic, dompta son cheval. Dans
les rues qu'il traversait, le peuple demandait à Dieu, à haute voix, que Poniatowski
pérît et que le woyévode revînt victorieux. Tel était l'amour qu'on portait universellement au woyévode et la haine qu'on ressentait à l'endroit du chambellan,
ou plutôt de sa mère, que son regard sombre et sa sévérité avaient fait sur-
nommer la *nuée de grêle*. C'est elle qui conduisait toute sa famille et qui était
le ressort principal de ce duel; ne pouvant digérer que son fils eût commencé
par caponner, elle le lui reprochait sans cesse, répétant que son « J'aime
M. le woyévode » était déshonorant pour les siens et que, succombât-il, ayant
plusieurs frères, la race ne s'éteindrait pas. Ces raisons faisaient que tous les
vœux étaient contre le chambellan. La fortune les déjoua. Descendus sur le
terrain, le woyévode tira de sa poche des libelles, les ficha au bout de son
épée et promit, avec force injures, qu'il les clouerait au cœur du chambellan,
qui, ne voulant pas rester en arrière, déversa les plus gros mots. Le woyévode
désirait que la rencontre eût lieu à l'épée, le chambellan au pistolet. Le woyé-

wode, après de longs pourparlers, consentit à l'usage de cette dernière arme, puis, montrant la place de son cœur, il abrégea de cinq la distance de vingt pas qui séparait les combattants. Ils tirèrent deux fois, sans autre résultat que d'atteindre au bas des reins un paysan qui traversait ces lieux. Le woyéwode, sans écouter les témoins, tira alors son épée; le chambellan l'imita. Après quelques passes, le woyéwode, touché au cœur, s'écria : « Mon Dieu ! » porta la main au côté, tomba et mourut. Le chambellan, blêmissant d'une blessure entre les côtes, qu'il avait reçue, fut porté dans sa voiture et conduit à la caserne des gardes de la Couronne, où il se soigna plusieurs semaines.

« Cela fit un grand bruit à Varsovie ; la multitude maudissait le nom des Poniatowski; toute sa famille se tenait sur le qui-vive; elle avait abrité le chambellan dans la caserne des gardes, dont son propre oncle, le woyéwode de Ruthénie, était le général; car on pensait que Tarlo, woyéwode de Sandomir et oncle du défunt, seigneur audacieux, ainsi que Nicolas Potocki, staroste de Kaniow, qui avait une puissante suite et qui était allié aux Tarlo, vengeraient le défunt sur quelque ciolek (*D'argent au veau de gueules*, blason des Poniatowski.) Il n'en fut rien. La voie choisie fut celle de la justice. L'affaire passa par plusieurs instances. Elle se termina par une amende et une prison que le chambellan fit gaiement, pendant six mois, non dans les cachots, mais dans les étages supérieurs du château de Varsovie, au milieu des bals et d'une nombreuse compagnie. Le woyéwode de Sandomir, Tarlo, mourut six ans après ce duel, et Potocki, staroste de Kaniow, qui n'était terrible qu'aux petits, n'osa jamais s'attaquer aux maisons des Czartoryski et des Poniatowski, qui se tenaient comme les doigts de la main et qu'on désignait sous l'appellation de *la famille*. Annette, cause de cette dispute, se maria dans la suite en Hongrie.

« Les nouvelles apportées du terrain à Varsovie étaient de deux sortes : les uns disaient que le woyéwode, aveuglé par la fureur, s'était découvert imprudemment et avait péri de la main de Poniatowski; les autres, qu'un certain K..., Courlandais d'origine, major dans le régiment saxon du général Szybilski, ami des Czartoryski et second du chambellan, s'étant glissé parmi les combattants, en apparence pour les encourager, aurait, par-dessous le bras du chambellan blessé, porté le coup mortel au woyéwode. Cette dernière opinion prévalut toujours. L'arrêt du tribunal accusa le chambellan et non pas K... Ce qui néanmoins augmenta les soupçons, c'est qu'après le duel, K... partit pour l'étranger et ne revint que le procès fini. Ce duel avait été rendu public par la demande qu'avaient adressée les deux adversaires au consistoire de Varsovie pour qu'il autorisât des ecclésiastiques à leur administrer, avant leur rencontre, le sacrement de la pénitence, ce qui n'avait pu être accordé. Le consistoire avait fait publier dans les églises que quiconque assisterait à ce duel tomberait autant sous le coup de l'excommunication papale que les deux duellistes eux-mêmes.

« Mais la moitié de Varsovie, comme pour contrarier les autorités ecclésiastiques, voulut en être témoin, bien que l'énormité de la foule empêchât qu'on ne vît rien clairement. Les étudiants eux-mêmes désertèrent ce jour-là les bancs des écoles ; les uns afin d'essayer de voir le duel, les autres par gaminerie. Plus tard l'excommunication contre ceux qui, quoique ayant couru à Marimont, n'avaient rien vu, fut levée au moyen de cérémonies d'église à la nonciature et dans les couvents, dont les prieurs reçurent à cet effet des pouvoirs spéciaux. Personne ne fut admis à la communion sans cette absolution.

« Quant aux étudiants, l'excommunication leur fut levée à coups de bâton par les professeurs, qui comptèrent sept coups à tout élève absent ce jour-là, n'admettant aucune espèce d'excuses. Le woyévode n'eut pas de convoi funèbre, malgré de nombreuses instances auprès des autorités ecclésiastiques. Son corps, emmené de Varsovie, fut enterré dans je ne sais laquelle de ses propriétés. » (*Mémoires sur le règne d'Auguste III*, publiés en polonais, d'après un manuscrit anonyme du dix-huitième siècle, par le comte E. Raczynski. Posen, 1840, I, p. 10 à 24.)

(B) François-Xavier Branicki, d'une famille peu connue en Pologne et nullement alliée à cette illustre maison des Branicki qui s'éteignit en 1778 dans la personne de Jean-Clément, grand général de la Couronne, fut l'une des plus tristes individualités politiques du XVIIIe siècle. « Il joignait, dit Rulhière, à tous les vices la valeur la plus téméraire. On l'avait vu, dans une surprise à l'armée française, charger les ennemis une houssine à la main. Il s'était trouvé en Russie au temps des amours de Poniatowski et de la tzarine ; et lui-même avait osé montrer à cette princesse la galanterie la plus passionnée et le regret d'avoir été prévenu. Sans amitié pour Poniatowski, pendant le séjour qu'ils firent tous deux à Pétersbourg, il fut plutôt son rival que son confident ; il l'escortait toutefois dans les rendez-vous dangereux, et une nuit, il l'avait sauvé d'un péril qui aurait perdu la princesse elle-même. Depuis ce temps, il conservait toujours la faveur de la tzarine, d'autant plus impatient de voir régner Poniatowski, que la fortune qu'il se promettait sous ce règne l'élèverait certainement lui-même aux premières dignités. Une liaison de plusieurs années, et plus encore une ressemblance de caractère et de mœurs, l'unissaient au prince Repnin. » (*Hist. de l'anarch. de Pol.*, II, livre VI.)

Il prit les armes contre les confédérés de Bar et ne cessa de courir à Pétersbourg y trafiquer de l'existence de sa patrie. Stanislas-Auguste le fit staroste de Halicz, grand veneur, lieutenant général. Après le partage, il fut nommé, le

8 février 1774, grand hetman de la Couronne. Il amassa une fortune énorme, ayant reçu en cadeau, le 13 décembre 1774, la starostie de Bialacerkiew. Il avait épousé Alexandrine Engelhard, nièce de Potemkin, dont la dot aussi fut énorme. Branicki, l'un des traîtres de Targowica, se trouva à la tête de l'ambassade que Catherine II se fit envoyer pour avoir l'air d'être sollicitée de renverser la constitution du 3 mai 1791 ; ce fut lui qui prononça le discours : « Il apportait, disait-il, l'hommage et la reconnaissance nationale devant l'illustre souveraine qui était le modèle de tous les monarques, dont l'âme grande et généreuse avai relevé la liberté polonaise, arrêté les progrès de l'esprit monarchique et rendu la nation à son essence primitive. Il prenait l'engagement de faire passer à la postérité la plus reculée l'admiration due à la protection aussi puissante que désintéressée de l'impératrice. » « Catherine II, dit Ferrand, appréciait sans doute à sa juste valeur le misérable assemblage de mots qui étaient autant de contre-vérités ; mais, adroite à dissimuler ses secrets sentiments, elle reçut ce ridicule hommage, combla de présents les hommes vils qui avaient usurpé la représentation nationale pour venir la prostituer à ses pieds, et les renvoya chargés d'or, de mépris et de vaines paroles. Branicki resta prudemment à Pétersbourg, au retour de la députation dont il était le chef. » (*Hist. des trois démembr. de la Polog.*, III, p. 264.) Ce Branicki mourut en 1819, à Bialacerkiew.)

(C) « Autres-fois le roy et le sénat estaient les juges décisifs de toutes sortes d'affaires ; mais le nombre des chicanes croissant de jour en jour par la malice des derniers siècles, ils ne purent vaquer à tant d'occupations qui les distraïaient des soins plus nécessaires au gouvernement de l'Estat et qui firent dire à nostre prince de France, le roy Henry : « Par ma foy, ces Polonais icy me font faire le « juge et le jurisconsulte ; ils voudront bien-tost encore que je fasse le mestier « des advocats. » Il fallut enfin imiter nos roys qui, fixèrent leur parlement qui estait ambulatoire et suivant la cour et l'establirent en des villes de résidence. Estienne Batthory, successeur de Henry, n'en vint pas à bout sans difficulté, mais enfin il fit agréer à l'assemblée de Varsovie, l'an 1578, que tous les ans un certain nombre de gentilshommes serait député de chacun des palatinats, pour juger toutes les causes du royaume conjointement avec autant d'ecclésiastiques qui feraient comme eux le serment de s'en acquitter en conscience ; et qu'ils feraient deux sièges : l'un en la ville de Pétricovie (Piotrkow), pour les affaires de la Grande Pologne et de la Prusse, où le parlement durerait depuis le mois d'octobre jusqu'à la semaine sainte, et que de là ils iraient à Lublin pour celles de la Petite Pologne et de la Russie. Ils y demeurent aujourd'hui jusques à la my-décembre et ne vont à Pétricovie qu'au mois de janvier. Ainsi le roi se délivra d'un grand embarras, n'estant plus sujet comme autres-fois d'aller tenir sa cour en

ces deux villes pour les jugements; et donna un nouveau privilège pour la noblesse sénatorienne et aux ecclésiastiques, à qui cette commission donne occasion de faire connaître leur capacité pour les grandes charges. » (*Le Laboureur*,
2° partie, p. 44.)

Les tribunaux de grod, attachés à certaines starosties, prononçaient sur les cas
de violences, de brigandages, d'incendies, etc. (*ignis, via, femina, domus*). Les
tribunaux terrestres décidaient les questions relatives à la propriété, c'est-à-dire
aux testaments, délimitations, etc. Les tribunaux suprêmes qui siégeaient l'un en
Lithuanie, l'autre en Pologne jugeaient en appel les causes qui avaient passé devant les tribunaux terrestres, les grods, etc. Chaque député à ce tribunal, une
fois ses fonctions terminées, devait jurer avant de s'en retourner chez lui, qu'il
avait jugé selon le droit et la justice, qu'il ne s'était laissé guider ni par l'amitié,
ni par la haine, ni par aucune considération ; qu'il n'avait reçu aucun cadeau ni
n'en recevrait s'il lui en avait été promis pendant la session, qu'il n'avait point
faussé les textes, mais décidé d'après les ordonnances de la république. Si l'un
des membres du tribunal quittait la ville sans avoir préalablement prêté ce serment dans les délais voulus, il tombait sous le coup d'une pénalité sévère et *de
corruptione et mala fide suspectus*, il était pour cause d'indignité exclu des fonctions publiques. Il y avait au tribunal suprême des députés ecclésiastiques qui ne
votaient que dans les affaires religieuses et dans celles où la liberté individuelle
était en jeu. Quand les juges étaient consentis par les parties, les arrêts d'un
tribunal arbitral ainsi formé étaient sans appel.

DIXIÈME RÉCIT

—◦∘◦—

SAWA

SAWA

X

On peut dire, sans la moindre exagération, que, non seulement on ne connaît point, mais encore qu'on ne saurait même imaginer en pensée d'existence plus heureuse ni plus honorable que ne l'était celle des anciens gentilshommes de Pologne. (1). Le plus pauvre gentilhomme était l'égal d'un magnat, et, Dieu aidant, il pouvait devenir magnat lui-même (comme on en a vu des exemples), et cette égalité avec les magnats, il ne la perdait pas même en les servant. M. Radziszewski, porte-étendard de Starodub, entra au service du prince woyévode de Vilna, fut chez lui page, puis cour-

(1) Voir à la suite de ce récit la note A, p. 220.

tisan, puis commandant de sa milice et son plénipotentiaire général ; et pourtant il prit part aux affaires de la république, fut nonce aux diètes et devint chevalier de plusieurs ordres. Et vu qu'il était d'ancienne noblesse, il épousa une Brzostowska, nièce du prince, et demoiselle de si haute lignée, que personne ne s'étonna de voir le prince lui-même faire les honneurs du mariage. Nous étions tous égaux entre nous. Le seigneur était un gentilhomme riche et le gentilhomme un seigneur pauvre ; et comme un magnat était toujours un haut serviteur de la république, le noble, en le servant, servait aussi sa patrie. Maintenant il s'est multiplié de ces hobereaux qui, sans servir leur patrie, sans sacrifice aucun, souvent même sans peine ni travail, mais je ne sais par quelles manœuvres, quelles acquisitions plus ou moins honnêtes, par de petits négoces, des prêts usuraires ou des vols manifestes, se sont amassé une fortune considérable ; et ne pouvant justifier de leurs ancêtres, ou ils s'attribuent une parenté avec quelque noble famille, ou ils s'inventent une généalogie dont ni Paprocki(1), ni Okolski (2), ni même Niesiecki (3) n'ont jamais eu connaissance ; ils crient contre les hommes puissants d'autrefois, près desquels, certes, aucun d'eux n'aurait même eu accès de notre temps, et ils élèvent aux nues le progrès de notre siècle.

Je ne sais personne de notre nation à qui ce progrès ait profité. Cette bourgeoisie, que l'on nous a reproché de ne pas avoir, n'existe pas maintenant encore ; seulement les juifs font le commerce comme par le passé, ainsi que çà et là quelques Allemands nouveaux venus ; et les propriétaires sont incomparablement plus mal. En Ukraine, à la place des anciens jours d'été, pendant les-

(1) Généalogiste, né en 1550, mort en 1614.
(2) Dominicain, mort en 1654, auteur de l'*Orbis polonus*.
(3) Jésuite polonais, mort en 1743 et auteur d'un grand ouvrage héraldique.

quels les paysans faisaient la corvée, et qui ne revenaient que douze fois par an, on les y pousse à présent depuis le premier janvier jusqu'à la Saint-Sylvestre, et en Lithuanie on a déjà forcé les boyars (1) au travail. La jeunesse de Vilna et de Krzemieniec bavarde sur les droits de l'homme, d'après ce qu'elle a pu en saisir dans les livres étrangers; et elle ignore que ce qui y a été écrit a été pratiqué chez nous, et plus exactement, que nos ancêtres savaient mieux créer que les étrangers ne sont capables d'inventer. Mais le bonheur et la considération de notre noblesse reposaient-ils sur l'égalité seulement? Le noble ne pouvait être ni jugé ni condamné que par les juges de son choix, et il pouvait passer de son enclos au banc de nonce et à la chaise sénatoriale, et au trône même. Aussi nos ancêtres ont-ils acheté de leur sang cet honneur pour leurs descendants. Les hetmans présentaient comme candidats à la noblesse les soldats qui s'étaient distingués dans les batailles, et les diètes les élevaient à la dignité de noble, et on les appelait *ex charta belli*. D'où, dans les derniers temps, quand le roi Poniatowski reçut de la nation (comme on peut le voir dans la constitution de 1766), la permission de délivrer dix diplômes secrets de noblesse, et qu'abusant de l'autorisation, au lieu de dix, il en distribua peut-être quelques centaines, on s'en plaignit à chaque diète, et quoique les nonces eussent demandé en vain qu'on leur montrât les actes de la Couronne, car nous formions

---

(1) Le mot Boyar, du slave *boy*, guerre, date de l'invasion des Normands. C'étaient, à l'origine, les guerriers qui entouraient les princes warègues. Ce nom désigna dans la suite, en Moskowie, l'espèce de noblesse qui s'y forma; en Pologne, où il n'existait que dans les provinces qui avaient appartenu aux warègues, il s'appliquait à une classe intermédiaire entre la noblesse et les paysans, classe moitié de petits propriétaires, moitié de gens du fisc. Un des diplômes de l'union de la Lithuanie à la Pologne (1400), porte qu'elle s'est effectuée avec le consentement *baronum, nobilium, bojarorum*. Les boyars acquéraient souvent la noblesse et plus souvent restaient paysans libres.

l'ordre équestre, et dans les diplômes mêmes on ajoutait toujours ces mots : *præciso etiam scartabellata* (1). Il y eut, à la vérité, pendant quelque temps, un article de la constitution assurant la noblesse à tout juif qui recevait la foi catholique : loi pieuse, contre laquelle il n'était pas convenable de crier, puisqu'elle s'accordait avec le zèle d'une nation désireuse d'étendre par tous les moyens le royaume de Dieu; mais chez nous cette noblesse n'était pas considérée ; car il nous semblait que l'ordre équestre (2) ne devait chercher sa source que dans des services militaires. La noblesse *ex charta belli*, quoique récente, était considérée à l'égal

(1) « La noblesse polonaise se transmet avec le sang. Les femmes roturières n'y mettent point d'obstacle ; il suffit que la naissance soit bonne du côté paternel et qu'on la prouve par l'exhibition de titres et d'actes authentiques, dans l'assemblée des gentilhommes dont est originaire la personne à qui l'on en conteste les prérogatives. Quand l'examen réussit favorablement, l'état de cette personne est tellement constaté, qu'aucun ennemi, dans la suite, n'oserait lui rechercher chicane là-dessus. Mais s'il se trouve que ce ne soit qu'un plébéien qui ait osé s'arroger les honneurs et les droits réservés à la noblesse, on le punit par la confiscation de tous ses biens; ou, s'il est *impossessionné*, pour parler le langage du pays, on le tient renfermé l'espace de six mois dans un cachot. La noblesse s'acquiert aujourd'hui en Pologne en pleine diète, avec le consentement des trois ordres. Un homme anobli de cette manière est appelé *scartabell*, comme qui dirait *ex charta belli*. Les familles que la république tire ainsi de l'obscurité, ne jouissent pas d'abord de tous les priviléges de la noblesse ancienne; il faut qu'elles attendent jusqu'à la troisième génération pour être susceptibles des grandes charges où peut parvenir tout gentilhomme de vieille race. Néanmoins il arrive quelquefois qu'on passe sur cette règle austère pour récompenser un mérite rare et d'éclatants services. Enfin la noblesse se perd par des crimes atroces. Outre cela elle se perd, comme en France et ailleurs, par les métiers sordides, sur quoi l'on doit pourtant observer qu'en Pologne un gentilhomme peut, sans déroger, devenir domestique d'un de ses compatriotes... Il n'y a alors que son activité qui demeure par là suspendue dans les diétines, et qui se ranime aussitôt qu'il quitte sa condition. » (*Essai politique sur la Pologne*, Varsovie, 1764, pag. 29 et 30.)

(2) On avait fini par reconnoître en Pologne trois ordres : le roi, le sénat et l'ordre équestre, c'est-à-dire le corps de la noblesse, qui s'était plu à emprunter cette appellation à l'histoire romaine.

de la plus ancienne. Autrefois on ne se forgeait point une parenté imaginaire avec quelque grande famille, mais l'on y entrait
légalement. L'hetman Zolkiewski (1) offrit comme candidats à la
noblesse quarante villageois qui s'étaient illustrés à Kluszyn (2), et
la diète leur ajouta à tous le surnom de Zolkiewski, seulement elle
leur ordonna de cacheter non avec le *lubicz* ( ) des Zolkiewski,
mais avec quelque autre blason, pour qu'il n'y eût pas de confusion de famille. Et *Revera* Potocki (4), grand hetman de la Couronne, présenta également beaucoup de paysans ukrainiens qui,
loin d'avoir voulu prendre part à la révolte de Bohdan Chmielnicki (5), avaient même versé leur sang pour la patrie, sous les
ordres de l'hetman. La diète accéda à sa juste demande, et c'est
là l'origine des familles ruthéniennes des Jaroszynski, des Sa-
bałyn, des Ulaszyn, des Mazurak et autres, qui, sans que personne le trouvât mauvais, entrèrent dans le corps de la noblesse,
et dont la patrie eut ensuite joie et profit. Aussi cela nous était-il
fort pénible qu'un parvenu s'impatronisât dans la noblesse et se fît

(1) Stanislas Zolkiewski, l'un des plus grands génies militaires de la Pologne, né en 1547, mort en héros sur le champ de bataille de Cecora, le 6 octobre 1617. Sa petite-fille fut la mère du roi Jean Sobieski.

(2) Kluszyn, la plus glorieuse des victoires de Zolkiewski, qui la remporta
sur les Moskowites, le 4 juillet 1610. Elle ouvrit aux Polonais les portes de
Moskou.

(3) Le lubicz est un blason commun à plusieurs familles de Pologne. Il est,
dit le Laboureur, dans la relation déjà citée « d'azur au fer de cheval baissé
d'argent, accompagné et surmonté en chef d'une croix d'or, au pied nourry et
une autre au dessous, » (2° partie, p. 80.)

[(4) Stanislas Potocki, surnommé Revera, (de son dicton *re vera*, en vérité)
naquit en 1579 et ne mourut qu'en 1667. Dans le cours d'une carrière militaire
de soixante années, il combattit sous trois rois, assista à quarante batailles et
reçut de Jean-Casimir le bâton de hetman. Ses dernières paroles furent: « Au
service de ma patrie, j'ai trop souvent affronté la mort pour la craindre. »

(5) Bohdan Chmielnicki, mort le 15 août 1657, fut l'instigateur de la scission
des Kozaks d'avec la république de Pologne.

passer pour un des nôtres, sans autre mérite que de gros revenus!

Il est vrai que de pareilles gens rencontraient toujours quelque descendant d'un homme de haut mérite qui ne supportait pas l'idée d'avoir un bourgeois, un fils de pope, ou un paysan fugitif pour juge, pour législateur et peut-être pour roi. Il lui signifiait *imparitatem*, et s'il la prouvait, le faux noble perdait tous ses biens, qui, *jure caduco*, revenaient à celui qui avait démontré la possession d'un faux titre et, à ses risques et périls, délivré de cette honte la noblesse de sa woyéwodie ; car s'il n'avait pas pu prouver ce qu'il avançait, il aurait été puni *pœna talionis*. Parlez de cela à la jeunesse, elle vous écoutera comme si vous lui parliez *du loup de fer* (1) ; est-ce qu'elle comprend ce qu'était notre noblesse!

Elle a appris dans l'histoire que Jean Zamoyski (2) signait *nobilis Polonus, omnibus par ;* et elle ignore sans doute qu'en Lithuanie il y a peut-être vingt maisons qui ne veulent pas porter le titre de prince, bien qu'elles en aient incontestablement le droit. Non-seulement les Oginski, mais les Puzyna, les Swirski, les Mickiewicz, les Vankowicz, les Mirski, ont la mitre dans leur blason et sont de véritables princes, ce dont ils n'ont jamais voulu convenir, par amour pour notre égalité. Et puis, qu'est-ce que le titre de prince pouvait ajouter à un vrai noble? Le temps n'est pas encore très-loin où le prince de Ligne, qui régnait en Allemagne, ayant marié son fils à une Massalska, et demandant pour lui l'indigénat à la diète de 1788, obtint à grand'peine cet honneur et après tant de diffi-

---

(1) On dirait en France : du merle blanc.

(2) Jean Zamoyski, né en 1541, mort le 3 juin 1605, fut grand chancelier de la Couronne, grand hetman, castellan de Cracovie, et l'un des ambassadeurs extraordinaires qui allèrent offrir le trône de Pologne à Henri de Valois. Il exerça sur son pays une immense influence pendant le règne de trois rois, brilla également à la tribune, sur les champs de bataille et dans les conseils. L'épithète de *grand* est restée attachée à son nom.

cultés; qu'il dit publiquement qu'il était plus facile d'obtenir une souveraineté en Allemagne que le titre de noble en Pologne (1). Et la jeunesse s'étonne que ceux qui discutaient si longtemps pour accorder le titre de noble polonais à un tel homme, général de l'empereur des Romains et prince régnant, s'indignassent quand un boucher ou un musicien s'anoblissait lui-même, en foulant aux pieds une des lois cardinales de la nation. L'expérience démontre que des gens d'une noblesse douteuse donnent bien peu de satisfaction. J'ai lu dans le voyage en Ukraine occidentale publié par M. Sakowicz (2), que dans les environs de Machnowka les gentils-

(1) « Qui n'aimerait pas la Pologne, les Polonais, et surtout les Polonaises? a dit le prince Charles-Joseph de Ligne (né en 1735, mort en 1814); l'esprit, le courage des uns, la grâce et la beauté des autres, qui ont toutes, même celles qui sont le moins aimables, une élégance, un piquant et un charme supérieurs à toutes les femmes des autres pays? Qui ne préfère pas aux autres villes le séjour de Varsovie, où règne le meilleur ton de la France, joint à une tournure orientale; le goût de l'Europe et de l'Asie; l'urbanité des mœurs des pays les plus civilisés, l'hospitalité des pays qui ne le sont pas? Qui n'admire pas la nation où l'on trouve des figures nobles ou agréables, les manières douces ou simples, de la politesse ou de la franchise, de la prévenance dans la capitale, ou une rudesse de bonhomie dans les campagnes; la compréhension facile, la légèreté et l'agrément de la conversation, une bonne éducation, tous les talents, ceux des langues, des exercices du corps, et surtout l'équitation; l'instruction, un bel organe, de l'éloquence, de la générosité, le faste de la représentation, le goût de la dépense et des beaux-arts, le luxe, la galanterie, les fêtes, les spectacles de société, les danses nationales, le costume un peu sauvage, les usages extraordinaires, la munificence, la facilité à vivre, la bonté, la sensibilité, et de la reconnaissance? Pour la mienne, elle est sans bornes. L'honneur que vous m'avez fait de m'admettre parmi vous, de me recevoir dans une belle, grande et superbe nation; les applaudissements que son consentement unanime, en me donnant cet illustre indigénat, m'a procurés dans la salle auguste de votre assemblée, ne s'effaceront jamais de mon cœur. » (*Mémoire sur la Pologne*, remis en 1788 au prince Czetwertyński. *Œuvres choisies du maréchal prince de Ligne*, I, p. 17, Genève, 1809.)

(2) Cassius Sakowicz, prêtre basilien, et auteur de beaucoup d'ouvrages, mort en 1650.

hommes se volaient les uns aux autres chevaux et chiens. Dans
notre ancienne noblesse jamais on n'a vu chose semblable ; cela me
donna fort à réfléchir, et je n'y pouvais croire ; mais maintenant
je comprends ce qui a pu donner lieu à des faits pareils. J'ai
appris que S. Exc. Potocki, woyévode de Kiew, s'étant fait marchand par un caprice de grand seigneur, avait attiré dans sa petite ville de Machnowka, pour la comptabilité, à laquelle notre noblesse n'était point faite, toutes sortes de chrétiens de fraîche date,
de fils de pope et de bourgeois : l'un pour la plume, l'autre pour
la caisse et le troisième pour les transports. Ceux-ci ayant amassé
quelque argent s'anoblirent et se partagèrent entre eux une portion
des biens du woyévode ; le démembrement étant survenu, cela
passa et, *via facti*, ils restèrent à côté de la noblesse ; aujourd'hui,
leurs fils sont fonctionnaires et lèvent haut la tête. Et qu'en peut-
il sortir de bien ? Ne valait-il pas mieux, de notre temps, se débarrasser de cette vermine comme du diable, que d'en être couverts
aujourd'hui ? Béni soit Dieu qu'en Lithuanie notre noblesse se
tienne encore, et que de trisaïeul en bisaïeul elle laboure son
champ héréditaire. Aussi n'a-t-on jamais écrit de nous de pareilles vilenies. Je m'explique donc parfaitement pourquoi nous
prisions si haut notre noblesse : ce n'était pas orgueil mais la
nature même de nos institutions, de notre république ; et qui
avait bien mérité d'elle, nous le tenions, en raison de ce fait, pour
gentilhomme et même pour magnat, fût-il né paysan. M. Sawa
en est une preuve, lui qui, simple kozak, n'avait pas de *nobilita-
tionem*, et fut maréchal de Zakroczym et qui pendant la confédération de Bar siégeait parmi les seigneurs.

J'ai servi sous M. Sawa, d'heureuse mémoire, et il a rendu près
de moi son âme à Dieu ; quoique, sans me vanter, je sois d'antique noblesse (car chacun peut lire dans les archives de la Couronne comment six Soplica signèrent à l'élection du roi Étienne),

je savais lui obéir. Et non-seulement moi et ceux qui me ressemblaient, mais aussi S. Exc. Potocki, fils du woyéwode de Wolhynie, qui était régimentaire sous ses ordres et qui, bien qu'il fût magnat jusqu'au bout des ongles, tremblait devant lui. Une fois que, par sa négligence à exécuter son ordre, Drewicz avait presque réussi à échapper de nos mains, M. Sawa se mit à gronder le fils du woyéwode, et le menaça, s'il lui arrivait jamais pareille faiblesse, de lui faire sauter la cervelle. C'était en présence de plusieurs seigneurs, alliés à la famille du woyéwode, et personne ne dit : « Comment ce kozak ose-t-il gourmander un fils de sénateur?» Car tous regardaient Sawa comme leur égal. Et, en effet, en se sacrifiant pour la patrie, il a égalé les mérites dont les magnats ont hérité de leurs ancêtres, et par lesquels ils sont magnats eux-mêmes (1).

Sawa naquit dans la starostie de Czehryn, d'où était aussi ce maudit meurtrier Chmielnicki (c'est ainsi que du même arbre on tire une croix et une pioche) ; attendu que dès son enfance il savait chanter des mélodies kozakes et jouer sur la bandurka (2), M. Woronicz, staroste de Czehryn, l'amena fort jeune à Varsovie, et lui mort, Sawa servit en qualité de kozak à la cour de différents seigneurs ; mais devenu homme, il jeta la bandurka et s'habitua à d'autres jeux. Il maniait habilement la lance et le sabre ; à la chasse il tuait un lièvre d'un coup de pistolet ; il avait appris notre langue et accepté notre rite, quoiqu'il fût déjà catholique, mais du rite ruthénien ; il voulait, ayant un noble cœur, différer le moins possible de la noblesse. Pendant la guerre de sept ans, étant au service d'Allemagne, dans le régiment de Szybilski (simple paysan comme lui), il acquit une telle gloire qu'il aurait pu s'y faire une

(1) Voir la note B à la suite de ce récit, p. 220.

(2) Espèce de mandoline.

position sûre ; mais, regrettant sa patrie, il y revint, et, n'étant pas gentilhomme et ne pouvant entrer dans l'armée régulière, il dut de nouveau chercher à prendre du service chez quelque seigneur. Quand commença la confédération de Bar, il se tint une grande réunion à Piotrkow (1) pour la réouverture du tribunal. Il y avait une foule de seigneurs avec des suites nombreuses ; et comme presque tous les grands seigneurs avaient des propriétés en Ruthénie, ils amenèrent avec eux quelques centaines de kozaks armés. Sawa s'y trouva aussi, attaché qu'il était à la cour de S. Exc. Dzialynski, maréchal du tribunal ; et, étant lui-même kozak, il s'entendit facilement avec les autres kozaks, et les travailla si bien qu'il pouvait compter sur eux comme sur quatre as dans un brelan. Quand M. Kwilecki, starosto de Koscian, ayant battu le prince Soltykow, s'approcha de cette ville, Sawa rassembla deux cent cinquante kozaks de cour, sortit en plein jour de Piotrkow, rencontra en route Soltykow, qui se mettait en retraite, tomba sur lui, le battit à plate couture, prit ses canons, le fit lui-même prisonnier et, se réunissant à M. Kwilecki, entra avec lui dans la ville. Cet événement fut décisif pour la confédération. M. Kwilecki confia à Sawa le commandement de son avant-garde, et il se mit en marche sur Varsovie. Sawa assurait avec raison que la capitale tomberait dans leurs mains, que la garde de la Couronne passerait de leur côté, qu'ayant les habitants pour eux, ils n'avaient rien à craindre de la garnison russe : on eut le tort de ne pas l'écouter. Arrivé à Bolimow, M. Kwilecki fut averti par un noble, qui parvint jusqu'à lui, que la Kujavie et le pays de Plock étaient prêts à se soulever, pour peu que l'armée confédérée s'en appro-

(1) Piotrkow, ville désignée en 1578 par le roi, Étienne Batory, pour être le siége du tribunal qui jugeait en dernier ressort toutes les causes de la Couronne.

chât. Cela le décida à laisser Varsovie, qu'il touchait presque, pour passer au plus vite sur la rive droite de la Vistule.

« Supposons que nous ne réussissions pas à nous emparer de Varsovie, disait-il à Sawa. Si nous sommes défaits, ce qui est possible, car ce peureux de Poniatowski a dû réunir des hommes pour sa défense, alors toute la confédération sera perdue en Grande Pologne, dont le tiers à peine est insurgé. Il vaut mieux nous fortifier à Plock, établir des relations avec la Lithuanie, et alors seulement marcher sur Varsovie avec la certitude du succès. »

En vain Sawa offrit de marcher à l'assaut avec son avant-garde, pourvu seulement que M. Kwilecki se tînt en réserve, afin de lui assurer une retraite en cas d'échec; en vain tout un escadron du régiment de Mir, sous la conduite du lieutenant François Dzierzanowski, passa de notre côté sous Bolimow même, et confirma par des renseignements récents toutes les prévisions de Sawa sur l'esprit de la capitale et de la garde; rien ne put convaincre M. Kwilecki. C'était un bon soldat et il avait servi quinze ans dans l'armée française, mais malheureusement il croyait plus aux lois de la tactique étrangère qu'aux instincts polonais, et il était encouragé dans son opinion par Gavar, ingénieur français qui était avec lui et en qui il avait une confiance extraordinaire. La douleur dans le cœur, Sawa dut donc conduire l'avant-garde du côté de Wyszogrod, où ils traversèrent la Vistule sans accident.

Sous certain rapport, M. Kwilecki ne se trompa point tout à fait; car dès qu'éclata la nouvelle que les nôtres avaient occupé Wyszogród, toute la Kujavie et tout le pays de Plock levèrent l'étendard de la confédération. Il détacha donc Sawa avec trois cents chevaux, plaça sous ses ordres M. François Dzierzanowski avec une partie des soldats du régiment de Mir, et lui donna ordre d'aller à Zakroczym pour propager le soulèvement en Mazowie, et

14

il se rendit lui-même à Plock afin d'appuyer la confédération grandissante. M. Dzierzanowski, au commencement, voulait, en sa qualité de gentilhomme et d'officier de la garde, chercher noise à son chef kozak; mais M. Sawa se fit si bien connaître à lui que, quoique unissant à une grande bravoure un caractère très-emporté, il lui obéit dans la suite comme un enfant à sa nourrice. Une foule de jeunes Mazowiens se joignaient aux nôtres en toute hâte et s'engageaient sous les drapeaux de Sawa. Il apprit d'eux qu'à Zakroczym se tenait un bataillon russe avec quelques centaines de kozaks du Don. Les Russes voyant qu'il marchait sur la ville, s'avancèrent à sa rencontre, d'autant plus sûrs de la victoire, qu'un fort détachement de carabiniers leur était venu en aide de Varsovie. Ayant déployé leurs forces devant Zakroczym, à peine aperçurent-ils les nôtres qu'ils firent feu de leurs canons, puis lancèrent en avant leur cavalerie. M. Sawa recommanda à Dzierzanowski de battre en retraite avec une partie de l'armée, et, masqué par son mouvement, il se jeta à gauche pour fondre sur l'infanterie dès que la cavalerie s'en serait éloignée. Tout réussit à merveille. M. Dzierzanowski, en fuyant soi-disant devant les carabiniers et les kozaks, les entraîna si loin dans la plaine à sa poursuite, que M. Sawa apparut avec la rapidité de la foudre sous les murs mêmes de Zakroczym. L'infanterie russe surprise, se forma néanmoins en carré et ouvrit son feu; M. Sawa ne lui permit pas de réparer sa faute: il rompit le carré, prit quatre canons et anéantit le bataillon. Alors seulement la cavalerie ennemie comprit, au bruit de la fusillade, qu'elle s'était trop éloignée et se dépêcha au plus vite de rebrousser chemin. Quoique M. Dzierzanowski fût sur ses épaules, elle rétrogradait dans le plus bel ordre, pensant rejoindre l'infanterie. Voilà qu'à cet instant M. Sawa la salua avec les boulets des canons qu'il avait conquis: alors tout se dispersa, l'un se sauvant à droite et

l'autre à gauche, mais M. Dzierzanowski en ramassa tant qu'il
en voulut.

Après cette éclatante victoire, M. Sawa entra à Zakroczym. Une
foule de citoyens y étaient emprisonnés dans les couvents, il leur
fit aussitôt ouvrir les portes; et, sans perdre de temps, il rassembla la noblesse pour rédiger au plus vite l'acte de soulèvement.
C'est ainsi que la confédération fut établie à Zakroczym; Sawa en
fut à l'unanimité élu maréchal, et on nomma régimentaires
M. Potocki, fils du woyéwode de Wolhynie et M. Lelewel, bur-
grave de Zakroczym.

« Au nom de Dieu, messieurs, disait Sawa, je suis un simple
kozak : comment vous commanderais-je en qualité de maréchal,
vous autres gentilshommes?

— Nous ne voulons pas d'autre maréchal! s'écria la noblesse.
Dieu et tes services t'ont créé gentilhomme polonais avant que la
diète ne t'ait reconnu tel. »

A cela je n'ai point assisté, mais je le sais comme si je l'eusse
vu de mes yeux, car je l'ai appris de M. le maréchal Sawa lui-
même, et de M. Dzierzanowski, de M. Lelewel, et de beaucoup
d'autres avec lesquels j'ai servi dans la suite, et leurs récits con-
cordaient parfaitement. Toujours est-il que cette même noblesse,
qui n'aurait pas souffert non-seulement pour magistrat, mais
même pour fermier quelqu'un qui ne fût pas noble, prit un kozak
pour maréchal : car notre orgueil nobiliaire n'était pas *ad des-
truendam, sed ad œdificandam patriam*. J'ai vu moi-même comment les autres maréchaux, même S. Exc. M. Pac, qui était au-
dessus d'eux tous, traitaient M. Sawa en égal, et le respectaient
autant que s'il avait été élevé, plus encore qu'au rang de maréchal, à celui de castellan de Cracovie; aucun honnête homme
n'aurait dit un mot là contre : tellement il était grand guerrier
et bon Polonais. Depuis ce moment, le maréchal de Zakroczym

s'illustra de plus en plus; on pouvait parier qu'il était là où il y
avait le plus de danger. Les hommes tombaient autour de lui,
les balles trouaient fréquemment ses habits, sans que lui-même
fût jamais blessé. Aussi, les Ruthéniens étant superstitieux, la
conviction naquit chez les kozaks qu'il était un charmeur, comme
on dit en Ukraine, c'est-à-dire qu'il savait conjurer les balles
de manière qu'aucune ne pût le toucher. Des kozaks, ce bruit
nous vint aux oreilles, ce qui l'offusqua beaucoup, en sa double
qualité de bon catholique et de soldat; il lui paraissait in-
jurieux qu'on pensât que s'il s'exposait hardiment au danger,
c'est qu'il savait que rien ne lui arriverait; et je le vis souvent
maudire sa chance, qui ne lui permettait pas d'être blessé. Pour
le malheur de la patrie et de nous tous, je me convainquis que
ce bruit était une invention vide de sens, et voici dans quelle
occasion.

M. Sawa voulut tenter une seconde fois de prendre Varsovie.
Il tira dans ce but de divers quartiers jusqu'à mille chevaux (moi
je fis aussi à ce moment partie de ce contingent). Nous allions à
travers les bois du district de Radom, et souvent nous réussissions
à écraser sur notre route quelque détachement russe. Nous battî-
mes même Drewicz à Jankowice, et peut-être l'eussions-nous pris
vivant, si M. le régimentaire Potocki ne se fût attardé d'une demi-
heure; nous saisîmes néanmoins plus de deux cents hussards de
Drewicz, que M. le maréchal fit tous tuer à coups de lance : on
s'acharna sur eux. M. Sawa était humain et traitait toujours avec
douceur les prisonniers russes; mais comme Drewicz coupait les
seins aux femmes des confédérés, faisait arracher la peau des
épaules à nos prisonniers, et disait en leur taillant dans le vif de
soi-disant manches pendantes, qu'il leur confectionnait des kontusz, M. Sawa était impitoyable pour les soldats de son régiment.
Nous continuions à avancer, essayant toujours de gagner Varso-

vie, mais le général russe Weymarn, à la tête de six mille hommes, se sépara du reste de l'armée pour nous poursuivre, et nous coupa la route à Mszczonow. Sawa, quoique avec des forces aussi inégales, ne perdit pas courage. Mszczonow était aux mains des Russes : un grand étang les séparait de nous, et une longue chaussée conduisait à la ville. Déjà une partie de la cavalerie russe avait traversé la chaussée et commençait à former ses rangs de notre côté. M. le maréchal imagina de fondre sur elle avant que le reste de l'armée eût traversé la chaussée, et de l'en séparer en l'attaquant avec son aile. Il rangea donc son armée en bataille, et laissant le fils du woyéwode de Wolhynie avec une réserve d'environ cent cinquante hommes, il fondit en personne sur les Russes. Ceux-ci reculèrent en désordre, et ils étaient sur le point d'être coupés, lorsqu'une batterie russe ouvrit son feu : dès la première décharge, M. le maréchal reçut un biscaïen dans la cuisse et tomba de cheval. Les kozaks, qui l'aimaient à l'égal d'un père et le croyaient un charmeur, s'effrayèrent fort de le voir blessé ; ils s'élancèrent pourtant à son secours. Dès qu'on le releva il remit, avec la plus grande connaissance d'esprit, le commandement à Lelewel, régimentaire de Zakroczym, lui recommandant de poursuivre la cavalerie russe dispersée, et il se laissa lui-même emporter sur les bras des kozaks à l'auberge près de laquelle le fils du woyéwode de Wolhynie se tenait avec la réserve, et où je me trouvais moi-même.

Nous nous mîmes à panser de notre mieux la cuisse de M. le maréchal ; on voyait à sa figure qu'il souffrait beaucoup, mais il ne fit pas entendre le moindre gémissement ; seulement il regardait son corps d'armée, qu'il avait confié à Lelewel. Or celui-ci ne pouvait se tirer d'affaire : car lorsque les soldats s'aperçurent que Sawa ne les conduisait plus, ils commencèrent à lâcher pied ; les Russes, qui fuyaient, voyant ce changement, revinrent au combat et poursuivirent les nôtres à leur tour, et le nombre des Russes qui franchissaient la chaussée augmentait à chaque seconde. M. Sawa, voyant que les nôtres se perdaient volontairement, voulut, malgré ses souffrances, qu'on le mît à cheval, mais il ne put s'y tenir. Il ordonna alors d'apporter un berceau de l'auberge, de l'attacher à deux de ses meilleurs chevaux, qu'il fit monter par des kozaks expérimentés, de l'y mettre lui-même, en maintenant le tout au moyen de ceintures dont les bouts seraient fixés à l'arçon des selles kozakes. Suspendu en l'air de cette manière incommode et dangereuse, entre deux kozaks, il prit en main le drapeau et nous conduisit à l'attaque. Il rappela à eux-mêmes ceux de nos soldats en fuite, les ramena avec lui, et donnant, en dépit des plus atroces douleurs, l'exemple d'une incroyable bravoure, il rompit l'ordre de bataille des Russes et les contraignit à prendre la fuite. Tout fut inutile : déjà l'infanterie russe et les canons avaient traversé la chaussée.

Quand ils ouvrirent le feu, M. le maréchal lui-même comprit qu'il n'y avait plus rien à faire, et dit qu'il ne restait qu'à se retirer ou qu'il fallait nous attendre à être tous fusillés. Quoique ses souffrances augmentassent sans cesse, au point qu'il avait peine à conserver sa raison, il dirigea notre retraite avec la plus grande présence d'esprit à travers les terres de Mszczonow. Ayant laissé un village entre nous et la cavalerie qui nous poursuivait, qu'il avait culbutée deux fois, et qui s'apprêtait à lui tomber une troisième fois sur les épaules, il ordonna de mettre en même temps le feu aux deux bouts du village. Par le grand vent qu'il faisait, ce ne fut plus en un moment qu'un brasier ardent, devant lequel les Russes s'arrêtèrent. M. le maréchal en profita pour diviser son armée en deux moitiés. Il donna le commandement de l'une au fils du woyéwode de Wolhynie et confia l'autre à M. Lelewel, leur recommandant instamment de regagner chacun par un chemin diffèrent la woyéwodie de Cracovie, sans jamais se réunir ; et lui-même, restant sur les lieux avec deux kozaks et moi, qui ne voulus pas le quitter, il fit ses adieux à ses compagnons, qu'il consola par la promesse qu'une fois sa blessure guérie, il saurait bien les retrouver en quelques lieux qu'ils fussent. Nous abandonnâmes nos chevaux à l'armée et transportâmes dans nos bras M. le maréchal au fond du bois, où nous passâmes toute la nuit au milieu des buissons, à le soigner de notre mieux. Pourtant ses forces baissaient de plus en plus et il perdait même souvent connaissance. Le lendemain, toujours avec notre fardeau sacré, nous nous enfonçâmes plus profondément dans la forêt, à la garde de Dieu. En errant dans le bois, nous rencontrâmes une cabane qu'habitait, ainsi que nous le sûmes plus tard, le sous-forestier des bois de Mszczonow, et nous confiant à la Providence, nous y entrâmes à l'aveugle : il fallait absolument déposer M. Sawa dans quelque endroit tranquille, ou bien il nous serait mort dans les mains.

Le sous-forestier se montra bon gentilhomme et fidèle à sa patrie ; quoique pauvre et chargé d'enfants, il partagea avec nous jusqu'à son dernier morceau de pain. Il nous déguisa, moi et les kozaks, en gardes-forestiers, et abandonna sa propre couchette, dans une chambre bien close, à M. le maréchal, qu'il fit soigner par sa femme. Puis il se rendit lui-même, au milieu de la nuit, dans une petite charrette, à Mszczonow et en ramena un chirurgien. Celui-ci visita la blessure de M. le maréchal : sa cuisse était tellement enflée que nous dûmes tout découdre sur lui. A cette première inspection, ses douleurs se réveillèrent plus atroces que jamais ; il ne put pas les supporter davantage, gémit plusieurs fois et perdit connaissance au point que nous eûmes de la peine à le faire revenir à lui. Ayant repris ses sens il nous dit : « Eh bien ! n'est-il pas vrai que je ne suis pas un charmeur? » Et, nous montrant son chapelet, il ajouta : « Voilà en quoi consiste tout mon charme. »

On convint avec le chirurgien qu'on l'irait chercher chaque nuit ; et notre respectable hôtesse, madame Kleczkowska, à laquelle nous confiâmes, ainsi qu'à son mari, quel grand homme ils avaient en leur maison, prenait soin de lui comme de son propre père. Tout alla bien pendant une semaine : M. le maréchal commençait à revenir à lui et, sautant sur une jambe, il passait déjà du lit au coffre de madame Kleczkowska, sur lequel il s'asseyait pour se dégourdir un peu ; le chirurgien nous faisait espérer que dans deux semaines au plus tard il pourrait monter à cheval. Mais dans Mszczonow il y avait une garnison russe : le fils du woyéwode de Wolhynie n'avait pas su se dérober à la poursuite de Weymarn, et, battu quelques jours après notre séparation, il fut fait prisonnier avec beaucoup d'autres, puisque de plus de trois cents soldats, à peine en échappa-t-il cinquante, et le reste fut tué par les Russes ou tomba dans leurs mains. Or Weymarn apprit des kozaks que Sawa, blessé dans la rencontre de Mszczonow, s'était caché on ne savait où, et il en conclut qu'il devait s'abriter non loin de là. Il désirait ardemment le prendre, d'abord parce que c'était l'un des plus vaillants chefs de la confédération, ensuite parce qu'il voulait venger beaucoup de hussards de Drewicz auxquels M. le maréchal, en représailles de leurs cruautés, avait fait couper les mains et le nez ; il détacha donc un colonel avec un fort détachement et avec l'ordre de s'établir à Mszczonow et de s'emparer de Sawa à tout prix.

À une œuvre infernale le diable lui-même vient en aide. Dans l'armée russe, l'espionnage était arrivé depuis longtemps à un haut degré de perfection ; ils découvrirent bientôt, par ce canal, que le chirurgien de Mszczonow sortait chaque nuit en secret ; ils le saisirent et le bâtonnèrent jusqu'à ce qu'il avouât soigner un

blessé dans la forêt; l'on amena un juif, on le mit à cheval, pour
qu'il servit de guide, et quarante chevaux galopèrent avec le juif
vers la chaumière. On l'entoura à l'improviste, et plusieurs d'entre
eux s'élancèrent dans la salle. L'hôtesse leur fait des politesses,
demande s'ils ne se feront pas servir quelque chose; mais eux, sans
rien dire, se hâtent de visiter tous les coins et, apercevant un cabinet fermé, il font sauter la porte et ils découvrent M. le maréchal assis et tenant déjà un pistolet à la main.

« Le premier de vous qui approche, je lui brûle la cervelle! »
s'écria M. Sawa. L'officier russe se retira aussitôt, mais il fit
mettre le feu à la cabane. Aidé de deux kozaks, j'emportai M. le
maréchal d'au milieu des flammes. Quand l'officier le vit hors
de la maison, il lui dit d'un ton moqueur : « *A szto mospan! tie-
per kapitulujesz?* Eh bien, seigneur, capitulez-vous?

— Voici ma capitulation, répondit le maréchal; » et il lui tra-
versa la poitrine d'un coup de pistolet. Alors le second officier
cria : « *Zakoli jewo!* Percez-le à coups de pique! » Nous, quoique désarmés, nous le couvrîmes de nos corps; mais quand un
Russe m'eut déchargé un coup de sabre sur le crâne, le sang m'i-
nonda le visage et je m'évanouis; plusieurs soldats se précipitèrent
sur moi avec des cordes, et je fus vite lié à ne pouvoir faire le
plus petit mouvement. On commença à maltraiter impitoyable-
ment M. le maréchal, sans armes et couché; un officier, qui, à ce
qu'il parut dans la suite, était un Polonais au service de Russie, le
frappait sur la tête du bois d'une lance; nos deux kozaks, à ce
spectacle, repoussèrent ce misérable de leurs mains nues; mais il
les fit tuer à coups de lance, et tous deux expirèrent auprès de moi,
les yeux tournés vers le maréchal. L'officier des kozaks du Don
s'indigna lui-même de la conduite du Polonais, et se mit entre lui
et notre chef, en disant : « Chez nous on ne tue pas les gens à
terre. » Il y joignit la réflexion que si l'officier amenait Sawa vivant

au général, il recevrait plutôt la croix que s'il lui amenait son cadavre.

On nous traîna tous les deux sur le même chariot à Mszczonow, moi garrotté et la tête enveloppée d'un linge, et M. le maréchal percé de plusieurs coups de lance, la tête enflée, le bandage de sa blessure arraché, si bien qu'il n'avait plus figure humaine. Chaque cahot de notre étroite charrette était pour moi une réelle torture; que ne devait pas souffrir M. le maréchal ! Pourtant il ne se plaignait pas; seulement, pendant toute la route, il récitait les psaumes de la pénitence d'une voix si pénétrante que, quoiqu'il y ait de cela cinquante ans et plus, chaque fois que j'entends : *Miserere mei, Deus, secundum magnam misericordiam tuam*, aussitôt se présente à mes yeux feu M. le maréchal de Zokroczym; je fonds en larmes, et maintenant je pleure en écrivant ces lignes.

On nous amena à Mszczonow, où déjà commandait le général Potapow, un Russe de vieille roche, homme plein de dignité et d'honneur. Il se conduisit à notre égard avec beaucoup d'humanité : il parlait à M. Sawa respectueusement, et lui céda une partie de son logement, que je partageai avec lui, selon sa volonté. Puis il lava honteusement la tête à l'officier pour la cruauté de sa conduite envers nous, et surtout envers M. le maréchal; il donna ordre à son chirurgien de panser ses blessures, et demanda à M. Sawa ce qu'il voulait, l'assurant qu'il ferait tout son possible pour remplir ses désirs.

« Je ne vous ennuierai pas longtemps, général, répondit le héros, car je sens que tout va finir, mais je voudrais un prêtre. » Aussitôt on amena un prêtre, qui le confessa, lui donna la sainte communion et récita les prières, que le maréchal répétait après lui avec toute sa connaissance, et si distinctement qu'il ne pouvait m'entrer dans la tête qu'il fût si près de la mort. Ensuite il s'endormit un moment, ne tarda pas à se réveiller, et me dit : « Voici un scapulaire où sont cousues des reliques de saint Adalbert (1) : quand j'expirerai, ôte-le-moi et remets-le, je t'en conjure, à M. Casimir Pulawski, staroste de Zuzelnice. Si quelque jour tu réussis à le voir, dis-lui que j'ai été son ami jusqu'à la mort; qu'il porte ce scapulaire comme un dernier souvenir de moi, et toi-même, Soplica, n'oublie pas mon âme. » A ces mots, il demanda de l'eau, l'approcha de ses lèvres, mais ne put l'avaler; il prononçait des paroles presque inintelligibles ; on comprenait seulement qu'il invoquait saint Adalbert et que l'agonie commençait. Je ne me souviens plus ce qu'il est advenu de moi, pourtant j'ai accompli ses ordres ; j'ai enlevé son scapulaire et l'ai porté sur mon cœur jusqu'à ce que j'aie vu M. le staroste, ce qui n'est pas arrivé tôt, et depuis que je possède un bout de terre à moi, chaque année je lui fais faire un service. Peu après la mort de M. le maréchal, les Russes m'expédièrent à Kazan, avec le fils du woyé-wode de Wolhynie et d'autres compatriotes ; et Dieu m'est témoin que je ressentis moins de douleur d'avoir perdu ma liberté que de savoir ma patrie privée d'un fils aussi honnête et aussi vaillant que l'était feu M. le maréchal Sawa.

(1) Saint Adalbert, l'apôtre des Slaves, naquit en Bohême, l'an 956. Il fut nommé en 983 évêque de Vérone. Après avoir visité plusieurs villes d'Italie et accompli un pèlerinage en France, il alla évangéliser d'abord ses compatriotes. Ceux-ci le chassèrent et égorgèrent sa famille. Il transporta son enseignement dans les environs de Danizig et de Gnesen, ce berceau de la nationalité polonaise. Il y trouva le martyre le 9 avril 997. Son corps fut enseveli à Trzemeszno, puis transporté à Gnesen. En l'an 1000, l'empereur Othon visita son tombeau. Ses reliques furent enfermées dans une châsse d'or. Sa mémoire est restée révérée parmi les Slaves. Il a composé l'hymne que les armées polonaises ont entonné durant des siècles sur les champs de bataille : *Boga Rodzica.*

(A) « Les écrivains étrangers étaient unanimes dans leur admiration des libertés dont jouissait la noblesse polonaise, à des époques où les seigneurs en d'autres pays tremblaient devant les rois et leurs ministres. Voici ce qu'écrivait un agent de Louis XV, le chevalier d'Éon de Beaumont : « Les droits et les franchises de cet ordre sont immenses. Un simple gentilhomme, avec un bien médiocre en Pologne, vivrait plus heureux que beaucoup de grands seigneurs dans le reste de l'univers, si les hommes savaient jouir d'une entière liberté sans en abuser. Le moindre gentilhomme de trois générations est autant maître dans sa terre et aussi libre dans sa république que le seigneur le plus grand et le mieux titré. Il a droit de vie et de mort sur les paysans qui sont ses sujets. Il a le droit de creuser des mines, tant de sel que des différents métaux et d'en disposer à son gré. Il a le droit de n'être arrêté qu'après qu'on l'a convaincu de crime : *Neminem captivari permittemus nisi jure victum.* Il a le droit d'asile dans sa maison, tellement qu'on ne peut en tirer par force les gens qui s'y réfugient; et tout ce que la justice peut faire en pareille occasion, c'est de les consigner entre ses mains et de l'en rendre responsable. Il a droit, lorsqu'il est nonce, de rompre une diète par sa seule opposition. Il a le droit de se choisir un roi. Enfin il peut parvenir aux principales charges de la république et même au trône. » (*Essai politique sur la Pologne.* Varsovie 1764, p. 19 et 20.)

(B) Rulhière rend hommage à Sawa en ces termes :

« Parmi ceux des chefs confédérés qui se distinguèrent le plus à cette époque, et dont quelques-uns parvinrent enfin, malgré tant d'obstacles, à faire espérer ou craindre la prochaine délivrance de leur patrie, on nommait avec honneur Sawa, nom redouté depuis plusieurs générations parmi les brigands qui infestent la frontière d'Ukraine. C'était un officier kozak, et cette nation sans écrivains et sans histoire, conservant encore l'usage des anciens peuples, d'immortaliser ses héros par des romances et des chansons populaires, Sawa et ses ancêtres, par leurs victoires sur les Haydamaks, avaient donné plus d'un sujet à ces chants de triomphe. Les Polonais avaient depuis longtemps promis la noblesse à cette famille ; mais les désordres du dernier règne et la rupture de toutes les diètes avaient empêché l'accomplissement de cette promesse; et, tandis qu'à la faveur des mêmes désordres, une foule de gens sans mérite et sans nom avaient usurpé la noblesse, ceux qui ne voulaient devoir cet honneur qu'à des titres légitimes n'avaient eu aucune voie pour y parvenir : l'éclat même qu'avait acquis le courage de cette famille lui avait fermé tous les chemins obscurs et douteux. Sawa, depuis le nouveau règne, toujours attaché au parti opprimé, n'avait pu réclamer les récompenses promises à ses ancêtres. Il voulait les mériter par lui-même en travaillant à rendre libres les citoyens dont il espérait devenir l'égal. Une troupe brave et nombreuse s'était attachée à sa fortune, et l'espèce d'avantage qu'il se proposait d'acquérir le garantissait de cette ambition insensée qui perdait tant de chefs de confédérations. Il joignait volontiers sa troupe à des troupes plus nombreuses; il ne cherchait point à s'approprier tout succès et toute gloire; il employait souvent son industrie et son audace à procurer des secours aux autres chefs. Il osa plus d'une fois venir jusque dans Varsovie chercher de l'argent et des recrues. Cette ville étant environnée de grandes forêts, il s'en approchait par le plus épais des bois, laissait sa troupe à quelque distance, entrait sous quelque déguisement, et faisait passer ainsi aux confédérés des recrues enrôlées sous les yeux mêmes de la cour et des Russes. » (*Hist. de l'anarchie de Pol.*, vol. III, livre X.)

Nous citerons ce que Ferrand dit des derniers efforts et de la mort de Sawa : « Sawa fit en Lithuanie, à la fin de décembre 1770, une incursion hardie. Plusieurs partis épars de confédérés le joignirent dans sa marche. Il se trouva à la tête d'environ deux mille hommes, avec lesquels il entra dans le palatinat de Brzes, pour pénétrer ensuite dans le grand-duché; il y leva des contributions et s'empara de cinquante mille ducats destinés pour Varsovie. Il fut arrêté par Branicki, contre lequel il eut deux combats à soutenir, et qui l'empêcha de suivre le plan qu'il avait formé de parcourir toute la Lithuanie ou même d'y rester s'il s'y voyait en force. On n'avait point vu dans cette lutte les Polonais se battre contre les Polonais, et, dans les malheurs publics, c'était une consolation de n'être pas absolument dans un état de guerre civile. Branicki fut accablé de reproches pour en avoir donné le signal. Sawa revint dans les environs de Czenstochowa rejoindre les confédérés. De leurs quatre divisions principales, celle de Sawa était la moins nombreuse; mais l'activité de son chef la multipliait et aurait fini par lui donner des forces plus imposantes. Il avait toujours agi avec son corps, sans se soumettre aux plans des autres chefs. A la fin de mars 1771, marchant pour surprendre l'ennemi, il fut surpris lui-même et attaqué près de Krasnik. La victoire coûta cher aux Russes, mais Sawa perdit beaucoup de monde, et, sans la nuit, n'aurait pu faire sa retraite. Impatient de réparer cet échec, qu'on pouvait attribuer à son trop de confiance en lui-même, il surprit, le 10 avril, le capitaine Ritter et son détachement dans le district de Dobrzyn, et tailla en pièces tout ce qu'il ne fit pas prisonnier.

« Quelque désir qu'il eût d'être indépendant, dès qu'il connut le règlement de la généralité qui soumettait tous les chefs à une direction unique, règlement rendu sous l'influence de Dumouriez et qui, en changeant en guerre régulière une guerre de partisans, amena des désastres], il donna l'exemple de l'obéissance et se mit, lui et sa troupe, sous les ordres de Pulawski. Mais cette troupe, peu accoutumée à une marche régulière, retardait beaucoup celle de Pulawski, qui, souvent, était obligé de l'attendre pendant des heures entières; désavantage extrême dans un genre de guerre où le succès dépendait presque toujours de la promptitude et de l'ensemble de l'exécution. Ce fut vraisemblablement par ce motif que Pulawski le devança beaucoup dans une marche où il s'agissait de secourir Lanckorona. Sawa, qui se trouvait à la tête d'un corps plus nombreux que ceux qu'il avait commandés jusqu'à ce moment, fut atteint et attaqué par les Russes le 26 avril 1771, à deux milles de Dzialdow. Ce jour fut aussi honorable que funeste pour lui. Le combat avait commencé à six heures du matin, et Sawa, quoique avec une grande perte, se soutenait encore au coucher du soleil, lorsqu'il reçut un boulet de canon dans la jambe; il tomba; ses soldats le crurent mort, et, déjà épuisés de fatigue, ils allaient se disperser. Sawa les retint, se fit mettre dans une grande corbeille, donna l'ordre de la retraite, et, pour ne pas la retarder, ne garda avec lui que cinq ou six hommes et prit une route détournée à travers des marais et des chemins impraticables; sa petite escorte lui fit passer la rivière sur de vieux arbres creux; enfin, se voyant dans un lieu écarté où il crut pouvoir être en sûreté, il ordonna à un de ses gens d'aller chercher à Sulawa un juif renommé pour la cure des blessures, de lui bien indiquer le chemin et de ne point revenir avec lui, afin de ne point donner de soupçons; ses ordres furent exécutés. Le juif pénétrait jusqu'à lui, le pansait exactement et s'en retournait à Sulawa. Ses fréquents voyages ne tardèrent pas à être remarqués. Les Russes, inquiets, l'arrêtèrent, et le major Salomon, soit par menaces, soit par de mauvais traitements, le força de découvrir la retraite du malheureux auquel il avait donné des soins.

« Sawa fut pris et transporté à Bradowitz, parce que l'état de sa blessure ne permit pas de le conduire jusqu'à Varsovie. Il souffrait des douleurs horribles, soit que la plaie eût été mal pansée, soit que la fatigue de ce second transport l'eût rendue encore plus dangereuse; il appelait quelquefois la mort, et tout à coup reprenait toute son énergie pour oser se reprocher à lui-même ces instants de faiblesse. Sawa mourut peu après dans sa prison. On lui imputait d'avoir exercé sur les Russes, et notamment sur le capitaine Holstein, d'affreuses représailles : il craignait, à son tour, qu'on ne les exerçât sur lui, et les précautions qu'il prit pour ne pas tomber entre les mains de ses ennemis, aimant mieux aggraver son état et s'exposer à périr de misère et de faim, prouvent qu'il avait de fortes raisons pour redouter par-dessus tout de se voir au pouvoir des Russes, et que, lorsqu'il s'y vit gardé, il a pu être réduit à craindre, peut-être même à éviter de guérir. Ainsi périt, d'une blessure honorable, un homme dont la confédération aurait pu tirer de grands services. La marque de déférence qu'il venait de lui donner annonçait hautement qu'il se vouait tout entier au bien public. Intrépide, actif, infatigable, accoutumé à des exercices violents, aimé de ses soldats, il leur fut enlevé au moment où, en les façonnant à l'obéissance, il les aurait rendus aussi redoutables qu'ils étaient braves. Sa mort fut pour son parti un signal de calamités. Près de la moitié de sa troupe avait péri dans la journée du 26; ce qui restait fut vivement poursuivi et ne put échapper au fer du vainqueur; une centaine de fuyards gagnèrent des bois épais; leur retraite fut découverte. Les Russes firent dans ces bois plusieurs battues avec des chiens, et, placés sur des arbres, tiraient sur ces malheureux épuisés de lassitude. Il paraît que Sawa, en qui plusieurs habitants de Varsovie, secrètement confédérés, avaient une juste confiance, portait avec lui des papiers qui pouvaient les compromettre. Quand il fut blessé, au moment de quitter sa troupe, il remit ces papiers à des personnes sûres. On ne sait si les dépositaires parvinrent à se sauver, mais les Russes, malgré toutes leurs recherches, ne purent trouver le dépôt. » (*Hist. des trois démembr. de la Pologne*, tom. I, liv. III.)

M. CZAPSKI

XI

Une bonne action n'est jamais perdue, et l'on en est récompensé même en ce monde. Je parle d'une action qui entraîne après elle un sacrifice, un dévouement quelconque; quel mérite y a-t-il, en effet, à jeter quelques poignées d'or, si cela ne nous prive même pas du plus petit plaisir? Notre Sauveur, voyant les riches distribuer d'abondantes aumônes, a dit que la pauvre veuve qui donnait son denier avait plus de mérite qu'eux.

J'ai bon espoir dans l'avenir de ma patrie et la ferme espérance qu'un jour Dieu aura pitié d'elle, car elle a un grand esprit de sacrifice. Sans parler de nos magnats, plus généreux qu'en aucun autre pays, et qui se réjouissaient tous si l'un d'eux s'élevait en honneur, en fortune, n'y avait-il pas chez nous autres gentilshommes peu de haine et une grande envie de partager notre bien avec autrui? Cette dernière phrase de nos lettres : « Je suis bien votre serviteur, » n'est pas une banalité, mais la réalité même. Les Polonais se servent effectivement les uns les autres. Tel court les tribunaux pour l'affaire d'autrui ; tel autre cherche à emprunter de l'argent pour son voisin. Celui-ci administre les terres d'un parent; celui-là, pour s'être plusieurs fois trouvé à table avec une personne qui lui était jusque-là inconnue, fait, à sa première demande, un voyage de quatre-vingts ou cent lieues afin de fiancer le fils de ce nouvel ami ; et cela, sans en retirer d'autre profit que d'avoir accompli son devoir de citoyen polonais. Certes, nous avons nos défauts nationaux; mais que toute notre histoire, aussi bien celle des temps reconnus historiques que celle des temps, je ne sais pourquoi, appelés fabuleux, témoigne d'un grand esprit de dévouement et de sacrifice ; que cet esprit persiste dans notre patrie et seulement dans notre patrie, c'est ce qu'on ne peut mettre en doute, quoique peut-être nos savants ne l'aient pas remarqué.

Ce dévouement polonais, ce désir de rendre service ne se circonscrit pas dans le cercle étroit de nos frontières nationales, mais s'étend même à l'étranger. L'année même de ma naissance, la Russie soutenait Auguste III contre Leszczynski (1); aussi les

(1) Stanislas Leszczynski, né en 1682, fut élu roi de Pologne, en 1704, par la protection du roi de Suède, Charles XII, et à la suite des désastres de celui-

troupes russes passaient et repassaient dans la Grande Pologne. S. Exc. M. Czapski, woyéwode de Marienbourg (1), seigneur qui possédait de grands biens, et était très-favorable à Auguste, logeait chez lui un détachement d'artillerie russe. Le porte-étendard qui le commandait, jeune homme fort bien né dans son pays et parfaitement élevé, s'était lié d'amitié avec le fils unique du woyéwode, que j'ai connu, dans la confédération de Bar, staroste de Chelmno, et avec lequel j'ai été dans la suite prisonnier à Kazan. Comme l'amitié croît vite entre jeunes gens, ils en vinrent bientôt à la plus grande intimité. Un beau jour, le du fils woyéwode remarqua que le porte-étendard avait perdu toute sa gaieté et qu'il cachait quelque profond chagrin. Il commença à l'interroger, le pressant de lui confier la cause d'une douleur si évidente. Longtemps le porte-étendard se défendit et s'entêta dans son silence; décidé enfin par les instantes prières de son ami, il lui confia qu'un de ses officiers avait déserté après avoir volé l'argent du gouvernement, qui se trouvait chez lui; n'ayant ni assez pour remplacer cette somme, ni le temps de faire venir de l'argent de chez ses parents, il ne voyait aucun moyen d'éviter la punition qui l'attendait immanquablement. Dans quatre jours son général allait arriver; ne trouvant pas la caisse du régiment, il le ferait comparaître devant un conseil de guerre, qui le dégraderait, sans aucun doute, et ce malheur précipiterait sa mère au tombeau. Aussi, n'ayant pas la force de supporter tant de maux, était-il décidé à se donner la mort le jour même où arriverait le général. Le fils du woyé- wode le supplia de ne rien tenter contre sa vie avant qu'il ne le

ci il quitta la Pologne en 1712; il devint, en 1725, beau-père de LouisXV; réélu roi en 1733, à la mort d'Auguste II, mais expulsé par les Russes, il se réfugia à Dantzig, puis en France, reçut le duché de Lorraine et de Bar par le traité de Vienne, en 1738, et mourut en 1766.

(1) Voir la note A, à la suite de ce récit, p. 238.

revit, en obtint sa parole d'officier, puis il se rendit chez son père et, tombant de son long à ses pieds, il lui conta qu'il avait joué aux cartes, et avec une chance si contraire, qu'il devait rendre ce jour même, sous peine de renoncer à sa réputation d'honnête homme, deux mille ducats d'or perdus sur parole; qu'il ne se relèverait pas avant que son père ne l'eût tiré de ce mauvais pas. Le père, qui était un sénateur plein de sagesse et adorant son fils, le gronda fort et lui donna l'argent, mais pas avant qu'il ne lui eût juré sur l'Évangile de ne toucher de sa vie à une carte. Ce serment, il l'a tenu fidèlement dans la suite. Il s'empressa de courir à son ami et lui dit : « Ne te suicide pas, ni pour ta mère et tes amis : voici l'argent. »

L'officier se défendit d'abord, finit par s'attendrir et par accepter le sacrifice. Bientôt les Russes s'en retournèrent dans leur pays. Ne voilà-t-il pas qu'un an après le woyéwode reçoit une lettre et de l'argent au nom de son fils : l'heureux père se convainquit alors combien son fils était homme d'honneur, et en même temps qu'il n'avait pas donné son amitié à quelqu'un de bas, mais à un individu en tous points digne de lui : car il faut savoir que les véritables Russes, c'est-à-dire les descendants des anciens boyars, sont d'honnêtes gens; seulement leur nation est avilie par une foule de parvenus et d'aventuriers de toute espèce, qui ont envahi la Russie, y sont arrivés aux premières places et en ont usurpé le gouvernement; et ce sont des gens vils qui commettent ou autorisent toute sorte d'infamies. Aussi le peuple russe n'est-il guère coupable que de les supporter patiemment; c'est du reste *pœna peccati*. Les Russes sont le moyen dont on se sert pour opprimer les autres peuples; c'est en trahissant et volant leurs voisins, qu'ils ont étendu leurs frontières; aussi ont-ils eux-mêmes été envahis par des étrangers, qui les écrasent et les méprisent.

Bien plus tard, quand, blessé et prisonnier de guerre, après avoir vu Sawa, sans armes, assassiné par les Russes, je fus conduit à Kazan avec M. Moszczynski, fils du castellan d'Inowlodz, avec M. Pawsza, fils du panetier d'Owrucz et une foule d'autres honnêtes gens, nous nous trouvâmes tant de Polonais à Kazan, que si l'un des nôtres fût tombé de la lune, il se serait cru dans une ville polonaise, jusqu'à ce qu'il eût vu qu'il n'y avait là que des temples grecs et point d'églises. A cette époque, le gouverneur de Kazan était le général Woyeykow, en qui nous avions plutôt un père qu'un surveillant. Au misérable subside que nous payait le gouvernement il ajoutait un secours de sa propre poche, et il adoucissait notre situation autant qu'il était en son pouvoir; et tout cela à cause de M. le staroste de Chelmno, que nous y trouvâmes. En effet, quand on le transporta à Kazan, il reçut, le jour de son arrivée, l'ordre de se présenter le lendemain au gouverneur; il y alla. On l'introduisit dans un salon où il vit une dame entourée de plusieurs jeunes garçons et jeunes filles, la femme et les enfants du gouverneur, comme il l'apprit ensuite. Le gouverneur lui dit : « Monsieur Czapski, votre seigneurie me reconnaît-elle? » Et lui : « Dieu m'est témoin que je ne me rappelle pas avoir jamais eu l'avantage de faire votre connaissance. » Le gouverneur : « Je suis cet officier russe à qui vous avez sauvé la vie et l'honneur. Ma femme et mes enfants, tombez aux genoux de ce prisonnier! » Et il s'y mit lui-même. Czapski reconnut enfin ce porte-étendard qu'il avait sauvé par son bon cœur. Ils se jetèrent dans les bras l'un de l'autre, et fondirent tous deux en larmes. Aussitôt Woyeykow le logea, ainsi que plusieurs de ses amis, dans son propre palais, et il se montra si reconnaissant envers lui, si excellent envers nous tous, que M. le staroste eut la délicatesse de lui dire de prendre garde de s'attirer la disgrâce de son gouvernement par une bonté excessive. Mais il répondit : « Ma maîtresse la tzarine est un grand monarque; elle ambitionne d'agrandir sa puissance et veut étendre au loin sa domination; mais elle a trop de sagesse pour que des cancans puissent nuire près d'elle à son fidèle serviteur; et quand il en serait autrement, j'aime mieux perdre les bonnes grâces de la tzarine et rester honnête homme que perdre la grâce de Dieu en me montrant ingrat. » Aussi, nous trouvions-nous tellement bien, que si notre patrie n'eût été douce à ce point qu'un Polonais ne peut que soupirer pour elle, nous aurions oublié tout autre pays. Les Russes savent obliger quand ils le veulent, c'est pour cela que les étrangers s'y ruent en causant plus de mal encore au peuple que de joie au gouvernement. Nous coulions des jours heureux; outre le gouverneur, nous trouvâmes à Kazan des Russes de naissance établis dans cette ville, et qui nous témoignaient beaucoup de bienveillance et d'amitié. Tout alla bien pendant quelques mois, mais la révolte de Pugaczew (1) vint changer notre situation. Il proclamait partout qu'il était le tzar Pierre III, assassiné depuis nombre d'années, et il s'avançait en force contre Kazan. Le clergé le soutenait, furieux qu'il était contre le gouvernement, qui avait enlevé aux popes des biens immenses et inaliénables, et leur avait à la place assigné un traitement fort mince. Woyeykow se défendit avec une poignée de soldats, mais il ne put conserver Kazan et battit en retraite, après avoir fait des prodiges de valeur dont nous fûmes témoins.

Après l'occupation de Kazan, Pugaczew, ayant appris qu'il s'y trouvait quelques centaines de confédérés de Bar, donna liberté pleine et entière à la plupart d'entre eux; de cette façon, beaucoup, profitant du désordre qui régnait en Russie, parvinrent à se glisser heureusement en Pologne.

(1) Voir la note B à la suite de ce récit, p. 238.

C'est ainsi que retournèrent dans leur patrie les frères Clemniewski, M. Moszczynski, fils du castellan; M. Suffeczynski, que j'ai connu plus tard chambellan de Czersk; M. Charlinski, porteglaive de Kiew, M. Staniewicz, M. Czapski lui-même et beaucoup d'autres; quant à ce qui resta de Polonais, il les fit incorporer dans son armée. Il nous passait lui-même en revue; celui qui était robuste et d'une haute stature, il le prenait à son service; celui qui était de petite taille, il lui rendait sa liberté, le considérant comme incapable.

Pourtant, je ne sais par quel caprice, il prit au nombre de ses aides de camp M. Zablocki, qui fut dans la suite consul de la république à Kremenczuk, et dont la taille était si peu élevée qu'en le regardant par derrière on aurait pu le prendre pour un garçon de treize ans. M. Zablocki parvint chez lui à un haut degré de faveur. Pugaczew, simple kozak, fort grossier et ne sachant ni lire ni écrire, ordonnait souvent, quand il était gris, de tout tuer et brûler; et comme M. Zablocki était près de lui ce qu'ils appellent *général du jour*, souvent il ne laissait pas accomplir l'ordre. Dès que l'autre, revenu à la raison, se rappelant confusément avoir donné un ordre, et voyant qu'il n'avait pas été exécuté, s'emportait, M. Zablocki lui soutenait effrontément n'en avoir reçu aucun. Il arriva même quelquefois que, sur sa demande, Pugaczew revint sur sa décision, car il l'aimait beaucoup; et tous ces égards, M. Zablocki ne les devait qu'à sa présence d'esprit. Une fois, dans les premiers temps de son service, Pugaczew, qui avait honte de son ignorance et voulait passer pour lettré, prit un morceau de craie devant son entourage et se mit à griffonner on ne sait quoi sur son bonnet; puis, appelant un diacre (1), il lui dit en lui montrant son griffonnage : « Je t'ai pris à mon service

(1) Chantre du rite grec.

à cause de ta science; si tu es savant, lis à haute voix ce que j'ai écrit. » Le diacre lui répondit qu'il n'était pas capable de le déchiffrer. — « Et voilà ta science! Tu ne peux lire mon écriture et tu manges mon pain sans rien faire; lis à l'instant! — Mais le tzar veut rire de moi, car ceci n'est point de l'écriture. » Et Pugaczew : « Qu'oses-tu me dire là? Moi, le tzar, je ne saurais point écrire! » Et il ordonna aussitôt de le knouter jusqu'à ce que mort s'ensuivit. Puis il se tourna vers M. Zablocki et lui dit : « Tu es mon adjudant et tu as aussi la réputation de savant; lis-moi à l'instant ce que j'ai écrit là. » La position de M. Zablocki n'était certes pas à envier; et voyez comme il se tira adroitement de ce mauvais pas : « Tzar très-éclairé, lui répondit-il, quand Dieu le père écrit quelque chose, il n'y a que Dieu le Fils ou l'Esprit-Saint qui le puisse lire; parce qu'il faut un égal pour comprendre un égal. Pour comprendre Votre Majesté Tzarienne, il faudrait amener un autre tzar, aussi grand et aussi savant qu'elle; celui-là lirait votre écriture, au lieu que nous, vos sujets, qui ne sommes que poussière, nous ne pouvons lire que nos écrits et ceux de nos semblables. »

Cette explication plut tant à Pugaczew, qu'il le fit *général du jour*, et commença lui-même à lui lire sa soi-disant écriture, où il y avait : « que la Pologne serait puissante et les Allemands asservis, car lui, le tzar, concluait avec la Pologne une alliance éternelle, et voulait que cela fût ainsi. »

Nous étions souvent témoins de pareilles extravagances; chaque jour il y avait quelque chose de nouveau, et nous prévoyions déjà que cela finirait mal. Quoiqu'il y eût de grands seigneurs défavorables à la tzarine, dès que l'un d'eux s'approchait de Pugaczew, il voyait que c'était un rustre et rien de plus, et se hâtait de se séparer de lui. Nous, nous lui restions fidèles, parce qu'il était ennemi de celle qui nous opprimait, et qu'enfin il nous avait rendu la liberté ; un bienfait oblige. Mais, du reste, il ne venait à lui que des gens perdus et dissipés. Avec cela on ne pouvait aller bien loin, et il n'y avait personne pour conduire une foule d'hommes aussi indisciplinés et aussi sauvages. Quoique Potocki, fils du woyéwode, M. Zablocki et M. Gruzewski eussent de la capacité et de l'expérience, aucun d'eux ne commandait de régiment. Les régiments étaient sous la conduite de kozaks et de diacres, et nous autres, Polonais, nous formions un bataillon aux côtés du tzar. Sur la fin, il n'écoutait plus les conseils de personne, et à chaque heure un autre vent soufflait dans sa cervelle. M. Potocki et surtout M. Gruzewski lui conseillaient de marcher droit sur Moskou, où il aurait fait un beau remue-ménage, ayant les popes pour lui ; mais il se jeta sans raison dans les monts Ourals, où il fut battu et pris vivant, ainsi que nous tous.

Dans cette bataille, si cela peut s'appeler une bataille, il montra la plus grande lâcheté ; à la vue de l'armée de la tzarine, tout ce ramassis d'hommes, et Pugaczew lui-même, se mirent à fuir au plus vite. On planta Pugaczew sur un pal, et nous autres on nous mena à Smolensk, où l'on nous demanda si déjà en Pologne nous savions d'avance que la révolte de Pugaczew aurait lieu, et s'il nous rejoignit à Kazan avec son projet tout fait. Les ordres de l'impératrice étaient de nous interroger le plus minutieusement du monde. En réalité, le gouverneur de Smolensk se conduisit assez humainement avec les autres prisonniers, mais il s'accrocha à moi et à M. Gruzewski, et, nous tenant dans un cachot obscur, au pain et à l'eau, il nous traita sans miséricorde, et cela parce que dans les premiers jours de notre arrivée, quand nous avions encore la liberté de nous promener par la ville, nous fîmes la connaissance d'un pope et causâmes avec lui, ce qui fut rapporté au gouverneur. Ce dernier, qui n'était pas un Woyeykow, mais avait servi dans la police et était fils d'un chirurgien militaire, avait su conquérir une haute position sans être beaucoup plus distingué ni plus instruit que Pugaczew ; il conclut de ce rapport que nous étions fort savants, que toute l'affaire reposait sur nous, et qu'il nous fallait soutirer nos secrets par tous les moyens possibles.

Pendant nos interrogatoires, il ne cessait de répéter : « Vous êtes des gens instruits, des savants, vous parlez latin ; mais nous saurons vous mettre, vous aussi, à la raison. »

C'était une singulière inquisition.

Il me demandait, par exemple, comment j'avais osé combattre contre la tzarine, et si je connaissais ce qu'il y avait d'écrit sur les rebelles(1) dans je ne sais quel livre jaune. Moi, je lui répondis que, n'étant pas sujet de la tzarine, je ne pouvais pas être un rebelle. Là-dessus il bondit sur sa chaise et se mit à crier : « Comment oses-tu dire que tu n'es pas un sujet de la tzarine ? Qui n'est pas sujet de la tzarine ? Les feld-maréchaux, les dignitaires de la première classe, les chevaliers du Saint-Esprit, sont sujets de la tzarine, et tu ne le serais pas, toi qui n'occupes aucun rang ! » Et ne s'arrêtant point aux injures, il se mit à me frapper du poing dans le visage, que j'en fus assourdi ; et il répétait à chaque coup de poing : « Eh quoi, tu n'es point sujet de la tzarine ? » Puis enfin : « Dis-moi à l'instant comment tu as pu savoir en Pologne que Pugaczew se révolterait et occuperait Kazan ? Qui t'en a parlé ? » Et moi je lui dis : « Je jure que jusqu'à ce qu'on m'ait déporté de Pologne, non-seulement je ne savais pas que Puga-czew dût occuper Kazan, mais j'ignorais même que Pugaczew et Kazan existassent en ce monde. — Ah ! tu ne le savais pas ? Toi qui parles latin avec les popes, tu ignorais que la révolte de Pugaczew dût avoir lieu ? Et pourquoi t'es-tu joint à lui à

(1) Voir la note C, à la suite de ce récit, p. 241.

Kazan? — J'avais l'espoir, lui répliquai-je, qu'avec son aide je retournerais dans ma patrie ; et d'ailleurs, une fois entré à Kazan, Pugaczew y eut l'autorité souveraine, et je dus obéir à ses ordres comme j'obéis aux vôtres, monsieur. — Quoi, tu me compares à Pugaczew ! » Et il ordonna qu'on me bâtonnât pour me faire avouer quels rapports avaient existé entre ce rebelle et la confédération de Bar. Je me bornai à prendre Dieu à témoin que je ne savais rien et n'avais jamais rien su de cela. Ces scènes se renouvelèrent plusieurs fois, tant avec moi qu'avec M. Gruzewski ; et pendant que nos camarades se promenaient par la ville, on nous tenait dans une fosse. Le latin nous servit joliment en cette occasion ! Voilà qu'une nuit l'adjudant du gouverneur tombe dans notre cachot et nous fait conduire tous deux hors de la ville sans nous dire un seul mot. Enfin, dans la campagne il nous montra un traîneau à deux chevaux, nous y fit monter, nous compta à chacun vingt-cinq roubles, et nous dit : « Fuyez en Pologne au plus vite. »

Nous nous mîmes donc en route, et le lendemain nous arrivâmes heureusement sur les terres de la république. Nous aurions pu gagner chacun notre nid et y trouver un morceau de pain assuré, M. Gruzewski, surtout, qui avait son patrimoine. Mais la nature du loup le pousse au bois, et celle du Polonais là où l'on se bat pour sa patrie. Chacun de nous arriva de son côté et comme il put dans la woyéwodie de Cracovie, où la confédération de Bar durait encore. Nous y retrouvâmes nos amis, qui nous avaient crus perdus. Quant à la raison pour laquelle l'adjudant du gouverneur avait facilité notre fuite, plus tard, de retour au pays, je l'appris de mes compagnons de captivité restés à Smolensk. En effet, la tzarine avait reçu avis que le gouverneur de Smolensk s'acharnait sur certains prisonniers : car quelques Polonais avaient accès près d'elle. Et quoique leur position seule indiquât qu'ils n'agissaient pas d'une manière trop droite, ils étaient pourtant Polonais et réclamaient en notre faveur. La tzarine envoya donc à Smolensk un sénateur fort honnête homme, pour s'assurer si c'était vrai ou non. Le gouverneur, voulant cacher ses procédés avec nous deux, facilita lui-même notre fuite ; il n'avait agi cruellement avec aucun autre prisonnier, et n'avait pas à redouter leur témoignage. Que Dieu le récompense de cela même ! Il est fort heureux qu'il ne nous ait pas fait étrangler : de cette façon il eût jeté encore un voile plus épais sur sa conduite. C'est ainsi qu'à quelque chose malheur est bon : à Smolensk il n'y eut que nous deux de bâtonnés, mais aussi nous fûmes plus tôt mis à même de servir de nouveau notre patrie, tandis que nos compagnons de captivité durent encore longtemps après souffrir en exil.

(A) Nous lisons dans les *Mémoires du sénateur et woyéwode Joseph Wybicki* : « La famille des Czapski occupait en quelque sorte le premier rang parmi les patriciens de Poméranie, et le woyéwode de Marienbourg était la tête de cette famille. Ils ne régnaient point à la façon des Radziwil, des Czartoryski, des Potocki, qui, dans les autres provinces payaient, protégeaient et, en revanche, commandaient. Les Czapski n'étaient pas assez riches pour acheter des gens, ce que d'ailleurs la simplicité des mœurs eût rendu à peu près impossible. C'est à titre de frères aînés d'une famille unie et modeste qu'ils obtenaient la préséance dans les affaires publiques. Le woyéwode de Marienbourg unissait à beaucoup de magnificence et à un maintien imposant, beaucoup des connaissances nécessaires à l'exercice des hauts emplois dont il était revêtu. Il ne s'oubliait cependant point lui-même et était du nombre de ces patriotes qui, très-capables, pendant le beau temps, de sagement diriger le gouvernail, manquaient, au milieu de l'orage, d'énergie et d'idées. » (Edit. polonaise d'E. Raczynski, Posen 1840, I, p. 170.)

(B) La vérité du fameux mot de Diderot, que la Russie est un colosse aux pieds d'argile, n'a jamais été mieux démontrée que par la révolte de Pugaczew. Il n'a fallu qu'un kozak obscur pour mettre en question l'existence de cet immense empire et pour faire trembler sur son trône Catherine II, malgré son prestige en Europe et toutes les adulations des philosophes à son endroit. C'est que la haine d'une classe contre l'autre et le peu de cohésion véritable entre des races dont l'union n'est maintenue que par la main de fer des gouvernants, sont autant de dissolvants qu'il suffit souvent d'un rien pour développer, et dont il est plus aisé d'arrêter momentanément les effets que de supprimer les causes.

L'incendie s'alluma parmi les kozaks du Jaïk, que le premier des Romanow avait promis de laisser vivre en hommes libres, et qui, surtout depuis Pierre Ier, se trouvaient abandonnés de plus en plus au bon plaisir de la bureaucratie russe. Il aurait été vite éteint si la situation des esprits, partout désireux d'un changement, ne lui avait point fait prendre dès le début des proportions gigantesques. Personne n'était satisfait en Russie, sauf la camarilla de Catherine. La condition des paysans était intolérable, la noblesse sans garantie en face du souverain; quant à la population des villes, par un reste d'instinct d'indépendance, elle répugnait, elle aussi, à cette politique envahissante, à ce sacrifice de tant de vies d'hommes pour d'illégitimes ambitions, enfin à cette importation violente d'une civilisation étrangère. Le général Bibikow écrivait à Fon-Vizin, en marchant contre les révoltés : « Ce n'est pas Pugaczew qui est important, ce qui est grave, c'est le mécontentement général. »

Émilien Pugaczew était un kozak du Don. Venu de Pologne sur les bords du Jaïk, il commença à outrager les autorités russes et à prédire hautement un soulèvement prochain. Arrêté et enfermé à Kazan, il s'évada le 19 juin 1773, avec l'aide de ses amis. Trois jours après, l'ordre arrivait de Pétersbourg de le passer par les verges et de l'envoyer aux travaux forcés à Pelim. Mais déjà il était redoutable. Il proclama qu'il était Pierre III, cet époux que Catherine avait détrôné et fait étrangler. Il serait trop long d'indiquer les phases de cette lutte opiniâtre. Pugaczew défit plusieurs des généraux russes, tels que Karr, qui revenaient enorgueillis de leurs attentats en Pologne.

Il emporta d'assaut successivement un grand nombre de villes, brûla ou pilla Kazan, Penza, Saratow, etc. Fréquemment mis en déroute, il semblait vérifier la devise qu'il avait, dit-on, fait frapper sur ses monnaies : *Redivivus et ultor*. Il reformait avec la plus grande facilité des armées de vingt-cinq mille hommes. Sur son passage, l'insurrection prenait comme une traînée de poudre. Désireuse de le tourner en ridicule et de faire croire à l'Europe qu'il n'y avait là qu'une émeute ordinaire, Catherine II l'appelait, dans ses lettres à Voltaire, « M. le marquis de Pugaczew, » dans le même temps où elle mettait en délibération dans ses conseils si elle n'irait pas se placer elle-même à la tête de ses troupes. Pugaczew fut infiniment au-dessous de l'œuvre qu'il avait entreprise. Il ne tarda pas à se montrer cruel, à s'abandonner dans l'ivresse, à d'indignes folies. En proscrivant en masse et en n'ayant pas l'ombre d'une idée organisatrice, il dut fatalement éloigner de lui, parmi les Russes de quelque instruction, même ceux qui étaient le plus hostiles au gouvernement, et ne sut profiter ni des connaissances ni du courage des confédérés de Bar, déportés en grand nombre sur le théâtre de ces événements. Sa principale faute militaire fut de s'acharner au siége d'Orenbourg, au lieu de marcher sur Moskou, où il était attendu et qui lui aurait sans doute ouvert ses portes. Cependant il s'exposa continuellement de sa personne, et en maintes circonstances il eut raison de la discipline des régiments russes, il n'était point dénué d'une capacité naturelle dont son ignorance l'empêchait, il est vrai, de tirer tout le parti possible; d'ailleurs, plus il avança dans sa courte carrière, plus ses passions et l'ivresse obscurcirent son intelligence. Nous allons citer ce qu'a dit de lui un historiographe officiel de l'empire de Russie : « Les dispositions de Pugaczew surprirent étrangement le prince Galitzin. Il ne pouvait s'attendre à rencontrer en lui tant d'habileté dans l'art militaire. Une quantité de nobles se réfugiaient dans l'antique capitale de Moskou, fuyant les provinces ravagées ou menacées par Pugaczew. Les serfs qui les accompagnaient parlaient sur les places publiques d'émancipation, de massacre des nobles. Le bas peuple, nombreux à Moskou, s'enivrait et parcourait la ville en témoignant hautement son impatience de voir arriver Pugaczew. Les paysans des seigneurs se révoltèrent. Les propriétaires fuyaient de leur domaines, la populace les arrêtait et les amenait à Pugaczew. Celui-ci déclara le peuple libre et dit qu'il était décidé à anéantir complétement la noblesse, qu'il le relevait de toute espèce d'impôt et lui fit distribuer du sel gratuitement. La noblesse était vouée à la mort. Aux portes des maisons seigneuriales se balançaient les corps de leurs propriétaires ou de leurs intendants. Les kozaks, quand il n'y eut plus d'espoir de vaincre, le livrèrent pour obtenir leur grâce. Il répondit à la commission d'enquête : « Il a plu à Dieu de se servir de mes crimes pour punir la Russie. » Il fut enfermé dans une cage de bois, sur un chariot à deux roues. Un fort détachement avec deux canons l'entourait. A un moment, Suwarow, *prince d'Italie*, fit sentinelle auprès de lui. Il fut exécuté à Moskou le 10 janvier 1775. Le gouvernement défendit au peuple de s'en entretenir : son nom seul le troublait. Cette mesure a gardé force de loi jusqu'à l'avénement au trône de l'empereur Alexandre Ier. Ce n'est qu'alors qu'on permit d'écrire et d'imprimer le nom de Pugaczew. » (*Le faux Pierre III*, par *Alexandre Puszkin*, traduit du russe par le prince A. Galitzin, Paris, 1858, chap. III, V et VIII.)

Depuis cette époque, l'Église russe, chaque année, anathématise Pugaczow en même temps que Mazeppa et Napoléon Iᵉʳ, Catherine II, craignant tout ce qui rappelait cette tourmente qui avait failli l'engloutir, changea par un ukaze le nom de kozak du Jaïk en celui de kozak de l'Oural.

On peut voir dans l'ouvrage intitulé *Niewola Karola Lubicz Chojeckiego* (Captivité de Charles Lubicz Chojecki, l'un des confédérés qui resta déporté dans ces contrées de 1768 à 1776), le sort des Polonais, auxquels les fautes de Pugaczow présageaient sa défaite, et qui se trouvaient, d'autre part, à chaque instant exposés à être bâtonnés ou pendus par les Russes, comme suspects de sympathiser avec la rébellion.

(C) « La facilité avec laquelle la Russie a plus d'une fois rompu les traités, tient à ce qu'intérieurement elle ne les considérait jamais comme obligatoires pour sa conscience. Ce pouvoir se trouve, vis-à-vis de l'Europe, dans la même position où se trouvait Rome vis-à-vis des républiques et des royautés européennes et asiatiques. Rome a-t-elle jamais admis sérieusement la légitimité d'aucun roi, d'aucune république, d'aucun gouvernement? Pour les Romains, il n'y avait de ville que Rome, *Urbs*, la ville par excellence ; il n'y avait de république que la leur, d'armées que leurs légions. Les Romains traitaient avec plusieurs puissances, s'alliaient parfois avec elles, mais jamais d'égal à égal ; jamais un gouvernement étranger, despotique ou républicain, quelque puissant qu'il fût, n'avait, à leurs yeux, des droits à la souveraineté comparables à ceux du peuple romain ; jamais un consul ou un tribun romain n'a traité un chef militaire de ses ennemis comme son égal en dignité. D'après les mêmes idées, le peuple russe serait très-scandalisé si son empereur s'avisait d'avouer publiquement qu'il n'est que l'égal d'un empereur ou d'un roi. Ce qui est peu connu, mais cependant incontestable, c'est que les soldats russes ont à un plus haut degré que les soldats romains le sentiment, quoique confus, de leur supériorité sur les autres armées ; ils croient qu'il n'y a de véritables soldats qu'eux seuls et regardent toute autre armée du même œil qu'une armée régulière regarderait un corps d'insurgés ou de volontaires. Le gouvernement russe s'est plus d'une fois fait violence pour faire observer à ses soldats les capitulations que l'on concluait avec les généraux ennemis. Les soldats étaient toujours tentés de sévir contre les vaincus, car il les regardaient toujours comme rebelles, comme traîtres à l'empereur. L'empereur lui-même, dans ses déclarations de guerre aux puissances étrangères, se laisse aller souvent à leur reprocher leur trahison et à les accuser de rébellion, tant est inhérent au caractère russe ce sentiment du droit de supériorité vis-à-vis de toutes les autres puissances. Il est difficile de concevoir et d'expliquer de telles prétentions ; elles

16

prennent leur origine ailleurs que dans les pactes et les traités internationaux.

« Ces sentiments proviennent des idées innées de la race ouralienne. A cette occasion, je vous rappelle le caractère de Gengis-Khan. Ce chef obscur d'une horde nomade commença sa carrière diplomatique par cracher au visage d'un ambassadeur chinois qui, comme ambassadeur du plus puissant des empereurs, le traitait en égal ; par cet acte, il lui annonça qu'il allait conquérir l'empire de son maître, et il tint parole. Il envoyait des ambassadeurs à tous les rois de la terre en les sommant de se soumettre à son autorité ; il en envoya même au roi de France. Il ignorait la position géographique de la France, et cependant, s'il eût vécu plus longtemps, il eût fini par l'attaquer. Je vous ai dit qu'un esprit de conquête et de domination s'emparait, de temps à autre, des chefs des hordes asiatiques et les poussait à des envahissements qui ne s'arrêtaient qu'à la mort du chef inspiré. En Russie, cet esprit s'est incarné dans les institutions, il a formé une hiérarchie, il ne cesse d'exister, de vivre, d'agir. » (Les Slaves, d'Adam Mickiewicz, III, p. 137.)

—◦—

LA SICZ ZAPOROGUE

XII

Quoique je sois né en Lithuanie et un enfant de Nowogrodek, ce que je tiens être un honneur pour moi, j'ai pourtant parcouru en long et en large, et plus d'une fois, toute la Pologne, et je dois avouer que l'Ukraine est notre plus belle possession. La terre y comble, presque sans travail, le laboureur de ses dons; le bétail pait sans berger, les chevaux, les moutons couvrent les pâturages; les chants des villageois et la beauté des villageoises font assez voir quelle vie heureuse est la leur. On m'a dit que depuis le démembrement, quand les immenses domaines de nos anciens seigneurs passèrent morcelés aux mains de nouveaux venus de toute espèce qui, le plus souvent, les acquéraient avec de l'argent volé, les hobereaux se multiplièrent, et leur inhumanité fit plus souffrir les laboureurs qu'autre part l'aridité du sol. Tout cela est possible, mais je parle seulement de ce qui était et de ce que j'ai vu de mon temps.

La première fois que je vis l'Ukraine, le moment était mal choisi pour en admirer les beautés. C'était en l'année 1768 : après avoir été défaits par Podgoryczanin, nous traversions rapidement, avec les débris de la confédération de Lithuanie, et en nous battant presque tous les jours, cette vaste contrée dans toute son étendue, pour gagner au plus vite la Moldavie ; nous y arrivâmes malgré les plus grands obstacles, grâce à notre valeur, à notre fermeté et au bonheur, à la présence d'esprit de notre chef, le prince Radziwil, woyévode de Vilna. Je fus témoin que, toujours à cheval, il se trouva sans cesse au fort du danger et que dans les plus tristes circonstances, jamais un nuage sur son front n'a refroidi nos espérances. A Sawiniec, déjà près du Dniester, terme de nos désirs, je vis quelques balles traverser sa pelisse, et un boulet de canon, tombant à dix pas de lui, rebondir et aller rouler à ses pieds. Ce boulet, qui pesait douze livres, le prince le fit ramasser, et plus tard il en fit couler un pareil en argent pur et l'offrit à la très-sainte Vierge de Boruny ; il resta suspendu devant cette image jusqu'à l'époque de la dernière révolution, pendant laquelle les Russes s'en emparèrent, après avoir pillé l'église.

Mais quelques années après, j'eus une meilleure occasion d'observer l'Ukraine, quand, lors de la formation de la confédération de Bar, S. Exc. M. Oginski woyévode de Witebsk, chargea d'une mission M. Azulewicz (1), un Tartare, mais bien né, qui est devenu colonel d'un régiment de cavalerie légère dans les

(1) En 1616, un certain Pierre Czyzewski ayant publié une violente attaque contre les Tartares établis en Lithuanie, un de ces derniers, nommé Azulewicz, lui répondit quatorze ans après. (Voir, sur l'Ukraine, la note A, à la suite de ce récit et au sujet des Tartares lithuaniens, la note B.)

armées de la république, et qui habita jusqu'à sa mort le village qu'il avait dans mon voisinage. Or, par décision du conseil suprême, S. Exc. M. Oginski l'envoya près de Crim-Gueray, khan de Crimée, afin d'y faire ce que réclameraient les intérêts de la confédération, à laquelle il devait rendre compte de toutes ses démarches.

La transmission des nouvelles ne pouvant s'effectuer que de vive voix (parce qu'il était impossible de se fier aux écrivasseries), on expédia pour cet objet quatre d'entre nous autres jeunes gens, de qui l'on était parfaitement sûr. M. Azulewicz nous était supérieur, tant par le mérite que par l'âge, car il était versé dans les langues orientales, et il possédait la confiance des chefs de la confédération, et cette confiance, il ne la trompa point. Nous lui avions donc été adjoints quatre : M. Michel Ratynski, fils de l'échanson de Minsk; M. Adalbert Massalski, fils du régent d'Oszmiana; M. Mikosza, qui, ayant appris avec soin la langue et les usages des Turcs, devint plus tard drogman de la république à Constantinople, et enfin moi. Chacun de nous devait voyager séparément, pour ne pas exciter les soupçons; nous ne devions nous réunir qu'à Human, où M. Mladanowicz, intendant général, avait ordre de S. Exc. M. Potocki, woyéwode de Kiew(1), son seigneur, de nous fournir tout ce que M. Azulewicz pourrait lui demander; et, quoiqu'on nous eût expédié de Proszow, chacun de nous arriva de son côté heureusement à Human, sauf M. Massalski, qui souffrit le martyre pour sa patrie et sa foi. Ayant rencontré la troupe de M. Branicki, alors grand veneur de la Couronne, et qui prenait déjà goût au sang de ses concitoyens, il lui fut amené. Un domestique du grand veneur déclara l'avoir vu à Cracovie, à la cour de S. Exc. M. Pac, maréchal général de la

(1) Voir sur ce personnage la note C, à la suite de ce récit.

confédération. M. Branicki (1) commença par lui demander d'où il
venait, où il allait et dans quel but; il se doutait qu'il y avait là
quelque affaire importante sous jeu, il le tenta par mille promesses et enfin le fit battre sans pitié. Et quand ce généreux
jeune homme, fidèle à son serment, ne se laissa ébranler ni par
la douceur, ni par les menaces, ni par les présents, ni par les
tourments, alors Branicki le remit entre les mains des Russes,
qui le firent aussitôt pendre comme espion.

Crim-Guéray était un ardent ami des Polonais, et pressait toujours la Porte de déclarer la guerre à la Russie. Il jouissait de la
confiance du sultan et il venait d'obtenir de lui que les membres
du divan qui s'étaient vendus et nous avaient en réalité perdus
en 1763, fussent gratifiés du cordon de soie. Maintenant encore,
dans le temps où M. Azulewicz lui était envoyé, il appuyait de
tout son pouvoir, par ses partisans à Constantinople, Potocki,
échanson de Lithuanie, qui faisait effort sur effort pour décider le
sultan à la guerre; et Potocki réussit en dépit du divan tout entier,
qui, sans cesse, lui jetait des bâtons dans les roues, car les membres nouveaux de ce divan ne valaient pas beaucoup mieux que
leurs prédécesseurs qui avaient payé de leur cou leur vénalité. Or,
voici comment réussit M. l'échanson. Le sultan était très-pieux
dans sa foi mahométane, et aurait été content de convertir le
monde entier à son Mahomet. Donc, Potocki, ayant épuisé tous les
autres moyens, saisit enfin celui-ci. Il possédait parfaitement la
langue turque et avait des audiences particulières du sultan; il se
détermine à aller à lui; la garde le laisse passer comme d'ordinaire; alors, pénétrant jusqu'au sultan, il se jette à ses pieds et

(1) Une note de Rulhière porte ce qui suit : « Branicki a commis d'excessives
cruautés dans l'ivresse; il s'est fait amener des confédérés prisonniers; il les a, de
sa main, taillés à coups de sabre. » (Ferrand, *Histoire des trois démembrements
de la Pologne*, I, p. 329.)

dit : « Sultan (ou tout autre titre qu'on a coutume de lui donner en lui parlant), sauve-nous de la servitude moskowite, et toute ma nation acceptera la foi de ton prophète. Tu m'as en ton pouvoir ; je te jure que le jour où j'apprendrai que tu as chassé les Russes de notre sol, je me ferai publiquement circoncire. » Le sultan l'embrassa avec bonté, ce qu'il ne faisait pas même pour le grand vizir, et déclara aussitôt la guerre, puisqu'on se battait évidemment pour l'honneur de Mahomet. Mais quel amour de la patrie ! se faire damner pour elle ! Et il est à remarquer que M. l'échanson était un très-ardent catholique, je dirais même ardent à l'excès, s'il pouvait y avoir excès en cela. Personne n'était plus convaincu que lui qu'on ne peut être sauvé que dans l'Église, et ne savait mieux ce qui attend ceux qui se musulmanisent. Aussi, lorsque dans la suite le digne évêque de Kamieniec, Krasinski, l'un des chefs de notre confédération, dont le propre frère, M. le chambellan de Rozan, était maréchal général dans la Couronne, comme S. E. M. Pac l'était en Lithuanie, lui reprocha amicalement de s'être aventuré trop loin : « Dieu m'est témoin monsieur l'évêque, » répondit l'échanson de Lithuanie, « que ce n'est ni par soif des plaisirs ni par incrédulité que j'étais prêt à abandonner notre religion, mais uniquement pour sauver notre pauvre patrie. Aussi, j'espère que Dieu, dans sa miséricorde, m'épargnera, et, s'il en arrive autrement, dans l'enfer Satan lui-même sera forcé de m'estimer (1). » A ces mots, le pieux évêque, qui était en même temps un très-zélé patriote, ne répondit rien, mais soupira, et les larmes s'échappèrent de ses yeux.

(1) Cette réponse rappelle l'anecdote suivante : Un vieux gentilhomme, mortellement malade, fait appeler un prêtre et lui dit : « Mon père, priez Dieu qu'il daigne m'envoyer en enfer. — En enfer ! s'écrie le prêtre étonné, et pourquoi cela, mon fils ? — Je suis un gentilhomme de vieille roche. Au paradis il y a tant de grands saints que je serais au dernier rang. Au lieu qu'en enfer, ayant vécu honnêtement, je serai un des diables les meilleurs. »

Dès que nous fûmes réunis à Human, nous donnâmes des larmes au malheur de notre compagnon à jamais regrettable, dont le sang crie vengeance contre le gentilhomme russifié qui, par une longue suite de crimes, est arrivé à être le plus riche seigneur de Pologne ; nous n'oubliâmes point non plus l'âme du défunt. M. Mladanowicz lui fit faire un service convenable dans l'église des pères basiliens, et M. Azulewicz lui-même y pria, bien qu'il fût de religion mahométane. Nous prîmes ensuite nos mesures pour continuer notre voyage. Il nous fallait d'abord nous rendre à la Sicz Zaporogue (1). Semen Kozyra, l'ataman (2) des Zaporogues (3), qui avait été étroitement lié avec la confédération de Bar, venait de mourir, ainsi que nous l'apprîmes à Human, et l'élection de son successeur approchait. C'était une grande perte pour nous, car il nous avait promis de se joindre à nous avec son armée, et il pouvait réunir plus de trente mille hommes. Par ce moyen, la confédération se serait renforcée dans l'Ukraine, dont la plus grande partie appartenait à des seigneurs qui ou nous commandaient ou étaient bien disposés à notre égard. Si, avec cela, les armées turques et les Tartares de Crimée y fussent entrés, les terres ruthéniennes auraient été délivrées sans aucun doute. Il nous importait donc que le nouvel ataman nous fût favorable, et nous avions pour nous Dzumdzuryk, l'écrivain de la Sicz, qui soutenait d'autant plus notre cause qu'il était né, à ce qu'on disait, gentilhomme

(1) Les Kozaks Zaporogues, établis dans les cataractes du Dniéper, s'y construisirent de petites forteresses palissadées qu'ils appelaient *zasteki* ou abatis d'arbres. La principale de ces forteresses, située dans la bourgade de Sedib, se nommait Siecz ou Sicz.

(2) Ataman ou chef des Kozaks, choisi par l'élection, à la pluralité des voix. Le roi Étienne Batory lui donna un cachet et un bâton de commandement. Quoiqu'il eût droit de vie et de mort, il devait parler au peuple debout et la tête découverte. La turbulence des Kozaks rendait cette charge presque toujours viagère.

(3) Voir sur les Zaporogues la note D, à la suite de ce récit.

polonais. C'était lui qui avait fait prendre parti pour nous à Semen Kozyra ; il était réputé un homme éclairé, très-habile, et il jouissait d'un grand crédit chez tous les Zaporogues. On l'aurait cette fois élu lui-même au rang d'ataman, ce qui aurait été très-heureux pour nous, mais comme, d'après leurs lois, l'ataman ne devait savoir ni lire ni écrire, il dut rester écrivain, ce qui était la seconde charge de cette république. M. Mladanowicz nous envoya à la Sicz avec de l'eau-de-vie du trésor, comme si nous faisions partie de l'économat de Human. Un bâton à la main, nous marchions près de chariots attelés de bœufs ; une seule fois les Russes nous arrêtèrent ; mais quand nous montrâmes nos certificats, ils nous relâchèrent aussitôt. M. Mladanowicz nous avait adjoint quelques Kozaks qui étaient pleins d'expérience et qui avaient déjà plus d'une fois été les hôtes de la Sicz, et nous nous laissions guider par eux d'autant plus volontiers que nous voyions qu'ils étaient sincèrement attachés à notre commune patrie. En arrivant à Kahorlik, petite ville de la circonscription de Human, à l'endroit même où finissait le territoire de la république, nous tombâmes au moment de la foire. Quoique cette petite ville ne se compose que d'une grande ferme appartenant au trésor et située sur la Siniucha, et de quelques masures juives, une multitude de Tartares, de Kozaks, de paysans et de juifs étaient accourus à la foire pour l'achat ou la vente de chevaux, de bétail, de suif, de poisson séché, de poix, et autres marchandisss du pays.

Après nous être arrêtés près de l'auberge avec nos chariots et avoir envoyé nos bœufs au pâturage, nous entrâmes dans la salle et y trouvâmes un mélange de différentes nations. Les villageoises de l'Ukraine nous frappèrent par la recherche de leur costume. On voyait que la contrée était plus riche que notre Lithuanie. Presque sur chaque zupan brillaient des galons, et quelle profusion de corail ! Sur un seul cou il y en avait souvent pour quelques milliers de florins. A notre arrivée, tout le monde était en train d'écouter avec la plus grande attention un conteur aveugle qui, en s'accompagnant sur la lyre, leur chantait différents événements tirés soit de l'Écriture sainte, soit des légendes de l'Ukraine. Une de ses chansons racontait exactement et avec les plus minutieux détails, l'enlèvement de la princesse Ostrogska (1) par le kniaz (2) Dimitri (3) Sanguszko. Je remarquai que ce qui intéressait le plus les Ukrainiens, était l'énumération des biens du kniaz Dimitri, des gentilshommes et des kozaks de sa cour, et aussi l'énumération des biens de la princesse Ostrogska et de ses serviteurs des deux sexes, en les appelant tous par leur nom. Quand il prononçait un nom, si dans l'assistance un des paysans ou quelque jeune fille le portait, on riait aussitôt et chacun montrait du doigt cette personne. Habillés en paysans de l'Ukraine, nous n'attirions

(1) L'héroïne de cette chanson, Élisabeth, fille d'Élie Ostrogski, d'une des plus illustres familles de Pologne, passa en effet par les plus étranges vicissitudes. Le prince Dimitri Sanguszko, par le conseil d'un de ses oncles, surprit le château des Ostrogski, enleva la demoiselle et passa avec elle à l'étranger. Sanguszko, condamné par un arrêt de justice, fut découvert à Jaromir en Bohême, par la trahison de son hôte, et tué par Zborowski qui, à la tête de quelques centaines de chevaux, l'avait poursuivi jusque-là. On grava sur sa tombe : « Hoc loco conditur corpus clari Lithuaniæ ducis Demetri Sanguszko, ex magnifica Olgerdi, familia nati, capitanei Cyrcaviensis et Canioviensis quem Martinus Zborowski trucidavit 1554. Le roi Sigismond-Auguste destinait Élisabeth au comte Lucas Gorka. Étant contraire à ce projet, elle s'enferma dans un couvent de bénédictines à Lwow. Le prince de Sluck, Simon Olelkowicz, s'y introduisit sous des habits de mendiant et y épousa, dit-on, la jeune princesse. Par ordre du roi, Barzi, staroste de Lwow, coupa les conduits d'eau du couvent, contraignit la princesse Élisabeth à se rendre et à épouser Gorka. Elle ne vécut point avec ce dernier, car elle perdit la raison et mourut sans postérité.

(2) Kniaz ou knès. — Titre slavon qui correspond à celui de prince. Son étymologie n'est pas connue, à moins qu'il ne soit de la même famille que king, konung, kœnig, roi. Aujourd'hui il fait partie des titres du tzar.

(3) Dimitri ou Demetrius, — d'un mot grec, — la déesse mère, un des noms de Cérès, — prénom fort commun dans les contrées où prédomine le culte grec.

point les yeux sur nous. M. Azulewicz prit place au milieu des
Tartares et se mit à lier avec eux connaissance et amitié, ce qui
ne lui était pas difficile, puisqu'il parlait le tartare comme sa propre langue; M. Mikosza mangeait du gruau de millet que l'hôtesse
lui avait apporté dans la salle, et M. Michel Ratynski n'était occupé que des jeunes filles et faisait surtout la cour à l'une d'elles,
ce qui ne me donna pas peu de souci. Aucun de nous ne savait
s'expliquer dans la langue appropriée au costume que nous avions
pris, mais au moins nous nous taisions. M. Michel ne cessait, au
contraire, d'en conter en lithuanien à la jeune fille, et nous exposait ainsi à de grands dangers; nous pouvions en effet rencontrer
encore un poste russe, et alors malheur à nous! Rien pourtant ne
put détacher M. Michel de son Ukrainienne, qui, quoiqu'elle plai-
santât parfois de ses discours, lui témoignait néanmoins du plaisir à être avec lui. Quoique je ne fusse pas plus âgé que lui, j'étais
uniquement occupé du chant du conteur. Ce chant m'apprit qu'Ar-
thur Jelowicki était héritier de quatorze villages et maréchal à la
cour de la princesse Ostrogska; qu'à la tête des gens de cette princesse il s'était couvert d'une telle gloire à Soczawa contre les Vala-
ques, que le roi Sigismond lui avait offert d'être porte-étendard de
la cour de Lithuanie, mais qu'il n'avait pas accepté cet honneur,
car sans lui la princesse Ostrogska n'aurait su régenter sa cour;
or, élevé au service du kniaz Élie, il regardait comme son devoir
de ne point abandonner sa veuve, et, selon l'Évangile, on ne peut
servir deux maîtres à la fois. Aussi, est-ce seulement après la mort
de Jelowicki que le kniaz Dimitri avait attaqué le château des Ostrogski. J'appris également que le kniaz Czetwertynski, héritier de
Kitaygrod, qui accompagnait dans cette attaque les kniaz Dimitri
et Basile, était fils de cet Eustache qui entretenait à ses frais un
régiment de kozaks pour la défense de la république, et lui avait
rendu de grands services. Il désirait beaucoup la castellanie de

Braclaw, que le roi lui avait déjà promise; les seigneurs du
conseil ne laissaient pas cette promesse s'accomplir; ils exi-
geaient qu'il se convertît d'abord au rite romain et donnât le bon
exemple à la noblesse ruthénienne. Or c'était un schismatique
endurci et qui ne voulait pas entendre parler d'abjuration; le
patriarche russe, ayant eu connaissance que le manquement
de parole du roi ne l'avait pas peu aigri, lui envoya un égou-
mène (1) avec la proposition de passer au tzar, promettant qu'il
deviendrait alors non pas castellan, mais kniaz indépendant de
Braclaw et se vengerait ainsi de la république, qui le récompensait de ses hauts faits par une injustice; à quoi il répondit : « Dis
à qui t'a envoyé ce que le kniaz Eustache Czetwertynski, héritier
de Kitaygrod, colonel du roi et de la république de Pologne t'a ré-
pliqué : qu'une mère d'abord bat puis caresse, une marâtre d'a-
bord caresse et bat ensuite (2). » Et il le chassa. Quand le conteur
eut fini de chanter, il tendit sa czapka; les sous y pleuvaient si
bien qu'elle fut remplie jusqu'au bord en un instant.

Puis la jeunesse se mit à danser. Je vis pour la première fois
danser la kosake (3). Un jeune homme surtout, d'une beauté et

(1) Prieur d'un couvent grec.
(2) D'autres écrivains placent ce mot dans la bouche de Bohdan Chmielnicki,
mourant désespéré après avoir jeté les Kozaks dans les bras de la Russie.
(3) L'un des plus grands écrivains polonais, Casimir Brodzinski, a dit de cette
danse : « La *kozake* appartient à une peuplade guerrière et de mœurs encore
rudes. Les tribus de ce nom, jouissant de peude bonheur et de tranquillité dans
leurs foyers, presque toujours campant ou faisant des incursions chez les Turcs,
conservaient leurs traditions dans des ballades mélancoliques, et n'avaient pour
danse qu'une espèce d'exercice violent, auquel les hommes seuls avaient recours
pour se désennuyer dans leurs solitaires bivacs. La *kozake* n'a aucune construction poétique ni caractère prononcé; c'est un simple assaut de tours de
force et de souplesse, tout à fait dans le genre des danses grotesques; la musique
n'en est gaie que par saccades, le fond en est ordinairement triste et caractérise
un peuple dont l'existence ne comportait que des joies momentanées. A la fin du
dernier siècle, la *kozake* fut cultivée et perfectionnée dans les salons de Po-

d'une taille remarquables, dansait avec une habileté consommée;
dans les *prysiudy* (1), comme ils les appellent, il rasait la terre,
sautait en l'air, et retombait de nouveau sur ses pieds en frappant
les talons l'un contre l'autre, et tout cela sans cesser de jouer
d'une bandurka et de chanter des chants d'amour en langue
ukraïnienne. C'est à peine si les jeunes filles, elles, ne le dévo-
rèrent pas des yeux. Mais ce qui me frappa le plus, ce fut quelques
Kozaks dont le costume, par sa magnificence, différait beaucoup
des autres. Ils avaient des pantalons grenats à la turque, avec de
larges galons d'or, un demi-kontusz ponceau à manches pendantes, des ceintures de soie à franges d'or, des petits zupans en satin
blanc, et de hautes czapkas en peau de mouton d'un gris d'argent, au sommet desquelles pendait, comme un sac ponceau
avec un gland d'or. Ils tenaient évidemment à rester loin des
femmes, et reculaient en toute hâte dès que l'une d'elles s'approchait d'eux par hasard; mais tous les hommes, connus ou inconnus, ils les régalaient d'eau-de-vie et d'hydromel, les forçant à
boire et buvant eux-mêmes crânement. Sur leur ordre, le juif
aubergiste apportait la boisson par seau, et à peine apporté, le
seau était vidé. Ils nous invitèrent, nous aussi, avec beaucoup de
simplicité et avec tant de cordialité, que nous ne pûmes refuser de
vider avec eux quelques verres d'hydromel. A ce moment, une
telle curiosité s'empara de moi, que, quoique j'eusse résolu de ne
point ouvrir la bouche, je demandai au juif quels étaient ces gens
si richement vêtus. Il me répondit : « Vous êtes donc étranger,

logne, et servait à développer l'agilité et la grâce chez la jeunesse des deux
sexes; aujourd'hui on ne fait guère danser la *kozake* qu'à des enfants. » (*Sur les
danses*, journal le *Polonais*, III, pag. 245.)

(1) Mot dont la signification marque l'action de s'asseoir à peine, parce qu'une
des figures de la danse kozake consiste à paraître s'asseoir à l'orientale, c'est-à-
dire les jambes croisées, pour se relever subitement avant d'avoir touché le sol,
ce qui se répète plusieurs fois de suite et exige une prestesse extraordinaire.

que vous ne connaissez pas les Kozaks Zaporogues? Ils ont été à Human avec dix chariots de poissons qu'ils y ont vendus; mais, ayant appris la mort de leur ataman, ils n'ont pas eu le temps d'y dépenser à boire l'argent qu'ils avaient gagné, car il leur faut se hâter pour pouvoir prendre part à l'élection de leur nouveau chef. Maintenant, en s'en retournant à la Sicz par Kahorlik, avec leurs chariots vides, ils ont vendu ici chariots et bœufs. Quelle chance pour moi! ils boiront tout à mon cabaret, et reviendront chez eux sans le sou. Ces riches zupans, ils les ont fait faire à Human, car à la Sicz il n'est pas convenable de se parer ainsi. Avant le coucher du soleil, vous les verrez comme ils sont chez eux. » La réponse du juif aiguisa encore plus ma curiosité, et j'attendais impatiemment le soir, parce que nous devions continuer notre route juste avant le coucher du soleil, afin d'éviter la chaleur insupportable du jour. Je n'eus pas besoin d'attendre si longtemps : une couple d'heures était à peine écoulée, que le juif commença à additionner leurs dépenses, et tout leur argent passa à le payer, de sorte qu'à chacun d'eux il resta quelques sous à peine. Alors ils se firent apporter une cuve pleine de goudron, et ils y entrèrent avec leur beau costume les uns après les autres, et, s'y étant plongés jusqu'au cou, ils en sortirent, et marquèrent leur mépris des vanités de ce monde, en jetant dans la rue leurs riches vêtements et leurs czapkas tout souillés; ramassait cela qui voulait. Puis, ayant remis sur eux une chemise trempée dans du suif, et les sales et grossiers vêtements avec lesquels ils étaient partis de la Sicz, ils prirent en main leurs bâtons et sortirent parfaitement ivres, sans saluer personne. M. Michel Ratynski, malgré mes instances pour qu'il dormit un peu au moment d'entreprendre un voyage d'une nuit entière, et à pied, ne put s'arracher à ses amours; il se lança même dans les sauts avec les paysans et les jeunes filles, ce qui nous divertit, surtout quand il débuta dans les *prysiudy.*

Mais M. Azulewicz, M. Mikosza, les kozaks de Human, et moi,
nous étendîmes avec profusion de la paille de menthe dans le vestibule, et nous nous reposâmes convenablement jusqu'à l'heure
indiquée pour la continuation de notre voyage.

Deux jours encore nous nous avançâmes à travers le steppe;
nulle part on ne voyait un monticule, un arbre; seulement un
espace énorme, semblable à une mer paisible, s'étendait devant
nous. Çà et là s'élevaient des tertres tumulaires éloignés les uns
des autres dans un certain ordre calculé; ces tertres servent aux
Kozaks à placer leurs vedettes et à reconnaître leur route au milieu des ouragans de l'hiver. Souvent aussi nous rencontrions des
troupeaux errants, à moitié sauvages, qui, hiver et été, paissent
en plein air. Ayant traversé cette contrée si déserte, nous arrivâmes à Garda, sur le Boh, où commençaient les possessions des
Kozaks de la Sicz. Là, au milieu des rochers, on avait établi des
digues pour attraper le poisson, et nous y trouvâmes l'assaoul (1)
auquel, en l'absence du colonel, occupé de l'élection dans la Sicz,
restait le commandement du régiment de Korsun, qui veillait à
Garda.

Quand nos kozaks nous eurent annoncé à l'assaoul, il reçut
notre troupe avec affabilité et ajouta à notre escorte un cavalier
de la Sicz, avec une masse d'armes hérissée de pointes de fer.
Nos kozaks nous apprirent que la vue de cette masse d'armes
était une protection contre toute contrariété, malgré le penchant
habituel des Zaporogues pour le brigandage, et que grâce à elle,
en traversant leurs quartiers d'hiver, officiers et soldats, nous
rendraient tous visite et boiraient leur soûl d'eau-de-vie, sans
que l'administration de Human y perdît rien, puisqu'il suffisait

_____

(1) L'assaoul, grade qui, dans l'armée kozake, correspondait à peu près à
celui de capitaine.

que nous apportions les tonneaux mêmes vides à la Siez; l'ataman, sur le témoignage du compagnon d'armes qu'ils ont été vidés en route par les Zaporogues, nous payerait comme s'ils étaient pleins. Mais, les Zaporogues se divisant en quarante régiments, dont chacun porte le nom de quelque ville ou bourgade d'Ukraine, si par hasard il arrivait quelque dommage à un convoi ainsi escorté, le régiment dans le cercle duquel le dégât avait été commis devait supporter tous les frais. A l'origine, les Zaporogues pillaient très-souvent le territoire d'Human. M. Ortynski, gouverneur de la contrée, et qui mourut échanson de Braclaw, garantit Human en l'entourant d'un fossé profond et de chevaux de frise; puis, ayant discipliné la milice domestique de S. Exc. le woyéwode de Kiew, Potocki, non-seulement il les repoussa et dans une rencontre en tua tant que de leurs cadavres s'élevèrent, dans les faubourgs de Human, cinq tertres tumulaires, mais encore il fit irruption dans la Siez elle-même, en brûla les baraques, y enleva les chevaux, le bétail, et laissant la vie aux Zaporogues prisonniers, il leur fit clouer des entraves aux pieds et les employa à Human aux plus pénibles travaux. Pareilles exécutions militaires, renouvelées plusieurs fois, contraignirent Bundur Mamalyg, alors ataman, à conclure avec les administrations de Human et de Smila un traité de paix perpétuelle, jurant qu'à dater de ce jour les Zaporogues ne commettraient plus de déprédations en Pologne, pourvu qu'ils eussent le droit, avec une permission de leur chef, de venir librement commercer à Human, à Smila, et dans les autres possessions des Potocki et des Lubomirski; qu'en revanche, les Polonais, munis de certificats des autorités, pourraient en toute sûreté se rendre à la Siez, en passant par Garda. Si quelque Zaporogue, transgressant ce traité, se laissait aller à dérober la moindre bagatelle, soit sur les terres ci-dessus mentionnées, soit aux convois escortés de la masse d'armes, l'ataman le punissait de mort, après que le juge (1) de la Siez eût rendu l'arrêt et l'écrivain (2) écrit la sentence. La peine de mort s'appliquait de la manière suivante : on attachait le condamné à un poteau, on plaçait à ses côtés une cuve d'eau-de-vie et une pile de bâtons; chaque Kozak, en passant près de lui, buvait de l'eau-de-vie et lui administrait un coup de bâton, et ils buvaient et battaient jusqu'à ce qu'ils lui eussent fait rendre l'âme. Il n'y avait pas longtemps qu'avait été ainsi exécuté Timothée Podkuyko Solowey, ataman et poëte zaporogue dont on chante les chansons dans les deux Ukraines. Voici pourquoi : un jour Semen Kozyra (cet ataman dont nous ne pouvions assez déplorer la perte récente) recevait à sa table des officiers russes venus pour soutenir les intérêts de la tzarine (3). Vers la fin du repas il ordonna, selon l'usage, à Solowey de jouer de la bandurka et de chanter; celui-ci, voulant plaire à ses hôtes, composa en toute hâte une chanson où il était dit, entre autres choses : « Les Lechs sont pauvres, car quoiqu'ils aient eux-mêmes des femmes, ils n'en ont pas assez pour en donner à leurs popes; les Zaporogues sont encore plus pauvres, car, quoiqu'ils donnent des femmes à leurs popes, eux-mêmes sont forcés de s'en passer; et les Russes sont les plus riches, car ils ont des femmes et pour eux et pour leurs popes. » Or, une fois les officiers congédiés, l'ataman traduisit en justice Timothée Podkuyko Solowey pour avoir osé jeter un blâme sur les institutions

(1) Le juge était le principal organe de la justice militaire et civile. C'est lui qui gouvernait la Siez en l'absence de l'ataman. Il était de plus caissier et chargé de l'inspection du trésor et de l'artillerie.

(2) Le pisarz ou écrivain était le secrétaire général ou plutôt le premier ministre d'une armée où l'ataman et le juge ne savaient pas et ne devaient point savoir écrire. Non-seulement il rédigeait, mais il signait tous les actes. Sa dignité était si considérée qu'il n'y eut de 1734 à 1775 que quatre pisarz d'élus.

(3) Voir la note C à la suite de ce récit, p. 272.

de la Siez; et, convaincu de ce crime, il mourut sous le bâton, malgré les égards que lui avait toujours témoignés l'ataman et le grand amour qu'avaient pour lui tous les Zaporogues. Tel était chez eux le respect des lois. Réellement, sauf leurs popes, personne n'y pouvait avoir de femmes. Ces popes (la plupart condamnés en Russie pour leur inconduite) étaient quarante en tout, par conséquent un par chaque régiment, et quelques-uns d'entre eux seulement étaient mariés; du reste il n'y avait point de femme dans la Siez, et il n'était permis à aucune de mettre le pied sur son territoire. La population zaporogue se recrutait soit par les fuyards polonais, russes ou d'autres pays, soit par l'éducation de petits garçons volés au delà des frontières de la Siez, que les Kozaks adoptaient pour enfants et héritiers. Si un Kozak mourait sans laisser de fils ainsi adoptés et élevés par lui, alors on faisait de son bien deux parts : l'ataman prenait l'une, et l'autre revenait à l'église du régiment auquel appartenait le défunt. De cette manière leurs églises s'enrichissaient facilement. L'ataman possédait en outre une grande île sur le Dnieper où les paysans mariés et établis de plusieurs villages lui payaient des redevances en argent et où il avait le monopole de la vente de l'eau-de-vie. Souvent les Kozaks adoptaient les fils de ces paysans. L'ataman et les dignitaires qui n'étaient que deux, l'écrivain et le juge, ne différaient en rien des autres Kozaks par la simplicité de leur costume et leurs humbles habitations n'avaient de remarquable que l'étendue des potagers. La dîme sur les ruches composait le revenu de l'écrivain et du juge. Chaque colonel prélevait une petite somme sur les chevaux, les bœufs et les moutons, destinée à entretenir, dans chaque régiment, des Kozaks qui cuisaient le pain, préparaient les repas, et fabriquaient de l'eau-de-vie pour tous ceux, officiers ou soldats, à qui il plaisait de faire ripaille dans le régiment.

Nous causions ainsi avec les Kozaks de Human des institutions
et des usages de ce singulier peuple, en traversant le beau pays
qu'il habitait. Ce n'était plus un steppe nu, mais les bouquets
d'arbres apparaissaient çà et là, et dans les ravins verdoyaient les
saules et les aulnes ; seulement il était triste de n'apercevoir aucune trace de culture ; les Zaporogues ne voulaient supporter aucun travail, avaient horreur du labourage et ne faisaient que
rarement des plantations ; paresser était leur unique joie. Nous
arrivâmes à leur ville, à la Siez. Les régiments étaient au nombre
de quarante, chaque régiment avait un vaste cabaret en bois ;
ces quarante cabarets formaient une place, et c'était là toute la
ville, en y ajoutant seulement les églises et les cabanes du protopope (1), de l'ataman, de l'écrivain et du juge. Les cabanes
étaient spacieuses et avec de grands jardins fruitiers, surtout celle
de l'ataman, dont le logement se distinguait des autres en ceci,
qu'il avait seul une grand écurie bâtie en pierre où il tenait jusqu'à soixante chevaux ; c'était tout son luxe. Descendus sur la
place publique, nous nous rendîmes directement chez l'écrivain,
que nous trouvâmes assis devant sa cabane, une pipe à la
bouche. C'était un homme au moins septuagénaire, mais encore
vert. Ses traits témoignaient d'une âme peu commune. Averti de
notre arrivée, il nous reçut gracieusement, s'entretenant avec
M. Azulewicz comme avec un vieil ami, quoiqu'il le vît pour la
première fois. Ensuite il nous invita tous à nous loger chez lui,
et, nous ayant introduits dans sa cabane, il causa avec nous en
pur polonais, même avec un accent quelque peu lithuanien :
« Cela a mal tourné. On vient d'élire ataman Jura Mayboroda,
grâce aux intrigues des popes, vendus à la Russie. C'est un fa-
natique ; ils s'est imaginé que quand la Pologne se serait débar-

_____
(1) Premier pope.

rassée des Russes, elle forcerait la Siez à l'Union ; aussi se laisse-t-il mener par notre protopope, qui est un ennemi acharné des Polonais, parce que son neveu, moine d'un monastère grec de Motryn, qui, à la tête de Haydamaks, s'était livré à mille violences dans des maisons de gentilshommes, a été empalé à Zytomierz. Tant que Mayboroda sera notre ataman, vous ne pourrez espérer de nous aucun secours. Demain, je m'enquerrai mieux de toute chose, et puis, messieurs, que l'un de vous se hâte de retourner vers les confédérés avec ce qu'il pourra y avoir à leur annoncer. Maintenant, je dois aller remplir les devoirs de ma charge à l'élévation de l'ataman, ce qui ne durera pas longtemps, et vous pourrez y assister, en vous tenant à quelque distance ; vous retournerez ensuite m'attendre dans ma cabane. Il y aura un grand festin chez l'ataman, la Siez entière y prendra part ; tous se griseront à mort, excepté moi ; car le jour de l'élection de l'ataman et le jour où l'on célèbre cet anniversaire, l'écrivain de la Siez, d'après nos lois, ne doit approcher de ses lèvres aucune liqueur fermentée. C'est dans ses mains qu'on remet l'autorité, et la loi veut que ce jour-là il y ait au moins un homme qui ne soit pas ivre. » A ces mots, il s'éloigna, ayant du papier et un encrier à la main, une plume derrière l'oreille, pour écrire l'acte d'inauguration.

Après un laps de temps, nous nous rendîmes aussi sur la place ; il y avait déjà une foule de Kozaks devant le cabaret du régiment de Czehryn, où se tenait le nouvel ataman, auparavant assaoul de ce même régiment. La foule le conduisit avec de grandes acclamations du cabaret à la maison de l'ataman ; dans la cour de cette maison, on voyait quatre chariots renversés. A l'instant, les Kozaks couvrirent ces chariots de terre, de sorte qu'il se forma un tertre assez élevé. Sur le sommet de ce tertre s'assit le nouvel ataman ; quarante kozaks réguliers, un de chaque régiment, cu-

trèrent dans la salle, et, ayant soigneusement balayé la cabane
entière, ils réunirent toutes les ordures dans un énorme panier, si bien qu'il fut rempli jusqu'aux bords; puis ils le portèrent
sur le terre, et, le soulevant avec peine, ils le retournèrent sur
la tête du nouvel ataman, qui demeura complétement enseveli;
et l'écrivain dit à haute voix : « De même que tu te vois en ce moment couvert de ces ordures, ainsi, chaque fois que tu auras besoin de nous, tu nous trouveras tous autour de toi. » C'est à quoi
se borna la cérémonie de l'inauguration du chef de la Sicz,
qui, de cet usage de renverser le panier (kosz) tire son nom
de koszowy. Descendant du tertre, il entra aussitôt dans sa maison, et c'est de cet instant que commence son autorité. Son premier acte fut d'ouvrir la cave de son prédécesseur, d'où les Kozaks
roulèrent aussitôt dehors les tonneaux d'hydromel et d'eau-de-vie,
laissant la cave parfaitement vide. Tous s'assirent à terre, aussi
bien l'ataman que les Kozaks, autour de chaudrons remplis de
barszcz (1), de kasza (2), de kluski (3), et de toutes sortes de
viandes rôties. Chacun, avec une cuiller de bois, puisait du
chaudron sur son assiette autant qu'il lui plaisait, et tous se mirent
à manger avec une grande voracité, arrosant presque chaque
bouchée d'un verre de kirsch ou d'eau-de-vie. L'écrivain était assis
à part; il mangeait comme eux, mais n'avait que de l'eau pour
boisson.

Quant aux marchands et à tous les gens étrangers à la Sicz, et
nous étions de ce nombre, l'ataman leur faisait très-gracieuse-
ment passer des outres pleines et des plats chargés de mets non
recherchés, mais pourtant assez bons. Lorsque nous nous aperçûmes que les têtes des étrangers et des Kozaks, à force de spiri-

(1) Soupe aux betteraves.
(2) Gruau.
(3) Espèce de pâtes.

tueux, s'échauffaient outre mesure, nous nous sauvâmes de cette cohue, et nous nous en retournâmes à la maison de Dzumdzuryk, où était notre *locus standi*.

Sur les minuit, le maître de la maison n'étant pas de retour, nous allâmes nous coucher sans l'attendre davantage. Au matin, M. Azulewicz me déclara que je ne me reposerais que cette journée à la Sicz, et que le lendemain, au point du jour, avec mes chariots vides je me rendrais de nouveau à Human; de là je devais gagner en toute hâte le quartier général des confédérés pour leur annoncer que nous n'avions rien pu obtenir; quant à lui, il partit pour Baktchiserail; tout notre espoir reposait sur les Tartares de Crimée, tandis que tout ce que nous pouvions espérer de mieux des Kozaks de la Sicz sous les ordres de Mayboroda, c'est qu'ils ne tombassent pas sur nous. Dzumdzuryk nous le déclara positivement et il ajouta : « Les simples kozaks sont favorables à la Pologne, dans la crainte que la Russie, une fois la Pologne complétement soumise, ne détruise leurs libertés; mais les chefs sont déjà presque tous gâtés; les popes leur ont persuadé que si la tzarine soumettait la Pologne, elle partagerait entre les Kozaks les starosties de Czehryn et de Czerkasy, les leur laissant en toute propriété; que si l'ataman pouvait décider les Kozaks à prêter serment à la Russie, elle le ferait hetman des Kozaks et donnerait la Sicz et ses dépendances à lui et à ses descendants. » C'est ainsi que ces hommes avilis voulaient vendre leur liberté pour des richesses, dont ils ne devaient point jouir, car la Russie n'a jamais eu pour habitude de tenir ses promesses envers les traîtres qui l'ont servie.

Me trouvant pour la dernière fois à la table de l'écrivain, et sur le point de le quitter, probablement pour ne jamais le revoir, je m'enhardis à lui dire : « Ne vous offensez pas si, mangeant votre pain, je suis peut-être plus curieux que je ne le devrais, mais votre gracieux accueil m'encourage à prendre cette liberté. Pour quel motif, vous qui êtes visiblement un gentilhomme polonais, éclairé, instruit comme il y en a peu chez nous, êtes-vous devenu membre d'une société composée, soit dit sans vous blesser, d'hommes de rien, de vagabonds, de bandits pour la plupart? »

Il me répondit : « Je ne vous ferai pas un mystère de ma vie, ni ne vous cacherai les événements qui m'ont poussé ici. Je suis bien né, et je semblais destiné à posséder un jour des domaines et des emplois ; j'ai été en effet, dans ma première jeunesse, porte-étendard dans notre cavalerie nationale. Je suis natif de la woyé-wodie de Witebsk, et mon vrai nom de Wolk est celui d'une famille connue en Lithuanie. Mon père avait peu de fortune, mais il était bon gentilhomme et avait été élevé à l'étranger. Il s'illustra dans les guerres du roi Jean Sobieski, et serait peut-être arrivé à une haute position si sa foi n'y eût été un obstacle : il était de parents calvinistes, et calviniste lui-même. Pourtant, comme il était jeune, beau et de belles manières, il plut à une Zawisza, fille unique du castellan de Minsk, et très-riche héritière. Quoique dis-suadée de ce mariage par tous les Zawisza, habitués à s'allier à des magnats aussi puissants qu'eux, ma mère, qui dépendait uni-quement d'elle-même, suivit le penchant de son cœur. Mon père s'établit dans une terre de sa femme, située dans cette même woyéwodie de Witebsk, où il avait aussi son nid de famille. Il vi-vait à la campagne, inspectait ses champs, se conciliait l'amitié de ses voisins, et respectait tellement les croyances de ma mère que, même dans les plus petites choses, jamais il ne la scandalisa. Nous étions deux enfants ; moi et une sœur plus jeune que moi, et l'on nous éleva tous deux dans la foi maternelle. Mon père allait plu-sieurs fois par an à Kopys pour remplir ses devoirs religieux, mais si secrètement qu'à la maison personne ne le savait. Du reste, en apparence, il se conformait en tout aux croyances de ma mère ; il jeûnait avec elle, l'accompagnait à l'église, donnait largement aux frères quêteurs, et ne parlait jamais de religion. Tant que vécut notre aumônier, homme vraiment pieux, qui n'excluait personne de l'amour chrétien et ne méprisait aucune conviction, la vie de mes parents fut heureuse; mais, après sa mort, lorsque les basiliens d'Orsza eurent accès dans notre maison, tout changea. Le prêtre Rokita, supérieur des basiliens, devint le confesseur de ma mère, et ne tarda pas à la dominer; c'était justement un de ces hommes tels qu'il les faut pour asservir un esprit de femme. Il essaya aussi de convertir mon père; mais mon père s'en débarrassait en gardant le silence, ou en mettant la conversation sur un autre terrain, et, quoique, comme hôte, il ne lui manquât jamais de politesse, il lui laissait voir qu'il n'avait nullement le désir d'en arriver avec lui à l'intimité. Pendant ce temps, près de ma mère les affaires du prêtre allaient mieux, et il fit payer à mon père l'éloignement qu'il lui montrait. Quand il se mit à prêcher à ma mère que l'hérésie est le plus grand des crimes, que qui ne croit pas au pape est l'ennemi de Jésus-Christ, et qu'on doit fuir un pareil homme à l'égal d'un païen; qu'un dissident ne persévère dans l'hérésie que par entêtement et par orgueil, puisque, excepté le catholique, personne ne croit sincèrement à la réalité de sa religion; que chez les catholiques seuls il y a de véritables vertus, et que si un dissident semble honnête, c'est une hypocrisie à laquelle Dieu n'aura point égard, et d'autres choses semblables; il l'hébéta au point qu'elle perdit tout son attachement pour son mari. A la suite d'inutiles efforts pour que mon père abjurât, se produisirent les tracasseries, et enfin, après une heureuse cohabitation de vingt années, une séparation aurait eu lieu, si le chagrin n'eût abrégé les jours de mon père, à point nommé pour empêcher le mal d'arriver à son comble.

« Après la mort de mon père, les basiliens n'éprouvèrent plus d'obstacle dans l'administration de notre bien. Quiconque n'était pas de leur bord ne pouvait se maintenir chez ma mère et n'avait même accès près d'elle. En un mot, dans les affaires les plus ordinaires, ma mère ne faisait rien sans la permission du prêtre i'o-kita. Ils persuadèrent à ma sœur qu'elle avait de la vocation pour l'état monacal et la cloîtrèrent, et ils voulaient agir de la même manière à mon égard ; je ne me laissai point faire, et avec l'aide des Zawisza, gens puissants, et mes parents, je devins porte-enseigne dans un régiment de cuirassiers. Jeune et emporté, détestant les basiliens à cause de feu mon père, je les contrecarrais chaque fois que je rendais visite à ma mère ; ma conduite la blessa, et, comme pour mon père, elle perdit toute amitié pour moi. Et le père Rokita de lui corner de plus belle aux oreilles que je menais une vie dissolue, n'allais pas à confesse, étais secrètement du culte calviniste ; que dans mes mains ses biens seraient employés à offenser Dieu, auquel il valait mieux les offrir. De la sorte, pendant que je servais honnêtement la république, tout s'apprêtait pour me tailler des croupières. J'avais fait la connaissance d'une demoiselle riche et de bonne maison ; je recherchai sa main et obtins bientôt la parole de ses parents ; le jour du mariage était déjà fixé, il ne s'agissait plus que de faire relâcher quelque chose à ma mère. Pour moi qui aimais sincèrement ma fiancée, tout espoir de bonheur à venir reposait sur cette union. Ne voilà-t-il pas que ma mère fit une donation complète de ses biens à divers couvents de basiliens, ne réservant rien ni pour moi ni pour elle, et elle alla se mettre en retraite à Orsza. Les parents de ma fiancée, me voyant dépouillé, rompirent avec moi en disant : « Pardonne-nous, sei-« gneur porte-enseigne, tu vois toi-même où en sont les choses ; « tu n'as où mener notre fille, et nous ne pouvons la laisser aller « au hasard. » Je me rendis chez les basiliens, je suppliai le père Rokita de me restituer au moins une partie de mes biens, si minime fût-elle, lui représentant que la justice le voulait ainsi. Le père Rokita me répondit avec un sourire béat, que de posséder le monde entier ne me servirait à rien si je perdais mon âme; et d'ailleurs les richesses, le plus souvent, n'induisent-elles pas les hommes au péché; si j'étais bon catholique, ce dont il ne doutait pas, je devais respecter la volonté de ma mère, et même me réjouir à l'idée que dès cet instant tous ses biens allaient servir à élever les enfants dans la crainte de Dieu et à convertir les païens. Les ecclésiastiques à qui ses biens étaient confiés étaient désolés de ne pouvoir en donner la moindre portion, car, en aliénant des biens d'Église, ils tomberaient sous le coup de l'excommunication ; je pouvais prendre une part de mon patrimoine en entrant dans leur communauté ; du reste, quelle que fût ma ligne de conduite, ils ne cesseraient de prier pour le fils de leur bienfaitrice. A ces mots, il me salua humblement, s'excusant de ne pouvoir m'entretenir plus longtemps, parce qu'on l'attendait au confessional. Je sortis du couvent, brûlant de me venger. Je me rendis dans les anciennes propriétés de ma mère, j'y rassemblai plusieurs serviteurs de feu mon père, et, ayant facilement éveillé leur colère, je les préparai à l'exécution de mon projet. La nuit venue, nous tombâmes en armes sur le couvent d'Orsza ; je massacrai de ma propre main le père Rokita, et deux autres moines, qui avaient fréquenté notre maison, furent tués par mes compagnons, qui avaient une dent contre eux. Nous liâmes les autres moines, et ayant pillé le couvent, nous partageâmes entre nous une assez belle somme d'argent, puis nous tirâmes chacun de notre côté afin de chercher un refuge. Je n'avais plus de motifs de rester en Pologne : tôt ou tard j'aurais subi la peine des sacriléges et des bandits.

« Je me cachai quelque temps dans différentes maisons, et enfin je me rendis à la Sicz Zaporogue, pour vivre au moins dans le voisinage de cette république que je ne pouvais habiter avec sûreté. J'y rendis des services et j'y acquis de la considération : voilà déjà quarante ans que je remplis les fonctions d'écrivain, et Dieu m'est témoin que je n'ai manqué aucune occasion d'être utile à ma patrie et à mes concitoyens. Aucun remords ne me trouble la conscience, quoique ma conduite avec le père Rokita ait été cruelle : quand la législation ne protége pas le citoyen contre la rapine, il faut qu'il se fasse justice à lui-même. Du reste, j'ai vieilli à la Sicz, j'en ai pris les mœurs, et je m'y suis accoutumé. Parmi les Kozaks, surtout parmi les simples Kozaks, il y a de grandes vertus, et leur ardent amour de la liberté ne peut pas ne point enthousiasmer un noble Polonais. Les chefs sont gâtés, et la Russie ne néglige rien pour les avilir tout à fait. J'aime sincèrement nos statuts, et aujourd'hui une seule chose me tourmente, c'est que je prévois que la Russie nous absorbera ; mais je suis trop vieux et je ne vivrai plus alors. Croyez-moi, messieurs mes frères, je suis attaché à notre république polonaise, non-seulement parce que je suis un de ses enfants, mais aussi parce que j'ai la conviction qu'une fois la Pologne tombée, aucune nation ne conservera sa liberté. »

Je fis tendrement mes adieux à M. l'écrivain de la Sicz, et, Dieu aidant, je m'en retournai heureusement près de la confédération de Bar, avec la réponse que j'étais chargé de lui porter. Pendant presque toute la route, je réfléchis sur l'action de M. Wolk. C'est une conscience de Zaporogue ! Pénétrer dans un couvent, le piller, égorger les moines, et n'avoir encore rien à se reprocher ! Profiter de la piété de la mère pour faire déshériter le fils, non pour les motifs énoncés dans les statuts lithuaniens, mais parce que son père était calviniste ; c'est ce que personne ne saurait approuver. Ne pas reculer devant le crime et le meurtre, c'est encore pis ! Après tout, pourquoi entrer dans la conscience d'autrui : que chacun fasse son compte avec Dieu comme il le pourra, et

Dieu jugera chacun avec justice, M. Wolk aussi bien que le prêtre
Rokita. Toujours est-il que M. Wolk ne cessa d'être bon Polonais;
il a soutenu notre cause de tout son pouvoir et nous a reçus chez
lui de grand cœur; et s'il a mal agi, Boleslas le Hardi (1), et Casimir le Grand (2), n'ont-ils pas fait chose semblable? L'un a noyé
le prêtre Baryczka (3), qu'on tient pour saint dans la woyévodie
de Sandomir, l'autre a égorgé l'évêque saint Stanislas (4), qui est
un saint pour le monde entier; cependant, vu que ces deux rois ont
fait pénitence, l'un de son propre gré, l'autre par contrainte, certain théologien de ma connaissance est d'avis qu'ils sont saints
eux-mêmes, ce que j'admets volontiers. Donc M. l'écrivain de la
Siez a pu déplorer son action et mourir d'une manière édifiante;
et comme tout cela s'est passé, il y a déjà de longues années,
peut-être lui aussi est-il maintenant un saint, et prie-t-il devant
la face de Dieu pour cette patrie qu'il a si fort aimée, ce que je
lui souhaite également de toute mon âme.

(1) Boleslas II, le Hardi, roi de Pologne, monta sur le trône en 1058, à l'âge
de seize ans, et mourut en 1090.

(2) Casimir le Grand, né en 1309, mort en 1370, réforma la législation, accorda de grands privilèges aux juifs et mérita le glorieux surnom de *roi des
paysans* par la protection qu'il leur accorda.

(3) Martin Baryczka, prêtre, d'une famille hongroise établie en Pologne, fut
noyé le 8 janvier 1349, dans la Vistule, par ordre du roi Casimir, irrité des reproches qu'il lui adressait. Son corps repose à Cracovie, dans l'église de Sainte-
Catherine.

(4) Saint Stanislas, patron de la Pologne, était évêque de Cracovie en 1060.
Le roi Boleslas II, ayant fait enlever la femme d'un seigneur, l'évêque ordonna
que la porte de toutes les églises lui serait interdite. Le roi tua le saint homme
de sa propre main pendant qu'il officiait (1079).

(A) « La province d'Ukraine pourrait estre nommée un grand royaume, tant par sa vaste étendue et le nombre de ses peuples, que par la quantité de ses grosses villes, bien basties, et par les richesses de son terroir, qui est un pays gras, fertile, abondant et vraye terre de promission, selon les termes des Polonais qui l'appellent : « Terre de lait et de miel, *terra lacte et melle fluens.* » Tout ce que la nature n'accorde qu'à nos soins et à nos travaux dans les plus fertiles croit dans celuy-là en plein champ comme les herbes d'une semaille ; on y fait deux récoltes. » (*Mémoires du chevalier de Beaujeu.* Amsterdam, 1700 pag. 89.)

(B) Une des preuves qu'il ne faut jamais désespérer absolument d'aucune des races humaines, c'est la transformation heureuse opérée par le milieu polonais sur des Tartares établis à diverses époques dans plusieurs provinces de la république, et notamment de la Lithuanie. Les Tartares de Crimée choisirent en 1447 Casimir Jagellon pour arbitre dans leurs querelles intestines, mais leurs discussions se renouvelant sans cesse, une partie de ceux qui avaient le dessous se réfugiaient en Lithuanie. D'un autre côté, après chaque victoire remportée sur eux, on colonisait leurs prisonniers, ainsi que le firent, par exemple, le grand-duc Vitold (1397), et le roi Jean Albert (1489) en Lithuanie, le prince Constantin Ostrogski en Volhynie (1508). Ces prisonniers recevaient des terres, des droits et les libertés de leur culte. C'est ce que les Tartares, dans une pétition adressée à Sigismond 1er en 1519, reconnaissent en ces termes : « La mémoire de Witold est la plus vénérée parmi nous, il ne nous a pas ordonné d'oublier le prophète, dont, tourné du côté des lieux saints, nous répétons le nom ainsi que les noms de nos califes. Nous avons juré sur nos sabres d'aimer les Lithuaniens, quand le sort de la guerre nous fit tomber dans leurs mains, et qu'ils nous dirent à notre entrée sur leur territoire : « Cette terre, ce sable, ces eaux et ces forêts vous « seront communs avec nous. » Nos enfants n'ignorent pas le nom de Witold, et, près des lacs salés, [c'est-à-dire en Crimée] et dans le Kapczak, ils savent que dans votre pays nous ne sommes pas des étrangers. » Eux aussi, pour se conformer à la société dont ils devenaient membres, ils se divisèrent en noblesse et en simples cultivateurs. En 1508, lorsque les Tartares de Crimée apparurent sur les frontières polonaises, ils leur répondirent : « Ni Dieu ni le prophète ne nous or- « donnent de piller ou d'être ingrats. Nous vous tenons pour des brigands et « notre sabre tuera des pillards et non pas nos frères. Restez au delà du Wolga, « tant que d'autres hordes ne vous chasseront pas ; nous, nous verserons notre « sang près de la Waka pour les Lithuaniens, qui nous estiment leurs frères. » Le roi Ladislas IV confirma leurs priviléges. Encore aujourd'hui, leurs minarets s'élèvent sur plusieurs points de la Lithuanie, à Nowogrodek notamment. Ces descendants de races nomades et destructives y sont devenus de paisibles agriculteurs, réputés par leur scrupuleuse honnêteté, et dans les crises, ils ont toujours été du parti de la nation.

(B) François de Sales Potocki, mort en 1771, et père de Félix, qui fut le maréchal de l'odieuse confédération de Targowica : « C'était, dit Rulhière, le chef de cette maison qui, pendant les premières années du règne d'Auguste III, avait défendu la liberté publique contre l'ambition de la cour, et qui avait longtemps soutenu, par la seule faveur de la nation, la concurrence des Czartoryki, lorsque ceux-ci possédaient toute la faveur du roi. Il y avait au moment actuel plus de trente seigneurs du nom de Potocki, et en Pologne, plus que partout ailleurs, le même esprit se perpétue dans les familles, soit que la violence des factions les rallie davantage, soit que la coutume de vivre séparés dans leurs châteaux, loin des communications habituelles, serve à y conserver les mêmes caractères et les mêmes opinions. Toutefois le palatin de Kiowie, dans la longue paix de ce règne, qui, jusqu'à présent, n'avait été troublée que par de frivoles agitations, avait perdu cette audace et cette fermeté dont ses oncles lui avaient autrefois donné l'exemple. Il était devenu plus souple et plus artificieux. Il voyait dans chaque affaire, tous les moyens, toutes les ressources ; mais son imagination lui présentant aussi tous les inconvénients, quelquefois près d'agir il demeurait irrésolu, et dans ces occasions où la perte d'un instant peut tout ruiner et tout perdre, il cherchait encore des artifices pour ne rien résoudre. » (*Hist. de l'anarchie de Pol.*, t. II, p. 95.)

(C) Le chevalier de Beauplan dit dans sa *Description de l'Ukranie* : « Les Kozaks zaparousky [c'est-à-dire d'au delà les cataractes] esparts depuis tant d'années en diuerses endroits sur le Boristhène et ès lieux circonuoisins, dont le nombre se monte bien encore à présent à six vingt mille hommes tous aguerris et prests en moins de huit iours au moindre commandement qui leur est fait pour le seruice du roy. Ce sont les peuples qui souuent et presque tous les ans font des courses sur le Pont-Euxin au grand dommage des Turcs. Ils ont souuentes fois pillé la Crimée, qui est de la Tartarie, rauagé la Natolie, saccagé Trébizonde, et même couru iusques à l'embouchure de la mer Noire, à trois lieues de Constantinople, où ils ont tout mis à feu et à sang, puis s'en sont retournés auec grand butin, et quelques esclaues qui sont ordinairement de ieunes enfants, lesquels ils gardent pour leur seruice ou bien en font des présens aux seigneurs du pays. Pour vous définir ce que c'est proprement que porouy, ie vous diray que c'est un mot russe qui signifie pierre de roche ; ces porouy sont comme une chaisne de ces pierres estendues tout au trauers de la riuierre, dont il y en a quelques-unes sous l'eau, d'autres à fleur d'eau, d'autres aussi hors de l'eau de plus de huit à dix pieds et sont grosses comme des maisons et fort proches les unes des autres, de façon que cela est fait comme une digue ou chaussée, qui arreste le cours de la riuière, laquelle puis après tombe de la hauteur de cinq à six pieds en quelques endroits, et en d'austres de six à sept, selon que le Boristhène est enflé, car au printemps, lorsque les neiges fondent, tous les Porouys sont couuerts d'eau, excepté le septième qui s'appelle *Pienastites*, et qui seul empesche la navigation en cette saison. En été et en automne, lorsque les eaux sont fort basses, les sauts sont quelquefois de dix à quinze pieds, et de ces treize sauts il n'y a qu'entre Budilou, qui est le dixième, et Tawolzane, qui est l'onzième, où les Tartares puissent passer la riuierre à nage, à cause des riues qui sont d'un facile accès depuis le premier Porouy iusqu'au dernier; ie n'ay remarqué que deux isles qui ne soient point submergées. La première est au trauers du quatrième saut, appelé *Strelezi*, laquelle est toute de roche, haute de trente pieds et faite en précipices tout autour; elle est enuiron de cinq cents pas de long et de soixante-dix ou quatre-uingts de large; ie ne sçay si elle a quelques eaux au-dedans, car personne n'en aborde que les oyseaux; au reste, tout le tour de cette isle est fort ombragé de vigne sauuage. La seconde est beaucoup plus grande, et a bien près de deux mille pas de long et cent cinquante de large, aussi toute de roches, mais non tant de précipices que la précédente; ce lieu est fort de nature et beau pour habiter; cette isle s'appelle *Tawolzany*, qui est le nom de l'onzième saut, comme nous l'auons desià dit. Le treizième Porouy s'appelle *Wolny* et a un lieu très-commode, soit pour y bastir une ville ou chasteau. A une portée de canon au-dessus, se voit un islet de roches que les Kozaks appellent *Kaczawanieze*, qui vaut autant à dire que bouillir du millet, comme s'ils uoulaient par là exprimer la ioie qu'ils ont d'auoir descendu ces Porouys sans péril, et en célèbrent un festin dans cette petite isle et faut sçauoir que c'est auec du millet qu'ils se régalent en ces voyages. » (P. 40 et 41, édit. Galitzin.)

Cette société singulière ne survécut guère au partage.

« Sous l'empire de Catherine, a dit Adam Mickiewicz, nous remarquons un fait très-important, le commencement de la destruction du peuple kozak. Les Kozaks subissent sous ce règne ce que j'appelle la première opération du gouvernement moderne russe. On leur laisse encore tous leurs priviléges, leurs libertés; on les récompense des services qu'ils ont rendus à la Russie dans la guerre contre les Polonais; on leur laisse leurs généraux; mais on établit une ligne de forts; on introduit des garnisons dans leur pays; on prépare tout pour les opprimer. Plus tard il doit y avoir, parmi ces Kozaks, une révolte qui sera suivie de leur complète destruction. Ce sont les trois phases du système russe. Mais du moment où on a établi ces forteresses, déjà les Kozaks perdent le sentiment de leur indépendance; leur poésie, la seule littérature qui existât parmi ce peuple, leur belle et grande poésie se meurt. Leur dernier chef fut le célèbre Mazeppa, poëte, autrefois page du roi Casimir, puis hetman des Kozaks. Dans le recueil des chansons populaires, on en conserve une très-célèbre qu'on lui attribue. C'est ici le lieu de dire quelques mots de l'histoire des Kozaks. Les Polonais s'accusent eux-mêmes d'avoir irrité les Kozaks par leurs injustices; l'histoire de ces injustices est racontée maintenant sous un point de vue faux. On dit, par exemple, qu'on pillait les Kozaks, qu'on les écrasait de coups, qu'on les faisait travailler outre mesure. Nous avons les documents officiels; ce sont les chansons populaires des Kozaks eux-mêmes, où l'on ne parle aucunement de semblables traitements. Au contraire, les Kozaks étaient plus riches que les autres paysans. Personne n'attaquait leurs propriétés, et d'ailleurs ils attachaient très-peu d'importance à leurs richesses. Un chef kozak, après avoir vendu son blé, revenait d'un port de mer avec de l'argent et avec un habit de soie et de velours, et dépensait tout son argent le jour où il revoyait ses camarades. Quant à son habit de satin, il s'en revêtissait et plongeait dans une cuve de goudron pour redevenir kozak. » (*Les Slaves*, III, p. 4 et 5.)

La Siez fut surprise en 1775 par un général russe, et détruite; une partie des Kozaks fut transportée sur le Don. Les rives du Dniéper redevinrent silencieuses.

TREIZIÈME RÉCIT

——◆◆◆——

M. LESZCZYC

XIII

Au risque d'être appelé morose et fantasque, j'avouerai néanmoins par conviction qu'il n'y a déjà plus nulle part de lois parmi
les hommes. Il y a des ordonnances, des règlements, des constitutions savantes et salutaires; et pas de loi. Car pour qu'une loi
soit loi, il lui faut quelque chose de plus que d'être savante et sa-
lutaire : elle a besoin d'inspirer amour et confiance à ceux qui lui

sont soumis, et il est nécessaire que ceux qu'elle frappe soient
contraints à lui obéir, non par des recors ou des soldats, mais par
la conviction intérieure et la voix de la conscience. D'où il me
semble que le législateur ne doit pas tant être savant que saint,
et que la loi véritable n'est pas uniquement une chose humaine et
ne peut se passer de quelque inspiration divine. Le pouvoir législateur n'était pas autrefois, comme aujourd'hui, une charge ou
un métier, c'était une vocation; et la législation n'était pas une
étude, mais une habitude. Nous ne connaissions pas de ces professeurs tels que nous en voyons aujourd'hui à Vilna, qui, pour
un payement annuel, le logement et le chauffage, enseignent les
lois du pays et les expliquent. Nous n'avions d'autres instituteurs
que l'expérience, la fréquentation des hommes éclairés, nos allées
et venues dans les tribunaux, notre attention aux jugements, notre
soin à écouter les discours touchant les liens et les intérêts de
famille, enfin la gouverne de notre maison et notre vie domestique. Autrement, quand quelqu'un resterait dix ans à Vilna sous
les yeux d'un professeur, apprendrait toutes les lois par cœur, il
ne serait pas pour cela un jurisconsulte ; pour être jurisconsulte,
bien entendu là où la loi existe, il faut être citoyen. Aussi chez
nous presque chaque citoyen était jurisconsulte ; et si l'on avait à
s'inscrire pour un compromis, même avec quelque magnat, celui-ci, quoique n'ayant certes jamais fait partie du barreau, ne
demandait pourtant personne pour lui rédiger l'acte. Le véritable
citoyen ne se contentait pas d'avoir de la fortune, il avait la foi,
les coutumes, le genre de vie et les pensées du citoyen, et par là
même était jurisconsulte et, au besoin, législateur : à un tel
homme, en effet, Dieu ne refusait pas l'intuition. Aussi lorsque
l'on prend en main les anciennes constitutions de la Couronne ou
le statut Lithuanien, on les lit comme des prières, tant on y sent
la piété et l'esprit de Dieu. Cette promesse de notre Sauveur s'ac-

complissait, que quand plusieurs se réuniraient en son nom, il serait au milieu d'eux; et parce que nos législateurs, les anciens rois et les seigneurs du conseil, se réunissaient toujours au nom du Christ, leurs lois, comme venant de Dieu, étaient une partie de la religion du pays. Est-ce que les constitutions des peuples voisins peuvent se glorifier d'un tel fait? J'ai lu avec attention le plus parfait des statuts de ce temps-ci, le code Napoléon, par exemple. C'est fort savant, fort utile; tout y est embrassé, tout y est prévu; que ceux qui l'ont arrangé n'avaient pas leurs têtes seulement comme ornement, qui en douterait? mais qu'ils n'é-taient pas réunis au nom de Dieu, c'est encore plus certain. Aussi on ne saurait exécuter ces lois sans une quantité de fonction-naires, de sbires, de gardes, de prisons, d'espions, et une dépense qui suffirait à entretenir une fois autant de troupes pour la dé-fense du pays; chacun sait que ce code est un ouvrage humain, et chaque homme se reconnaît au moins autant d'esprit qu'aux autres hommes. Là où il n'y a ni amour ni foi, il faut de la force; donc ce n'est plus la loi mais la force qui gouverne, et il en est ainsi partout; dans la Pologne seule il en était autrement (1).

A Nowogrodek, le tribunal n'avait que deux appariteurs pour balayer la salle d'audience; ils formaient toute la force de la juridiction, et pourtant, sur l'ordre du tribunal, des gens puis-sants s'enfermaient dans les donjons; c'est que de même que le prêtre, en imposant au confessionnal une pénitence, n'ajoute pas un garde pour la faire exécuter au pécheur, de même le tri-bunal se bornait à prononcer l'arrêt, et la partie l'exécutait elle-même. Le condamné arrivait au tribunal, se déclarait prêt à su-bir sa peine, puis se rendait au donjon; et, y ayant passé les semaines indiquées, présentait au tribunal un certificat con-

(1) Voir la note A à la suite de ce récit, p. 286.

statant qu'il avait accompli sa peine, et s'en retournait à son
logis avec une conscience pure. Qui avait satisfait à la loi n'avait
rien à se reprocher envers sa patrie; l'estime publique lui était
rendue, et il pouvait dormir. Grand était chez nous l'amour des
citoyens pour leurs lois; et ne pas obéir à la loi était une telle
honte que, lorsqu'on publiait un arrêt condamnant quelqu'un à
la prison, et que ce quelqu'un tardait à obéir, il n'osait se montrer nulle part. Il s'ensuit que lorsqu'un gentilhomme avait
été gravement molesté, battu, par exemple, il ne tirait pas son
sabre comme pour un coup de langue ordinaire, mais s'en rapportait à la loi; et les dommages-intérêts qu'il obtenait dans la poursuite de son injure ne lui faisaient pas honte : car l'accomplissement de la volonté de la loi apportait au contraire de la gloire.
Quand S. Exc. Kalinowski, staroste de la juridiction de Winnica,
eut insulté publiquement M. le staroste de Kaniow, qui le fit arracher de sa voiture et bâtonner (ainsi que me l'a raconté Szcze-
niowski, staroste de Trechtymirow encore au temps de la confédération), eh bien, M. Kalinowski, si puissant et si fort au sabre
qu'il fût, ne provoqua pas en duel M. le staroste, comme s'il méprisait la loi commune ou qu'il n'y eût pas chez nous d'autorité,
mais il chercha par la voie légale la justice, et il la trouva; il fit
en effet enfermer S. Exc. de Kaniow douze semaines dans la tour,
et il obtint contre lui une amende si forte, que n'ayant pas besoin de cet argent pour être riche, il l'employa à la plus grande
gloire de Dieu, en bâtissant une belle église et un vaste couvent
qu'habitent aujourd'hui encore les capucins.

Il y avait des exemples que quand un homme légalement condamné à mort était lâche de cœur, la famille elle-même veillait à
ce que l'arrêt ne restât pas sans exécution. Un citoyen décapité de
par la loi n'entachait pas sa famille; tandis qu'un arrêt inexécuté
était pour ainsi dire suspendu sur elle. On décapita à Cracovie

M. Samuel Zborowski, pour avoir fait affront à la majesté royale ; et néanmoins les Zborowski occupaient les premières charges, et la renommée d'aucun d'eux ne souffrit de cet événement. Il est vrai que quelques frères de M. Samuel furent dans la suite condamnés au bannissement ; mais eux-mêmes n'avaient pas fait peu de mal, en se révoltant de leur propre autorité et en cherchant la protection d'un gouvernement étranger. Pourtant l'un d'eux, M. Jean, castellan de Gnesen, qui avait été un citoyen invariable dans ses principes et un grand sénateur, mourut dans un âge avancé, plein de gloire et d'honneurs, sans que personne lui reprochât d'avoir des misérables pour frères (1).

Souvent le coupable lui-même offrait volontairement sa tête au glaive, préférant mourir citoyen plutôt que de vivre déshonoré en sauvant une misérable existence qui ne peut durer éternellement. Au temps de la confédération de Bar, M. Baworowski, sous-staroste de Trembowla, conseiller de cette même confédération, homme qui avait bien mérité de la patrie, qui avait défendu avec nous jusqu'au bout Czenstochowa, nous racontait une fois, à un dîner chez M. Pulawski, staroste de Warka (2), auquel j'étais présent, assis au côté gris de la table (nous mangions un rôti de cheval, et ce n'était pas le moment de faire des difficultés) ; il nous racontait, dis-je, que son père, étant aussi sous-staroste de Trembowla, dut confirmer un décret de mort contre un riche citoyen, M. Leszczyc, avec lequel il avait fait jadis ses classes et même vécu en ami. Ce M. Leszczyc aima sa propre nièce et il voulait l'épouser, ce dont celle-ci n'était pas trop éloignée. On sait que les vicaires du Christ ont défendu que des parents, même au quatrième degré, s'unissent par les liens du mariage, ce que l'Église

(1) Voir, sur les Zborowski, la note B, à la suite de ce récit, p. 287.
(2) Voir la note C, à la suite de ce récit, p. 289.

d'Orient observe encore maintenant. Chez nous, pendant longtemps, les monarques mêmes ont dû éviter leurs parentes, car
pour de tels incestes les papes les anathématisaient, voulant qu'ils
offrissent en leur personne un exemple d'obéissance aux lois de
l'Église, et non pas qu'ils gâtassent leurs sujets. On trouva dans
la suite, justement ou non, qu'un monarque ne peut avoir d'autre
femme que la fille de quelque autre monarque, et l'on commença
à s'indigner moins quand l'un d'eux vivait en concubinage avec une
de ses sujettes que quand il la prenait pour femme devant Dieu;
or, vu qu'on peut facilement compter tous les monarques sur ses
doigts, bientôt il n'y eut plus moyen de trouver à un prince une
princesse qui n'eût pas avec lui quelque rapport de parenté, d'autant plus que, excepté chez nous et chez les Hongrois, partout régnaient des rois héréditaires.

On s'adressa donc aux papes pour y remédier; et en vertu du
cujus est condere, ejus est tollere, les papes ne tardèrent pas à faiblir pour les monarques, et ils leur accordaient des dispenses. Les
rois se mirent à s'allier entre eux de telle sorte que souvent une
femme de roi était quelquefois parente de son mari, non à un seul
titre, mais à trente titres différents, et les races royales dégéné-
rèrent. A la place de ces grands, beaux et valeureux monarques,
dont nous voyons les portraits et dont nous lisons tant de hauts
faits, naquirent je ne sais quels princes maladifs, misérables, pol-
trons et plus semblables, ma foi, à des cordonniers qu'à des rois;
et les peuples commencent à avoir honte de leur obéissance, et
les nations, l'une après l'autre, se débarrassent de ces races
odieuses et repoussantes; la fin de tout ceci ne nous importe nullement; qu'ils pensent à eux! Toujours est-il qu'à l'étranger la
noblesse, suivant l'exemple des rois, importunait les papes pour
avoir des dispenses, et s'unissait à des parentes : aussi dégénéra-
t-elle et tomba-t-elle bien bas comme esprit, puisque les bour-

geois seuls y écrivent des livres et y enseignent la sagesse au peuple. Ce sont eux qui plaident dans les procès et même qui font les
lois, et le peuple a confiance en eux; ils ont de la raison, et la
noblesse y est méprisée parce qu'elle ne s'enorgueillit que de sa
sottise. Lorsque nous accueillîmes chez nous la noblesse française, qui fuyait ici lors du soulèvement de son pays, ce qui est
étranger plaisant toujours, nos seigneurs et nos dames s'empa-
raient de ces fugitifs, comme de professeurs de sagesse. J'ai vu
beaucoup d'entre eux et n'en ai connu aucun qui sût le latin.
J'en demande pardon à nos dames, mais j'ai constaté que c'é-
taient des imbéciles, et je ne m'étonnai point qu'on les eût chas-
sés : le gouvernant doit avoir plus de lumières que le gouverné, et
dès qu'il en a moins, qu'il cède la place s'il ne veut attraper quelque chose de pis. Chez nous, les magnats ne formaient pas une
classe à part : ils étaient membres de la noblesse, ils faisaient
partie de la nation, et avaient un vaste champ pour choisir des
femmes à leurs fils; aussi possédaient-ils une haute raison.
Et quel magnat français ou allemand a écrit une loi ou enfin
composé un livre convenable? Qu'on me le montre. Chez les étrangers, ce sont des magasins d'épicerie et de mercerie que sortent
des législateurs, des hommes d'État, des poètes, des historiens.
Il n'en était pas ainsi chez nous : les Lew Sapieha (1), les Pierre
Herburt, les Maximilien Fredro (2), les Wenceslas Rzewuski (3),

---

(1) Voir, sur Lew Sapieha, la note D, à la suite de ce récit, p. 289.

(2) André Maximilien Fredro, appelé par quelques auteurs le Tacite polonais,
a rempli plusieurs ambassades, pris part à la bataille de Beresteczko contre les
Kozaks soulevés, et a été élevé à de hauts emplois dans la république. Il a laissé
beaucoup d'ouvrages historiques estimés, entre autres : *Gesta populi poloni sub
Henrico Valesio*, en 1652; *Monita politica*, en 1664; *Vir consilii*, en 1729. Il
mourut dans un âge avancé, en 1679.

(3) Venceslas Rzewuski, poète et homme d'État, né en 1705, mort le 26 novembre 1770. Partisan de Stanislas Leszczynski, il s'exila et exécuta de longs

les Ignace Krasicki (1), les Ignace Potocki (2), les Thadée Czacki (3), étaient tous des Excellences et remplissaient les charges de leurs aïeux.

Il est aussi arrivé chez nous qu'un magnat épousait une de ses parentes, ce fut même souvent une joie pour le pays, car *nulla regula sine exceptione*, il n'est point de règles sans exception; et ce n'est mal que quand cela se multiplie comme à l'étranger. Chez nous, grâce à Dieu, avoir une dispense n'était pas facile, même à un magnat, et si difficile à un gentilhomme, que cela ne lui venait jamais à l'idée. M. Leszczyc étant fort amoureux, travailla autant qu'il put près de la nonciature et n'y épargna pas l'argent; mais il ne put obtenir une semblable dispense : il fallait prouver que la maison finissait en cette demoiselle, que la fortune sortirait de la famille, et fournir je ne sais quelles autres raisons canoniques. On n'avait pas encore appris à présenter au consistoire de fausses preuves basées sur de faux serments;

voyages lorsque Auguste III se fut emparé du trône. A l'avénement de Stanislas-Auguste, il fut du côté des patriotes et adoucit les ennuis de sa captivité, à Kaluga, en traduisant en vers des fragments de psaumes de David. Il fut woyévode de Podlachie et castellan de Cracovie.

(1) Ignace Krasicki, évêque de Warmie, puis archevêque de Gnesen, poète d'un grand esprit et d'un remarquable talent. Il s'est essayé dans presque tous les genres, a composé des fables, des poèmes héroï-comiques, traduit Ossian, Plutarque, etc. Né en 1734, il mourut le 14 mars 1801, à Berlin, d'où ses restes furent, en mars 1819, transportés, par les soins de ses compatriotes, dans la cathédrale de Gnesen.

(2) Ignace Potocki, homme d'État, né en 1751, l'un des auteurs de la constitution de 1791. Il s'occupa beaucoup de la réforme des études, en Pologne, et mourut à Vienne, le 20 septembre 1809.

(3) Thadée Czacki, illustre savant, né le 28 septembre 1765, staroste de Nowogrodek, l'un des membres les plus actifs de la diète constituante de 1788. Persécuté à plusieurs reprises par le gouvernement russe, il parvint cependant à faire beaucoup pour l'instruction publique en Pologne, créa un célèbre lycée dans la ville de Krzemieniec, et publia des travaux historiques qu'on consulte toujours avec fruit. Il mourut le 8 février 1813.

M. Leszczyc dut revenir avec rien. Or il était déjà tout entier à sa passion : il attira sa nièce dans sa maison, et se donnant à lui-même dispense, se mit à vivre avec elle, au grand scandale de tout Trembowla. Ses parents essayèrent aussitôt, par leurs conseils, de le faire rentrer en lui-même ; le voyant sourd à leurs avis, ils le citèrent en justice pour une telle paillardise, et l'affaire se déroula devant le tribunal que présidait M. le sous-staroste Baworowski. Après la présentation des preuves, l'audition des témoins, l'examen des charges et décharges, le crime parut trop évident pour qu'on pût adoucir la rigueur de la loi. M. Baworowski condamna M Leszczyc à mort. Après la publication de l'arrêt, M. Leszczyc, à ce qu'on apprit dans la suite, se sauva en Hongrie et sans laisser de traces. Le tribunal, qui avait fait son devoir et satisfait sa conscience, ne s'inquiéta pas de savoir où se trouvait M. Leszczyc. Bien des années s'écoulèrent, personne n'en parlait plus, et en quoi cela pouvait-il intéresser quelqu'un de savoir qu'un arrêt du tribunal restait inexécuté, quand le coupable avait peut-être déjà trépassé d'une manière ou d'une autre. Toujours est-il que les héritiers de M. Leszczyc s'emparèrent de ses biens, et M. le sous-staroste fit une fois, dans une conversation avec son fils, mention de cette affaire comme très-ancienne. M. le sous-staroste mourut, son successeur mourut, et ce M. Baworowski, qui était chez nous conseiller, obtint la charge remplie jadis par son père. Bientôt après paraît un homme d'un âge avancé, et il se présente devant lui, en avouant qu'il est ce même Leszczyc contre lequel le père de Baworowski a prononcé un arrêt de mort, que sa conscience n'a cessé de le tourmenter pour avoir méprisé la loi de sa patrie et en avoir esquivé l'accomplissement ; que, ne pouvant supporter plus longtemps ses peines intérieures, il vient se soumettre à l'action de la justice et demande seulement que l'on n'oublie pas son âme. Aussi se confessa-t-il plusieurs fois de la manière la plus exemplaire. Personne ne s'occupait de hâter le jour de son exécution. Il reçut le corps et le sang du Christ, et s'entretint toute une semaine avec Dieu, par l'entremise du chapelain, et cela dans un petit bâtiment ouvert et non gardé, d'où il aurait pu sortir à sa guise; ensuite il alla au tribunal déclarer sa présence, et le lendemain, assisté du prêtre, il se rendit sur la place publique, où l'attendait le bourreau. Là, après avoir reçu une dernière fois la bénédiction du prêtre, il parla à la foule, lui recommandant la crainte de Dieu et l'obéissance aux lois, et si tendrement qu'aux larmes qu'il fit verser à Trembowla, on se serait dit au jour du jugement dernier. Il s'agenouilla enfin, et ayant d'abord baisé par humilité la main du bourreau, il lui demanda de faire son affaire pendant qu'il prierait. Il prononçait en effet les noms de Jésus, Marie et Joseph, quand sa tête tomba à terre.

(A) « L'administration de la justice, a dit Adam Mickiewicz au collége de France, avait pour tendance de développer l'esprit de l'homme, de le tenir continuellement en éveil, de lui faire comprendre à chaque moment ses droits. Plus souvent les diétines ou les petits colléges, quelquefois les tribunaux, décidaient de la justice d'une cause, et l'appariteur, qui avait le caractère d'un héraut d'armes, s'adressait à tous les hommes de bonne volonté pour faire exécuter l'ordre du tribunal. Il sommait le coupable lui-même d'obéir, et on trouve dans l'histoire de Pologne, des exemples d'hommes très-puissants se livrant eux-mêmes entre les mains de la justice. Il y a plus : des criminels qui se trouvaient dans les pays étrangers, venaient se présenter devant le juge pour être décapités. On ne les enfermait pas, on les laissait tranquilles, en leur donnant seulement le temps de se préparer à la mort, parce qu'un homme noble qui aurait fui l'arrêt du tribunal aurait été regardé comme infâme et comme poltron : l'opinion publique l'aurait poursuivi comme elle poursuit aujourd'hui ceux qui évitent un duel. Sans cette sanction religieuse, l'histoire de Pologne est une confusion impossible à débrouiller. Un homme riche, ayant dix à douze mille hommes de troupe domestique, et condamné par un petit tribunal de district à restituer telle et telle terre, était quelquefois sommé et amené par l'appariteur, puis enfermé dans la tour. Cet homme-là, s'il avait refusé d'obéir, ce qu'il pouvait faire, n'aurait pas eu l'absolution du prêtre, car le prêtre donnait la sanction aux lois de la république. Dans une cause que tout le monde comprenait bien, où l'injustice était criante, chacun montait à cheval, et le coupable était vite puni. Si la cause était obscure, si l'opinion publique ne pouvait pas distinguer le vrai du faux, il fallait recommencer le procès et recourir à des moyens nouveaux pour éclairer l'opinion. » (*Les Slaves,* IV, p. 493.)

(B) Jean le Laboureur raconte ainsi cette affaire des Zborowski, qui occupa alors toute la Pologne :

« Il n'y a point de banissement ni d'interdiction; et la proscription n'a lieu que pour les crimes capitaux au premier chef, qui sont les meurtres et les assassinats, et les conjurations contre l'Estat. S'ils ne sont point arrestez prisonniers dans l'action, il n'est pas besoin de lever des troupes ni de les aller investir. Le criminel est cité pour subir le jugement du Roy et du Sénat : on le déclare infâme et convaincu; par conséquent il est proscrit, tout le monde peut le tuer en le rencontrant; les magistrats sont obligez de le faire chercher dans leurs districts, et de le faire prisonnier s'ils peuvent, pour le représenter au siége du Roy. Que nul ne se vante alors de sa puissance : cet Estat, qui obéit ponctuellement à ses lois, n'a point de pitié pour ceux qui les offensent, et s'il ne tient sa proscription et son ban, estant appréhendé, on le punit. Le plus solennel exemple que nous en ayons est dans la maison des Zborowski, l'une des premières de Pologne, et pour lors la plus puissante et des mieux alliées. Samuel, fils de Martin Zborowski, châtelain de Cracovie, palatin de Posnanie, etc., ayant assassiné André Wapowski, châtelain de Premislie, sous le règne de Henry de France, duc d'Anjou, Roy de Pologne; il fut ainsi proscrit et contraint de se retirer en Transylvanie, nonobstant qu'il eust une faction si puissante dans la Pologne, qu'elle moyenna l'élection du duc de cette province, Estienne Batthory. Le plus grand témoignage d'affection qu'il pouvoit recevoir de ce Prince, estoit d'avoir des lettres de seureté pour demeurer dans le royaume, et il les obtint; toutefois ce bénéfice ne proscrit point le crime, ni la proscription. Zborowski, non content de cela, déclame contre l'ingratitude du Roy, qui préfère Jean Zamoiski à quelqu'un de sa maison, pour la charge de grand général; il ose accuser tout haut Sa Majesté d'entreprise contre les lois, et fait faction dans l'Estat. Pendant qu'il employe si mal à propos son temps, celui de sa seureté expire : il ne veut pas songer qu'il ait besoin de grâce pour demeurer au païs ; et celui qui ne craint pas la puissance du Roy, croit estre obligé de mépriser la poursuite de quelques gentilshommes particuliers. Encore que Zamoiski n'ait point occasion de l'aimer, il l'advertit pourtant par générosité, ou par autre raison, qu'il sorte de Cracovie, parce que lui, qui en est général, ne l'y peut souffrir sans violer les loix et sans estre complice de son crime. Il fait vanité du mépris de son advis : l'autre en est bien aise, et fait si bien qu'il tombe sous sa main, nonobstant vne petite armée qu'il avoit levée, toutes ses troupes estant dispersées à la campagne, sans défiance. Il le fait conduire au chasteau de Cracovie, où l'autre avait dessein d'aller bien accompagné pour lui faire affront. Il ne perd point de temps : en quinze jours il instruit le procez ; et parce que les loix défendent que l'on fasse mourir vn noble, quoy que convaincu, sans lettres de pouvoir exprès signées du Roy, il les obtient, lui fait prononcer son arrest par son prévost ou juge de camp, et trancher la teste deuant la porte du chasteau, où ses dernières paroles ne furent que rage, désespoir et menaces de vengeance ; jusques à donner vn mouchoir pour le rendre teint de son sang à son fils (1584). Ses parents font recoudre la teste, ils exposent le corps en parade ; André Zborowski, son frère, maréchal de la cour, vient à Cracovie avec grande suite ; toutefois, il n'exécute point ses menaces autrement que de faire publier aux quatre carrefours, c'est la coutume de ceux qui prétendent avoir souffert injustice, que son frère a été mal jugé. Christophle Zborowski, son neveu, qui estoit de la conjuration, estant plus à craindre par ses intelligences, Zamoiski le proscrivit. C'estoit dans le temps des Estats. Les amis y vinrent avec des forces, pour faire condescendre le Roy à la prière qu'ils lui faisoient de relascher quelque chose de la rigueur des loix. Cependant l'on parloit d'amener le corps à Varsovie, et le Roy, qui considéroit que sa réputation dépendoit de la contenance qu'il tiendroit en cette rencontre, renforça la garde et leur dit vertement qu'il n'en feroit rien. Il fit poursuivre le procez, par son procureur général, devant le Sénat, qui confirma la proscription, et dit tout haut, que si l'on apportoit le corps mort, il le feroit jeter dans la Vistule. Si ce Prince résolu n'eust eu encore vn ministre de mesme, Zborowski ne fust point mort, et nous n'aurions presque point d'exemple célèbre de la punition du crime de lèze-majesté : qui fut plus facile à Zamoiski, en ioignant l'assassinat et la proscription qui s'en estoit ensuivie. » (*Histoire et relation du voyage de la reyne de Pologne*, Paris 1648. Deuxième partie, p. 41 à 44.)

Jean Zborowski, castellan de Gnesen ne souffrit en effet aucunement dans sa considération de ce que Samuel ait été exécuté et Christophe proscrit. Il fut un des ambassadeurs qui allèrent à Paris offrir la couronne à Henri de Valois, et se distingua dans les guerres d'Étienne Batory.

(C) Joseph Pulawski, staroste de Warka, fut l'initiateur de la confédération de Bar et l'éloquent auteur de ses premiers manifestes. Rulhière a dit de lui :

« Pulawski, depuis longtemps, brûlait du désir de délivrer sa patrie. Tous ses entretiens respiraient sa haine violente contre les oppresseurs de la Pologne. Il exerçait la profession d'avocat près des grands tribunaux où il n'est permis qu'aux gentilshommes de plaider. Il s'était voué d'abord aux princes Czartoryski, et dirigeait leurs affaires contentieuses ; mais après quelques années d'attachement, il leur était devenu suspect, et avait quitté désagréablement leur service. Au temps dont nous parlons, il était âgé de soixante-deux ans, et toute sa vie il avait enduré les railleries publiques sur son peu de courage, riant le premier de ces injures, qui étaient passées en plaisanteries ; dès sa jeunesse il avait montré un zèle ardent pour la liberté de son pays ; dans les guerres occasionnées par l'élection de Stanislas, il avait levé et conduit avec gloire un corps de quatre cents hommes ; étant né avec une fortune considérable, mais chargée, comme toutes les fortunes polonaises, d'hypothèques et de procès, il avait plaidé ses propres causes devant les tribunaux, ayant toujours pensé que la justice et l'éloquence, dans les républiques même les plus corrompues, sont encore préférables à toutes les brigues, et reprochant à ses compatriotes de compter moins dans leurs affaires sur la protection et la force des lois, que sur la faveur et l'appui des grands ; par une telle conduite, dans un temps où presque tous les gentils-hommes polonais étaient clients des grandes familles, son habileté lui avait au contraire donné pour clients les plus grands de la république ; les princes Czartoryski avaient été de ce nombre, mais il avait rompu avec eux aussitôt que leur ambition avait voulu s'élever au dessus des lois. Étant formé sur les mœurs antiques, il avait un grand dédain des injures particulières ; cette vertu, si inconnue de nos jours, est une des plus nécessaires au maintien des républiques, et la Pologne eût été sauvée si cette vertu y eût été plus commune.

« Ce qui l'avait le plus frappé dans tous les événements de l'histoire, ce sont les ressources du génie, du courage et de la fortune contre les adversités qui semblent désespérées. Il se plaisait à rappeler que Maximilien, battu et pris par les Polonais, était ensuite devenu empereur d'Allemagne ; et il s'était fait de cet exemple une sorte de proverbe familier qu'il opposait à tous les revers. Cet homme, d'un esprit subtil, et qui possédait dans sa mémoire le recueil immense des lois de son pays, avait été choisi pour un des conseillers de la confédération de Radom. Repnin, qui le considérait peu, qui le connaissait à peine, ne s'était pas opposé à ce choix, mais Pulawski semblait avoir attendu de grandes occasions pour se développer tout entier.

« Après avoir remis pendant tant d'années le soin de toutes ses querelles à la justice civile, il montra, au sujet des outrages faits à sa patrie, une fermeté qu'on ne lui avait jamais connue. L'évêque de Cracovie prit en lui une juste confiance, et pour conférer plus facilement avec lui, il le logea dans son palais. Dès lors Repnin le regarda d'un mauvais œil. Il fit même un jour le mouvement de le frapper, parce que, cet ambassadeur s'étant couvert en lui parlant, Pulawski, au même instant, s'était aussi couvert. Pulawski, jusque-là insensible aux injures qu'il avait reçues de ses compatriotes, conserva de celle-ci un profond ressentiment, et, ayant porté toutes les paroles entre les deux évêques de Cracovie et de Kamieniec, son zèle acheva de s'enflammer dans ses conférences avec de si vertueux citoyens. Les outrages et l'oppression dont il continua d'être témoin, lui donnèrent même plus d'indignation et d'impatience que n'en pouvait concevoir l'évêque de Kamieniec, absent et fugitif. Il pensa que le caractère timide de cet évêque le portait naturellement à temporiser; que la sortie des troupes russes hors du royaume (événement que celui-ci voulait attendre) était trop incertaine; qu'en l'attendant, toutes les terres de la noblesse ne cesseraient point d'être ravagées, et que le royaume, ruiné et dévasté, ne pourrait bientôt plus entretenir ses défenseurs. Il pensa qu'on n'avait pas besoin de former d'avance une confédération secrète, un concert unanime pour faire éclater un sentiment qui était le même dans tous les cœurs. Une opinion de jurisconsulte lui fit craindre que la diète, prête à se rassembler, ne confirmât les nouvelles lois; qu'on ne déclarât, en les promulguant, ennemi de la patrie quiconque ne s'y soumettrait pas, et que ces lois, ayant ainsi reçu une dernière sanction, il ne fût plus temps de réclamer contre elles. Il forma donc le dessein de prendre aussitôt les armes contre la tyrannie russe. Il communiqua ce dessein à plusieurs gens à Varsovie. Quelques-uns tremblèrent à la seule confidence, se refusèrent à toute espèce d'engagement, mais furent fidèles au secret. D'autres lui confièrent des sommes d'argent assez considérables, des billets de crédit sur les administrations de leurs biens, et des ordres pour leurs troupes domestiques. Plusieurs consentirent à signer ce billet que les Turcs avaient demandé à l'évêque de Kamieniec, et qui devait servir de caution pour le prêt de cent mille ducats que les ministres ottomans avaient offerts à la république. Pulawski emmena avec lui trois fils et son neveu. Il les conduisit sur une de ses terres à quelques lieues de Varsovie. Ce fut là que, malgré leur extrême jeunesse, il leur confia son dessein. Il fixa leurs yeux sur cette perspective de gloire réservée aux libérateurs des nations, mais il ne leur dissimula pas les malheurs qui attendent ceux qui échouent dans ces grandes entreprises, et l'ingratitude des hommes envers les infortunés vengeurs de l'humanité. Il y dit les derniers adieux à son épouse, qui consacra courageusement sa famille entière au service de la patrie. Il envoya devant lui les deux plus âgés de ses enfants. Le premier, plus capable de négociations et d'affaires, devait voir les gentilshommes des contrées où on avait dessein de former la confédération. Le second devait rassembler dans les terres de sa famille cent cinquante kozaks qui composaient toutes ses troupes, et les amener au rendez-vous. Pulawski et ses amis se rendirent à Bar, petite ville de la Podolie, à cinq lieues de Kamieniec, et à sept lieues des frontières turques. Les premiers confédérés s'y assemblèrent au nombre de huit seulement, le 29 février 1768, mais plus de trois cents gentilshommes de ces contrées avaient donné leur parole. » (*Hist. de l'anarchie de Pol.* III, livre IX.) Joseph Pulawski, né en 1703, mourut en décembre 1768.

(D) Lew ou Léon Sapieha, un des plus grands hommes de la Pologne, successivement chancelier de Lithuanie, woyévode de Vilna, grand hetman, naquit le 2 avril 1557, de parents protestants. Etienne Batory disait de lui : « *Iste juvenis evadet in magnum virum in Republica.* » Il conclut avec Iwan le Terrible la paix glorieuse de 1584. Il organisa le tribunal du grand-duché de Lithuanie et prit la plus grande part à la rédaction du Statut lithuanien. L'éloquence du célèbre prédicateur Pierre Skarga le fit passer au catholicisme. Il resta tolérant et apaisa à Riga les querelles des dissidents. Il signa la prolongation pour quatorze ans de la trève avec Boris Godunow, fut contraire à l'expédition du faux Démétrius, contribua à la reprise de Smolensk. Sous Ladislas IV, il travailla à la trève de quatorze ans, arrêtée entre la Pologne et la Russie le 3 janvier 1619 et qui reconnaissait à la république le pays de Smolensk, Nowgorod et Czernichow. Lorsque l'hetman Zolkiewski périt à Cecora et que Jean-Charles Chodkiewicz eut succombé sous Chocim, ce fut Sapieha qui arrêta les Suédois. Il reprit les armes lors de l'invasion de Charles-Gustave de Suède. Très-soucieux du bien-être des laboureurs, il répétait à ses intendants : « Pour vous, un paysan est un paysan ; pour moi, c'est une Excellence, car s'il n'y a plus de paysans, je cesse d'être une Excellence. » Les paysans l'en aimaient tant qu'ils se cotisèrent pour payer une dette qu'il avait contractée pour le service de la république. Il s'éteignit à Vilna, le 7 juillet 1633, à un grand dîner offert aux ambassadeurs de la république de Venise.

—·◇·—

M. WOLODKOWIZ

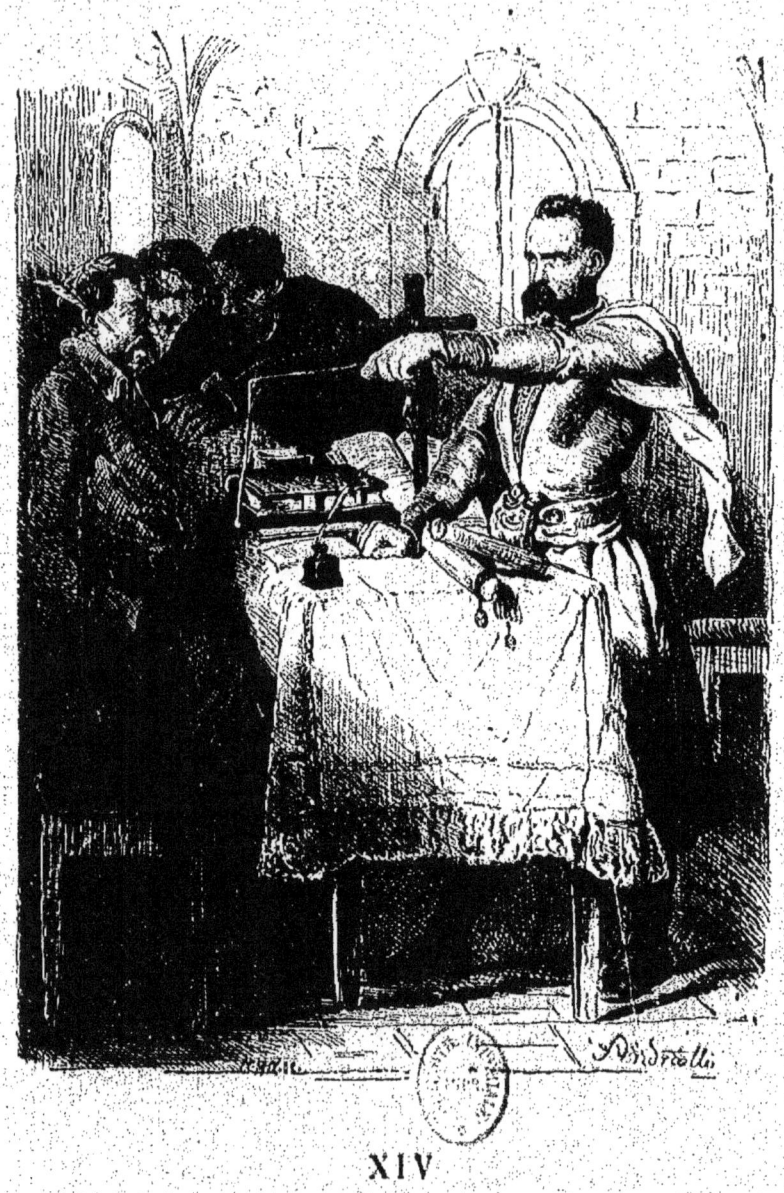

XIV

D'après nous, c'est un mal que les étrangers veuillent nous apprendre ce qui s'est passé chez nous; et c'est un double mal que notre jeunesse leur ajoute plus de foi qu'à nous autres, qui avons vu tout cela.

Longtemps je fus ennuyé de ne pas savoir le français, pensant qu'on devait y trouver quelque distraction ; mais, en fréquentant les étrangers, je me suis dit que les Français écrivaient sur notre compte tant d'absurdités, que c'était un bonheur pour moi de ne pouvoir comprendre leurs livres, puisque je n'y aurais rien appris, et que je n'y aurais gagné que de nombreux accès de colère. On m'a parlé du récit de la confédération de Bar, par Dumouriez, que j'ai personnellement connu, ayant servi sous ses ordres. C'était un bon soldat ; il savait où placer les canons, comment établir un camp et faire une charge de ca l'erie ; en cela nous lui rendons pleine justice à lui et aux Français qui nous aidaient. En effet, il y avait là aussi Choisy, son égal en habileté, et Gavar, ingénieur accompli, qui, en épousant une Polonaise, devint notre concitoyen ; et Kellermann, un cavalier fini, et beaucoup d'autres dont j'ai oublié les noms (1). Chacun d'eux nous était supérieur dans sa partie ; mais, grâce à Dieu, leur science ne dépassait pas la portée de notre esprit. Les nôtres les valaient bien : certes, ni M. Pulawski, ni M. Zaremba, ni M. Walewski (2), qui devint dans la suite woyówode de Sieradz, ni Sawa, maréchal de Zakroczym, n'avaient besoin de leur emprunter de l'esprit, et ils auraient même pu leur enseigner plus d'une chose.

Or, ce général Dumouriez, en rabaissant tout chez nous et en ne louant que lui, fait du prince Charles Radziwil un sot. Un autre Français, dont je ne sais ni prononcer ni écrire le nom, a publié un ouvrage sur l'anarchie de Pologne. Quoiqu'il y rende

(1) Voir la note A, à la suite de ce récit, p. 309.

(2) Zaremba et Walewski, chefs militaires, de qui Dumouriez fait l'éloge, représentaient la prudence dans cette confédération de Bar, dont Pulawski et Sawa représentaient le côté héroïque et audacieux. Après le traité de partage, 1772, Zaremba eut la faiblesse de solliciter la clémence des Russes et entra au service du roi de Prusse. Walewski, ayant fait sa paix avec le roi Stanislas-Auguste, en reçut la castellanie de Cracovie, qui était la première du royaume.

plus de justice aux nôtres et qu'il loue le prince de sa persévérance et de son courage, il s'autorise de bruits recueillis de droite
et de gauche pour déclarer que le prince Charles, à la tête de la
jeunesse, s'amusait à des brigandages et commettait des cruautés
en Lithuanie; d'accord en ceci avec Dumouriez, il le dépeint
comme un homme sans esprit et un barbare (1).

Que le prince n'ait pas été élevé à la façon des étrangers, c'est
certain; mais il l'est davantage encore qu'il avait l'esprit polonais
et un grand esprit. Il avait cette science native qui, chez nous,
relègue toujours au second plan la science acquise : car l'esprit
naturel est meilleur que celui qu'on puise dans les livres, et c'est
un don plus précieux de savoir accomplir de grandes choses que
de savoir les bien décrire. La princesse, femme du grand hetman
de Lithuanie (2), la dernière de la maison princière de Wisniowiecki, était une dame fort éclairée et avait même écrit des livres;
mais n'ayant qu'un fils unique, elle le gâta excessivement, si bien
que le prince Charles avait déjà quinze ans qu'il ne savait pas lire.
Chaque gouverneur qui le poussait au travail était, sur sa plainte,
éloigné de la cour par la princesse sa mère, et le petit prince ne

(1) Voir la note B, à la suite de ce récit, p. 310.
(2) La princesse Ursule Wisniowiecka, mère de notre prince Charles Radziwil,
avait épousé en 1725 Michel-Casimir Radziwil, surnommé *Rybenka*, c'est-à-dire
petit poisson, qui était son dicton favori, comme *monsieur l'ami* fut le dicton de
son fils. Elle écrivit des comédies qui eurent du retentissement. Elle mourut le
13 mai 1753. Son convoi, à Nieswiez, qui commença le 1er septembre, dura plus
d'une dizaine de jours. — Les princes Korybut Wisniowiecki étaient d'une illustre
famille lithuanienne, descendant d'Olgierd, frère de Ladislas Jagellon. Jérémie,
l'un deux, fut l'une des gloires militaires de la Pologne : il mourut après la victoire de Beresteczko, le 22 sept. 1651, et fut enterré sur la montagne Sainte-
Croix, dans la woyéwodie de Sandomir, ce qui fit dire que le plus grand homme
du temps avait reçu pour tombeau la plus haute montagne de la Pologne primitive : son épitaphe rappelle qu'il était la terreur des Kozaks. Sa popularité contribua à faire élire roi son fils Michel, 10 juin 1669.

savait que jouer au bâton avec les pages, monter les chevaux sans selle et casser dans l'air des œufs à coups de fusil. Le prince hetman reconnut à la fin qu'il fallait cependant que son fils sût quelque chose de plus afin de pouvoir un jour tenir le rang de ses ancêtres, et il en convainquit la princesse. Celle-ci alors déclara qu'elle donnerait deux fermes en toute propriété à celui qui, sans la moindre contrainte, enseignerait à son fils à lire et à écrire. Il se trouva pour cela un gentilhomme éclairé, M. Piszczalo; ce qui l'éleva au rang d'opulent propriétaire, et dans la suite à la charge de sous-panetier de Rzeczyca. Il apprit au prince Charles et à deux jeunes gens qu'on avait placés à ses côtés pour lui donner de l'émulation, M. Ignace Wolodkowicz, fils du porte-étendard de Lithuanie, et M. Michel Reyten, fils du chambellan de Nowogrodek, à lire, à écrire, plus les éléments des sciences, sans les contraindre aucunement, mais en les amusant. Voici par quel moyen : sur une grande tablette de bois il avait tracé l'A B C D avec de la craie. Chaque élève se tenait à une quinzaine de pas du tableau, un fusil à la main et tirait dans les lettres que leur nommait le gouverneur. On composait ainsi des syllabes, puis des mots, puis des phrases, jusqu'à ce qu'avec les balles on eût réussi à tout lire. Peu à peu les élèves s'habituèrent à entendre expliquer certaines règles, et déjà de leur propre mouvement ils apprirent à écrire; et un peu par la lecture, davantage par la fréquentation d'hommes éclairés, ils acquirent la connaissance des lois du pays, de l'histoire nationale, et la science, importante alors, des rapports et des alliances de famille. Le prince, étant devenu, dans sa vingtième année, porte-glaive de Lithuanie, y fut fort à sa place; et quand il devint maréchal du tribunal de Lithuanie, les juristes eux-mêmes se frappaient le front d'étonnement en voyant comme il savait distinguer la vérité de l'erreur; une fois sorti de sa charge, il ne tarda pas à être réélu maréchal, et il l'aurait été jusqu'à sa mort s'il eût voulu ; la noblesse le désirait, car il ne se laissait mener par personne et ne suivait que ses propres lumières et sa conscience ; et il n'aurait pu trouver de meilleurs conseillers. Quant aux reproches d'avoir commis dans sa jeunesse des cruautés et des brigandages, c'est une insigne fausseté qui tombe d'elle-même.

Le prince qui a préféré perdre en Russie Blanche quatre vingt mille âmes de serfs de son héritage paternel, plutôt que de prêter à la Russie un serment de fidélité contraire à sa manière de voir (1), a montré non-seulement combien son cœur était éloigné de toute basse action, mais même délicat dans le sentiment du devoir. Que dans sa jeunesse, n'ayant pas de champ d'action où il pût dépenser l'exubérance de ses passions, il ait, à la tête de la jeunesse la plus brillante, passé son temps dans les forêts lithuaniennes, à chasser et à parcourir à cheval tout le grand-duché ; c'est uniquement parce qu'au milieu de la paix il cherchait des peines et des dangers qui éprouvassent sa bravoure extraordinaire. Si par hasard et dans un excès de gaieté on égorgea du bétail ou brûla quelques bâtiments, jamais pour cela il n'y avait de procédure, car la personne lésée recevait les dédommagements qu'elle-même demandait ; jamais on ne se permit de cruauté sur un homme de n'importe quelle classe. Le prince joignait à un caractère très-emporté une sensibilité telle qu'il ne pouvait supporter la douleur d'autrui.

La compagnie du prince Charles, que le parti du roi Poniatowski, dirigé en Lithuanie par le prince évêque de Vilna, Massalski, appelait des haydamaks, était composée de gens éclairés, inébranlables dans leur amour de la patrie, n'épargnant pour

_____

(1) Quand, après le premier partage de la Pologne, en 1772, la tzarine s'adjugea la Russie Blanche.

elle ni leur sang ni leurs peines, et dignes d'occuper de belles pages dans notre histoire. Il y avait parmi eux M. Wolodkowicz, dont le courage et la force surhumaine pourraient aujourd'hui passer pour une fable, le plus grand favori du prince, qui le pleura toujours après une mort aussi malheureuse que prématurée. Là était aussi M. Pac, staroste de Ziolow, plus tard maréchal général de la confédération de Bar en Lithuanie, qui aima mieux être errant jusqu'à sa mort que de renier ses convictions. Puis, M. Rzewuski, alors sous-panetier de Lithuanie, célèbre régimentaire de cette même confédération et beau-frère du prince Charles : c'est lui qui la nuit, par des conduits souterrains, nous introduisit dans Cracovie, où la garnison ennemie fut taillée en pièces, et la capitale de la Pologne délivrée. Puis M. Oginski, le fils du woyéwode de Witebsk, qui, s'il ne fût pas mort en duel, de la main de je ne sais quel magnat hongrois, serait arrivé au plus hautes charges de la république. Puis M. Zaba, dans la suite élevé à la woyéwodie de Polock par le vœu unanime des habitants : car, dans cette seule woyéwodie, on garda jusqu'à la fin la liberté d'élire son woyéwode. Puis M. Slizien, juge terrestre de Slonim, qui mourut de la peste à Constantinople, où il partageait l'exil du prince Charles. Puis le kniaz Lubecki, qui fut maréchal de Pinsk, un politique consommé. Puis M. Chominski, qui étant woyéwode de Mscislaw, fut maréchal aux diètes et aux tribunaux, et toujours d'une manière brillante et exemplaire; il était en même temps grand versificateur, et comme je l'ai entendu dire à des gens dignes de foi, il passait pour savant, même à Rome. Puis M. Szczyt, mort castellan de Polock, homme profondément versé dans la législation nationale et des écrits de qui la perte est un malheur irréparable pour le public. Puis Janus Gorecki et Mathieu Deraes, qui dans la confédération de Bar ne le cédaient pas même aux Français dans l'art d'établir un camp.

Il y en eut beaucoup d'autres encore qui composaient la bande appelée Albaine, et dont les fils et les neveux sont vivants. Il me semble que celui qui commanda à une semblable jeunesse et mérita son aveugle dévouement ne pouvait être sans grandes qualités. Chacun d'eux se préparait au métier des armes, et celui qui donnait la plus éclatante preuve de bravoure était placé le plus haut dans l'estime de ses camarades. Un jour M. Wolodkowicz, un épieu à la main, s'avança seul contre un ours légèrement blessé, et le frappa intrépidement; mais l'épieu se rompit dans les côtes, et l'ours furieux se jeta sur lui. Il ne perdit pas la tête; avec le bout d'épieu qui lui restait à la main, il asséna un coup sur le crâne de l'ours, qui en tomba étourdi, et, sans lui laisser le temps de se relever, lui planta son couteau de chasse dans le cœur. A Lachwa M. Kostrowicki, fils du chef d'avant-garde de Pinsk et également Albain, franchit à cheval un fossé large de deux toises et de même profondeur qui entourait le château.

Une fois la bande Albaine, sur de vaillants coursiers et son chef en tête, arriva par hasard près d'une ferme où venait d'éclater un incendie. Le feu était terrible; ne voilà-t-il pas que M. le staroste de Ziolow et M. le sous-panetier de Lithuanie apostrophent ceux qui luttaient contre l'incendie : « Allez-vous-en; nous vous indemniserons de votre auberge brûlée; nous allons nous battre dans le vestibule, et que personne ne s'avise d'approcher avant que l'un de nous ne soit blessé. » A ces mots ils s'élancèrent dans le vestibule et se battirent au sabre; ils étaient l'un et l'autre de fortes lames, aussi la lutte fut longue; la paille qui avait pris feu dans la grange tombait sur leur tête, tout brûlait autour d'eux, on ne sait comment ils pouvaient respirer; enfin M. Pac ayant blessé M. Rzewuski au-dessus de l'épaule, l'emporta dans ses bras du milieu des flammes; leurs habits étaient brûlés et ils étaient roussis eux-mêmes au point que leurs cheveux fumaient.

Qui est-ce qui pourrait compter tous les faits analogues? Personne même ne me croirait si je racontais ce dont j'ai été témoin.

Quand survint l'interrègne, le prince était déjà woyévode de Vilna; il soutint sincèrement le fils du feu roi; le parti contraire, faible dans la nation, mais fort de l'appui des soldats russes, qu'il avait amenés, envahit la diète, et, foulant les lois aux pieds, imposa partout de force ses tribunaux de deuil, sans tenir aucun compte des manifestes de la noblesse opprimée. S. Exc. Chreptowicz, dans la suite vice-chancelier de Lithuanie, devint alors, que Dieu lui pardonne, juge de deuil à Nowogrodek. Tout le monde sait quelle autorité avaient ces tribunaux : dans l'interrègne, la juridiction des tribunaux ordinaires cessait, et leur pouvoir passait aux tribunaux de deuil. Or voici que M. Chreptowicz (1), qui était un grand amateur de médailles antiques, et qui avec cela se plaisait à collectionner les roubles russes, voulut effrayer le parti hostile à la Russie et à M. le panetier Poniatowski (c'est-à-dire toute la nation, moins une centaine d'hommes). Il lança donc un mandat invitant tous les Nowogrodiens, qui faisaient partie de la bande albaine, à comparaître devant le tribunal pour répondre à l'accusation d'avoir, avec le prince woyévode de Vilna, commis des cruautés et des violences dans plusieurs maisons de nobles. Pourquoi ce mandat ne fut-il pas remis au prince lui-même? Je ne le puis deviner; à moins que ce ne fût dans le but unique de séparer le prince de ses amis en éveillant leur défiance contre lui. Si telle était leur pensée, ils n'ont pas atteint leur but.

La jeunesse de Nowogrodek s'amusait à Nieswicz, et le prince la préparait à toute autre chose qu'à répondre à l'appel. Mais M. Wolodkowicz, ayant forcé l'huissier à avaler la citation qu'il apportait, écrivit par lui à M. Chreptowicz qu'il arriverait à l'époque

---

(1) Voir la note C, à la suite de ce récit, p. 311.

désignée avec l'avocat qu'il avait montré à l'huissier : c'était un fouet kozak de la fabrique de Bocki. Il avait en effet trois fouets : un de cuir pour M. Chreptowicz, un de soie destiné à M. le panetier Poniatowski, qui marchait déjà ouvertement au trône, et le troisième, tressé en fils d'or, pour le prince-évêque de Vilna, le kniaz Massalski. Puis, s'étant choisi six sabreurs vigoureux de la cour de Nieswiez et deux de la bande Albaine, Wenclawowicz et Wazgird, qui étaient uniques pour les coups de main, il se rendit à Nowogrodek, et quoiqu'il y eût dans la ville une compagnie russe, il alla droit à l'hôtel de ville avec sa suite. Quand M. Chreptowicz l'aperçut de sa fenêtre, il s'esquiva par les portes de derrière, sans regarder autour de lui, et ne se crut en sûreté que dans le couvent des dominicains. M. Wolodkowicz, étant entré dans la chambre et n'ayant pas trouvé M. Chreptowicz, demanda par trois fois où était le juge qui le devait juger. M. le régent Matusewicz, l'intime de M. Chreptowicz, voulant faire bonne mine à mauvais jeu, dit : « Comment osez-vous, monsieur, vous attaquer au tribunal ? ignorez-vous donc qu'il a en main le *jus gladii* ? » Et M. Wolodkowicz : « Beau juge, ma foi, qui assigne les parties et qui se cache lui-même le jour de la comparution ! En l'absence du juge, M. le notaire le supplée ; donc, mon avocat va appeler mon affaire en votre présence. » — Alors M. Wenclawowicz et M. Wazgird, ayant saisi le notaire, le couchèrent sur la table du tribunal, et M. Wolodkowicz lui appliqua cent coups de fouet de sa propre main, en présence de tout le barreau, qui regardait avec indifférence, composé qu'il était de partisans de Radziwil. Après avoir fouetté le notaire, il prit les dossiers et les emporta avec lui à Nieswiez, où il arriva avec ses compagnons, sans accident.

Peu après cet événement, M. le panetier de Lithuanie fut proclamé roi ; les tribunaux de deuil cessèrent donc, les tribunaux ordinaires reprirent leur cours, et l'on s'occupa de la composition du tribunal; mais la noblesse ne put se rassembler pour les diétines qui devaient élire les juges : quiconque n'était pas du parti royal n'y était pas admis, et comme le roi avait peu de partisans en Lithuanie, il advint que dans beaucoup de woyéwodies, quelques citoyens à peine prirent part aux diétines. De cette façon, le tribunal de Nowogrodek fut composé de députés imposés par le parti, et sous le maréchalat de S. Exc. Przozdizecki, qui devint vice-chancelier et qui était le principal ennemi du prince Charles Radziwil. Le prince évêque de Vilna arriva lui-même à la réouverture du tribunal pour écraser le prince woyówode et ses amis; le prince, n'ayant plus d'espoir que dans les armes, souleva la confédération de Nieswiez, à laquelle se joignit tout ce qu'il y avait d'honnête en Lithuanie. Le tribunal avait pour sa sûreté, à Nowogrodek, un régiment sur lequel le prince-évêque pouvait compter hardiment, son propre frère en étant le chef. Le major de ce régiment était un certain Rozniecki, qui avait je ne sais quels rapports d'amitié avec M. Wolodkowicz. Le prince évêque et le maréchal du tribunal tenaient surtout à terrifier le parti radziwilien, et, brûlant de se venger de M. Wolodkowicz, ils voulaient absolument le prendre vivant, car il était sous le coup d'une condamnation par contumace, et le décret portait la peine de mort contre lui pour son attaque à main armée contre le tribunal de deuil. Ils conviennent donc avec M. Rozniecki d'attirer M. Wolodkowicz à Nowogrodek; et voici le moyen qu'employa ce vil individu : il accourut à Nieswiez déguisé en juif, et, y ayant trouvé M. Wolodkowicz il lui persuade qu'il est sincèrement dévoué à la république et au prince woyówode, qu'il a gagné le plus grand nombre des officiers, et que tout le régiment passerait à la confédération de Nieswiez, sauf peut-être quatre officiers et le chef, qu'on lierait. Il serait donc de toute nécessité que M. Wolodkowicz, en sa qualité de conseiller de la confédération, se transportât secrètement à Nowogrodek, pour ne pas laisser le temps aux membres du tribunal ni au prince évêque de s'échapper de la ville quand éclaterait l'insurrection, mais s'en saisir au contraire. M. Ignace, qui depuis longtemps s'aiguisait les dents contre le prince évêque, ne put résister à l'espoir séduisant de le faire tomber en son pouvoir.

Et comme il joignait à une bravoure extraordinaire une grande confiance en lui-même, sûr de son affaire, sans s'en ouvrir à personne, il court seul à Nowogrodek et descend au point du jour chez Rozniecki. Or tout était déjà préparé pour sa perte. En quelques instants, tout le régiment entoura la maison du major. M. Wolodkowicz comprit trop tard qu'il était trahi; il tira pourtant son sabre et se jeta sur la force armée. On avait défendu aux soldats de tirer sur lui, et on ne leur avait permis de se servir que de leurs baïonnettes, car on voulait absolument l'assassiner juridiquement. M. Ignace rompit plusieurs fois les rangs; mais ils se reformaient aussitôt, le menaçant d'une forêt de fusils surmontés de leurs baïonnettes. Les soldats le pressaient avec d'autant plus d'ardeur qu'on avait promis cent ducats à ceux qui le prendraient. En ayant tué plus d'un et sentant toutefois qu'avec de si nombreux adversaires il lui était impossible d'échapper, M. Ignace recula jusque dans la maison; de là, il s'élança dans un jardin potager qui se trouvait derrière, essayant s'il ne pourrait, à travers les broussailles, gagner le sentier qui conduisait à l'église paroissiale, d'où on n'aurait peut-être pas osé l'arracher. Mais toute issue lui était fermée; on avait même renversé les haies du jardin pour le resserrer dans un cercle toujours plus étroit et le prendre par la fatigue. On ne pouvait s'approcher de lui sans être tué ou blessé; mais il était évident qu'il était déjà à bout de forces. Il y avait dans le jardin un caveau; il s'y réfugia donc comme dans une forteresse imprenable. Il se cachait dans ce caveau pour prendre quelque repos, et quand il voyait des soldats descendre à lui, il s'élançait sur eux, les sabrait et les forçait à la retraite. Ils ne pouvaient en avoir raison et il fallait pourtant s'en emparer au plus tôt, car le prince woyéwode de Vilna pouvait arriver d'un moment à l'autre et le dégager. Le juif facteur de S. Exc. le maréchal du tribunal proposa le moyen qui le fit prendre. On apporta de la ville toutes les literies des juifs et on les jeta dans le caveau ; quand il fut écrasé sous leur poids, à ne pouvoir faire un mouvement, alors seulement les soldats s'en emparèrent.

Étant déjà dans leurs mains, il assomma un soldat d'un coup de poing sur la tempe et cassa la mâchoire à un autre. Mais rien n'y fit : on le porta lié à l'hôtel de ville, dans la salle où le tribunal assemblé ordonna qu'on lui lût la teneur de l'arrêt, qui fut aussitôt confirmé. On ne lui laissa pas le temps de s'expliquer, on ne voulut pas même l'écouter. C'était *horrendum*, l'arrêt n'était qu'un tissu de mensonges ; il y était affirmé entre autres que M. Wolodkowicz aurait haché à coups de sabre un crucifix sur la table du tribunal, quand non-seulement il n'avait pas commis ce sacrilége, mais n'avait pas même tiré son sabre du fourreau. Il ne niait point avoir fustigé le régent Matusewicz ; mais, d'après la loi, cet acte n'était point passible de la peine de mort. La juridiction de deuil, étant exceptionelle, est attaché à la personne, non au lieu. M. Ignace pouvait expliquer qu'en l'absence du juge il ne voyait pas de juridiction ; que, pour l'offense faite à un gentilhomme (dans l'hôtel de ville il est vrai, mais *carente foro*), il encourait légalement une amende et de la prison, et rien de plus. Or il ne s'agissait pas de justice, mais de vengeance. M. Wolodkowicz fut amené devant le tribunal, soi-disant interrogé, jugé, condamné, préparé à la mort, et enfin fusillé : tout cela dans l'espace d'une heure à peine ! De suite après l'exécution de l'arrêt, le tribunal et le prince évêque tirèrent de leur côté, et bien leur prit, car le prince woyéwode de Vilna, ayant su que M. Ignace était parti pour Nowogrodek, avait à l'instant pressenti son danger, et, à la tête de six cents chevaux, réunis à la hâte, tant de la milice Albaine que de sa milice de cour, il s'élança vers la ville et arriva à Nowogrodek six heures après la mort de son ami. Le régiment des Massalski essaya de défendre les barrières, mais il fut culbuté en une seconde. Alors seulement le prince connut son malheur : et il répétait souvent qu'il n'avait éprouvé dans sa vie que deux malheurs véritables : d'abord le partage du pays, puis la mort de M. Ignace; et il n'a jamais cessé de pleurer ces deux pertes.

Plus de vingt ans après, le prince woyéwode, célébrait comme de coutume la Saint-Charles, anniversaire auquel on peut dire que toute la Lithuanie se rassemblait à Nieswiez. Le prince, selon son habitude, entouré de ses serviteurs et de sa maison, siégeait dans le vestibule de son palais pour recevoir ses hôtes; il allait au-devant de chacun jusqu'à la porte, puis revenait à son large fauteuil, jusqu'à ce qu'il lui fallût se lever pour un nouvel hôte. Et attendu que chaque hôte qui survenait restait dans le vestibule avec lui jusqu'à ce que tout le monde fût réuni, il y passait sa matinée en une compagnie à chaque moment plus nombreuse. Tout à coup entre un individu, plus près de l'âge mûr que de la jeunesse, en kontusz d'uniforme, qui, s'approchant du prince, le salue humblement, comme s'il attendait quelque encouragement pour produire une demande. Le prince, s'en apercevant, lui dit : « Monsieur mon frère, que voulez-vous? — Je suis officier retraité de l'armée de la république; je désirerais entrer dans les milices de Votre Altesse. — Où avez-vous servi? — Dans le régiment Massalski : voici mon congé et mon certificat de service, que j'ose remettre à Votre Altesse. » Le prince, ayant jeté un coup d'œil sur les papiers, pâlit tout à coup, s'assombrit et s'écria : « Ils ont fusillé Wolodkowicz! » En ce moment, nous

nous aperçûmes que l'officier qui demandait du service laissait voir une extrême confusion ; puis, revenant en quelque sorte à lui, il dit d'une voix assez assurée : « Je ne nierai pas avoir autrefois conduit à la mort M. Wolodkowicz ; mais ma conscience ne m'en fait pas le moindre reproche. Comme soldat, je devais obéir à mes chefs et exécuter leurs ordres, et non discuter si leurs résolutions étaient justes ou injustes. Si j'obtiens du service chez Votre Altesse, je la servirai avec la même fidélité que j'ai montrée envers le roi et la république. » A ces mots : « Ils ont fusillé Wolodkowicz ! » le prince se tournant vers M. Tyszkiewicz, staroste de Wielatycze et colonel de la milice princière, qui était de service ce jour-là : — « Donnez ordre que l'on fasse immédiatement venir trois soldats de ma garde, avec leur fusil chargé à balle : ils ont fusillé Wolodkowicz ! » M. Tyszkiewicz sortit, et nous attendions dans le plus grand étonnement ce que tout cela allait devenir. L'officier qui sollicitait de l'emploi en était pétrifié. Il régnait un sombre silence, interrompu seulement par ces mots : Ils ont fusillé Wolodkowicz ! que le prince répétait à tout moment et dans une agitation croissante. Arrivèrent les soldats, le prince commanda : « Chargez armes ! » nous nous regardions les uns les autres avec terreur.

Aucun de nous n'osait souffler mot ; et il se préparait évidemment un crime qui ne pouvait que nous affliger, car, quoique dévoués de cœur et d'âme au prince, nous étions pourtant gentilshommes polonais, et aucun de nous n'était content de voir fouler aux pieds les lois de la république. « Ils ont fusillé Wolodkowicz ! dit le prince ; prenez un cœur en papier rouge et appliquez-le. » L'officier de la garde s'approcha de l'officier du régiment de Massalski ; et il s'apprêtait à lui attacher, à l'endroit du cœur, le cœur de papier. Et le prince : « Où donc places-tu le cœur ! ce n'est point là ; attache-le au cerf qui se trouve sur cette tapisserie. » Les murailles du vestibule étaient couvertes d'énormes tapisseries françaises, qui représentaient des chasses au cerf; l'officier ficha au cerf le cœur de papier rouge au-dessus de l'épaule, le prince commanda le feu, et trois balles traversèrent le but indiqué. Puis le prince se leva, le front éclairci, nous priant de le suivre dans ses appartements. Le *massalskien* disparut comme la neige de mai, sans qu'on pût savoir ce qu'il était devenu. Nous passâmes gaiement la journée entière avec le prince, et le prince ne fit aucune mention de l'événement qui nous avait tous si fort effrayés.

<hr>

(A) M. de Choisy est l'un des officiers au service de la confédération de Bar qui aient laissé le plus touchant souvenir en Pologne. Son nom est resté attaché à la prise et à la défense du château de Cracovie. Nous citerons la lettre qu'il écrivit le 2 février 1772, à quatre heures du soir, au baron de Vioménil :

« Je suis maître du château de Cracovie; mais ne croyez-pas, monsieur, que le mérite m'en soit dû. Ce qu'ont fait en cette occasion MM. de Vioménil, de Saillans, Després et Charlot, qui est blessé aux deux jambes, est inconcevable : il n'y a pas d'exemple d'une conduite et d'une valeur comme celle de ces quatre officiers; elle est au-dessus de tout éloge. Des circonstances qui me sont survenues dans la journée du 1er m'ayant obligé à renoncer, par prudence, à l'attaque de la ville, je me suis décidé à attaquer le château seulement, avec toutes mes forces, divisées en deux détachements, et je suis sorti en conséquence de Tiniec, ce matin, à une heure, à la tête de six cents hommes, avec lesquels j'ai passé la Vistule en bateau au pied de ma forteresse; je les ai conduits dans le plus grand silence jusqu'au mur de Cracovie qui sert de clôture au jardin des Carmes. Mon homme de confiance a distribué lui-même les différents guides que j'avais conservés à Tiniec depuis longtemps pour conduire les détachements qui devaient agir séparément dans mes attaques. Les plus intelligents ont été placés avec les troupes qui devaient pénétrer dans le château par le trou, où l'on m'avait assuré qu'il y passerait quatre hommes à la fois; je me suis placé moi-même à la tête des troupes avec lesquelles je devais aussi entrer dans ce château par la porte souterraine qui avait dû être démasquée une heure avant que j'arrivasse; mais arrivé à cette porte, je l'ai trouvée murée; mon guide voulait faire passer mes quatre cents hommes dans le trou pratiqué pour aller au château, où je venais d'apprendre qu'il n'y pourrait passer qu'un homme très-difficilement. Or on n'entendait pas le moindre effet du mouvement de mon second détachement; il était plus de cinq heures, il en aurait fallu trois pour entrer par ce débouché; j'ai cru alors qu'il ne me restait d'autre parti que la retraite, avec la douleur amère de perdre les six officiers et les cent quatre-vingts hommes qui ne m'y avaient pas rejoint, quoique je les eusse fait chercher de tous les côtés. A peine avais-je fait une demi-lieue, que j'ai entendu un feu général de mousquetons et de canon; j'ai jugé qu'ils étaient tous tués ou au moins prisonniers; en conséquence, j'ai suivi mon chemin pour ne pas compromettre Tiniec, que j'avais laissé fort dégarni. J'entendais toujours, chemin faisant, tirer de la ville et du château; enfin, arrivé à Tiniec plus mort que vif, j'ai détaché un officier polonais de bonne volonté, à toutes jambes, pour s'approcher le plus près qu'il le pourrait de Cracovie et s'informer du sort de ces cent cinquante hommes, parce qu'un détachement de trente m'avait rejoint. Il m'a rapporté que ces messieurs étaient maîtres du château et qu'ils s'y défendaient encore; j'ai pris mon parti sur-le-champ, j'y suis revenu de suite avec quatre cents hommes, dans l'intention de me faire tuer ou d'y entrer. Dieu merci! j'y suis. Comment ces messieurs s'y sont introduits? c'est par vingt miracles et par des actions d'un courage inouï. Ayant été égarés pendant trois heures, ils se sont tous rués sur le château à la pointe du jour, après avoir haché des palissades, des portes, des fenêtres et fait le diable pour arriver au trou en question, par lequel ils ont passé un à un, s'en sont rendus maîtres, y ont été attaqués, et s'y sont défendus jusqu'au moment où j'y suis revenu de Tiniec... J'espère demain être maître de la ville.

« P. S. J'ai examiné les différents points où ces messieurs ont été attaqués par toutes les forces de la ville; je ne comprends pas comment ils y ont résisté pendant neuf heures; il est vrai qu'il était temps que j'y arrivasse : ils ont tué cent vingt hommes aux Russes et fait quatre-vingt-onze prisonniers, ils n'ont rien perdu, il n'y a que MM. Charlot, de Wonsowicz, major, et quatre soldats blessés. Je suis bien soulagé de me voir ici... »

(B) Voici les passages de Rulhière et de Dumouriez auxquels l'auteur fait allusion :

« L'imbécillité de son père avait fait élever le jeune Radziwil comme dans les temps barbares. Il avait, quoique sans esprit, un sens droit quand la passion du vin n'en obscurcissait pas la lueur. Sa cour s'abandonnait, à son exemple, à une licence effrénée. Ces jeunes débauchés répandaient l'épouvante en Lithuanie. On les accusait d'avoir quelquefois, dans leurs débauches, outragé les femmes les plus qualifiées, et commis des extravagances de brigands et des crimes follement barbares. Les gens modérés les nommaient les *Radziwiliens*, leurs ennemis leur donnaient le nom détesté de *Haydamaks* : c'est le nom de brigands qui infestent cette frontière. Le prince reconnaissait tous les défauts de sa mauvaise éducation. » (*Hist. de l'anarchie de Pol.* II, liv. V.)

Le général Dumouriez n'en dit que ce seul mot : « Le prince Radziwil était une bête brute, mais le plus grand seigneur de la Pologne. » (*La Vie et les Mémoires du général Dumouriez*, édit. de 1822, I, p. 167.)

Dumouriez, dans son dépit d'être rappelé par d'Aiguillon, successeur du duc de Choiseul, déversa dans ses écrits sa mauvaise humeur sur les Polonais. Il avait voulu les soumettre à la discipline occidentale et leur faire faire une guerre régulière avec forteresses et infanterie, là où l'on ne pouvait chercher de salut que dans un soulèvement enthousiaste et général, dans une guerre de partisans en dehors de toutes les tactiques d'écoles. En essayant de régulariser le mouvement, il le refroidissait; en mettant la noblesse à pied, il lui enlevait la plus grande part de ses moyens. Bizarrerie du sort! lui qui se plaignait de l'élan désordonné des Polonais, se vit plus tard vainqueur à Valmy et à Jemmapes par le vigoureux élan de paysans ignorants de toute tactique militaire, mais patriotes. — Rulhière est mort sans avoir pu achever son œuvre; Ferrand, chargé d'abord de la publication, la gâta un peu : néanmoins, malgré ses imperfections, ce livre est un service rendu à la cause polonaise. On peut regretter que Rulhière n'ait pas davantage compris la Pologne : c'est déjà merveilleux qu'un homme du dix-huitième siècle en ait autant saisi la nature et l'esprit.

(C) Nous allons rapporter les curieux détails d'un fait analogue à celui qui est le sujet du précédent récit :

« André Szulerzycki, de la woyéwodie de Rawa, était un homme audacieux et violent, qui, pendant la guerre entre Marie-Thérèse et Auguste III, d'une part, et Frédéric II, de l'autre, avait servi le roi de Pologne comme chef d'escadron dans le régiment de Bartoszewicz, guerrier fameux alors. La campagne finie, il avait passé au service de la république en cette même qualité de chef d'escadron dans les cuirassiers. Il épousa ensuite une veuve Mlodzianowska, mariage qui l'engagea dans une longue querelle de succession avec la famille de sa femme. L'un des Mlodzianowski ayant obtenu contre lui plusieurs condamnation, tant pour ce procès que pour d'autres violences, se rendit à Piotrkow, à la réouverture du tribunal, afin d'empêcher Szulerzycki de prêter le serment de député, à cause des arrêts qui pesaient sur lui. Szulerzycki, sûr d'être entravé par Mlodzianowski, se choisit un groupe d'hommes violents et excellents sabreurs, résolu, avec leur aide, à se maintenir député coûte que coûte. Mlodzianowski n'était pas non plus sans amis; il comptait parmi les siens Rudzinski, woyéwode de Mazowie, ancien soldat et régimentaire, qui se flattait de déjouer, moins par force que par sagesse, le dessein de Szulerzycki, d'autant plus que des condamnations non purgées excluent tout citoyen des fonctions publiques. Lorsque vint le tour de la woyéwodie de Rawa, et que Szulerzycki s'avança pour prêter serment, Mlodzianowski rappela les condamnations qu'il avait obtenues contre lui. Aussitôt Szulerzycki et ses amis tirèrent leurs sabres; il s'ensuivit un grand tumulte dans l'église; Mlodzianowski fut sabré presque à mort, son parti dispersé, et le vieux woyéwode Rudzinski, qui se cachait sous les bancs, reçut plusieurs coups de sabre dans sa pelisse. Les obstacles levés de cette façon, Szulerzycki bâtonna Zaremba, notaire terrestre de Sieradz, vieillard considéré des plus grands seigneurs tant pour la supériorité de la raison que pour ses connaissances en droit, jusqu'à ce qu'il l'eût contraint à lui dicter la formule du serment. Puis, une main sur le crucifix et l'autre armée de son sabre ensanglanté, il jura de faire régner la justice.

« S'étant ainsi maintenu député, il se rendit à l'hôtel de ville et prit part à l'élection du maréchal du tribunal, qui fut un certain Karwicki, régent de la Couronne, seigneur peu considérable mais sachant maintenir le respect des lois. Le lendemain les députés réunis à l'hôtel de ville représentèrent à Szulerzycki que quoiqu'il eût voté la veille pour le choix du maréchal, il n'en avait pas plus de droit à siéger au milieu d'eux, puisqu'il était de notoriété publique qu'au lieu de purger ses condamnations légalement, il en avait paralysé l'effet par violence; qu'il ne pouvait reparaître à leurs côtés qu'après s'être lavé de ces inculpations et qu'ils le priaient conséquemment de se retirer. Lui, qui s'imaginait qu'il n'était question que de ses condamnations antérieures, répondit qu'il en serait bientôt quitte et sortit sans opposition. A peine eut-il franchi le seuil, que des soldats apostés dans le vestibule se saisirent de lui et le menèrent au corps de garde. Il ne fit pas de résistance, d'autant plus qu'il ne portait ce jour-là qu'une légère carabelle, qui lui avait été enlevée tout d'abord. Le troisième jour, on lui lut son arrêt de mort, mais non dans la salle des séances ainsi qu'aux criminels ordinaires, car on craignait des tentatives pour le délivrer. Il se prépara avec une contrition édifiante et tendit son cou au bourreau. Il fut décapité vers le soir, dans le corps de garde et aux flambeaux. A peine avait-il été arrêté que son frère Sébastien avait couru à Grodno pour obtenir du roi, qui y présidait la diète, un sauf-conduit. Il le rapporta trois heures seulement après l'exécution, ayant fait, en un si court espace de temps, le trajet de Piotrkow à Grodno et vice versâ c'est-à-dire plus de cent vingt milles.

« Cinq des complices avaient été condamnés à mort, cinq à la prison et à des amendes, mais ils s'étaient mis en sûreté par la suite. Ils purgèrent plus tard leur contumace, et grâce aux démarches de leurs amis, tout se borna aux amendes et à la prison. Cette sévérité de Karwicki rendit son maréchalat fameux, et personne n'osa plus, de quelques années, se servir du sabre pour appuyer une élection illégale au poste de député au tribunal. Un jour que ce Karwicki se trouvait à Bialystok, à la table du grand hetman de la Couronne Branicki, Léon Szulerzycki, le plus jeune frère d'André, décapité à Piotrkow, et qui, gentilhomme de la chambre, servait à table, selon la coutume d'alors, se fit une incision à la main et, tendant à Karwicki une assiette de son sang : « Désaltère« toi de notre sang! lui cria-t-il. » L'hetman l'en punit sévèrement. » (*Mémoires sur le règne d'Auguste III*, édit. d'E. Raczynski. Posen, 1840. I, p. 70.)

(D) Joachim Chreptowicz, d'une ancienne famille lithuanienne, homme très-instruit, mais très-impopulaire à cause de sa déplorable faiblesse envers la Russie. Il avait réuni à Szczorse une belle bibliothèque, fut l'auteur du projet d'attribuer à l'instruction publique les biens confisqués aux jésuites, traduisit Delille, s'occupa même de l'émancipation des paysans. Chancelier de Lithuanie de par la confédération de Targowica (14 juin 1793), il fut ensuite l'un des créateurs de la société des Amis des sciences, à Varsovie, et mourut le 4 mars 1812, à quatre-vingt-quatre ans.

—◦◦◦—

M. BOROWSKI

XV

J'ai parlé de la bande Albaine, et peu de personnes savent ce qu'était cette bande, à laquelle on était si désireux d'appartenir, que chacun regardait comme un grand honneur d'en devenir membre. Le prince Charles Radziwil, étant encore porte-glaive de

Lithuanie, la créa à Albe, maison de campagne avec jardin, sous Nieswiez. M. Piszczalo, jadis gouverneur du prince, étant entré dans sa pensée, rédigea les règlements de cette bande. Le prince délivrait les diplômes en qualité de chef de l'association, dont le chancelier fut, jusqu'à sa mort, M. Ignace Wolodkowicz, et le secrétaire M. Michel Reyten. Chaque membre signait ses lettres : « ami de Radziwil, » et le prince l'appelait *Monsieur l'ami*. Entouré qu'il était toujours de ses Albains, cette appellation de *Monsieur l'ami* se changea chez lui en dicton qu'il répétait sans cesse. L'uniforme des Albains était aux couleurs radziwiliennes : un kontusz couleur paille, un zupan bleu de ciel, une ceinture faite exprès à Sluck, en argent, avec des aigles noirs et des cors de chasse, une agrafe en émail bleu, et sur l'émail, en petits diamants, ce chiffre en trois lettres : K. X. R. (1). Cet uniforme, il le fallait porter à Nieswiez ; et quelqu'un de non diplômé qui se serait avisé, n'importe où, de le revêtir, pouvait être sûr qu'il serait contraint de l'ôter lestement. Ainsi M. Skirmunt, commissaire du prince dans la principauté de Birze, se montra une fois sans y être autorisé, mais confiant dans le rang qu'il occupait parmi les serviteurs du prince, avec cet uniforme, à une nombreuse réunion chez M. Burba, échanson de Rosienie, et administrateur général du domaine de Szawle. Mais pour son malheur il y rencontra deux véritables Albains : M. Boniface Solohub, écuyer de Nowogrodek, et M. Jean Wierzeyski, régent de la cour assessoriale. Ceux-ci se jetèrent sur lui, lui arrachèrent son uniforme, et le secouèrent lui-même fort rudement, quoiqu'ils fussent dans une maison honorable. M. Skirmunt s'en plaignit au prince, qui non-seulement reconnut que MM. Solohub et Wierzeyski avaient eu raison, mais même éloigna M. Skirmunt, car lui-même ob-

(1) Ce sont, en polonais, les initiales de Charles, prince Radziwil.

servait exactement les règles de l'association dont il était le fon-
dateur.

Pour être admis au sein de cette association, il fallait être gentilhomme de vieille roche et possessionné, rude sabreur, prêt à
monter sans crainte le cheval le plus sauvage, expérimenté dans
l'art de la chasse, et d'un courage hors ligne. Le prince ne pouvait accorder de diplôme que si les deux tiers de l'association entière répondaient du candidat. Les devoirs des diplômés étaient de
se présenter à tout appel du prince, à cheval et avec tout l'équi-
pement militaire, d'aller où il les conduirait et sans se laisser
arrêter par aucun danger, d'exposer sa tête en chaque occasion
pour l'honneur de la très-sainte Vierge, du prince woyéwode,
pour le sien propre et celui de chacun des membres de l'association. Il y avait diverses ordonnances pour cette école vraiment
héroïque; entre autres celle-ci : lorsque deux Albains avaient
un démêlé, ils ne pouvaient pas porter l'affaire devant les tribunaux, mais ils devaient la terminer entre eux, s'en rapportant à
à un de leurs collègues, qui, dans certaines circonstances, avait
l'autorité de permettre que les sabres décidassent de la question,
s'il n'y avait pas d'autre moyen de rétablir la paix : ce qui occasionna un événement amusant à Nieswicz, et montra particulièrement la bonté du prince.

Une fois plusieurs amis de Radziwil se réunirent à Samuelow,
chez S. Exc. Michel Morawski, général des armées de Lithuanie.
Il y avait entre autres M. Léon Borowski, qui, depuis la mort de
M. Wolodkowicz, était le plus familier des gentilshommes du
prince, et M. Boniface Solohub, celui qui avait jadis tant secoué
M. Skirmunt. M. Boniface ne tirait pas d'une manière extraordinaire, parce qu'il avait la vue courte; mais, armé d'un épieu, il
marchait hardiment sur un ours, car il était fort et intrépide; il
avait un fusil espagnol à deux coups, que le prince lui-même n'en

avait pas de meilleur, et il le portait toujours avec lui. M. Léon, qui avait très-bon œil, voulait absolument l'avoir et lui proposait différents échanges. Il lui offrit pour ce fusil quatre chevaux gris pommelé qui l'avaient amené à Samuelow ; mais cela aussi ne servit de rien : quoique M. Boniface les convoitât assez, il avait l'oreille dure et l'éconduisait toujours en répétant : « Je me séparerai plutôt de ma peau que de mon fusil à deux coups. — A quoi te servira-t-il, puisque tu ne sais pas tirer? — Que je sache ou ne sache pas tirer, ce n'est pas ton affaire, et je ne donnerai pas mon fusil. — Quand on a un fusil, il faut montrer qu'il peut servir à quelque chose. — C'est heureux que tu ne sois pas grand veneur de Lithuanie, car ton reproche pourrait m'émouvoir ; mais je sais que je tire aussi bien que toi. — Tu peux en donner la preuve : non loin de la cour se trouve un bois réservé pour la chasse, petit mais bon ; tendons-y nos filets ; j'ai avec moi une paire de chiens courants comme tu n'en trouveras pas de meilleurs à Nieswicz, et tout le chenil du général est à ta disposition ; il ne nous refusera ni des gens pour une battue ni des piqueurs. Allons donc au point du jour à la forêt, personne ne tirera que toi. Si tu rapportes une pièce de gibier, moi je te remettrai mes quatre chevaux ; mais si tu manques ta chasse, il te faudra dire adieu à ton fusil. — D'accord ; mais écrivons nos conventions et déposons l'écrit aux mains du général ; car si j'abats quelque animal, tu es capable de me payer en plaisanteries : ce n'est pas d'hier que nous nous connaissons. — Écris ce qu'il te plaira, je signerai tout : car je sais que tu n'abattras un animal que s'il va s'asseoir sur ton nez. »

M. Boniface prit donc une plume et du papier, et il écrivit un contrat formel, par lequel M. Léon Borowski, chambellan terrestre de Slonim, s'engageait à remettre à M. Solohub, écuyer de Nowogrodek, quatre chevaux gris pommelé et leurs harnais, si à la chasse, dans les conditions indiquées et dans l'espace de trois heures, il abattait un animal; dans le cas contraire, le fusil à deux coups de M. Solohub, avec l'inscription *Diego mas Toledo*, remis aux mains de M. le général de Lithuanie Morawski, choisi comme exécuteur volontaire du contrat, devait devenir la propriété de M. Borowski. Ce contrat fut signé par les parties et par les témoins, et le général fit faire aussitôt les préparatifs nécessaires.

Toute la journée, M. Léon poursuivit M. Boniface de ses plaisanteries; mais M. Boniface ne perdait pas sa bonne humeur et répétait : « Nous verrons qui gagnera le pari. » Le lendemain, dès cinq heures, tous étaient dans le bois de Samuelow, appelé Koska. Après quelques moments, avant que les chiens n'eussent aboyé, on entendit une détonation. Cela étonna fort tout le monde. Et voici que M. Boniface sort du fourré, traînant par la queue un des chiens de M. Léon, qu'il venait de tuer. « Je demande les chevaux, cria-t-il, j'ai abattu un animal! — Comment? dit M. Léon. Tu me payeras mon chien. Montre-moi un lièvre, si tu veux que mes chevaux soient à toi. — Lis nos conventions, frère : il n'y est pas fait mention d'un lièvre, seulement d'un animal, et j'espère que le chien est un animal. — A d'autres vos traits d'esprit, monsieur! Je demande le fusil au général. » A cela le général : « Nous relirons l'écrit à la maison; et puisque les parties m'ont chargé d'en faire exécuter les clauses, je m'y conformerai. »

Tous s'en retournèrent à la maison, M. Léon ne se possédant pas de colère, et M. Boniface se tenant les côtes de rire. Une fois au logis, M. le général mit ses lunettes, lut le contrat et dit : « L'espèce de l'animal qu'il fallait abattre n'est pas indiquée; donc, aux termes du pari, M. Boniface a réellement gagné. — Moi, je n'en conviendrai jamais, dit M. Léon, j'en appelle à la conscience de tous les chasseurs : est-ce qu'un chien peut passer pour un animal? — Ce n'est certainement pas un poisson, répliqua

21

M. Boniface; dis adieu à tes chevaux, monsieur Léon, et dorénavant veille davantage à la rédaction de tes paris. — Tu ne toucheras pas à mes chevaux, et le fusil sera mien, ou il n'y a pas de Dieu au monde. Si M. le général me dépouille de ma propriété, nous avons les tribunaux; je m'adresserai à eux pour qu'ils me fassent justice, et perdrai plutôt mon bien que de permettre qu'on triomphe de moi par cette bouffonnerie. — Ne me menace ni de procès ni de tribunal, car nous sommes Albains tous deux, et nous devons vider toutes nos querelles entre nous. Je ne répondrai à aucune de tes citations en justice, je ne veux pas me ridiculiser; que l'un des nôtres en décide, moi, j'accepte chacun pour juge; le plus convenable serait notre hôte. — J'en demande bien pardon à M. le général, mais si je l'acceptais pour juge, je mériterais qu'on m'attachât une oie grise au cou. M. le général, avant le procès, vous a déjà donné gain de cause; je gagnerais grand'chose à son jugement! » Et M. le général : « Moi, je me soucie peu de débrouiller vos querelles; choisissez qui vous voulez pour vous juger; je vais garder chevaux et fusil, et je les remettrai à qui m'apportera une décision d'arbitre en sa faveur. — J'y consens, répondit M. Boniface; je m'en rapporte au juge que choisira M. Léon, pourvu qu'il soit Albain. Voyez, messieurs, ma condescendance : j'ai gagné le procès et je le fais juger de nouveau; car, selon nos conventions écrites, l'affaire est terminée et j'ai un droit incontestable aux chevaux comme au fusil. — C'est vous qui expliquez ainsi l'affaire, mais nous verrons ce qu'en diront les autres. Si ceux qui abattent les chiens doivent s'appeler des chasseurs, mes chevaux sont perdus. — Je ne réponds pas à tes pointes. Toute ta vie tu t'es accoutumé à te moquer des autres, et maintenant il t'est insupportable qu'on puisse se moquer de toi. Mais il s'agit de trancher la question de savoir qui doit nous juger. — J'en appelle au prince woyéwode lui-même. — D'accord.

Que notre chef nous juge ; M. le général avait à se rendre aujourd'hui à Nieswiez, partons avec lui et terminons là-bas. Qu'il
n'oublie point toutefois d'emporter l'écrit où sont nos conventions. Et regarde, monsieur Léon, comme je suis coulant en cette
affaire : te voilà mis à pied, eh bien ! je t'offre une place sur ma
bryczka. — Tu ne me verras jamais profiter de tes faveurs ;
j'aime mieux aller à pied que dans ta voiture. Moi, si j'aime à
plaisanter, c'est sans nuire au prochain, et toi tu tends à t'approprier ce qui m'appartient. Tu devrais avoir honte de te présenter
devant le prince avec une telle affaire ; tu feras rire de toi. Garde
ton fusil, mais, pour Dieu, laisse mes chevaux. — Oui dà ! tu es
un malin ; seulement tu ne me persuaderas pas de renoncer à
mon bien ; toi-même tu vas être couvert de honte à Nieswiez
pour ton entêtement et pour t'être laissé prendre, toi, chambellan tsrrestre, à la rédaction d'un pari par quelqu'un qui n'a
jamais été au barreau. Et si tu refuses ma politesse, peu m'importe que tu aimes mieux aller à pied qu'assis à côté de moi. »

M. Léon ne répondit rien ; et voyant qu'en cette affaire tous
penchaient pour M. Boniface, il fut saisi d'une telle colère qu'il
ne voulut accepter de place dans la voiture de personne, quoique chacun s'empressât de le lui offrir ; mais il alla louer une car-
riole à l'auberge et se lança seul vers Nieswiez. Arrivées à Nieswiez, les parties exposèrent l'affaire au woyéwode, le priant de
vouloir bien être tiers arbitre. A cela le prince : « Bon, je consens
à me charger de cela ; allez donc à Nowogrodek et revenez avec la
formule d'usage. » Quand on se mit à la rédiger, M. Léon voulait
absolument qu'on y insérât que le prince woyéwode de Vilna jugerait la convention faite à Samuclow en expliquant les mots d'a-
près le sens le plus communément reçu ; mais M. Boniface s'y opposa, disant avec raison que cette clause de procédure serait un
avis indirectement donné au prince, et contraire aux égards qu'on

devait à un si grand personnage ; le prince s'étant chargé de juger l'affaire, ce ne pouvait être que sans condition, et les parties devaient s'en remettre entièrement à lui. M. Léon se laissa convaincre ; car tous ceux qui étaient présents donnèrent unanimement raison à M. Boniface. Ils allèrent s'inscrire à Nowogrodek, mais chacun de son côté ; car M. Léon était tellement irrité contre M. Boniface, qu'il ne voulait pas lui parler ni, à plus forte raison, s'asseoir à ses côtés dans une voiture. Ils partirent donc, firent enregistrer au tribunal leur compromis arbitral, et le lendemain s'en revinrent se faire juger à Nieswicz. Le prince dressa l'acte du jugement arbitral et fit appeler la cause. Son expérience judiciaire lui donna à penser que l'animosité des deux adversaires ne leur permettrait pas de s'expliquer sans de mutuelles injures, après lesquelles, hardis et audacieux comme ils l'étaient, ils ne s'en tiendraient certes pas là ; or tous les deux lui étaient chers, et il essayait d'ailleurs de maintenir, autant que possible, la bonne harmonie entre ses Albains ; il leur interdit donc d'ouvrir la bouche avant que la sentence ne fût rendue, et prononça une amende de deux cents florins au profit des frères de charité de Nowogrodek, par chaque interruption que ferait l'une ou l'autre partie. Je dus donc me présenter pour M. Léon. Le défenseur de M. Boniface était Georges Plaskowicki, juge suppléant de Smolensk, l'un des Albains les plus estimés du prince. Ainsi, au temps de l'interrègne, suppléant le régent de Nowogrodek, il accepta plus de soixante protestations de citoyens contre la confédération générale (1), quoique

(1) Celle organisée, par le parti Czartoryski, avec l'appui des Russes.

« La diète de convocation, dans la dernière séance, se changea en confédération, et le dessein était pris d'y faire adhérer de gré ou de force toute la noblesse du royaume. Le grand duché de Lithuanie était confédéré d'avance par les ennemis du prince Radziwil, aveugles instruments de cette singulière et surprenante intrigue ; et par là les Czartoryski, maîtres de tous les conseils de ces

cette confédération, sous peine *abjudicationis ab omni activitate*, eût défendu aux chancelleries de recevoir des manifestes quelconques contre ses actes. Arrêté pour ce fait, il était emmené par un détachement russe, Dieu sait où ; mais, par bonheur, avant d'arriver à Swierzen, M. Alexandre Odyniec tomba sur ce détachement, le dissipa et délivra M. Plaskowicki, qui fut obligé d'émigrer quelques années en Prusse. Enfin la confédération de Radom rapporta le décret *abjudicationis* et debannissement lancé contre lui par le tribunal de deuil de Nowogrodek; et en preuve que son *activitas* lui était rendue, le roi Stanislas-Auguste lui donna un diplôme de juge suppléant de Smolensk.

Chaque partie, sur l'avis du prince lui-même, nous adjoignit un arbitre, *cum voce consultativâ*. Pour M. Léon, ce fut M. Michel Reyten, notaire terrestre de Nowogrodek; et M. Boniface fut assisté par M. Joseph Radziszewski, porte-étendard de Starodub. L'introduction de l'affaire, l'exposition des faits, les répliques, l'audition des témoins, durèrent deux jours, après lesquels le prince rendit un arrêt qui adjugeait les quatre chevaux à M. Boniface Solohub; et, conformément à la constitution de 1784, M. Léon Borowski, pour son opposition à l'exécution d'un contrat volontaire, fut condamné à payer une amende d'environ deux cents florins au profit de M. Boniface, dont il rabattit quatre-vingts en dédommagement du tort occasionné par la perte du chien courant qu'avait tué M. Solohub.

A la lecture de l'arrêt, M. Léon pâlit et, les lèvres tremblantes, sans remercier le prince, dans une colère blanche, quitta aussitôt

deux ligues réunies, l'étaient en effet de tous les pouvoirs de l'État; ils devaient, après la séparation de la diète, rester toujours armés d'une dictature capable d'en imposer à quiconque voudrait se plaindre ou tarderait à se soumettre. Le prince Auguste Czartoryski fut élu maréchal général de cette confédération. » (Rulhière. II, liv. VI.)

Nieswiez. Arrivé à Niehorelo, domaine qu'il tenait à vil prix de la faveur du prince, il écrivit à celui-ci une lettre pleine de récriminations, lui reprochant son injustice et lui renvoyant l'uniforme albain, avec la déclaration qu'il cessait dès lors d'appartenir à cette association, ne voulant avoir plus longtemps un chef si partial dans ses jugements. Puis il ajouta qu'il ne céderait jamais à un arrêt inique, mais, en libre gentilhomme, irait demander aux tribunaux de la noblesse la justice qu'il ne trouvait pas dans les caprices seigneuriaux, et autres choses blessantes. Le prince, à la réception de cette lettre, ordonna qu'on la lui lût tout haut. Nous tremblâmes à un tel oubli de M. Léon envers son bienfaiteur; mais le prince, au lieu de s'emporter, se mit à rire aux éclats, disant : *Monsieur l'ami*, M. Léon s'est *enchimérisé*, mais de façon ou d'autre, cela se pardonnera.

Nous ne sommes pas au bout. M. Léon, évidemment poussé par je ne sais quelle fatalité, traîna le prince de juridiction en juridiction, s'efforçant de renverser partout la décision arbitrale; et, ayant perdu partout, il interjeta appel contre le prince au conseil permanent. Alors seulement le prince se blessa, car il détestait cette juridiction et s'opposait de tout son pouvoir à son établissement; il était en effet convaincu qu'elle est incompatible avec la liberté des citoyens, l'indépendance des pouvoirs judiciaires et l'autorité des diètes. Et vraiment que devient le droit de la diète à créer des lois, dès qu'il existe une magistrature pour interpréter les lois à son gré? Cette démarchene servit absolument de rien à M. Léon, car le conseil permanent lui refusa la cassation de l'arrêt, d'autant plus qu'alors son maréchal était Jelski, chambellan de Smolensk, homme éclairé qui savait que dans la nation aucune autorité n'a le droit de toucher à la sainteté d'une décision arbitrale; le prince, offensé au dernier point, fit donner avis à M. Léon qu'il lui reprenait Niehorelo, et ayant déposé le montant du prix à la caisse des consignations, il rentra dans son domaine, qui rapportait plus de revenu annuel que la somme reçue en nantissement. Il le menaçait en outre, de ne point s'arrêter là, et plusieurs fois, presque chaquejour, il répétait devant nous : « *Monsieur l'ami*, je n'ai pas d'amis ni de serviteurs fidèles. M. Léon m'a offensé, et personne ne s'en est ému. Malheur à celui qui survit à ses amis. Si Zawisza, ou Wazgird, ou Bohuszewicz vivaient encore, M. Berowski aurait reconnu ce que c'est qu'offenser un Radziwil ; et à plus forte raison si Ignace Wolodkowicz se relevait d'entre les morts ! Tous les Albains tiennent mes fermes à vil prix ; les serviteurs se monseigneurisent, et c'est là tout leur attachement. » Ces paroles déchiraient nos entrailles comme d'un couteau, car nous aimions sincèrement M. Léon malgré ses bizarreries. Étant dans la plus grande intimité avec le prince, non-seulement il ne fit de tort à aucun de nous, mais au contraire il nous aida, parlant et demandant pour chacun, excepté pour lui. D'un autre côté, nos obligations envers le prince étaient saintes : nous mangions son pain, et ce pain était bon ; et si M. Léon n'eût demandé pardon au prince, bon gré mal gré, nous aurions dû vider avec lui le différend ; car il faut défendre de toute attaque la réputation de son maître. Donc, entre amis et serviteurs du prince, nous formâmes comme une sorte de diète, pour concilier les choses de façon à n'avoir rien à nous reprocher, ni à l'égard de notre attachement et de notre fidélité pour notre prince, ni à l'égard de l'amitié que nous avions conservée à M. Léon. Et comme M. Georges Plaskowicki était parmi nous un homme de grand entendement, unique pour le conseil, respecté de tous et très-considéré de M. Léon lui-même, nous obtînmes de lui qu'il se rendrait près de M. Léon et lui persuaderait de s'humilier devant le prince, comme la simple équité l'exigeait de lui, et de ne pas attendre que, malgré notre amitié pour lui, nous fussions forcés, bien qu'avec douleur, à remplir notre devoir, comme il y en avait eu plusieurs exemples : le prince, quoique dans son emportement il nous reprochât d'être en effet indifférents à sa renommée, savait bien en son âme qu'il n'en était pas ainsi ; il n'y a pas longtemps qu'il avait reçu une preuve de l'attachement de ses amis et serviteurs. Quand le prince Michel Radziwil, alors castellan de Vilna, ayant un procès avec le prince woyévode, amena contre lui de Posen un fameux avocat, M. Raczynski, dont on se souvient encore à Vilna, car il allait à l'allemande, avec une énorme perruque poudrée et une boucle à l'oreille gauche ; et quand cet avocat, s'en prenant à notre prince, l'injuria dans son plaidoyer, en présence de quelques Albains, ceux-ci, en apparence, le reçurent indifféremment, mais deux jours ne s'étaient pas écoulés, que le prince castellan étant allé avec M. Raczynski prendre le café à Pohulanka (1), où s'arrêtait la juridiction du tribunal, M. Pierre Uzlowski et M. Basile Czeczot, tous deux Albains et Nowogrodiens, y tombèrent avec quelques serviteurs du prince, et, à la face du prince castellan, ils donnèrent à son chargé d'affaires, sur ses culottes allemandes, un souvenir soigné.

M. le castellan s'effraya, et il craignit tant qu'il ne lui arrivât la même chose qu'il en tomba malade à Vilna, où il resta deux semaines au lit ; et M. Raczynski, ayant léché ses plaies si doucement que personne au monde ne le vit, s'en retourna dans la Grande Pologne avec son *honorarium* imprévu. Le prince woyéwode sut apprécier cette preuve de dévouement ; mais il fut tant soit peu fâché qu'on eût, en Lithuanie, manqué à l'hospitalité envers un frère de la Grande-Pologne, et il nous le reprocha ; mais M. Basile Czeczot nous fit tous éclater de rire, et le prince lui-même, en expliquant que, d'après nos lois, chacun devait être puni

(1) Faubourg de Vilna.

in loco delicti. Donc, quand on n'avait point d'égard pour S. A. le prince castellan, haut sénateur et homonyme de notre maître, que pouvait espérer M. Léon? Pourtant, on voyait qu'au fond de l'âme le prince regrettait M. Léon : à jeûn, il proférait contre lui des menaces; dès qu'il était un peu gris, il en parlait comme autrefois, et dès qu'il avait fait un somme, le souvenir de l'offense lui revenait.

M. Georges étant allé chez M. Léon, à Slonim, où il était chambellan terrestre,, le trouva presque hypocondriaque. « Regarde, cher ami, dit-il en le saluant, l'état où le diable m'a réduit. Vingt ans de services s'en sont allés en fumée, j'ai perdu un beau domaine, et tôt ou tard j'attraperai un mauvais coup : c'est tout ce qui me manque. Avec quoi te recevrai-je? J'ai une pinte de vieille eau-de-vie, je vais t'en faire les honneurs ; car où prendre davantage? Déjà mes ceintures de soie et d'or engagées chez les juifs se salissent, et ma bourse est vide. J'en conserve des marques de cette chasse de Samuelow ! Mais je reconnais moi-même n'avoir point fait belle figure dans cette affaire. J'en ai honte. A Varsovie, en tournant comme un pauvre hère autour du conseil permanent, à cause de mon sot procès, que je ne pouvais gagner quand j'aurais été fils du roi, je dissipai si bien tous mes fonds, que je n'aurais pu revenir qu'à pied en Lithuanie si cet honnête Solohub ne m'en eût ramené. Solohub pleurait devant moi, se désespérant d'avoir causé tout mon malheur. En quoi est-il coupable? Moi je me suis conduit comme un sot fieffé. Quand j'ai encouru la disgrâce du prince, eh bien ! on s'est éloigné de moi comme si je me fusse baigné dans le goudron. Tu ne m'as pas oublié : Dieu te le rendra. » Et se versant un verre d'eau-de-vie, il le but à la santé de M. Georges. M. Georges but également et dit : « Que penses-tu faire ? — Est-ce que je sais ce qui arrivera? Maintenant un visage ami a brillé, ce qui n'avait pas eu lieu depuis longtemps ; c'est une trêve à mes chagrins, il y a du moins avec qui boire ; le vin chasse la mélancolie ; à ta santé ! — Eh ! quoi monsieur Léon, est-ce que, de désespoir, tu t'es adonné à l'eau-de-vie ? — Qui, moi ? Aussi vrai que je suis *sodalis* (1), je bois de l'eau comme un canard. Est-ce que j'ai quoi et avec qui boire ? Sais-tu d'où me vient cette eau-de-vie ? Il y a une semaine que ce flacon est là. Il est arrivé chez moi un gentilhomme du bourg de Racow (tu dois connaître le bourg de Racow, sous Nowrogrodek?) — Eh par Dieu ! — On avait volé à ce malheureux une paire de chevaux ; par hasard il entra sur la terre de Slonim, où il les trouva chez Fabien le drapier ; n'ayant ici d'autre connaissance que moi, qui allais souvent à la chasse dans les environs, il s'adressa à moi et m'apporta une pinte de vieille eau-de-vie, en demandant appui. Eh bien, j'ai bu avec lui une partie de son eau-de-vie, et j'ai dirigé l'affaire de ce malheureux. J'ai menacé Fabien du tribunal, mais au point que le juif, non-seulement a rendu les chevaux, mais encore a payé vingt florins de dommages-intérêts pour les dépenses de la route. Comment ! tu ne permets pas que je boive à ta santé ? — Cher monsieur Léon, je serais prêt à boire du poison avec toi ; mais je préférerais un verre de vin. — Voilà qu'évidemment tu te moques de moi. Parler de vin à quelqu'un qui n'a pas cinq florins en poche ! Ils sont loin, ces temps où M. Léon régalait ses bienveillants amis avec la cave de Niehorelo : maintenant, ce que j'ai, je m'en contente. — Moi, je te prêterai de l'argent. — Merci, cher ami ; et où est *pignus responsionis ?* Pourtant, tu sais que la petite somme que j'avais venait de Niehorelo, fournie en nantissement par ma défunte femme : elle dort maintenant dans les caisses de Nowogrodek, sans utilité pour moi ; et quarante

(1) Compagnon dans la bande Albaine.

mille florins à moi, gagnés à la sueur de mon front, sont enterrés
chez M. Lopot ; depuis trois ans je ne vois ni principal ni intérêt.
Je les considère comme perdus. — Quel nouveau malheur !
— Est-ce que j'appellerai plus jamais quelqu'un en justice !
J'en ai assez, des procédures. Si maintenant quelqu'un m'im-
posait le servage, je ne me défendrais pas. Je te remercie, mon-
sieur Georges, mais je ne puis accepter ton offre. — Monsieur
Léon, si tu cessais de blasphémer ! tu sais pourtant que je ne
passe pas pour jeter mon travail dans la boue. Si je veux te confier
de l'argent, c'est apparemment que j'aperçois quelque sûreté en toi.
Voici un rouleau de cent ducats : retire ce que tu as engagé,
traite-moi avec du bon vin, si tu veux, et tu me rendras l'argent à
Nieswiez. — Tout esprit loue le Seigneur ! Moi à Nieswiez !
Monsieur le juge suppléant, je doute que tu puisses accepter
comme caution suffisante de tes cent écus la monnaie qui m'attend
à Nieswiez, et qui (ajouta-t-il avec un profond soupir) finira par
venir me trouver ici. » — « Qu'avons-nous à discuter à sec ?
prends l'argent, envoie chercher du vin, écris-moi un petit reçu,
et près du verre nous trouverons conseil et joie. — Dieu et les
hommes savent que tu as plus de raison que moi : je ferai ce que
tu ordonnes. »

M. Léon compta l'argent et envoya son valet chez la cabaretière,
en lui donnant un écu d'or et en disant : « Cours chez Margot,
mets lui dans la main ce que je te donne, et apporte-moi une pinte
de ce vin qui lui vient de l'official Swientochowski. » Le seul
espoir de traiter avec du bon vin un hôte agréable égaya M. Léon.
Lui qui était le plus hospitalier des hommes, il reprit cette belle
humeur qui lui était habituelle quand il était l'oracle de Nieswiez.

On apporta le vin ; les deux amis s'assirent ; M. Léon écrivit le
billet. M. Georges le relut et, l'ayant soigneusement plié, le mit
dans sa poche. Ils commencèrent à jouer des verres. M. Léon

racontait mille historiettes si ingénieuses, qu'on eût vidé sans s'en apercevoir, non pas une seulement, mais dix pintes, tellement le temps passait agréablement. Mais quand on en vint à l'affaire, c'est-à-dire par quel point arriver au prince, les esprits s'échauffèrent. M. Georges proposait plusieurs moyens, mais M. Léon répondait toujours : « Je ne l'oserai pas. Je connais le premier mouvement du prince; quand je paraîtrai à ses yeux, il me traitera d'une manière sanglante, et ce n'est pas un cerf, cette fois, mais M. Léon *personaliter*, qui recevra le fouet, et entre nous, il le mérite. J'ai souvent envie de me fustiger moi-même, et lui me lâcherait la gourmette! Je l'ai trop offensé. Il a un cœur honnête, mais mon action a été si inconsidérée, si pleine d'ingratitude, si folle, que j'aurais lassé le prince *Orphelinet* lui-même, de sainte mémoire. Il n'y a plus de ressource, il a perdu tout attachement pour moi. — Eh bien, sais-tu, M. Léon? il t'aime. Quand il est à jeun, il te casse sur la tête des vitres de fer; mais dès qu'il est un peu gris, il te cherche, et, fermant à demi les yeux, il murmure en emplissant les verres : A ta santé, monsieur Léon. — Que dis-tu? — Dieu m'est témoin que c'est plusieurs fois arrivé en ma présence. Toute la cour te regrette ; d'abord parce qu'il faudrait avoir un cœur de loup pour ne point t'aimer; ensuite, parce qu'il n'y a plus personne qui, pour une chose ou une autre, aille au prince lui expliquer l'affaire de tel ou tel. Le prêtre Katembryng, qui ne se mêle en rien de ce qui ne touche pas à la conscience du prince, ne dirait pas même un mot en faveur de son propre père; M. Michel Morawski, heureux de pouvoir de temps à autre malmener le prince, quand celui-ci l'impatiente, s'en tient là et n'a jamais, comme tu sais, ouvert la bouche ni pour lui ni pour personne. Chaque fois que le prince a donné à quelqu'un, il dit : Paye tes dettes et fais ensuite le magnifique. M. Michel Reyten, qui obtiendrait de lui ce qu'il voudrait et ne craindrait pas cinq cents diables, n'ose desserrer les lèvres en sa présence; et excepté ces trois-là, il ne siérait guère à personne d'être trop hardi avec le prince. Nous te regrettons tous, et, à te dire vrai (car tu sais le proverbe : *in vino veritas*), tout Albe m'a envoyé vers toi en députation, afin que, d'une manière ou de l'autre, je te décide à demander pardon au prince ; nous serions tous si heureux d'avoir de nouveau tes épaules derrière nous à Nieswiez, et de ne pas être obligés à te barrer forcément le chemin n'importe où. — C'est le diable ! Puisque les affaires en sont là, j'irai à Nieswiez. » — Quand ? — S. Exc. Plater, fils du castellan de Troki, se marie la semaine prochaine à Mlle Rzewuska, fille du porte-étendard de Lithuanie et nièce du prince ; j'irai donc à Nieswiez pour les noces. — Quelle idée as-tu de choisir un tel jour ? Te montrer sans invitation à la noce ?... — Est-ce que je ne saurai pas m'inviter moi-même ? — As-tu perdu la tête ? Tout chez toi est sans mesure : tout à l'heure tu étais par trop craintif, et tu tombes maintenant dans l'excès contraire. Après la noce, quand on se dispersera et que le prince commencera à soupirer après sa nièce, tu arriveras chez lui avec le prêtre Katembryng, et tu diras... — Ta ra ra ! Suis-je condamné à la potence pour marcher assité d'un prêtre ? Je suis un libre gentilhomme ; je ne laisserai pas cracher dans mon gruau : *Audaces fortuna juvat timidosque repellit*. En voilà assez sur ce sujet, monsieur Georges ; ce que Dieu inspirera, je l'exécuterai, et maintenant tout le mal est qu'on entrevoit le fond du pot. Tu me permettras d'en envoyer chercher un autre. — Non, non, foi de *soldatis*, pas une goutte de plus. Mes chevaux sont reposés, le soleil baisse, et avant le coucher je dois aller chez Slizin, chambellan de Slonim, pour une affaire de mon beau-frère ; j'y passerai la nuit, et je m'en retournerai au point du jour rendre compte de mon ambassade près de toi à la diétine de relation de la cour de Nieswiez. Porte-toi donc bien, cher monsieur Léon ; que Dieu t'intuitionne et qu'il te préserve de nouvelles folies. Seulement ne fais pas de cérémonie avec moi, je trouverai mes chevaux. — Et je ne te ferais pas mes adieux sur le seuil de la porte! Que Dieu te conduise et te récompense de ton bon cœur. Salue tout le monde de ma part, et surtout madame Georges. Puisque tous me veulent du bien, il est clair que Dieu est pour moi. Quel malheur que tu ne puisses passer la nuit avec moi! — Foi de *soldalis*, si ce n'était l'affaire de mon beau-frère, tu ne m'éloignerais pas de chez toi quand tu prendrais un bâton. Je suis ton serviteur, monsieur Léon. — Je me sépare de toi avec une vraie douleur de cœur, monsieur Georges. N'oublie pas d'envoyer quelquefois un soupir à mon intention au bon Dieu et à la très-sainte Vierge, pour que je réussisse; ne sommes-nous pas tous deux *soldalis*? »

S'étant ainsi quittés tendrement, M. Georges monta dans sa bryczka, et M. Léon, plein d'espoir et de belle humeur, regagna sa chambre. M. Georges, à son retour à Nieswiez, nous raconta tout ce que je viens d'écrire. Nous n'espérions jamais que M. Léon oserait, sans préparation, tomber à Nieswiez, encore moins dans le moment où le prince mariait sa nièce, et où des lettres d'invitation couraient toute la Lithuanie. Comment arriver, sans y avoir été convié, chez un maître de maison irrité! Mais qui pouvait pénétrer M. Léon?

Le jour où devait se célébrer le mariage, je me le rappelle comme si c'était hier, à neuf heures du matin, après la sainte messe, le prince était assis dans le vestibule, où on lui avait apporté dans un panier les chiens nouvellement nés de Nepta, sa chienne favorite. Le prince était de mauvaise humeur, car il ne disait rien, seulement il soufflait bruyamment en caressant la chienne et sa portée; enfin il dit : « *Monsieur l'ami*, j'ai ordonné qu'on m'apportât de Lachwa plusieurs élans et sangliers pour les noces de ma nièce, et jusqu'à présent je ne vois rien venir. Il me faudra rougir devant le fils du castellan de Troki, de ce que chez Radziwil il n'y aura qu'un dîner de pauvre hère. Personne ne m'écoute, on se raille de moi depuis que M. Borowski m'a offensé impunément, on ne me regarde plus comme une créature du bon Dieu. Il faut fuir de Lithuanie, car il arrivera que le chambellan terrestre de Slonim me donnera le fouet dans ma propre cabane, et encore mes amis l'aideront. Dès que j'aurai marié ma nièce, je me sauverai à Olyka (1). Je chercherai des amis parmi les gens de la Couronne; je ne veux même plus connaître la Lithuanie. » Il commença à souffler de plus en plus, et nous qui l'entourions, nous ne savions que faire de nous, tellement il nous sciait de ses reproches. Tout à coup les portes du vestibule s'ouvrent, et voilà qu'entre... qui? M. Léon Borowski, la mine épanouie, en kontusz ponceau de Nowogrodek et avec une ceinture de soie si entre-tissue d'or, que les yeux en étaient éblouis, et il s'inclina tout bas devant le prince.

Le prince fut tellement troublé, qu'il oubliait sa langue dans sa bouche. Il se leva, se rassit de nouveau sur sa chaise, et dit dans son trouble : « Qu'y a-t-il de neuf, monsieur Léon? — Qu'il y a maintenant deux grands fous en Lithuanie. — Qui cela? — L'un est le prince Charles Radziwil, woyévode de Vilna; l'autre, Léon Borowski, chambellan terrestre de Slonim. — Comment cela? interrompit le prince après avoir bruyamment respiré. — Voici comment, mon prince : Radziwil pour s'être attaqué à la tzarine, et Borowski pour s'être attaqué à Radziwil. »

Que direz-vous? Le prince, au lieu de se mettre en colère, se mit à rire aux éclats, et puis il dit : « Monsieur Léon, vous serez

(1) Olyka, en Wolhynie, capitale du majorat des Radziwil, qui comprenait les villes de Nieswiez, Kleck, Mir et Grodek Dawidowski.

un fou toute votre vie. Et qui vous a invité pour les noces à Nieswiez? — Je me suis invité moi-même, mon prince. Je me suis
ennuyé à Slonim. J'ai eu de grands torts, c'est ce que Dieu et les
hommes savent plus encore que Votre Altesse. Bats-moi, car je le
mérite, mais je t'avertis que ton Altesse, même à coups de nahayka (1), ne pourra me chasser de Nieswiez. » Et il s'agenouilla
devant le prince. Le prince s'attendrit, et l'embrassa à plusieurs
reprises en disant : « Monsieur Léon, sois tranquille et de belle
humeur, et ne parlons plus de ce qui s'est passé. »

M. Léon tomba à ses pieds et fondit en larmes; le prince le releva et le conduisit dans l'appartement, où nous le suivîmes tous.
Le prince, depuis ce moment, fut toujours joyeux, car M. Léon
avait un talent tout particulier pour l'égayer lui et nous tous. On
lui rendit Nichorelo et l'uniforme d'Albain, avec tous les anciens
égards, et depuis ce temps-là, M. Léon n'offensa jamais le prince.
Un tel seigneur qui n'a pas eu et n'aura pas d'égal, les écrivains
français osent l'appeler un barbare!

(A) « Malgré l'influence des doctrines et des idées étrangères, la noblesse polonaise a conservé la tradition vraie du titre de sa possession ; elle a toujours
regardé ses terres comme propriété de la patrie. On expliquera ainsi cette facilité étonnante avec laquelle les seigneurs les plus riches, dans tous les temps,
abandonnèrent leurs châteaux et leurs terres. Du temps du roi saxon Auguste,
lorsqu'on formait la confédération de *Tarnogrod* contre le roi, on appela, pour
présider cette assemblée, un riche seigneur polonais : ce seigneur venait de
disposer déjà, par un testament, de toutes ses terres, et il vivait tranquillement

(1) Nahayka, fouet kozak.

dans une propriété qu'il s'était réservée. Qu'est-ce qu'il fait au moment où on l'appelle à se mettre à la tête d'une affaire politique et dangereuse? Il casse son testament, il reprend toutes ses propriétés pour les risquer. C'est un fait historique. Il sentait profondément qu'il ne lui était pas permis de disposer de ses terres et de ses richesses, du moment où il croyait que la république avait besoin d'être organisée d'une manière différente de celle qui prévalait alors. Ce devoir de commencer une grande affaire par un sacrifice a été constaté dans ce fait du maréchal de la confédération de *Tarnogrod*.

« Le reste de cette coutume existe encore chez les Polonais. Si quelqu'un fait l'éloge d'un meuble ou d'un cheval, le propriétaire noble de ce meuble ou de ce cheval est obligé de l'envoyer tout de suite à la personne qui l'a loué; et lorsque, dans les pays étrangers, on regarde un tel éloge comme un compliment, en Pologne on a soin d'inculquer fortement aux enfants qu'ils aient à éviter aux propriétaires toute espèce de compliment et d'éloge, parce qu'on regarde ces éloges et ces compliments comme une manière adroite de mendier.

« Le numéraire était tellement regardé comme une chose indigne d'un gentilhomme, dans la Pologne déjà déchue des derniers temps de la république, que le dernier gentilhomme de la vieille roche, imbu de tous les préjugés de sa race, mais en possédant encore toutes les qualités, le célèbre prince Radziwil, le plus riche de tous les propriétaires de la chrétienté, n'avait jamais qu'un seul écu sur lui: après l'avoir dépensé, il en prenait un autre chez son trésorier; il disait que ce serait déshonorer sa famille que de porter dans sa poche plusieurs pièces d'or. Obligé d'émigrer et de vivre longtemps dans les pays étrangers, il n'a pris avec lui qu'un seul écu; mais il l'avait fait fondre (ainsi que dit la tradition) comme une roue de carrosse. Il a engagé cet écu, et il vivait en tirant des lettres de change sur cette valeur. C'était une manière de formuler l'ancienne tradition nobiliaire sur la propriété. » (*Les Slaves*, d'Adam Mickiewicz, vol. II, page 398.)

SEIZIÈME RÉCIT

—— ✦ ——

LE BARREAU

DE L'ANCIENNE POLOGNE

XVI

Depuis que le monde est monde, jamais il n'y eut d'aussi grands changements en un aussi court espace de temps que l'est ma vie : car tout a changé parmi les hommes, et leur condition, et leurs coutumes, et leur foi, et eux-mêmes; de sorte que si quelque enlant de ce siècle pouvait avoir devant les yeux l'image des anciens jours, il ne reconnaîtrait pas sa patrie, et un vieillard qui aurait survécu aux deux rois saxons et quitté ce monde dans la première moitié du règne de Stanislas-Auguste, s'il venait à ressusciter, la reconnaîtrait encore moins. Y avait-il alors plus d'hommes instruits ou en existe-t-il davantage aujourd'hui ? Cette proposition, je la résoudrai ainsi : Aujourd'hui il y a plus d'hommes instruits, et incomparablement plus ; mais autrefois la réputation d'homme instruit était bien mieux méritée. Jadis il n'y avait point, pour ainsi dire, de ces hommes d'un esprit universel, chaque esprit était à son affaire : l'un était théologien, le second géomètre, tel était légiste, tel autre poëte ; ces derniers étaient rares ; le premier venu ne s'attribuait pas des droits à l'esprit. Un gentilhomme avouait franchement qu'il était un homme simple ; il n'avait pas appris cela et ne pouvait donner d'éclaircissements sur ceci ; mais il nommait la personne qui possédait à fond cette question. Maintenant il y a une foule de gens auxquels tout le monde s'accorde à donner de l'esprit ; mais si tu demandes de l'esprit bon à quoi, tu n'arriveras pas à le savoir ; on dit : c'est un homme d'esprit, et voilà tout. Un pareil esprit semble être en quelque sorte honoraire, comme ces woyéwodies détachées de la Pologne qui gardaient leurs fauteuils au Sénat et dont les dignitaires (soit dit sans critique) n'avaient pas de juridiction. Beaucoup de gens quittent Vilna avec des diplômes de chimistes ; prends l'un d'eux pour organiser une distillerie, et tu verras ce que tu en tireras. Je me suis laissé prendre à la glu de l'un de ces faux savants, et j'en ai eu Dieu sait quelle confusion. Quant aux légistes de notre temps, que le ciel pardonne aux professeurs qui les instruisent ! Emploie l'un d'eux dans un procès, il causera avec toi d'affaires antédiluviennes ; mais s'il écrit quelque chose, tu seras forcé, pour l'expliquer, d'appeler au moins un second légiste. Quel ton ils ont, quelle bonne opinion d'eux-mêmes, combien ils font peu de cas des anciens jurisconsultes! Chacun d'eux se croit l'égal d'un ministre. Aussi ne peut-on pas les payer assez. Autrefois tu aurais satisfait la moitié du barreau avec l'argent qu'un seul réclame aujourd'hui. A cette époque, un légiste qui avait vieilli dans les affaires et y avait grisonné se trouvait heureux de posséder un village en viager, avec quelques dizaines de milliers de florins placés de droite et de gauche, et il en remerciait Dieu chaque jour; à présent il avocasse deux ans devant la juridiction terrestre ou au tribunal; il se charge des intérêts de quelque jeune seigneur inexpérimenté ou se rend à Saint-Pétersbourg suivre une affaire, et deux autres années ne sont pas écoulées qu'il compte déjà les florins par milliers. Il a son gain dans sa poche, et point d'accroc à une conscience qui depuis longtemps est absente; Dieu est témoin qu'il ne comprend point nos lois, seulement il nous éclipse à force d'effronterie; et nous autres vieillards, voyant que ces gens-là ne font aucun cas de nous, nous laissons retomber nos bras. Ils ont en partie raison : pour cet état de choses qui a succédé au partage, leur esprit est meilleur que le nôtre. Je le confesse sincèrement, je ne comprends ni les juridictions, ni les procédures, ni la noblesse d'aujourd'hui. La même cour, dans la même affaire, dira noir, puis dira blanc, selon son bon plaisir. « Telle est ma conviction, » voilà toute la réponse du juge à qui l'on se plaint de ce brigandage. On crie contre le juge, on lui reproche d'être un prévaricateur, un homme sans conscience, qui court après le gain; arrive la diétine, croyez-vous qu'il ne se montrera pas? Il se rend au contraire ouvertement à son siège, et cette même noblesse, qui tout à l'heure clabaudait contre lui le prie instamment de daigner, au *trigenium* suivant, se charger de la judicature. Et quels juges! J'en connais, qui n'ont ni sou ni maille, et qui pourtant remplissent des fonctions publiques. L'époque actuelle est vraiment incompréhensible.

Il y a de cela deux ans, S. Exc. Zabiello, qui m'honore de sa bienveillance et dont j'ai jadis porté le père dans mes bras, me voyant aux contrats de Nowogrodek, me dit : « Cher échanson, tu étais l'ami de mon père; j'ai un procès, sois donc assez bon pour renforcer de tes conseils la conférence que je réunis à ce sujet chez moi. » Et moi à lui : « En quoi ma vieille expérience te serait-elle utile et à quoi te servira cette conférence? Maintenant aucune affaire n'est ni si bonne qu'on ne la puisse perdre, ni si mauvaise qu'on ne la puisse gagner. Que ne jettes-tu sur la table une poignée de sonnantes? si c'est face, tu gagneras; si c'est pile, tu perdras. Voilà maintenant la meilleure conférence et tel est l'esprit de nos légistes. « Autrefois les magnats avaient « souvent aussi la prépondérance dans les tribunaux », répètent à satiété les hommes du jour. Et moi je réponds : « Parfois, en effet, il arrivait que l'intrigue troublait le cours de la justice, mais dans ce mal même il perçait quelque conscience. Le juge qui avait la faiblesse de se plier au désir du seigneur traînait comme il pouvait, tourmentait le gentilhomme par ses délais, et par là le ruinait, mais il ne l'égorgeait pas comme aujourd'hui. *Expecta, cadaver*, lui disait-il; c'était peu louable, mais du moins il ne signait pas d'injuste arrêt. »

S'il survenait quelque scandale, les gens se scandalisaient, et maintenant un juge consciencieux ne vaut pas plus qu'un juge vil et vendu, aux yeux d'une société universellement gâtée. Si devant une cour ou un tribunal actuel se déroulait de nouveau cette même affaire dont autrefois Pilate se lava les mains, et que les Juifs offrissent un ou deux paquets de billets de banque, et qu'en outre le gouverneur malintentionné envers Jésus-Christ fit espérer aux membres du tribunal qu'il leur obtiendrait un bout de ruban rouge à liséré noir ou jaune (1), je suis convaincu que le Sauveur serait de nouveau mis à mort. Du reste, on ne cesse chez nous de le crucifier par la licence, la tromperie, l'indifférence pour ses lois, l'égoïsme, la liaison avec les ennemis de la foi et de la patrie, et ainsi de suite. Et comme, malgré ces indignités, on ne peut nier que l'amour de la patrie ne soit le plus fort dans tous les cœurs, ils se plaignent de Dieu et murmurent de ce qu'il ne leur rend pas le paradis, lui qui pourrait l'effectuer d'un signe de sa volonté toute-puissante. Est-ce que nous méritons qu'il fasse pour nous des miracles? Messieurs mes frères, qui veut construire un édifice doit d'abord s'approvisionner de pierres, de chaux et de briques. Si les briques sont si friables qu'elles tombent en poussière sous la main, peut-il y avoir un édifice? La patrie est cet édifice et nous ces briques. Cuisons-nous dans le four à briques de la foi et de la persévérance, et puis mettons nous à bâtir, alors les murs ne s'écrouleront pas au milieu même de la construction, ainsi qu'ils l'ont fait jusqu'au jour d'aujourd'hui. Ce n'est certainement pas tentant : il est plus facile d'être martyr que pénitent, plus facile de combattre pour sa patrie et de mourir pour elle que de veiller toute sa vie à soi, de fuir les gains illicites, de dompter ses passions, d'éviter tout rapport avec les Philistins, et, au lieu d'opprimer les paysans, de les élever à la dignité d'homme. Mais quoique, après une existence désordonnée, l'on puisse sauver son âme par le martyre, ce martyre seul ne sauvera pas la patrie. Il faut être pour elle pénitent, confesseur, anachorète, vierge même, et alors seulement elle sera sauvée. Une chose si précieuse ne se laisse pas racheter avec n'importe quoi, et chaque péché recevra son payement. Que l'on étudie les fastes des maisons seigneuriales, et l'on se convaincra que si l'une d'elles est tombée, il s'en

_____

(1) Décoration russe.

trouve toujours une forte raison dans la conduite de quelque ancêtre. Les gens qui croient se préserver d'un mal par le péché
rencontreront certainement un mal plus grand que celui qu'ils
voulaient éviter. Georges Lubomirski (1) était un grand héros, il
avait beaucoup mérité de la patrie, mais son orgueil était tel qu'il
ne pouvait supporter l'idée de voir au-dessus de lui un roi héré-di-
taire. Il fit échouer le projet de Jean-Casimir, qui s'efforçait de
regreffer chez nous l'hérédité du trône ; il osa, les armes à la main,
attaquer son seigneur légitime : c'est pourquoi ses descendants se
traînent au milieu de fils de popes et de bourgeois, dans les antichambres des gouverneurs imposés par les cours copartageantes.
La maison des Sapieha (2), en Lithuanie, était insatiable de starosties ; elle ne cessait de fomenter des troubles que lorsque les
rois, pour la calmer, lui donnaient une part plus ample dans les
richesses de la république ; et encore un nouvel accès d'avidité ne
tardait-il pas à produire de nouveaux désordres : c'est pourquoi ses
descendants, quoique honorables à tous égards, sont tombés dans la
pauvreté. Il y avait un woyévode qui regardait sa maison comme
abaissée, par le fait que son fils avait pris pour femme une demoiselle d'une famille ancienne, mais dont l'éclat n'égalait pas la
sienne ; il ordonna de la saisir, pour la forcer au divorce, car telle
était sa pensée ; seulement ses domestiques, par excès de zèle envers leur maître, noyèrent la malheureuse. Et cela se passait chez
une nation chrétienne! Qu'en résulta-t-il? M. le woyévode s'é-
tait refusé à voir son fils unique s'allier à une fille noble, mais
pauvre, qui comptait pourtant des sénateurs parmi ses aïeux ; et
dans la suite ce même fils épousa une fille tirée de quelque tripe-
rie de Constantinople et qui empoisonna de désespoir et de honte

(1) Voir la note A, à la suite de ce récit, p. 354.
(2) Voir la note B, à la suite de ce récit, p. 356.

la fin de ses jours. Combien n'avons nous pas d'exemples sous les yeux d'un grand-père qui n'a pas permis aux diètes d'établir des impôts et d'augmenter l'armée pour s'opposer à la Russie ; et maintenant cette même Russie a repris à ses descendants toute la fortune dont il ne voulait pas sacrifier une petite partie, et ses neveux sont condamnés à porter le fusil dans les rangs des Russes, et cela pour toute leur vie, parce que leur grand-père n'a pas voulu tolérer que quelques-uns de ses serfs servissent quelques années la république. C'est ainsi que pour les crimes du grand-père ou du père les fils et les neveux innocents font pénitence. Ce que les maisons particulières ont éprouvé, la patrie commune l'éprouve aujourd'hui. Quand, par une protection spéciale, Dieu nous avait confié une si nombreuse population russienne, comment nous sommes nous comportés avec elle? On n'y peut songer sans rougir. C'est bien aussi pour cela que Dieu nous a soumis nous-mêmes au joug sous lequel nous expions les cruautés de nos ancêtres. Nous commencions à nous améliorer, et les serfs russiens étaient déjà traités avec douceur; mais après le partage, quand la cupidité s'empara du cœur des propriétaires, ceux-ci se laissèrent aller à des cruautés inouïes. Non-seulement ils se sont approprié tout le travail du serf, mais ils perdent son âme en l'excitant à boire afin de lui soutirer jusqu'à son dernier sou. Tout ce qui entre dans l'escarcelle du paysan ou qui sort de son esprit, le gentilhomme égoïste et impie l'arrache à l'un et à l'autre sexe.

Ce mal se développe chaque jour; et l'on voudrait que Dieu, transgressant toutes les lois de la justice, délivrât de l'oppression des oppresseurs sans pitié! De mon temps, il y avait de grandes vertus. S'il ne nous eût fallu que payer les dettes de nos aïeux, nous serions depuis longtemps libérés, et des pertes à jamais déplorables seraient déjà réparées; mais les nouveaux écarts de la génération suivante ont prolongé la colère de Dieu. C'est ainsi que l'histoire témoigne que les péchés sapent la base de l'existence des nations. Les Grecs ne voulurent pas reconnaître l'autorité spirituelle des papes chrétiens, ils aimèrent mieux rompre l'unité de l'Église que de sacrifier leur orgueil; c'est pourquoi ils sont tombés, non sous la suprématie, mais dans les chaînes d'un pape mécréant : et il est clair qu'ils ont dû se corriger et expier leurs faute, puisqu'ils se sont relevés. Tant que Rome fut vertueuse, le destin favorisa cette ville, à ce point qu'un saint même a écrit que Dieu ne pouvait récompenser de si hautes vertus que par l'empire du monde. Les plus grandes, les plus puissantes nations se soumirent à Rome. Horace, enivré de la puissance de sa patrie, écrivait :

> *Horrenda late nomen in ultimas*
> *Extendat oras ;*

Et un peu plus bas :

> *Quicumque mundo terminus obstitit,*
> *Hunc tangat armis, viscere gestiens*
> *Qua parte debacchentur ignes,*
> *Qua nebulæ, pluviique rores.*
>
> (Carminum, lib. III. od. III.)

Quand les Romains commencèrent à oublier la tempérance de leurs ancêtres, et les chefs à se jeter dans la débauche, d'abord ils perdirent la liberté, ensuite ils tombèrent eux-mêmes dans la sujétion des peuples barbares, à moitié sauvages et qu'ils avaient en mépris. Puis, lorsqu'ils acceptèrent la foi chrétienne et développèrent en eux les vertus qu'elle prescrit, ils reconquirent une seconde fois la suprématie du monde. De même qu'autrefois par ses sénateurs, ainsi depuis, par ses évêques et ses prêtres, Rome commanda au monde, jusqu'à ce que la sensualité, l'égoïsme et l'indifférence pour les peuples s'emparassent d'elle. Ses défauts lui ont enlevé l'empire que pourtant, par la miséricorde de Dieu, elle ne peut perdre tout à fait.

Je fus témoin de la décadence des anciennes mœurs avant que n'arrivât la chute de la patrie. Depuis longtemps déjà les magnats qui allaient à la cour avaient commencé à se gâter, mais la noblesse se tenait encore. Je me rappelle que dans nos villes woyévodales on n'entendait pas même parler de maisons suspectes, et si quelque entremetteuse essayait de faire trafic de jeunes filles, sa joie était de courte durée. Dès que le tribunal en avait connaissance, l'article 34 du chapitre xiv du Statut lithuanien y remédiait aussitôt. J'étais encore aux écoles, mais je me souviens quand S. Exc. Obuchowicz, sous-woyévode de Nowogrodek, condamna à avoir les oreilles, la lèvre et le nez coupés, une vieille dame noble qui, ayant ouvert une taverne à Nowogrodek, se servait de filles pour attirer chez elle la jeunesse. Quoique le fils du roi, le prince Charles, qui régnait en Courlande, venant à passer par Nowogrodek et s'étant pris de pitié, conjurât instamment le sous-woyévode d'adoucir la peine, celui-ci ne se laissa pas fléchir, mais, à genoux et les larmes aux yeux, il demanda pardon à Son Altesse, lui représentant qu'il ne pouvait porter atteinte à sa conscience, et l'arrêt fut exécuté devant l'hôtel de ville. Quelques années avant le partage, le prince Radziwil, woyévode de Minsk, étant en procès à Nowogrodek avec S. Exc. Niesiolowski, woyévode de Nowogrodek, une demoiselle lui avait donné dans l'œil : c'était la fille d'une certaine veuve Niklewicz, et l'on se souvient encore à Nowogrodek de l'avoir vue vendre, sous l'église paroissiale, des saucisses et de la caillebotte. Mais elle était noble et, qui plus est, honnête; et sa fille semblait un bouton de rose. Comme le prince woyévode de Minsk n'était pas scrupuleux, il employa son valet de chambre, qui était allemand ou français, à s'entremettre près de la jeune fille : ce en quoi il avait la réputation d'être passé maître, ainsi que le prince avait pu s'en convaincre plus d'une fois à Varsovie et à Vilna. Mais Nowogrodek n'est pas une capitale, et le freluquet trébucha. La vieille, ayant, en cachette, aposté des témoins, assigna le tentateur devant le tribunal où siégeait Dominique Wierzeyski, propre frère du régent de la cour souveraine, et lui-même magistrat plein d'intégrité et très-zélé pour la plus stricte observance des lois. Or, quoique le prince fût un grand seigneur, il lui causa une telle frayeur qu'il donna vingt-mille florins à la Niklewicz pour dot de sa fille, afin qu'elle retirât sa plainte. Et en dépit des prières et des menaces, M. Wierzeyski fit fouetter le valet de chambre et le fit atteler à la brouette pendant douze semaines de travail forcé; et j'espère qu'après une telle retraite il reconnut la diffé- rence qu'il y a entre la capitale et la province. Notre jeunesse, voyant que les grands seigneurs mêmes ne pouvaient commettre impunément de paillardise, conservaient de bonnes mœurs ; car ils craignaient d'offenser Dieu, et les magistrats étaient sévères. Mais, quoique lentement, bien lentement, le mal descendit des grands seigneurs à la noblesse. De mon temps il y avait à Nowo- grodek des juristes célibataires et à moustaches grises, qui étaient modestes comme des demoiselles. Et nous autres jeunes gens, sans parler d'autres motifs, mais par la crainte seule de leur indignation, nous étions forcés de nous garer du mal ; car il était rare que l'un de nous ne respectât pas un vieillard à l'égal de son père.

Il y avait M. André Yélec, fils de la sœur de S. Exc. Zaba, woyévode de Plock, que son oncle, en qualité de tuteur, avait envoyé au barreau de Nowogrodek, afin qu'après s'être familia- risé avec la pratique des lois, il pût un jour arriver aux plus hautes

dignités. Bientôt en effet il s'acquit, tout jeune encore, la réputation méritée de l'un des premiers juristes, et, content de son sort, il
s'en tint au barreau, qui lui réussissait si bien, et il n'aspira point
aux honneurs, qui néanmoins vinrent le trouver ; car le crédit de
son oncle obtint du prince woyévode de Vilna, mon maître, qu'il
lui fît avoir l'ordre du Lion d'or ; il devint avocat royal et chambellan de Sa Majesté, et à ce titre il était le seul dans notre barreau qui fût traité d'Excellence. Outre cet honneur, confiant et
dans son propre esprit, et dans sa parenté avec des sénateurs, et
dans les revenus considérables de sa profession, il était sans considération pour les personnes âgées. Il parlait un peu le français
et il était lié avec le grand monde de la capitale ; il avait plusieurs
fois causé avec le roi, et il aimait à imiter les grands seigneurs. Il
avait des velléités de se travestir à l'allemande, et il ne lui manquait plus que cela ; mais ce n'était guère reçu chez nous, et il dut,
bon gré mal gré, s'en tenir à notre longue robe, qui n'est pas du
goût des têtes folles. Eh bien, un jour, car il se plaisait aux farces,
rencontrant chez moi M. Fabien Woynilowicz, jadis mon patron,
homme d'un âge mûr, encore célibataire, et qui parmi les scrupuleux passait pour scrupuleux, M. André nous pria tous deux de le
remplacer, disant qu'il était arrivé de Mazowie une dame riche
avec ses deux filles, qui étaient très comme il faut ; qu'elle avait une
grosse affaire à plaider à Nowogrodek, contre le prince woyévode
de Troki, et qu'elle l'avait prié de s'en charger ; mais qu'ayant déjà
une foule d'affaires sur les épaules, il ne pouvait accepter un nouveau fardeau ; qu'il nous conjurait donc, en qualité de collègues,
de ne pas lui refuser nos services, d'autant plus qu'il y a grand
mérite à aider les veuves et les orphelins et que de grandes indul-
gences y sont attachées. Enfin, il ajouta : « Qui sait ? pendant que
vous glisserez les yeux dans les documents de la mère, les filles se
glisseront dans vos cœurs ; n'êtes-vous pas tous les deux garçons ?

Je vais vous conduire chez elles et nous conférerons ensemble. »
Avertis, il semble, par un secret pressentiment, nous nous dé-
fendîmes longtemps; mais quand il se mit à nous prier et supplier,
d'abord à cause de notre liaison avec lui, puis parce qu'il n'est pas
permis de refuser ses services aux veuves, nous nous laissâmes
emmener, nous suivîmes M. le chambellan. Le jour baissait déjà;
il nous voiture et voiture jusque dans le faubourg et à travers un
labyrinthe de rues; il nous introduit dans une maisonnette où il
nous présente à certaine dame d'un âge avancé et à ses soi-disant
filles, de belles demoiselles, ma foi! Il déclare que nous sommes
des avocats de l'endroit, ses amis, qu'il a priés de l'aider. La
dame, après nous avoir gracieusement salués et remerciés de ce sacrifice de notre temps, nous invite à nous asseoir. Nous nous mettons à notre aise et nous attendons qu'elle parle de son affaire;
la dame nous presse de lui permettre de nous offrir du punch,
qui commençait déjà à être à la mode. M. André assure en notre
nom que nous ferons volontiers honneur à l'invitation de madame
la sous-écuyère de bouche, et qu'après une petite collation les
idées arriveront avec plus de netteté pendant la conférence.
M. Fabien, que Dieu lui pardonne, aimait à jouer du verre; et, en
bonne compagnie, parfois je n'avais rien là contre. Voilà donc
qu'on apporte un vase de punch, et, comme il parut dans la suite,
à la place d'eau il y avait du pur arak bouillant, et si sucré que
nous ne nous aperçûmes de rien. Un verre vidé nous enleva notre
présence d'esprit; et M. Yélec, qui avait imaginé toute cette trahison, s'esquiva en nous laissant à la grâce de Dieu. Nous ne nous
réveillâmes qu'au point du jour, et alors seulement, nous recon-
nûmes que, ni plus ni moins, nous avions passé la nuit dans une
maison suspecte! Pleins de tristesse et d'amertume, nous sortîmes
de cette Sodome en maudissant M. Yélec de sa farce déshonnête.
Je reconduisis M. le régent à sa maison. Nous étant assis en face

l'un de l'autre, nous pleurâmes à chaudes larmes. M. Yélec lui-même en aurait eu le cœur fendu, surtout s'il eût vu le chagrin qu'en éprouvait le respectable régent. C'est lui qui le premier rompit le silence en disant : « Monsieur Séverin, où ce coquin nous a-t-il conduits ? J'ai vécu septante et quelques années, et jamais, avant la journée d'hier, je n'ai même touché du pied un lieu dont je ne pusse publiquement m'honorer; et à présent, voici ma vieillesse flétrie. En quoi l'avons-nous mérité ? » Je lui répondis : « Certes, là où il n'y a pas volonté, il n'y a pas péché. C'est à M. André à s'humilier, lui qui a osé se permettre envers nous une si basse plaisanterie, et non à nous dont Dieu voit l'innocence. — Non, monsieur Séverin, c'est nous qui sommes coupables; ne nous a-t-on pas appris dans les écoles : *cum bonis bonus eris, cum malis perverteris.* Et pourquoi avons-nous frayé et même établi des rapports d'amitié avec ce franc-maçon qui ne craint pas Dieu. Punissons-nous pour éviter la punition de Dieu. Alors il me dit de me coucher et il m'appliqua cinquante coups de bâton; puis il se coucha lui-même, après m'avoir remis le bâton, et je dus lui rendre la pareille, lui compter le même nombre de coups, d'autant plus qu'il me suppliait par les plaies du Christ de le battre en toute sincérité, car j'avais pu me convaincre qu'il n'avait pas épargné ma peau. Ensuite, quoique moulu à ne pouvoir presque se remuer, il se fit voiturer chez M. le juge Wierzeyski, pour lui apprendre que dans le faubourg il s'était établi des coquines. On les y chercha ; allez attraper le vent dans la plaine ! Cette gent ordurière avait, après ce beau fait, déménagé si vite qu'on ne put même en trouver la trace. Alors M. le régent de faire retomber sa colère sur M. Yélec. On eut peine à empêcher qu'il ne l'assignât devant le tribunal. Pourtant tout le barreau sentit tellement l'offense faite à son régent, que Yélec fut contraint de quitter Nowogrodek et de s'en aller à Vilna chercher nouvelle fortune,

23

ayant par légèreté brisé avec l'ancienne. Du reste, elle ne lui manqua pas là-bas : avec une telle facilité de parole et une si grande connaissance des lois, partout en Pologne il ne lui eût pas été difficile de trouver un travail lucratif. Peu de temps après il se maria et se rangea tout à fait, au point que dans la suite je le vis souvent avec grand plaisir. Mais M. le régent lui garda rancune jusqu'à sa mort. Une fois, par hasard, à un dîner de cérémonie, à Vilna, chez M. Jean Wierzeyski, régent de la cour souveraine, il s'esquiva adroitement pour ne pas se trouver à table avec M. Yélec, ce qu'il expliqua le lendemain au maître de la maison. C'est ainsi qu'autrefois l'on savait sentir la dignité et la gravité de la noblesse chrétienne, avant que l'on se fût mis à tourner en ridicule nos vieilles mœurs, en les traitant de fanatisme et d'aveuglement, car il est plus facile de tourner en ridicule et de calomnier des vertus que de les imiter.

(A) Georges Lubomirski fut l'un des émules de Czarniecki. En 1655, au milieu des défections qui suivirent l'invasion de Charles-Gustave de Suède, il fut invariablement pour le parti de la résistance quand même. Il prit part à la bataille de Praga. En 1657 il aida Czarniecki à battre le prince de Transylvanie, Rakoczy, que ces deux grands hommes de guerre forcèrent à capituler à Miendzyborz. En 1660 il se couvrit de gloire à Cudnow, contre les Russes.

« En 1660 Jean-Casimir, se voyant sans enfants, projeta, pour plaire à sa femme (Louise-Marie de Gonzague), de faire désigner pour la couronne un jeune prince qui devait épouser sa nièce, Anne de Bavière. Le jeune prince qu'on voulait couronner, c'était le duc d'Enghien, Henri-Jules de Bourbon, fils du grand Condé. Le roi sonda les esprits des sénateurs et des grands officiers. Ils ne répondirent d'abord que par un silence plus expressif que la parole, et ensuite ils désapprouvèrent ouvertement. Lubomirski surtout, grand maréchal de Pologne, s'écria que vouloir élire un roi avant la vacance du trône, c'était violer la loi la plus sacrée de la république et renverser le rempart le plus ferme de la liberté. Il supplia le roi de se souvenir que ses prédécesseurs, depuis Jagellon, et lui-même, avaient tous juré de ne jamais proposer un successeur. « On « ne permettrait pas, ajouta-t-il, pour votre propre fils, ce que vous tentez pour « un étranger. »

« L'armée polonaise, mécontente, s'était confédérée... La cour supposa que Swiderski, qu'elle avait mis à sa tête, n'était qu'un instrument dont Lubomirski était l'âme. On assembla une diète devant laquelle on ne cita que lui. Il ne comparut pas. Il fut jugé et condamné, comme ennemi de l'État et criminel de lèse-majesté, à perdre les biens, l'honneur, la vie. Ce jugement, porté contre le vœu et la protestation des nonces, était illégal. L'illustre proscrit se retira hors de la Pologne. La diète de 1665 refusa de délibérer sur les affaires publiques avant que le roi se fût laissé fléchir en faveur de Lubomirski. Le roi disposa des charges du proscrit en faveur de deux sujets qui lui étaient agréables.

« Lubomirski, désespérant de la justice au tribunal de son roi, la chercha dans les armes. Il rentra en Pologne avec huit cents hommes seulement. Cette petite troupe grossissait en marchant, elle se trouva de cinq mille lorsqu'elle arriva à Czenstochowa. Le roi détacha Polubinski pour attaquer l'armée des rebelles; les rebelles battirent les sujets fidèles et firent un grand nombre de prisonniers, parmi lesquels Polubinski lui-même. Le vainqueur les traita avec toute l'humanité que l'on pouvait attendre d'un ami, et les renvoya libres, sans rançon. Des sénateurs obtinrent des deux armées qu'elles resteraient en présence, sans coup férir, jusqu'à une diète extraordinaire que le roi indiqua à Varsovie pour le 17 mars. Lubomirski, victorieux, prit le personnage de suppliant, et, pour prouver qu'il cherchait la paix de bonne foi, il s'éloigna de son armée pour attendre à Breslau l'événement de la diète. Un veto rompit la diète. Le 13 juillet 1666 le roi, à la tête de vingt-six mille hommes, rencontra, à Montwy, son ennemi, qui n'en avait que dix huit mille. L'armée royale fut accablée. Le roi se montra moins éloigné d'un accommodement. Il n'était pas difficile d'y parvenir, car Lubomirski, sans être enflé de la victoire, tendait les bras à la paix. On convint que personne ne serait recherché sur tout ce qui s'était passé. Le roi s'engagea, par un diplôme particulier, de ne se mêler en aucune façon de son successeur, dont il promettait de laisser l'élection à la liberté des suffrages. L'armée confédérée et la patrie étant satisfaites, Lubomirski s'oublia lui-même; il se contenta de la révocation du décret qui l'avait proscrit, sans insister sur son rétablissement dans les charges dont on l'avait dépouillé. Rentré en grâce et ayant congédié ses troupes, suivi seulement des chefs, il se rendit à Jaroszyn, où il salua le roi. Libre de rentrer en Pologne, il retourna à

Breslau où il mourut subitement six mois après. La reine Marie de Gonzague mourut en 1667 en remuant encore des ressorts secrets pour assurer le trône de Pologne au duc d'Enghien, malgré la loi renouvelée dans la dernière diète. » (*Histoire de Jean Sobieski*, par l'abbé Coyer. Varsovie 1761.I, liv. II.)

(B) « La Lithuanie prétendait que les rois iraient y résider une année après deux autres passées en Pologne, et qu'on tiendrait aussi la troisième diète dans la ville de Grodno, après deux autres tenues à Varsovie. Cette prétention a été réveillée de nos jours par les Pac. Les Pac étaient pour lors les maîtres de la Lithuanie. Le roi songea à prendre des mesures pour abaisser les Pac par l'opposition d'une autre famille; il trouva ce qu'il cherchait en celle des Sapieha, pliant sous la pesante domination des Pac. Ceux-ci se disaient descendre des *Pazzi* de Florence. Pour se faire honneur de cette origine italienne, le grand chancelier a bâti, proche de Vilna, un monastère de religieuses camaldules, sous l'invocation de sainte Marie-Magdeleine de Pazzi, sa parente, lequel lui a coûté plus de deux millions, ayant fait venir à grands frais des architectes et des peintres d'Italie. Les Sapieha étaient quatre frères bien unis, fort riches, pleins de cœur et de fierté; quelques traditions les faisaient venir de race tartare. Le roi leur donna des charges à mesure qu'il en vaqua en Lithuanie. Tout à coup ils eurent l'artillerie, le trésor, l'armée. Avec ces dignités, ils se firent des créatures et balancèrent enfin l'autorité des Pac. Le roi n'en a pas tiré l'avantage qu'il en avait espéré : les Sapieha, en occupant les postes des autres, en ont pris les sentiments, leur haine pour la cour, leur esprit d'indépendance. Le comte Sapieha, grand général, a près de quinze cent mille francs de revenus, des terres jusque vers le Boristhène; il est en état de se rendre maître de la Lithuanie en la désunissant de la couronne de Pologne, en quoi il serait bien soutenu par les Moskowites. Il a fallu encore chercher des seigneurs pour les opposer à ceux-ci, comme on les avait opposés eux-mêmes aux Pac, mais on ne trouve pas communément en Pologne des sujets du grand ordre ni de la fine trempe. Ce furent les Oginski que le roi choisit pour servir de contre-poids à la puissance de ces tiercelets de prince. Les Oginski, personnellement amis du roi, étaient de noble famille, mais peu illustrée par les charges. » (*Les Anecdotes de Pologne, ou Mémoires secrets du règne de Jean Sobieski, IIIe du nom* [par Daleyrac, son secrétaire.] Paris, 1640, vol. II, chap. IX.)

MON MARIAGE

XVII

Après avoir retracé au long mes souvenirs, qu'il me soit permis de ne pas passer sous silence le moment, si important pour
moi, où je me suis lié pour la vie à Madeleine Bohuszewicz; j'ai
vécu trente ans avec elle : aussi puis-je avouer que j'ai eu le paradis sur la terre.

Depuis quelques années j'exerçais à Nowogrodek la profession
d'avocat, et, quoique n'étant pas encore chargé d'affaires du prince
woyévode de Vilna, je m'étais déjà assuré un honnête morceau
de pain, car la besogne ne manquait jamais. J'avais l'habitude
de ne pas réclamer de rétribution; pourtant une pluie de monnaie

tombait dans ma poche, et tout autre, à ma place, eût réalisé des
économies chaque année ; or moi qui, en vivant, je l'avoue, sur un
pied honorable et recevant mes connaissances convenablement, ne
me permettais cependant aucun superflu et menais un train de
maison identique à celui des gentilshommes dont la fortune est à
faire, je n'apercevais pas que chez moi les florins engendrassent
les florins, et il ne me fallait pas songer à mettre quelque chose de
côté. Un jour je fis la réflexion que, tant que j'étais dispos et robuste, mon travail subviendrait à mes besoins, mais qu'une fois
mes forces usées, dès que je ne pourrais plus suffire à ma tâche
quotidienne, je ne saurais trop où donner de la tête ; et je m'étais
si avant enfoncé dans ces méditations que je ne m'aperçus même
pas de l'entrée dans ma chambre de M. Fabien Woynilowicz, et
que je ne revins à moi que lorsqu'il m'adressa la parole : « Que
Jésus Christ soit loué ! — Dans les siècles des siècles ! » répon-
dis-je en m'arrachant de mon tabouret et en allant saluer l'honorable visiteur qui avait été mon patron, et auquel j'étais redevable
et de ma situation présente et de la possibilité d'en espérer avec
quelque fondement une meilleure dans l'avenir. « Et quel sujet
vous absorbe au point de ne me pas remarquer depuis deux *Ave
Maria* que je suis ici? — Je demande pardon à monsieur le régent
de mon incivilité involontaire, mais quand l'homme commence à
scruter sa destinée, et que de plus le chagrin l'aiguillonne, il oublie
tout, sauf sa misère. — Quel malheur te pend donc aux oreilles?
— Par la Pâque Dieu! monsieur le régent, n'ai-je pas de motifs
d'être soucieux? Je faisais, il y a un instant, mon compte de toute
l'année. Tu es toi-même témoin de mon travail ; je passe plus d'une
nuit sur les paperasses, toute la matinée au tribunal terrestre et
au grod; il n'y a pas une place du parquet que je n'aie foulée mille
fois ; je ne puis non plus me plaindre de travailler gratis, et néanmoins il est établi par mon compte que je n'ai pas amassé cin-

quante écus pour l'année prochaine. Je ne fais point de dépenses
excessives : je mange en gentilhomme, je bois ce que boivent les
hommes, et je n'ai pas accroché ma fortune aux murailles. Monsieur le régent voit lui-même qu'il n'y a ici que les quatre coins
et le poêle fait le cinquième. Les autres réussissent mieux. M. Élie
Korbut, notre collègue, vient de prendre à ferme l'économat de
Nowogrodek, il élève ses fils dans le pensionnat de la société de
Jésus, il entretient convenablement sa femme, et jamais il ne
dîne sans plusieurs hôtes à sa table, quoiqu'il puisse hardiment
rendre compte devant Dieu du moindre denier. Je n'ai pas de
semblables dépenses ; je travaille pour moi seul ; et non seulement je ne pense pas à rien affermer, mais quand j'ai payé le
loyer de ma gentilhommière, eh bien, il me semble déjà qu'un
grand poids me tombe du cœur ; et pourtant je n'ai pas moins de
bonheur que lui avec ma clientèle. Le présent n'est rien, c'est
l'avenir qui m'épouvante. — Monsieur Séverin, je comprends
parfaitement d'où cela provient ; tu seras toujours sans sou ni
maille, tant que tu ne te marieras pas. — Monsieur le régent agit
en prêtre : il donne femme à autrui et n'en prend pas pour lui-
même. — Aussi les conseils à mes amis, je les puise dans ma
propre expérience. Si je me fusse marié pendant qu'il en était
temps, je ferais aujourd'hui une autre figure. Tu as été mon
clerc, je n'ai pas à te dire comment l'argent affluait chez moi :
Dieu te donne d'avoir la moitié autant de chance que moi. Les
affaires des plus puissants seigneurs de la woyéwodie passaient
par mes mains. Et la place de chargé d'affaires des bénédictines de Niesviez (que j'ai fait avoir à M. Christophe Mickiewicz
quand je devins régent terrestre) m'a-t-elle peu rapporté ? Que
me manque-t-il, si ce n'est du lait d'oiseau ? Le produit des actes
n'est pas maigre non plus. Tu étais toi-même présent quand ce
même Élie m'offrit dix mille florins par an pour le revenu de ma

chancellerie ; et pourtant mon neveu, que trouvera-t-il après ma mort ? une gentilhommière à Nowogrodek et un petit mobilier que l'on a mis toute la vie à former : ne voilà-t-il pas une belle affaire ! Toute occupation invariablement la même finit par lasser, mais ma vie tout entière a été la répétition d'une même histoire. Je fainéantiserais depuis longtemps s'il y avait avec quoi. Moi, je plaide et je ne sais ce qui se passe à la maison. Tel soustrait, tel empoigne, un autre escroque ; on a de l'esprit pour autrui, on est sot pour soi-même. Pendant que je poursuis une enquête sur les lieux, mes domestiques font ripaille : tandis que tu reçois un écu, il y a du dommage pour deux écus à ton logis. Oh ! quel malheur, quand les domestiques seuls veillent sur votre bien. Et comment s'occuper de la maison quand le temps manque ? On contrôlerait volontiers les recettes et les dépenses ; mais après avoir couru une partie du jour, tellement que les pieds vous portent à peine, et avoir écrit l'autre que les doigts en sont tout engourdis, et après s'être employé avec tant d'assiduité à la rédaction d'actes qu'on en a le dos courbaturé, si l'on a une heure de libre, on sent le besoin de se distraire, car la santé n'y suffirait point, et non pas de se fourrer dans des comptes ! Puis il faut songer à son âme : c'est une honte de penser toute la journée au Statut lithuanien et de ne pas méditer même un quart d'heure les dix commandements de Dieu. Hé ! ce n'est pas seulement une honte, il s'y ajoute la crainte d'attraper un jour peut-être, à cause de cela, quelque sanglade. S'il y avait une bonne petite femme, monsieur travaillerait et madame amasserait sou sur sou ; il aurait plus ses aises chez lui, et il ne s'apercevrait même pas comment se serait faite sa fortune. M. Séverin, chez nous, en Pologne, le prêtre et le soldat se trouvent bien du célibat ; mais le gentilhomme, soit qu'il s'occupe à faire valoir les terres ou à débrouiller les procès, s'il ne se marie pas, c'est un tonneau auquel il

manque la cinquième douve. Écoute un vieillard : plus d'une fois
mon esprit a servi sinon à moi, du moins aux autres. Tu as déjà
assez couru les grands chemins, marie toi tant que tu es jeune
encore! — Eh! je n'aurais rien là contre, mais il faut savoir s'y
prendre, et moi, dans le cours de ma vie entière, je n'ai pas causé
un quart d'heure avec une femme. Je frise déjà la cinquantaine ;
est-ce le temps d'apprendre à plaire aux demoiselles? Je commence à grisonner, et l'on dit que pour les jeunes filles un homme
à cheveux gris, c'est comme un hérisson pour un chien. J'irai
faire l'agréable dans les maisons, et, que je réussisse ou non, ce
que j'ai de pain je le perdrai. — Moi je te marierai. — Avec qui?
— Madame Reyten, femme du chambellan de Nowogrodek, a
chez elle une parente, mademoiselle Madeleine Bohuszewicz, dont
elle est tutrice. C'est une demoiselle pauvre, mais d'une famille
respectable et l'honnêteté même ; elle n'est pas mal du tout et
sera une maîtresse de maison qui n'aura pas sa pareille. Tu dois
la connaître. — Je l'ai vue une ou deux fois à l'église, avec madame
Reyten : elle est bien ; mais voudra-t-elle de moi pour mari? —
Sois tranquille. La femme du chambellan est ma cousine ger-
maine ; ma parole a quelque poids sur elle. D'ici à Gruszowka il n'y
a pas loin, je ferai la demande en ton nom; on ne me refusera pas,
et nous serons ainsi apparentés. Depuis que je te connais, Séverin,
j'ai désiré resserrer mon amitié pour un si parfait honnête homme
d'un lien plus étroit encore; et quand tu auras pris pour femme
mademoiselle Madeleine, il n'y a pas de gentilhomme de vieille
roche à Nowogrodek qui ne te sera allié de près ou de loin. —
Puisque monsieur le régent est si bon pour moi, qu'il me serve de
père; mais que cela ne s'ébruite pas avant le temps: car, si cela
ne réussit pas, les coups de langue de chacun seront tous mes pro-
fits. Qu'on ne l'apprenne que quand il y aura quelque chose de
sûr. — Je suis discret comme un prêtre au confessional : tu sais

que je ne pèche pas par intempérance de langue. Seulement ne me trompe pas, Séverin : quand tu m'auras fait m'engager, si tu es tenté de lâcher pied, souviens-toi qu'il s'agit d'une maison honorable. — Ah ! monsieur le régent ! en quoi ai-je mérité que vous me croyiez un brouillon ? Je m'attendais plutôt à la mort qu'à vous avoir inspiré une telle opinion de moi ! — C'est ce qui s'appelle parler d'or : pardonne-moi, en ma qualité de juriste, d'être trop circonspect J.'ai ta parole et j'espère que j'en obtiendrai une autre là-bas; tu seras marié sans t'en apercevoir. »

Il me laissa seul, mais plein d'espoir ; et cela parce que quelques jours auparavant, le jour de la Saint-Joachim, il y avait eu indulgence plénière chez les dominicains de Nowogrodek, dont moi, misérable pécheur, j'avais voulu aussi profiter, à l'instar de quantité de pieux personnages. J'invoquai donc ce grand saint, qui est mon patron, car j'ai pris son nom lorsque, déjà jeune homme à moustaches, je fus confirmé par le prêtre Pancerzynski, évêque de Laodicée et suffragant de Nowogrodek. Je priais sincèrement ce puissant distributeur des grâces de Dieu de me diriger dans le choix d'un état, lui offrant de quitter volontiers le mien, quel qu'il fût, s'il m'envoyait quelque inspiration contraire. Je m'étais muni du très-saint sacrement, à cette intention. Quand donc M. Fabien, qui, mon ami depuis tant d'années et mon introducteur dans la carrière du droit, ne m'avait jamais rien dit de semblable, venait pourtant de me trouver une femme et de prendre sur lui de demander sa main, et de m'exhorter, comme si j'étais grand seigneur moi-même, à épouser sa parente, habituée aux aises d'une grande maison, lui à qui j'avais confessé l'exiguïté de mes ressources, qu'il n'avait pas besoin de cet aveu pour connaître, je vis dans ces paroles la voix de Dieu, et ne doutai plus ni d'obtenir la demoiselle ni d'être heureux avec elle. Il m'importait seulement de pouvoir faire tête aux dépenses for-

cées d'un mariage. Il faut payer la cérémonie nuptiale, avoir une
voiture pour madame, et garnir une maison, jusqu'alors de célibataire, de façon à y recevoir sa femme et les dames qui viennent
la visiter. A vrai dire, je rencontrai une bonne aubaine. La communauté israélite de Nowogrodek soutenait un procès important
contre M. Niesiolowski; on m'offrait gros pour aller à Vilna y défendre leur cause devant la cour souveraine; mais, quoique dans
le besoin, je n'eus pas la hardiesse de m'en charger, car j'avais
promis à Dieu de ne jamais consacrer mes services aux juifs,
voyant dans une ligne différente de conduite une atteinte à ma foi
et une dérogation à ma condition. Mais, de manière ou d'autre,
Dieu remédie à tout. Le même jour où M. le régent daigna s'occuper de mon sort, Jablonski, tribun de Nowogrodek me chargea
d'une enquête judiciaire sur un terrain appartenant aux dominicains de Nowogrodek; et comme cette affaire, où je brillai, ayant
écrit de ma main l'acte d'accommodement, se termina à l'amiable,
M. le tribun me donna une bryczka suspendue qu'il avait fait
venir de Varsovie depuis un an à peine, et qui n'avait pas sa pareille à Nowogrodek; le père provincial m'offrit, de son côté, un
millier de florins. Quelques jours après, mon bienfaiteur, M. Fabien Woynilowicz tomba chez moi avec la nouvelle que tout était
arrangé et qu'il me fallait aller avec lui à Gruszowka pour remercier l'honorable femme du chambellan; je me mis avec lui en
route, assez rassuré, délivré que j'étais de la crainte d'être obligé
d'emprunter ici et là pour faire face aux premières dépenses.
Malgré ma satisfaction de cet incident, je fus possédé toute la route
d'une grande inquiétude et même d'une certaine crainte. C'était
un sentiment analogue à celui que j'éprouvai lors de la rencontre
de Swislock, où j'ai pour la première fois marché à l'ennemi; c'é-
tait pis encore, car là-bas on partageait le danger avec des camarades, ici il fallait se présenter seul; là-bas on était sûr de ne

pas se montrer un poltron, et ici on n'avait pas la certitude de ne pas se troubler au point de paraître un imbécile. Plus nous approchions de Gruszowka, plus ma peur augmentait, si bien qu'en entrant dans la cour, si la terre se fût entr'ouverte, j'y aurais peut-être sauté. Mon compagnon de route m'encourageait de son mieux : il me plaignait sincèrement. Cela se passa tant bien que mal devant madame la femme du chambellan, personne d'une grande autorité et de beaucoup d'indulgence. Il est vrai que M. Fabien parla tout le temps pour moi ; je marmottai je ne sais vraiment quoi ; ce que je me rappelle c'est que je tombai à ses pieds en la remerciant, et que les fiançailles s'accomplirent. Ma fiancée et moi, nous avions l'air de coupables auxquels on lit leur arrêt de mort : je le sais par M. Fabien, car je ne me vis pas moi-même et ne levai pas les yeux sur ma fiancée. Les anneaux échangés et le jour du mariage fixé, nous quittâmes Gruszowka. Il était déjà tard, et nous passâmes la nuit à l'auberge, où je repris enfin mes esprits. Puis lorsque la nouvelle de mes fiançailles se répandit au tribunal, les juges et mes collègues et mes bienveillants clients commencèrent à me complimenter ; ce me fut une nouvelle épreuve, mais j'étais plus hardi : il y en avait beaucoup qui avaient déjà passé par là. Si l'on me taquina quelquefois par des compliments assaisonnés d'une bonne dose de plaisanteries, j'eus d'autre part une grande joie en recevant des seigneurs que j'avais servis des marques de l'obligeance polonaise. Je vis se succéder dans ma gentilhommière des chariots tantôt avec du blé, tantôt avec des légumes ou avec d'autres victuailles, de sorte que si j'avais eu un comté en héritage, ma femme n'aurait pu trouver de cave aux provisions mieux garnie. Les bienfaits de quelques-uns ne s'arrêtèrent pas aux vivres. L'honorable juge Laski me donna deux vaches pour mon nouveau ménage ; l'honorable madame Bernowicz, fille de l'échanson de Nowogrodek, deux nappes et

deux douzaines de serviettes de son ouvrage ; et S. Exc. le porte-
étendard Rdultowski, auquel cependant je n'avais pas eu l'occasion d'être utile, me gratifia d'une tonne de vin. Il y avait ainsi
et sur quoi et avec quoi accueillir ceux qui m'honoreraient de leur
visite. Le 25 novembre, jour de la Sainte-Catherine, mademoiselle Madeleine Bohuszewicz devint madame Soplica. Je ne lui
avais pas adressé cinq mots avant mon mariage, et, sauf sa beauté,
qui m'allait au cœur, je ne pouvais savoir rien que par ouï dire
sa sagesse et ses vertus ; je l'épousai pourtant, parce que j'a-
vais d'elle la meilleure opinion, m'en remettant d'ailleurs à l'inspiration divine et au caractère de son vénérable parent, mon bienfaiteur principal, sur le jugement et les conseils de qui je pouvais
hardiment me reposer. Lors de la remise de la couronne, M. Jacob
Wereszczaka, vice-régent de Nowogrodek, eut un discours. Il y
exprima, selon l'habitude, les souhaits que l'union fût accompagnée
de toutes les bénédictions célestes, tirant un excellent augure
qu'on eût choisi, pour le mariage, le jour de la Sainte-Catherine,
patronne des heureuses unions conjugales ; puis il énuméra
les ancêtres de la demoiselle et insista sur son alliance avec plusieurs maisons de notre woyéwodie, telles que les Reyten, les
Wockowicz, les Wierszowki, les Jerman, les Rdultowski, et
autres familles également anciennes et bien méritantes de la
patrie. Mon respectable patron M. Fabien Woynilowicz, régent
terrestre de Nowogrodek, dont rien ne lassait l'amitié, répondit en mon nom ; il expliqua les motifs que j'avais d'être reconnaissant envers Dieu et la sainte Vierge, qui m'avaient gratifié
d'une si honnête femme ; il parla de la confiance que j'avais dans
leur bénédiction à venir ; en considérant et ses vertus et l'alliance
avec d'honorables maisons, il mentionna que, quoique ma famille
n'eût pas été honorée de semblables dignités, j'étais pourtant
gentilhomme de vieille roche : le domaine héréditaire des Soplica

a été fondé par le grand-duc Witold sur des terres données à un de mes ancêtres pour avoir fait prisonnier, sous Orsza, Mirza Ulan Murudyna ; six de ma maison ont signé à l'élection du roi Étienne. Enfin il offrit, pour caution du futur bonheur de ma femme, mon honnêteté, dont il rendit témoignage en pleine connaissance de cause, comme me connaissant depuis une quinzaine d'années et m'ayant eu plusieurs années dans son étude. La cérémonie faite, je tombai aux pieds de M. le régent, voulant lui prouver au moins, par ce témoignage extérieur, mon respect et ma gratitude vraiment filiale pour tant de faveurs, qu'il avait dignement couronnées par son discours. Je savais apprécier combien l'éloge de mon caractère, sortant des lèvres d'un homme aussi respectable, me faisait honneur ; et je ne lui étais pas moins reconnaissant d'avoir publiquement mentionné mon extraction : car, épousant une fille de bonne maison, j'étais content que l'on sût que moi aussi je ne tombais pas, comme on dit, de dessous la queue d'une pie. L'honorable femme du chambellan donna le festin de noces. On y vint en foule ; les verres circulèrent rondement, grâce aux soins de M. Fabien, qui faisait le maître de la maison, et chacun s'amusa convenablement.

Voilà ce qu'a été mon mariage. Sauf une paire de robes et un sucrier d'argent, ma femme ne m'apporta rien ; mais je reçus une grande dot dans ses vertus et dans le bonheur dont elle me combla. Pendant le cours de trente années d'une vie d'intérieur, je n'éprouvai pas le plus petit chagrin. J'étais de dix-huit ans plus âgé qu'elle, et pourtant je lui ai survécu : Dieu a voulu que j'aspirasse parfois à l'instant qui me réunirait à ma Madelon. Notre contrat de mariage pouvait être fort court ; nous pouvions nous garantir l'un à l'autre un revenu viager sur nos communes espérances, puisque l'espérance était tout notre fonds. Mais dès que je l'amenai chez moi, tout commença à aller à souhait : deux ans ne s'étaient pas écoulés, et déjà la gentilhommière que je louais était notre propriété, outre que je possédais quelques milliers d'écus placés; presque aussitôt le prince woyéwode de Vilna me confia ses intérêts, et je reçus à ferme Doktorowicze. Je suivais les affaires et Madelon surveillait le ménage. M. Fabien avait raison de dire qu'il fait bon avec une bonne petite femme. Si j'avais un écu d'or de recette, je faisais un écu d'argent de dépense, et avec cela je vivais mieux que du temps où j'étais garçon. Il ne se passait presque pas de jour qu'il n'y eût quelqu'un chez nous; et même avant de me retirer à la campagne, chaque année, à la Sainte-Madeleine, les juges et mes collègues avaient la bonté de venir me rendre visite dans notre gentilhommière, et ils nous y honoraient toute la journée de leur présence, ce qui n'empêchait pas la fortune de s'accroître. On a déjà distribué quelque chose aux siens, et après la mort les petits-enfants trouveront des fermes et un peu d'argent placé à droite et à gauche. Que de peines je me suis données pour les liquidations! Dieu et les hommes le savent. J'ai constamment éprouvé la bénédiction du ciel : j'ai un morceau de pain par la grâce du Très-Haut; car ma maison et mon grenier sont pourvus de tout. Ce serait un paradis sur terre, si une chose... si enfin dans mes vieux jours ce vent du nord cessait de me souffler aux oreilles! Si du moins mes neveux pouvaient déposer mes restes près de ceux de ma femme, dans notre terre, mais tout à fait nôtre! Et pourtant qu'en tout ta volonté soit faite, ô Seigneur, et non la nôtre!

(A) Voici des détails sur les mariages et la condition des femmes dans l'ancienne Pologne. Le chevalier de Beaujeu, qui y voyagea en 1679, s'exprime en ces termes :

« Les cérémonies des mariages font bien connoistre le faste de cette nation. Ceux des filles d'honneur, et autres demoiselles de qualité, qui se font à la cour, n'ont rien au-dessus des autres faits entre personnes de moindre étoffe, que la magnificence des festins, la richesse des habits, et la pompe des cavalcades. Le roy et la reine en font ordinairement la dépense; et c'est aussi à Leurs Majestez qu'on fait la demande de la fille par une espèce d'ambassade publique, de la part du cavalier amoureux : il envoye un de ses amis au château, accompagné de deux ou trois cens gentilhommes à cheval, l'un desquels porte à la main une couronne de pierreries environnée de romarin, avec des fleurs en manière de guirlande, destinée pour la future épouse : cet ami est introduit comme un ambassadeur dans l'antichambre, et receu au bruit des fanfares : la reine, assise sous le dais, ayant auprès d'elle son chancelier et la demoiselle qu'on demande en mariage, écoute la proposition, qui est proprement un éloge pompeux de celuy pour qui on la fait, tant sur ses biens, sur sa naissance, que sur ses belles qualitez; ensuite le chancelier de la reine répond par une harangue semblable, où le mérite et les vertus de la demoiselle sont étalez superbement. La reine reçoit enfin la couronne apportée par cet ambassadeur, et la met sur la teste de la future épouse pour marquer qu'elle accepte la proposition du galant; quelquefois un bal termine cette première scène, quelquefois il n'y en a point.

« Peu de jours après, le fiancé envoye son présent et la toilette à la demoiselle, avec ses pages ou gentilhommes destinez pour la servir, vestus magnifiquement comme on peut croire. Enfin, le jour du mariage, il va luy-même au palais en cavalcade superbe, precedé d'un grand nombre de pages portant des flambeaux; luy-même, richement vestu, brillant de pierreries jusques au harnois de son cheval, et c'est en ces occasions qu'on en voit de beaux et en grand nombre. On donne aux fiancez une bénédiction préliminaire en présence de Leurs Majestez, qui les menent ensuite à la chapelle, où se fait la célébration du mariage, après laquelle ils essuyent la fureur de vingt harangueurs qui les étourdissent de leurs propres loüanges en vers et en prose, ce qui dure des heures entières.

« De l'église, l'assemblée passe à la salle du festin, qui est ordinairement celle du sénat; et c'est là qu'on fait encore paroistre le faste de la nation, non pas dans la délicatesse des viandes, qui sont toutes fort mal apprestées, mais dans le nombre et la profusion des plats; la richesse du bufet; la propreté du couvert, la beauté du fruit, où depuis quelque temps les officiers français épuisent l'art et l'abondance, sont les endroits les plus dignes de remarque.

« Il y a ordinairement quatre tables : la première, placée sur le throne même, est pour le roy, la reine, les princes, les ambassadeurs, l'époux et l'épousée ; la seconde, qui est très-longue, prend, à costé droit du throne, jusques vers la porte de la salle où se placent les sénatrices à leur rang, les filles d'honneur et autres dames ; la troisième est vis à vis, de pareille longueur, destinée pour les sénateurs, gens de la cour ou étrangers de marque ; il y en a encore une ou deux plus petites, placées au milieu de la salle, qu'on appelle les tables des *Gospodars* : ce sont des amis ou parents des mariés, qu'on prie pour tenir leur place à faire les honneurs du festin et inciter à boire toute l'assemblée : on les appelle gospodars et gospodines, c'est-à-dire maîtres et maîtresses de la maison, qui ont soin de rassembler à leurs tables, ou les personnes qui n'ont point de rang, ou celles qui veulent se tirer de la ceremonie des autres : sur quoy le lecteur remarquera que dans les grands repas d'apparat, qui sont icy fort fréquents, il y a toujours de ces gospodars pour faire boire la compagnie et tenir les secondes tables, afin qu'on n'en fasse aucune distinction d'avec les premières, étant d'ailleurs servies également bien.

« Pour le vin, chacun sçait qu'on ne l'épargne point en Pologne ; en échange, on ne mange point dans ces festins ; on y voit des dames en gands et en manchon, les hommes discourans sans toucher aux plats, et cela, pendant trois ou quatre heures, qui est l'ordinaire durée des banquets de nôces ; car il y a un cérémonial de santés à boire qui ne finit point, et qu'on solemnise aux fanfares des trompettes et des timbales

« Quand tout cela est achevé, on leve les tables, et on étend un grand tapis de drap rouge, fait exprès de toute la largeur de la salle, sur lequel on dance : le bal est encore tout de ceremonie, et commence par le roy et la reyne, continué par le roy avec la mariée, par tous les princes ses fils avec la mesme, par la princesse de Pologne avec le marié, et enfin par le marié et la mariée ; ce sont toutes dances d'obligation indispensable, après lesquelles les autres personnes en font de pareilles qui vont souvent jusques au jour. Le lendemain il y a au mesme lieu une feste semblable à la première en tous les points, et un second repas aussi magnifique donné par le roy : mais avant qu'il commence, il y a une ceremonie qui est la plus agréable pour la mariée, puisqu'elle consiste à recevoir tous ceux qui sont priés de la nôce ; et comme tout est faste et ostentation en Pologne, ceux qui les donnent ne cherchent pas le mérite secret d'une libéralité cachée, ils la veulent faire valoir au grand jour ; de sorte que la mariée, placée sous le dais de la reyne, assistée d'un seigneur de ses parents, souvent même du chancelier de Sa Majesté, reçoit à la veuë de tout le monde les presens qu'on luy envoye ; et un gentilhomme appelle tout haut, chacun par leur rang, toutes les personnes qui ont esté priées de la nôce, et pour lors, chaque envoyé des donneurs de présens porte le sien à mesure qu'on le nomme, en faisant un compliment de la part de son maître ou maîtresse, auquel répond pour la demoiselle le chancelier qui l'accompagne; cette cérémonie dure encore trois ou quatre heures, parce qu'on enregistre tous ces présens qui sont uniquement à la mariée, et vont souvent à dix ou douze mil écus en pierreries, ou pièces d'argenterie.

« Le troisième jour, Leurs Majestez mènent l'épousée dans la maison du marié, qui donne ce repas-là, mais ce n'est qu'un ambigu et n'est point suivi de danses; toute la compagnie se réduit enfin à un petit nombre d'amis et de parents qui assistent la mariée et auxquels on sert encore, pour le dernier adieu, une collation magnifique.» (*Mémoires du chevalier de Beaujeu.* Amsterdam 1700. III, chap. III, page 450.)

Jean Le Laboureur rend d'autre part ce témoignage :

« Les gentils-hommes polonois ont, entre autres vertus, celle de bien traitter leurs femmes; le mauvais ménage y est très-rare, et ils ont le concubinage en telle horreur, que les enfans qui en sortent ne peuvent estre nobles par aucun bénéfice, si ce n'est pour quelque action de valeur extraordinaire, qui oblige le prince à les ennoblir; encor ne peuvent-ils jouir du privilége ny posséder des terres, cela n'appartient qu'à leurs descendans. Il est ordinaire que les femmes gouvernent la maison, dont ils ne sortent que rarement, parce que les Italiens, qui ont porté quelques vnes de leurs coustumes en ce pays, y ont aussi fait entrer vne espece de jalousie; mais elle est moderée; elle paroist plutost amour que deffiance, et les dames croiroient estre mesprisées, si leurs marys ne témoignoient ce soin. Les moschovites, leurs voisines, sont bien d'vne autre humeur, car elles n'estiment pas qu'vn mary doive seulement estre jaloux; elles veulent encor estre battuës, autrement elles ne croiront jamais d'estre aimées.

« Les dames polonoises s'occupent ordinairement aux ouvrages de tapisserie, et font merveilles de l'esguille. C'est leur gloire, s'ils ont des enfans qui aillent à la cour, de leur faire des doublures pour leurs vestes qui soient brodées et nuées de fleurs, d'oiseaux et d'autres choses pareilles, et celles qui excellent sont extremement estimées.

« Le seigneur Slwsca, grand tresorier de Lithuanie, n'a point d'habit que Sophie Zienowiski, sa mere, palatine de Nowgrod, n'ait ainsi travaillé; l'on les estime les plus beaux du royaume, et c'est ce qui a obligé le pere Simon Okolski, de la loüer particulierement dans son *Orbis Polonus*....

« Leur habit est aussi riche et plus que celuy des gentils-hommes, neantmoins il paroist moins beau, c'est une iuppe assez courte de quelque riche estoffe, avec vne espece de justaucorps de mesme, fourré de zibellines, qui descend fort bas ; elles ont dessus vn nombre infiny de pierreries, tant en nœuds d'or émaillez qu'en chaisnes et autres façons, et sont frisées fort prests et cordonnées avec des perles et des pierreries en quantité ; sur cela est vne petite coëffe de toile blanche, et, au lieu du masque de nos dames, c'est vne autre toile, de mesme en maniere de grande mantoniere qui leur pend soûs la gorge, et qu'elles tirent jusques sur le nez quand elles sont en carrosse à la campagne. » (Relation déjà citée, 2e partie, pages 49-52.)

———◆———

LE COUVENT DE SURLY

XVIII

Que les philosophes philosophaillent comme ils veulent, il est
incontestable que la foi est de tous les sentiments le plus fort et le

plus créateur. L'orgueil, la puissance, la raison, le courage, ont accompli de grandes choses dans le monde, mais ce qu'il y a de plus grand, ce qui a duré à travers les siècles, était l'œuvre de la foi. Beaucoup d'antiques nations ont disparu, sans presque laisser de traces parmi les hommes, et s'il est resté d'elles quelque chose qui témoigne de leur existence passée, ce sont les monuments de leur foi, lesquels durent jusqu'aujourd'hui. Les monuments de leur puissance, quoique élevés avec tant de soins, sont déjà tombés en poussière, avec les restes de ceux qui les avaient bâtis. Si des croyances erronées, mais réelles, ont eu une telle force, que ne peut accomplir notre foi, la seule vraie, enseignée par Dieu lui-même incarné ? Aussi tout ce qu'il y a maintenant dans le monde de durable, de généreux, de légitimement puissant, la foi de nos pères l'a inspiré. Et même je ne comprends pas ce qui, en dehors de la foi, relèverait l'homme qui s'est abaissé jusqu'au crime, sans avoir toutefois entièrement effacé les derniers vestiges de la noblesse d'âme : l'homme, en effet, ne possédant pas en lui-même de force purifiante, il lui faut nécessairement l'obtenir d'un Être plus puissant. C'est ainsi qu'il y avait, même chez les païens, je ne sais quelles cérémonies pour guérir les consciences. Il se peut que Dieu, voyant aussi parmi eux un criminel s'humilier sincèrement, lui ait octroyé quelques moyens de revenir à la vertu, et ait béni son repentir ; car personne n'a fait de sacrifice au delà de ses forces, et tout ce qui est bien, action ou pensée, n'aura pas lieu sans l'inspiration de Dieu. Mais c'est une question profonde, que non-seulement un laïque, mais un prêtre même ne résoudra pas. Ce qui nous concerne est certain, évident et infaillible : tenons-nous-y ; et ce qu'il adviendra des autres, nous ne le pénétrerons jamais. Le mot de cette énigme, Notre-Seigneur ne l'a point révélé. Je sais seulement qu'autant il est présomptueux de leur donner quelque espoir, autant il est cruel de les condamner.

Remercions notre Sauveur de ce qu'il nous a éclairés et nous a directement donné les moyens de forcer, pour ainsi dire, sa grâce. Notre législation chrétienne de la pénitence est si claire, si précise, tellement justifiée par le résultat, que rien ne pourra nous excuser si nous n'en profitons pas. En ceci gît la grande supériorité des temps anciens sur notre temps actuel : quoique d'une part il se commît de plus grands crimes que ceux que nous voyons aujourd'hui (car l'énergie vitale de nos ancêtres était plus forte que celle de leurs descendants efféminés, qui, n'étant pas même aptes à s'élever aux violentes passions, croupissent uniquement dans les passions basses et abjectes), d'autre part, il y avait une grande idée de la vertu et des expiations nécessaires pour racheter les fautes. Il y avait des actes de violence, il y avait des actes de bassesse : ces deux vices se réunissaient parfois pour aveugler l'homme et le changer en monstre ; c'est sur ce quoi s'appesantissent beaucoup trop les gens entichés de l'époque actuelle, et ils ne veulent pas voir l'autre côté de la médaille, comment, dans ces temps-là, il y avait des refuges pour la misère et le désespoir, comment les pèlerins se multipliaient sur les grandes routes, comment les bêtes féroces cédaient leurs antres à des pénitents de diverses espèces, comment les déserts s'en remplissaient. Donc l'idée du devoir était profondément gravée dans les cœurs ; et tant qu'elle ne s'effacera pas, il n'y a pas à désespérer de la société. Car celui-là seul peut, innocent, accomplir de grandes choses, qui coupable peut supporter de grandes pénitences. Dans cet esprit général du temps, notre patrie a occupé une place remarquable. Entres autres preuves innombrables, il en est une surtout qui est restée implantée dans ma mémoire, quoiqu'il y ait plus de cinquante ans que j'en ai eu connaissance, et par hasard.

En me sauvant de la prison de Smolensk, je tombai gravement

malade à Surly, petite bourgade située dans le district d'Orsza.
Je serais immanquablement mort à l'hôtellerie juive, si la Providence n'y eût amené deux carmélites déchaussés, qui revenaient du chapitre à leur couvent, situé au-dessus de la forêt de
Surly, sous l'invocation de saint Érasme. Ces moines charitables
m'emmenèrent avec eux presque sans connaissance, et dans leur
couvent je recouvrai la santé, après quelques semaines de maladie. Quand je les quittai, ils me fournirent si bien de tout, que je
puis dire que c'est avec leur argent que je parvins à Cracovie
même, où je me réunis de nouveau aux confédérés, avec lesquels
je jurai solennellement de combattre jusqu'à la fin, le jour même
où je m'engageais sous leurs drapeaux. Ce fut cette seule raison
qui m'empêcha d'être moine, car j'avais été singulièrement
charmé de cette réunion, composée d'hommes vivant saintement,
laborieux et instruits. Pendant mon séjour chez eux, j'appris
différents détails sur leur fondation.

Du temps de Jean-Casimir, vivait dans la woyéwodie de Witebsk un digne gentilhomme qui n'avait qu'un fils unique. Il
s'appelait Ciechanowiecki, nom illustre en Lithuanie. Quoiqu'il
possédât de vastes domaines, comme il se savait de grandes obligations au prince Jérémie Wisniowiecki, voulant rendre bienfait
pour bienfait, il mit son fils au service du prince Michel, tout à fait
déchu de sa haute fortune ; ce fils, qui s'entretenait à ses propres
frais, formait presque toute la cour du prince. Mais dès que la reconnaissance nationale et la mémoire des services paternels eurent
élevé au trône de Pologne le prince Michel Wisniowiecki (1),
l'un des premiers actes du nouveau roi fut de montrer sa reconnaissance à M. Ciechanowiecki, pour avoir partagé volontairement
sa mauvaise fortune. Il le fit écuyer tranchant de Lithuanie et lui

(1) Voir la note A, à la suite de ce récit, p. 384.

donna plusieurs domaines royaux, entre autres la starostie d'Orsza
avec juridiction. C'est ainsi que, jeune encore, il fut revêtu des
plus hautes dignités. Peu après, son père mourut, ce qui le força
à quitter la capitale, d'abord pour lui rendre les derniers devoirs,
puis pour prendre possession de son vaste héritage. S'étant établi
dans la woyéwodie, il se lia d'amitié avec Lopacinski, panetier de
Witebsk, et lui demanda la main de sa fille. Il l'avait déjà obligé
auparavant en lui cédant, avec le consentement du roi, la starostie d'Orsza ; du reste, étant l'égal de la demoiselle par la naissance
et unissant à de hautes dignités la plus grande fortune du district,
il obtint une réponse favorable, et il y eut, en présence de presque
la woyéwodie, de magnifiques fiançailles. Mais quelle durée a la
prospérité humaine ! Il semblait posséder pleinement les garanties
d'un bonheur durable, et le plus grand malheur pendait sur sa
tête. Sa nourrice se présente devant le tribunal, assistée de je ne
me rappelle plus quel gentilhomme, qui avait acquis du défunt le
village où elle demeurait, et elle avoue que M. l'écuyer tranchant
est son fils, qu'elle a substitué, étant nourrice, au véritable fils du
seigneur ; que celui-ci est mort chez elle encore enfant ; que sa
conscience lui reprochait sans cesse une telle action ; qu'enfin le
prêtre auquel elle s'était confessée lui avait conseillé de faire cet
aveu, comme unique moyen de se relever d'un si lourd péché.
Menacé de cet opprobre (car déjà les autres Ciechanowiecki, qui en
voulaient à ses biens, se mettaient activement à l'œuvre), M. l'é-
cuyer tranchant se défend de son mieux, tente tous les moyens
de salut, cite la nourrice pour crime de calomnie, qui, d'après la
loi, emportait la mort. M. Lopacinski, dans la juridiction duquel
allait se dérouler l'affaire, touché lui-même au vif, l'aida secrètement de son pouvoir. Enfin ce malheureux homme détermina sa
prétendue nourrice, et en réalité sa mère, soit par le conseil des
prêtres qu'il avait apostés pour lui expliquer qu'un aveu tendant

à troubler la tranquillité publique ne pouvait provenir que d'un mauvais esprit, soit par le réveil en son cœur de l'affection mater-ternelle, en exposant qu'elle arrachait à son fils la fortune, l'hon-neur, et même la vie, car il ne survivrait pas à son malheur, il la détermina, dis-je, à déclarer devant le tribunal qu'elle avait fait ses premiers aveux uniquement par colère, parce qu'en deman-dant de notables récompenses pour les soins donnés à son enfance, elle avait été rabrouée comme importune, ce qui lui avait rempli le cœur d'amertume et de vengeance. Et il convint avec M. le sta-roste d'Orsza que, dans le cours de l'affaire, se trouvant en pré-sence d'une telle calomnie, il demanderait à son tribunal de la condamner à mort, peine qui ne serait pas refusée attendu les propres aveux de l'accusée; mais qu'aussitôt il irait à Varsovie, obtiendrait du roi une lettre de grâce, au moyen de laquelle il la délivrerait au moment de l'exécution, et puis, lui assurant un sort commode, il la transporterait dans une woyéwodie éloignée.

Après s'être ainsi entendu avec le staroste, son futur beau-père, et aussi avec sa mère, laquelle, quand on lui eût expliqué l'affaire, consentit à tout et promit de persévérer jusqu'au bout dans son nouvel aveu, il part en grande hâte pour Varsovie et revient avec une lettre de grâce. Pendant ce temps, le procès suit son cours ordinaire, le tribunal rend l'arrêt de mort, et M. le staroste, auquel son gendre avait déjà montré la lettre, confirme l'arrêt, dans la persuasion que le fils ne permettrait pas la perte de sa mère. Mais M. l'écuyer tranchant, voulant se garantir contre la perspective de dangers à venir, ne se servit pas de la lettre, et laissa exécuter sa propre mère.

M. le staroste qui seul était au courant (car les autres juges avaient jugé en conscience), quand le vice-régent lui apprit que l'arrêt était exécuté, tomba sans vie, comme frappé de la foudre. Un an après, M. l'écuyer tranchant épousa la fille du staroste, vécut heureux avec elle et eut six fils, qu'il élevait dans une grande piété. Tout lui réussissait, rien ne lui manquait; il jouissait d'une grande fortune, de hautes dignités, de l'estime publique. Chacun pouvait envier son bonheur, personne ne savait ce qui se passait dans son âme. A la fin, sa femme mourut quand le plus jeune de ses fils était déjà grand. Alors seulement, après avoir passé l'année de son veuvage, en lutte avec lui-même, il appela ses six fils, avoua devant eux le mystère qui le tourmentait, et leur déclara qu'il voulait élever un couvent dans la forêt de Surly et y finir ses jours dans la pénitence. Ses fils s'étant consultés entre eux : « Père, répondirent-ils, puisqu'il en est ainsi, aucun de nous n'a droit à ces domaines que tu as possédés. Élève un couvent et rends aux propriétaires légitimes tes biens, que tu as considérablement augmentés; mais nous, nous quitterons le monde et avec toi nous ferons pénitence et servirons Dieu. »

C'est ainsi que l'écuyer tranchant éleva un beau cloître sous l'invocation de saint Érasme, son patron, et y établit des carmélites; ensuite, ayant appelé les Ciechanowiecki, déjà déchus, mais devant Dieu légitimes propriétaires des domaines qu'il détenait, il leur confessa son crime, leur demanda pardon du tort qu'il leur avait fait, et leur remit tout son avoir après leur avoir démontré que la somme même qu'il avait consacrée au service de Dieu était prise non sur leurs biens, mais sur les dons reçus du roi. Il entra au noviciat avec ses six fils deux ans après, prononça solennellement ses vœux en même temps qu'eux, et mourut convers dans un âge fort avancé, et dans un tel état de sainteté que son corps est aujourd'hui encore célèbre par ses miracles. Tous ses fils reçurent la prêtrise, et leur couvent fut grandement édifié de leur piété et de leurs lumières.

(A) « Michel Korybut, duc de Wisniowiecki, se fait remarquer entre tous. C'est le chef de la maison de Wisniowiecki et de Korybut, parent de Jagellon. Son père, cet héros qui estait palatin de Russie, l'amour du peuple, le père des gens de guerre, et qui, dans la victoire de Beresteczko, s'est rendu immortel aux siens, que toute l'armée a pleuré et porté en deuil sur ses épaules. La cour de son père estait l'escole de la jeunesse polonaise et des vaillants hommes; sa mère est pieuse et regide observatrice des coustumes anciennes. Il a esté eslevé par le prince Charles de Pologne, et après sa mort, la reyne Louyse en a pris soin, cette auguste princesse, dans les conversations particulières, ne l'ayant pas jugé indigne du sceptre. C'est un jeune homme d'une éminente vertu; il est bon, moderé, prudent, lettré, sçavant ès langues estrangères; qui a esté esprouvé par tous les revers de la fortune, et qui, au fait de la guerre, ne dégénère en rien à son père, ce qu'il fit bien voir dans la campagne royale au-delà du Borysthène. Il n'a pas grand parentage, car la maison des Wisniowiecki est réduite à trois hommes. Lorsqu'il prendrait soin d'une grande partie de ses terres, qui sont au-delà du Nièper, il donnerait ce grand patrimoine aux hommes vaillants et généreu.., il expédierait l'embrouillé procès de l'héritage de Zamosci, qui est fâche.. à la république, il prendrait les gardes de son corps de la noblesse pr.. nais.. » (*Censure ou Discours politique*, etc., brochure du dix-septième siècle, déjà citée, page 100.)

DIX-NEUVIÈME RÉCIT

—•◦•—

PAWLIK

XIX

De notre temps, l'éducation de la jeunesse n'était pas, quant aux études, aussi recherchée que maintenant, mais elle formait de meilleurs citoyens. Un Polonais sorti de nos anciennes écoles était un vrai Polonais : entre mille étrangers, on pouvait reconnaître sa nationalité. A présent, que ce soit en Silésie ou en Lithuanie, ou au fond de l'Allemagne, une école ressemble à l'autre : mêmes études, mêmes jeux, même division de la journée. Il en sort, je ne sais quels citoyens du monde, à qui il est indifférent d'habiter Rome ou la Crimée. Et c'est soi-disant un grand progrès que d'effacer de plus en plus les caractères distinctifs de chaque nationalité et de créer une sorte de nation commune, éclairée, savante, sans préjugés. Belle pensée, mais qui, grâce à Dieu, n'aboutira à rien ; toute la puissance des savants ne peut changer le décret que l'Esprit-Saint nous a révélé par ces mots : *Et separavit Deus gentes, secundum linguas eorum.* En effet, de même qu'il n'appartenait pas aux hommes de faire que cette nation fût autre, ainsi ils ne feront point qu'elle ne soit pas. Ils peuvent altérer, gâter l'ouvrage de Dieu ; ils ne le détruiront pas. Dieu, à son heure, remettra les choses à leur place, et les gens pervers auront eux-mêmes honte de s'être fiés, pour braver la Providence, à leur faible raison. Nos écoles étaient bonnes, quoique, sauf le latin, on n'y apprît aucune langue étrangère, et qu'un jeune homme à moustaches en sût moins qu'un enfant aujourd'hui. Ne prouve-t-on pas abondamment que notre ignorance nous avait rendus incapables d'établir un gouvernement fort ; que la moralité publique avait disparu au milieu des superstitions et des folies monastiques ; que le manque de lumières avait étouffé nos sentiments d'honnêteté au point que l'on regardait chez nous comme un honneur de recevoir des pensions de l'étranger ; qu'alors seulement la nation se montra généreuse et digne de l'existence, quand le roi Stanislas-Auguste eut introduit la réforme dans l'enseignement public, et autres propositions semblables avec lesquelles ils troublent les cendres de nos aïeux, et qu'ils répètent si souvent qu'ils les font croire ? Mais, j'avoue qu'avec mon simple bon sens je ne comprends pas quel rapport il peut y avoir entre un gouvernement fort et ce qu'on appelle les lumières publiques ; à moins que la Russie et la Turquie ne soient des pays bien éclairés, car certainement leurs gouvernements ne sont pas faibles. Et en ce qui concerne les pensions étrangères, mon Dieu ! ils voient noir sur blanc, et ne veulent pas se convaincre. Il entra peu de roubles et de thalers dans la poche de ceux qui avaient puisé leur science dans Alvarez et qui se rasaient la tête. Mais on en aurait trouvé des piles chez ceux qui portaient le frac et ne parlaient polonais que forcés et contraints, qui ne cessaient de voyager à l'étranger et poudraient leur toupet : pourtant ce sont eux qui étaient au timon des affaires. Sont-ce les vieux Polonais, ceux vêtus du kontusz, qui ont amené les Russes vers les derniers jours d'Auguste III ? Sont-ce eux qui nous ont placés sous la garantie de la tzarine (1), qui ont fomenté les confédérations de Sluck, de Thorn, ou suscité celle de Targowica (2), et siégé comme maréchaux aux diètes du partage ? Tous les complots contre la patrie s'ourdissaient en langue française ; et si quelque écervelé de gentilhomme à kontusz s'embarquait dans une sale affaire, il y était toujours entraîné par quelque courtisan à frac, plein d'élégance et de lumières. Même ces expressions meurtrières, introduites dans notre langue, que prodiguaient les diètes partageantes, et que nous répétions sans les comprendre, nous étaient arrivées non des écoles de jésuites, mais des académies étrangères. A l'époque où nous ne connaissions pas ce détestable esprit étranger, la confédération de Bar tint six ans. Dès que le maréchal général proclamait le *pospolite ruszenie* (3), un gentil-

(1) Voir la note A à la suite de ce récit, p. 414.
(2) Voir la note B à la suite de ce récit, p. 417.
(3) Appel du ban et de l'arrière ban de la noblesse.
« Quand le royaume est obligé de faire la guerre, dit Le Laboureur, il faut qu'elle se résolve dans une assemblée générale qui demande beaucoup de tems,

homme ne réfléchissait pas si cela devait ou non réussir, mais il écoutait la voix du devoir, ne faisait attention ni à ses biens, ni à sa femme, ni à ses enfants : il montait à cheval et allait là où la loi lui ordonnait d'aller. Mais lors de la constitution du 3 mai, pour laquelle chacun de nous était prêt à se laisser hacher, comme les hommes du gouvernement étaient fort éclairés, ils n'eurent même pas la pensée de proclamer le *pospolite ruszenie.* « C'est une vieille institution, disaient-ils, il faut imiter les peuples policés et confier à l'armée seule la défense de la patrie. » Aussi en quelques semaines tout était-il fini. Alvarez valait mieux pour nous que la Société des livres élémentaires. Dans nos anciennes écoles, tout était à l'image de cette république pour laquelle on nous élevait. Nous avions nos diétines, nos tribunaux; nous luttions au bâton, nous faisions des manœuvres militaires, et l'on nous exerçait à la religion, sur laquelle s'appuie la nationalité polonaise. Au sortir des écoles, s'il fallait ou juger ou conduire une compagnie, on ne se trouvait pas avoir à faire des choses étrangères. Et par-dessus tout on nous enseignait à ne pas discuter nos devoirs, mais à les remplir.

il faut ensuitte commander la noblesse. Cependant l'ennemy gaste le pays, il ruyne les petites villes et la foible armée qui garde les limites n'estant pas bastante pour soutenir le premier débordement de ce torrent, est contrainte de luy abandonner la campagne et de se retirer dans les villes d'importance pour les défendre en cas de siége. C'est pourquoy les frontières de ce royaume ont peu de forteresses, parce qu'estant plus tost prise que secourues il seroit difficile de les reprendre toutes et de rechasser l'ennemy dans son pays. Bientost toute la noblesse y vient avec la fureur d'une nation fière et belliqueuse; elle recogne l'ennemy au-delà de ses frontières, elle met souvent à feu et à sang plusieurs provinces. Puis elle veut retourner, et ainsi cette formidable multitude de gens de guerre qui sera quelque foys de trente à quarante mille gentils-hommes et de soixante mille valets disparoit comme une nuée après le tonnerre... S'ils avoient une infanterie nombreuse comme leur cavalerie je les tiendrois invincibles. » (Relation déjà citée, 2e partie, page 100.)

Ambroise Korsak, lieutenant du régiment de Piatyhory, et mon grand bienfaiteur, était âgé de plus de soixante-dix ans; il avait des petits-fils déjà établis, et pourtant, quand survint la confédération de Bar, il ne prétexta pas son âge; il se souvenait qu'en devenant *towarzysz* (1) sous les ordres de Denhof, woyévode de Polock, qui mourut hetman de camp, il avait juré d'être à chaque appel prêt à exposer sa tête pour la patrie. D'ailleurs, se fût-il ménagé, il ne vivrait pas davantage, car lorsqu'il succomba sous Czenstochowa, il avait soixante-dix-huit ans, et il y a de cela plus de cinquante ans, et pourtant ce n'était pas un homme antédiluvien. Qu'aurait-il gagné à ne pas remplir son devoir, et qu'ont gagné les traîtres envers la patrie, qui ont vendu leur âme aux Moskowites? L'argent, s'il n'a pas été dissipé, un autre en profite, et le plus souvent ce n'est pas même un descendant : *male parta* retournent au diable; nous savons par expérience que l'argent mal acquis *tertius heres non gaudebit!* Aussi M. Korsak disait-il souvent : « Ne te soucie pas de la vie, car elle ne t'appartient pas. *Deus me custodiat!* (Tel était son dicton.) Quand je devins towarzysz, je n'avais pas encore de barbe au menton, je m'étais sauvé de la troisième classe au régiment où, bien qu'enfant, j'eus du monde sous mes ordres, grâce à S. Exc. Denhof, woyévode de Polock, père de feu l'hetman, à la cour duquel mon père avait été élevé. Peu après mon engagement, j'allai avec le régiment dans la forêt de Korelice pour y arrêter des brigands. Or il se trouvait parmi nous un towarzysz au cœur timide, qui s'appelait Szeliga. Dès que nous entourâmes cette canaille, et que les brigands firent feu sur nous, M. Szeliga lâcha pied et s'enfuit aussi vite que son cheval le pouvait porter. Pouah!... Il ne nous fit pas faute : ces coquins ayant deux fois fait feu sans nous

(1) Voir la note 3 de la page 115.

atteindre, se rendirent tous ; nous les garrottâmes et les emmenâmes, et il ne nous resta pas peu de butin ; or non-seulement il se déshonora honteusement, mais il ne sauva pas même sa vie : errant à travers la forêt, il arriva tout harassé à la cabane d'un garde, dont la femme souffrait d'une fièvre maligne, il la gagna et mourut en quelques jours. S'il eût persévéré dans le devoir, il aurait vécu bien portant. Ce fut pour moi une leçon dont je me souvins toute ma vie. Moi, je me sauverais devant la mort qui peut-être ne pense même pas à moi, et j'irais moi-même la chercher je ne sais où ! Mieux vaut faire son devoir et s'en rapporter à Dieu. »

M. Korsak, vieux et expérimenté, avait à raconter une foule d'historiettes ; on aurait pu, en effet, écrire plus d'un livre avec ce qu'il avait vu ou éprouvé. Après la prise de Cracovie, quand nous y hivernions tranquillement, jusqu'à ce que la Russie s'enhardît à nous attaquer au printemps, le jour de la Saint-Ambroise nous nous réunîmes chez M. Korsak pour lui souhaiter sa fête. Nous étions une trentaine, de différentes woyéwodies ; le maître de la maison était réjoui, et une tonne de vin fut rapidement vidée. On ne pouvait se rassasier de l'entendre raconter.

Il nous narrait comment, dans le commencement de sa carrière, étant encore au service du grand hetman de Lithuanie, Pociey, à Vilna, il accompagnait à cheval sa voiture ; ce seigneur, étant grandement pieux, lui ordonna de réciter avec lui le chapelet. Quand donc à son tour l'hetman commençait l'antienne : « O Marie, chaste vierge, tu as enfanté le prince, l'héritier des cieux, » juste à cet instant M. Korsak vit dans une rue transversale une voiture où était certaine dame dont il recherchait la fille. Il partit alors, baisa la main de la dame, retourna son cheval, et arriva juste à temps pour finir l'antienne : « Tu as enfanté sans douleur, sauve-nous de l'affliction et de la douleur, *ave Maria*, amen. »

Cela plut tellement à S. Exc. le hetman, qu'il ne put s'empêcher d'interrompre son chapelet pour dire : « Hó! towarzysz, tu es adroit! et je ne t'oublierai pas. » Bientôt il lui donna la charge d'enseigne dans son régiment. Pour ce motif, Korsak se sabra huit fois avec ceux qui aspiraient au même rang. Il nous racontait, le verre en main, mille choses semblables, que c'était plaisir de l'entendre; enfin il arriva, je ne sais comment à nous décrire les détails de son engagement dans notre confédération : car il était un des premiers qui y fût entré, quoiqu'il fût Lithuanien, et que la confédération de Bar, comme chacun sait, ait été formée en Podolie.

« Chers messieurs et frères, ou plutôt fils, car, Dieu soit loué, il y a déjà plus d'un an et même de deux que la huitième croix (1) s'est ajoutée à mon acte de naissance; et il y a cinquante-huit ans bien sonnés que personnellement je sers dans la cavalerie nationale, sans compter les quelques années où, étant inscrit, j'ai guerroyé au bâton avec les étudiants. Hó! l'on s'est frotté aux haydamaks, l'on a flairé de près les Suédois sous Warka et Kalisz, et l'on a accroché quelque chose de la guerre de Sept ans, et pendant le dernier interrègne on n'est point resté derrière son poêle, mais avec le prince woyéwode de Vilna on a erré en Valachie; avec tout cela, on a gardé assez d'ans et de forces pour vous servir ici. Ce ne m'était pas un bien grand tour de force que de trouver la mort. A vrai dire, elle m'a mordu plusieurs fois, mais ne m'a pas encore mangé, vous le voyez; et, *Deus me custodiat*, je me flatte d'en envoyer encore plus d'un là où il me faudra bientôt aller moi-même.

« Or, mes seigneurs, il y a de cela cinq ans, comme la paix

(1) Expression qui signifie une dizaine d'années, par suite de la ressemblance qu'il y a entre la croix et le chiffre X.

régnait d'un bout à l'autre de la république, je me tenais paisiblement à Kroze avec l'escadron que je commandais, ni plus ni moins qu'un vieillard qui ne peut plus travailler. Tantôt l'on enseignait à la compagnie à marcher en file, tantôt à se déniaiser sur un échiquier; ou l'on jugeait les différends avec les juifs, ou bien l'on percevait le droit sur les boissons : c'en était triste de fainéantiser ainsi; qu'y faire?

« Les Russes passent et repassent par Kroze, et l'on ne peut leur dire : Que faites-vous par ici? quoique notre escadron fût bien fourni, car il y avait plus de cinquante towarzysz, et presque deux fois autant de simples cavaliers. Ne voilà-t-il pas que S. Exc. Giedroyc, général d'avant-garde de Lithuanie, et mon chef depuis la mort de l'hetman, m'appelle et me dit : « Monsieur « Ambroise, on ne peut savoir ce qui arrivera ; *Si vis pacem, para* « *bellum* : je serai content d'augmenter mon escadron, et j'ai « pour cela le consentement de l'hetman. Pars donc pour l'Ukraine « et ramène-m'en une cinquantaine de chevaux. — Dès aujour-« d'hui, Excellence; c'est à ce commerce que l'on a mangé ses « dents. »

« S. Exc. M. Giedroyc me compta six cent pièces d'or sonnantes, que je cousis de ma propre main dans une ceinture dont je ceignis ma chemise; puis, prenant deux towarzysz et deux valets d'armée, mais que je connaissais comme le cachet que je porte au petit doigt, pour des garçons éveillés, sans attendre le lendemain je me mis en route, après avoir laissé ma compagnie à M. le porte-étendard Michel Stapiewicz, et j'arrivai heureusement à Chudnow, biens qui faisaient autrefois partie du majorat des Os-sligski, et sont devenus biens héréditaires de S. A. le prince Martin Lubomirski, qui sert avec nous.

« Là je fis connaissance et me liai étroitement avec M. Czay-kowski, veneur de Kiow, et gouverneur du comté de Chudnow.

C'était un citoyen honnête et bien pensant; il servait le prince plutôt par amitié que par besoin, car il avait un ou deux villages en toute propriété, et quelque peu d'argent dans le monde. M. le veneur non-seulement m'offrit son aide pour l'achat des chevaux, mais encore mit à ma disposition tous ses kozaks domestiques, et me permit de me loger au château et d'y rassembler hommes et chevaux, jusqu'à mon départ avec eux pour la Lithuanie. De manière et d'autre, çà et là chez les voisins, en quelques semaines je rassemblai une vingtaine de chevaux, mais des chevaux pur sang. C'est alors que je mis la main sur mon grison que vous avez tous connu, qui m'a servi cinq ans fidèlement, et que, quand il tomba sous Opatow, je pleurai presque comme mon propre fils. J'attendais en parfaite santé, à Cudnow, la foire de Berdyczew, afin d'acheter le reste. Or, voilà que M. Pulawski, staroste de Warka, donne le signal de la confédération de Bar; des lettres de convocation commencent à courir à travers le pays, appelant la noblesse au *pospolite ruszenie;* et les Russes se promènent en tous sens dans les environs, comme les rats dans un grenier, si bien que M. le veneur, par crainte qu'on ne prît mon petit avoir, conseille d'expédier hommes et chevaux dans la forêt de Cudnow. Et moi à cela : « Votre conseil est bon, excellent, mais l'ordre « du maréchal de la confédération me pèse sur le cœur : tout cela « n'est rien, il faut aller où l'on a l'ordre d'aller. » Et lui : « Que « monsieur le lieutenant rassemble ses chevaux dans la forêt, où « il sera plus en sûreté, et moi je lui fournirai tout ce que je « pourrai de gentilshommes. Mieux vaut servir le maréchal avec « une cinquantaine de chevaux que de se montrer à lui avec deux « towarzysz, quand tu ferais des miracles pour te frayer, avec si « peu de forces, un chemin jusqu'à lui. »

« Je n'avais rien à dire, sinon de le remercier de cette faveur; et lui, n'en restant pas là, voulut lui-même me conduire à Szy-

jeeka-Buda, où il m'assigna un logement. D'abord il y envoya
mes chevaux sous la garde de ses kozaks, et le lendemain nous
partîmes nous-mêmes à cheval : nous deux, le fils de M. le veneur, jeune et beau cavalier, et quelques-uns des gens. D'ordinaire, nous bavardions ensemble pendant la route. M. le veneur
me racontait que la forêt de Cudnow était le repaire de la troupe
de Pawlik, fameux brigand, la terreur des juifs, parce qu'il a pillé
plus d'une petite ville. Ainsi, il y a de cela deux semaines, probablement pour prendre des informations, Gontar, son second,
suivi de deux coquins, se montra au marché de Cudnow avec
un chariot de garde-chasse. Un cabaretier qui, une fois déjà,
avait été au pouvoir de Gontar, et aurait été immanquablement
pendu, car il avait déjà la corde au cou, si, pour son bonheur,
Pawlik ne fût par hasard survenu et n'eût donné ordre de le
laisser en vie, mais avec sa chemise pour tout bien, l'avait reconnu
et avait été à l'instant donner l'éveil au château. « Quand j'appris
« cela, ajouta M. le veneur, je me lançai au plus vite vers le mar-
« ché avec mes kozaks : j'eus la chance d'attraper deux de ces
« coquins ; de Gontar, pas plus de nouvelles que s'il fût tombé à
« l'eau : je mis toute cette petite ville sens dessus dessous, sans
« qu'il y eût moyen de le trouver. Pourtant, comme je tenais ses
« subordonnés, je leur fis mettre des entraves aux pieds : toute la
« journée ils travaillent à élever des remparts autour de mon châ-
« teau, et passent la nuit sous bonne garde. » Je lui témoignai mon
étonnement de ce qu'il ne les envoyait pas devant le tribunal ; mais
M. le veneur me répondit : « Si je les livrais à la justice, leur af-
« faire serait courte ; on les pendrait avant le coucher du soleil, et
« c'est alors que M. Pawlik me donnerait du tourment ; je ne dor-
« mirais pas une nuit tranquille. Avec nos haydamaks on ne doit
« être ni trop bien ni trop mal. Ils savent que j'ai deux des
« leurs en mon pouvoir, et j'en tire avantage ; s'ils faisaient du

« dégât, je ferais empaler les prisonniers sans jugement ; bon gré,
« malgré, ils sont forcés de rester en paix. » Et moi à lui : « Je
« vais être joliment logé dans la forêt ! C'est se mettre sous une
« gouttière pour éviter la pluie : je cache mes chevaux des Russes,
« et les voleurs me les prendront. — Monsieur le lieutenant,
« vous n'êtes pas au courant de leurs habitudes ; dans la forêt
« vous serez plus en sûreté qu'à Cudnow. Le hayda·aak a la na-
« ture du loup, il ne fait jamais de dégâts aux environs de sa
« tanière. Nous y avons une forge et une auberge, qui chaque
« dimanche est pleine de haydamaks. Ils boivent avec les ou-
« vriers, dont ils tiennent même les enfants sur les fonts baptis-
« maux : ils s'entendent à merveille, et jamais ni un haydamak ne
« trahit un ouvrier, ni un ouvrier ne trahit un haydamak. Dans
« la caisse, il y a souvent jusqu'à plusieurs milliers d'écus, et Dieu
« donne qu'il n'y ait pas plus de tort du côté du caissier et de
« l'agent comptable que du côté des haydamaks. Pawlik rend sou-
« vent visite à mon garde forestier, et je l'y ai rencontré une fois ;
« j'ai causé avec lui en feignant de ne pas savoir qui il était, bien
« que le forestier m'eût soufflé son nom à l'oreille. Il n'y a pas à
« dire, c'est un garçon d'esprit, et si large d'épaules, que je ne
« souhaiterais pas à trois hommes de le rencontrer ; ils n'en vien-
« draient pas à bout. Monsieur le lieutenant le verra peut-être
« plus d'une fois. »

« En causant ainsi, nous nous avancions dans la forêt à travers
des sentiers si étroits, que la plus petite voiture n'y pourrait passer. Quoiqu'à cheval, nous étions obligés d'aller à la file derrière
notre conducteur, pour arriver plus vite à Szyjecka-Buda. En ce
moment, quelques coups de sifflt nous surprirent, cela ne me pré-
sageait déjà rien de bon ; tout à coup deux coquins, sortant du
fourré, crient : « Halte là ! » Chacun d'eux tenait une carabine à la
main. M. le veneur, qui était à côté de moi, tira son pistolet des

fontes ; je lui dis : « Pistolet bas, et à l'instant, monsieur, il faut
« dans la forêt prendre garde aux armes à feu, de peur qu'en
« tirant chaque arbre ne riposte ; est-ce que l'on sait à qui l'on a
« affaire ? » Et l'un d'eux, que M. le veneur reconnut pour être
Pawlik lui-même, s'approchant de moi : « On voit bien que mon-
« sieur est un vieux routier. Vous vous seriez donné du tracas,
« si ce seigneur eût fait feu. » Il siffla alors d'une manière per-
çante, et peut-être plus de cent brigands s'élancèrent de droite et
de gauche de la route. Si je n'eusse empêché M. le veneur de tirer,
nous y aurions certainement laissé notre peau.

« Pawlik s'approcha de M. le veneur : « Eh quoi ! monsieur,
« faut-il que je vous fasse mettre des entraves aux pieds, comme
« vous à mes hommes ? — Mon cher, répondit le veneur, tu sais
« que Cudnow n'est pas à moi et qu'il me faut veiller sur les biens
« du maître. Et quand l'un des tiens se montre sur la place publi-
« que et qu'on me le fait savoir, que dirait-on de moi si je ne le
« poursuivais pas ? Ce n'est pas à moi qu'il faut en vouloir, mais à
« mon maître, qui, dans notre contrat, m'a expressément recom-
« mandé d'extirper l'haydamakie ; explique-toi avec lui à Varso-
« vie ou partout ailleurs, et donne-moi la sainte paix en me re-
« merciant même de ce que je ne te pourchasse pas dans la forêt.
« Il n'y a pas longtemps, M. le régimentaire m'a requis de faire,
« avec tous mes serfs, une battue générale contre vous ; je l'amuse
« de manière et d'autre pour que vous ayez la paix. Tu n'observes
« pas tes conventions avec le forestier ; tu as mangé de la terre,
« jurant que dans la forêt tu ne t'attaquerais à aucun de nous ;
« sur cette assurance, nous fermions les yeux sur vos actes, et
« maintenant tu t'en prends à moi. Je te regardais comme un
« honnête haydamak ; à ce que je vois, tu n'es qu'un grand vau-
« rien. — Est-ce que je n'ai pas respecté Votre Seigneurie et son
« économat ? Il n'y a pas deux jours de cela, j'ai rencontré le no-

« taire allant de Buda à Cudnow, et j'ai parlé avec lui en vrai
« enfant du bon Dieu. Il peut le dire lui-même. Je l'ai prié de me
« rapporter des pierres à fusil, et n'ai pas même tâté ses poches,
« quoiqu'elles continssent mille florins. Votre Seigneurie a fait
« clouer des entraves aux pieds de mes hommes. Est-ce qu'ils fai-
« saient quelque dommage? Refusaient-ils de payer le marchand
« forain? Eh quoi! ne nous est-il plus permis de vendre au marché?
« Maintenant je tiens le bon bout par devers moi : je vous payerai
« vos actes. — Et que gagneras-tu à me molester? Qu'un seul che-
« veu tombe de la tête de l'un de nous, et l'économe (1) de Cudnow
« le saura; il fera empaler tes deux hommes, et puis, quand il
« aura réuni tous les kozaks et tous les villageois, et fait une bat-
« tue dans la forêt, je ne sais pas si vous y gagnerez. Avoue que
« vous ne vous trouvez pas trop mal à Halac; laisse-nous plutôt
« aller à la grâce de Dieu et compte sur ma reconnaissance. — Al-
« lons donc! que l'économe s'avise de faire exécuter mes hommes
« à mort, moi, le lendemain, j'égorgerai sa femme et ses enfants,
« et mettrai le feu aux quatre coins de Cudnow, de manière qu'il
« n'en reste pas un pan de muraille pour se mettre à couvert. —
« Mais, mon Pawlik, parlons raison. Est-ce qu'avec ta vengeance,
« même si elle te réussissait, tu pourrais ressusciter les tiens, une
« fois qu'on les aurait plantés sur le pal? Rends-nous la liberté et je

(1) « Les roys de Pologne quittent après leur élection les charges, les dignités, les starosties dont ils avoient été pourvus par leurs prédécesseurs et en
échange ils ont d'autres domaines affectez particulièrement à leur entretien, qu'on
appelle *économies*, qui composent leurs revenus. Une particularité que je ne dois
pas omettre, est que les roys ne peuvent eux-mêmes faire valoir ces économies,
ny les donner à régir à leurs domestiques; ils sont obligés de les affermer à des
gentils-hommes, et les plus grands seigneurs du royaume s'empressent de les prendre, jusques-là qu'aujourd'huy le grand chancelier de Lithuanie, Oginski, est fermier d'une starostie de la reyne et la reyne elle-même est fermière d'une économie
du roy. » (*Mémoires du chevalier de Beaujeu*. Amsterdam, 1700, page 156.)

« ferai relâcher tes hommes. — Je n'ai plus foi en Votre Seigneu-
« rie. Ne nous sommes-nous pas promis de ne nous pas inquiéter
« l'un l'autre ? L'économat de Cudnow n'a point éprouvé le moindre
« désagrément de notre part. J'ai même fait, sur un simple mot de
« vous, restituer à madame Sosnowska, qui détient Turczynowka,
« les chevaux qui lui avaient été enlevés ; et Votre Seigneurie s'est
« emparée de mes hommes innocents et les a tenus deux semai-
« nes dans les entraves, comme s'ils eussent fait tort à quelqu'un.
« Maintenant Votre Seigneurie joue d'un autre instrument ; dès
« que je l'aurai lâchée sur parole, de retour à son château, elle di-
« rait à l'instant : Pourquoi tiendrais-je ma parole à ce fils de
« Cham ? Est-il donc gentilhomme pour me poser des conditions ?
« Cet audacieux paysan mérite des crocs et des tenailles. Est-ce que
« je ne vous connais pas ?... — Monsieur Pawlik, nieras-tu que je
« te voulais cependant du bien ? Ne t'ai-je souvent accordé des
« faveurs ? Vous ai-je défendu de réduire en cendre les coudriers ?
« N'ai-je pas permis à trois de tes hommes d'aller avec des charrois
« chercher en Crimée du poisson salé ? N'ai-je pas une fois, sur ton
« cachet, ordonné de vous livrer, du magasin, trois foudres entiers
« d'eau-de-vie ? Avoue, monsieur Pawlik, que tu es dans notre forêt
« comme dans un paradis. — Ah ! *monsieur* Pawlik ! car la crainte a
« les yeux grands ; moi je vais dire en peu de mots à Votre Sei-
« gneurie ce qu'il y a à faire. Qu'elle me laisse un ôtage jusqu'au
« renvoi de mes hommes et je la lâcherai. Bien entendu que je gar-
« derai en, guise de souvenir, ce que vous avez d'argent sur vous. »

« Jugez un peu, messieurs mes frères, ce que je devins, moi qui
avais quelques centaines de ducats d'or dans ma ceinture !

« Puisque tu es si méfiant, dit M. le veneur, lâche donc mon
« fils et mon hôte, et je te servirai d'ôtage. — Il n'en sera pas ainsi.
« Je relâcherai Votre Seigneurie, mais je retiendrai votre fils : un
« père rachète plus vite son fils qu'un fils son père ; et il n'arrivera

« aucun mal au jeune seigneur pour avoir passé la nuit avec nous.
« — Seigneur Pawlik, aie pitié de ma femme. Que t'a-t-elle fait
« pour que tu la veuilles noyer dans un verre d'eau. Quand elle me
« va voir sans mon fils, aussi vrai qu'il y a un Dieu au ciel, elle
« tombera sans vie. — Votre Seigneurie sait qu'il est facile de me
« prendre par le cœur. Qu'elle s'en retourne donc en paix avec
« son fils; mais je ne resterai pas sans ôtage. Voici cet hôte,
« qui n'a pas permis à Votre Seigneurie de tirer, il viendra avec
« nous à Halac, et il y restera tant que Votre Seigneurie le voudra;
« car je ne le lâcherai pas avant de voir mes hommes. C'est un sol-
« dat, il ne s'ennuiera pas avec nous. — Seigneur Pawlik, ne me
« fais pas cette injure qu'un hôte ait à regretter d'avoir eu con-
« fiance en moi. Puisque tu es si inhumain, je préfère que tu re-
« tiennes et moi et mon fils, et que tu le laisses aller : que le
« plus grand malheur fonde sur moi plutôt que de laisser éprou-
« ver à mon hôte le plus léger désagrément. »

« J'eus pitié de l'honnête veneur : « Que Votre Seigneurie ne
« s'inquiète pas de moi, dis-je, et s'en retourne avec son digne
« fils et sa suite à Cudnow, je suis prêt à suivre M. Pawlik à son
« Halac. Je lui suis reconnaissant de m'avoir jugé digne de servir
« de garant à la parole de Votre Seigneurie, et je le remercie fort
« de la bonne opinion qu'il a de moi. Je ne serai pas mal chez
« lui ; ne sommes-nous pas tous deux soldats? Moi pour la répu-
« blique, lui pour son propre compte; de manière ou d'autre,
« nous nous entendrons. Et lorsque M. le veneur lui aura ren-
« voyé ses hommes, je sais M. Pawlik assez courtois pour me re-
« conduire lui-même à Szyjecka-Buda. Que Votre digne Seigneu-
« rie me laisse ici et qu'elle n'oublie pas de présenter mes respects
« à madame. — Que Dieu te récompense, honorable lieutenant,
« d'avoir eu pitié de ma vieille femme, et je te donne l'assurance
« que tu ne t'ennuieras pas longtemps. Je prie seulement beau-

20

« coup M. Pawlik de se comporter humainement avec M. le
« lieutenant. — Que Votre Seigneurie se tranquillise à ce sujet :
« celui qui reçoit l'hospitalité chez moi m'importe plus que mon
« propre père. Mais je ne regarde pas encore M. le lieutenant comme
« mon hôte, c'est pourquoi je répète ce que j'ai déjà dit : que
« chacun me remette à l'instant ce qu'il peut avoir d'argent. »

M. le veneur tira de sa poche sa bourse, où il y avait une vingtaine de roubles, et les lui remit en disant : « Ote-moi jusqu'à ma
« chemise si tel est ton bon plaisir ; foi de *sodalis*, tu ne trouveras
« pas un denier. — Maintenant à votre tour, monsieur le lieute-
« nant ! » M. le veneur interrompit précipitamment : « Qu'espères-
« tu, seigneur Pawlik, trouver sur un soldat ? S'il a quelques tym-
« fes, les lui prendras-tu aussi ? Ce ne serait pas digne ! — Votre
« Seigneurie a déjà parlé pour elle-même, et Dieu a donné une
« langue à M. le lieutenant. » Et se tournant vers moi : « As-tu de
« l'argent monsieur ? — J'ai quelques écus, les voici. — Et tu n'as
« pas davantage sur toi ? — Pas davantage. — Que monsieur le lieu-
« tenant m'en donne sa parole de gentilhomme et de soldat, et je le
« croirai. Et il m'offrit la main. — Voici que tu m'as coupé, sei-
« gneur Pawlik ! C'est en vain, advienne que pourra, je ne tacherai
« pas mon honneur. » Et tirant mon rouleau d'or : « Prends-le sei-
« gneur, mais tu me causes un tort infernal ! Cet argent n'est pas
« à moi, il est à la république ; et ce à quoi il était destiné est main-
« tenant à tous les diables. — Que monsieur le lieutenant me par-
« donne, dit Pawlik, chacun vit de son métier : un gentilhomme
« de la corvée, un soldat de sa paye, un juif de l'aune et du litre,
« et le brigand de ce que Dieu lui envoie dans la poche d'autrui.
« Hô ! chasse les tristes pensées, le chagrin ne te rendra pas ce que
« tu as perdu. Et que l'honorable régisseur s'en retourne avec Dieu
« et me renvoie mes hommes : ici, à cette même place, mon lieute-
« nant les attendra, et nous serons de nouveau amis comme par le

« passé, tant que Votre Seigneurie ne m'accrochera pas encore une
« fois, car certes je ne commencerai point. Je reconduirai moi-
« même M. le lieutenant à Szyjecka-Buda. »

« M. le veneur s'en retourna donc avec sa suite, et moi je con-
tinuai ma route avec ces coquins, et par de tels fourrés que je dus
descendre de cheval et avancer à pied. Pawlik était à mes côtés,
me demandant à chaque instant si je n'étais pas fatigué, qu'en ce
cas il me ferait porter, et essayant d'engager conversation avec
moi. J'avais tant à cœur mon rouleau d'argent, que cent bateleurs
ne m'auraient pas distrait de mon chagrin. Oui, messieurs, tout
l'espoir de l'armement de mes hommes était tombé à l'eau comme
une pierre ! Je finis par lui dire : « Sieur Pawlik, laisse-moi en
« paix. Je suis maintenant à ta discrétion ; la victoire est aisée dès
« qu'on se met deux contre un, et autant que j'en puis juger à
« l'œil, vous êtes plus de cent ; ce n'est pas un bien grand tour de
« force que de me contraindre à souffler dans votre cornemuse.
« Mais si tel est ton bon plaisir, n'exige point que je m'amuse, le
« chagrin au cœur. Il n'y a pas une heure que j'ai appris ton exis-
« tence, donc je ne t'ai offensé en rien ; et pourtant tu t'empares de
« l'argent que mon commandant m'a confi afin d'acheter des che-
« vaux pour l'escadron. Avec cet argent j'aurais peut-être rassem-
« blé une cinquantaine de cavaliers, et je les aurais amenés à Bar.
« Brisons-là ; pour ta satisfaction, je te dirai qu'en te vantant de
« cela aux Russes tu mériteras leur reconnaissance ; car tu les a
« servis. Aie la bonté de ne point m'adresser la parole ; je ne sais
« pas mentir, et je dirai ouvertement que je n'ai de plaisir qu'en la
« compagnie de ceux à qui je veux du bien ; et j'ai un motif de
« ressentiment contre toi d'autant plus grand que ce n'est pas moi
« qui en souffre, mais la patrie. — Puisque monsieur se fâche, je
« ne lui parlerai pas ; que monsieur me tienne pour ce qu'il voudra,
« moi je l'estime beaucoup ; et à la manière dont je m'acquitterai

« des devoirs de l'hospitalité envers lui, monsieur pourra se con-
« vaincre que le diable n'est pas si noir que les popes le peignent. »

« Tout cela était bel et bon, je ne pouvais lui reprocher de n'y
pas mettre les formes, car il me parlait avec une grande politesse
et en aussi pur polonais qu'un gentilhomme de vieille roche ;
mais il m'avait tant fait de mauvais sang en me dépouillant entièrement, que je ne pouvais pas ne pas bouder, et j'allais avec la
mine refrognée d'un chasseur qui a manqué un ours. Je ne faisais guère attention à notre singulier voyage, qui n'en méritait
du reste pas la peine. D'ordinaire c'étaient des forêts et des bois,
des bois et des forêts ; à quoi, dans notre Lithuanie, l'on est habitué
dès l'enfance. Nous arrivâmes enfin près de Teterow, et par de
tels fourrés que l'on ne pouvait apercevoir le soleil. Alors Pawlik
me donna la main et me conduisit, en se traînant pas à pas, sous
un rocher où était une ouverture si étroite, qu'on ne parvint
presque à y entrer qu'en rampant. Cette ouverture s'élargissait
de plus en plus ; bientôt on alluma des torches de résine, et il en
jaillit une telle lumière, qu'on y voyait comme au dehors en plein
jour. Je distinguai une cavité immense taillée dans le roc et
creusée dans la terre : c'était le repaire des brigands, et un repaire
commode, quoiqu'il n'y pénétrât jamais un rayon de soleil. Des
salles, des chambres, des magasins de vivres, des cuisines, des
dépôts, des caves s'y succédaient ; en un mot, on aurait dit une
petite ville souterraine. Toute cette canaille prit ses aises ; Pawlik
était un hôte si prévenant et si occupé de moi, que si ce n'eût été
la vue de la grotte et des sauvages figures de ses habitants, qui me
rappelaient à chaque instant que je recevais l'hospitalité de brigands, j'aurais pu croire que j'étais reçu par quelque puissant seigneur. Comme c'était l'heure du dîner, la tourbe se dispersa ;
chacun mangeait le morceau sur lequel il tombait, et M. Pawlik
me demanda si je lui permettais de se mettre à table avec moi.

On comprend que ce n'était pas le moment de le chicaner sur ce détail. Il fit donc couvrir la table pour deux personnes, et me régala d'un fort bon dîner dans de la vaisselle de faïence ; il y avait sur la table pour l'arroser un pot de vieux vin de Hongrie. Après le rôti, Pawlik versa à ma santé du vin plein une coupe d'argent ; au vivat, et à un signal donné, plusieurs arquebuses firent feu, et l'écho répéta ce bruit dans la grotte entière. Que le dîner fût bon, il n'y avait là rien d'étonnant : car la femme de je ne sais quel pope de Wasilkow s'étant amourachée d'un petit chantre et ayant pour lui abandonné son mari, s'était jointe avec lui à Pawlik. Le chantre aidait au brigandage, et la popesse servait de cuisinière. Tout se passait convenablement ; mais cette pensée que l'on buvait du sang et des larmes, gâtait la joie ; en outre, le chagrin de ma propre perte me pesait sur le cœur, et encore plus la honte que malgré notre statut et nos constitutions, des brigands exploitassent les terres russiennes et y banquetassent impunément presqu'à côté du gouvernement (puisque ce n'était pas à deux lieues de Zytomierz) ; et on manquait de forces suffisantes pour mettre fin à une telle révolte contre les lois. Comment en eût-il été autrement quand la République, toujours attaquée par ses voisins et occupée seulement à conserver l'intégrité du sol, n'avait le temps ni de respirer ni seulement de s'organiser intérieurement. Ce n'est pas à celui qui lutte avec la mort sur un lit de douleur à penser comment arranger son logement. Tout se serait aisément fait chez nous, si nos voisins nous eussent laissés tranquilles. Quoique me trouvant au milieu d'une vile société, je noyais peu à peu, je ne sais comment, mon chagrin dans de fréquentes rasades, tellement, que Dieu me pardonne, la conversation finit par avoir de l'attrait pour moi. — Seigneur Pawlik, lui dis-je, puisqu'il a plu à Dieu que, bien que tu m'aies presque dépouillé de la peau, nous ayons vidé à table

des coupes à nos santés réciproques, permets-moi de te demander
si ce cheval bai dont j'ai été obligé de descendre pour me glisser
avec toi comme un serpent à travers les broussailles et que je ne
vois pas ici, est également devenu, *via facti*, ta propriété ? —
Monsieur le lieutenant le trouvera à Szyjecka-Buda ; je l'y ai de
suite envoyé. Monsieur le lieutenant m'a permis de m'asseoir à
table avec lui, et c'est pour moi un si grand honneur, que je ne
veux pas qu'il emporte de moi un triste souvenir. J'avais sur le
cœur qu'on eût cloué des entraves aux pieds de mes hommes ;
c'est pourquoi je me suis permis de tourmenter M. le régisseur
de Cudnow, et certes maintenant rien ne lui donne plus de soucis
que de m'avoir vu, en sa présence, t'arracher ce rouleau d'or. Ses
soucis sont tout mon profit. Je devais le punir, car il m'avait
fait une injustice ; et il faut pourtant montrer à mes hommes que
je me soucie d'eux. Mais celui qui a mangé avec moi le pain et
le sel, n'aura nullement à se plaindre. Je rends à monsieur le
lieutenant sa ceinture d'or intacte : ce que monsieur y a mis, il
l'y trouvera. Je la rends d'autant plus volontiers que monsieur a
révélé devant moi la destination de l'argent. Je ne suis pas gentilhomme, néanmoins je suis né sur cette même terre, et certes
je ne rendrai point de services aux Russes. »

« Je vous confesse, messieurs mes frères, que cela me toucha
tant, que je ne sus même pas l'en remercier; seulement je le
serrai cordialement dans mes bras. Mais j'ai la chair de poule rien
qu'à la pensée de l'incident qui a suivi. L'un de ses coquins, en
tournant autour de notre table et en le voyant me rendre une
ceinture bien sonnante, s'écria : « Ce n'est pas assez que nous
n'ayons pas gardé son cheval, on rend aussi son argent à ce
Lech. » Et voilà Pawlik qui s'emporte, et saisissant sa hache :
« Comment oses-tu, dit-il, fils de chien, te mêler de ce que je
« fais! » En achevant ces mots, il lui fendit la tête. Alors Pawlik

« de s'écrier : « Qu'on attache une pierre au cou de ce cadavre,
« qu'on le jette dans le Teterow et qu'on essuie le sol ensanglanté ! »
Son visage se rasséréna, il se remit à table comme s'il eût abattu
un lièvre, en me disant : « Que monsieur le lieutenant ne fasse
« pas attention. Il est chef lui-même et sait bien que sans l'o-
« béissance une armée ne peut exister. Je lui demande pardon
« de l'avoir interrompu. »

« Je vous avouerai que c'était une chose si inattendue, que je
dus vider jusqu'à trois lampées avant de revenir à moi ; je pensai
ensuite en moi-même : Que le diable vous emporte ! Qu'ai-je à
m'occuper de vos lois ? Vous vous y êtes vous-mêmes soumis ; et
comme on fait son lit, on se couche ! Du reste, à vrai dire, le temps
s'écoulait agréablement pour moi, car, après la restitution de
mon avoir, je n'avais plus de rancune ; le vin était excellent
et la conversation agréable. Il me confessa presque toute sa vie. Il
était serf du maître de camp de la Couronne, Woronicz d'heureuse mémoire, possesseur de Troyanow, car il naquit dans son
château, de parents qui faisaient partie de la domesticité, et dès
son enfance il fut chez lui en grande faveur : il bourrait les pipes
de son maître et l'assistait à la chasse. Son maître lui fit apprendre à lire et à écrire, et l'aurait sûrement affranchi en lui assurant
un morceau de pain, s'il n'eût tout à coup terminé sa vie.
Pawlik se trouva assis comme sur la glace : M. Woronicz n'a-
vait laissé que des mineurs, dont le tuteur était, d'après la loi
naturelle, M. Szczyt, chambellan de Pinsk, qui ne demeurait jamais à Troyanow ; tout y restait donc sous la direction des intendants. Or, Pawlik, bien déchu de ses espérances, servait le
régisseur à la place du maître. Encore, dans les commence-
ments, cela allait d'une manière telle quelle ; mais il s'amouracha
de la nièce du régisseur, alors en tutelle chez son oncle, qui
les surprit, je ne sais comment, quand ils défilaient déjà le cha-

pelet de l'amour, il était difficile, en vérité, à un tuteur de rester indifférent aux rapports d'une parenté avec un serf; il donna au plus vite la demoiselle à je ne sais quel employé qu'il avait sous la main ; et l'on peut aisément deviner ce qui arriva à Pawlik, quoiqu'il ne s'en soit pas vanté; il disait seulement qu'il avait été outragé sans miséricorde. Je ne le pressai pas de parler, mais l'on peut présumer de quel genre était cet outrage, par la vengeance qu'il tira du régisseur. Déjà une bande considérable de haydamaks s'était établie dans la forêt de Cudnow. Son chef était Burczak, le plus détestable des brigands que l'Ukraine ait jamais eus. Il n'y avait pas de nuit où quelque citoyen ne fût pillé. Avec lui le diable n'aurait pas conservé une tymfe. Quand il lui arrivait de s'emparer de quelque maison, il en saisissait le maître, plaçait des charbons ardents sur son ventre nu, tant que l'autre n'avait pas avoué jusqu'à son dernier sou. Alors il le relâchait quelquefois, et le plus souvent le faisait expirer dans les tourments, et multipliait sans fin des cruautés inconnues avant lui. Pawlik, exaspéré, se rendit près de lui, et sa première expédition fut contre le château de Troyanow. L'ayant pillé de fond en comble, il pendit le régisseur par les pieds, de façon que le sang l'étouffa. Lorsque à Zytomierz on saisit Burczak, banquetant chez sa maîtresse, qui, à ce qu'il paraît, avait elle-même averti le tribunal de sa présence, on comprend que, sans perdre de temps, le tribunal le fit écarteler; mais Pawlik, par son courage et son esprit, était déjà arrivé à une telle réputation parmi les brigands, que ce ramassis d'hommes de toute sorte l'élurent chef à l'unanimité. Aussi hardi que son prédécesseur, mais beaucoup plus intelligent, il ne se tacha pas de semblables cruautés, s'en tint au pillage, et ne massacra pas les gens désarmés. Il augmenta considérablement sa bande; la canaille courait à lui de tous côtés, si bien qu'à la fin il fit des difficultés dans la réception des gens,

tout comme un commandant de la cavalerie nationale. Il y avait
en lui une veine d'honnêteté. Le fils de certain grand propriétaire,
déjà adolescent à moustaches, qui fréquentait l'école des jésuites
de Zytomierz, bâtonné pour je ne sais quelle espièglerie, et brûlant de se venger, voulut se joindre à lui ; il refusa de profiter de
l'emportement du désespoir; au contraire, il le calma en lui expliquant qu'étant gentilhomme et par conséquent d'un ordre ex-
clusivement honoré dans le pays, il ne lui convenait pas de devenir proscrit comme eux, qui, même s'ils eussent voulu vivre
honnêtement, n'auraient pu, à cause de leur naissance, espérer
aucun bien. Et ainsi calmé, ce garçon s'en retourna chez son
père. Pawlik en arriva à cet excès d'audace de traiter ouvertement
avec les économes, et ceux-ci lui payaient des redevances. Quelques-uns lui donnaient, par crainte d'une agression, un tribut annuel, comme à quelque khan de Crimée. La communauté juive
de Piaty lui payait cinq cents florins par an, que recevait en
son nom le potier du lieu, son compère, qui n'en souffrit nullement, car l'économat de Piaty n'osa lui chercher noise pour
ce fait. « Monsieur le lieutenant, me disait Pawlik, ne pense pas
« que je ne sois qu'un brigand belliqueux; je suis aussi un grand
« justicier : dans la Pologne entière, moi seul suis juge entre le
« seigneur et le paysan. Quand un seigneur ou un économe moleste
« un paysan, et que celui-ci vient s'en plaindre à moi, j'envoie
« aussitôt pour qu'on lui fasse justice, avec menace qu'au cas con-
« traire il ne se passerait pas une semaine sans qu'ils ne fussent
« incendiés. Dans le commencement, une ou deux fois, pour
« l'exemple, je tins ce que j'avais promis; grâce à Dieu, il n'est
« plus besoin que j'exécute mes menaces : dans tout le pays en-
« vironnant, personne ne traite déjà plus le paysan en bétail. »

« Que direz-vous, messieurs, et frères ! je passai trois fois vingt-
quatre heures avec Pawlik, non par contrainte, mais par bonne

volonté, puisque cette nuit même arrivèrent les coquins renvoyés de Cudnow, avec une lettre pour moi du respectable veneur, où il me faisait mille excuses de tous les désagréments que j'avais éprouvés à cause de lui, et me priait d'accepter comme dédommagement vingt chevaux tout harnachés qu'il m'enverrait à Buda. Et quoique je l'eusse assuré dans la suite que Pawlik m'avait restitué ce qu'il m'avait pris, l'honnête veneur ne retira pas son offrande et m'envoya vingt cavaliers, que je présentai au généralat en temps et lieu. Oubliant malgré moi toutes les violences auxquelles M. Pawlik se laissa aller plus d'une fois, je le reconnus si hospitalier et si bon patriote, que je pensai, *Deus me custodiat* : Qu'ai-je à voir dans les actions d'autrui? L'Esprit-Saint n'a-t-il pas dit : Ne juge pas pour n'être pas jugé à ton tour. Pawlik, après m'avoir hébergé ainsi pendant trois jours, me reconduisit à Szyccka-Buda; j'y rassemblai lentement mon détachement, et j'apprenais la manœuvre à mes nouveaux soldats pendant qu'il me tenait au courant de tout, si bien que je n'avais besoin ni de placer des sentinelles ni d'envoyer d'éclaireurs.

« Ce ne fut pas tout. Une fois, me prenant à part, il me dit : « Monsieur le lieutenant, dans ma troupe, je sais qu'il y a trente « hommes qui pensent comme moi; nous voulons nous mettre sous « vos ordres et servir la patrie. — C'est une action inspirée du bon « Dieu, rien de plus saint! — Mais j'avouerai à monsieur le lieute- « nant qu'un arrêt a été rendu contre moi par le tribunal de Zyto- « mierz. Lorsque nous nous réunirons à lui et que nous nous avan- « cerons plus loin, si quelqu'un de là-bas me reconnaît, votre con- « fédération, par hasard, ne me fera-t-elle pas pendre? — Que ce « soit le cadet de vos soucis. Suis-je donc un mannequin pour per- « mettre que l'on offense quelqu'un placé sous mes ordres? Tu as « rendu déjà des services que certes je ne tairai pas; et s'il existe « quelque arrêt, il a été prononcé contre Pawlik, chef de brigands,

« et non contre Pawlikowski, le véritable fils de la patrie, et le chef
« émérite d'un détachement de volontaires, combattant dans les
« rangs de confédérés réunis au nom de la foi et de la liberté ; car
« déjà, pour moi, tu es Pawlikowski, et je ne t'appellerai plus ja-
« mais autrement. — Et s'il plaît à Dieu que je rende quelques servi-
« ces, la confédération m'obtiendra-t-elle la confirmation de ce nom
« et de ce brevet de noblesse ? — N'en doute pas. Si les affaires tour-
« nent bien, la confédération se changera en diète, et l'on donnera
« la noblesse à tous ceux qui auront servi utilement ; Dieu l'a ainsi
« ordonné, et il y en a eu des exemples. Avant que l'on en vienne
« là, qui saura quelle est ta naissance ? Moi je te présenterai à mon
« supérieur comme un gentilhomme de Polésie qui est ma main
« droite ; celui qui osera m'accuser de mensonge aura à s'expliquer
« avec moi ; on n'avale point un lieutenant du régiment de Piatyhory
« aussi aisément qu'un plat de gruau. » Pawlik tomba de son long
à mes pieds, et le lendemain, lui et plus de trente de ses hommes
prêtèrent serment dans mes mains. De cette manière, quand
M. Pulawski fut assiégé dans Berdyczew (1), je me trouvais à la
tête de plus de cent jeunes gens hardis, sur de vigoureux chevaux,
convenablement armés et habillés. Je voulais aller le dégager,
mais Pawlik me convainquit que contre une armée régulière de
plusieurs milliers d'hommes et munie de canons, c'eût été folie
de tenter la fortune avec une poignée d'hommes. Bientôt nous
mîmes un autre projet à exécution. M. Pulawski, en se défendant
à Berdyczew, se flattait d'être délivré par le soulèvement général
de la Kiowie et de la Wolhynie ; mais Stempowski, régimentaire
général des armées royales, et Branicki, alors veneur de la Couronne, tous deux flatteurs du roi Poniatowski, s'étant entendus
avec la Russie ne laissèrent pas éclater le soulèvement en Kiowie,

(1) Voir la note D à la fin de ce récit, p. 420.

et, pour ce qui regarde la Wolhynie, la noblesse de là-bas, satis-
faite d'avoir partagé entre eux le majorat des Ostrogski, ne
souhaitait nullement que la république devînt assez forte pour
réclamer sa propriété; elle préférait donc, selon son habitude,
faire du patriotisme le verre en main que de se sacrifier modestement pour la patrie. Toute la Pologne connaît l'honneur wolhy-
nien. Ainsi donc, M. Pulawski se trouvait dans la forteresse des
carmélites comme une souris dans la souricière; nul moyen ni
d'avancer ni de reculer. Il se défendit tant qu'il put; mais voyant
l'impossibilité de prolonger la défense, il demanda à capituler. A
certains points de vue, la convention avec les Russes était bonne:
on rendait la forteresse et les armes, mais les hommes pouvaient
s'en aller librement à Pokucie, où la confédération se tenait ferme-
ment; le Russe agit en Russe; il n'observa ni sa parole ni sa signature, et, ayant désarmé la garnison, il les expédia tous prisonniers
de guerre à Kiew. Or c'est là que se distingua Pawlik: mes bienveillants amis m'attribuent ce fait d'armes, mais je pécherais devant
Dieu en m'attribuant les services d'autrui. D'après son conseil,
je marchai avec lui à la délivrance des nôtres, quoiqu'un régiment
de kozaks du Don les escortât. Il avait partout des rapports avec
les serfs, il nous était donc facile de nous faufiler à travers les
postes ennemis, dont chaque démarche nous était connue. En
allant par des chemins détournés, pour couper le chemin aux
kozaks, nous ne pûmes éviter un fort détachement de Russes; il
y en avait environ deux mille, et quatre canons. Je croyais déjà
que c'en était fait de nous, la présence d'esprit de Pawlik remédia
à tout. Quand le général russe nous fit demander qui nous étions,
où nous allions, et par quels ordres, Pawlik répondit que nous
étions un escadron envoyé de Lisianka par M. le régimentaire
du parti ukraïnien pour apaiser les troubles occasionnés par la
révolte des paysans. Zelezniak, en effet, y commençait déjà sa

jacquerie. Ce qui nous servit beaucoup, c'est que les nôtres
étaient si convenablement vêtus qu'ils pouvaient hardiment passer
pour de la cavalerie nationale. Or les Russes regardaient M. le
régimentaire comme un des leurs, et il leur était même expressément recommandé de ne pas l'inquiéter. Nous l'échappâmes belle ;
le général se contenta de nos explications et continua de son côté
en nous souhaitant un bon voyage. Le lendemain, déjà à la brune,
à un petit quart de lieue de Chodorkow, nous rencontrâmes les
kozaks qui conduisaient nos frères : il y avait une foule de chariots sur lesquels on expédiait les armes prises à Berdyczew. Ah !
quand nous fondîmes enfin sur eux, ils ne purent même se
rendre compte d'où ce coup de tonnerre tombait. Pourtant ils
commencèrent à se défendre, s'apercevant que c'était bien à eux
qu'on en voulait, et firent feu de leurs pistolets. Mais alors
ceux des nôtres qui étaient dans leurs mains, de s'emparer de
plus belle des armes contenues dans les chariots et de s'armer au
plus vite, et cela d'autant plus facilement, que les paysans arrachés de force à leurs villages pour faire office de charretiers ne
pouvaient souhaiter du bien à ces kozaks agresseurs et aidaient
sincèrement les nôtres avec des barres. Les kozaks, ayant perdu
une quinzaine des leurs, prirent vivement sans réfléchir leurs
jambes à leur cou. Nous délivrâmes ainsi M. Pulawski et presque
toute la garnison de Berdyczew ; Dieu ne permit pas aux Russes de
se réjouir de la trahison qu'ils avaient commise en retenant prisonniers ceux qu'ils s'étaient engagés à laisser aller en liberté. M. Pulawski, heureux d'avoir, grâce à nous et au bonheur de la république, regagné sa liberté, et de pouvoir de nouveau servir utilement
sa patrie, nomma, sur ma présentation, lieutenant dans mon escadron M. Pawlikowski, et Pawlik fut connu depuis sous ce nom
parmi nous. C'est avec justice qu'on lui donna le second grade
dans l'escadron à la formation duquel il avait le plus contribué.

« M. Pulawski nous ayant pris sous ses ordres, nous conduisit avec son audace et sa prévoyance accoutumées. Sur sa route, il reçut tant de chevaux de la noblesse, qu'il remonta de nouveau ses soldats mis à pied et se réunit heureusement à S. E. Potocki, échanson de Lithuanie à Pokucie; et la fin de l'honnête Pawlik justifia tout à fait le proverbe : Qui doit être pendu ne se niera pas. Il se noya, car il ne devait pas être pendu, ainsi que l'avait voulu jadis le tribunal de Zytomierz. Quand, en abandonnant Pokucie devant les Russes, nous traversâmes le Zbrucz à la nage, le malheur voulut que nous ne perdîmes qu'un homme, et c'était justement Pawlik. Il paraît que son cheval l'emporta; lorsque nous abordâmes à l'autre rive, nous ne vîmes plus ni Pawlik ni son cheval, et je l'avais vu de mes yeux sauter dans la rivière. Nous l'avons sincèrement regretté; mais quoi ! puisque telle était la volonté de Dieu. Croyez-en un veillard, messieurs et frères, s'il n'eût pas péri misérablement, il serait allé loin : il était soldat né, et avec cela cavalier fini. »

(A) Catherine II, qui n'est que mentionnée dans cet ouvrage, a été cependant l'un des principaux moteurs de la plupart des événements qui s'y déroulent. Nous avons dit qu'elle avait imposé un roi aux Polonais. En effet, dès le 2 août 1762, dans la lettre où elle racontait au comte Poniatowski comment elle était montée sur le trône, Catherine ajoutait : « J'envoie incessamment le comte Keyserling, ambassadeur en Pologne, pour vous faire roi, et en cas qu'il ne puisse réussir pour vous, que ce soit pour le prince Adam Czartoryski. » Dans l'hiver de 1763 à 1764, Poniatowski écrivit deux fois à l'impératrice : « Ne me faites pas roi, mais rappelez-moi auprès de vous. » Il confesse ensuite avoir été dominé par l'espérance que l'impératrice pourrait penser à l'épouser, s'il devenait roi. C'est pourquoi il se préféra à son oncle, le prince Auguste Czartoryski, de qui il présenta le règne comme pouvant être un règne dur. Aux observations du prince

palatin, contre la candidature de Poniatowski, Repnin répondit : « Malgré tout
ce que vous me dites, nous réussirons pourtant bien à réunir du moins cinquante
voix en faveur du stolnik (panetier), et l'impératrice ajoutera tous ses trésors et
toutes ses armées. (*Mémoires secrets de Stanislas-Auguste*. Leipzig 1862, p. 33, 40.)

Catherine II arriva à l'empire en faisant étrangler Pierre III, son époux. Un
écrivain, que son anti polonisme ne rend pas suspect de partialité envers la
Russie, a stigmatisé Catherine en ces termes : « Aucun des souverains de l'Europe, tous présents par leurs ambassadeurs à Pétersbourg, n'ignora le complot,
la trahison domestique, l'usurpation, le poison, le meurtre du mari par les amants
de la femme. Tous affectèrent d'ignorer ou d'excuser, et saluèrent, dans l'épouse
adultère et dans la complice de l'assassinat, l'heureuse impératrice. La royauté
par politique, la philosophie par esprit de secte, la littérature par vénalité, l'opinion par vogue, se complurent à voiler, à colorer, à exalter l'immoralité, l'audace, le forfait. La distance, la beauté, le trône, le bonheur du règne grandirent
et transformèrent l'attentat conjugal en coup d'État, dont l'absolution était dans
le génie de Catherine. Voltaire, Diderot, d'Alembert, le grand Frédéric, donnèrent honteusement, les uns par vanité, les autres par cupidité, ceux-ci par
engouement, ceux-là par faiblesse, l'exemple de l'adulation au succès, et l'exemple
pire de l'estime au vice et de l'indulgence au crime. Le siècle littéraire les suivit
tout entier dans leurs prostrations de conscience devant une femme qui s'était
faite veuve pour régner en homme sur le trône, en courtisane dans son lit. Le
nom de Catherine II, patronne de la superstition à Moskou, patronne de l'impiété
à Paris, exalté par les apôtres nés de la vérité et de la vertu à Ferney et en
France, corrompit plus les peuples que la longue impunité accordée par la Providence à son règne. Il y a des bonheurs qui feraient douter de la justice de Dieu,
il y a des hommages qui font douter de la conscience humaine. L'apothéose de
Catherine II, par Voltaire, est la plus grande faiblesse de ce philosophe; car en
faiblissant ainsi devant une femme dont toute la fortune était fondée sur un
meurtre, il faisait faiblir avec lui toute la morale de l'humanité. Que peuvent penser les peuples qui voient honorer sur le trône des actes qu'on leur fait expier
justement sur l'échafaud? Et comment reprocher ensuite avec autorité à ces
mêmes peuples en révolution des débordements, des scandales et des assassinats
dont on leur a donné de si haut l'exemple, l'encouragement et la gloire dans ces
dynasties et dans ces aristocraties qui gouvernent le monde? » (*Hist. de la Russie*, par Lamartine. Paris 1854, in-8, 1, p. 330-331. »

Le manifeste par lequel Catherine annonça la mort de son époux commence
ainsi : « Nous, Catherine II, par la grâce de Dieu, impératrice et autocratrice
de toutes les Russies etc. Le septième jour après notre avènement au trône nous
avons reçu la nouvelle que le ci-devant empereur Pierre III, par les suites d'une

humeur hémorroïdale qui se manifestait assez fréquemment, avait eu une attaque violente. Pour ne pas manquer à notre devoir de chrétienne et obéir au saint commandement de Dieu, qui nous prescrit de conserver la vie à notre prochain, autant qu'il est en notre pouvoir, nous avons ordonné sur-le-champ qu'on lui fit passer tout ce qui était nécessaire pour prévenir les suites dangereuses et opérer le rétablissement de sa santé, à l'aide de la médecine. Mais, à notre grand regret et affliction, nous avons reçu hier des nouvelles plus récentes, par lesquelles nous avons appris que, par la permission de Dieu, il était décédé... »

« Catherine II a donné la mesure la plus exacte de sa façon de penser, comme épouse et comme chrétienne par la manière dont elle a traité les assassins de son mari. Le favori Orlow fut d'abord élevé, ainsi que ses deux frères, à l'état de comte ; puis, lorsque Villebois eut sa retraite, il fut nommé grand maître de l'artillerie, et enfin il fut créé prince de l'empire par l'empereur des Romains ; il obtint tous les ordres de Russie, et outre des présents immenses en paysans, en diamants, en or et en argent, l'impératrice lui fit bâtir un superbe palais de marbre, orné de l'inscription : *A la reconnaissance*. Ses frères furent comblés d'immenses richesses ; leur cousin le petit Orlow et le prince Baratynski, furent nommés grands maréchaux de la nouvelle cour et décorés des ordres de Russie... C'est ainsi que les places les plus honorables et des richesses immenses furent la récompense de criminels qui auraient mérité les plus grands supplices. » (*Hist. de la vie de Pierre III*, par M. de Saldern, ambassadeur de Russie. Metz, 1802, pag. 129.)

Voici un second crime, plus odieux encore s'il est possible que le premier : Iwan, qui à l'âge de trois mois avait succédé à l'impératrice Anne et qui avait été renversé du trône un an après, vivait depuis en prison. Catherine fit simuler par un officier kozak, nommé Mirowicz, une tentative de délivrance, et Ivan fut massacré. Catherine avoue dans son manifeste que Mirowicz demanda la permission de continuer une semaine de plus, dans la forteresse de Schlüsselbourg, la garde qui y était relevée tous les huit jours, mais elle ne s'étonne point que la demande de l'officier n'ait éveillé aucun soupçon. Après avoir dit qu'il fit tirer sur les gardiens du prince, elle ajoute : « Par un effet particulier de la Providence divine, il se forma pendant l'action un brouillard épais qui, joint à la position des lieux, empêcha que personne ne fût tué ni blessé. » Or, selon la remarque d'un historien, les cartouches qu'on avait distribuées étaient évidemment sans balles. La tzarine conclut ainsi : « Alors le capitaine Wlassiew et le lieutenant Tschékin, ayant devant les yeux une force à laquelle il leur était impossible de résister, et prévoyant qu'en rendant la liberté à celui dont la garde leur était confiée, il en résulterait nécessairement une émeute populaire et la mort d'un grand nombre d'innocents, prirent de concert une résolution dure, à

la vérité, mais dictée par l'extrémité à laquelle ils se trouvaient réduits; ce fut
de prévenir tous ces maux en ôtant la vie à cet homme qui était né pour le malheur. » (Voy. le manifeste de Catherine et les détails du procès devant le sénat
dirigeant, dans les additions à l'*Hist. de Pierre III*. Paris, an vii, vol. II, p. 110.)

« Le procès fut instruit à Pétersbourg, devant une commission composée de
cinq prélats, d'un pareil nombre de sénateurs et de plusieurs officiers généraux. Mirowicz parut devant les juges avec cette tranquillité que peut
seule donner à un coupable la certitude d'être approuvé en secret et d'échapper
au supplice... Il fut condamné à avoir la tête tranchée, non comme coupable de
haute trahison, mais seulement comme perturbateur du repos public. Cette
sentence ne l'émut point; il marcha à l'échafaud en homme qui ne craint rien et
qui se croit bien sûr de recevoir sa grâce, ainsi qu'il en avait, dit-on, la promesse.
Mais, s'il y comptait en effet, il fut cruellement trompé. On hâta le moment de
l'exécution, et le malheureux fut à la fois instrument et victime d'une politique
barbare. » (J. Castéra, *Vie de Cath. II.* Paris 1797, I, p. 375.) Le 26 sept. 1764,
Mirowicz fut décapité publiquement sur l'île de Pétersbourg, à l'endroit accoutumé des supplices, et son corps, avec l'échafaud, furent brûlés sur le soir. Une
partie des soldats qui étaient sous ses ordres furent punis corporellement le
même jour et envoyés dans différentes garnisons éloignées. — Quant aux deux
assassins Wlassiew et Tschékin, dès qu'ils eurent commis leur crime, ils trouvèrent un vaisseau tout prêt pour se rendre en Danemark, où le ministre de
Russie s'empressa de les accueillir. Peu de temps après, ils rentrèrent en Russie
et furent avancés dans le service. (Castéra, *ibid.*, p. 372). Nous lisons dans un
récit contemporain : « Les premiers récompensés de leur travail furent 1° le
capitaine commandant du fort de Schlüsselbourg, et 2° le lieutenant de garde
dans l'antichambre du feu prince (*N. B.* les deux assassins) : le premier a été
avancé au grade de lieutenant-colonel, et le second à celui de capitaine. Sa Majesté,
en reconnaissance de leur zèle, leur a fait des présents considérables, et leur a encore fait à chacun une pension annuelle et viagère de dix mille roubles, ce qui
fait aux environs de soixante mille livres monnaie de France. » (Voy. *Hist. de
la vie, du règne et du détrônement d'Iwan III, empereur de Russie, assassiné à
Schlüsselbourg*, publiée à Londres dès que sa mort y fut connue, et réimprimée
à Paris, Franck, 1859. Ce jeune prince est appelé par les uns Iwan III, et par
les autres Iwan VI.)

(B) Lors du vote de la constitution du 3 mai 1791, un grand mouvement d'enthousiasme entraîna tous les nonces et produisit l'unanimité. Les traîtres qui
devaient, le lendemain, protester contre ce qui venait de se faire, signèrent leur
adhésion. Mais plusieurs magnats, vendus au cabinet de Saint-Pétersbourg, ne

tardèrent pas à courir à Jassy où ils se tinrent en réserve à la disposition de Catherine. Lorsque celle-ci fut prête, ils formèrent, le 14 mai 1792, à Targowica, une confédération liberticide; voici les noms de ses auteurs : François-Xavier Branicki, grand hetman de la Couronne, Séverin Rzewuski, petit hetman de la Couronne, Antoine Czetwertydski, castellan de Przemysl, Wielohurski, Zlotnicki, Moszczenski, Zagorski, Suchorzewski, Kobylecki, Szweykowski et Hulewicz. Le maréchal fut Félix Potocki, le secrétaire Dyzma Boncza Tomaszewski. Il n'existe pas en Pologne d'individus dont la mémoire soit flétrie d'une réprobation plus grande.

Les Targowiciens montèrent dans les fourgons de l'armée russe qui envahissait leur patrie. Bientôt Stanislas-Auguste désorganisa la résistance nationale en adhérant, le 23 juillet 1792, à la confédération de Targowica, qui continua à donner sa sanction aux mesures préparatoires du second partage jusqu'au 15 septembre 1793, [où, devenue inutile à la Russie, elle fut dissoute.

(C) La Russie, au moyen de ses popes, souleva, en juin 1768, les paysans d'Ukraine. Zelesniak se mit à leur tête, la trahison d'un kozak nommé Gonta leur livra Human; quinze mille personnes y furent égorgées, les puits furent comblés de cadavres d'enfants; la peste, qui se dégagea de ce charnier immense, chassa seule les brigands. Partout on pendait à une même potence un noble, un juif et un chien. Quand le fléau eut parcouru toute la province, Catherine II, par un décret daté de Peterhof, 9 juillet 1768, désavoua les Haydamaks, invita les bandes à se disperser en leur promettant une complète amnistie, et les fugitifs à rentrer dans leurs foyers. Beaucoup de ceux qui avaient échappé aux assassins crurent que tout était fini et se montrèrent.

Le 8 septembre 1768, l'ataman Bondarenko, qui avait établi à Chwastow un marché d'hommes, payant un gentilhomme sept florins et un juif trois gros et demi, fut exécuté ainsi que d'autres chefs, à Czarnobyl, en présence du prince Chouiski et du prince Erystof, lieutenant des armées russes. Tkaczenko, condamné dans la même ville à être pendu, fut réclamé par les Russes, qui l'envoyèrent en Sibérie, en compagnie des confédérés tombés dans leurs mains par suite de la violation de la capitulation de la ville de Cracovie.

Après ces premiers massacres une protestation solennelle fut portée à Zytomierz, par le prêtre Jean-Roch Kosciuszko, et enregistrée par Joseph Polanowski, chargé de tenir le registre des actes publics au lieu et place du palatin de Kiew. En voici un extrait :

« Nous, soussignés, qui avons été forcés d'abandonner nos maisons, de nous cacher dans les bois, les grottes et les marécages, ayant regagné nos foyers par suite de l'apaisement de l'incendie allumé par les Haydamaks, lequel ne désole plus que quelques localités, nous nous croyons obligés en conscience de déclarer qu'en cette année 1768, dans le pays polonais d'Ukraine, le peuple ignorant et soulevé, ainsi que les Haydamaks, ont horriblement ravi les biens et méchamment mis à mort. Ainsi le prêtre Thomas Piskunowski, curé de Koscian, a été bâtonné, puis conduit devant Semen Niezywy, chef des Haydamaks, et fusillé. Le prêtre Athanase, curé de Jablonow, a été pendu au grenier d'un juif. Le prêtre Théodore Gdyszycki, curé de Mhleyow, atteint d'un coup de feu dans sa propre maison, a été ensuite traîné par les cheveux et achevé à coups de lance. Le prêtre Nicolas, curé de Sawadowce, a été traîné, la corde au cou, derrière un cheval, plus d'une lieue, jusqu'à Korsun, où Zelezniak l'a d'abord frappé de son bâton jusqu'au sang, puis fait achever à coups de fusil. » (Suit une longue énumération de prêtres les uns précipités dans des fosses, les autres sabrés, fusillés ou pendus.) « Les églises furent profanées; les Haydamaks s'y livrèrent à des danses et à des orgies. Les femmes enceintes furent mises en pièces et le fruit de leurs entrailles promené au bout des lances. Les jeunes filles et femmes nobles furent violées par les Haydamaks ou jetées par eux en pâture à la brutalité des paysans. Ils faisaient dans les bois des battues avec des chiens, égorgeant tout fugitif qu'ils découvraient. Les traitements que les paysans infligeaient aux juifs et aux catholiques leurs enfants, les répétaient sur les enfants de ceux-ci. Il était défendu d'enterrer les corps, que des bêtes dévoraient, piétinaient et traînaient par les chemins. Il n'est pas de nation païenne, si barbare fût-elle, où l'on ait moins respecté le sexe et l'âge. Le pope Melchidsédech Jaworski, basilien non-uniate, établi sur les terres du prince Lubomirski, palatin de Braclaw, déclara aux prêtres uniates qu'en abjurant et en reconnaissant la juridiction de Gervais Lincewski, évêque grec, ils conserveraient la vie. Les Haydamaks répétaient hautement : « Allez à Perekaslaw (ville au delà du Dnieper), abjurez la foi « uniate ou mourez. » Ceux qui acceptèrent des saufs-conduits pour se rendre à Perekaslaw ne purent en sortir avant d'avoir satisfait à cette exigence de Jaworski, et reçu de l'évêque grec de cette ville la permission d'exercer leur ministère; car, sans cette permission écrite, les Haydamaks défendaient, sous peine de mort, toute cérémonie. Il y a longtemps que cette œuvre, qui éclate aujourd'hui au grand jour, était préparée dans les ténèbres. Dès 1761, Jaworski, ses moines et ses agents répétaient aux paysans qu'il vaut mieux mourir sans sacrement que de les recevoir de la main d'un uniate. Ils travaillaient l'esprit des paysans et recevaient leur serment. Beaucoup de paysans aisés furent également égorgés. »

Suivent plusieurs pages de signatures.

« *Anno* 1768 *die* 22 *decembris ex actis castrens. Kijoviensibus extractus.* »

Cette pièce importante est imprimée dans le précieux recueil : *Materialy do Konfederacyi Barskiego,* Zebral Szczesny Morawski. Lwow, 1851. I, pag. 326.

En 1769 Tymenko, Paczenko et Zurba refirent une incursion en Ukraine et égorgèrent ceux qui y étaient rentrés. Mais ils furent défaits à Zwinogrodka, Letniowce et Olchow. Gonta fut supplicié aux environs de Szarogrod, et d'autres chefs le furent dans plusieurs villes d'Ukraine, de Podolie ou de Wolhynie et surtout à Lwow. Mais le pope Melchisédech Jaworski, qui avait présidé à ces boucheries, fut avancé en Russie, et on put voir vingt ans après Zelezniak vivre dans l'aisance à Moskou. (Voy. Wiadomosci *Wiadomosci o Konfederacyi Barskiej.* Poznan 1843)

(D). « Casimir Pulawski avait été forcé de se jeter avec treize cents hommes dans le monastère de Berdyczew. Il y fut assiégé. Outre les grandes richesses que la piété de plusieurs siècles y avait amassées, la noblesse de ce canton l'avait choisi pour y déposer ce qu'elle avait de plus précieux. Casimir se défendit plusieurs semaines. Le secours qu'il attendait fut battu, et pour lui ôter toute espérance, les généraux russes lui envoyèrent ceux des prisonniers qui ne pouvaient lui être suspects. Le manque de vivres le força de capituler. On ne viola que pour lui seul la promesse signée généralement pour tous les assiégés, de les laisser libres. Il fut retenu contre la foi jurée..... » (Rulhière, III, liv. IX.)

———◆———

M. RYS

X X

Autrefois, dans notre Pologne comme partout, mais surtout chez nous, la fortune tournait sa roue : elle vous plaçait tel jour bien haut, tel autre bien bas, afin que personne ne pût s'enorgueillir ou se désespérer. Il me semble que telle doit être la volonté de Dieu, et que cela devrait partout se passer ainsi. Aussi mon pauvre esprit pense que le bonheur n'accompagne pas ces nations soi-disant plus civilisées que les nôtres, où la législation est établie de telle sorte que le magnat n'ait jamais à redouter de perdre son majorat, ni qu'un pauvre hère puisse jamais se réjouir à l'idée de devenir magnat à son tour. Le magnat y a son majorat, dont son fils aîné héritera après lui, et ses plus jeunes fils, forcés de se contenter des miettes de l'héritage paternel, s'engagent ou dans l'Église, sans vocation réelle, ou dans l'armée, en renonçant au mariage, car, dans leurs idées, ils ne peuvent ni entretenir un ménage ni élever des enfants conformément à leur naissance. Et la noblesse pauvre, quoique égale en honneur, mais non soutenue par le patronage d'un haut magnat, méprisant les métiers, le trafic souffre une grande gêne à côté des classes inférieures, qui peu à peu l'éclipsent par leur fortune. Chez nous, de même que l'on a vu souvent un descendant de magnats contraint par la misère à manger le pain de la domesticité, souvent aussi il est arrivé qu'un pauvre gentillâtre devint puissant magnat, reçut croix et décorations, arriva même au siège sénatorial, et s'allia à des princes. Car, lorsque le vent de la fortune vient à souffler sur un gentilhomme polonais, Dieu sait où il s'arrête; puis parvenue au faîte, sa famille retombe quelquefois, et quelquefois aussi le descendant du magnat tombé se relève de nouveau; et tout se passait toujours comme cela chez nous, afin que personne n'osât, dans la bonne fortune, mépriser ceux que le sort favorisait moins. Chez nous, comme ailleurs, il y avait peu d'hommes marquants, mais il n'y a que chez nous où tous fussent honorables. Aussi, quand un ministre ou un sénateur appelait du nom de frère un gentilhomme campagnard ou attaché à son service, ce gentilhomme sentait que ce n'était pas l'expression d'une hypocrite politesse, mais d'un rapport vrai. Je pourrais parler longuement sur ce sujet, mais à quoi bon? Tout n'est-il pas fini? Et, du reste, si je m'étendais davantage, me comprendrait-on? Le monde, aujourd'hui, veut soi-disant quelque chose, tend soi-disant à quelque chose, or il ne sait lui-même à quoi, et il arrivera à un résultat qu'il n'attend pas.

Mais laissons tout cela, je ne suis point prophète pour discourir sur l'avenir, et je préfère écrire ce que j'ai vu.

Les gens de mon âge — il n'en reste plus beaucoup — se souviennent encore de Rys, le fameux organiste de Nieswiez; aujourd'hui encore, dans l'église de Sainte-Croix, les dimanches et jours de fête, on fait entendre des orgues de lui. On l'appelait l'ordinat (1) de Nieswiez, car il était le cinquième ou sixième organiste de l'église, de père en fils, et cette fonction ne lui rapportait pas un mince revenu. Il avait un bon lopin de champ labouré, une belle prairie, un verger près d'une cour fort convenable, et trois cents tymfes que, d'après les conventions, il recevait de la communauté de Nieswiez. Et les étrennes! Or, les oublies qu'à la fin de l'Avent il allait distribuer chez tous les membres de la famille du prince, en commençant par Nieswiez et finissant par Koydanow, égalaient presque le revenu d'une ferme. Les dépenses étaient presque nulles; car, dans sa maison, l'organiste vivait d'ordinaire comme un petit serviteur d'église : ce que son terrain produisait, il le mangeait, et quand les récoltes manquaient, n'y avait-il pas les paroissiens? Il dirigeait lui-même son fils; s'il avait quelque chose à dépenser, c'était uniquement pour l'entretien de son habit de gala, qu'il revêtait les jours de fêtes; car d'ordinaire, à la maison, il allait en casaque grise, comme un gentilhomme campagnard. Mais ses habits de gala valaient la peine d'être vus lorsqu'en étant revêtu, il s'asseyait au bas de la table du prince hetman, toutes les fois qu'il y avait quelque fête religieuse ou de famille. Un kontusz en velours noir, un zupan en satin de même couleur, une ceinture à bourse en argent, et sur tout cela, un court manteau en crêpe noir, en forme de *pallium*, et une doktoratka; car les organistes, comme gens d'église, ne

(1) Le possesseur d'un majorat s'appelait ordinat.

portant pas de sabre, le manteau de crêpe et la doktoratka étaient
pour eux un signe de distinction. Le prince hetman l'aimait, et
surtout son frère, le porte-étendard, qui lui-même ne jouait pas
trop mal de l'orgue, et se délassait souvent en louant Dieu sur
cet instrument dans sa chapelle de Koydanow. Il l'appelait toujours en plaisantant son collègue; et il faut savoir que les Rys
étaient de bonne maison, au point qu'ils cachetaient avec les
mêmes armes que les Pociey. Comme notre Rys le savait très-
bien et appréciait fort cet avantage, alors, soit qu'il se présentât
en grande tenue chez le prince, soit qu'il chantât, en s'accompagnant sur l'orgue, les cantiques à l'église, ou bien qu'il se re-
muât dans sa propriété, en un mot, en casaque grise comme en
habit de velours, il marchait toujours de manière à laisser voir au
moins un peu ses parements écarlates, et il disait des bons mots
qui lui faisaient la réputation d'un homme instruit et spirituel,
d'autant plus qu'ayant reçu une éducation d'organiste, il n'était
pas moins familiarisé avec les livres que les gens du monde.

Un jour que S. Exc. Reyten, chambellan de Nowogrodek, était
arrivé à Nieswicz pour délimiter Rudawka, propriété des jésuites,
avec le majorat des princes Radziwil, affaire à laquelle Rys avait
à prendre part, car sa prairie avoisinait justement le domaine en
question, une quinzaine de personnes dînaient à la table de
S. Exc. le chambellan, dans l'auberge de campagne où il avait
établi le siége de sa juridiction. Comme son hôte avait ordonné
qu'on le servît, lui et M. Rys, ce dernier s'était assis à table avec
les autres, sans penser à mettre sa doktoratka. Or, ainsi que c'est
la coutume en banquetant, et surtout après les fatigues judiciaires,
on cherchait à se distraire en causant. M. le chambellan demanda
comment il se faisait que Pâques tombait une fois tel jour, une
fois tel autre, et non comme Noël, qui tombe régulièrement
le 25 décembre. Tous ceux qui se trouvaient présents cherchaient

à se tirer d'affaire, et aucun ne savait éclaircir la question, pas même le mandataire des révérends pères, quoique en fréquentant les jésuites il eût dû connaître mieux que les autres les statuts du calendrier. Pendant qu'ils s'embrouillaient tous dans leurs raisonnements, le chambellan s'aperçut que Rys riait en haussant les épaules; il se tourna donc de son côté et dit : « Nous cherchons, à ce que je vois, l'ours au delà de la forêt. C'est votre affaire, monsieur l'organiste, car nous n'avons pas de prêtre parmi nous. Vous feriez mieux de nous éclairer que de hausser les épaules comme un pédagogue au milieu de gamins. — *Nemo sapiens nisi patiens*, Excellence, répondit Rys en se levant et saluant humblement, il faut suivre deux ans les cours de théologie pour comprendre ce qu'est le calendrier, et encore s'il plaît à Dieu. — Quoique nous ne sachions pas la théologie, pourquoi ne nous expliqueriez-vous pas les choses à la paysanne? Est-ce que cela ne nous arrive qu'une fois de parler de lois à une vieille femme quand elle a un procès, et nous trouvons moyen, quoiqu'elle n'ait pas suivi l'école de droit, de les rendre accessibles à sa cervelle; celui qui sait une chose comme il faut l'explique facilement à ceux qui l'ignorent. — Puisque tel est le désir de Votre Excellence, je vais éclaircir la question. Le calendrier transcrit, pour l'usage de la terre, ce que Dieu a écrit dans le ciel; car chaque étoile est une lettre. Pendant l'octave de l'équinoxe, les chanoines de la cathédrale, avec Sa Grandeur, lisent dans le ciel, et ce qu'ils déchiffrent, ils le notent; de là le calendrier, la rubrique et les cantiques; car tout, dans l'Église de Dieu, est monté comme une horloge; les chanoines écrivent, les curés lisent, les organistes chantent et jouent, les fidèles accompagnent, et tout tourne ainsi à la gloire de Dieu et au profit des hommes. — Vous avez un esprit de tous les diables, répondit le chambellan; grande est votre sagesse, à ce que je vois, monsieur l'organiste. Avec tout cela, je félicite celui qui vous comprendra, et bien plus encore celui qui, avec un tel alphabet, s'y reconnaîtra assez bien pour ne pas se tromper dans sa lecture. — Et ils se trompent grandement, Excellence, les basiliens, par exemple, qui ne savent pas lire comme les nôtres; aussi le calendrier des Russiens ne vaut-il rien. Et les nôtres aussi pèchent quelquefois; n'ayant pas lu comme il faut, ils annoncent pour tel ou tel jour le beau temps, et la pluie tombe comme un fait exprès. Pourquoi chercher plus loin? Cette année, le calendrier de Vilna assurait que nous aurions une abondante récolte de blé noir, et la sécheresse l'a si complétement grillé, qu'il y a deux jours, à la foire de Stolowiczo, on en payait un demi-quarteron trois tymfes. Et tout cela parce que le prince-évêque de Vilna est allé à Rome *ad limina apostolorum*, et les chanoines, sans leur pasteur, déchiffraient d'une manière telle quelle. »

M. le chambellan, à de tels éclaircissements, éclata de rire, car il était lui-même instruit. Mais cela n'en mit pas moins la puce à l'oreille de plus d'un convive, et cette historiette de Rys fut longtemps répétée à la cour de Nieswiez. Toujours est-il que l'organiste Rys, en tapotant les touches de son instrument et en allant de maison en maison souhaiter le nouvel an, amassa une soixantaine de milliers de florins, qui échurent à son fils; mais celui-ci se désista de la succession paternelle en faveur de parents plus éloignés, mais pauvres; car, ne s'étant pas laissé persuader de prendre la profession de son père, il trouva des ressources dans une autre carrière; ce qui fit que les orgues de Nieswiez, qui appartenaient héréditairement depuis cent cinquante ans environ aux Rys, sortirent de leur maison; ce dont s'était fort chagriné la prévoyance du vieillard. Il faut savoir que tous les Rys épousaient toujours des filles d'organistes et mariaient leurs filles à des fils d'organistes, si bien que, quand notre Rys eut un fils, le prince porte-étendard, qui le tenait sur les fonts baptismaux, eut raison

de dire en plaisantant avant la cérémonie : « Ce poupon pleurni-
chera sur la note des cantiques, car, tant du côté paternel que du
côté maternel, il ne compte que des organistes dans sa généalogie. » Mais cette plaisanterie ne se changea pas en prédiction
véritable. Tous les efforts du père, afin d'avoir son fils pour aide et
un jour pour successeur, ne servirent à rien. Quoique dès sa
cinquième année il eût commencé à le familiariser avec l'orgue,
quoique pendant deux ans il eût peut-être fait pleuvoir sur ses
épaules un millier de coups de bâton pour développer en lui le
goût de la musique, le petit Charles ne put apprendre une seule
note, ce qui chagrinait d'autant plus son père, que Dieu ne l'avait
gratifié d'aucun autre descendant.

Quand le petit Charles eut fini sa septième année, Rys ayant
arrangé une serinette pour Son Excellence, dont le prénom était
Charles, se rendit avec son fils à Koydanow, le jour même de la
Saint-Charles, pour que l'enfant l'offrît en cadeau au prince son
parrain. Ils ne trouvèrent pas le prince à son château, car le jour
de sa fête il s'enfuyait à Starczyca, où il avait une maison de campagne, ou plutôt une ferme convenablement bâtie, car étant fort
économe, il n'aimait pas avoir chez lui de grandes réunions.
M. Rys partit donc pour Starczyca, toujours avec son jeune fils,
une serinette à la main et un petit sabre au côté, lui-même dans
son habit d'apparat. Étant entrés sous la porte cochère, ils descendirent tous deux de voiture et s'avancèrent vers la ferme. Le
prince était assis à sa fenêtre et regardait dans la cour. Comme
le petit garçon s'approchait du perron avec son père, une grue
apprivoisée, mais un peu querelleuse, se lança après eux, et en ce
moment le petit Charles, jetant sa serinette, tira son sabre, et
frappant la grue sur le cou, la renversa à terre. Il passa au vieux
un frisson par tout le corps, et ce n'est pas étonnant, car en Lithuanie il n'était pas encore né d'homme qui ne tremblât devant

le prince porte-étendard, sans en excepter son frère le prince
hetman, quoique celui-ci fût son aîné, et par l'âge et par le rang.
Or, que pouvait faire un maigre hobereau? Mais le prince, s'avan-
çant sur le perron en se tenant les côtes de rire : « Quel garçon
dégourdi tu m'as amené, mon collègue! Je te remercie de la
serinette ; toutefois il faut que tu joignes à ce cadeau l'oiseau qui
se présente avec elle. Je le placerai parmi mes pages, et le pous-
serai avec le temps, de manière qu'il ne manque jamais d'une
bouchée de pain. Tu vois toi-même qu'il n'est pas propre à toucher l'orgue. » Et c'est ainsi que le vieillard retourna seul à ses
orgues de Nieswiez, et que le petit Charles resta à la cour du
prince.

Le prince avait quatre pages, fils de riches propriétaires ; le
pauvre petit Rys devint le cinquième. Les autres recevaient pas'
mal d'argent de leurs parents, et le petit Charles, qui recevait
seulement un habit de la générosité du prince, n'avait pas un
denier vaillant. Il sut néanmoins bientôt se tirer d'affaires, car
de temps en temps l'argent de ses collègues passait dans ses
poches, et voici par quel moyen. Le prince, après dîner, étant un
peu gris, avait coutume de dormir une couple d'heures, et les
pages qui le gardaient dans son antichambre jouaient aux cartes
pour tuer le temps. Comment le petit Charles pouvait-il jouer avec
eux sans argent? Ces écervelés avaient imaginé le jeu suivant :
un page plaçait contre Charles cinq, dix, ou je ne sais combien
de tymfes ; si Charles gagnait, l'argent était à lui ; s'il perdait, il
lui fallait frapper d'une carte sur le nez du prince, grisé et
endormi, autant de fois qu'il y avait de tymfes pour enjeu. Un
certain temps cela lui réussit; mais une fois, quand le prince
frappé se réveilla, le jour du jugement arriva à Koydanow.
« Qui t'a décidé, vaurien, à jouer ce jeu-là? demanda le prince.
— Je m'y suis décidé moi-même, répondit le garçon sans se trou-

bler. — Puisque tu me réponds si audacieusement, nous verrons qui de nous aura le dernier mot; » et aussitôt il ordonna de lui compter cinq cents coups de verges (on sait, en effet, qu'en cette matière le prince était large). Le jeune Rys avait réellement une nature de lynx (1), pour n'avoir pas expiré de douleur; mais il se cadenassa si bien qu'il ne poussa pas même un gémissement. Le prince, témoin de l'exécution, quoiqu'il eût naturellement le cœur dur, dit : « Pourtant, c'est un garçon extraordinaire; et, l'exécution finie, il lui demanda, soi-disant avec plus de douceur, quoique la douceur chez lui passât pour la dernière expression de la colère : « Pour quel motif, coquin, as-tu osé faire un affront à ton maître? » Et lui : « Que pouvais-je faire dans ma misère? Tous les pages ont de l'argent, et moi, le propre filleul de Votre Altesse, et qui la sert fidèlement depuis quatre ans, je n'ai pas encore touché un sou. » Le prince aussitôt lui donna cinq cents tymfes, juste autant qu'il avait reçu de coups de verge, et l'éleva au poste de gentilhomme de la chambre, avec trois cents tymfes d'appointements, pour épargner à l'avenir les chiquenaudes à son nez.

Quand Rys grandit, il devint courtisan, et il grandissait chaque jour davantage dans la faveur de son maître, pour sa fidélité, pour son courage et surtout pour sa force, car il brisait un fer à cheval comme un jonc, et il maniait si bien le sabre que Wolodkowicz seul aurait pu lui tenir tête. Il avait des duels fréquents, car il était audacieux. Étant courtisan du prince porte-étendard, quand le jeune prince Radziwil, dans la suite woyévode de Vilna, et alors porte-glaive de Lithuanie, lui dit, le verre en main : « *Monsieur l'ami*, tant que tu as été près de ton père, tu t'es appelé Rys; mais, depuis qu'on t'a apprivoisé à la cour de mon oncle, tu de-

(1) Rys en polonais signifie lynx.

vrais t'appeler Chat, car le chat est un *rys* (lynx) domestique. »
Rys s'offusqua tellement qu'il ne réfléchit même pas qu'il avait
pour adversaire le neveu et l'héritier du prince son maître. Aussi
lui répondit-il sans détour : « Ce n'est point le pain de Votre Altesse, mais de votre oncle, que je mange, et mon service ne va
pas jusqu'à supporter les railleries de toute la maison de mon
maître. Je suis aussi noble que toi, mon prince, et parce que mon
père a plus haut loué Dieu, prince, tu n'as pas pour cela le droit
de dénaturer mon nom, d'autant plus que ce n'est pas toi qui me
l'as donné, et je te demande de vider à l'instant cette affaire. »

Quoique le prince eût pu s'excuser devant Dieu et les hommes
d'avoir refusé le cartel d'un courtisan de son oncle, pourtant
comme il était lui-même bon sabreur, content de se mesurer avec
un aussi rude jouteur que M. Rys avait la réputation de l'être,
et le tenant d'ailleurs pour bon gentilhomme, malgré les observations de ses serviteurs et de ses amis, il se battit, non toutefois
sans grand dommage pour sa santé, car il reçut un tel coup au-
dessus du coude, qu'il resta plusieurs semaines sans sortir de sa
chambre. Le prince hetman, bien que dur pour son fils, en fut si
ému, qu'il partit pour Koydanow se plaindre à son frère de ce
qu'un de ses courtisans avait blessé son fils. Mais le prince porte-
étendard lui répondit : « Mon frère, laisse là cette affaire. Notre
porte-glaive m'est aussi cher qu'à son père lui-même, car, n'ayant
pas d'enfants, je le regarde comme mon fils et travaille pour lui.
Mais, toi-même, tu t'es plaint de son esprit inquiet ; or, quand, en
faisant des siennes, il aura reçu une ou deux fois sur les oreilles,
peut-être se calmera-t-il. Et, du reste, pourquoi punirais-je
M. Rys de ce que, né gentilhomme, il s'est conduit en gentilhomme. » Ainsi cette querelle ne nuisit pas à Rys, dans son présent ni dans son avenir. En effet, quand le prince Charles hérita
de Nieswicz, un de ses premiers actes fut de lui envoyer l'uni-

forme d'Albain, et après la mort de son oncle, il l'attacha étroitement à sa personne. Peu de temps après ce duel, le prince
porte-étendard, sans doute pour montrer qu'il ne conservait en son
cœur aucun ressentiment contre lui, lui abandonna l'usufruit de
de Wilczyzna, village à une demi-lieue de Koydanow, peu considérable, mais avec de bonnes terres. Cette munificence du prince
semblait d'autant plus étonnante, que des hommes dont les services étaient plus grands et plus anciens n'avaient rien pu tirer
de lui, vu qu'il était du petit nombre des Radziwil qui ne pen-
saient qu'à eux.

Rys, néanmoins, ne s'en tint pas aux revenus de ce domaine
et fit des dettes considérables, le tout pour ses habillements, car
il n'épargnait rien pour orner sa personne, et sa personne en
valait la peine : quand je l'ai connu, il n'était plus jeune, mais
encore si beau, qu'on ne pouvait se lasser de le voir. Il ne l'ignorait pas lui-même; aussi aimait-il se montrer à son avantage.
C'est à peine s'il ne mettait pas chaque jour quelque nouveauté.
Nul n'avait de ceintures de soie plus entre-tissues d'or massif,
ni des agrafes d'un tel prix, ni de velours plus beau, ni de plus
riches galons, et il savait s'ajuster tout cela avec un goût exquis.
Il avait, en outre, un bonheur extraordinaire auprès des hommes : toujours dans le besoin, il ne cessait de solliciter des emprunts et les obtenait toujours; chacun semblait ensorcelé par
sa demande et lui donnait sans garantie. Qui plus est, quoiqu'il
eût à peine fini sa vingt-quatrième année, qu'il ne fût pas allié au
moindre fonctionnaire, qu'il n'eût pas un arpent de terre de patrimoine et plus de dettes que de cheveux sur la tête, pourtant il
fut élu député de la woyéwodie de Minsk au tribunal de Lithuanie,
sous le maréchalat du prince Charles Radziwil, exactement comme
s'il fût né prince ou fils d'une Excellence. Et, bien que dans
l'exercice de sa charge il se fût plus adonné à la danse qu'à l'é-

28

tude des affaires, cette députation fut cause qu'il devint riche tout à coup.

A Vilna, où siégeait cette année le tribunal de Lithuanie, se trouvait, en tutelle chez son oncle, mademoiselle Kietlicz, fille de ce fameux brocanteur Kietlicz, qui, ayant commencé presque sans rien, laissa des biens immenses à son unique héritière, encore en bas âge. Il avait, dans la guerre de Sept ans, gagné plus d'un million en fournissant des vivres à l'armée russe, qui se rendait en Prusse par la Lithuanie. Cette demoiselle était déjà pour ainsi dire fiancée à M. Lopot, que son tuteur favorisait extrêmement. Dès que notre Rys eût lié connaissance avec elle, il lui fit bientôt passer cet amour. Il n'y a rien là de surprenant, car M. Lopot, digne et honnête gentilhomme, mais fils unique élevé dans une puissante maison, était une poule mouillée : il avait peur de tout ; s'il faisait un peu de vent, il ne se risquait plus dehors sans avoir la figure bien emmaillottée ; et quand le vendredi il avait mangé un brin de poisson, le lendemain cinq ou six docteurs entouraient son lit. Et la demoiselle, *hic mulier* : elle abattait des bécasses au vol et courait le lièvre aussi vite que son cheval la pouvait porter : un véritable dragon en jupe et avec cela fort belle. Comment au-rait-on pu l'accoupler à M. Lopot ! Rys avec elle, c'était une paire choisie. Aussi s'aimèrent-ils si vite que, malgré les plus sérieuses espérances, M. Lopot éprouva un refus et partit de Vilna, ayant compris qu'il ne pouvait conquérir la demoiselle que le sabre en main, et avec Rys c'était chose bien chanceuse. Il restait des diffi-cultés telles quelles à vaincre du côté du tuteur ; mais après que M. Rys eût fait entendre que, le tuteur le voulût ou non, tôt ou tard la demoiselle ne lui échapperait pas, et qu'en conséquence, s'il lui témoignait de la malveillance, il saurait prendre sa revanche quand viendraient les comptes de tutelle, il dépista si bien l'oncle qu'il remplit lui-même l'office de fianceur. En réalité, M. Rys se montra reconnaissant après son mariage, en assistant fort délicatement sa femme dans toutes les décharges que demandait le tuteur. Sans cela, du reste, il se trouva posséder une fortune presque seigneuriale.

Déjà le prince porte-étendard était mort, et M. Rys transporta sa fidélité et son attachement sur le prince hetman; et quoiqu'il possédât environ vingt métairies, il ne cessait pas de se compter parmi les serviteurs de Radziwil. On l'intitulait chef d'avant-garde de Minsk, et il était universellement respecté dans tout le district, car il était serviable et hospitalier, en dépit de sa turbulence habituelle, dont voici un exemple. Ayant une affaire avec le prince Radziwil de Zyrmuny, staroste de Lida, quand le mandataire du prince, dans sa plaidoirie devant le tribunal, le piqua en parlant des orgues de Nieswiez, il se mit à lancer d'un ton fort acerbe des pointes contre le prince lui-même; et lorsque le prince, confiant en son nom, lui reprocha d'avoir si longtemps mangé le pain des Radziwil, sans garder les égards dus à un membre de la famille qui avait commencé sa fortune, M. Rys osa répondre publiquement : « J'ai été et je suis serviteur des Radziwil, mais des aigles et non pas des éperviers. Et pourquoi te pavanes-tu, prince, avec ta mesquine mitre princière, comme si tu valais mieux que moi? Des seigneurs Radziwil, nous en connaissons dans la ligne de Nieswiez et quelque peu dans celle de Kleck, et vous autres de Zymurny, montrez-nous un sénateur parmi vous. Le prince porte-étendard, mon défunt maître, n'aurait touché de sa main nue aucun de vous, de peur d'attraper la gale? » Et il se mit à tellement l'attaquer par de semblables railleries que le pauvre prince eut peine à s'échapper.

Dans le commencement, M. le chef d'avant-garde avait l'habitude de tirer les talons de sa femme; mais elle l'en déshabitua : la faux rencontra la pierre. Une fois, dans la chambre à coucher, armant un pistolet, il s'apprêtait à abattre les talons de madame; elle, qui était alors enceinte, lui dit : « Je t'ai déjà prié plusieurs fois de me délivrer de tes exploits. Va dans l'écurie enfoncer les clous avec tes balles, et ne gâte pas mes talons. — Encore une dernière fois, ma chère, permets-moi d'essayer mes pistolets. » Et celle-ci, saisissant un second pistolet couché sur une cassette, et l'armant : « Écoute, Charles, lui dit-elle, si tu m'abats le talon, je te dénouerai aussitôt ta ceinture de la même manière. » M. Rys croyait qu'elle plaisantait. Paf! et il atteignit juste le talon de sa femme; au pistolet il n'aurait pas manqué une mouche sur le museau d'un ours. Et madame, sans beaucoup penser, tire et lui dénoue en effet sa ceinture. Il loua l'habileté de sa femme, lui baisa les mains, et depuis ce jour il laissa ses talons en paix.

Un couple aussi bien assorti ne pouvait pas ne pas s'aimer mutuellement : leur genre de vie, même pour cette époque, était exemplaire. Aussi, quand sa femme lui dit adieu, après lui avoir donné une fille unique, peu s'en fallut que, de douleur, il ne perdît l'esprit, et, si ce n'avait été sa foi profonde, il se serait ôté la vie. Il se frappait la tête contre la muraille, ne pouvait avoir raison de lui-même; pendant un an, sauf son aumônier, il ne voulut voir personne et laissa même pousser sa barbe; il négligea tellement la gestion de sa fortune que, si les serviteurs d'autrefois eussent eu la même façon de penser que ceux d'aujourd'hui, il ne serait resté que poussière de tous ses biens. En un mot, il devint si singulièrement morose, que la famille de la défunte se préparait déjà à réclamer un tuteur pour veiller sur l'enfant et sauvegarder une fortune toute seigneuriale, car, déjà puissante d'elle-même, elle augmentait sans grand travail. A la fin, M. Rys se réveilla de sa mélancolie. Il fit, ainsi qu'il le devait, ses dispositions testamentaires; il confia la curatelle et la gestion de la fortune de

son enfant à M. le chambellan Reyten, et, se réservant cent mille
florins pour en disposer à sa convenance, il se retira lui-même
à Vilna, dans le noviciat des jésuites. Là, quand on lui eut coupé
la barbe et qu'on l'eut fait réfléchir, il s'arracha à sa torpeur :
la plus grande douleur est mitigée par une piété vraie et la persuasion des hommes sensés. Pourtant j'ai moi-même eu plus de
motifs encore de me désespérer de la perte de ma Madelon. Ayant
vécu avec elle plus de trente ans, j'ai non-seulement éprouvé les
douceurs du sort, comme M. Rys pendant les quelques années
qu'il a vécu avec sa femme, mais nous avons connu ensemble
quantité de petites misères avant d'arriver au port, et c'est un
fait connu que les liens du cœur se resserrent davantage dans la
communauté du malheur que dans le bonheur. Mon âme, que le
chagrin emplissait tout entière, finit néanmoins par trouver la
force d'offrir à Dieu la douleur envoyée par lui, sacrifice qui lui
procura quelque consolation. De même, M. Rys, malgré la violence de son désespoir, revint si bien à lui, qu'il reconnut n'avoir
pas de vocation pour l'état monacal, et devoir, selon la volonté de
Dieu, chercher son salut dans le monde. Du reste, les révérends
pères se convainquirent eux-mêmes et lui firent comprendre que
ni leur communauté ne retirerait aucune joie de lui, ni lui de la
sévérité de leur règle. Eh! si le chrétien ne pouvait être sauvé que
dans l'état clérical, ou le monde finirait dans quelques dizaines
d'années, ou il faudrait rejeter le rite latin et devenir tous
uniates (1) pour conserver la race humaine. D'un autre côté, si
les infidèles venaient alors à se montrer, personne n'échapperait
à l'esclavage; car, avec qui se défendre, n'ayant que des popes,
des chantres, des fils des popes, gens qui ne sont aptes, ni par leur

(1) Nous avons vu à la note de la page 50 que les *uniates* admettent, quoique
catholiques, le mariage des prêtres.

vocation ni par leur éducation, au métier des armes. Or, puisque, depuis que le monde existe, il en est autrement, c'est donc une preuve évidente que telle est la volonté de Dieu. Toujours est-il que M. Rys, qui avait l'âme généreuse, ayant doté de cent mille florins le noviciat de Vilna, afin que les prières des bons pères ne l'abandonnassent pas dans le monde, s'en retourna bien portant dans ses vastes domaines, mit son froc au clou, revêtit *de noviter* le kontusz de l'ordre équestre et, habillé avec son ancienne recherche, reçut souvent l'hospitalité à la cour de Nieswiez, que gouvernait déjà le prince Charles Radziwil, élevé peu après la mort de son père, à la woyéwodie de Vilna; et il mérita la faveur singulière et héréditaire de ce seigneur, non-seulement par le charme de son commerce, mais par des preuves d'un dévouement des plus actifs. En effet, bientôt survint la mort du roi saxon, et la confédération, réunie pendant l'interrègne, punissant le prince Charles de sa sympathie pour la maison de Saxe, lui enleva sa woyéwodie de Vilna et toutes ses propriétés, le déclarant ennemi de la patrie. Le prince errait à l'étranger, sans autres ressources que les objets de prix emportés à la hâte, et les cœurs de ses amis (1). Ceux-ci ne lui firent pas défaut, et chacun, selon sa fortune, pensa aux besoins du prince. M. Rys fut du nombre de ceux qui se distinguèrent le plus : il emprunta deux cent mille florins sur ses propriétés, et envoya cette somme au prince en Italie, bien qu'il eût maigre espoir de rentrer dans son déboursé. Lorsque les affaires s'arrangèrent couci-couci, et que le prince revint dans son vaste héritage et dans la patrie, plus chère à son cœur que tous les héritages, il reconnut par la plus étroite intimité d'aussi éclatantes preuves d'amitié; et, en effet, quel autre moyen avait-il de témoigner sa reconnaissance à un aussi riche proprié-

(1) Voir la note A à la suite de ce récit, p. 451.

taire, auquel, déjà à cette époque, l'on savait un revenu annuel
d'environ deux cent mille florins! M. Rys, qui n'avait qu'une fille
unique, et vénérait trop la mémoire de sa femme pour s'embar-
rasser de nouveaux liens, fit venir une dame très-raisonnable,
quoique Française : il lui confia non-seulement l'éducation de sa
demoiselle, mais aussi la gouverne de toute la maison. Quant à lui,
il passait la majeure partie de son temps à Nieswiez, et, étant heureusement tombé sur des serviteurs en qui il pouvait avoir confiance, il se bornait à visiter à de longs intervalles quelqu'une de
ses nombreuses propriétés, afin de savoir au plus vite comment
allaient les choses. C'est ainsi qu'il menait joyeuse vie avec la bande
Albaine, tantôt en accompagnant le prince woyévode dans ses
chasses, tantôt en dansant aux bals souvent répétés du château,
ou bien encore en étonnant tout le monde par la recherche de ses
habits. Déjà, à ma souvenance, il arrivait que soit dans les soirées
bachiques, soit à la Saint-Charles ou à quelque autre fête, personne ne pouvait connaître d'avance comment se présenterait
M. Rys, et il apparaissait toujours avec quelque chose de neuf et
d'imprévu. Et alors les élégants de l'imiter, car qui ne le prenait
pas pour modèle n'était pas regardé par nos dames et nos demoiselles comme vêtu avec goût. En un mot, il était le créateur des
modes de Nieswiez. Les *pinduszka*, que nous tous, à commencer
par le prince woyévode lui-même, avons portées plus de deux
ans, étaient de son invention.

Une fois, à propos de la confirmation du jeune prince Jérôme,
dont le prince woyévode était frère et tuteur, il devait y avoir à
Nieswiez un festin et des danses ; tous étaient curieux de voir
comment y paraîtrait M. Rys; on n'ignorait pas que dans de
semblables circonstances il savait immanquablement inventer
quelque chose, et les fashionables de Nieswiez, tels que M. Michel
Reyten, M. Léon Borowski, M. Pierre Wiazewicz et autres,

s'efforçaient d'être vêtus comme lui. Leurs efforts n'aboutissaient à rien, car il gardait le plus profond secret, et son valet de chambre était incorruptible, d'abord à cause de son sincère attachement à son maître, puis parce qu'il le craignait autant que le feu. Or, je ne sais pas par quel moyen le prêtre Christophe Szukiewicz, précepteur du prince Jérôme, apprit, le jour même de la confirmation, que M. Rys devait paraître au bal avec des bottes du plus beau satin jaune, qui devaient être serrées avec une boucle au-dessous du genou, afin de ressortir parfaitement de dessous son kontusz, fort court. Il était trop tard pour insinuer à ses rivaux en élégance de paraître chaussés de la même manière, et le temps manquait pour confectionner une semblable toilette : mais le prêtre, d'humeur badine, lui prépara le tour suivant.

Parmi les gentilshommes de la chambre du prince woyéwode se trouvait M. Thadée Scipion, d'antique maison, puisqu'il faisait remonter l'origine de sa famille jusqu'aux anciens consuls romains (1), mais si pauvre que sa mère vivait à Nieswicz d'une pension alimentaire que lui faisait le prince, toujours protecteur de la noblesse déchue. — M. Thadée n'avait que la piètre somme qu'il recevait en sa qualité de gentilhomme de la chambre; avec cela, comme il avait une si belle main que son écriture pouvait passer pour une vraie gravure, il lui arrivait d'écrire des suppliques au prince pour ses vassaux, pour les boyards, pour les juifs et autres subordonnés, ce qui lui rapportait un profit tel quel. Cependant les pièces de monnaie ne s'empilaient pas les unes sur les autres, parce qu'il fallait tous les jours être vêtu convenablement, et qu'il aidait de

(1) Quelques familles avaient en effet cette prétention singulière : les Krasowski étaient des *Corvinus*, les Niemcewicz des *Ursinus*, se rattachant aux Orsini de Rome, les Walewski des *Colonna* se disant parents des Colonna Italiens, etc.

tout son possible sa pauvre mère. C'était un garçon honnête et généreux jusqu'au bout des ongles. Depuis quelques mois pourtant
ses affaires prenaient une tournure plus favorable ; le prince, à qui
sa calligraphie avait plu, lui avait confié la tâche de former l'é-
criture du prince Jérôme, ce qui le mettait en rapports journaliers
avec le prêtre Szukiewicz. Il n'était pas difficile d'amener à une
espièglerie un jeune homme de dix-neuf ans, d'autant plus qu'il
était passé maître en plaisanterie. Donc, par les conseils du prêtre,
quand les hôtes et les gens de la maison commencèrent à se réunir pour la fête du soir, M. Scipion, dans l'antichambre, caché
parmi les laquais, tenant un petit balai d'une main et de l'autre
un pot plein de goudron, guettait M. Rys comme un chien braque
une bécasse. M. Rys paraît, la mine épanouie, tout étincelant d'or
et d'écarlate, une main appuyée sur sa carabelle incrustée de
pierres précieuses, et l'autre à son côté droit, caressant le gland
de sa czapka ; il se présentait la tête haute. Et voici qu'entre les
deux battants de la porte, M. Scipion, de son petit balai, vlan,
vlan, sur les bottes, si bien qu'elles devinrent toutes bariolées de
noir. M. Rys, ne sachant ce qui se passe avec ses pieds, continue
d'avancer et entre dans la salle, si bien éclairée qu'on y voyait
mieux qu'en plein jour ; il salue à droite et à gauche, et s'inclinant
profondément devant le prince, se met à débiter des compliments
aux dames, en commençant par les sœurs du prince. Tout à coup
il entend rire autour de lui ; il ne sait ce que c'est ; mais à la fin
la générale Morawska, près de laquelle justement il faisait l'aimable, lui dit : « Mon chef d'avant-garde, qu'est-ce qu'on sent
le goudron à tes côtés ? N'as-tu pas eu de quoi te procurer d'autres
parfums ? » M. Rys se trouble, baisse les yeux, et à la vue de ses
bottes, quel désespoir ! Il pâlit de colère et de honte, vu qu'il tenait
à sa toilette autant qu'à sa propre peau, et resta court, au point
que les mots, comme figés dans son gosier, n'en pouvaient sortir.

Il finit par s'écrier : « Qui m'a outragé? » Et tout le monde de rire de nouveau. Le prince, en le regardant, pleurait à force de rire. Alors M. Rys se fâcha outre mesure, et Dieu sait ce qu'il débita. « Malheur, disait-il, à celui qui m'a offensé; je saurai le trouver, se cachât-il au fond de la terre! Si cela reste secret, eh bien, foi de sodalis, quand tout Nieswiez devrait passer par mes mains, je me battrai au sabre ou au pistolet avec chacun, jusqu'à ce que je tombe sur le goudronneur. » Il débitait ces absurdités et autres semblables, et plus il était colère plus l'on riait. Aussi en arriva-t-il à trembler des pieds à la tête, comme possédé du feu de Saint-Guy; et il disparut de la salle, toujours déblatérant contre tous, ce qui, loin de troubler la compagnie, tripla au contraire la gaieté générale.

Le lendemain, lorsqu'il commença à faire des recherches, je ne sais plus par quel moyen il apprit pourtant que tout cela était l'œuvre du prêtre Szukiewicz et de M. Thadée Scipion. Il n'y avait pas moyen de s'en prendre au prêtre, le prêtre n'aurait pas tiré la rapière, qu'il ne portait pas au côté; et n'aurait répondu à une attaque que par un anathème, dont ni le coup croisé, ni le moulinet ne peuvent préserver; il laissa retomber le poids de sa colère sur M. Thadée, et le rencontrant devant le château, il se mit, en présence de presque toute la cour, à lui adresser de violents reproches. M. Thadée, au commencement, les reçut avec humilité et dit : « Je reconnais qu'en offensant, par une familiarité trop grande, moi, jeune homme, un plus âgé que moi; moi, simple gentilhomme, un fonctionnaire, j'ai fait une bévue, et j'en demande bien humblement pardon; que puis-je faire de plus? Il n'est pas en mon pouvoir de retirer ce qui a eu lieu. Pardonne-moi donc mon espièglerie, pour l'amour de Dieu, et moi je te dédommagerai de tes bottes gâtées. » Mais à cela M. Rys, furieux : « Je me soucie peu des bottes, mais du rire des hommes que tu as attiré sur moi. Je n'ai besoin ni de tes prières, ni de tes services : j'en veux à la peau, et si je ne te l'ai pas tartarisée, remercies-en ma modération ; c'est que sous les yeux du premier sénateur de la province je ne veux point faire de bourde. Mais je te souhaite, gredin, de te tenir le plus longtemps possible au loquet de la cour princière et de ne pas quitter Nieswiez ; car, le jour où tu cesseras d'être serviteur du prince woyówode sera la veille de celui où tu recevras cinq cents coups de verge. » Alors M. Scipion sentit que le sang qui coulait dans ses veines n'était pas un sang de bohémien, mais un vieux sang de noble. « Comment oses-tu, s'écria-t-il, menacer de verges un gentilhomme qui ne mange pas ton pain ? Parce que tu t'es enrichi par le cotillon, te crois-tu tout permis ? Rappelle-toi que pendant que ton père te taillait le dos à coups de fouet près de ses orgues, le mien était lieutenant dans la cavalerie nationale, où l'on n'aurait pas voulu de toi, même pour goujat. Or, pour prouver le peu de cas que je fais de tes menaces, quoique je n'aie pas un morceau de pain, je vais à l'instant remercier le prince, mon maître, et je te forcerai de répondre à ma provocation ainsi qu'il convient à quelqu'un qui appartient à l'ordre équestre. Et si tu t'y refuses, continuant d'aiguiser tes dents contre ma réputation, je décharge mon pistolet en l'air, je te proclame dans la Lithuanie entière pour un infâme, et j'irai à pied, s'il le faut, de village en village, raconter à la noblesse que, confiant dans l'argent que Dieu t'a donné, tu menaces de verges un gentilhomme de meilleure noblesse que toi et auquel tu as enlevé son pain ; et tous me suivront, car, dans ma personne, tu as outragé toute la noblesse pauvre ! » M. le chef d'avant-garde s'emporta, et nous eûmes peine à séparer de lui M. Thadée. Celui-ci alla réellement chez le prince ; là, tombant à ses genoux, il lui raconta toute l'affaire, le remercia, se démit, lui expliquant que sa bonne réputation, son seul héritage, ne lui permettait pas de servir le prince jusqu'à ce qu'il eût tiré représaille de son offense.

Il ne fut pas difficile à M. Scipion de convaincre un prince aussi versé dans les lois de la noblesse. Le prince fut attendri par cette honnêteté des pensées du jeune homme ; et en preuve que ses services lui étaient agréables et utiles, il lui signa le plus beau certificat. Il lui fit compter ensuite deux mille florins à titre de *deservita mercès*, avec l'assurance qu'il ne cesserait pas de s'occuper du sort de sa mère. Et bien qu'agissant dans une apparente ignorance de cette affaire, il dit pourtant à M. Michel Reyten : « Dis, *monsieur l'ami*, à M. Charles que je sais tout et que je préférerais qu'ils se réconciliassent ; néanmoins, si leur volonté est de se rencontrer en gentilshommes, qu'il en soit ainsi. Combat par les armes qui veut, M. Charles aura à rendre compte à Dieu de la cause pour laquelle il aura tiré le sabre ; je n'ai rien à y voir ; mais que quelqu'un attaque la réputation de Scipion, en oubliant sa noblesse, je regarderai l'offense comme mienne, car moi aussi je suis gentilhomme ; et si qui que ce soit, confiant en sa force, osait le menacer de la nahayka, moi non plus, je ne suis point faible ! » Il envoya ensuite chercher le prête Szukiewicz, et lui dit : « Tu as fait le mal, *monsieur l'ami*, tâche de le réparer. »

L'éloquence de Michel Reyten et probablement la voix de sa conscience convainquirent M. Rys, qui cessa de penser à outrager M. Scipion ; mais il attendait avec impatience sa provocation, parce que se sentant humilié, sa colère était extrême. Il n'attendit pas longtemps : M. Scipion se rendit chez M. Boreysza, lieutenant dans la compagnie du prince, qui avait servi une quinzaine d'années avec son père ; il lui expliqua l'affaire dans ses moindres détails, et le pria de vouloir bien porter son cartel à M. Rys. M. le lieutenant ne refusa pas ce service au fils de son collègue, et se rendit en ambassade chez M. Rys ; or, comme ils avaient été liés

autrefois et qu'il était, en outre, un homme d'un âge mûr, plein
de bravoure et d'expérience dans de semblables affaires, il ne négligea pas de lui établir qu'il serait beaucoup plus raisonnable que
M. Scipion, qui, une fois déjà, lui avait publiquement demandé
pardon de son espièglerie, renouvelât de nouveau ses efforts de
conciliation, démarche à laquelle il espérait le décider, si, de son
côté, M. le chef d'avant-garde donnait sa parole de se déclarer
satisfait et de s'excuser à son tour des menaces et reproches incon-
venants qu'il avait laissé échapper dans sa fureur, et qu'enfin ils
s'embrassassent, au lieu de se laisser entraîner tous deux à ce
lourd péché de faire couler un sang noble et chrétien, pour des
bottes, fussent-elles mêmes de satin; mais M. Rys accepta le
cartel, et ne souffrit pas qu'on lui parlât d'autre chose.

Pendant qu'ils réglaient l'heure, le lieu et les armes de ce duel,
arriva le prêtre Szukiewicz. M. Rys, intérieurement ulcéré contre
lui, le salua avec une apparente bienveillance; mais, dès que celui-ci
essaya de lui persuader de ne point donner à une innocente plaisanterie, dont il se reconnaissait lui-même le premier instigateur,
des suites sanglantes, ce qui était un scandale pour les hommes
pieux et une offense envers Dieu, M. Rys interrompit son discours
par ces mots : « Vous me semblez un homme rudement actif, vous
qui, en lisant chaque jour la sainte messe, en récitant vos prières,
et, en veillant en outre à ce que le jeune prince travaille, et ne
polissonne pas, afin que, dans la suite, la république puisse retirer de la joie de sa conduite comme de celle de ses ancêtres,
trouvez encore le temps d'étendre sur moi une protection que je
ne réclame pas. Quoique je ne me croie pas obligé de vous rendre
compte de mes actions, et uniquement par politesse, je vous dirai
que je tiens Scipion pour un honnête garçon, quand ce ne serait
que pour m'avoir provoqué, au point que si j'avais un fils, je me
réjouirais de le voir lui ressembler en tout; car ce qui est vrai est

vrai. Par cela même que j'accepte sa provocation, je montre mon estime pour lui ; mais que je me débarrasse d'un duel en faisant des excuses, c'est ce qu'il ne verra pas ; la question de savoir si cela est bien ou mal me regarde, et, comme depuis ma naissance, jamais la crainte ne m'a fait retirer ce qu'une fois j'avais avancé, maintenant que l'âge a grisonné mes cheveux, je ne vais pas changer de façon de vivre ; sur cela, mon doux prêtre, retournez à votre bréviaire et ne craignez pas que par mes conseils, je vous empêche de le réciter. — Monsieur le chef d'avant-garde, pardonnez si je n'avoue pas que je me mêle en ceci des affaires d'autrui ; car, non-seulement ma vocation m'y contraint, mais encore chaque chrétien doit protester contre la violation des commandements de Dieu et de l'Église ; il suffit d'ouvrir le premier catéchisme pour trouver comment Dieu considère l'homicide. — Et je vous prie, mon prêtre, ne m'apprenez pas mon catéchisme. Grâce à Dieu et à mon père, de sainte mémoire, j'ai su ce qu'il fallait ; et ayant passé plus d'une année au noviciat, peut-être pourrais-je aujourd'hui encore donner des leçons à certaines personnes. Je sais ce qui convient à un prêtre et à un chevalier : se battre à la guerre en soldat ou en duel en gentilhomme, c'est autre chose ; et, par trahison, éventrer quelqu'un à coups de couteau, c'est encore autre chose ; je suis, moi, bon catholique, et de plus, *sodalis*, avec la grâce de Notre-Seigneur Jésus et de la très-sainte Vierge ; ce qui est juste, je ne le transgresserai point : je sais que ni le Turc, ni le juif, ni le chien ne se battent en duel, mais seulement le chrétien et le gentilhomme. Du reste, je n'ai pas provoqué, mais l'on m'a provoqué : en conséquence, courez avec vos sermons chez M. Scipion. Ce n'est pas le condamné par contumace qui renonce aux poursuites, mais celui qui a obtenu la condamnation. Et si vous me permettez de vous donner à mon tour un conseil, je vous souhaite de le laisser en paix, lui aussi : si le prince vous paye bien, ce n'est pas pour nous surveiller. — Ainsi, monsieur le chef d'avant-garde, vous ne faites aucun cas de l'excommunication? Pourtant les enfants mêmes savent que quiconque envoie un cartel ou en accepte un tombe sous l'anathème de l'Église. — Et voici que vous avez cinglé d'un nouveau fouet! Heureusement vous n'avez pas affaire à un imbécile : sachez que je ne crains pas votre anathème; et quant à celui de l'Église, grâce à Dieu! j'ai trop montré mon attachement envers elle, pour que l'Église me rejette de son sein : en effet, si l'on vous assurait autant de pain seulement que j'en ai assuré à l'Église, vous n'auriez plus besoin de pédagoguiser. Ce qui n'est pas dit pour se vanter, ou comme si l'on regrettait ce qu'on a fait, bien au contraire, car en temps et lieu on en fera davantage encore, mais pour prouver que tu radotes. Au seul noviciat de Vilna, d'où sont sortis des prêtres d'un peu plus de jugement que toi, j'ai accordé et compté cent mille florins, non pas pris dans un tablier de femme, ainsi que l'a osé aboyer ce morveux de Scipion, que cela ne regarde en rien (je lui en donnerai des fortunes faites par le cotillon), mais gagnés à la sueur de mon front. Les révérends pères jésuites ne me laisseront pas périr, parce que je ne crois pas que Dieu veuille que je me rende ridicule. Sur ce point, je n'ai pas d'inquiétude. Et maintenant, monsieur le prêtre, daignez, en acceptant l'expression de ma reconnaissance pour votre visite, accepter aussi ma prière de l'abréger : je n'ai pas le temps d'être plus longtemps à vos ordres. » Et il congédia ainsi le prêtre.

M. Rys ne chercha pas son second à la cour de Nieswiez, car il pensa bien qu'aucun de nous ne l'aiderait avec plaisir contre un collègue, en réalité l'offensé, et en faveur duquel on savait que le prince s'était prononcé. Il invita donc M. Moniuszko, major dans les régiments du grand général de Lithuanie, homme honorable et vétéran. Celui-ci convint avec M. Boreysza de l'endroit et des conditions du duel, qui eut lieu le lendemain dans une vaste plaine entre Kleck et Dunayczyce.

Beaucoup d'entre nous se rendirent à ce spectacle, parce que M. Thadée nous avait tous priés d'être témoins de la manière dont notre ancien collègue savait poursuivre son offense, sans renoncer à une affaire où il avait un adversaire d'un cœur et d'une force de lion. D'après leurs conventions, ils devaient combattre à cheval, un pistolet à la main et le sabre à la dragonne. Si les armes à feu à tous deux manquaient, le sabre devait décider définitivement l'affaire. Quand on fut réuni, que les armes furent chargées et les adversaires en selle, on essaya une dernière fois de les réconcilier; après que tous deux eussent déclaré qu'ils étaient venus dans la plaine pour se battre et non pour discourir, les témoins les placèrent à cinquante pas l'un de l'autre. M. Moniuszko, se signant, dit ces mots : « Je proteste devant Dieu et devant vous, gentilshommes, mes frères, que j'assiste ici M. le chef d'avant-garde Rys, non par mauvais vouloir pour M. Scipion, mais parce que, provoqué et non provocateur, il m'a demandé ce service de chevalier, qu'en ma qualité de gentilhomme et de soldat, je ne pouvais refuser à un ami ; et jusqu'au dernier moment j'ai eu l'espoir d'amener les parties à composition; je vous prends tous à témoin que je n'ai négligé aucun effort dans ce but. Aussi, maintenant qu'on en vient à un combat à la fin duquel je dois assister, je vous demande de prier Dieu, qu'il ne fasse pas peser sur ma conscience le sang qui va couler. »

Et M. Boreysza, se signant également, nous parla ainsi : « Quoique je sois défenseur de la partie qui a fait la provocation, je proteste devant Dieu et vous, gentilshommes, mes frères, que si je prends part à ce duel, ce n'est pas par manque d'amour pour le prochain, mais au contraire pour aider le fils de mon collègue, qui avait été offensé. Tout convaincu que je fusse de la bonté de sa cause, je n'ai consenti au duel qu'après avoir épuisé tous les moyens permis pour réconcilier les parties ; je vous supplie donc, vous tous ici présents, de rendre ce témoignage en ma faveur au jugement dernier, et maintenant soupirez au moins vers Dieu afin qu'il ne me compte pas ma participation comme un lourd péché. » Ensuite, à un geste des témoins, les deux adversaires, se signant, se précipitèrent au galop l'un sur l'autre. Le combat ne dura pas même le temps d'un *Ave Maria* ; car ayant tous deux déchargé leurs pistolets sans résultat, ils saisirent leur sabre. M. Rys eut l'épaule égratignée comme d'un coup de plume, mais quand il déchargea un coup de revers de sabre sur la main de M. Thadée, la main tomba à terre avec le sabre qu'elle tenait, et lui-même, évanoui de douleur, ne tarda pas à être renversé de son cheval. Nous accourûmes à son secours avec un médecin que nous avions amené de Kleck à tout événement. Nous eûmes de la peine à le ranimer de manière qu'il reprît quelque peu connaissance, et nous le transportâmes à Kleck, avec sa blessure bandée, pour l'y établir chez le médecin, qui se chargea, non pas de lui rendre sa main, qui ne lui sera pas rendue avant le jour du jugement dernier, mais quoique si cruellement estropié, de lui conserver la vie.

Autant M. Rys nous avait scandalisés jusqu'alors par son entêtement, autant ensuite il nous édifia par la sensibilité de son cœur. Encore sur le lieu du combat, il se tordait les mains de désespoir, et agenouillé devant le pauvre Thadée, les yeux inondés de larmes, il le conjurait de lui pardonner son malheur. Puis il s'établit à Kleck, chez le médecin, et tant que dura la convalescence de M. Scipion, il ne le quitta d'un pas, lui rendant tous les services imaginables, comme un pauvre hère. Quand il revint enfin à la santé (si l'on peut appeler santé une mutilation qui enlève à un gentilhomme pauvre tout moyen d'existence), il le prit avec lui à la campagne, chez sa fille, leur fit faire connaissance, et quelques semaines après, il lui dit une fois : « Écoute, Thadée, moi je t'ai coupé une main, et Dieu m'est témoin que je voudrais te donner les deux miennes en dédommagement, car le tort que je t'ai fait me pèse autant qu'une meule de moulin ; mais accepte en restitution la main de ma fille et deviens mon fils. J'étais aussi pauvre que toi quand j'ai pris sa mère pour femme, et pourtant, que Dieu lui donne d'être plus longtemps avec toi, mais pas plus heureuse que sa mère ne l'a été avec moi. » Et sans lui donner le temps de répondre, il appela sa fille et lui fit part de son désir; la demoiselle, élevée chrétiennement, savait que la voix des parents est la voix de Dieu, qu'une grande bénédiction descend sur les enfants qui s'en rapportent dans leur choix à leur volonté ; elle répondit donc modestement que, pas plus qu'elle n'avait jamais résisté, jusqu'à ce jour, aux ordres de son père bien-aimé, ainsi elle ne s'opposerait jamais à ses volontés. Cette condescendance ne lui coûtait pas beaucoup, car, bien que privé de la main, M. Thadée, par sa tête, son cœur, et sa prestance, pouvait parfaitement plaire. A une aussi honorable déclaration, il tomba aux genoux du père de sa fiancée, et, quelques dimanches s'étaient à peine écoulés, qu'en se trouvant l'heureux époux d'une demoiselle belle et vertueuse, il devint, de maigre hobereau, l'héritier d'une des plus grandes fortunes de Lithuanie.

Bruyantes furent les épousailles, que le prince woyéwode honora de sa présence, avec presque tout Nieswiez. M. Rys abandonna à ses enfants une grande partie de ses propriétés et contempla leur bonheur pendant quelques années; et quand vint pour lui le terme marqué à tous les hommes, il obéit à cette loi commune avec toute sa connaissance et plein de confiance en la miséricorde de Dieu, car il s'était dûment préparé, et dès longtemps, à l'éternité. Après sa mort, le reste de ses biens passa à son gendre et à sa fille. Il eut encore, de son vivant, la joie de voir les honneurs pleuvoir sur M. Thadée Scipion : en le bénissant pour la dernière fois, il le laissait déjà staroste de Lida et chevalier de l'ordre de Saint-Stanislas.

———————————

(A) « Radziwil opprimé, dit Rulhière, son palatinat donné comme s'il eût été vacant, ses biens partagés à une foule de personnes, sous le prétexte d'acquitter les anciennes dettes de sa maison, une argenterie immense portée à la monnaie, ses forteresses occupées par les Russes, toute sa puissance détruite, et toutes ces rigueurs confirmées par des condamnations, fier dans son infortune, déterminé à ne point fléchir, demandant vengeance et non point grâce, avait résolu de ne remettre les pieds dans sa patrie que pour être rétabli dans toutes ses dignités et dédommagé de toutes ses pertes : ce jour arriva.

« Partout Radziwil, sur son passage, trouva les marques de la fureur avec laquelle on l'avait poursuivi ; ses terres dévastées, ses châteaux ruinés ; ces lieux dans lesquels une longue paix avait précédemment entassé tant de richesses ne pouvaient aujourd'hui, par le manque des meubles les plus nécessaires, lui donner commodément l'abri d'une seule nuit. Mais l'accueil qu'il reçut en Lithuanie aurait suffi pour le consoler de ses pertes et de ses malheurs. A son arrivée à Vilna, le 3 de juin, le clergé, la noblesse, les magistrats, tout le peuple en foule accoururent au-devant de lui. Il entra dans cette capitale accompagné de deux mille gentilshommes, aux acclamations de toute la ville, au son des cloches ; et ce qui rendait cette révolution plus étonnante, au bruit du canon des Russes ; il avait sur tous ses habillements, sur son armure sur les housses même de son cheval, une profusion de diamants qu'il avait emportés comme la ressource de son exil, et qui devenaient un ornement de cette entrée solennelle. Ce prince, que ses ennemis avaient représenté comme le tyran de la province, paraissait, aux transports de la joie générale, en être devenu l'idole » (*Hist. de l'anarchie de Pol.*, par Rulhière, vol. II, liv. VII et VIII.)

FIN.

Paris. — Typographie de Cosson et Comp., rue du Four-St-Germain, 43.